李清照词传

知否 知否 应是绿肥红瘦

启 文——编著

河北出版传媒集团

花山文艺出版社

河北·石家庄

图书在版编目（CIP）数据

曲水流觞 . 李清照词传 . 知否 知否 应是绿肥红瘦 /
启文编著 . ─ 石家庄 : 花山文艺出版社 , 2020.8
ISBN 978-7-5511-2839-1

Ⅰ . ①曲… Ⅱ . ①启… Ⅲ . ①李清照（1084- 约
1151）—传记②李清照（1084- 约 1151）—宋词—诗歌欣赏
Ⅳ . ① K825.6 ② I207.23

中国版本图书馆 CIP 数据核字 (2020) 第 145847 号

书　　名：曲水流觞
　　　　　QUSHUI LIUSHANG
分 册 名：李清照词传　知否　知否　应是绿肥红瘦
　　　　　LI QINGZHAO CIZHUAN　ZHIFOU ZHIFOU YING SHI LÜFEI HONGSHOU
编　　著：启 文
责任编辑：郝卫国
责任校对：董 舸
封面设计：青蓝工作室
美术编辑：胡彤亮
出版发行：花山文艺出版社（邮政编码：050061）
　　　　　（河北省石家庄市友谊北大街 330 号）
销售热线：0311-88643221/29/31/32/26
传　　真：0311-88643225
印　　刷：三河市嵩川印刷有限公司
经　　销：新华书店
开　　本：870 毫米 ×1220 毫米　1/32
印　　张：24
字　　数：550 千字
版　　次：2020 年 8 月第 1 版
　　　　　2020 年 8 月第 1 次印刷
书　　号：ISBN 978-7-5511-2839-1
定　　价：119.00 元（全 4 册）

前言

　　"男中李后主，女中李易安，极是当行本色也。"中华文坛几千年，其中的女词人寥寥无几，有才有貌又兼具人格魅力的女词人更是凤毛麟角，千秋才女李清照就是其中的翘楚。她不仅是中国古代文学史上一道亮丽的风景，甚至成为太阳系当中一道独特的"风景"：1987年，国际天文学会选取15个世界名人的名字来命名水星上面的15座环形山，李清照就是其中之一。仅凭诗词，她就可与苏轼、陆游、辛弃疾相媲美，与陶渊明、杜甫、李白、韩愈等各个时代风格的开创者比肩。她所创立的"易安体"，甚至连辛弃疾都仿而效之。她的《词论》在文学批评史上也占据了很重要的地位。

　　李清照出身书香门第，灵秀聪慧，少有才名，并工书画，通晓金石，尤擅诗词，一支生花妙笔，写尽人生的美丽与哀愁。她爱花，爱酒，敢饮敢醉，敢爱敢恨，既有巾帼之淑贤，更兼男儿之豪气。她有过如诗的爱情、赌书泼茶的情趣，也经历了爱人离世、山河破碎、颠沛流离，发常人悲世之感慨，心怀家国与天下。"易安倜傥，有丈夫气。"在那个男子主导文坛的时代，她把酒赏花，将她的风骨诉诸文字。在那个偏安朝廷畏缩不前的年代，她凛然执笔、讽喻今古。

从"争渡争渡，惊起一滩鸥鹭"到"知否知否，应是绿肥红瘦"；从"花自飘零水自流，一种相思，两处闲愁"到"帘卷西风，人比黄花瘦"；从"生当作人杰，死亦为鬼雄"到"冷冷清清凄凄惨惨戚戚"，她的一生，既有真心的欢愉，惹人爱慕，惹人驻足，惹人回望；亦有彻骨的悲凉，惹人慨叹，惹人怜惜，惹人心疼。千年的风吹雨打，不但没有消减李清照的魅力，反而让她的绝妙佳作随着岁月的流逝大放光彩。世间曾有李易安，时光流转，她的词，她的人，就如同一坛佳酿，愈陈愈香。

　　"词苑千载,群芳竞秀,盛开一枝女儿花。"这枝花在宋代萌发，绚烂了中国诗词的整个花季。飘散淡淡清香的诗笺上，有她的聪颖与傲骨，柔情与相思，坚强与悲戚……

　　她摇曳生姿地走来，行于汴京，行于青州，行于金华，行于中华五千年的灿烂文化，带来的是璀璨华章，锦瑟流年。她用蘸满诗香的笔墨，描绘出一个春暖花开的人间。现在，让我们翻开本书，慢品其间，与这位远在宋朝的女子细细谈。

目 录

愿向藕花深处醉

豆蔻梢头春意浓 / 2

少女情怀总是诗 / 8

我言秋日胜春朝 / 13

红杏枝头春意闹 / 18

拈花一笑醉红颜 / 23

金樽清酒且消愁 / 28

倚门回首嗅青梅

邂逅相从只有君 / 34

一番风露晓妆新 / 41

此花不与群花比 / 45

问郎花强妾貌强 / 50

君须怜我我怜君 / 56

离人心上秋意浓 / 62

云中谁寄锦书来

未妨惆怅是清狂 / 69

思念绵绵无绝期 / 73

一种相思两处愁 / 77

为伊消得人憔悴 / 83

金屋无人见泪痕 / 88

不辞镜里朱颜瘦

赌书消得泼茶香 / 94

当时只道是寻常 / 99

谁家横笛吹浓愁 / 106

欲说还休多少事 / 111

夜阑犹剪灯花弄 / 120

东莱不似蓬莱远 / 126

至亲至疏是夫妻 / 134

目录

伤心枕上三更雨

满目山河空念远 / 141

小楼昨夜又东风 / 148

可堪孤馆闭春寒 / 156

雨中芭蕉为我愁 / 162

落红满地秋千架

等闲变却故人心 / 168

梧桐半死清霜后 / 173

山月不知人事改 / 181

愿向藕花深处醉

桃花离谢，枕隐流年。那年的陌上花开时节，山东章丘明水镇的一户人家，一个美丽婉约的女子降临人间。晓荷风细，云烟散淡，多年以后，她长成一个容貌清丽、才情传世的女子，滋润这枯燥流年，惊艳这庸俗红尘，留下一段荡气回肠的传奇，响彻云间。

豆蔻梢头春意浓

常记溪亭日暮，沉醉不知归路。

兴尽晚回舟，误入藕花深处。

争渡，争渡，惊起一滩鸥鹭。

——《如梦令》

那一季的一个午后，她降生在齐州（今山东济南）章丘明水镇的老家里。明水湖清澈如许，小亭台迎风而立，雨入潇湘，激皱一池春光。

彼时，她只是一个初生的婴儿，在襁褓之中张开的黑色眼眸，如这章丘的山，明亮坚韧；似这章丘的水，清澈纯真。

此时正值北宋盛世，大街上车如流水马如龙。城邦繁盛面貌记载于诸多历史文献，比如文人孟元老就曾在《东京梦华录》中追述都城道："举目则青楼画阁，绣户珠帘。雕车竞驻于天街，宝马争驰于御路。金翠耀目，罗绮飘香。新声巧笑于柳陌花衢，按管调弦于茶坊酒肆。八荒争凑，万国咸通。"

自古太平盛世，才士辈出。曾巩、司马光、黄庭坚、王安石、苏轼、秦观等皆为我等后辈所击节赞叹、津津乐道，他们开拓了北宋文坛的新阶段。

有士姓李名格非，世业经学，俊迈出众，长于行文作赋，常言："文不可以苟作，诚不著焉，则不能工。"因文采出众被收于苏轼门下，与廖正一、李禧、董荣并称"苏门后四学士"。

李格非为人清廉公正，于宋神宗熙宁九年（1076）中进士，誓死守贫，两袖清风。亦因耿直之性得罪权贵，被外放为广信郡通判。任职期间，听闻有人自称"道士"妖言惑众，虽身处逆境断不改忠贞之志，立即派人将其驱逐出境。此可谓古时语"明如水，清如镜"也。

自古清正刚烈之人，多受百姓爱戴，却难容于黑暗的朝廷斗争。李格非从正式踏入官场的那一刻起，命中注定将有一场腥风血雨。只是1084年的北宋，依旧良木静深，风平浪静。这一年，李格非还在郓州做官，这一年，他喜得爱女，取名"清照"。

如小小一条春枝，四肢柔软，轻盈粉嫩，裹着浓浓的喜意，她就这样潜入李氏书香门第。历史学家缪钺先生在《诗词散论》中有提："易安承父母两系之遗传，灵襟秀气，超越恒流。"可见，李清照的母亲亦是饱读诗书，才性淑真。滋养于如此才学的家世，李清照自咿呀学语之时，就日日熏陶于书香之中，勤读百家经典，研习古时诗文。得益于墨香的她，只管消受诗之绚丽、词之丰饶，根本不晓得这些才气，会将自己带去哪里。

如一棵灵秀之木，李清照早慧萌生，少年时期便能够轻易体察这人生百味，幸乎？不幸乎？

韶华过尽，染指流年，承受着父母给予深刻的爱，李清照逐渐长大，蜕变成一位灵动少女。

令她提笔写下欢乐离愁的，也许正是那一颗活泼有感的玲珑心。

常记溪亭日暮，沉醉不知归路。

兴尽晚回舟，误入藕花深处。

争渡，争渡，

惊起一滩鸥鹭。

古时的少女时光不同于现在。封建制度下，传统女性一代代沿袭陋俗，"大门不出，二门不迈"。还记得《红楼梦》里林黛玉第一次进贾府，原本是自幼习得四书五经的才女，却因懂得俗世之约束而在回答外祖母的提问时，暗自更改了事实，只说自己"只刚念了《四书》"罢了。

如此，诸如林黛玉那般成长于书香门第的女孩儿尚且要对封建制度敬让三分，更何况一般的小门小户？由此可想，许多年轻的少女必是深居院巷，专攻女红。春天到了，院中风景秀美，女孩们无非就是在院中荡个秋千、绣个手帕。

可在李清照的这首词里，竟是"沉醉不知归路。"这样看起来近乎有些放荡的行为，缘于李清照家人开阔的胸襟与颇有远见的视野。

荡舟，争渡，与小姐妹郊外同游。这一首《如梦令》旨在忆昔。寥寥几句，随心而出，但读来竟是句句清丽，富有一种自然之美。纯真，灵动，俏皮，鲜活于人前。读罢，使人可见一个日暮时刻、一位乘兴而来的少女。看当时的景色：碧水清波，荷塘暮色，宛如一幅静谧的山水画卷。晚风袭来，暗香浮动，李家初长成的清丽少女嬉戏水上。只见她哼着江南的小调，笑意盈盈坐在小船上，追赶那一路斜阳。小桨从水面划过，激荡起层层的涟漪，映衬着最后一丝暮光，浅浅地泛起光泽，剔透晶莹。

人一生最美好、最值得怀念的时光，就是此刻了。想日后出入世间，渐悟世情，难免会惹得女儿相思，为情所苦。像是一笔最浓重出彩的颜料，少女时光点缀了整个人生，从此在漫长的旅程上闪耀。年复一年，当这些少女渐渐长大，经历了尘世中的悲欢离合，还有谁的心思能如此刻这般剔透？还有哪段时光能比此时更加畅快？

此刻李清照肆意欢笑，荡舟湖心，世人都会为她感到快乐。只因为回首她的整个人生，成年后经历了太多苦难，此时此刻，能有一段完全放松、只属于自我的时光，真好。薄酒添醉，游兴未尽，就着夕阳的幻美、荷叶的馨香，渐渐地忘记了归途……

　　好时光啊，莫失莫忘。但它总是去得太急。日薄西山，她知道该回家了。然而池中莲叶田田，游鱼戏水正欢，水道变得曲折。未尽兴的她，借了酒力，竟误入藕花深处。心慌意乱，急急划桨争渡，却意外打破沉睡的湖，惊得十几只白色的水鸟，一齐腾空而飞。酒意未醒，她被眼前的景象惊吓一跳，待那些白色的身影遨至天际，才恍惚回神，不禁觉得有趣，乘兴而归。

　　这一首不足四十字的小令，将李清照当日尽兴游玩的美好时光完整地雕刻下来，并流传至今。这亦是李清照流传最久的一首小令。她以寻常词语，描绘了一幅芳龄少女钟情于自然风物的画卷，整首小令一气呵成，读来酣畅淋漓，虽是表现酒兴游憩之作，却丝毫不显扭捏矫情。想来李清照当时写此词，必是受用于游玩，故信手拈来，自得其乐。

　　少时的流光，尚且不必背负那一生的纸短情长。仲夏的夜，初秋的风……每种事物都成就少女情怀，清透至纯，简单美好。可以对着清风唱歌，可以对着烛火诵读，一切美好都浑然天成……如今生在人世，时光早已带我们告别了那个单纯的少女时光，然而每每读起此诗，其中点点滴滴依旧能够唤起内心深处对往日美好的追寻，也许在那个童稚时期，我们没能如李清照这般泛舟湖上，酒醉而归，但那份同样只属于少女所拥有的一方乐土，却是长埋于红尘之中。

少女李清照是不谙世事的，因此，她早期的诗篇只有灵动，无所谓哀愁。那时候，她细弱的肩膀尚不需要承载那许多愁。这样也好，她可以在有限的时光里，就着童贞，酿一场欢喜的回忆，待她及笄，待她得遇真爱，待她携了满身风雨，可再浅酌一杯，睡梦中回味这场沉醉。

而此令，是年方十六的她，初试墨笔。

少女情怀总是诗

昨夜雨疏风骤，浓睡不消残酒。

试问卷帘人，却道海棠依旧。

知否？知否？应是绿肥红瘦。

——《如梦令》

十六七岁，正是朝气蓬勃，青春袭人。这一年，春梦初回，少女多了一份敏感、细致的心思。年少骑竹马、弄青梅的乐趣早已不再，伤春悲秋占据了大部分的女儿情怀。待午夜梦回，才偶尔拾起昨日的细雨流光，此时最是寂寞女儿香。

昨夜雨疏风骤，浓睡不消残酒。

试问卷帘人，却道海棠依旧。

知否？知否？

应是绿肥红瘦。

　是从什么时候开始的呢？儿时轻易就能逗笑自己的蝴蝶、

蜻蜓，都不知影踪。就连山后碧绿的小竹，亦变成了一道随时可能凋落的风景。

江梅已谢，柳絮初生。窗外又飘过一阵阵少女银铃般的欢笑声，那是一群与她同龄的女子正在追逐嬉闹，看她们巧笑倩兮，她问自己，为什么没有走出门去，和她们一起玩闹？

透过薄细的窗纱，少女向外望去，满院的花朵早已不似春日里那般繁盛。唯是她一生钟爱的海棠，翠叶欲滴，花朵浓密艳丽。女儿照花，花更美。尚且记得民国时期的那一段风流韵事，胡兰成曾夸那时陷于爱情的张爱玲是临水照花人。比着花儿，李清照的心思恰也开启，像所有获得启蒙的女子一般，渴求一个能爱她、怜她、惜她的翩翩少年公子。

古来以惜花伤春为题材的诗词不胜枚举，但李清照这一篇更清新脱俗，简单几句便将一个女子惜春的情怀抛洒而出，读之令人动容且印象深刻，如此佳作，其实罕见。

"昨夜雨疏风骤"，春暮昨宵，雨狂风猛。少女敏感的心思原本就为惜春，当此芳春时节，名花正好，偏那风雨就来了。她临窗窥望满院的花红，心绪如潮，被这莫名的风雨恼得不得入睡。

她一眼望到了放在桌上的酒杯，复起身吃饮几杯淡酒消愁，此时心事翻涌愁正浓，几番下来，酒喝得有点多了。于是，枕着孤夜的寒雨，李清照悄然入梦。一觉醒来，天已大亮。虽浓烈的酒意仍在，但思之昨夜心情，李清照连忙起身询问心中牵挂之事。试探着问起不远处正待卷帘的侍女：海棠花怎么样了？

此句"试问卷帘人"中的一个"试"字，生动地描写出李清照那薄脆、敏感的惜花心思，一夜骤雨，残红遍地，这因果岂是她那般聪慧之人所料不到？然而她还是怀着一丝希望，小心翼翼地试探那卷帘的人。为何雨后院中的情景她不敢去看？这一问究竟是为那些花，还是自己？一切尽在不言中。

却不曾想，侍女只是回望院中一眼，便笑着回答："海棠依旧像以前一样鲜丽浓艳。"

面对李清照极尽心思的试探，那卷帘人并不知晓她的心意，所以才答得如此漫不经心。简单的一句"海棠依旧"，非但丝毫没能慰藉她心中的轻愁，倒更惹她徒增伤感。主仆二人一问一答，李清照的多愁善感、侍女的淡漠粗心，也便清晰地呈现出来，令人唏嘘。

终于，在词的末尾，早已料定的局面，还是应李清照的口吻诉说出来："知否？知否？应是绿肥红瘦。"一场大雨过后，院子里、花丛中，现应是绿色更加丰润，而海棠恐怕只剩点点残红。

这一年，李清照年方十七。在这般美好的如花时节，她的心里，突然产生一种莫名的寂寞。常日所为，依旧是茶前饭后，望着那小径香疏的小院出神、发呆。却不知何时，看懂了一朵朵花的心事，进而迸发了怜花惜春之意。夜深人静，少女的心事，在一个人们尚未知晓的僻静角落，寂寞地流淌着。望着天边青色的云朵，李清照长大了。此时的她，渴求天地间一个男子来爱，渴求得到一份真心，而那伤春惜花的心情，又何尝不是她对自己的怜惜？十七岁，美好的雨季，一生中仅有一次，这样绚丽美好的时节，应该有一个丰神俊朗的男儿到来。

自古以来，男欢女爱在青春时节最易萌发。想到《西厢记》里的崔莺莺，私会情郎"游园惊梦"，二人之间心有灵犀地以诗词唱和。

"张生从和尚那知道莺莺小姐每夜都到花园内烧香。夜深人静，月朗风清，僧众都睡着了，张生来到后花园内，偷看小姐烧香。随即吟诗一首：'月色溶溶夜，花阴寂寂春。如何临皓魄，不见月中人？'莺莺也随即和了一首：'兰闺久寂寞，无事度芳春。料得行吟者，应怜长叹人。'张生夜夜苦读，感动了小姐崔莺莺，她对张生即生爱慕之情。"——书中此段，甚妙。

想此时的李清照，一如书中的莺莺，俏丽芳华，正等待一个痴心的男子，从此恩爱白头。

一首尺幅小令，却因李清照用词极妙，纳下如此丰厚的内容。此词，优雅有，壮观亦然。尤其末尾一句"绿肥红瘦"，四个字原本寻常话语，但李清照却可将其锻造成一个名副其实的佳句，清雅富丽，浑然天成。

怪不得宋人胡仔在《苕溪渔隐丛话》里说："近时妇人能文，词如李易安，颇多佳句。'绿肥红瘦'，此句甚新。"

我言秋日胜春朝

湖上风来波浩渺，秋已暮、红稀香少。
水光山色与人亲，说不尽、无穷好。

莲子已成荷叶老，清露洗、蘋花汀草。
眠沙鸥鹭不回头，似也恨、人归早。

——《怨王孙》

　　烟月笼罩，湖水上一层薄淡的雾色。秋天已尽，红稀香少。满眼望去，天地之间皆是一片昏黄。

　　在这个时节，已是百花凋残，俱无生机。天地之间，唯有江边的枫叶，淡淡的变红，再由红转黄。深秋，容易使人感觉寂寥。而寂寥，则是与感伤相连。秋风轻轻地吹过，有些冷，人们会下意识地裹紧自己的身体。

　　自古，描写秋景的诗词很多，诸如宋玉的《九辩》："悲哉，秋之为气也！萧瑟兮，草木摇落而变衰！"人们对于秋景的感受，也就大多数停留在伤怀、伤情的阶段。仿佛天气一

13

凉，树叶枯黄、凋零，碾成泥土，这人间就变成了一个悲剧。其实不是这样的，秋高气爽，秋天带走了夏季的燥热，使人们的心变沉静，自是有它的一番益处。年少时，我们迎面吹着秋风，不一样曾感到通体畅快、神清气爽吗？

> 湖上风来波浩渺，秋已暮、红稀香少。
> 水光山色与人亲，说不尽、无穷好。
>
> 莲子已成荷叶老，清露洗、蘋花汀草。
> 眠沙鸥鹭不回头，似也恨、人归早。

这一年，也许是命中的又一场机缘到了。她竟要跟随父亲，一同离开齐州章丘的明水老家，去往汴京（位于今河南开封）。

她听说，那里很繁华。桃红柳绿、春风轻吹，即便是在如此残忍的秋，那边亦是充满了生机。长到十六岁，终于可以离开家乡，到更远的地方看上一看。她心底，既有不舍，更有欢喜，像所有这个年纪的少女，她对汴京的一切，充满了好奇。

离开的那天，"红稀香少"，往日可见的玫红、鹅黄统统不见了，似在为她的离去而伤感。深秋的景象，总是令人感到一丝寒意，却也让大自然变得更加透亮、纯净。"水光山色与人亲"，一瞬间，那些山水都变得灵动起来，像是被注入了灵魂。

她好奇地张望着世间的一切。因为汴京，她的生命开启了全新的旅程。也许，对她来说去哪里不重要，只要能跟自己最亲近的人在一起，天涯海角，亦是能够勇敢相随。

此时此刻，莲叶已老、露洗蘋草，秋意正浓。而沙滩上停歇着许多只鸥鹭水鸟，神态慵懒，似在对如她这般早早归去的人，表示不满。

这一年，李清照到了汴京，成了一个异乡人。

人都说，"独在异乡为异客，每逢佳节倍思亲"又或者"遥知兄弟登高处，遍插茱萸少一人"。这种孤独且难以名状的思乡情怀，唯有背井离乡、远离亲人的人才能领悟到。每逢佳节，对于那些身在异乡的人，落寞总那么轻易地停留在他们的心上、眼中。他们喜欢在漆黑的夜里，举首仰望天边的那轮明月，想象清辉所照之境，一生都牵挂的家人是否也在这样的时节深深地思念着自己。

异乡人是孤独的，因为他们懂得，从自己踏出家门的那一刻，故乡，渐行渐远，也许自己这一生都无法再回去。

怀想《红楼梦》中的林黛玉，那个手把荷锄、寂寞葬花的女子。十六岁的她因母亲早早病故，按照父亲的嘱托投奔远在金陵的外祖母，真可谓"一朝丧母在人前，寄人篱下定今生"。虽然吃穿用度样样不愁，亦有众多年纪相仿的姐妹相偎相伴，但哪里又比得了自家的轻松自在。每日行动小心翼翼，规矩礼仪概不敢犯，生怕稍有差池就落下不净的名声。受了委屈，只肯将自己交付于哀怨的眼泪。每每那时，总会思念逝去的母亲和再也难回的家园，怎叫她不为自己的身份感到哀伤难过？

这样的情怀与遗憾，早慧的李清照恐怕早已心有所虑。稍比黛玉幸运的是，她成为异乡人时，身边尚且有家人陪伴。母亲王氏虽是继母，却是贤惠通达，而父亲李格非，原本就对她宠爱有加。属于这位少女的一切，都是那样珍贵。

秋风，并不恼人；秋雨，并不多愁；秋景，并不多情。是人的心情作祟。而此时的李清照，二八年华，又不曾经历过多磨难，心是开阔的，爽朗的。她连笑里，都溢满了甜蜜的满足。这样清新脱俗的气质，成全了这一首《怨王孙》，写尽秋色，卓尔不群。

有人说，唯有改变，才得生机。如此，李清照的人生轨迹，则是由这一次开始尝试告别过去。尽管当时，她尚且没能遇到后来与之伉俪情深的赵明诚，亦没有经历那些离愁别恨，她的心中还不曾有那样多的伤痕。此时的她，却是一个纯真无瑕的少女，用少女那无邪的眼光，在打量着这个新奇、有趣的大千世界。

这一首《怨王孙》具体是在何时所作，现已无从查究。可能是李清照初到汴京描绘的汴京景观，抑或当初离别明水老家，在路上吟诵。唯一知道的是，如此花样年华，李清照对周遭的一切，都秉承着一种深情、天然的姿态，仿若天下美景，皆从她的眼中折射。

词里的风物，万种风情，清清爽爽，潇潇洒洒。词以婉曲为贵，李清照的这首词，直抒胸臆，却将景致一一呈现。正可谓，"辞美不如情意真"。

此时，她尚沉浸在青春的欢乐里，有些沉醉，有些流连，根本无法察觉，那多年以后，所要遭受的颓败与辛酸。

红杏枝头春意闹

小院闲窗春色深，重帘未卷影沉沉。

倚楼无语理瑶琴。

远岫出云催薄暮，细风吹雨弄轻阴。

梨花欲谢恐难禁。

——《浣溪沙》

离开明水，居于汴京，旧时景物又都改换。父亲仕途顺利，是朝廷擢拔的礼部员外郎。虽官职不大，但一家人生活富裕，李清照倒是不必为此忧心。但远离故土后，时间突然变得多且密。她哀叹，那些春日的花朵，竟有着被风雨浇打的凄冷命运。

十几岁，正是好自由和爱玩耍的年纪。相对于成年后的稳重、年长时的淡然，她现在满脑子想的都是怎么样才热闹，怎么玩才尽兴。如今被拘在一个小小的院子里，李清照只能去更多地关注景物，来排遣寂寞这个不速之客。

小院疏落，暮色深深，李清照迎来了汴京的第一个春天。此时的她，对这座城市多了些熟识。然而多情的性格，却仍旧教她惯用一种凄冷的视觉，体察着渐浓的春意。

　　小院闲窗春色深，重帘未卷影沉沉。
　　倚楼无语理瑶琴。

　　远岫出云催薄暮，细风吹雨弄轻阴。
　　梨花欲谢恐难禁。

　　春意浓，而她仍未宽心，眉间挂着半点愁。这一日，她悄悄地坐于闺房，透过重帘向外望去，虽有花色浓重，却像突然之间与它们失去所有的关联。倒只是因帘未卷而投射下的黑色暗影，更能引起遐思。

　　萦绕的心事，依旧像雾像雨又像风。百无聊赖中，只有抱着瑶琴上绣楼。寂静天空，安逸流云，一时间皆成为她诉说心事的对象。只是这心间缠绕的愁思啊！到底有谁能化解开？

　　正所谓，景象虽美，犹少一人。

　　二八芳华，春心在外，只等摘花人，共赴青春。情窦初开的年纪，女孩子总爱从古典的书籍中寻找那种朦胧的未知的情愫与感动：《白蛇传》里讲白素贞与许仙断桥相遇，私订终身，此后演绎出雷峰塔倒、西湖水干的旷世人妖绝恋，于此，渴望获得恋情的少女都幻想自己就是白素贞，虽不在断桥，亦坚定地渴望一个身着青袍的许仙，许自己一份旷世奇缘；又或者长大些再听任白（20世纪60年代香港粤剧先锋人物任剑辉、白雪仙）台上亮相唱《帝女花》，"落花满天蔽月光，借一杯附荐凤台上"，便又以为自己就是帝女，因此又渴望上天恩赐一个痴情的驸马郎。

这样早熟的情思，对于李清照这样婉约细腻又伤春悲秋的女子来说，一点儿都不稀奇。彼时，她"咏絮之才"的名声早已流传在外，父亲李格非亦早有心为她寻觅有意情郎。前来提亲的人，络绎不绝。

只是爱情是要讲求姻缘的，有些感情有缘无分，有些有分无缘，差之毫厘，谬以千里。只有天时地利人和，方可成就一对璧人，正像白素贞等到她的许仙，帝女迎来她的驸马，感情的事讲求水到渠成，刻意无用。

那么，自己今生命定的那人会在哪里遇到？李清照也在等。

"远岫出云催薄暮，细风吹雨弄轻阴。梨花欲谢恐难禁。"云出云归，时光亦随之荏苒而逝，不觉间，晚景催逼。夜来更兼细风吹雨，轻阴漠漠，结穴于风雨摧花，只恐欲谢难禁。

此作虽亦是一首惜花伤春词，却并不如《如梦令·昨夜雨疏风骤》那样表达得干脆利落，也许正因如此，词作被蒙上了一层朦胧的美感。

少女心事，多如牛毛。此时的李清照未经人事，故这番倚窗独语、顾影自怜的姿态，不免有"为赋新词强说愁"之嫌。然而，此时的少女情思亦绝，愁怀亦真。

历代诗评家评此词时都不吝赞誉。沈际飞在《草堂诗余》中认为其"雅练"，属"淡语中致语"。侯孝琼评说："写闺中春怨，以不语语之，又借无心之云，细风、疏雨、微阴淡化，雅化，微微逗露。这种婉曲、蕴藉的传情方式，是符合传统诗歌的审美情趣的。"

远空之下，那个名叫赵明诚的男子，此时正就读于太学。他的父亲乃是当朝吏部侍郎赵挺之，家境殷实，身份显赫。但明诚无心仕途，生平最爱收藏金石书画，闲时逛古物，每逢得之，满足之神情犹如孩童。

当时李清照已有很多作品问世，也不乏被身份尊贵的学者津津乐道之词。同在汴京，赵明诚自然从他人口中听过她的大名。最初这首《浣溪沙》流传于世的时候，因为风格隽秀、文字清丽，被认为乃周邦彦之作。然而明诚心思敏锐，心中存疑，及家之后立即翻来细读，读罢，震撼良久：原来这首风雅清新非俗流的小词，是出自"词女"之手……自此，对李清照更生出一股敬慕之情。

惊乎？钦佩乎？复杂的情感一时堆积，也许就是从这个时刻起，赵明诚心里住下了李清照这个人。联想到"争渡，争渡，惊起一滩鸥鹭"的游憩意趣，又及"倚楼无语理瑶琴"的淡淡闲愁，再见她"浓睡不消残酒"叹"应是绿肥红瘦"的少女情思……越发心动，想要靠近。

春日的暖阳，暖透心窝，将心事拖曳于阳光之下。原来世间真有这般美好的女子，单凭几首词作，足以撩人心弦，慰人心宽。

"情不知所起，一往而深。"自从心里有了那样一个情影，赵明诚渴望相见。或许他也奢望，"牵手情深暖，与之共流年"。总之，闲花时节，分明两处相思。

岁月辗转，天空清远。万里层云，缥缈无常，像这人世间变幻莫测的姻缘。

远山之外，十六岁的李清照倚窗独怜。她不知道，天的那一边，一位丰神少年，早已私心暗许，盼见芳颜。

滚滚红尘，情怀泛滥，他先爱上了，或许就是上天巧排的最动人事件。

接下来，要看他的了。翩翩少年，身姿凛然，品格端正，丰神俊朗。只是，如何才能要她知道，命定的姻缘，已经到来？

拈花一笑醉红颜

淡荡春光寒食天，玉炉沉水
袅残烟。梦回山枕隐花钿。
海燕未来人斗草，江梅已过
柳生绵。黄昏疏雨湿秋千。

——《浣溪沙》

"清明时节雨纷纷，路上行人欲断魂。"这一天，正是中国古代传统中所述的"寒食节"。

一年之中，就只是在如此风光却有些清冷的时月，才会让人穿越情思，回溯历史，触景生情，想起那个"四海同寒食，千秋为一人"的介子推。

相传春秋时期，晋献公的妃子骊姬为使儿子奚齐继位，设计杀害了太子申生。太子的弟弟重耳为躲避祸害，流亡出走，期间受尽了屈辱。一些臣子、随从因不堪其苦，纷纷弃他而去。所剩人中就有介子推，他始终忠心耿耿，为救重耳，不惜割股（大腿）以饲。十九年后，重耳回国掌权，成为春秋五霸之一的晋文公。感于介子推的恩情，他差人去请介子推，然而，不得相见。几次之后，文公亲自上门，才知其早已背着母亲躲进绵山（今山西介休市东南）。为寻觅其下落，文公采纳下属提议放火烧山，逼其现身。始终未见。文公率众上山，才发现介子推母子俩抱着死在一棵烧焦的柳树下。晋文公伤心恸哭，并找到其留下的一团血书："割肉奉君尽丹心，但愿主公常清明。柳下作鬼终不见，强似伴君作谏臣。倘若主公心有我，忆我之时常自省。臣在九泉心无愧，勤政清明复清明。"此后为纪念介子推，晋文公将放火烧山的这天定为"寒食节"，晓谕全国，每年这天禁烟火，只吃寒食。由此，每年的寒食节，成了特意祭祀、怀念先辈的日子。

宋朝之前，历朝历代涌现了许多诸如介子推这般的忠臣，比如颜杲卿。"安史之乱"时，颜杲卿正与儿子季明驻守常山。天宝十五年（756），安禄山叛军围攻此地，季明当场被擒，安禄山借此逼迫颜杲卿投降，但颜杲卿为了气节不肯屈服，还对其破口大骂，最终季明被杀。后常山终被攻破，颜杲卿被押至安禄山跟前，仍不肯就范，瞋目怒骂，终被处死。

虽为一介女子，但李清照素来忧国为民，一片赤心不让须眉。在这个举国都在缅怀先人的特殊时日里，更加柔肠百转，难以释怀。

淡荡春光寒食天，玉炉沉水袅残烟。

梦回山枕隐花钿。

海燕未来人斗草，江梅已过柳生绵。
黄昏疏雨湿秋千。

春光涤荡，暖阁生烟。春光且更春日短。李清照俯卧于室内，头枕玉臂，悄然入梦，又似在半梦半醒之间。

寂寞闺中，潦草心事，时光就这样浅浅深深，悄无声息地溜走。室内，玉炉正燃，缕缕香烟，飘然直上；窗外，芳菲将至，寒声阵阵，又换新颜。

寒食节虽是一个缅怀英魂的纪念日。但一代代沿袭下来，也就以怀念的格调为主，不再有过多的悲伤情愫。这几日，除了吃寒冷的食物，人们更要举行多种纪念活动，"斗草"就是其中一项。

"斗草"是用花草赌赛胜负的一种游戏。古代的女子，平常因要严格恪守封建妇道，大部分时间都置身于闺房之中，并没有多少乐趣可言。而到了寒食节这几日，则正大光明地有了一回难得的自由：春寒料峭，南燕未归，然而江上一片丰饶，绿草茵茵。少女们被准许踏出闺房，来到广阔的天地间同玩伴一起嬉戏热闹。上午时分，各家院中、街巷，早已是人声鼎沸，笑声不绝。正像寒食节对于那时家家户户的意义，"斗草"这项民间活动亦有它令人津津乐道的地方。因此，很多诗人才写出了有关"斗草"的一系列诗句，比如：

> 燕子来时新社，梨花落后清明。
> 池上碧苔三四点，叶底黄鹂一两声，日长飞絮轻。
>
> 巧笑东邻女伴，采桑径里逢迎。
> 疑怪昨宵春梦好，元是今朝斗草赢，笑从双脸生。
>
> ——晏殊《破阵子》

词的内容是，春意盎然，女孩子们逃离闺阁，奔向园林，采集奇花异草，相互比赛，释放天性。而玩乐中的少女，则个个笑意盈盈，映衬着春机盎然。

然而同样是斗草，李清照这首词却并不如晏殊这首轻松愉快，通篇表达的是一个少女在这春光淡荡的时刻，幽闺独处，甚感无聊。虽墙外热闹非凡，一派青春，但她自己却还在伤感燕子未还，不愿出门。闺房正寂寥，凄清噬骨寒。

"黄昏疏雨湿秋千"。天已黄昏，暮色更重。院子里刚刚落下一场春雨。小路沾湿，秋千淋透，似她惜春的情怀，溢满凄冷。抛开本意，这是一个很富有意境的句子。黄苏《蓼园词选》曾评价说："此句可与'丝雨湿流光''波底夕阳红湿'一较高下，若论韵味，'湿'字争胜。"

在李清照笔下，仅一字，便将少女的伤春情怀，写得活灵活现。在这样美好的时节，她一面怀思历史上那些为国捐躯的忠臣，一面感叹少女寂寞深闺的无奈。她或许知道，时光终不会对自己留情：昔日那个乐与鹭鸟争渡的烂漫少女，正一步步走向多愁善感的青春盛年。

金樽清酒且消愁

莫许杯深琥珀浓，未成沉醉
意先融。疏钟已应晚来风。

瑞脑香消魂梦断，辟寒金小
髻鬟松。醒时空对烛花红。

——《浣溪沙》

时光沉淀，净若琥珀。泛黄的旧日历，写满谢幕心事。

在一个深邃的夜晚，清风徐徐吹来，一个花容月貌的女子，举起酒杯，向月问事，对影成三人。红色的唇轻轻碰触杯口，将那透明的液体饮下，心事大片泛起，"嘭"的一声回响，那是心碎的声音。

凄冷孤清，这样的夜晚，不计其数。今夜又是月色明明，独自一人。十七岁的李清照，守着美好的青春，举起酒杯，一边享受寂寞，一边叹息时光。

莫许杯深琥珀浓，未成沉醉意先融。
疏钟已应晚来风。

瑞脑香消魂梦断，辟寒金小髻鬟松。

醒时空对烛花红。

时光飞逝，然而漫长。春情的心思早起，却独独不见那命里牵了红线的人。好在她是聪慧的女子，懂得等待，愿意忍耐这岁月无情的打磨与侵蚀。只是长日无尽，热闹的白昼尚且好熬，可到了这晚风频吹的夜晚，要她该怎样度过？

酒，在如此凄冷的深夜，成了她长久打发寂寥的选择。在晚风中饮酒，挥着衣袖，两盏、三盏，喝下这淡淡的哀愁，融于肺腑，又再酿出新的愁绪……

身为女子，大概还是"无才便是德"吧。没有这敏感的心思，抛却这细腻的魂灵，一生恰如二月花，静静地开，淡淡地来，如此不好吗？为何偏要生就一颗玲珑的心，将这三分风景放得悠远，将自己的心绪不断放空，直伤逝至一缕香魂？

聪慧的李清照，晶莹剔透的李清照，偏不是世间的一般女子。就连品酒，都带着艾草般的芳香，于是，这注定又是一个销魂的夜晚。

瑞脑香消，辟寒金小。自成名以来，她写花，写春，身边的事物仿若通灵，早已同她伤怀的愁绪融为一体，共同进退。

"今朝有酒今朝醉"。几盏淡酒饮下，神情清醒，她却先

愿向藕花深处醉

倾倒在长长的、柔和的风里。那上空飘荡着的，是她的情深无人懂，愁对月华圆。

记得曾读林徽因的句子：

"人间的季候永远不断在转变，春时你留下多处残红，翩然辞别，本不想回来时同谁叹息秋天！现在连秋云黄叶又已失落去，辽远里，剩下灰色的长空一片，透彻的寂寞，你忍听冷风独语？"

这又是一位聪慧女子的灵动之言。想来是心思缜密的女子更容易沾染相思之情吧！

"莫许杯深琥珀浓，未成沉醉意先融。"寂静深夜，繁星点点，十七岁的李清照举杯独酌，欲醉难醉，在沉醉与清醒之间，夹杂的是她那沉甸甸的心事、沉甸甸的愁伤，数不清，道不明，任由情思泛滥，直到天明……

魂梦骤断，枕冷衾寒，睁开眼，依稀只有几样冰冷的物什与之做伴。在她多情的眼里，一切都充满了哀愁，与形单影只的自己，合二为一。

琥珀，松柏树脂的化石。透明如杯中酒，炙热清纯，燃尽心中点点愁绪。

烛花，蜡烛燃烧后残留的烬结。层层叠叠，影影重重，像她呼啸而过的时光，在身体里疯长，装满了愁容满腹。

瑞脑，薄薄、透亮的冰片，由龙脑香树凝结而成。

辟寒金，一种鸟。相传三国魏明帝时，昆明国进贡嗽金鸟，鸟吐金屑如粟。宫人争以鸟吐之金用饰钗佩，谓之"辟寒金"。（晋王嘉《拾遗记·魏》）唐许浑《赠萧炼师》诗："还磨照宝镜，犹插辟寒金。"明陈与郊《昭君出塞》："守宫砂点臂犹红，衬阶苔履痕空绿，辟寒金照腕徒黄。"这里均是指用辟寒金做的簪。

心绪繁重，金簪形小。载不动，许多愁。朦胧醉意，卧倒在榻，清醒时分，一切愁绪，烟消云散，只有残余的红烛相对。

通篇无一词直写情思，只几个物件贯穿而成，读罢，却让人清晰地感知李清照心头的阴云。"一切景语皆情语"，李清照的心事，早已注入这些贴己中，情景相映，两两登对，景即是情，情亦是景。

吴熊和先生评这首《浣溪沙》词写道："李清照以'琥珀浓''瑞脑香''辟寒金''烛花红'处处点缀其间，色泽秾丽，气象华贵，可谓不乏富贵态了。"

不要忘了这是十七岁的李清照所写。十七岁，多少人尚沉浸于青春的曼妙美好，此时的李清照却是借酒伤春、点点愁肠了。

那个命定的人儿，怎么还不来？怎么不来解她的风情、宽慰她心怀？人只道"女为悦己者容"，现在却连最关键的"悦已者"都没有，叫李清照如何能心安呢？

一个等爱的少女。孤独、寂寥，心甘情愿。

一个来到汴京已有两年的少女，习惯了身边的风景，却仍不习惯清冷的风情。

寒夜的风，微微地撕扯她的心事。寂寞难耐，唯有以酒消愁。或许，可以在半梦半醒之间，赏自我一场欢娱的清梦。她就这样沉醉了，在梦中，抛却这诸多烦恼，去寻那人，在湖光山色下，淡泊山月。这也许便是，在最深的红尘里，与之相逢。没有隆重，亦无璀璨，但，"春光正好，我心欢喜"。

倚门回首嗅青梅

暮上时分，月圆花好。终遇了，那一个许是前尘就已命定的有缘人。他与她，从青涩时代相识到婚后温暖相依，在繁华而深重的汴京，度过了一段美满的新婚岁月。少女时代的哀愁，终是凝结成字里行间的墨香，蘸着情思，一笔一画，书写红尘。少女风情，才子佳人。人间，又再添一对伉俪情深。

邂逅相从只有君

蹴罢秋千，起来慵整纤纤手。

露浓花瘦，薄汗轻衣透。

见客入来，袜刬金钗溜。

和羞走，倚门回首，却把青梅嗅。

——《点绛唇》

我始终相信缘分，相信世间许多事都是上天注定的。滚滚红尘中，男人，女人，最终都将遇到对的那一个。也许他（她）不一定会最早出现在你的生命中，却一定会出现在你最需要的时刻。"金风玉露一相逢"，果真到了那个时刻，没有什么是不该的，他（她）来了，你爱了。一切都刚刚好。

以前的诗词中，那点点轻愁，点点春情，都始终是一个模糊的念想，犹如隔着河岸瞭望美景，总是难以落到实处。只有真正遇到了，抵达了，才能真切感受到它是多么美好。

李清照是幸运的。在她流光溢彩散发着清新香味的青春里，在一个女人最美丽的时刻，她遇到了，她确定，那就是她命定的良人。

于是，就有了这一首《点绛唇》。

蹴罢秋千，起来慵整纤纤手。
露浓花瘦，薄汗轻衣透。

见客入来，袜划金钗溜。
和羞走，倚门回首，却把青梅嗅。

这一日，日光丰盈，庭院开满了鲜花，暗香盈动，沁人心脾。

她正坐在藤蔓上，荡着秋千，像任何一个拥抱着青春年华的小家碧玉。那个时代，几乎家家都有秋千院落，女孩儿不常出门，荡秋千是她们常有的嬉戏方式。

李清照荡在秋千上，远远地望着天上的太阳。日光照射，没过多久，汗水湿透了她的衣襟，如院落里那些散发着香气的花枝，她的身上，有女儿家的香气流动。

汗水蒸腾，令她觉得眼前的一切，突然变得朦胧、迷离，像是一场幻境。她下了秋千架，轻轻地擦洗自己的双手，清晰的掌纹，并没能及时告知她，接下来将要在这个院落发生什么。

忽闻家仆引着客人入院的声音，她连忙朝堂内躲闪而去，慌乱之中竟将发髻的金钗遗落在了草丛中。但见来者，少年丰神，精神奕奕。她不觉频频回首，任由两朵红霞飞上脸颊。这来的少年，她不是第一次见，也早已从旁听到了一些传闻，早慧的她，自是懂得家中有女初长成的道理。莫非这位公子就是来向父亲大人提亲的吗？想着，越发欢喜，羞涩之情，一言难尽。

到底是按捺不住一颗好奇心，少女的心事，在心间缓缓流淌，细密、安静，然而躲不过那狂热的心跳。终于，她还是决定冒一次险，想着念着，便躲在一扇半掩的门后面，那里长了一棵秀丽、笔直的梅树，刚好将她的身体掩盖，于是倚门回首，假作嗅梅，安静而认真地关注着上屋里的一举一动……春光之下，相遇之初，少女的心事如同眼前那一串尚且青涩的梅子，占尽这春日的美好。

读罢此词，更为李清照写词的功底所折服。寥寥几句，便将一个女子初涉情思、想见又羞见的形态刻画得淋漓尽致。"和羞走，倚门回首，却把青梅嗅"，放在那个远去的时代，是大胆的，这也多亏了父亲李格非并没按照封建礼俗来严苛自己的女儿，如此才有了一个难得清爽、利落的李清照。

而"冒险"的结果又是什么呢？

就是这样饱含深情的偷望，犹如惊鸿一瞥，让她将一个丰美俊秀的少年藏进了心中。"与君初相识，犹如故人归"，从此以后，李清照再也不是孤零零的自己……

那么，这位来者，又究竟是何许人也？

赵家少年名明诚，也就是后来与李清照一同携手，踏遍风霜，路过红尘的爱人。关于这二人的恩爱，若要细细讲述，似乎能够写成一本书。这位少年，也并非第一次有感于李清照的才气。

那日，他于书房中昼读，却不知为何，安睡在一旁。梦中，读一书，醒来，唯记得"言与司合，安上已脱，芝芙草拔"，心中疑惑，连忙来到父亲面前，将之详细告之。

是时，赵挺之担任当朝吏部侍郎，政绩突出。如此聪慧之人，已对儿意，知晓几分，了解到儿子的诉求，不由得将须自问这其中的利害关系。

原来，在朝廷里，赵挺之向来拥戴王安石变法，又与奸臣蔡京结交，而李格非却是"死对头"苏东坡的门生。近些年来，由于高太后亲近旧党，朝廷逐步废新法，恢复旧制，新党处于劣势。若是此时赵、李两家联姻，日后即使新党改革失败，自己也尚能有一席之地。

利益分析得当，赵挺之心中已有十分的打算。父亲首肯，赵明诚方才胆敢亲自上门提亲，于是便出现了之前的那一幕。

想到就要与心爱的人儿相见，赵明诚欣喜若狂，一夜未

倚门回首嗅青梅

睡。说起赵明诚，他虽是赵挺之之子，却志不在官场。相反，他十分喜欢研读东坡诗文，每每阅之，都认真摘录。此事记载于北宋诗人陈师道《历山居士集》中："正夫有幼子明诚，颇好文义。每遇苏黄文诗，虽半简数字必录藏，以此失好于父，几如小邢矣。"

可见，赵明诚小小年纪，却志向远大，目标清晰，乃是一代良才。

当时，李格非任礼部员外郎。能为官的人，自然有几分玲珑心窍，不然何以洞察世事，出入庙堂。而对于一些外来消息，李格非自然也是格外关注。他早就听说赵挺之的这位公子满腹诗书、深谙大义，如今亲自上门求亲，谦卑有礼，不免让他心生几分欢喜。况他一向不是一个斤斤计较之人，至于朝廷中他与其父赵挺之的恩恩怨怨，那也是每个人的选择，不能算在赵明诚的身上。

双方交谈得十分融洽。这两家的联姻，若说是"门当户对"，倒是十分贴切。

只差一场东风，一切便尘埃落定。想来一桩美好姻缘的成就，除却一对有情人互生情愫，更需要借助媒人或者媒物。记得《白蛇传》那"十年修得同船渡"的许仙与白娘子，便是凭借一把油纸伞，敲定终身；而那《西厢记》里的莺莺与张生，也少不了一个红娘来为他们牵线搭桥，互表衷心。

在一个爱着的人的眼里，清风明月亦是美景良辰，连那树下的花草，都幽幽地散发着沁人心脾的清香。自古红颜多痴情，没有哪个女儿家在这样绚烂的青春年华，不渴望着能够收获一段美满的姻缘。

也是时光柔软，春梦无痕。这一季，有缘人终是相遇。也许这世间最美好的姻缘没有不是上天的巧手安排，才有了李清照与赵明诚。

接下来，就只需等待。

自媒人拜过喜帖，转眼数月有余。不经意间，窗外的柳枝抽芽，春草萌发，又是一年新春。这一日，风和日丽，朗朗晴空，城中的赵宅，一阵阵笑声穿彻厅堂，贴喜字的花轿到了门口，亲朋好友们手持红帖，纷纷道贺。

直到傍晚，热闹散去，燃着红烛的新房只剩了这对恩爱的新人，李清照还觉得一切皆恍若梦中。她就这样做了赵明诚的妻子，注定要是那个今后陪他走遍山水、写遍春秋的佳人。那个时候，月光皎洁，院落里洒满一地的清洁的光芒，象征着他们纯洁的爱意。

李清照是欢喜的，在那寂静无声的夜里。若说"十年修得同船渡，百年修得共枕眠"，那么，当她依偎在他的胸前，听着那均匀的呼吸声，当是明白，少女的情思这才获得了盈满，而这样难求的缘分，这一世她竟唾手可得，眼前那熟睡梦中的人，就是她此生的挚爱……

面对岁月的恩赐，李清照无以为报，也许只能写下这首《点绛唇》，以此铭记这红尘里最美妙的相遇，这世间最珍贵的相逢。

一番风露晓妆新

禁幄低张，彤栏巧护，就中独占残春。

容华淡伫，绰约俱见天真。

待得群花过后，一番风露晓妆新。

妖娆态，妒风笑月，长殢东君。

东城边，南陌上，正日烘池馆，竞走香轮。

绮筵散日，谁人可继芳尘？

更好明光宫殿，几枝先近日边匀。

金尊倒，拼了尽烛，不管黄昏。

——《庆清朝》

三月，春重花疏。李清照决定出门行走，当不负这美景良辰。阳光叠落，牡丹飘香。似有一段尘缘，让李清照写下了它。

禁幄低张，彤栏巧护，就中独占残春。

容华淡伫，绰约俱见天真。

待得群花过后，一番风露晓妆新。

妖娆态，妒风笑月，长殢东君。

东城边，南陌上，正日烘池馆，竞走香轮。

绮筵散日，谁人可继芳尘？

更好明光宫殿，几枝先近日边匀。

金尊倒，拼了尽烛，不管黄昏。

此时，李清照与赵明诚新婚已有一年。夫妻二人相亲相爱，相敬如宾。李清照的每一天，都沉浸在甜蜜中。到底是女儿家的小巧心思，得意之时，也不忘向花卉投入莫大的兴致。李清照爱花。如今汴京街头，繁花似锦，一片深重，真是有些"乱花渐欲迷人眼"的气势，如此景象，倒是恰恰合了她的心意。

牡丹乃花中名流，雍容富贵，世人皆知。相传，武则天登基后的一个冬天，率众臣在上苑赏雪，路过花园时，但见百花凋零，为了显示威严便下令让百花齐放，上天畏惧其威仪，于是百花齐开，唯有牡丹迟迟不开。武则天震怒，遂下令焚烧。亦是因此，牡丹从此被贬出长安城，迁到洛阳。

这自是牡丹与众花的不同了。虽是一介女子，但李清照品行端正，自有风流。她如果是一种花，大概自是牡丹。

写牡丹的词很多。李白："名花倾国两相欢，长得君王带笑看。"白居易："绝代只西子，众芳惟牡丹。月中虚有桂，天上漫夸兰。"

一样的牡丹，一样雍容华贵。却唯有李清照的，别有韵味。也许，那些写惯了牡丹的，都是以男子之眼色。而李清照，兼具词人大家风范，又有女子细腻性情，这才写出了一个姿态妖娆却又略显娇羞的牡丹，让人不由想起白居易的名句，"犹抱琵琶半遮面"。

比起群芳，牡丹自是妒风笑月，惹尽风尘；自是花中第一仙，它于百花凋残之后盛放，私吞这最后一抹春色。于是，人间顷刻变成牡丹天下。试问还有谁能继此芳尘？无。

另外，因此词不曾言及物名，据宋代王观的《扬州芍药谱》中记载，"晓妆新"是芍药中的一种，而这篇词中恰有"一番风露晓妆新"，故有人论辩此词写芍药。再者，芍药又名"婪尾春"，"婪尾"借指酒宴上的最后一杯，意即为芍药绽放于群芳后，花期比牡丹迟，所以是"独占残春"。最后，根据《本草》中所记述："芍药，犹绰约也，美好貌，此草花容绰约，故以为名。"而芍药谐音"绰约"，这是否又为李清照所写之物乃是芍药，增添一物证？

但不论何花，牡丹、芍药，自有李清照的风韵夹裹其中。

阅读此词，只觉身心放松、视野开阔，李清照正是擅长于此。人生中所经历之春众多，却为何独此春娇艳动人？——呵，皆因有美好的爱情啊！眷念一个人，又能幸运地执子之手，该是多么幸运的事情！

想到沈从文写给爱人张兆和的句子："我行过许多地方的

桥，看过许多次数的云，喝过多种类的酒，却只爱过一个正当最好年龄的人。"爱情，苏醒了一颗文采飞扬的心。

也许你有这样的经历，特别是女性。当你有缘获得一份完满的爱情，对花朵便会肃然起敬，会喜欢荷花的艳丽、菊花的绚烂、桃花的灼灼、百合的清香。当你俯身轻嗅，淡淡的花香入脾，你便会心一笑。其实，各花清香虽有差异，但最终莫不是一道爱情的甜味。有爱情的人，才更容易贴近春天，才会更加认真欣赏花朵的美丽。就像李清照眼前盛放的这些花朵，此时观赏，自当比平日更多一份雍容华贵，这是赏花人的心事。她与花朵之间，在无形中学会交流心语，这是爱情的力量。

春日盛盛，花团锦簇。"花开堪折直须折"，对花畅饮，举杯共醉，趁此年华，尽情挥洒。因为她要"金尊倒"，她要"拼了尽烛"，以至于"不管黄昏"。

不管黄昏，是要在这黄昏中，绽放自我，不负流光……

李清照醉了，且愿长醉于花下；李清照拼了，愿拼尽青春韶华。

李清照与花，互成美好。

于是，不管这花是芍药抑或牡丹，皆已与人互映，美作一瞬。最终，她享尽良时，亦没有辜负这一场有缘的怒放。

此花不与群花比

雪里已知春信至，寒梅点缀琼枝腻。

香脸半开娇旖旎。当庭际，玉人浴
出新妆洗。

造化可能偏有意，故教明月玲珑地。

共赏金尊沉绿蚁。莫辞醉，此花不
与群花比。

——《渔家傲》

　　李清照从来爱花。她品质清洁，一生留有多首咏物词，其中又以花木意象为最。女子总爱拈花自喻，许是因为世间万物的精灵，唯以花朵最称心意。女子爱花，这亦是亘古不变的情结。况李清照一代才女，更习惯借花木而造境，以表达自己的人格操守。

　　"咏梅"，她并非第一人，然却将内心深处的情思与精髓融于其中，令花朵享受灵魂，与人合二为一，这一点实属难得。

　　雪里已知春信至，寒梅点缀琼枝腻。

　　香脸半开娇旖旎。当庭际，玉人浴出新妆洗。

造化可能偏有意，故教明月玲珑地。

共赏金尊沉绿蚁。莫辞醉，此花不与群花比。

古来写梅者不计其数，晏几道写离情："横玉声中吹满地，好枝长恨无人寄"；周邦彦写羁旅之思："今年对花最匆匆，相逢似有恨，依依愁悴"；林和靖写孤高超尘："疏影横斜水清浅，暗香浮动月黄昏"……

这些优秀的作品，使梅花那不畏凛寒的习性深入人心。观梅、赏梅、品梅乃至颂梅，已成为越来越多人的喜好和选择。渐渐地，梅就成为君子人格的代表。暗香浮动，孤芳傲世，咏梅词总觉清冷，虽有淡泊静雅之气，却也让人深感寂寥，不免心生怜爱。

爱上一物，也许同爱上一个人一般，极需讲求缘分。李清照爱梅，自是爱出了有别于其他士大夫的一种味道，这是否可说明其与梅素来有着不解之缘？这篇《渔家傲》清朗俊逸，读毕，非但没有一丝的凄冷，反而让人甚觉欢快愉悦，耐人寻味。

"雪里已知春信至"，写出一个饱含希望的春，清寒与孤寂一扫而空。一夜的风雪将瘦弱的花枝变得丰腴，似有一些富态之征。清雅艳丽的蜡梅点点盛放，将雪白的世界尽情点缀。

那红，从雪里喷薄而出，带着新鲜的春色，来报春的消息。银装素裹的世界里，因有梅的存在，亦是惹眼。放眼望去，红与白，争相出镜，一片冰与火——这正是漫漫长夜之后，大地绽放的所有惊喜。

隆冬的一个清晨，李清照赏花，也赏自己。在众多的花中，李清照独爱梅。她是一个聪慧女子，懂得世间的艰辛。最难得的是，她愿意让自己像梅，坚韧、执着，品格高纯。梅在她眼里，有着极致的美好。

"香脸半开""玉人浴出"，它们都是她眼里的美人，国色天香，倾国倾城。苏东坡咏梅"玉骨那愁瘴雾，冰肌自有仙风"，同样是拟人，窃以为李清照的更加细腻温柔，出自女子之手，一目了然。

一直以为，只有女人，才懂得女人的美。一个男人，免不了要用"色欲""肉欲"的眼光去品评女人，描绘出来的梅，容易流俗于外形。而女人，易通晓梅的内心，也更易写得客观、真实。

古往今来，历史上有很多女子，生性高洁，清丽脱俗，像极了寒夜风雪中的有着铮铮傲骨的梅。如一代女皇武则天身旁的上官婉儿，她的额头就曾刺了一朵娇艳的梅花。据说，武则天有次冤枉了她，要刺配，后来武则天发现自己错了，因其性格倔强无法收回成命，就在上官婉儿的额头留下了梅花的印记。

还有梅妃——唐玄宗的宠妃，亦是钟爱梅花，故在额头描绘。

文人散士对梅花的钟爱，各有不同。历史上最爱梅花且极具其品行的，大概也只有林逋，"众芳摇落独暄妍，占尽风情向小园。疏影横斜水清浅，暗香浮动月黄昏。霜禽欲下先偷眼，粉蝶如知合断魂。幸有微吟可相狎，不须檀板共金樽"。一句"暗香浮动月黄昏"使他名垂千古，更将梅花姿态之绝美呈现得淋漓尽致。

梅，若用作称呼，也多是女儿名。历史上的一些美人，也多与梅花有着千丝万缕的关联。南朝宋武帝的女儿寿阳公主，据传某年正月初七，公主曾于含章殿下邂逅一朵梅花，此花落于公主额上，拂之不去。几日后，梅花自行脱落，在其额头印下五个花瓣的梅花印记，遂后宫轰动，争相效仿，只因此妆令人俏丽生姿，玲珑剔透。此妆也因有梅花，便称作"梅花妆"。

梅花如此可爱，盛放之际，明月玲珑，教李清照如何不心醉？窗外夜凉如水，梅花映雪，又逢清朗月夜，花月交融，而李清照自己此时亦有份大好姻缘，这如何不令她愉悦？此情此景，此景此人，此人此心，这般美好的夜色、景色、人色，让她心潮澎湃，再也按捺不住，想来也只好"共赏金尊沉绿蚁。

莫辞醉"。在这有酒有景的时光里，一醉方休罢！

尽管，花色无声，夜景无情，心潮澎湃的只是观花人的心情，但"此花不与群花比"，情感迅疾迸发，词人诗性盎然，借着酒与月，抒发了一道热切的喜悦。

这个夜晚，如此沉醉。虽说写梅，但美到动人的又岂止是花。词人的心醉了，一支玉笔，吐纳芳华。千百年后，当读到这首词，在字里行间，人们还能寻觅到李清照彼时的欢乐，深感她的得意、她的气节、她的文化精髓。

"零落成泥碾作尘，只有香如故"她像梅一样，穿行于百媚千红的世间，孤绝清丽，镇定自若。

问郎花强妾貌强

卖花担上，买得一枝春欲放。

泪染轻匀，犹带彤霞晓露痕。

怕郎猜道，奴面不如花面好。

云鬓斜簪，徒要教郎比并看。

——《减字木兰花》

这是春日浓盛的汴京，空气中溢满了各种花朵的芬芳之气。《东京梦华录》里记载："月季春，万花烂漫，牡丹、芍药、棣棠、木香，种种上市。卖花者以马头竹篮铺排，歌叫之声，清奇可听。晴帘静院，晓幕高楼，宿酒未醒，好梦初觉，闻之莫不新愁易感，幽恨悬生，最一时之佳况。"这话正是反映了汴京的繁华景色。

新婚宴尔，美梦成真。这一年的春天，终于不只是愁与伤感。她出门遇到卖花之人，在花担上精挑细选，得到了一枝含苞怒放、载满春意的鲜花，小心翼翼地带着花枝返回，让整个春天在她的掌心盛放。

　　　卖花担上，买得一枝春欲放。

泪染轻匀，犹带彤霞晓露痕。

怕郎猜道，奴面不如花面好。
云鬓斜簪，徒要教郎比并看。

春日初暖，翠柳含烟。她轻轻地捻动花枝，细细端详，只见它花色娇妍，粉嫩欲滴，是如此惹人怜惜。李清照向来习惯以花自喻，此时此刻，此情此景，她不由得担忧：连这小小的花枝看了都叫人心生怜爱。那我呢，我在丈夫的心里，会不会像这可人儿的花枝一样，牢牢地牵引着他，使他甘愿一生小心疼爱？

这样想着，李清照却先在心里给了自己一个否定的答案："怕郎猜道，奴面不如花面好。"她真的心怯了吗？担心自己并不比这花朵美好，不能够长存于他的视线？"云鬓斜簪，徒要教郎比并看。"其实不然，这大千世界的万紫千红虽缤纷如云，可她却是才思敏捷、青春正浓，姣好的面容与婀娜的身姿，活脱脱一个倾城丽人，又怎能比不过这小小的一枚鲜花？她偏要细心装扮一番，试要与花在丈夫面前，比出个高低。

每逢读到这里，总要心生感慨：任是花中自有风流的易安居士，在丈夫面前，原来也不过是一个渴望得到宠爱的小女人。是的，作为一个女子，李清照的日常生活与其他人并无任何不同之处，她也渴望两情相悦，渴望天长地久，渴望携手一生，红尘共老。

所有的欢喜，都只是因为那个她故意想要讨好的人。

正像"会哭的小孩有糖吃"，会撒娇、娇嗔的女人，更容易获得丈夫的怜爱。

"女为悦己者容"，娇憨或者嗔怪，不过是为了讨好面前这位心心念念的爱人罢了。想一想，这时候的李清照，果然可爱、单纯。

这篇词应当写于婚后不久，她正全心全意地沉浸在甜蜜的爱河中，举手投足俨然一个渴求丈夫关爱的小女子。一句"徒要教郎比并看"，便将李清照故意使小性儿，可爱单纯的女儿一面，显露无遗。

然而到这里，词却没有了。李清照并没有接着写赵明诚的反应。但这一切似尽在不言中。赵明诚应该已经被堂堂一代才女孩子气的举动弄得啼笑皆非了吧？又或者默默地注视着眼前灵动的李清照，满含柔情。这样的女子怎能叫他不爱呢？又怎么是一枝鲜花轻易就能比拟的呢？花虽娇嫩，但赵明诚并不多情。那一刻，从他温情注视着的眼眸，分明可以捕捉到满满的怜爱。

——他早已为她心动。

然而，这就是这对有名伉俪的全部生活乐趣了吗？非也，非也。

一对伉俪，鹣鲽情深。新婚以来，感情如胶似漆。赵明诚当时在太学上学，每月只有初一、十五可归家，即便太学毕业后为官，也不可能天天守在家中陪伴李清照，因此他们不会是朝夕相处、耳鬓厮磨。但爱情的快乐对他们而言，幸好也并非每日朝夕相处、耳鬓厮磨。他们要的，是一种真正的精神上的契合，这种契合，与能够待在一起多久，毫无关系。

李清照与赵明诚皆才学出众，他们最幸福、快乐的事便是一起进行高雅的艺术创作，遨游在星河璀璨的艺术天空。当然，除了这些，他们也会邀请其他的朋友前来一起分享彼此的快乐，"谈笑有鸿儒，往来无白丁"，这样优秀的夫妻，他们所认识和结交的朋友，自然也都是饱读诗书礼仪的有志之士。

诗歌创作尚且容易办到，但收集金石碑刻文物字画，则需耗费大量钱财。虽二人皆是官家子女，但二人的父亲却都是出自寒门，家教甚严，因此即便都在汴京为官，也并未通过官位给予子女多少优待。

赵明诚当时在太学，期间根本没有经济来源。虽然在经济上不宽裕，但李清照为了满足丈夫心愿，时常省吃俭用，想尽各种办法。

据李清照晚年所写的《金石录后序》记载：每到赵明诚归家的这天（初一、十五），夫妻二人便笑着挽手上街，一起典当衣物，如此换得五六百铜钱，然后欣喜若狂地去到汴京很有名的大相国寺。那边有个很大的文物市场，是李清照与赵明诚每逢相聚必去之地。

夫妻二人携带着不多的钱财，穿梭于人群中，在市集上精挑细选。回家后，对着辛苦淘来的东西左看右看，爱不释手，欣赏、把玩、考证，获得了极大的乐趣。

回过头来再看李清照的这一篇词，简练平白，直露男女间的浅俗情趣，到底招惹了许多人的非议，说她"词意浅显，亦不似他作"。

但，大家不要忘记了，李清照原本就是一个心思细腻的女子，渴望爱情，渴望能与心上人白首偕老，共度一生。她身上亦有着小女子盼望垂怜的俏丽心思，懂得轻颦浅笑、撒娇嗔痴只不过了寻求一份真实的温情。她只管写真实的自己，笔端皆流露真性情。而不是像别人看待易安居士那样看待自己。她活得真诚、洒脱，一点儿都不矫揉造作。这首词，正突出了她为人不常见、娇俏可爱的一面，是一首难得的生活之词。李清照的词是灵动的，有她的生活姿态，有她的尘世心愿，有她的痴迷不悔，有她的爱与怨……

爱，原本就是一种很玄妙的东西。或许，在面对其他人时，李清照尚可严肃以待，但在心爱的丈夫面前，她为何不能尽情展现一个小女子的姿态？也正是爱，才令赵明诚看到了李清照不为人知的一面，是爱，让这篇词诞生，让世人走近一代才女李清照，更加细腻、深入、全面地了解到一个真实的李清照。

"天地初开日，混沌远古时。此情已滋生，代代无终息。妾如花绽放，君似雨露滋。两情和缱绻，缠绵自有时。"琼瑶曾以美句如此这般形容两情相悦的男女。依我看，李清照与赵明诚，正是这描述中的一对佳偶。

对李清照来讲，今生遇到赵明诚，她也甘愿不问前尘，只是深深地留恋和沉溺在那散发爱怜的温柔目光里，安于岁月，与之共白首。花花世界，萧索红尘，唯愿拟一纸素笺为裳，浓墨为妆，暗香盈袖，心中盛满他的模样。

"徒要教郎比并看"，在这个世上，倘若还有一份真挚的情感，那必定是李清照眉梢的浓情，赵明诚眼底的笑意。

那些情深似海、相互依偎的日子，多么让人艳羡的花好月圆，即便这美好的一刻终将失去，但此时此刻，李清照那清透的灵魂，却是绽放着温暖的火焰……

君须怜我我怜君

晚来一阵风兼雨，洗尽炎光。

理罢笙簧，却对菱花淡淡妆。

绛绡缕薄冰肌莹，雪腻酥香。

笑语檀郎，今夜纱橱枕簟凉。

——《丑奴儿》

清风。傍晚。一阵凉意，但却是舒服的凉意。这风和雨都是有人情味的，在天地需要它们的时刻，痛快降临，为人们洗去了一身疲惫。

倘若，今生没能遇到他。她是否还会欣喜这一场好雨，是否还有心思"理罢笙簧，却对菱花淡淡妆"？

或许，遇见了爱情，一切都要疯长。在如此美妙的时节，就注定会发生一些美妙的故事。

她的精致装扮只为他。他的目光流转中，也拥有一生一世的眷恋年华。

一生究竟有多长？因人而异。一生太长，曾以为会铭记到死的过往，就那么轻易被流光打散，再回首，一些曾重于泰山的人，早已消失踪迹；一生又太短，总有一些人和事恋恋不舍，忘不掉，放不下，在午夜梦回的时刻，是那样轻易叫人惊醒，泪流满面。

而如果，此生有缘遇到那个真心的人，又能够得到祝福彼此相守，哪怕不足一生，想必亦是再无遗憾了吧。只因这过程太过美妙、动人，让人忘记时光竟然依旧舍得飞逝。是在怎样的情境下，李清照写下了这样的词句：

晚来一阵风兼雨，洗尽炎光。
理罢笙簧，却对菱花淡淡妆。

绛绡缕薄冰肌莹，雪腻酥香。
笑语檀郎，今夜纱橱枕簟凉。

夜凉如水。星河璀璨。窗外的月色，将这一对璧人映衬得越发美好，似幻景一般，看一眼，都惹人沉醉。

她完全没有睡意，身上只披了一件丝一样薄的单衣。他亦清醒着，透过月光看到她那半裸露的，渗透着莹光的玉肌。情与欲在黑暗之中默默涌动，均匀的呼吸此起彼伏，他是鲜活的，她亦可伸手就可触摸。月光将这一刻小心雕刻，她看着他明亮的眼眸，突然发出一声娇嗔的笑声，这笑声十分轻盈，所以听上去温柔、动听，她说，今夜的月色很美，只是寒意侵染，这纱橱的枕簟显得有些冰冷。

像"徒要教郎比并看"，李清照的词似乎又是在不该收尾的地方，收了尾。那么，赵明诚该是如何做的呢？想必，他一定温柔地张开炽热的胸怀，一把将她揽入怀中，用躯体为她赶走一切寒冷。

这一段幸福的婚姻生活，想必该是李清照一生之中最美好安然的日子吧？倘若日后国家没有分崩离析，她的丈夫亦守护在侧，那么，她就不用孤零零一人独自面对冷漠的人世，不用在痛苦的思念中，度过余生。而如果没有这些温暖的过往，她日后会感到轻松一些吗？如果可以选择，那会是放弃这段美好还是依旧小心拥有？

然而，相爱的日子，终是短暂的。比春花的绚烂还要短暂，比秋叶的飘零还要凄冷。或许正是因为短暂，这一切，才会如此地教人流连。

正是靠着这些过往的温暖，她在日后没有他的日子里，坚强度过，艰难支撑。点点滴滴，每个温存从内心划过，她，既暖且疼，既痛又有欣慰。

人生充满了变数。可供疗伤的温暖，总也有限。但李清照认为今生得遇赵明诚，已经是上天所赐予的最大恩德。他与她同心连理，与她是同好知己，一路走来，相似的家世令他们的关注点、兴趣点，难得的一致。

李清照深知赵明诚喜爱收集金石书画，她爱他，自愿相助，这是一种情感上的共鸣。他二人经常出入大相国寺文物市场，每每淘到钟爱物品总是爱不释手，互相欣赏、把玩、鉴别。但因为经济拮据，却时有喜而不得的遗憾发生。

一次，有人听闻此二人喜爱收藏珍贵字画，便带着南唐画家徐熙的《牡丹图》求上家门，李清照、赵明诚听明来意，连忙展开画卷，只见其笔墨清新、有力，夫妻二人对视一眼，鉴定此画确为真迹。但对方开口要价二十万铜钱，使二人感到为难。但他们又实在喜欢，便好言说尽，借了回家去看，那一夜，烛火通明，直到天亮。他们爱不释手，奈何确实拿不出那么多钱，考虑再三，终是放弃。"尝记崇宁间，有人持徐熙《牡丹图》求钱二十万。当时虽贵家子弟，求二十万钱岂易得耶？留信宿，计无所出而还之。夫妇相向怅怅者数日。"（选自李清照《金石录后序》）

这是一些生活中的乐趣，尽管不如意，但在李清照心里，有赵明诚在身边，现世即是安稳。在这个世界上，大抵没有人真正喜欢颠沛流离，无枝可依。我们的心，也都甘愿长久地栖息在一个温暖的地方。对于李清照来说，不管有多大的风雨，只要赵明诚在，一切都可不惧。想来，人生在世，所求的也不过就是这样一种安心。

这阕《丑奴儿》，用意妖冶大胆。王灼曾在《碧鸡漫志》中作此评价："作长短句，能曲折尽人意，轻巧尖新，闾巷荒淫之语，肆意落笔。自古缙绅之家妇女，未见如此无顾忌也。"

同样"轻巧尖新"的，还有南唐李煜的一首《一斛珠》："晓妆初过，沉檀轻注些儿个。向人微露丁香颗，一曲清歌，暂引樱桃破。罗袖裛残殷色可，杯深旋被香醪浣。绣床斜凭娇无那，烂嚼红茸，笑向檀郎唾。"

"檀郎"一词最初源于美男子潘安。后人常用此指代女子的心上人。两词均是发自内心的真挚表达，也因二人的许多共同之处使后人常念："男中李后主，女中李易安。"

有人评价李清照在这些词中掺杂的关于情色的描写，实在是在捣毁自身的形象——为什么真实地表达出了自我，却被认为是一种捣毁形象的做法呢？难道有才华的女词人就不能拥有正常的情感吗？人，美在日常生活中，而不是书本里、诗词中。那只是人们幻想的一个死去的美人，可李清照是活脱脱的一个人，她需要被关照、被抚爱，写出来，有何不妥？

况且，她一向都无所顾忌，率性不羁，写得出这样的辞藻，也正是她的性情所致。

不论何时何地，性情真挚的人，自会谋得一片天地。

她只是那样轰轰烈烈地爱过，只是那样情真意切地感受过。只是渴望与一人厮守，终老，不负韶光。

当阅读这首词时，请你把她当作一个婚后不久、正沉溺于甜蜜爱情的小女子看待吧。因为不管你是谁，终将拥有这么一天。

与你心爱的人，同床共枕。在一片寂静的月色中，笑着问候他的生活起居。

永远不要忘记，人世种种，得以被记录下的，原本就十分有限。莫道春色短，辜负了这一世的美好姻缘。

这一路走来，且行且惜。

离人心上秋意浓

寂寞深闺，柔肠一寸愁千缕。惜春春去，几点催花雨。

倚遍阑干，只是无情绪。人何处？连天芳草，望断归来路。

——《点绛唇》

又是春去。寂寞深闺。

没想到遇到良人，竟使李清照花光所有运气。

那一年，芳菲有如林海，漫天飞舞的是青春的红。她就这样遇到了他，在她最美好的年华。原以为这命定的美好姻缘，才是刚刚开始。新婚宴尔，卿卿我我，正是你侬我侬。从不曾想，他会从她的生命中暂时抽离——如此地决绝、迅疾。来不及看她对镜贴花黄，来不及为她描画蛾眉，甚至来不及，暖她的身体，慰她的相思。

思念像一条饥渴的鱼儿，游遍她的发肤，于是就有了这样的诗词：

寂寞深闺，柔肠一寸愁千缕。

惜春春去，几点催花雨。

倚遍阑干，只是无情绪。

人何处？连天芳草，望断归来路。

当他不在身边，她才懂得，以往那些惜春、悲秋的情思，是多么单薄。只因一切尚且没有相思的对象，再深的春念，也不过是惋惜春的早逝，流于俗表。而如今，锦绣鸳床上放了他们两个人的被，每晚却注定只是她一人独眠。天色渐晚，屋内燃起灯火，跳动的烛光不懂她对远方的牵绊。赵明诚啊赵明诚，上天若有意赐我锦绣爱情，为何又让你我分离？

剪不断的，是她思夫的愁绪。只是这人间，哪肯因为她的多情，就送来一段现世安稳？

事实上，人间多的是离散，现世少不了兵荒马乱。

这是李清照与赵明诚婚后所经历的第一次变故。因"元祐党人"事件。根据《宋史》的记载，"元祐党人"事件具体指的是以王安石变法集团为一方的改革派新党与以苏轼等为另一方反改革的旧党所进行的斗争。

元祐年末秋天，亲近旧党的高太后去世，宋哲宗亲政。与高太后不同，宋哲宗一上任就对新党投入极大信任，很快，新党人员得到提拔，被相继委以重任。而以苏轼为首的旧党一派则遭遇贬谪，其中包括秦观、黄庭坚等。

宋哲宗的弟弟宋徽宗即位之后，更加重任新党，从而对旧党彻底打压，力图一网打尽。由于蔡京此时正处于新党领袖地位，故而得到皇帝的赏识。而当时赵明诚的父亲赵挺之才华出众，又是蔡京的绝对拥护者，自然一路青云直上，官运亨通。

这对赵家和李清照来说，原本该是一件喜乐的事情。但李清照的父亲因当时与苏轼等人来往甚密，故而被朝廷视为敌对，牵连归类至"元祐党人"中。事发之后，李清照写诗向赵挺之求救，恳请其念在联姻的亲情上出一把力，却为赵挺之所拒。他的心里，此时正酝酿着一个亲近皇室就此飞黄腾达的富贵梦。绝望之余，李清照写下"炙手可热心可寒"，从此与赵挺之关系甚淡。

宋徽宗崇宁二年九月，朝廷颁布法令，昭告天下，要求"宗室不得与元祐党子孙及有服亲为婚姻，内已定未过礼者并改正"。由此，李清照作为李家唯一的女儿，纵是含冤受辱，也是难逃干系。

李清照不忍见父亲身陷牢狱，却又无法在公公面前求得盛情。百般煎熬之下，只好暂时收拾行李，辞别汴京，独自一人回到了山东明水老家。

自此，与夫君赵明诚分别。

"明月照千里，思君何时归？"在"新旧党争"事件的影响下，李清照对丈夫的思念，早已超越一般的夫妻之间的情思。这相思里，既夹杂着她对父亲安危的深切担忧，又夹杂着对未来赵、李两家关系的愁困。

女人，也许天生就是脆弱的。任她才华横溢，时人敬仰，此时此刻，也唯有就着晚风，写几句诗词，聊以自慰。

只是，远在天涯，孤身一人，原本想要躲开那纷扰的世事，寂寞却将孤独刻画得更深。"柔肠一寸愁千缕"写她此时的心情，满满的愁绪，无从梳理，无从言说，无从宣泄。清冷的深夜，春色已远，而她身在远方，却无时无刻不在惦念着，那另一片天空下的所有。

孤独的长夜里，清绝、无声，唯有思念相伴。当遇上了那人才知，相思有多浓。原本应当他二人共处一室，温暖相偎，可是现在……遇到了爱情，任你多么骄傲，一旦分离，都要陷入这透骨的思念中，只因从他闯入心中的那一刻，一切便没有退路。

斜风，疏雨，点落黄昏。雨水冲刷了静默的落红，零落成泥，黯淡的余香袅袅袭来，令她又明了眼前的一切。

"雨横风狂三月暮，门掩黄昏，无计留春住"，同样是伤春，欧阳修的笔调颇为浓烈，而李清照的，则淡笔含深致。只是无人能察觉，这淡然的背后，是她已经放下，还是已然绝望？没有那人，眼前再好的风景，亦是注定一场空。

人世间，对于一对有情人来说，最残忍的无非就是离别。

《神雕侠侣》中，一对神仙眷侣，江湖漂泊，原本可以携手相伴，过着无忧无虑的日子。然而小龙女身中情花之毒，世无解药，绝望之下竟撇下痴情男子杨过，独自坠崖。为了不让他伤心自寻短见，更在崖上刻写十六年后再相见的残酷谎言。并蒂无莲，鸳鸯失伴，从此以后，杨过孑然一身，孤独地在江湖上闯荡、流浪。

《天龙八部》里的乔峰与阿朱，一个是盖世英雄，一个是如花美眷，在似水流年的韶光相遇，相互许下"塞上牧羊放马"的美好誓言。然而，造化捉弄，阴差阳错之下乔峰亲手杀死了心爱的阿朱。从此，天人永隔，今生来世都不再相见。

孤独，就这样杀死了人心，杀死了爱情。然而，那人就是他们的唯一，所以十六年后，杨过终于等来了小龙女，而乔峰则去了黄泉。也许，人间未能实现的心愿，他们终将在地下圆满。

而李清照，亦有这样的痴情。她痴痴地守候，宁肯为他将最后的春光都辜负。日暮黄昏，倚遍栏杆，那痴情而灼热的目光，日日端然地盯着那条熟悉的路途。

　　一次次地希望，一次次地叹息，又一次次地失望……他为何还不回来寻我？一声来自心底的发问，打破了静谧长空，惊颤了摇曳在风中的萋萋芳草。然而，极目之下，远山之外，行云、流水，寂静无声。

云中谁寄锦书来

江梅已谢，红桃不开。诚如世间之美好，总是稍纵即逝。

一如她与明诚，红烛软帐，两相情好，终于分崩离析。「元祐」事发，鸳鸯拆散，李清照的生命里，再照不进半点温暖。

等待，成了一个少妇最无奈的心事。等春风，等花开，等山樱红透层林尽染，想必那时，他在重逢路上，笑容烂漫。

未妨惆怅是清狂

红酥肯放琼苞碎，探著南枝开遍未。

不知酝藉几多香，但见包藏无限意。

道人憔悴春窗底，闷损阑干愁不倚。

要来小酌便来休，未必明朝风不起。

——《玉楼春》

谁人不想寻得安稳生活，纵然在官场，也终是希望能够得以全身而退，恬静淡然。然而，"现世安稳，岁月静好"永远是挂在墙上的美好祈愿。对于李清照来说，倘若命中没有那场浩劫，此生是否会温暖如春？而她也可以做个性情淡然的女子，清淡如梅，天真一世。

只是她终究没能逃过命运最残酷的"赐予"。新婚不久，她便与赵明诚分隔两地，一个在繁华的汴京，一个在寂静的明水。思念的煎熬，独处的寂寞，等待的痛苦，都让她感到无比沉重。

红酥肯放琼苞碎，探著南枝开遍未。

不知酝藉几多香，但见包藏无限意。

道人憔悴春窗底，闷损阑干愁不倚。
要来小酌便来休，未必明朝风不起。

心是痛的。情感炙热，无处释放。李清照举起了酒盅，提起了毛笔，观起了梅花，就有了这一首"百转千回，荡气回肠"的"咏梅"词。李清照曾多次赏梅，写梅，那句于平淡流年写下的"共赏金尊沉绿蚁。莫辞醉，此花不与群花比"，道尽了她对梅花的热爱，也道尽了漫步红尘的喜悦之情。如今眼前，新梅依旧含苞绽放，冬去玉楼又迎春，年年春意惹人醉，但李清照，却遗失了那过往的快乐，变得忧心忡忡。

眼前，梅妆初开，若红色凝脂，生机盎然，全然不懂人间哀愁。"肯放"一词，简洁点明词人与花枝的互动，证明这是等待许久，才得以欣赏得到的梅开。——此处寄予李清照莫大的希望，她盼望朝中的乱世，能像自己等到梅花绽放一般，经过等待，能换回一个风平浪静。

怀着一片深愁，词人写梅的形态、意态，由外而内，歌颂梅之坚贞、顽强，与众不同。与此同时，也从梅的身上得到启示，面对困境，急景凋年，她要做一枝梅，兀自顽强，就算挣扎，也要无畏风雪。

初生的梅，使人眼前一亮，内心欢喜。但视线之外，依旧是动荡不安的朝堂。似有暴风雪，今夜摧残来。想必，这样明艳动人的梅花，亦是转眼就要覆灭了吧？——词的下阕，李清照因于内心的纠结与痛楚，一点点浮出水面，像一根细长的针，扎得人心痛。"道人憔悴春窗底，闷损阑干愁不倚。"再清丽的风景，瞬间都不再与她相干，她只能坠入那个有些胆战心惊的噩梦。斜倚阑干，花色重重，可她只有情浓愁闷。那令人胆战心惊又手足无措的现实啊，她能拿它怎么办呢？只有饮酒，在风里。——莫要等到明天，明天连这些娇艳的花儿都败落了，只能拥风睡去。

再想到父亲，已经不可避免地卷入党争，而她能做的都做了，事情没有退路，就连自己也只怕要如这些花儿，朝不保夕。在未知的命运面前，她是这样的无力。

家遇横祸，磨难重重，长日无尽。"诏宗室不得与元祐奸党子孙为婚姻。"一道旨意让一切都逃不掉，躲不过。

此时的李清照，万念俱灰。被迫与赵明诚分离，更令心内忧患，行于归乡途中，抬头望天，以泪洗面……

女儿家的心思，原本应当用最好的感情来滋润。这世上唯一看透女人心的男儿贾宝玉曾说："女儿是水做的。"晶莹剔透，不像稀泥和成的男子，稍有不慎就臭气熏天。走在繁花似锦的人世，也许每个女人的心中都做着这样一场梦："我一生渴望被收藏，免我惊，免我扰，免我四下流离，免我无枝可依，免我流离他乡，免我死无人葬。"想必正是有了这样的担忧，才有了黛玉含泪葬花的伤怀："尔今死去侬收葬，未卜侬身何日丧？侬今葬花人笑痴，他年葬侬知是谁？"那一份宝贵的安稳，那一份值得托付终身的笃定，谁人不渴望、不需要呢？纵然一个女子才华横溢、家财万贯，倘若穷尽一生都无法觅得一个知你、懂你、怜你、爱你之人，那些附加条件，就算再好、再便利又有什么用呢？累赘而已。

"两情若是长久时，又岂在朝朝暮暮"。这样的想法在这样的时刻，也没能稍慰李清照的情伤。"元祐"事件犹如残忍的中止键，让夫唱妇随、比翼齐飞的戏码从此中断，唯有似水年华里的短暂回响。李清照的人生中，从此少了潺潺相伴，多了股切期盼。

夜深人静，在这同样黯淡的山光水色之中，一个女子在静默里，盼着归人，盼着相见，盼与那梦中的恋人再入缠绵……

思念绵绵无绝期

草际鸣蛩，惊落梧桐，正人间、
天上愁浓。云阶月地，关锁千重。
纵浮槎来，浮槎去，不相逢。

星桥鹊驾，经年才见，想离情、
别恨难穷。牵牛织女，莫是离中。
甚霎儿晴，霎儿雨，霎儿风。

——《行香子》

七月初七。

这一日，天上人间，皆在度化同一种相思。

七月初七。

牛郎织女鹊桥一年一度相会的日子，但却不是她李清照与心爱夫君相会的日子。

人世间热闹非凡的情人节日，却让李清照最难熬。此时的她，与赵明诚只能分隔两地互致相思，她这个从不涉朝政的小女子，求的不过是一份现世安稳，却不料仍难逃政治上的牵连。也不知，这样的日子，还要持续到何年？

隔着遥遥的时光长河，她变作了寻爱的织女，却找不到属于自己的温暖归途。未央的银河，隔着长长的，一声叹息。

草际鸣蛩，惊落梧桐，正人间、天上愁浓。

云阶月地，关锁千重。纵浮槎来，浮槎去，不相逢。

星桥鹊驾，经年才见，想离情、别恨难穷。

牵牛织女，莫是离中？甚霎儿晴，霎儿雨，霎儿风。

儿时读乐府诗歌《古诗十九首·迢迢牵牛星》，读到描写牛郎织女相会的故事，看到一仙一人私恋相会，还要靠成群的喜鹊来成全。那时年少，不懂得这一年一见的相会有多残忍，竟还带着一丝艳美的深情，直说："这真是浪漫。"

迢迢牵牛星，皎皎河汉女。

纤纤擢素手，札札弄机杼。

终日不成章，泣涕零如雨。

河汉清且浅，相去复几许？

盈盈一水间，脉脉不得语。

等待中的爱情，只因我俩，天上人间。长大以后，再次读到牛郎织女的故事，一时感慨、惋惜，为之痛心。不由问天，这样残忍的折磨，只因为他们一个凡人，一个为仙？时光在静默中，安抚着每一个对爱情怀抱希望的人。缘分不可逆，遇见就是遇见了；天规不可违，任是相爱、情深，一年亦只这一次团圆。

于是，就这样，千年万年，鹊桥相会的故事流传下来，一代接一代，待到人间重换。

以上，是民间普遍流传的版本。

而南朝梁宗懔撰写的笔记体文集《荆楚岁时记》中，所记不同："天河之东，有织女，天帝之子也。年年织杼劳役，织成云锦天衣。天帝怜其独处，许嫁河西牵牛郎。嫁后，遂废织纴。天帝怒，责令归河东。唯每年七月七日夜，渡河一会。"

两者相较，人们还是更喜欢民间的版本，有情，充满浓浓的人情味。天庭古板，容不下仙人恋，玉帝心有不忍，但王母气正容威，取来金簪，划分界限，让一对恋人，从此相隔。——爱而不得见，比不爱更残忍。每年的七月初七，成了他们相会的唯一契机。那日，天地万鹊，四方来聚，汇成天桥，横跨银河，容相爱之人踏过，一解相思。

失爱荒芜的心，因这一点微弱的希望，重新变得鲜活、跳动。那以后，世上的他们，就只为这一天而活了……

李清照这首《行香子》，读来令人情动、心动，仿若置身其境。那时，她与新婚的夫君被迫分离，第一次独自经历七夕时节，心里的期盼，一刹那燃至顶点，分离的苦恨，渴望相见的心愿，越来越浓烈，似要融化一颗脆弱的心脏。

"草际鸣蛩，惊落梧桐。"草丛里传来蟋蟀忽缓忽急的鸣叫，惊落了树梢泛黄的梧桐叶，看那已是枯萎的叶，飘飘荡荡，摇摇欲坠，此时，伤感复又萦绕心头。蛩鸣知秋意，然而天大地大，她却只能一人独守至深秋，如此怎不感到无限凄凉？

七夕，原来是牛郎织女的花好月圆，却不是李清照与赵明诚的，云阶月地，相思最浓。"纵浮槎来，浮槎去，不相逢。"西晋张华在《博物志》中写道："旧说云：天河与海通。近世有人居海渚者，年年八月有浮槎，去来不失期。"

银河长长，浮槎往来，思念绵绵无绝期，任是动情，也是无情。这多贴合李清照思念赵明诚的心境！她从不干涉朝廷，如今却被政治连累，与赵明诚如胶似漆时分别，生生枉费一番深情。

"靥儿晴，靥儿雨，靥儿风。"之所以有如此复杂多变的心境转换，是李清照在哀伤流年不利时，又想到今日七夕时分，天上那对苦命鸳鸯亦是得以相见。晴的是，她心内亦有来日方长的期盼。而眼下的孤独、凄凉，则使她犹如禁受着风吹雨打，一股寒意，自不必说。

雾薄情浓，倘若她能让自己变得冷漠一些、无情一些，这样盛大的日子，亦能周全。可惜生性玲珑、心细如发，她端坐于幽远的红尘，注定逃不开命运的痴缠。

一种相思两处愁

红藕香残玉簟秋，轻解罗裳，
独上兰舟。云中谁寄锦书来？
雁字回时，月满西楼。

花自飘零水自流，一种相思，
两处闲愁。此情无计可消除，
才下眉头，却上心头。

——《一剪梅》

细雨残春，她在这个时候更加愁绪万千。与夫别离，距离
遂成魔障，孤独时时侵心。世间一切风情皆成宿敌，悄无声息
肃杀她的情思。落红残褪，复春又发，可韶华如流水般逝去，
不再回还。更何况还有那些夜静阑珊，温软细暖的缠绵之境，
常于暮色时分降临，扰她清梦。

红藕香残玉簟秋，轻解罗裳，独上兰舟。
云中谁寄锦书来？雁字回时，月满西楼。

花自飘零水自流，一种相思，两处闲愁。
此情无计可消除，才下眉头，却上心头。

那年清秋，冷冷的寒意浸透木床上的竹席，推门而出，迎面一阵风凉遍她的肌骨。举目四望，院里红莲凋谢，点点残红，倒是那金菊，开得灿烂至极。轻叩柴门，愁容还倦，她回屋换了应季的轻盈装束，一路往清净的河边走去。

大雁南回，阵断鸿声。地面肃清，只她一人一舟。秋日的河水已冷，波光悄然泛起。她轻盈地跳上小船，独撑一只船桨，向着天边划去。

这一幕时值秋日伤感离别的情境，被元代伊世珍的《琅嬛记》卷中引《外传》载为："易安结缡未久，明诚即负笈远游。易安殊不忍别，觅锦帕书《一剪梅》词以送之。"

但也有另外一种说法。彼时，赵明诚尚在太学，每月只初一、十五才可归家，并无有"负笈远游"来的那样夸张。然李清照心思玲珑剔透，又是新婚，即便是这样半月一聚的小别，也是略有感伤。但却还不至于个别解说中所谈的"怯怯不忍，肝肠寸断"。

真正使她感到忧心的，是父亲在朝政中所受到的不公正。因"新旧党争"，李格非被罢官逐遣，李清照亦受株连，被迫回到老家，狼狈至极。夫家却一路升迁，官运亨通，赵明诚更是因此踏上仕宦之路，一时风光无两。格局动荡，家境堕落虽未使夫妻之爱有丝毫损减，但李清照却由此深感时政的凉薄，忧心忡忡，便作这《一剪梅》，且聊以遣怀。

《一剪梅》，因周邦彦"一剪梅花万样娇"一名句，以命之。又被称作《玉簟秋》，则因李清照此句而得名。

"红藕香残玉簟秋"，写的是夏日离去，红荷花败，玉簟裹着秋凉，浸寒人心。岁月不居，斗转星移，仿佛才只是一举手一投足，就与这冷硬的秋凉迎面撞上，被击得瑟瑟发抖。而那湖中明艳的荷花，又是在什么时分萎靡凋谢，只留下片片残红，碎成了点点光影，飘摇在这清远迷蒙的静秋？

李清照精妙的用词、细致的感官体会，使人从视觉、嗅觉到触觉，都仿佛置身境内，赏得此句，便与李清照成情感共通之人。此番精秀特绝，除却一再彰显她远远凌驾于其他同年代词人的词作水准之外，更彰显她"不食人间烟火者"的初性。

说起泛舟湖上，李清照早已不是第一次。年少时，她手掌船桨，快乐饮酒，以至傍晚时分，"误入藕花深处"。偶然的错举，惊飞沙滩上的鸥鹭，与之争渡，又再高涨她的情致！那次醉酒归家，迷途争渡，不失为一种赋闲的乐趣。只是这一次，成长为少妇的她，不再饮酒作乐，只为携几尺兰舟，惯看秋风。

暮色时分，远静高空。转眼之间，夜凉如水。而她想遍情思，依旧解不了那些心底的哀愁。更深露重，在这一片广袤的天际之下，除了她李清照，还有谁似她这般独倚兰舟，满腹心事？云天之上，暮色沉重，正似她心底的孤清。

缓缓地，天边升起一轮圆月，何其皎洁，印着她轻锁着的眉，光晕打在远处静幽的湖中，泛起波光，也印着她身后倚靠的西楼，这时，她看到云边的大雁归来，只是不知可否有那人捎带的只言片语？

这样想着，念着，无尽的情思，皆在寂静深夜，默默流淌。突然凉风一阵，她裹紧这轻薄衣衫。此时，大雁飞过，鸿声渐消，望断天涯，锦书不来。恍惚间她才清醒，西楼墙下，水中仍是冷冷清影。"花自飘零水自流"，一切原只不过是她的美好幻想，这眼前的，却分明只是花自凋落，水自东流，如同那些温润细软的美景良宵，随着岁月流逝，终深埋记忆深处，一碰，就疼。但她确信心中那人，心自有戚戚焉，纵虽隔断千里，万水不见，也一定"难堪别绪，愁思如我"。一想到赵明诚，此时的汴京遥远得像极了一个梦，梦里那人亦是对明月望着，哀怨流年，只盼得一晌贪欢。

此情深重，奈何不堪现实又离分！看多了"执手相看泪眼，竟无语凝噎"，看多了"晓来谁染霜林醉，总是离人泪"，不禁为李清照的这份独自感伤而动容，而心疼。至少那些离别，都与那一人同在一处情境。

"此情无计可消除，才下眉头，却上心头。"换过轻衣，独上兰舟，只这相思之苦仍旧无从排遣，才从紧蹙的眉间褪去，转而又漫上了心头。这一"下"一"上"，没有丝毫的忸怩作态，简单到极致的用词，却已将满腹心事诉说得淋漓尽致。提起此句，不免想到范仲淹《御街行》："眉间心上，无计相回避。"同为写"愁"，两者对比一二，李清照的读来却更有意蕴，将女子所含的愁肠抒发得更加曲折婉转，悠扬动听，而范仲淹的则相较平直，没有了起承转合的精妙变化，亦有失对情感的细密体察。

古诗词里这样的相思之作很多，如李白《忆秦娥·箫声咽》："箫声咽。秦娥梦断秦楼月。秦楼月，年年柳色，灞陵伤别。乐游原上清秋节，咸阳古道音尘绝。音尘绝，西风残照，汉家陵阙。"那因相思日久而生的苦楚心事，随着呜咽的箫声一起流淌出来。她从离别那日开始便期待着重逢，可日升月落，春去秋来，这一天迟迟未到。清秋时节，在如潮的人群里，她立于风中，俯瞰长安风景，咸阳古道上音尘断绝，偶有三两行人，一骑车马，也是悄无声息匆匆而过，偏偏不见让她魂牵梦萦的那个人。

相爱的时光是如此的短暂。那就好好珍惜吧，别让原本的天作之合，因为彼此的不珍惜皆成过往云烟。

虽写相思的诗词居多，然李清照此词并不流于俗气。这结合自然寓意的意兴之作，十分成功地避开带有谴责夫君不归的怨妇情结，只单纯描写自己孤独、盼归的简单心境，使之清芳高雅。倘若对夫君没有爱之旖旎、心心相印，她又怎能谱写如此佳句？

　　只是在时光与现实如此无情的考量中，她经受上天的考验，变得更加沉稳、安静，在不为人知的角落悄然存在，滋养了一身的灵性。

为伊消得人憔悴

薄雾浓云愁永昼，瑞脑销金兽。

佳节又重阳，玉枕纱厨，半夜凉初透。

东篱把酒黄昏后，有暗香盈袖。

莫道不销魂，帘卷西风，人比黄花瘦。

——《醉花阴》

薄雾浓云，愁眉紧锁。细腻的女儿心思，令她容易忧愁；忧愁的情愫，令她热衷写词；缠绵的词句，令她千古流芳。只是，她原本可以做个寻常女子，过简静岁月，轻松快活，现在用这沉重的一世，去换取百世的荣耀，值得吗？

山谷沉寂，清风入林。没有谁回答。

绿水青山，人间依旧，变幻无常。时过境迁，转眼又是一年重阳。

《西京杂记》记载："九月九日，佩茱萸，食蓬饵，饮菊花酒。"九月初九，重阳节。直到今天，中国人都十分重视古代留传下来的这些习俗，更何况古人。这一天，是全家团圆、兄弟姐妹重聚登高插遍茱萸的日子，但对于李清照来说，因为赵明诚远行在外，这又是一个思夫的伤感日子。

　　薄雾浓云愁永昼，瑞脑销金兽。
　　佳节又重阳，玉枕纱厨，半夜凉初透。

　　东篱把酒黄昏后，有暗香盈袖。
　　莫道不销魂，帘卷西风，人比黄花瘦。

　　"薄雾浓云愁永昼，瑞脑销金兽。"雾气朦胧，云层深厚，遮蔽了朗朗乾坤，于是地面变得阴暗，此情此景，看得人心头也不得轻松。

　　屋中的瑞脑缓缓燃烧，一阵阵轻渺烟雾，慢慢升腾，弥散在李清照眼前。时光打乱，又悄悄散去，像她与赵明诚的相守——自那日汴京分别，孤独的凄凉以及脆弱的相思紧紧包裹她瘦弱的身躯。身处在这同样阴暗的屋子，她心里见不到一丝光亮，得不到一丝温暖，敏感的神经正渐渐麻木。

　　重阳节，像一个惊雷，撼动了她的脆弱。"每逢佳节倍思亲，"枕着花钿，她的心思早已云游远方：年迈的父亲如今身在何方？远行的赵明诚此时在做什么？光阴与香料，皆在虚无的逝去中。而她醉了，有些疼，有些痛，有些委屈。

　　白日如此漫长，她只能过得浑浑噩噩。到了夜晚，却是"天阶夜色凉如水"，是另外一番凄冷、孤寂。"玉枕纱厨，

李清照词传·知否 知否 应是绿肥红瘦

半夜凉初透"——没有那人陪伴身旁，秋夜变成了一把锋利的刀，毫不客气地插入她的身与心……

不知不觉进入梦境。眼前浮现的，分明是去年黄花簇拥，夫妻两个携手登高的美妙场景。蓦然醒来，才发觉美好的一切只是场梦境，失落之感悄然蒙上心头。这样的相爱，竟来得比无爱更令人心疼。节日依旧红火，菊花灿烂如昨。只是这些，于李清照只是徒增伤感罢了。

还是出门走走吧，哪怕独自一人。她于是起身，行至东篱。绚烂、怒放，可谓"千朵万朵压枝低"，九月果然是菊花的季节。想那陶渊明不求功名，乐做隐士，过着"采菊东篱下，悠然见南山"的闲逸生活，菊花倒是衬托了他的潇洒以及闲情逸致。而同样的场景，李清照却是欣赏不来，一介女子，不过想要安稳岁月，却只能与夫别离，举杯敬愁，纵有暗香盈袖，亦是无人垂怜，惹得满腹伤怀。

"莫道不销魂，帘卷西风，人比黄花瘦。"这是全词的点睛之笔，连赵明诚的学士友人都对此夸赞不已。

据元伊世珍《琅嬛记》卷中引《外传》记载：重阳佳节，李清照有感思君情怀，提笔写下这篇《醉花阴》，词毕，遂邮寄远方的赵明诚，以明思念之情。

赵明诚得词，大赞李清照文采飞扬，亦能感受此种心境。反复咏诵，情到深处，竟提笔作词附和。相传，他为此闭门谢客，囚于室内三天三夜，潜心酝酿，试与李清照比高低。

但《琅嬛记》上有另一种动机解释：说赵明诚见李清照词风俊逸，想到她乃一介女子，竟起了争强好胜的心思，故禁闭创作。事隔多年，真相究竟如何，你我早已不得而知。姑且认定是夫妻二人都是文人，喜好诗词罢了。

三日之后，五十阕词毕。赵明诚故意将《醉花阴》夹于其中，拿给好友陆德夫品评。焦灼的等待中，赵明诚的心始终慌张，却不料等来的回复竟是这样："只有'莫道不销魂，帘卷西风，人比黄花瘦'，三句绝佳。"赵明诚一时诧然，哪怕是争强，他也终是败给了李清照。

我总以为，赵明诚能有应和的行动，对李清照来说，已属难得。夫妻二人，相伴一世，要的不就是个情趣相投，你侬我侬？对她词的应和，对她投入情感的应和，对她轰轰烈烈这场相遇、相守的应和，倘若失去应和，那李清照该是多孤单啊！

在两个人的世界里，对方的回应就如呼吸一般，轻柔、重要，不可或缺。倘若爱失去了呼应，就如一个人对着镜子，孤寂、落寞，或自怜地望着水中倒映的身影，变成一朵自恋的水仙。

庆幸李清照得到了这样热烈的回应——即便以赵明诚的才华并未达到她的高度。那句"人比黄花瘦"，那份相思蚀骨的心情，虽是自怜，却无半分娇嗔，反轻易叫人心生怜爱，恨不能与之相逢！清代陈廷焯在《云韶集》中评价："无一字不秀雅，深情苦调，元人词曲往往宗之。"李清照对文字的把握，一向如此精准。

清绝重阳，瘦瘦斜阳。远去的岁月中，别忘记，有一女子，才貌双全。

金屋无人见泪痕

春到长门春草青，江梅些子破，未开匀。

碧云笼碾玉成尘。留晓梦，惊破一瓯春。

花影压重门。疏帘铺淡月，好黄昏。二

年三度负东君，归来也，着意过今春。

——《小重山》

春到长门，草色复青。柳暗花明归故里，江边梅子未开匀。

又是一年中的，大好时光，有多久没有见过如此明媚的春色了？

算算时间，她已离开三年。那逝去的汴京三年时光，是她记忆深处永远的空白。

春到长门春草青，江梅些子破，未开匀。

碧云笼碾玉成尘。留晓梦，惊破一瓯春。

花影压重门。疏帘铺淡月，好黄昏。

二年三度负东君，归来也，着意过今春。

汴京。车水马龙，繁华依旧。李清照终是回来了。这常出现于梦中的都城，一草一木，一石一花，如今，皆在眼前。她，有着怎样的心情？回首返回故土明水的三年时光，李清照不止一次地体会到阿娇身为女人的孤寂。在岁月里，长门是一个伤感的地方，有一个关于后宫失宠的故事。

西汉时期，阿娇出身贵胄，母亲是汉景帝同胞之姐馆陶长公主。生于宫廷，长于宫廷，养尊处优，生性娇纵。在一场宫廷计谋的布置下，还是少女的她，就已许配给了汉景帝妃王娡膝下之子。果然，汉景帝废后而立王娡，其子刘彻荣升皇太子。登基之后为汉武帝，阿娇晋升皇后。

可是做了凤凰的她，始终得不到汉武帝的垂怜。她就骄纵跋扈，不懂得何谓温柔，更何况后来又出现一个卫子夫。此人舞技超群，性情温柔，深得汉武帝喜爱。相比之下，阿娇身无所长，失宠已是必然。她不甘心，记得她小时候，就算想要天边星月，亦是唾手可得。可如今事发突然，一切不在掌握之中，一想到贵为皇后，却连一分宠幸都得不到，她的心里就充满了怨恨。

终于，她对卫子夫下手了。岂料，汉武帝精明，卫子夫也不弱，笨拙的伎俩很快就被识破，武帝震怒，追其责任，一道圣旨即刻将其打入冷宫。元光五年，武帝颁诏："皇后失序，惑于巫祝，不可以承天命。其上玺绶，罢退居长门宫。"

被拖至冷宫，阿娇幡然醒悟，泪若泉涌。她听说司马相如文采深厚，举世无双，特命人重金聘之，陈情聊表，写出《长门赋》。

阿娇对汉武帝，还是有一片深情的。然而，"桂殿长愁不记春，黄金四屋起秋尘。夜悬明镜青天上，独照长门宫里人"。武帝身旁已有美人相伴，早已不再怜惜，但一切又出乎意料，他不宽恕她，不再爱她，却下令"供奉如法，长门无异上宫也"，仍旧给她皇后的待遇。但阿娇，却着实绝望了。得不到恩宠，余生与清冷为伴，她的青春，很快就被消融得一干二净。"妾人窃自悲兮，究年岁而不敢忘。"那个敢忘的人，早已另作逍遥，不敢忘的，也只能在冷宫中度过余生。此生一别，多少恩情辜负。

司马相如得到了夸奖，汉武帝认可、欣赏他的词，但阿娇失去了唯一的救赎。一切都因她过去的飞扬跋扈，因了陆游说的，"早知获谴速，悔不承恩迟"。

崇宁五年春，"元祐"祸乱终至澄清。宋徽宗撤销石碑，还李格非等人清白之名。正月，事件肃清，李清照重回长门，故地重游，感慨良多，作下这首《小重山》。

"春到长门春草青，江梅些子破，未开匀"，春草青青，处处生机，江边梅子，尚未开破，点透春机。许是"元祐党人"事件终于得解，心头的乌云一下散开，李清照心中分外轻松，所以神情喜悦，得以观尽身前美好。

下一句"碧云笼碾玉成尘。留晓梦，惊破一瓯春。"视角忽然转至室内，写李清照取出清茶，碾碎了煎煮。茶雾袅袅，香气萦绕。长门阿娇的故事，便娓娓道来。也许此处，她又携了愁容。想到她独居冷宫，爱而不得，亦能回想起自己独坐深闺的岁月吧？两个女人，一种情思，红尘虽缥缈，仍受困于人间的相思。

但相对于阿娇，她是幸运的。她的孤独，有个时限；不像阿娇，直到身死。

"花影压重门。疏帘铺淡月，好黄昏。"时间推移，天已黄昏。浓重的花影倒映在紧闭的重门，月光清清淡淡地铺洒于稀疏的帘上。夜晚，如此恬淡静美，将一个个轮回的故事小心包裹，那些远去的，似从未发生。疏花淡影，她的经历，也变成一道秘密。那些年的颠沛流离，那些年的长望相思，那些年的春去秋来，过去了，也就过去了。回首时，恍惚发觉，似乎也没有多么煎熬。只是那些日子的繁华汴京，终究是擦肩而过了。

一切，都将不可挽回。岁月不居，人生短暂，还有多少时光，可供浪费？

李清照是倔强的，一种清冷的倔强。她对陈阿娇也许同情，但更有怨恨。时光薄情，将一个女人一生的春光，寄于男人身上，这本身就是一种悲哀。阿娇错在骄纵、霸道，但李清照不要自己这样。她虽硬，但是硬在骨骼，她非俗流，即便身陷长门，也势必要将岁月挥发。

等待，终是那时女子命中不可规避的事情。它可以是一道伤痕，亦可以是一种光荣。

写下这首词，李清照明了，踏过那些失败的情愫，她与赵明诚，还将恩爱如常，执手终老……

不辞镜里朱颜瘦

遥知韶光，梦醉齐鲁。青州十年，可谓李清照一生中，最为称心之岁月。她尚且红颜未老，他又能侧伴身旁。两两相好，江湖情暖。如若生命中所有的相逢，都能甜蜜至此，李清照便不是史书流传下的李清照。然而，还是希望她的岁月里能多一些这样的美好。

赌书消得泼茶香

暗淡轻黄体性柔，情疏迹远只香留。

何须浅碧轻红色，自是花中第一流。

梅定妒，菊应羞。画栏开处冠中秋。

骚人可煞无情思，何事当年不见收？

——《鹧鸪天》

公元1107年，新、旧党纷争告一段落。朝廷上，赵挺之与蔡京的矛盾逐渐显露。这一年，蔡京再为尚书左仆射（即朝廷首相），与赵挺之矛盾更为激化，导致赵挺之不得不辞掉尚书右仆射（即朝廷次相）之职。五天后，赵挺之悲伤过度而亡。《宋史·赵挺之传》中详细记载其过程：赵挺之担任次相以后，与蔡京争权，多次陈述他的奸恶，并且请求辞去官位回避他。赵挺之正准备入宫辞官，适逢彗星出现，徽宗默默思索，担心灾祸应验，于是全部废除蔡京定下的各种害民的法律，罢免了蔡京，然后召见赵挺之说："蔡京的所作所为，全部像你说的那样。"

《宋史·赵挺之传》中还记载到：崇宁初期，蔡京挑起边境上的争端，战争连年不停。徽宗上朝时，对大臣们说："朝廷不可与四方少数民族产生事端，事端一旦开启，灾祸连续不断不易停止，士兵百姓肝脑涂地，哪里是人主爱护百姓、怜惜百姓的本意啊！"赵挺之退朝后对同僚们说："皇上志在停止战争，我们应当顺从其意。"不久蔡京复任相位，赵挺之去世，终年六十八岁。追赠司徒，谥号为"清宪"。

　　然而蔡京并末善罢甘休。赵挺之死后，他变本加厉，查抄了赵家，另发命令将在汴京的赵氏家属、亲戚全部抓入监狱，后因诬陷不成，关押几个月之后又全部无罪释放。虽没有成功治罪赵氏家族，蔡京却将赵家人士遣散，令其不得入京为官，于是，赵明诚带着李清照，一同回到了青州老家。从此开始了一段"赌书泼茶"的美好时光。也许这是上天对这对夫妻的另一种补偿吧！不必再理会官场的是是非非，只有两个人，夫唱妇随、鹣鲽情深。有情人在一起，就连空气都是甜的。

　　他们一起散步，一起欣赏文物，执手相携，遍赏芳桂。

　　暗淡轻黄体性柔，情疏迹远只香留。
　　何须浅碧轻红色，自是花中第一流。

　　梅定妒，菊应羞。画栏开处冠中秋。

骚人可煞无情思，何事当年不见收？

眼前是一处处盛放的兰桂，仪态万千，明艳动人。远远的，就能嗅其香，暗淡轻黄、体态娇柔，其风流之势，实乃百花第一流。"桂子月中落"，这样美好的花朵，根本就应植在人间不可企及的月宫。

李清照爱花，对桂花更有一种钦佩之情。论外表，它并无绰约风姿；论颜色，亦匮乏浓艳娇媚，它贵在性格内敛，品格清高，于一片静默中守护本性，不问世间荣宠，始终坚守自我。"何须浅碧轻红色，自是花中第一流。"桂花的美好，不是他人言论下的施舍，且大有孤傲清洁、明明其志的意味。

"梅定妒，菊应羞。画栏开处冠中秋。"桂花一开，群芳失色，任凭冰肌玉骨的梅、孤标傲世的菊，也都无法与之较量一二。要知道，在李清照笔下，梅花曾是"共赏金尊沉绿蚁。莫辞醉，此花不与群花比"；而菊花则是"微风起，清芬蕴藉，不减酴醾"。但就是这些花，在此时遇到桂花，唯有陡然失色。

那么，桂花美在哪里？

"情疏迹远"，它的踪迹不为人所知。踏遍群山，不得芳踪，只在阵阵风中，弥漫着一股淡淡的香气。

李清照亦是想"情疏迹远"，远离朝堂纷争。自"元祐"

事件之后，她越发懂得：朝廷混乱不堪，实乃是非之地，而她心似桂花，所希望的，不过是一种简约时光。

就是这样一种简约的时光，多少人却盼而不得。民国时期，轰动文坛的惊世才女张爱玲与胡兰成两情相悦，结为连理。结婚的当日，他写下"愿岁月静好，现世安稳。"婚后，他们的确过了一段安稳的动人时光。在胡兰成所著的《今生今世》中，他详细地写到他们共处一室，常常于下午赏字观画，畅谈古今——想必，文人墨士之间的互动，也皆以此为常态，共同的兴趣是他们相爱的缘由，更是今后执手一生的保证。我相信，胡兰成与张爱玲，确实是真心相爱过的。如果不是后来爆发了战争，如果他们没有分开，如果不是因为胡的特殊身份……纵然，后来一切都变得残酷不堪，他没能给她岁月静好，她却还是固执地用笔在纸上写下了平生最大的凤愿。在《倾城之恋》中，她化作白流苏，用现世这场可恶的战争成全了她的幸福。因为在爱情里，没有女人不渴望"岁月静好，现世安稳"。

李清照是幸运的。

隐居的岁月。与夫君执手赏花，饮茶品酒。李清照没有想到，自己曾在心中渴求了千万遍的生活，真的到来了。然而，公公去世，赵家门庭衰落，赵明诚连续多日夜不能寐，茶饭不思，她亦是焦灼得很。

可她毕竟是李清照，坚韧如梅，高洁似桂。写下这首《鹧鸪天》，犹如李清照对心中的自己宣誓：她定当收整残局，认真度过。既然上天给了她这样一段寡淡的岁月，她又有何种理由不来珍惜？

掩埋昨日种种伤怀。

青州的时光，就此上场。

李清照决定享用。她知道，这是命运对她的一次妥协，一份恩赐，一纸承诺。

当时只道是寻常

　　愿有一段岁月，以梦为马，行于路途。不恋名利，求一份安逸，获一份淡泊。

　　也许是上天成全，也许它窥见李清照如斯心事。虽则他二人是因朝廷政变，临时回到青州，但人生境况中的美好，便在于"山重水复疑无路，柳暗花明又一村"。初时，赵明诚尚因官场黑暗、人心叵测而深感失望，所幸他并没有因此而沉沦，反而同李清照一起，为他真正的理想而努力着。人生危难时分，他庆幸自己不是一个人，感激上苍将李清照留于身旁。一切皆如李清照在《金石录后序》中所记："虽处忧患困穷，而志不屈。"

他们为书房取名为"归来堂"，引的是陶渊明《归去来兮辞》，且李清照的老师晁补之也曾于数年前罢官闲居，买田故缁城，自谓归来子，真可谓："庐舍登览游息之地，一户一牖，皆欲致归去来之意。"

李清照再由《归去来兮辞》中的句子："倚南窗以寄傲，审容膝之易安"，自取号为"易安居士"，意为：倚着南窗寄托傲然的情怀，觉得这狭小得仅能容膝的地方更使自己心安，容易满足。

巨舰只缘因利往，扁舟亦是为名来。

往来有愧先生德，特地通宵过钓台。

诗中所说的钓台，相传为汉代严子陵垂钓之地，在桐庐（今属浙江）县东南。西汉末年，严光（字子陵）与刘秀是朋友，刘秀称帝后请严光做官，不料严光不为名利所动，拒绝入朝为官，后隐居在浙江富春江。明郎瑛《七修类稿》卷三十《赵基严台诗》记"汉严子陵钓台，在富春江之涯。有过台而咏者曰'君为利名隐，我为利名来。羞见先生面，黄昏过钓台'。"李清照诗即化用此诗意。

这首诗写尽当下朝野人士卑怯自私的丑恶姿态，李清照亦是借此表达自己愧对严光的盛德。《重辑李清照集·李清照评论》中写道："李清照这种知耻之心，和当时那些出卖民族、出卖人民的无耻之徒相比，确是可敬得多了。"

由此更可见淡泊明志的青州岁月，在李清照心中的重大地位。

难得的归隐，难得的散漫。时光转换，李清照依旧是那个渴望获得平淡流年的小女子。人生路上经历了大起大落，现在，她终于可以享受一些静谧时光，可以选择自己心生向往的生活。

远离了纷争，赵明诚与李清照可以更好地收拾心情，向着他们钟爱的金石碑刻和书画文物进发。

对这一段岁月，李清照在她的《金石录后序》里有着较为详细的记述："每获一书，即同共勘校，整集签题。得书画彝鼎，亦摩玩舒卷，指摘疵病，夜尽一烛为率。故能纸札精致，字画完整，冠诸收书家。"

每每得到一本珍贵的书籍，夫妻两人便一同订正勘校，整理成册，并工整地题上书名或者稍作评点。若是得到了字画，也会打开卷轴细致观赏，彼此之间心神交会，常常眉飞色舞，兴奋之至，甚至临近深夜仍不舍入睡。"归来堂"在夫妻二人的精心打理下，逐渐变成一处奇珍异宝的收藏之地，堪称"纸札精致，字画完整"。

"余性偶强记，每饭罢，坐归来堂烹茶，指堆积书史，言某事在某书某卷第几页第几行，以中否角胜负，为饮茶先后。

中即举杯大笑，至茶倾覆怀中，反不得饮而起。甘心老是乡矣！虽处忧患困穷，而志不屈。"（《金石录后序》）

收藏整理古籍原本就是一件烦琐枯燥的事情，然而李清照与赵明诚却总能从中寻得乐趣。午后，日光丰盛。饭毕，两人一同坐于"归来堂"中，拿出珍贵字画开始品评、猜谜，灶间烧上一壶好茶。具体的比赛规则是：在一堆书史中，谁能迅速指出某一典故是出自哪本书第几卷第几页第几行为胜，胜者可先品茶。李清照心思缜密、博闻强识，在此方面总是略胜赵明诚一筹。这日下午，她又得意地举起茶盏，看到斗败的赵明诚愁眉不展，还未品到茶，自己就已忍俊不禁。小小的庭院里充斥着欢声笑语。或许是情绪太过激动，只听"哐当"清脆一声响，茶盏翻倒在地，茶水泼了一身。眼见此状，赵明诚作为斗败者，亦忍不住笑了起来。他笑李清照虽是赢了，却也没有喝得一口茶。这是只属于他们夫妻间的小小生活乐趣。没有石破天惊的故事，然而却如此动人，值得铭记终生。

细腻的爱情，夫妻间和谐、有趣的互动，足以触动每个心中有爱的人心底那最柔软的地方。百年之后，这段赌书泼茶的岁月，还曾被清朝一大词人拿来追忆："谁念西风独自凉，萧萧黄叶闭疏窗。沉思往事立残阳。被酒莫惊春睡重，赌书消得泼茶香，当时只道是寻常。"词作者为纳兰性德，写此词时他风华正茂，前途无量。

好一段琴瑟和鸣，好一句"当时只道是寻常"，人生果真充满了戏剧与颠覆，那样聪慧的李清照，也定是想象不到，当时的平常喜乐，竟会成为此后一生唯一一点支撑，一点念想！诚如张爱玲向胡兰成问要"岁月安稳"，却在乱世中，可遇不可求。到头来，她爱到一身伤痕，梦醒，又成单个人。李清照所追寻的如寻常女子的幸福生活，却也只有这么一瞬，何其短暂！这以后，她居无定所、颠沛流离，守着相思看年华一寸寸老去，流年不长，可转身就是海角天涯，甚至要怀疑这样的温存，是否真的存在于生命中……

然而现在，她是快乐的、满足的。

"收书既成，归来堂起书库大橱，簿甲乙，置书册。如要讲读，即请钥上簿，关出卷帙。或少损污，必惩责揩完涂改，不复向时之坦夷也。是欲求适意而反取僭栗。"（《金石录后序》）

后来，收藏的书籍越来越多，两人就在"归来堂"另建一个书库大橱，将书分门别类置放并逐一标上记号，记录在册。这样不但方便书籍的置放，在急需阅读时，也可很快就找到。她二人是极其爱惜书籍的，翻阅书籍时必定都十分小心，还曾立下规定：若谁不慎污损了书籍，就会招来另一人严苛的责备，并要求其尽量补救，下不为例。

"余性不耐，始谋食去重肉，衣去重采，首无明珠翡翠之饰，室无涂金刺绣之具。遇书史百家字不刓阙、本不讹谬者，辑市之储做副本。自来家传周易、左氏传，故两家者流，文字最备。于是几案罗列，枕席枕藉，意会心谋，目往神授，乐在声色狗马之上。"（《金石录后序》）

遇到特别喜爱的书籍，李清照总想收纳房中。但他们的日子毕竟清贫，为了得到所爱，李清照绞尽脑汁，节衣缩食，身上饰物也尽量素减，以此节省更多钱财。若你以为他们这样辛苦节约购得文物字画金石碑刻，只是为了满足喜好，那你就大错特错了。赵明诚曾记录，"非特区区为玩好之具而已""传诸后世好古博雅之士，其必有补焉"。却原来，他们是想尽自己所能，补救文史著作的缺漏，传于后世。这在历史发展的范畴来说，实乃一件大功德。

日子就这样安宁地过着。似水流年，与世无争。我相信，此时的李清照，是最为欢欣的。虽然，得到青州的这段岁月，她们皆付出了巨大代价，但倘若此生终能如此清净、闲适，亦不枉费那一场伤心。

人生有时就是这样的。低到尘埃，才能锦上添花；跌到谷底，才能跃上云端；也唯有经历风雨，才能见得彩虹。试想我们每个人，行走于寂寥人世，总要经历一些轰轰烈烈，才能懂得平凡最真，就像陈奕迅歌里唱到的"荡气回肠是为了最美的平凡"。相反，不经历大风大浪，就永远不能领悟平凡的魅力，也就不会珍惜这澄净的岁月。

关于青州十年的屏居生活，李清照在《金石录后序》里提到很多，每每皆是小事，却也洋溢着微如秋毫的幸福。阅读之时，尚能透过字里行间，深切体会到她那时的欢娱。岁月风尘，烟火人间。原来人间真情，确能如此，令人眷恋。

谁家横笛吹浓愁

小阁藏春，闲窗锁昼，画堂无限深幽。篆香烧尽，日影下帘钩。

手种江梅渐好，又何必、临水登楼？无人到，寂寥浑似，何逊在扬州。

从来知韵胜，难堪雨藉，不耐风揉。更谁家横笛，吹动浓愁。

莫恨香消雪减，须信道、扫迹情留。难言处，良窗淡月，疏影尚风流。

——《满庭芳》

在一年的时光中，我独爱四月和六月。

四月裂帛，最美人间四月天。

六月莲灿，映日荷花别样红。

时节更替，韶光短暂，犹如女子短暂的一生。因短暂，才要珍重，随遇而安，珍重每个可利用的美好年华。

赵明诚重得朝廷赏识，一纸令下，他匆匆离开青州。

他与李清照自成亲以来，两情相好、琴瑟和鸣。此次赵明诚赴任，却将李清照一人留于青州。寂寂深闺，孑然一身。感受到岁月的荒诞、人情的薄凉，想必李清照心里亦有所明了：那些惊天动地的誓言，终究抵不过漫长的岁月以及人世的煎熬，在时光无情的蹉跎中，原本那些深信不疑的温暖，日后注定要化作烟尘，一去不返。

深重的岁月里，那些情感，再多深刻，也都无处寻觅。只留下仍旧饱含深情的词人，泪眼迷蒙。李清照的爱，如此深邃，常人无法承担。

小阁藏春，闲窗锁昼，画堂无限深幽。

篆香烧尽，日影下帘钩。

手种江梅渐好，又何必、临水登楼？

无人到，寂寥浑似，何逊在扬州。

从来知韵胜，难堪雨藉，不耐风揉。

更谁家横笛，吹动浓愁。

莫恨香消雪减，须信道、扫迹情留。

难言处，良窗淡月，疏影尚风流。

"小阁藏春，闲窗锁昼，画堂无限深幽。篆香烧尽，日影下帘钩。"窗外，春意流泻，暖风和煦，花事渐浓。转眼，又是新春气息，空气里也都裹藏着花粉的甜腻。春，像一个顽皮的小孩儿，无缝不钻，眨眼就溢满了她的整个房间。

可她现在在做什么呢？闲窗深锁，她再一次将自己隔绝在这红尘之外。如此斑驳的岁月，她却固执地守着一方沉寂，将世间纷扰抛在脑后。

木桌上，篆字盘香已然燃尽，幽香也渐渐淡去。时光一点点流逝，她为自己心疼，却又无可奈何。帘幕上，沉甸甸地倒映的是夕阳的影，只留下一圈黯淡的光，却也在不知不觉中悄悄地离去。屋子里是安静的，又只剩下她独自一人。

"手种江梅渐好"，比起那道旁的娇红似火，她认为手栽的江梅更好，既填充了日子的清闲，又可随处观赏，一箭双雕。既是如此，一些美好的风景，也便不需要跋涉万水与千山追寻。于是乎，才有"又何必、临水登楼"。

此时此刻，李清照是完全发挥着"心同此理、情同此心"的特长的。早年间，何逊曾作诗《咏早梅》："朝洒长门泣，夕驻临邛杯。应知早飘落，故逐上春来。"句中提到两位红颜，即陈阿娇与卓文君。可巧的是，前者因不受宠爱，被汉武帝废贬困于长门，后者虽与丈夫相敬如宾，却听闻其要纳茂陵女子为妾。

如此的悲剧，如此的担忧，难道李清照亦有这样的顾虑？

想必赵明诚那样一个才华灼灼的男子，又生逢那样一个封建的北宋，在他的人生中，亦是有别的颜色。只是，唯有李清照，透过生命与之交缠，沉淀下来。

赵明诚少年丰神，却也是烟火男子。况且他的风流，本就是女子心结。即便聪慧如此，又能奈何，李清照也只得"手种江梅"，以慰寂寥。

可仍是怕，怕时光无情、人心易变。记得当初相遇："青梅枝头，占尽春日美好。"犹如陈阿娇贵为皇后，天下景仰——她不也曾拥有世间所有女人想要的一切？就如卓文君，当日打翻陈规，勇敢追爱，获得一份传世之爱，不也走到夫婿再觅春色的悲惨境地？

李清照亦是担忧的。隐隐的，她心里泛起一种不自信。这些年青春渐逝，独放了一季的美丽，与他携手共赏人间美景，最终却仍免不了长门泪、临邛杯，孤独地守着一个寂寞的梦。

梅，孤独地绽放枝头，既是无人来赏，那便是她吧！于是，"从来知韵胜，难堪雨藉，不耐风揉。更谁家横笛，吹动浓愁。"一笔笔浓烈的哀愁，似一汪汪动人的清泪。

很多人写梅，诸如林逋："疏影横斜水清浅，暗香浮动月黄昏"，写其幽独清高、淡泊闲逸；陆游："零落成泥碾作尘，只有香如故"，写其不畏谗毁、坚贞自守……然古往今来，却鲜有人写它的同样难禁风雨，写它的脆弱与伤怀，"一枝独放，傲然春色"的背后，正是难以诉说、难以承受的辛酸。"不经一番彻骨寒，怎得梅花扑鼻香？"大概也唯有梅树本身，懂得自己曾经受了怎样严酷的风雪，这才散发出绝世的幽香。

"莫恨香消雪减，须信道、扫迹情留。难言处，良窗淡月，疏影尚风流。"太多的心事缠绕，却无人能解，无人慰藉。李清照只有暗自伤感，对己聊言。

别恨了吧。忘掉这零落成泥，香消雪减。"雁过留影"，花开有败，虽凋谢了，仍旧有那醉人的香气，飘荡风里。这一季丰饶的春色，终究逝去。岁月红尘，山河万里，人间本就多生变幻，况乎乱世更不能是安稳之地。

"当你不再拥有，唯一能做的，便是要自己不要忘记。"这样多姿的春色来过，梅花曾这般欣然绽放，它们都曾光顾世间，因此，就算迅疾凋零，就算免不了被清风扫荡于尘世之外，也不能磨灭其曾存在的印迹。

淡然的花香，哪怕脆弱，亦是情感的不朽证明。——哪怕他只深爱了短短的一个春季，她也会告诉自己，犹如这花香，风吹不散，时光带不走，他的爱，将永远都在……

欲说还休多少事

香冷金猊，被翻红浪，起来慵自梳头。任宝奁尘满，日上帘钩。生怕离怀别苦，多少事、欲说还休。新来瘦，非干病酒，不是悲秋。

休休！这回去也，千万遍《阳关》，也则难留。念武陵人远，烟锁秦楼。惟有楼前流水，应念我、终日凝眸。凝眸处，从今又添，一段新愁。

——《凤凰台上忆吹箫》

欢娱年月，李清照少有作品，或许因她不再是惆怅模样。更多的时候，她同赵明诚醉心于收藏金石史书，协助丈夫共同完成《金石录》的撰写。这本著作录存了许多重要史料，极具文物史学研究价值，是赵明诚一生最大的成就。

可以说，《金石录》见证着这对平凡夫妻完满的爱情信念，也赐予了李清照后半生最珍贵的回忆。

也许，真正心有灵犀的爱人，会彼此合作共同完成一次神圣的事业。流光易抛，年岁无长。做衣，衣会褴褛；种花，花会凋零。唯有写词著书，即便在漫长的时光里，纸张溃烂，那些曾刻入肌肤、深入骨髓的句子，依然深埋记忆。对于爱情来说，"一万年太久，只争朝夕"。在宏大暂不可实现的美好承诺面前，当下的温暖，更能慰藉人心。

退一万步来说，就算李清照最终失去了所有，有一册《金石录》在手，亦能在寒夜之中，留个念想。女人一生，要的真是不多，一餐一饭，一个知心常伴，足矣。

李清照是幸运的。赵明诚虽心思游移，宠爱过歌姬与小妾，但他生命里最值得回首的岁月，是与李清照共同度过。他眼中的李清照是"清丽其词，端庄其品，归去来兮，真堪偕隐"。字里行间是赤裸裸的欣赏与赞叹。

要知道，这样的关系并不是每对情侣都能有幸获得的。我们周围，有些人历经艰辛、耗尽缘分，好不容易走到了一起，却彼此互不珍惜，甚至一度怨恨在心，从爱人走向仇敌。这是多么遗憾的事情！自李清照嫁与赵明诚，十几年来，夫妻二人虽无子嗣，感情却依旧美好如初见。想起纳兰性德的"人生若只如初见"，他们二人就没有这般遗憾。

说到底，人世轮回，女子一生，为的不就是有幸得遇那个心意相通之人？

光阴如画，素衣华年。遇到那人，是一生恰如三月花。

倘若，时光没有流转，事情尚无变化，青州是他们一辈子的归宿……然而，那一年的深秋，他依旧去了远方，卸下相思，留她一人煎熬。

青州，始终是她的情思，沦陷更重。

汴京，那亦曾是她脱梦的地方。然而，他一走，那里就变成她的负担。为何相聚的时光总这样短暂？为何每次分离她都要承受相思的煎熬？当初遇见，盼的是"流年安稳，携手白头"，可如今，倒有些"劳燕分飞，各奔西东"。

秋意，这样浓；愁思，越发重。那些伤口，压在她的心口，压住她的笑容，压住又一段美好青春。相爱，变成了"镜中花，水中月"，让人放不开，却又抓不住。难熬的时候，她仍是提笔写词，一字字、一句句，抒发来自心底的哀怨。莫非，一个机敏聪慧的女子，注定要一生为爱所苦？

她不知，亦不想问。窗前盛开的春花凋谢，门前早植的柳树枯萎，她心里清楚，一切都在默默地发生着改变。也许还包括，他的心。

香冷金猊，被翻红浪，起来慵自梳头。

任宝奁尘满，日上帘钩。

生怕离怀别苦，多少事、欲说还休。

新来瘦，非干病酒，不是悲秋。

休休！这回去也，千万遍《阳关》，也则难留。

念武陵人远，烟锁秦楼。

惟有楼前流水，应念我、终日凝眸。

凝眸处，从今又添，一段新愁。

得到被重新任用的消息，赵明诚是欣喜的，他在官场虽无宏愿，没期望像父亲赵挺之一样高官厚禄，但始终心怀仕途。经历了"元祐"等一系列打击，从内心深处，他对朝廷仍有眷恋，是希望能效忠朝廷，一展抱负才能的。况且在青州屏居，日子过得清苦，以至于为了收藏金石文画，不得不节衣省食。

想到未来可灿烂如阳，他连忙兴致勃勃地收拾行装，启程上路。——我想对于爱情，男人终究与女人不同吧。女人，一旦嫁作人妇，心中所感、所想，皆是夫家以及夫家之事。风流儒雅者如李清照，成婚之后，不一样也要以赵明诚为生活重心，处处惦念，小心谨慎？待得那时，才华也不过就是消遣时间的一种方式。而男人呢，有了家室，却似乎更醉心于前程。也许，在他们心中，女人抑或爱情，从来就不是真正能够引以为傲的吧。

这一切，心思细腻的李清照，一一看在眼底。"喜其之喜，忧其所忧"，她勉强挤出一抹微笑，但暗处，无形的苦闷正拼命涌上心头，让她心事重重。

不知在临行前，他们互相说了什么。但告别的那刻，赵明诚一定言有慰藉，李清照也必定心领神会。分手的时刻到了，她送他出东门。他骑马赴汴京，青州与李清照，越来越远，直至消逝天涯尽头。而当她再也看不到了，他也没回眸。冷冽的寒风中，她衣衫单薄，孑然而立，就那么一直到夕阳下山，月光满庭。

青州十年，虽生活清贫，常无所依，却是李清照一生最为欢乐的日子。她与赵明诚，日夜相守，寸步不离，赌书泼茶，阅尽人间春色。作为一个女子，她一生的诉求，在青州实现了圆满。这使她感觉此前的挫折、离别，都值得，使她温暖，使她欢乐，使她觉得自己是个有家、有爱的女人。

"遇一人白首，择一城终老。"我想，若有选择，李清照一定不舍青州。

这段时间，李清照鲜有词作，这使人忍不住怀疑：难道这位词人，在哀怨、伤愁时，才喜欢提笔写词？读她纸上的那些词句，愁肠满腹，点点离人泪。而青州，这段快乐的岁月里，她没有这样的习惯，恍惚变身另一人。

直到，这首词出现。

引用"弄玉"之事，李清照为这次别离，感到痴心与不舍。汉朝刘向《列仙传·卷上·萧史》上曾记载一个美好的故事，后经明末冯梦龙整理并记录于《东周列国志》中，就有了以下的版本：

春秋时期，秦穆公的幼女弄玉，姿色倾城、聪慧过人，尤擅以吹笙。秦穆公因喜之爱之，特意为其剖美玉为笙，又筑

"凤楼"为其居。弄玉常于凤楼前的凤台上吹笙,声如凤鸣。十五岁那年,秦穆公思忖女儿长大,考虑为她寻婿,她却道:"必得善笙人,能与我唱和者,方是我夫,他非所愿也。"

这天,天净云空,月明如镜,弄玉又在凤台上吹起笙来,声音清越。忽闻有箫声相和,余音袅袅,连绵不绝。弄玉临风惘然,若有所思,心里牵挂,不知那人来历。半夜,她勉强入睡。不料梦中遇见五彩祥云,一男子丰神俊秀,缓缓而出。未及她问话,对面之人手持长箫,只见他唇与管弦相轻触,顷刻间,音符跃出,悦耳动听。演罢,来人上前一步,自报家门乃华山萧史。

弄玉即刻清醒,连忙将此事告知父亲。秦穆公派出孟明以寻之,果然在华山访得一吹箫男子,正是萧史。在秦穆公的命令下,萧史与弄玉箫笙合奏,顿见四周白鹤双飞、百鸟和鸣,如临天宫仙境。穆公大喜,遂使二人成亲,结为夫妻。

一日,夫妻二人吹箫和笙,竟招来神物金龙紫凤。"弄玉乘凤,萧史乘龙,夫妻二人一同仙去。"民间的"乘龙快婿",就是由此而来。

正是这样一种"弄玉秦家女,萧史仙处童。相期红粉色,飞向紫烟中"的传说,令多少痴情女子心驰神往。李清照,亦在其中。然而,这样天作之合的姻缘,清绝高妙,世间少有,人间能有多少女子有幸得之?所以,才会有那么多的人,对爱情充满希望,对离别感到无奈,李清照亦是不能释怀。

词中引入此事，李清照之心，日月可鉴。

然而，赵明诚心中有他的仕途，朝廷下发的文书亦不敢怠慢，他是非走不可……于李清照来说，纵千万遍唱起《阳关曲》又如何，那"嗒嗒"的马蹄，是催促的音符。

"香冷金猊，被翻红浪，起来慵自梳头。任宝奁尘满，日上帘钩。"他走了以后，她就变作这般模样。"时光尚好，你若在场"，没有了那个人，她辛勤梳妆又给谁看？屋子沉寂，香烟冷却，红被随便卷在一旁，裹着她同样冷的身心。

那堆放首饰的宝奁布满了尘埃，阳光稀疏映照窗台，却照不暖她的心。端坐在梳妆台，铜镜旁仍放着她为取悦他而戴的银钗，只是如今，失了颜色，越发陈旧。这一场景让我想起她少女时期的"蹴罢秋千，起来慵整纤纤手"。同样是慵懒，心境却如此不同：那一处涤荡的是少女的天真。时光啊，真是摧残的一把好手，无邪的少女不见了，换回的是一个忧爱的妇人。她仍旧年轻，仍旧可人，却没有那般灵动逼人了。这究竟是时光的罪孽，还是命运的谴责？抑或，每一个女子都要经历红尘的洗练，才能剪尽繁华，度化纯真？

她是不怕衰老的，她知道这是人生的必然，但她不忍别离。正因懂得韶华有限，所以更想与他形影不离，共同度过。风过无痕，可她的心事，又有谁知呢？

"休休！"算了罢，算了罢！他自有他的宏图大业，哪怕告别这十年美好的青州。"千巡有尽，寸衷难泯，无穷伤感。楚天湘水隔远滨，期早托鸿鳞。尺素申，尺素申，尺素频申，如相亲，如相亲。噎！从今一别，两地相思入梦频，闻雁来宾。"诚如《阳关三叠》，离别是人间大苦，可恨、可叹，却无计谋。情到深处，她唯有阶前泪洒，暗度悲秋。

他走了，并赐予她这些新愁。他走得那样决绝，像自己过去只在书中见过的"武陵之人"——刘义庆《幽明录》中的主角：

东汉时，浙江剡县人刘晨与阮肇在天台山因采药误入武陵溪，有缘遇见两仙女，心起爱慕，与之结为夫妇。桃源日子，精简朴素，长时以往，两人心生厌倦，日益思念家中糟糠。仙女百般劝解，然二人坚持归家，无奈只好放行。

哪知山中一日，人间十年。此去，家乡早已人景改换，他们空手而归。如此，二人商议再返山中，哪知，那条熟悉的通往山间的小路，亦已不见踪迹。

这或许就是贪心的下场。"不如怜取眼前人。"幸福的道理其实很简单，可悲的是，世间许多人陷入情关，执迷不悟。是以，唐王之涣《惆怅词》记之："晨肇重来路已迷，碧桃花谢武陵溪。"

面对爱情，李清照是不自信的。她担心"只见新人笑，不闻旧人哭"的爱情悲剧，在自己身上重演。宋时青楼繁多，迎来送往，好不热闹——即便赵明诚有心忠贞，但他毕竟肉体凡胎，难免受人引诱。也许，她只是自寻烦恼罢了。但这忧愁，竟如薄凉的秋日，愈渐深浓，揪疼了她的一颗心。

回首以往，十年青州，她与赵明诚亦有"秦楼"，也曾度过一段心喜无忧的美好岁月。但如今雾锁重楼，只留下一段过往，追忆似水年华。她只不过想同他在一起，为何这般难以实现？非要令她"凝眸处，从今又添，一段新愁"。

"情不知所起，一往而深。"我又要念起这样的句子，与李清照同行。聚少离多，谁人勇敢可担相思？青瓦灰墙，绿水红樱，脑海中闪现的是赌书泼茶、嬉笑作双的青州岁月；竹林移影，风诉筑台，池中倒映着的却是身形消瘦、红颜憔悴的词人李清照……

夜阑犹剪灯花弄

暖雨晴风初破冻，柳眼梅腮，
已觉春心动。酒意诗情谁与共？
泪融残粉花钿重。
乍试夹衫金缕缝，山枕斜欹，
枕损钗头凤。独抱浓愁无好梦，
夜阑犹剪灯花弄。

——《蝶恋花》

　　暖雨晴风。李清照细腻的心思，已然感觉到春日的降临。窗外又是山明水秀，几多生机。然而，仍是哀愁，浓重的闺怨惹得她夜不能寐。她不是无情之人，尚为这点点春意，感到欣慰，但少了那一人同伴，心里终究是一种孤寂的冷。

　　一年一次。

　　春日还是这样明媚，如她单纯、简明的情思，不曾转换。只是，那人……

　　爱有时是悲苦的。连成亲也不能弥补她缺少的那份温存。每当此时，誓言又有何用？只是天高地远，一切都将逝去，可她偏偏不愿放手，随遇而安，也许只是为了安慰这深夜失落的灵魂。

暖雨晴风初破冻，柳眼梅腮，已觉春心动。

酒意诗情谁与共？泪融残粉花钿重。

乍试夹衫金缕缝，山枕斜欹，枕损钗头凤。

独抱浓愁无好梦，夜阑犹剪灯花弄。

春到江南，杨柳依依，桃花茂盛。一望无际的春色，唤醒沉睡已久的大地。人们的心，也跟着一同复苏。这样的日子，不该闷在房间。李清照有心上街游玩，她已感知到了春色的震撼。陌上，那一行行的人，嬉笑着，携手相伴，想来快活似神仙。

她拼命朝这股春色靠近，想要吻这时光，惜这时光。"暖雨晴风初破冻，柳眼梅腮，已觉春心动。"绵柔春风已吹到窗前，有谁能拒绝这一路新鲜？

这短短十六字，分明已将春色置人眼前。这样鲜嫩、可人，我想，任何一个人都是不能抵抗的吧？偏偏，其中"柳眼梅腮"虽是初次相见，却有一种自来的熟稔之感，联想到在李清照其他的诗词中，亦常有四字词语出现，诸如"绿肥红瘦""宠柳娇花"等，堪称李清照笔下的奇句。《李清照词新释辑评》就曾点评："此句之奇，在于意蕴丰富，承前启后，既补充起句的景语，又极为简练地领出了一个春心勃发的思妇形象。"

李清照以轻快的笔调勾勒出一幅旖旎生动的春景图，犹如春色已在眼前，让人感慨。但紧接着，为春色蓬勃的欣喜之情顷刻间荡然无存，取而代之的却是点点离愁："酒意诗情谁与共？泪融残粉花钿重。"很明显，她在写孤单，并且掺入了回忆。

试想往年，每到春色降临，她与赵明诚皆携手相游、交盏唱和，不亦乐乎！而今却物是人非，面对如画春景，却只余一人庭前伫立。看那一树树桃红柳绿，唯有痛心疾首，在半是惜花半是惜人的愤懑里，轻轻叹息"谁与共"！——罢了，罢了，没有那同来的人儿，怕是注定要辜负这一风一雨、一柳一花的大好春光。

想到这里，施了红粉的腮边已是泪水涟涟。妆儿作乱，连头上的花钿顷刻间亦变得沉重。如同这娇嫩的桃花、纯白的柳絮，等不到懂爱的人欣赏，岂不是徒有这样美好的姿态？而现在的李清照，又何尝不是一枝花、一棵树？此时春光浓烈，亦正是她的青春喷薄，可赵明诚不在，她的美好无人珍藏，要这晴好的春色又有何用？

于是，伤感，无尽的哀怨。她感到自己如尘世里一粒孤独的尘埃，不说这岁岁将近的春色，就是连那身边人的心都不可窥测……

孤寂使她躁动，使她不安。于是，试夹衫、欹山枕、抱浓愁、剪灯花，仿佛停下来，就立刻陷入无尽的黑暗。没有那人，又不忍辜负春光，她只好默默地换上春装独行。但满眼的桃色仍旧没能解救她，在浓烈和不断翻滚着的思绪里，她最后还是向自己妥协，输给了低迷的情绪。

便作罢吧，她斜靠在檀枕上，心甘情愿做了情绪的奴隶。无精打采、好梦不成，在辗转反侧间折损了髻上凤钗。这样散淡的岁月，整个人心绪烦乱，她想必亦早已习惯。

这首词大致写于赵明诚重返仕途。岁末辞别回乡探母之后，他又走了，独独剩下李清照一人。离别的次数多了，他像已习惯了这样的告别，全然不顾李清照的相思之情。赵明诚啊赵明诚，是在何时，你亦变成一个寡情之人？

在爱情遇到了负心的那一方后，所有的良辰美景，都成虚设。像苏小小与名门公子阮郁，痴情女死后，多情的词人为她哀悼："幽兰露，如啼眼。无物结同心，烟花不堪剪。草如茵，松如盖。风为裳，水为佩。油壁车，夕相待。冷翠烛，劳光彩。西陵下，风吹雨。"像阮玲玉，真心真意爱了一生，终死于流言蜚语。这些懂爱的佳人，并无半分愧对爱情，只是红颜命薄，轻易就做了爱情的牺牲品。

是谁说，男人的天下是事业，女人的天下是男人。追本溯源，一切果真如窦漪房在《美人心计》中对刘恒所说的："你再陪我走一段好不好，我存在的意义，是因为你。"可悲的是，现实里，又有多少男人懂得女人内心深处的这份期待与所需？他们的眼中，除了女人，更有事业。而古时那些可怜的女人，纵然面对全世界，眼前、心内也只有身边的这个男人，这是幸运还是不幸？

黄昏凝重。不知多久，月亮腾空。又是夜深人静，等待李清照的，是孤枕难眠。屋子里，她点燃了一盏烛火，怔怔地，看烛光照射下自己在窗上的影儿。——点灯驱寒、剪弄灯花，是李清照此时唯一可排遣寂寞的作为了。

这种以离情为题材的词篇，李清照写过多首，但这一首，"蕴藉而不隐晦，妍婉而不靡腻；流畅不失于浅易，怨悒不陷于颓唐"，特别是最后一句，形象生动，构词巧妙，读来令人歆歆不已。

爱，起初总是甜蜜的，笑声里有他的清影儿。然而，在长长的岁月中，相守却并不是一件容易的事。李清照总也无法接受，那些被辜负了的相思，以及未曾共同拥有的春色。如同这一年，杨花散落，她大好的青春也将凋零。

遗憾的是，没有分享他更多的人生。

我想，爱情总有遗憾的吧。深爱的一方，总要多多少少感到孤寂。只是，我们都只有这一世，我们都只可相遇、相守这一次，故而，希望赵明诚能够理解，落花时节，李清照心内这些悠长的情思……

东莱不似蓬莱远

泪湿罗衣脂粉满，四叠《阳关》，

唱到千千遍。人道山长山又断，

潇潇微雨闻孤馆。

惜别伤离方寸乱，忘了临行，酒

盏深和浅。好把音书凭过雁，东

莱不似蓬莱远。

——《蝶恋花》

每一段姻缘，聚有时，散有时。红尘挣扎，只因生而为人。若知离散，不舍恩情，到底还是眷顾着那一场惊艳的相遇。只是，所有的人事都抵不过时光飞逝。阅尽人间，山水不欠，谁都不是谁的归宿。

但李清照心有挂牵。赵明诚不在，她便犹如失魂。尚记得当初相遇青梅下，时光多惊艳。在她心里，早已认定他是归宿，是来时路。

于是，宋徽宗宣和三年（1121）八月，在赵明诚离去一年之后，李清照踏上了寻夫的道路，义无反顾。

也许，她自己都没能想到，就带着一个简单行囊，走在了青州通往莱州的路上。还在青州时，她总是夜不能寐。离别越久，相思越浓，甚至要揣测君心是否依然。终于，她的脆弱与慌张，连同住在青州的姐妹们亦都看不过去了，纷纷劝她勇敢一些，莫要轻易放弃对这份爱的期待。

也是惆怅。但惆怅真不是办法。她想去到他的身边，再一起赌书泼茶、收藏金石，将莱州当作青州，仍旧鸳鸯同好。——这是她跋涉万水千山的本意。

然而，一个人行走在路上，总是孤寂的。奔赴一场寻爱的旅程，她只好自我鼓励，说服自己相信，这些都是值得的。

> 泪湿罗衣脂粉满，四叠《阳关》，唱到千千遍。
> 人道山长山又断，潇潇微雨闻孤馆。
>
> 惜别伤离方寸乱，忘了临行，酒盏深和浅。
> 好把音书凭过雁，东莱不似蓬莱远。

自宋徽宗宣和元年（1119），赵明诚重返汴京，便在宣和二年调任到莱州做了太守。分别的这一年里，李清照独自一人承担了难以言说的孤寂与落寞。相思使人瘦，况她原本就是一个心思细致的女子。

当她行至昌乐馆，夜晚遭遇风雨投宿在一家驿馆时，伴随着潇潇雨落，各种情绪终于一拥而上，将她脆弱的心思撑破，将她瘦弱的身体压垮。伏在陌生的木桌前，李清照百感交集，写下这首《蝶恋花》。

这是写给她在青州的众姐妹们的。似乎，一路烟尘岁月，李清照从来不是一个习惯倾诉苦楚的女子。若非难以忍受，煎熬甚毒，她又怎会轻易提笔？也唯有同为女子的姐妹们，才能切身感受到她深埋心底的伤痛。而李清照此次远行，势必要找到丈夫赵明诚，与之悲喜与共，富贵同担，再不分开。因此，这一别，怕是与知心的姐妹们再无相见之日。天高路远，时光不够。她对她们的相思和惦念，也就一并写在这首词中。

同样为了爱情不远千里踏上寻夫路的女子，想必还有孟姜女。万喜良，从遇到这个男人的那刻起，她就注定要为爱情葬送一生。秦始皇为了修筑长城，将她的爱人征去，致使她的爱情就此分崩离析，然而她痴心一片，不肯独守空房，于是踏上追寻他的征程。春夏秋冬，寒来暑往，没有人告诉她应该怎么走，没有人陪伴，一个瘦弱的女子为了爱情，瞬间就可以变成披着铠甲的勇士。

然而，她来到他服劳役的长城地界终究是没能寻到心中的人。万箭穿心，她放肆地痛哭，哭声撕心裂肺，震倒了早已修筑而成的长城，露出他的尸骨。此后，关乎一位痴情女子为爱痴狂的传说就此流传。在红尘中，每多一个人知道，她的心痛便多一分。

我不知道，当李清照执意走上寻找赵明诚的道路时，心中可会想起孟姜女。也许她们并不可同日而语，毕竟李清照也算得到了比较完满的结局。

但寻觅的过程也充满了苦涩，看她于路途中写下的词句，也是点点哀思："泪湿罗衣脂粉满，四叠《阳关》，唱到千千遍。"泪水顺着脸颊滑落，一滴一滴，湿了罗衣，化了脂粉。滚烫的泪珠里，皆是真诚的思念，而那人不在眼前，这注定是她唱给自己的"独角戏"。

聪慧如李清照者，又怎会不知，这一去，即再没有回头路。青州十年，虽家族仕途不顺，却有爱情相伴，她亦是欢喜极了。那十年间，她也曾于静好的岁月里，结识了众多善良的姐妹，闲暇时分，同她们一道游街赏花，温煦的阳光下，是她们一行人贴心的偎依，春去秋来，年华似水。

有谁知道，她要告别她们，用了多少气力。她与赵明诚生活的一切，皆与她们息息相关、不可分割。人人知他们志同道合、伉俪情深。那日诏书一封，李清照受惊，众多姐妹亦是为她喜忧参半。特别是前些日子，她们看着她生生熬受这相思之苦，从活泼灵动变得孤寂默然，对这世事再不关心，就连窗外的春色也一并黯淡。

她们自是不知的，李清照没有改变，依旧是以前的佳人。她的心思向来如春风一样细腻，为情所执。——这难免让人深深感慨。这样一个精灵般的女子，一生却注定为情所暖、为情所伤、为情羁绊。倘若没有这些，她该多么逍遥自在，一如那翱翔天边的雁。

可她终是因着宿命往下走的。柔情既已深种，犹如天网恢恢，无处可逃。这边是万千珍重，那边亦是不舍。辛苦了姐妹们为她聊备薄酒，欢送饯行。觥筹交错之中，带着一股"今朝有酒今朝醉"的豪迈，人群中，最哀伤的，就是李清照。

席间，有人饮醉，情绪高涨，高唱着《阳关曲》，"阳关三叠，不诉离觞"。她们将痛心的眼泪滴入辛辣的酒盏之中，一饮而尽。推杯换盏，时间飞逝，一转眼，就要互道"珍重再见"。

"人道山长山又断，潇潇微雨闻孤馆。"行行重行行，青州的日子越来越远，最后就连青州这座城，也渺小如一粒细米。李清照孤独地走在路上，将沉甸甸的回忆埋进心底。从此以后，无论是否安好，她懂得，青州只能作为一段回忆尘封岁月。前路漫漫，独自去寻找幸福，不是一件容易的事。可她还有更好的选择吗？如若继续停留青州，恐怕陪伴她的，就只有十年的美好过去，以及未来无穷无尽的孤单。

毋庸置疑，她是勇敢、清绝又高洁的。寻常女子，谁会想到千里寻夫？哦，也许尚有一个孟姜女。这样的女子，与其说是将一生的幸福维系在一个男子身上，不如说是赌给命运、赌给自己。很多时候，你不努力一次，不逼迫自己一次，又怎知前方没有光明？

路上，想必是有险阻的。"道路阻且长，会面安可知？"也许，迫不得已停留在一个陌生的境地，又适逢这样一个雨夜，听着窗外潺潺雨声，李清照此时便是这种担忧的心情吧。她心中亦有很多的不确定。想她昼夜兼程，风尘仆仆。原本心绪愁重，天气又不佳，由此更添悲凉。

我们的人生，何尝不似一场急雨？来得凄凉，来得荒诞，允满了偶然。一想到，人生悲不止眼前，还有所谓的爱情，就感觉人生充满了无奈。因此，才有越来越多的人选择随缘。罢了，罢了吧，固执到最后，难免化为一缕伤痕。有那么一瞬间，李清照似要屈服于上天既定的命运，听之，任之。

"惜别伤离方寸乱，忘了临行，酒盏深和浅。"这一句呼应了上阕"四叠《阳关》，唱到千千遍"，是李清照在这孤寂的夜色中，再一次想到了当日与众姐妹依依惜别。回首那时的别离，竟是心乱如麻、六神无主。分别在即，好姐妹个个心如刀割——是怎样最终道了再见？唯有猛饮烈酒，让思绪麻醉如此深厚的感情。

生动、细致的描写，将当日情形重现面前，令人读来，倍感亲切。她是舍不得的。寻夫是因为对赵明诚有感情，难道对这些姐妹们就不是了吗？但她，必须走。于是，只好悄然地自我安慰，"好把音书凭过雁，东莱不似蓬莱远"。酒

不辞镜里朱颜瘦

席已过半，李清照仍是清醒的，分别是她的致命伤。饮尽一杯酒，她宽慰自己，莱州虽远，却不是蓬莱仙境那么神秘莫测、不可到达的，纵然姐妹之间相隔千里，但来日方长，仍可鸿雁传书。

词写毕，李清照的哀伤得以寄托。唯末句，使得本词的伤感意味锐减几分。但她的伤感，真的减少了吗？——其实，她心中明镜一般：此一去，万水千山，多少情缘都斩断。更何况赵明诚，何时又变作无心无情之人？身在莱州，"不似蓬莱远"，却一年之内书信俱无，更没有回家来团圆。

李清照不敢揣度，她害怕，那曾美如三月繁花的爱情，就这样遇冷凋谢，而赵明诚，她心心念念始终不忘的夫君，真的变成了自己最为憎恶的"武陵人"了。

这首词清新脱俗，读罢，自有十分凄楚，一如既往地展现了李清照写词的绝妙功底。黄墨谷先生在《重辑李清照集》中赞评此词道："《蝶恋花》（泪湿罗衣脂粉满）是一首开阖纵横的小令，王维的'劝君更尽一杯酒，西出阳关无故人'，到了她的笔下变成'四叠阳关，唱到千千遍'的激情，极夸张，却极亲切真挚。通首写惜别心情是一层比一层深入，'好把音书凭过雁，东莱不似蓬莱远'，出人意外地而作宽解语，能放能淡。所谓善言情者不尽情。令词能够运用这种变幻莫测的笔法是很不容易的。"

词纵然是妙的，但倘若如此传世的佳作，需要耗尽李清照半生的相思造就，恕我私心，我宁愿她是一个守着爱情、守护一生甜蜜的俗人女子。

也许那样的李清照，会比较容易获得快乐。

至亲至疏是夫妻

寒窗败几无书史，公路可怜竟至此。

青州从事孔方兄，终日纷纷喜生事。

作诗谢绝聊闭门，燕寝凝香有佳思。

静中吾乃得知交，乌有先生子虚子。

——《感怀》

天气晴朗，万里无云。这一日，李清照终于走进了莱州，这个心中默念千万次的地方。她兴奋地冲向这趟旅程的终点，去见那个同样被她默念万千遍名字的人儿。

一年光景，温情都改换。她来到他的府邸，也才知道，赵明诚与她，生活有多不同。更让她没有想到的是，他见了突然出现的她，眼神既喜又惊，或许吧，他大概没有想过，她会独自一人来此寻他。

她见到他，然后，见了他的妾室，最后又见了他蓄养的歌姬。一切都变了。在那一刻，晴光所到之处，皆成寒光。李清照清楚地知道，她于路途所担忧的，终成事实，而她渴望相依相伴的忠贞，则化为虚妄。声色犬马，流光溢彩，眼前的赵明诚，再也不是她李清照所认识的那个赵明诚。

在别人青春的气息里，她知道自己已不再年轻。然而，这如果是他放弃她的理由，她是断然不会原谅他的。她是有自尊的。虽当初年少，我亦是不信她嫁赵明诚时，从未想过这些的；何况在当时的封建社会，一夫多妻本就再正常不过。只是她是李清照，敢爱敢恨，思想超前。她认定的人，也必定人品高洁、忠贞于爱。这点自信，她是有的。所以，她也想尝试一下，倾尽才华，能否挽回赵明诚的心。

寒窗败几无书史，公路可怜竟至此。
青州从事孔方兄，终日纷纷喜生事。
作诗谢绝聊闭门，燕寝凝香有佳思。
静中吾乃得知交，乌有先生子虚子。

她写下了这首小词。这仿若借自命运之手：你不能知道，倘若赵明诚始终一心一意，是否还会有此《感怀》。在本词之前，李清照另写一前序，短小精悍。

"宣和辛丑八月十日到莱，独坐一室，平生所见皆不在目前。几上有《礼韵》，因信手开之，约以所开为韵作诗。偶得子字，因以为韵，作感怀诗。"

仓皇来此，让赵明诚深感惊讶。他甚至没能好好地安顿她，只命人随意安排一间空屋，就去照顾他的喜好去了。

李清照在下人的带领下，来到了这间房屋中。稍稍站定，环顾四周，只见窗户破旧，处处灰尘，像是许久都没人住过，连一本像样、可供翻阅的书籍都没有。冷清寂寥如此，让李清照心生失望。

窗外，就在距离她不过十尺的地方，赵明诚的脸庞依然熟悉。虽近在咫尺，但他却不再是一起相伴青州时的那个爱人。此时此刻，他远远站在一旁，丰神依旧，却让她感到阵阵心寒。她看到，他的脸上带着笑意，继续他的莺歌燕舞，依红偎翠，可见他在莱州一切安好。不但安好，甚或快活。而她呢，屋中独坐，在青州是孤独的，在来时的路上是孤独的，到了莱州，见到了赵明诚，孤独非但丝毫未减，反而甚重。

荒凉至此，她想到了三国时期的袁术。建安二年，袁术在扬州称帝，后为吕布、曹操等人所破，走投无路，转投雷薄，遭拒。三天之后，由于粮草衰绝，只好引兵退守到江亭。当他得知数万大军，队中只有麦屑三十斛，食不果腹，又被告知无法饮水。他想到当初自己率兵百万，要风得风，要雨得雨，悲怆地向天大喊道："袁术至于此乎！"遂，吐血而亡。

此时的李清照，发现破旧的窗台书案上没有一本自己喜爱的书籍，感觉自己像袁术一般穷途末路。

"青州从事孔方兄"，青州从事，语出刘义庆《世说新语·术解》："桓公有主簿善别酒，有酒则令先尝，好者谓'青州从事'，恶者谓'平原督邮'。"意指美酒，而孔方兄指的则是金钱财富。

写此句，李清照再一次化身能够洞察人世的智者。她说，人生在世，奔波劳碌，为的不过是美酒与财富。眼下如赵明诚，早已将毕生的精力投入其中，越陷越深。想想人这一世，耗尽青春，即便得到美酒与财富又如何？"赤条条来，赤条条去。"上天早已将归途拟定，又何必这样劳神费心，沉溺其中无法自拔，甚至牺牲了许多珍贵的人和物，这样真的值得吗？

赵明诚终是像他的父亲赵挺之一样，沉溺于声色犬马中了。如今，倚着窗儿，叩打记忆，想起那个丰神少年，想起为看他"和羞走。倚门回首，却把青梅嗅"的自己，李清照觉得心开始隐隐作痛……

奈何？奈何奈若何？每到痛处，她唯有用幽默哄骗自己了："静中吾乃得知交，乌有先生子虚子。"这是她的自嘲。她说服自己，在这茫茫的乾坤，她并不是孤独的，她有两个至交好友在陪伴着自己：乌有先生和子虚先生……子虚乌有，就像那天荒地老的爱情，像永远你侬我侬的爱情故事，不过是红尘之人耐不住寂寞，随手的编造而已，但此时李清照却情愿当真。此时此刻，就让她当真吧，如若不然，叫她如何面对这样一个赵明诚。"山月不知人事改"，多少花前月下的美好誓言，就这样消散，形如一阵轻烟，缥缈无痕，追无可追。以至于让人困惑：那样美好的场景，真的存在过吗？

不忍卒读！这是她的李氏幽默。我读到的是，她对深埋在心底的那一层爱恋的不舍，分明对他们的爱，还抱着一种必胜的侥幸。荒废于淫乐的赵明诚，还没有彻底杀死她的一颗心！然而却也抵挡不住她发出的真切的怨恨。她一向是温婉可人，而这样的人的怨恨，实在让人垂怜。

成亲以来，她没有为生活穷困而怨过，当时"食无重肉，衣去重采，首无明珠翡翠之饰，室无涂金刺绣之具"，日子一样过得知足欢乐。她也没有因公公的自私而怨恨，她明白人在官场，身不由己的道理。后来，她亦没有因赵明诚远去求仕而怨过，只是日复一日地等待，皆因心中有爱，所以心甘情愿。

但三百多个日日夜夜的寂寞，换来了此时更加深重的担忧。她真怕赵明诚就这样变心了。那她以后的岁月，岂不是只能与清冷做伴？

所以，她写下《感怀》，是对此时所处情境的抗拒，亦希望借此唤回赵明诚。

终于，她的辛苦换回了圆满。宋徽宗宣和四年（1122）初，李清照与赵明诚的关系终于得到缓和。与她关系生疏这几年，他像是去到了一个陌生的地方。如今回来，她没有让自己变成心怀怨恨、不依不饶、面目可憎的女子，而是更多地体贴与包容他。

温柔相对的那一刻，她热泪盈眶。这样长久的等待，在她的生命中早已不是第一次。经历了漫长的寂寞，她早已学会了坦然，却仍旧学不会淡然。赵明诚对于她来说，始终是最温暖、在意的存在。

想必，也是因此，她才要如此努力吧。努力做一个善于等待的女子，等待山明水秀，等待恩爱重来。

伤心枕上三更雨

山河清远，芳菲乍泄。终于还是踏上寻他的道路。一路上，星月为伴，相思不寄，秋去春来，埋葬了令她哽咽无泪的串串心事。他日的情深似海，在这一刻，将她的肌肤与内心，划割得如此之痛。在兵荒马乱中，她无依无靠，唯有抱紧孤单的自己。那时终于懂得，爱情不过是一场风花雪月，充满了命运的偶然。

满目山河空念远

庭院深深深几许，云窗雾阁常扃。

柳梢梅萼渐分明。春归秣陵树，

人老建康城。

感月吟风多少事，如今老去无成。

谁怜憔悴更凋零。试灯无意思，

踏雪没心情。

——《临江仙》

夜色缱绻，万籁俱寂。素月高悬，清风拂面。凭借共同的兴趣爱好，他又回到了她的身边。岁月如初见，她以为，属于这个小家的温馨终于又回来了。但罗帏凄清，红烛泪下，一场更大的风波正在升腾、席卷。整个北宋，都感受到了强大的撼动。

北宋时期，由于朝内强干弱枝、重文轻武，加之党争频繁，导致国力积弱，引金兵入侵。宋徽宗宣和七年（1125）十月，金兵灭辽国进而大举南下，直逼国都东京开封府（今河南开封）。宋徽宗内心恐惧，连忙禅位宋钦宗。在宋钦宗一系列有效的抵抗之下，才暂时保全了开封。然而，仅仅一年，也就是宋钦宗靖康元年（1126）八月，金兵再次来犯，开封沦陷。次年二月，金人废黜宋徽宗、宋钦宗，北宋灭亡。同年五月，康王赵构在南京应天府（今河南商丘）继承皇位（宋高宗），南宋开始。

赵明诚与李清照，原本长久地沉浸在个人家庭生活的小圈子中，赌书泼茶、研究字画，可如今国家遭此重创，个人的命运被推至时代面前，唯能辛苦度日，共同存亡。可怜李清照，长途跋涉才从失却丈夫宠爱的阴霾中拨云见日，尚未安稳太久，便急急坠入国家灭亡的沉痛之中。她在《金石录后序》中这样描述："后屏居乡里十年，仰取俯拾，衣食有余。连守两郡，竭其俸入，以事铅椠。每获一书，即同共勘校，整集签题。得书画彝鼎，亦摩玩舒卷，指摘疵病，夜尽一烛为率。故能纸札精致，字画完整，冠诸收书家。"由此看出，当时夫妻二人关注的焦点，也仍是金石文物的收藏。但覆巢之下，安有完卵？靖康之变结束了北宋王朝，也势必改变他们夫妻二人的命运。

当时，赵明诚在莱州的任期已满，被朝廷调派至淄州（今山东淄博等地）。虽战火尚未燃烧至此，但境内经常有从战场上溃退下来的散兵游勇，他们时常聚众滋事，扰乱民生。李清照夫妇已经远远地嗅到了那浓烈灼热的火药之味。

他们最担心的，是这些费尽心思收藏的文物金石字画，怎么能在这乱世中得以保留。然而一波未平，一波又起。偏偏此时（宋高宗建炎元年三月），赵明诚的母亲郭氏又在江宁（今江苏南京）去世。依循古礼，他必须立即离任赶赴江宁奔丧。

远境，战火连天，硝烟弥漫；近处，母亲去世，悲自心中。李清照与赵明诚清楚：若要心无挂念地前去奔丧，则首先要将文物字画安排妥善。关于夫妻心血的处置，李清照在《金石录后序》中同样有详细的记载："既长物不能尽载，乃先去书之重大印本者，又去画之多幅者，又去古器之无款识者，后又去书之监本者，画之平常者，器之重大者：凡屡减去，尚载书十五车。至东海，连舻渡淮，又渡江，至建康（南京古称）。青州故第尚锁书册什物，用屋十余间，期明年春再具舟载之。"

赵明诚在淄州上任数年，依旧潜心收藏字画，且青州离此不远，很有可能由于兴致将别处的字画一同运至此处，由此可见，淄州字画甚多。为此，他们必定要煞费心血，详细打算。考虑到运输难度，俩人先后排除掉体积过大的刻印本以及多图幅的字画，又再排除掉一些易得书籍、普通字画，没承想，剩下的物品居然还能装满十五车。时间紧迫，任务繁重，李清照知此次奔丧，意义非同寻常，眼前这些文物若不及时转移，日后便更加岌岌可危。危急时刻，她为赵明诚规划好路线，送他出行，李清照独自留在淄州，照看这一笔数额巨大的珍贵文物，并且制定计划将它们分批运往江宁。

于是，夫妇二人刚得团圆，又再次被迫分离。

然而，夫妇两人心心念念、苦心收藏的珍贵文物，终是没能保住。宋高宗建炎元年（1127）十二月，青州忽生兵变，收藏在青州的文物"凡所谓十余屋者，已皆为煨烬矣"（《金石录后序》）。在强大的王朝颠覆面前，李清照一介弱女子，虽使出浑身解数仍无法收获圆满，她拼死只保住了部分最珍贵的文物。赵明诚曾在《蔡襄〈赵氏神妙帖〉跋》中对此有详细记载："此帖章氏子售之京师，余以二百千得之。去年秋西兵之变，余家所资，荡无遗余。老妻独携此而逃。未几，江外之盗再掠镇江，此帖独存。信其神工妙翰，有物护持也。"这本《神妙帖》，是他花费二十万钱从东京章氏人家购买来的，后来见到李清照于兵变后亲自携此见他，他竟激动得热泪盈眶。

　　此时，赵明诚已是江宁知府。虽内忧外患，但江宁自古为六朝古都，有帝王之气，更在整个东南、江南地区具有不可替代的政治、经济、军事地位。因此，李清照来此与夫团圆，也算暂时安稳。

　　时光悠悠回到战乱的民国时期。想起那位身着旗袍的妙龄女子，在初涉爱情之际，亦是花容月貌，明于天上星辰。王映霞与郁达夫，这一对外人眼中的金童玉女，初见相欢，再见依然，最后却落得尘缘荼蘼花事了。她终究不是一个能持闲淡岁月的女子。他也不是一个胸怀宽广的男子。爱到最后终成伤，令人遗憾。

　　这世间少有真正的痴情人，所以上天要令其命运坎坷起伏，在悲痛中人们得以自省，眼泪让人更懂得珍惜眼前。人要懂得感恩，岁月才会温柔相待，就像那一首广为流传的诗："那一天，我闭目在经殿的香雾中，蓦然听见你诵经中的真言；那一月，我摇动所有的经筒，不为超度，只为触摸你的指尖；那一年，磕长头匍匐在山路，不为觐见，只为贴着你的温暖；那一世，转山转水转佛塔，不为修来世，只为途中与你相见……"写这般词句的人，必定是经历了情海的苦楚。对于得不到与已失去，人们总倾向于心怀惋惜，念念不忘，只是这样，又如何"不负如来不负卿"呢？

哪怕再深刻的感情，也终会随着时间，一点点淡化，直至化作回忆。记得歌里曾唱："当时的月亮，曾经代表谁的心，结局都一样。"月亮是善变的，人心又何尝不是？所以在爱中痴缠的人，只管认真对待和珍惜当下，何必去想那根本没有头绪的未来？这样的道理，想必李清照亦是懂得。

夫妻团聚，花好月圆。李清照自是感到喜悦。况且赵明诚现今做了重镇郡守，有钱有势，朝野上下亦颇有薄名，因此，可安心继续研究、收藏他的金石字画。但一切似乎又不是所预想的那样：虽生活安宁，但李清照与赵明诚，却再也没有饮酒煮茶、品赏字画，更不是无忧无虑，高雅清淡。

回首这几年，从国都被占、君主被俘、国家灭亡、青州先遭兵乱再到如今不得不与丈夫避难江宁，短短的两三年中，李清照的人生发生了翻天覆地的变化。"国破山河在，城春草木深。"她多日舟车劳顿、身心俱疲，早已无力应付生活，只求淡茶薄酒，稍得安稳。宋人周辉在《清波杂志》卷八中记载："顷见易安族人言：'明诚在建康日，易安每值天大雪，即顶笠披蓑，循城远览以寻诗。得句，必邀其夫赓和，明诚每苦之也。'"

习惯了颠沛流离，习惯了触目惊心，让现在暂时安定的李清照，终是不能真正静心。每遇下雪，天地之间，雾霭重重。她便披着蓑衣，顶着斗笠，登上城楼远望，寻觅诗句。

庭院深深深几许，云窗雾阁常扃。

柳梢梅萼渐分明。春归秣陵树，人老建康城。

感月吟风多少事，如今老去无成。

谁怜憔悴更凋零。试灯无意思，踏雪没心情。

"庭院深深深几许，云窗雾阁常扃。柳梢梅萼渐分明。春归秣陵树，人老建康城。"暮春时节，春色渐浓。但词人李清照却神情倦怠，丝毫感受不到春天的欣欣向荣。回首以往，多少曼妙时光，却都消逝烟尘，转瞬难觅！年华已老，徒经青春，到如今一事无成！

"感月吟风多少事，如今老去无成。谁怜憔悴更凋零。

试灯无意思，踏雪没心情。"想到此事，心绪黯然泪纵横。这原本是正月赏灯的日子，但此时的李清照，惆怅满腹、心事繁重，既无赏灯之心，亦无踏雪寻梅之情，落寞如是，可想而知！

虽然这些诗词语言非常浅白，但却意味深重，读来耐人寻味，似入李清照所在之境，体察李清照所思之情，种种过往，皆上心头，任凭眼前风景再美，亦无心思。

身怀家国天下的李清照，不能允许自己像个寻常妇人，只要获得一时安稳，便欣慰十分。相反，在她的灵魂深处，时常挂念着的，是故国的山河，是广袤的天下，是风雨飘摇中的大宋。

小楼昨夜又东风

小楼寒，夜长帘幕低垂。恨萧萧、无情风雨，夜来揉损琼肌。也不似、贵妃醉脸，也不似、孙寿愁眉。韩令偷香，徐娘傅粉，莫将比拟未新奇。细看取、屈平陶令，风韵正相宜。

微风起，清芬酝藉，不减酴醾。

渐秋阑、雪清玉瘦，向人无限依依。似愁凝、汉皋解佩，似泪洒、纨扇题诗。朗月清风，浓烟暗雨，天教憔悴度芳姿。纵爱惜，不知从此，留得无多时？人情好，何须更忆，泽畔东篱。

——《多丽》

这寂寞深秋，寒冷得让她难以招架。

况且他不在身边。爱情被辜负，流年要虚度。她是需要爱来滋养和浇灌的女子。如此，更加难熬。

赵明诚的母亲郭氏去世，这一年的深秋，赵明诚离开李清照赶往江宁奔丧，往日热门的淄州小院如今只剩下李清照孤单一人。空间一下子显得大了很多，时间也仿佛慢了下来，每天醒来，她都感觉无所事事，无精打采，除了悲秋，好像也没有什么事能打发时间。有人说："适应孤独，就像适应一种残疾。"的确如此。当一个人有所求而不得，心中情感无所寄托的时候，就容易产生孤独感。而相对于其他人来说，有过深情过往的人，更明白孤独有多撩人，投入地爱过的人，更知道寂寞有多噬骨。

　　小楼寒，夜长帘幕低垂。

　　恨萧萧、无情风雨，夜来揉损琼肌。

　　也不似、贵妃醉脸，也不似、孙寿愁眉。

　　韩令偷香，徐娘傅粉，莫将比拟未新奇。

　　细看取，屈平陶令，风韵正相宜。

　　微风起，清芬酝藉，不减酴醿。

　　渐秋阑、雪清玉瘦，向人无限依依。

　　似愁凝、汉皋解佩，似泪洒、纨扇题诗。

　　朗月清风，浓烟暗雨，天教憔悴度芳姿。

　　纵爱惜，不知从此，留得无多时？

　　人情好，何须更忆，泽畔东篱。

　　"小楼寒，夜长帘幕低垂。恨萧萧、无情风雨，夜来揉损琼肌。"秋深夜寒，小楼上帘幕低垂，抵不住漫天阴寒，冷风透骨。漫漫长夜，风雨潇潇，将院中琼肌玉骨的白菊，无情摧残。

　　李清照怜花。在一种凄清的氛围中，她看到院中被风雨打落的白菊。其实，这里表面看来在写菊花，实则是写自己。风雨邪恶，破坏花容，这是她双眼所能看到的，而自己的命运将走向何处，却是她目前不能够预料的。但在她的想象里，前程很可能是不明媚的，也会像这些白菊一样，饱受风雨，坠落满地。在这并不具备阅读快感的一首词里，她竟连续使用了"恨""无情""揉损"等字眼，可见心中的愁绪有多深刻。

"也不似、贵妃醉脸，也不似、孙寿愁眉。韩令偷香，徐娘傅粉，莫将比拟未新奇。"又再一连使用几个典故，以衬心境。

其一，"贵妃醉脸"出自唐代李浚《松窗杂录》。暮春时节，唐玄宗与杨玉环设宴赏牡丹，听闻有人吟牡丹诗："国色朝酣酒，天香夜染衣。"玄宗一路问询，得知吟诗之人乃是书舍人李正封，便笑着对身旁的杨贵妃道："汝镜台前，宜饮以一紫金盏酒，则正封之诗见矣。"意思是，杨贵妃醉酒后的情态更显娇媚，正合彼时李正封所吟之牡丹，颜色姿丽，国色天香。这是他对她的恩宠。

写在这里，写在赵明诚不在身旁相伴的孤寂岁月里，是否代表李清照有那么一丝嫉妒之意？也罢，身为女子，能否讨得心爱男子的娇宠，亦是需要讲求缘分的。有些爱情，上天给了你相遇，就要拿走相守；上天给了你相爱，就要拿走相处。那些性格不合、脾性不对乃至兴致不投的，有哪一对真正走到了人生尽头？诚然，犹如李清照与赵明诚这般相投、相爱更愿相守的人，势必也要经过时光的残酷考验，以证深情。

其二，"孙寿愁眉"，孙寿乃东汉权臣梁冀的妻子，一双巧手精于梳妆，不用人教便可绘出纤细愁眉，令其越发妖媚动人。《后汉书·梁冀传》中说："妻孙寿，色美而善为妖态，作愁眉、啼妆、堕马髻、折腰步、龋齿笑，以为媚惑。"

"女子无才便是德"，在与赵明诚相好的日子里，才女李清照怕是亦生女儿心思，渴望获得一手精巧梳妆的本领，以来取悦赵明诚、取悦爱情，哪怕抛置这一身的才情，唯愿红尘相伴，好梦一生。将一生的幸福维系在一个男子身上，究竟是幸或不幸？诚然才情弥漫如李清照，吟词作赋、千古流芳，亦是难以抵挡失去爱人的孤绝凄冷，那么，想来世间为女子，大抵都想寻到那温暖的胸膛，安稳度日。

其三，"韩令偷香"，韩令，即韩寿，东晋人。《晋书·贾充传》里写道，韩寿原本是贾充的属官，生得俊朗，被贾充的女儿贾午所喜。后来韩寿逾墙与贾午私会，贾午将晋武帝御赐给贾充的奇香赠予韩寿，因为香气弥漫难散，被贾充发现了。无奈之下，贾充只好把女儿嫁与了韩寿。

这样一个撮合姻缘的故事，倒有几分与她的相像。那日，晴空万里，还是少女的她，兀自坐在院中荡着秋千。恍惚间，在命运的布排下，一位俊朗的少年出现，她佯装依着青梅，嗅着春日特有的香气，悄眼瞧他。想来，李清照是伤感且多情的。纵然今日赵明诚有目的有计划地离去，李清照心底所惦念的，依旧是两人当初相遇的种种美好。也许，她期待有一天，能再这般于赵明诚眼前出现，将这漏缺的时光一一呈现。

其四，"徐娘傅粉"，徐娘，说的正是梁元帝的妃子徐昭佩。《南史·梁元帝徐妃传》中记载："妃以帝眇一目，每知帝将至，必为半面妆以俟，帝见则大怒而出。"徐娘者，身姿婀娜，容颜姣好，因放荡善妒与梁元帝不和。梁元帝是独眼，徐娘便用白粉遮面作半面妆，以此嘲笑。后来，她与朝臣季江私通，季江评说："徐娘虽老，犹尚多情。"

四个典故反衬出白菊的清雅美好，又在细致阐述自己对未来特别是这份爱情的执着与痴恋，借此表达了李清照轻视鄙俗、不甘随俗的志趣。

"细看取，屈平陶令，风韵正相宜。微风起，清芬酝藉，不减酴醾。"此处提到屈原、陶渊明二人，正衬的是白菊的高雅风韵。

"渐秋阑、雪清玉瘦，向人无限依依。似愁凝、汉皋解佩，似泪洒、纨扇题诗。"此处依旧用到了诸多典故。在词作形式上，既合了上阕，亦能进一步烘托李清照此时的情绪。

其一，"汉皋解佩"，汉皋指水边之地，《太平御览》引《列仙传》云："郑交甫将往楚，道之汉皋台下，有二女，佩两珠，大如荆鸡卵。交甫与之言，曰：'欲子之佩。'二女解与之。既行返顾，二女不见，佩亦失矣。"郑交甫索玉佩以与两位女子交好，结果空无所得，落得个茫然怅惘。说的是男子有了外遇，想要拿一点薄利与女子交欢，结果遭到了拒绝，最后一无所有。我猜想，赵明诚不在身边，李清照已然对这份感情，心生恐慌。难道女子天生就对感情之事不自信吗？想她当初亦是他的心头好，百般恩爱，那共度的岁月里，莫不是你情我愿、你侬我侬。然而，一旦分开且时日久远，看不到、摸不着时，镇定自若如李清照，也会伤神。但她知道，赵明诚虽好，却仍是俗世的男子，经受不住风花雪月，故而想到，他如若亦有外遇，背叛自己，下场纵然也不会好的。况且，她更有自信，世间多的是诚如她这般纯洁的女子，不会为了眼前的一丁点儿薄利，就去与陌生的男子交好、苟合。

其二，"纨扇题诗"，写的则是班婕妤。她才貌兼得，圣眷正隆，后宫三千，也只她一人得宠。一次，汉成帝特制了一辆辇车，想要邀她同游，却被班婕妤婉言相拒："贤圣之君皆有名臣在侧，三代末主乃有嬖女。"她说，圣主身边都是贤臣，若只是贪恋女色，便形同一个亡国之君了。想来，之所以独占圣恩，除却美好的容貌与形态，更得益于良好的妇德，也难怪她不但深受汉成帝喜爱，也深得王太后欣赏了。在这里，李清照抑或欲要表达，自己也是想做、能做一个拥有妇德的女性吧。

只是，惋惜。这样的恩宠以及汉成帝珍贵的觉悟，并没能进行到底。见到了赵氏姐妹，汉成帝忘却了耿直忠厚的班婕妤。心灰意冷，人生无趣，那个原本荣宠万千的女子，凭着孤傲的脾性，自请往长信宫侍奉王太后，从此再不与良人相见。烟花易冷，人事易变。李清照的心，再一次为身为女子的她们，阵阵地隐痛。任是"六宫粉黛无颜色"，最终也是倚仗他的宠爱。有朝一日，新人取代，她便什么都不是。女子的命运，就这样紧紧地依附在男子的身上，这是多么悲凉而不可更改的事实。

深宫寂寂，她想起过往的圣恩，怕是亦会痛心疾首吧，只是她聪慧地懂得，挽回一个失宠的局面，挽回一颗不再关注的心，又有多难。她写出《怨歌行》，以团扇自比，自我宽慰："新制齐纨素，皎洁如霜雪。裁作合欢扇，团圆似明月。出入君怀袖，动摇微风发。常恐秋节至，凉意夺炎热。弃捐箧笥中，恩情中道绝。"

这一切，犹如李清照此时的无助……她是押上了一生，等着、盼着，那个肯与之共赴白首的忠贞之人。

"朗月清风，浓烟暗雨，天教憔悴度芳姿。纵爱惜，不知从此，留得无多时？"写此句时，当真不知道她是已经想得透彻，放下，抑或只是无奈地自言自语。白菊已然备受摧残，凋零满地，任是惋惜至死，也不能助其恢复本初——既然与赵明诚注定要承担这些别离之苦，她与其痛彻心扉，不如就试着慢慢接受、习惯，好好照料自己。那些留不住的，即使百般不舍，亦是无力。

末句"人情好，何须更忆，泽畔东篱"，是呼应前面的"细看取，屈平陶令，风韵正相宜"，仍写屈原和陶渊明。"泽畔"出自屈原《渔父》中的"屈原既放，游于江潭，行吟泽畔，颜色憔悴，形容枯槁"。"东篱"出自陶渊明《饮酒》："采菊东篱下，悠然见南山。"此句为反语，说的是，若是国家昌盛，又何须如此怀念屈原、陶渊明？进而引申为，若是夫妻恩爱如初，又何须哀叹婕好之伤，填这一首咏菊的词？

李清照所怜惜的，与其说是白菊，不如说是她自己……

也许，爱情原本没有输赢之分。只是"和你对弈，输赢都回不去"。那些她与赵明诚携手共看春光秋月的时光，还回得去吗？那些与之作词遣怀、共同珍藏金石的时光，还回得去吗？那些她念念不忘的，亦会是他的心之所向吗？一切都是未知，她就这样形单影只，陷入对未来的恐慌中，不知所措。而当初那个执她之手、许她一世温存的人，如今能否感受得到呢？

可堪孤馆闭春寒

萧条庭院，有斜风细雨，重门须闭。宠柳娇花寒食近，种种恼人天气。险韵诗成，扶头酒醒，别是闲滋味。征鸿过尽，万千心事难寄。

楼上几日春寒，帘垂四面，玉阑干慵倚。被冷香消新梦觉，不许愁人不起。清露晨流，新桐初引，多少游春意。日高烟敛，更看今日晴未？

——《念奴娇》

征鸿过尽，心事难寄。

本以为只要心中有爱，岁月亦是暖的。何况他也是青年才俊，热衷文学。但赵明诚还是走了，头也不回。隔着山川，她看不到他心中的情怀，猜不到漫长的红尘里，他是否也在牵挂。

这一刻，她甚或开始怀疑，仅仅有爱还是不够的，她需要信仰，需要一股新鲜、强大的力量注入体内，支撑相思。

夜太漫长，凄冷决绝。爱情，瞬间沦为一场虚妄。没有了他，李清照似瞬间坠入冰冷的寒渊，瘦弱的她，连招架相思的力气都是没有。

只是，如何排遣心中的忧郁，每个人可能都有自己的方式，而李清照最有可能用的方式，就是写词。

萧条庭院，有斜风细雨，重门须闭。

宠柳娇花寒食近，种种恼人天气。

险韵诗成，扶头酒醒，别是闲滋味。

征鸿过尽，万千心事难寄。

楼上几日春寒，帘垂四面，玉阑干慵倚。

被冷香消新梦觉，不许愁人不起。

清露晨流，新桐初引，多少游春意。

日高烟敛，更看今日晴未？

"萧条庭院，有斜风细雨，重门须闭。宠柳娇花寒食近，种种恼人天气。"季节悄然流逝，顷刻间便置身于三月暮春时节。诚然如梅一样坚韧，可李清照本质上来说，也还是一个脆弱的女子。她需要被心爱的人垂怜。

寒食节。寒冷的粥食，寒冷的街道，寒冷的行人，还有眼前这个寒冷的世界。春日回归，大地复苏，门庭依旧草长莺飞，杨柳拂堤，但李清照的身边，一切已然不同。没有了那人，红花失去颜色，绿意不再动人，纵然万物欣欣向荣，却再也唤不回往日那个活泼的李清照。

此时此刻，回忆最是苦痛。回首以往，明诚总会与她一同踏青，好花赏尽，美景看透，携手共渡，细水长流。然而现在，庭院春意深如许，却让人感到寒意深深。纵有蓬勃生机，宠柳娇花，亦只不过是她眼中的失色背景。

此处的"宠柳娇花"是拟人化的虚写，写这柳树妩媚生姿，写这花朵颜色俏丽。宋代黄升曾于《增修笺注草堂诗馀》中称赞："前辈常称易安'绿肥红瘦'为佳句。余亦谓此篇'宠柳娇花'之语亦甚奇俊，前此未有道之者。"又有明代王世贞《弇州山人词评》提到："'宠柳娇花'，新丽之甚。"……

李清照运词之绝，早已举世瞩目。三字两字，便将心中所含情思，阐述殆尽。读之，令人如临其境，心感此情。

"险韵诗成，扶头酒醒，别是闲滋味。征鸿过尽，万千心事难寄。"险韵诗毕，扶头酒干，心中闲愁更甚。李清照是酒神，窃以为，男子在情浓无法排遣之际，才会选择与酒为伍。也是愁绪浓烈，不得释怀，所以身为女子的李清照，才要一次次痛饮，以求麻痹。想来日子极为清寒，夜色甚深，孤寂入侵，她自是没有别的办法。明诚啊明诚，你在他乡，是否也一样的孤枕难眠。

在历史的滚滚河流中，多情人又岂止李清照一个。想那南唐后主，亦是情种一颗。大周后生性聪慧，生得明眸皓齿，深得李煜宠爱。然而"既生瑜，何生亮"，错就错在这样倾城的女子还有一个国色天香的妹妹。遇到小周后，李煜移情别恋，深深地为之迷恋。大周后深受打击，病死宫中。亡国之后，李煜伤心欲绝，写下千古名作《虞美人》："春花秋月何时了，往事知多少。小楼昨夜又东风，故国不堪回首月明中。雕栏玉砌应犹在，只是朱颜改。问君能有几多愁，恰似一江春水向东流。"悲催的是，赵光义得知此事，以为他有复国谋反之心，便下令将其以毒酒赐死了。噩耗传到小周后耳中，令她郁郁寡欢，不待几日便气绝身亡。

　　一段美好的感情，就此谢幕。只留下了无限伤怀的《虞美人》，千百年来在寒风冷冽的萧瑟时节，一遍遍凄厉地唱和着："问君能有几多愁，恰似一江春水向东流。"

　　悲哀的气氛，犹若李清照此时的心怀。征鸿过尽，天际空空如也。满腹的心事，不知向谁诉说。连那鸿雁竟都不可做她的传信使者，告慰她的一番相思之苦。更何况，前方自有他中意的仕途，纵然书信带到，他是否真心愿意回返，倒是真个没能想到，有一天，他竟为了仕途，这样容易地弃她而去，音信全无，连个往日一同度过的节日，都干脆遗忘在身后……

　　"楼上几日春寒，帘垂四面，玉阑干慵倚。被冷香消新梦觉，不许愁人不起。"夜色阑珊，时光清浅。一个寻常女子，盼的不过是同一人共享安稳流年。只可惜，在这样美好的夜色下，她心事缠绕，辗转难眠。这是李清照惯用的写法，一如"香冷金猊，被翻红浪，起来慵自梳头。任宝奁尘满，日上帘钩"（《凤凰台上忆吹箫》），一如"瑞脑香消魂梦断，辟寒金小髻鬟松，醒时空对烛花红"（《浣溪沙·莫许杯深琥珀浓》），以物境描绘和体现人内心深处的寂寥，丝丝入扣，字字情深……

心若是被一人填满，也许该是幸福滋味。奈何那人不在身边。我自以为，得到后的失去，更令人心寒。虽此刻的李清照并不曾是真正意义上的失去，但好景曾在，相思之人隔断万水千山，美好年华硬是不能同度，于一个渴望获得关爱的女子来说，又有何幸？寂寞红尘，别无他法，唯有倚遍阑干。

山重水复，一腔热情，徒换一纸辛酸。几次翻覆，香炉里的香料竟悄悄燃尽。当整个房间弥散着诱人的香气，却是连皮肤都感到冰冷、真切的寒。"不许愁人不起"，也许吧。如此寒冷的天气，适合叠被而起，去窗外拾捡岁月恩赐的春意。由此可见她的无奈。

来到室外，眼前的境地，却是开阔了。李清照方才感受到身体内有一线生机，复苏、呼唤、踏遍人间。"清露晨流，新桐初引，多少游春意。日高烟敛，更看今日晴未？"风雨初歇，迎面扑来的是新鲜的空气。那微微绽开的小小叶面上，轻轻抖动着一滴滴露珠，晶莹剔透、玲珑可人。再看高高的梧桐树上，早已抽长出细芽嫩叶，一夜的风雨滋润过后，蓬勃鲜嫩，翠绿欲滴。"更看今日晴未"，面对这盎然的情趣，李清照不禁自问，倘若再继续将自己固执地困于回忆，也只是辜负了时光的一番美意。这样美好的春日，似乎替李清照缓解了一丝孤凉。

但这句并不是一个肯定的陈述句，而是以一句"晴未"收煞，留下一个问句，让读者自行想象、深入了解。

清代毛先舒《诗辨坻》评价此词："词贵开拓，不欲沾滞，忽悲忽喜，乍远乍近，所为妙耳。如游乐词，须微著愁思，方不痴肥。李《春情》词本闺怨，结云'多少游春意''更看今日晴未'，忽而开拓，不但不为题束，并不为本意所苦。直如行云，舒卷自如，人不觉耳。"

到此时，一心渴望被人精心收藏的少女心思不见了，转而呈现于眼前的是一个走入现实、逐渐成熟的词人少妇。她终究懂得，纵然期盼，然这世间实无一人可护她周全，免她惊、免她慌、免她颠沛流离，而暂时失去赵明诚的李清照，在寂寞的春光中，逐渐开始懂得，这世上最不可放弃的，便是自爱。拥有了自爱，即便没有他人的呵护，她依旧能够心怀坦荡，安稳度日；一如被风雨侵打过的花朵，回报这个春光的，也只是骄傲盛放……

雨中芭蕉为我愁

窗前谁种芭蕉树，阴满中庭。

阴满中庭，叶叶心心舒卷有余情。

伤心枕上三更雨，点滴凄清。

点滴凄清，愁损北人不惯起来听。

——《添字丑奴儿》

　　歌里唱"等到风景都看透，也许你会陪我看，细水长流。"可残忍的是，现实里果真等到看透人间所有的风景，身边的那人，也早已不再。而到时候，要去哪里、和谁，一同细水长流？长长的韶光逝去，面对未知，也唯有追忆似水年华，在想象的空间里，捕捉那一抹荡然无存的往日温存。

　　心是暖的，可回忆却那样冰冷。

　　窗前谁种芭蕉树，阴满中庭。

　　阴满中庭。叶叶心心舒卷有余情。

162　　伤心枕上三更雨，点滴凄清。

点滴凄清。愁损北人不惯起来听。

春风拂柳，渌水扬烟。江南多情，这里原本应当是个充满美好与憧憬的地方。"日出江花红胜火，春来江水绿如蓝"，四处草长莺飞，春光明媚，挽住了多少风流雅士的脚步。在岁月的纤尘里，他们感慨着"能不忆江南"。然而，初到这里的李清照，心内并无多少欢喜。

景炎二年（1127）春天，李清照历经艰辛终于来到江宁，与日日思念的赵明诚团聚。随她到达江宁的，是十五车的金石文物，经过了长达千里的长途跋涉，又再经过几番战乱，她的内心早已疲倦不堪。幸好，此时终于看见了梦中人那张熟悉又温暖的脸庞，这才稍感安慰。然而，刚一安定，她心内便重燃对远方故土的思念，那些南下途中所见所闻的一切，此时像慢镜头回放的电影，不断地在她的脑海中闪现。

对故土的思念，叫她寝食难安，一如一场尽日不息的风。

转眼，江南迎来了它的梅雨季节。

坐在阴暗的房屋里，李清照的心情极度压抑。她原本就因思念过度而显得郁郁寡欢，此时竟连日不见一米阳光，更令她愁容满面。梅雨窸窸窣窣地敲打着窗台，潮湿的空气惹她烦闷。此时此刻，独自守着窗子的她，是那样想念遥远的天境之下，那充满了阳光的自由之地。北方的夏天不是这样的，虽有

伤心枕上三更雨

些干燥甚至是干旱，但心情是欢愉的，她怀念过去有福消受的那些夏夜，一如怀念那些清凉的夏风、夏雨。

只可惜，青州再也回不去了。那里，现下正是战火连天，想必，那些绿树也遭受了摧残，想必那些夏风，也不再单纯地吹着屋檐。一切都变了，一切也都回不去了。繁华落幕，让她的心儿生疼。

雨水依旧下着，流淌着，流过层层瓦片构成的屋檐，像断了线的泪珠，缓缓地滴到檐下的一棵棵巨大的芭蕉树上，发出滴滴答答的声响，李清照听着，更加沉寂。她朝窗外望去，芭蕉树就在身旁的一侧，那细细小小的一枚枚水珠，轻轻地滚动在每一片叶子上，发出晶莹剔透的小小光芒，像极了她的一个个微妙的心事，欲说还休。

雨中的芭蕉，似是多情、多愁的化身，总能惹人生出许多烦闷。芭蕉的叶心常是卷起的，犹如包裹着层层心事，或黄或翠的蕉叶，隐约是连绵不绝的情思。更何况雨滴芭蕉，一声声清润如水的敲打，似在诉说着一种古老而神秘的失落。大概是雨打芭蕉，声响太过冷冽清脆，惹得李清照起了追思亡国的伤痛与哀愁吧。在这样一个布满阴霾的天气里，她想起了有着同样惨痛经历的南唐后主——李煜。那个写得一手好词，却并不适合成为一名君主的男子，那个被后人称作"做个才人真绝代，可怜薄命做君王"的李煜。

相似的经历，使得李清照顿感自己与南唐后主，大抵真是"同是天涯沦落人"，她亦想起他写下的有关"芭蕉落雨"的伤感句子："云一涡，玉一梭，淡淡衫儿薄薄罗，轻颦双黛螺。秋风多，雨相和，帘外芭蕉三两棵。夜长人奈何！"

"夜长人奈何！"这同样也是李清照心里的无奈。故国已经在战火中消逝，她知道她所思念的，早已成为一种奢望。倘若有缘能得见故土收复的那一天，眼下也已分明到达绝望的顶端。虽然这首词，李煜实则是写给他心爱的周后，但在易安心里，这早已沦为一种思念故土的完美表达。也罢，不管真相是在倾诉怎样一种感情，总归都是让人彷徨，叫人无奈。

"伤心枕上三更雨，点滴凄清。点滴凄清。愁损北人不惯起来听。"静夜无眠，只因三更时分，窗外还飘着滴滴答答的雨声。一滴滴，落在院中的芭蕉叶上，也敲打在无眠的心内。她失眠了，辗转反侧。这雨打芭蕉的声响，似乎是在一遍遍提醒着自己，那熟悉的故土，都已失去。此时，眼下，她所栖身的地方，是如此陌生与僻静，在纷纷扰扰的乱世中，她终究还是做了一个被迫远离故土的异乡人。

异乡人。不管是谁，从你离开故土的那一刻，这样一个略显讽刺与冷酷的称呼，便降临到你的身上，接受或者拒绝，它早已成为你的某一种身份。那些远离故土的人，莫不是去到远方捕捉毕生的梦想，然而，人们说，"到不了的，叫作远方；而回不去的地方，叫作家乡"。每一个离开故土奔赴远方的人，都是求一个好的前程。然而，也许在漫长的一段时间过后，在某一个僻静深刻的黑夜，也许就像李清照当下所身处的这么一个寂静的夜晚，当你听到他乡雨打芭蕉的回响，会再一次勾起你对故土的思念。那个时候，你会明白，人事凋零，故土早已不在望。

曾经以为，远方就是希望。可又怎能明了，人生的下一站，将是何种模样？正如此时的李清照，刚刚经历了一场亡国之痛，她哪里知道更大更汹涌的苦难，还在不远的将来。

只是这一刻，她尚且守着亡国的伤痛，不能自拔。又借这阵阵催心的雨打芭蕉，专心地为失去故土而伤，而痛。那窸窸窣窣的声响，仿佛来自心底，沉重阴暗，生生不息。

落红满地秋千架

山河破碎，夫君罹难。生逢乱世，她终是没能获得一个安稳流年。那一年，梅花绽放，她有心折枝，然而手握早春，却无处投寄，一如她无处安放的余生。那人走了，留下她无依无靠，孤苦伶仃。从此之后，心上无春，芳菲已尽。她就这样守着对他的思念，以泪洗面，度日如年。

等闲变却故人心

世人看李清照，都为她是一代婉约派的杰出代表人物，想她吟风弄月，儿女情长，不过一介女子。殊不知，李清照之所以能够在几千年的中国文学史上留下重重的一笔，除了因为她具有一身的婉约之情外，更是因其有一股雄壮之气。

项羽兵败乌江，自觉无颜回见江东父老，遂自刎，由此成全一代霸王之美名。记忆中关于他的最早资料，来自于张爱玲所写的《霸王别姬》："'噢，那你就留在后方，让汉军的士兵发现你，去把你献给刘邦吧！'虞姬微笑。她很迅速地把小刀抽出了鞘，只一刺，就深深地刺进了她的胸膛。项羽冲过去托住她的腰，她的手还紧紧抓着那镶金的刀柄，项羽俯下他的含泪的火一般光明的大眼睛紧紧瞅着她。她张开她的眼，然后，仿佛受不住这样强烈的阳光似的，她又合上了它们。项羽把耳朵凑到她的颤动的唇边，他听见她在说一句他所不懂的话：'我比较喜欢那样的收梢。'"特别是这一句"我比较喜欢那样的收梢"，留给人一定的阅读想象空间。

待后来又看到由陈凯歌导演，张国荣、张丰毅领衔主演的同名电影，这才懂得：霸王与虞姬的感情，亦是从极其重要的一个方面，展现了项羽作为一代枭雄的威猛姿态。

这样伟大的旷世绝恋，注定嵌入红尘，经久不衰——所以，李清照才会如此中意项羽吧！折服她的，不但是这男儿的铮铮铁骨，更是为爱献身的宏伟壮举！

生当作人杰，死亦为鬼雄。

至今思项羽，不肯过江东。

这首诗前两句是在表达她对战事的看法，即她崇拜项羽式的人物，败就是败了，男子汉大丈夫，要敢作敢当，面对失败，要敢于担负责任，承担后果。在她看来，项羽之所以能够成为一代英雄，名垂千古，就是因为虽有退路，却甘愿自刎乌江，宁死不屈。这是她要的男子气概。

同样是描写关于项羽兵败的，另外有两位著名的文学家，即杜牧与王安石。

胜败兵家事不期，包羞忍耻是男儿。

江东子弟多才俊，卷土重来未可知。

——杜牧《题乌江亭》

从诗中可以分辨到杜牧的观点，"胜败乃兵家常事"，他认为：男子汉大丈夫要能屈能伸，不能因为一次的胜败就灰心丧气。唯有"包羞忍耻"，才是真正的男儿本色，"留得青山在，不怕没柴烧"。就像韩信，虽遭受了胯下之辱，却就此逃过一劫，终成一代大将。这样的人，在杜牧看来，可谓真正的英雄。

百战疲劳壮士哀，中原一败势难回。

江东子弟今虽在，肯为君王卷土来？

——王安石《吴江亭》

此两首同放在一起，就显得很有意思了。为什么？读罢此诗，王安石分明是在反驳杜牧。他认为，楚国大势已去，项羽即便忍辱偷生，亦是无力回天。如此看来，倒也不若一死，至少能留得英雄气概在人世。你看，李清照这样举世的词人，不就在对他歌功颂德了吗？

然而，她为什么要写这么一首诗呢？

她从小长于书香门第，父亲李格非刚正不阿，耳濡目染之下，虽为一介女流，李清照却养成男儿般的豪爽之气。如今身处乱世，国家正是用兵之际，奈何一些官员贪生怕死，置大好河山于不顾，哪还有什么民族气节？恨只恨自己乃女流之辈，无法上阵杀敌，也只能写些诗词，以表愤慨。

然而，她万万没有想到，就在她奋笔疾书进行不平之鸣时，身边却出现了一个贪生怕死的典型。更令她心寒的是，这个人不是别人，正是她的丈夫，赵明诚。

宋高宗建炎三年（1129），赵明诚在江宁担任知府已有一年，这年二月，御营统制官王亦于城内兴兵作乱。虽此人官职低于赵明诚，但按照朝廷的规定，他统辖的兵马却是隶属于朝廷，因此，他的作乱对赵明诚来说，无疑是一次重大的灾难。但幸运的是，赵明诚此时已被调任湖州。因此，当他得知城内暴乱，便顺理成章地将事情全部推给了即将到任的江宁知府。而他自己，则伙同江宁其他两个官员，在一个月黑风高之夜，从城楼上悬下绳索逃走了。

身为朝廷命官、地方父母，就应该报效朝廷，护一方百姓周全。但赵明诚此举，实乃愧为朝臣，更愧对百姓。虽他当时已拿到湖州调令，但毕竟仍身在江宁，面对暴乱却视而不见，从法律上，也许人们不能指责一二，但站在道德的角度，他真是狼心狗肺。试想一下，当日月黑风高、无人察觉，他与其他二人偷偷地将绳索从城墙上扔下去，然后非常笨拙地将自己慢慢悬放到安全地带，这种逃避责任的姿态，该有多么狼狈、丑恶？不禁让人怀疑，那个俊朗丰神、热衷字画、颇具风流的少年才俊，真的就是此时此刻的赵明诚吗？

更严重的是，他是否想过，若非他手下的一名名叫李谟的官员及时采取行动，整个江宁又会出现怎样可怕的后果？也许他会被叛军杀害，甚至会连累李清照在内的全城百姓。到那个时候，他赵明诚要如何面对"江东父老"，又如何面对李清照的一番深情？

李清照得知这件事后痛心疾首，但她亦是历经磨难之人。将心比心，再加上对赵明诚始终是心疼多过苛责，赵明诚也因此被朝廷革职，在时光的洗礼之下，她最终选择了原谅。然而，生逢乱世，他们真的能就此轻易安稳度日吗？

梧桐半死清霜后

寻寻觅觅，冷冷清清，凄凄惨惨戚戚。乍暖还寒时候，最难将息。三杯两盏淡酒，怎敌他、晚来风急？雁过也，正伤心，却是旧时相识。

满地黄花堆积，憔悴损，如今有谁堪摘？守着窗儿，独自怎生得黑？梧桐更兼细雨，到黄昏，点点滴滴。这次第，怎一个愁字了得？

——《声声慢》

赵明诚出任湖州知州，途经江宁。回首以往，母丧于此，又在此重踏青云。享毕荣华，遭遇蒙羞，直至在此接受荣光。人生的际遇，果真充满变数，不可探究。

因任职需亲自面圣，赵明诚唯恐那些珍贵文物遗留于此，但鉴于时间紧迫，便决定让李清照先暂居池州，待他事情完毕后一同赴湖州上任。

然而，天有不测风云。此一别，不到一月，李清照等来的，是关乎赵明诚身患重疾的噩耗。原来，先前四处奔命，已是疲惫不堪，如今又再车马劳顿，赵明诚驱车刚赶到建康，就疟疾

173

缠身。

李清照得悉后，心急如焚。她日夜兼程，从水路赶往建康，丝毫不敢怠慢。然而，等她站在他面前，他已因服用大量柴胡、黄芩等寒性药物，引发痢疾，腹泻不止。最终数病齐发，命在旦夕。

仅仅几日，他便奄奄一息，撒手人寰。

这一年，他四十九，她四十六。

寻寻觅觅，冷冷清清，凄凄惨惨戚戚。

乍暖还寒时候，最难将息。

三杯两盏淡酒，怎敌他，晚来风急？

雁过也，正伤心，却是旧时相识。

满地黄花堆积，憔悴损，如今有谁堪摘？

守着窗儿，独自怎生得黑？

梧桐更兼细雨，到黄昏，点点滴滴。

这次第，怎一个愁字了得？

深情仍在，生死相隔。二十八载，皆成空忆。昔日山盟亦随人去。任红尘相遇，相许白头，终抵不过这荒诞结局。浮生散场，盛宴不再，脆弱如她，如何承受这突如其来的打击？

这一年的秋，来得恼人。举目处，皆萧索凄寒，好不瘆人。天色昏暝，阴霾不散，白霜入定。守着一生的痴妄，词人李清照画地为牢。眼前光景，身之所境，却正是一个"寻寻觅觅，冷冷清清，凄凄惨惨戚戚"。

山河破碎，故国不堪回首月明中。似在一夜之间，她又重回斑驳。夜深人静，女子的凄凄心事，闻者动容。然而此时的哀愁，早已不是少女时代肤浅的闺阁惆怅，生逢乱世，她知道，再也不会与赵明诚拥得好梦，直捣晨昏。

短短十四字，清楚地交代词人所处的环境、所持的心境。自古以来，有众多学者对此用法称赞不绝，宋代罗大经《鹤林玉露》中说："起头连叠七字，以一妇人，乃能创意出奇如此。"明代吴承恩亦有欣赏之意："易安此词首起十四叠字，超然笔墨蹊径之外。岂特闺帏，士林中不多见也。"其不事雕琢，精思巧构，增强了遣词的感染力，轻易将读者引入词人的世界，令人幽咽凄楚，肠断心碎。后人多有效仿，如元代乔梦符作《天净沙》云："莺莺燕燕春春，花花柳柳真真，事事风风韵韵，娇娇嫩嫩，停停当当人人。"

常想起那些失去爱情抑或爱人的女子。然而，失去的结果也各有不同，比如三毛、张爱玲与杨绛，三人皆才学惊艳。

三毛失去荷西，变成了一只孤独的旅鸟，不再兴高采烈到处飞翔，很难想象，那个天生豪放、渴望流浪人间的性情女子，最后竟以一条丝袜结束余生；张爱玲失去胡兰成、赖雅，前一个对她朝秦暮楚、始乱终弃，后一个与她相偎相伴、风雨同舟，失去第一个尚且可以寻觅下一份恋情，然而失去赖雅，她终于离群索居，避世为人；杨绛失去钱钟书，还失去了一个可爱的女儿，这不堪回首的残忍往事令她在花甲之年提笔写就了《我们仨》，她知道这一切不会再来，唯有在回忆里将最亲近的人找回。好的爱人是什么？好的爱人是，不想失去甚至无法承受这份失去。所以三毛自杀，张爱玲避世，而杨绛执着地写下《我们仨》。她们都是痴情烈女，要在短暂的时光中铭记，上天曾给予如此美好的一份姻缘，如此完美的一个爱人。

　　而现在，李清照失去了他。

　　凉凉暮秋，乍暖还寒，正是最难将息。似是噩梦一场，几个轮回，相聚又分离。而她不愿相信，只是这次，"上穷碧落下黄泉"，她无论如何，都再寻不得那一人。"十年生死两茫茫，不思量，自难忘。"她的赵明诚，果真再一次扔下自己，就这么狠心地去了……留她凄凄惨惨、悲悲切切，于这苦海人间独自挣扎。没有了家园，没有了温暖，要她如何支撑下去？

　　酒，一杯接一杯，可是啊，饮再多的酒，也无法驱除她的相思之寒。半梦半醒之间，犹记当年盛秋，满山层林尽染，他亦远在天边。熬不住浓烈的相思，她写了这样的词："红藕香残玉簟秋，轻解罗裳，独上兰舟。云中谁寄锦书来？雁字回时，月满西楼。"在那时，她亦没有等到他鸿雁传情，但至少，他活着，而现在……想到此，悲情转浓，痛从心来，忍不住伤心。

远处，苍山连绵，征鸿过尽。可是她，再也唤不回，那离逝的过往。

偏偏此时，菊花盛放，满目金黄，惹她思念更甚，忧伤愈重。那些遍目残碎的回忆，搁浅在流光的某个缝隙，成了她此生注定走不出的劫难。饮酒伤身慰情，也不过只得形容枯槁，犹如满地的残花。

斯人已去，空想白头。剩下的光阴，李清照该如何度过？"守着窗儿，独自怎生得黑？"这里的"黑"字，别有妙趣。张端义说："'黑'字不许第二人押，妇人中有此文笔，殆间气也。"虽平白通俗，却是点透人心，诉尽离伤。况且，"梧桐更兼细雨，到黄昏，点点滴滴"。她原本就为相思所扰，一夜无眠，却在这时，又听到雨打梧桐，点点滴滴，像是离人眼中的泪珠，滴在心头。

爱，生如许，却凋谢至极。唯独她，平添白发，残损年华。红绡帐内，任红被再翻浪，亦只剩下永远的孤清。

想到此生缘分已尽，她深深地惆怅，只有一句："这次第，怎一个愁字了得？"是啊，此情此景，又怎是一个"愁"字能概括得了？偏偏此字，又是全词的中心，直到这一刻，整首词欲表达的情思才算掀到了高潮。前之种种，却都是铺垫。淡酒、晚风、北雁、黄花、梧桐、细雨，都是为一个"愁"字。

思君如流水，人远天涯近。

她这一腔浓重的情思，皆暗藏其中，让人不忍卒读。

山川都暮，风华已老。一切美好的过往，皆随岁月凋残。从此之后，她孑然一身，亦孑然一生。在红尘最深的凝望里，痴痴地守着那些美好，阅尽残生……

失去了丈夫的李清照，非常虚弱，但她身兼重任（保住与赵明诚收藏的剩下的少量珍贵文物），迫切需要一个稳定的生活。然而，世事纷乱，人心惶惶，她该找一个什么样的人，托付终生？

且不说一般的凡夫俗子她看不上，且这时已经两鬓斑白，又是遗孀，想来，若是果真能遇到一位有缘人，可定不负上天的恩赐了。

也许是造化生因吧。偏偏，一个名叫张汝舟的人，闯入了她的世界。此人官任右奉承郎监诸军审计司（军队里负责财务审计和审核）。虽官品不大、政绩不高，但位置十分重要。

李清照在写给翰林学士綦崇礼的信中，详细介绍了自己与张汝舟的来往姻缘。里面清楚地写道，张汝舟在认识李清照的最初，一贯非常积极、主动。一段时间后，李清照第二次成亲。也许，她是真的累了吧。年少的机警聪慧早已被长久的战乱与亡夫的伤痛，消磨得一干二净。在乱世中苟活，一个孤独的女子不过是想找个肩膀依靠，能有个家、有个人疼，已是她今生最大的诉求。但她终是没能看透他——一个巧舌如簧、另有目的的卑鄙小人。

成亲之后，李清照很快就发现一个让她感觉全身都会颤抖的悲烈事实：张汝舟此人非但学识修养方面无法与赵明诚比肩，最不能容忍的是其道德品行的败坏。她在写给綦崇礼的信中说：张汝舟跟她成亲，原本为的就是她身边的那些珍贵文物。而实际上，在经历了几次动荡，李清照身边所携带的文物已然不多，因此张汝舟心内更生怨愤，甚至认为娶李清照是自己上当受骗。最最令其接受不了的是，即便成亲之后，李清照似乎亦没有将这些文物交于他掌控。

这是最令他不能忍受的地方，这使他清楚地感到：谋财计划，彻底泡汤。这时候，他开始与她计较成亲的代价了。为了达到目的，对一介弱女子非打即骂，尽情地向世人展示出他作为一个男人的卑鄙无耻。

李清照决定与张汝舟离婚，此时距离他们成婚不过百日。

山月不知人事改

芳草池塘，绿阴庭院，晚晴寒透窗纱。玉钩金锁，管是客来唦。寂寞尊前席上，惟愁海角天涯。能留否？酴醾落尽，犹赖有梨花。

当年、曾胜赏，生香熏袖，活火分茶。极目犹龙骄马，流水轻车。不怕风狂雨骤，恰才称，煮酒残花。如今也，不成怀抱，得似旧时那？

——《转调满庭芳》

在我们漫长又短暂的一生中，亦有黄叶的命运，在某个特定的时刻，受清风的指引，固执地飞向一个地方。从此，扎根或飘零。漂泊的岁月是如此漫长，似乎永远都不会结束。当我们内心感到疲惫，忍不住按下暂停键，却意外地发现大街上，到处都是如同我们一样，辛苦奔波的年轻人、中年乃至老年人。

原来，我们并不是唯一被命运所刁难的人。原来，我们也并非唯一渴望获得安定生活的人。

此时的李清照，因时势发展所需，不得已从金华辗转来到杭州。在如此逼仄的战乱年代，她尝尽了奔波、流离。世事如棋，在那样的年岁，没人知道明天迎接自己的会是什么。每个人的眼神都是那样无助与黯淡。每个人的心中，都怀抱着惶恐与不安，生怕一个不小心，就将此生辜负。

她亦是懂得的，"天下没有不散之筵席"。越是美好的东西，消散起来越是容易。她想留住这无情的岁月，但不知该用怎样的方式，只有写些诗，写些词。她一生的才华倾尽于此，她不擅长别的。

偌大的世界，早已找不到可以托付一生的地方。而她的经年心事，也在风雨的吹打下，随着那些污浊的河水四散开去。在一个动荡的大时代面前，个人的力量，是那么渺小，无力。

芳草池塘，绿阴庭院，晚晴寒透窗纱。

玉钩金锁，管是客来吵。寂寞尊前席上，惟愁海角天涯。

能留否？酴醾落尽，犹赖有梨花。

当年、曾胜赏，生香熏袖，活火分茶。

极目犹龙骄马，流水轻车。不怕风狂雨骤，恰才称，煮酒残花。

如今也，不成怀抱，得似旧时那？

秋日，寒鸦寂静，院子干净而清肃。那个午后，窗外树上的叶子，跟随秋风的脚步，发出哗哗的响声，掉落一地的金黄。她眼波一转，就看到了漫天的默然。是从什么时候开始的呢？忧愁开始环绕着她。在清晨、在午后、在黄昏，甚至在她的睡梦中，丝毫不肯放松紧追的脚步。她挣扎、呐喊，最终无力，软软地屈服于这些沉重的相思之下，沉默又沉默，于是写出了这样精彩的词。

仿若来自她心底的梦想，小小的一枝，含苞绽放。只是可怜无人驻足聆听，那些极其细微的声响，你只有在漫无边际的深夜，竖起耳朵，还要向上天借一点好运气，才能成功捕捉到。

芳草，绿荫，晚晴。初夏时节，以及清凉的风。

三秋桂子，十里荷花，江南果真秀美，犹如书中所描绘的人间仙境。但在如此梦幻的温柔乡里，并不是所有人都能安然接受它的千娇百媚，比如她。看上去，这里的景色美妙至极，就像儿时记忆中的故乡。但她心里清楚，一切都已不可挽回。很多时候就是这样的，当你离开一座城池，总觉得在这世界上的别个地方，会再找一个如它一般的。直到离开，也许要花上许多年，抑或你要经历许多人和事，才会在某个时刻茅塞顿开，刹那之间懂得，那才是唯一令你中意的城，其他的地方可以相似，却永远无法取代它在你心里的地位。

我们总是这样的，后知后觉。

"荼蘼谢尽，万芳凋零。"放眼世间，尽是颓残，除却梨花。

一树一树的雪白，潇洒地飘着馨香，给她以安慰。但不多时，她的蛾眉又再蹙起，大抵是为了这些梨花的去留忧心。这样的安慰，又能持续到何时呢？看吧，她终究是个多愁善感的女子。

"花谢花飞飞满天，红消香断有谁怜。"望着这满眼的雪白，她的心都融化了，融化得迅疾，像寒夜里的电光石火，只亮了那么一瞬间，便又陷入无边的黑暗。此时的她，就如同那不久将要凋谢的梨花，朝不保夕。生死，悬在一线之间。多少的苦楚，她无人诉说，只能生生地，吞入心底。

"当年曾胜赏，生香熏袖，活火分茶。极目犹龙骄马，流水轻车。不怕风狂雨骤，恰才称，煮酒残花。如今也，不成怀抱，得似旧时那？"

一切美好的，皆是当年景。往事真是个美好的事物，怪不得一些现下失意的人，一定要同往事干杯。当你感到孤单时，往事就从你的脑海中自动抽离，给你温暖，让你依靠，帮你暂时忘却这现实的残酷。如今，她感到心寒，总要躲进回忆里，偷偷地歇上一歇。她不知道，回忆也是讲求交易的。回来太久，寻它的次数太频繁，她同样需要交付自己的心。就这样慢慢地，她一点点陷进去，在回忆里，伤感、欢乐、忧愁，一切都为了昨日的梨花。

繁花似锦，清风如缎，吹开了她此生最为鲜嫩的红尘。那时的她，温婉娴静，低眉浅笑，与赵明诚一同赏画烹茶，惹得笑声满屋飘荡，上下翻飞。但她，留恋的并非是那样的闲适。

只是因为有他在身边，那是她将心寄存的地方，心找到了，便安定了。有他的世界，没有风暴，没有霜欺。她活得真实、自在。

就像我们在遇到恶劣的天气时，总想早点回家。

屋外电闪雷鸣，而你的小窝点着一盏温馨的小灯。从那一层层淡黄色的光晕里，我们看到了未来，获得了心安。

李清照想要的，与此无异。不过是生而为人、生而为女子的存在于这个世界的，最简单、淳朴的诉求，并不特殊。

但她，竟就那样失去了。

并且，此生再也无法拥有。

记忆中的汴京，车水马龙，花月春风，如今却常常出现于她的梦中。

清薄的时月，犹如应季的玫瑰花瓣，手指轻轻一碰，就纷纷掉落草丛，难觅踪迹。她的青春，她的新婚。她与他最真挚、快乐的时光，若知一切都是这样有限，是否拼尽全力，亦要珍惜珍惜再珍惜。

山月不知人事改。唯有那一年年开了又谢、谢了又开的窗外的梨花，笑傲春风，一如她细密的人生，最终都将化作一阵烟尘，飘散青天之上。

曲水流觞

纳兰性德词传

人生若只如初见

启 文——编著

河北出版传媒集团

花山文艺出版社

河北·石家庄

图书在版编目（CIP）数据

曲水流觞.纳兰性德词传：人生若只如初见/启文
编著.-- 石家庄：花山文艺出版社，2020.8
ISBN 978-7-5511-2839-1

Ⅰ.①曲… Ⅱ.①启… Ⅲ.①纳兰性德（1654-
1685）-传记②纳兰性德（1654-1685）-词（文学）-文学
欣赏 Ⅳ.① K825.6 ② I207.23

中国版本图书馆 CIP 数据核字 (2020) 第 149354 号

书　　名：**曲水流觞**
　　　　　QUSHUI LIUSHANG
分 册 名：纳兰性德词传　人生若只如初见
　　　　　NALAN XINGDE CIZHUAN　RENSHENG RUO ZHI RU CHUJIAN
编　　著：启　文

责任编辑：郝卫国
责任校对：董　舸
封面设计：青蓝工作室
美术编辑：胡彤亮
出版发行：花山文艺出版社（邮政编码：050061）
　　　　　（河北省石家庄市友谊北大街 330 号）
销售热线：0311-88643221/29/31/32/26
传　　真：0311-88643225
印　　刷：三河市嵩川印刷有限公司
经　　销：新华书店
开　　本：870 毫米 ×1220 毫米　1/32
印　　张：24
字　　数：550 千字
版　　次：2020 年 8 月第 1 版
　　　　　2020 年 8 月第 1 次印刷
书　　号：ISBN 978-7-5511-2839-1
定　　价：119.00 元（全 4 册）

前　言

　　纳兰性德，原名纳兰成德，字容若，顺治十一年甲午农历腊月十二（公历 1655 年 1 月 19 日）出生。纳兰家族十分显赫，隶属满洲正黄旗，是清朝初年满族八大姓氏里最风光、最有权势的家族，也就是后世所称的"叶赫那拉氏"。

　　纳兰性德一出生就被命运安排到了一个天生贵胄的家族中，他是衔着金汤匙出生的富贵公子，注定了一生荣华富贵、锦衣玉食。但命运弄人，这样一个贵公子，却偏偏是"虽履盛处丰，抑然不自多。于世无所芬华，若戚戚于富贵而以贫贱为可安者。身在高门广厦，常有山泽鱼鸟之思"。

　　纳兰性德的悲剧命运也似乎是与他的天生富贵一起注定的，上天总是公平的，它给予你一样东西，必然也会收回一样。纳兰性德拥有令全天下男子都艳羡的财富与门第，却有着一个孱弱的身体，他自幼身患寒疾，这难以根治的疾病总是会时不时爆发，折磨着他。

　　所以，纳兰性德性情中忧郁淡漠、伤感悲情的一面也是可以理解的。因为自身的疾病，纳兰性德在青春大好的年华，有很长一段时间是在病榻上度过的，所以在他的词作中，总是充满了无聊悲凉，甚至有些戚戚然的情绪。

不过这些都无法遮掩纳兰性德在清朝词坛的光芒，作为一个后起之秀，纳兰性德在词的造诣上渐渐无人可及。清朝初年的词坛景象较为不景气，好的词作者并不多，词坛一片寂寂无声之景象，纳兰性德犹如一颗新星，在清初词坛掀起轩然大波。他的词清新俊秀、哀感顽艳，颇近南唐后主。纵观纳兰性德的词风，清新淡雅间又不乏真情实意，虽然多是哀婉抒情之词，却并不艳俗，反倒是清新脱俗，不流于坊间一些低俗之作，有着自己独特的风格和特色。

后人虽然热捧纳兰词，却未必能够真懂纳兰词中的真含义。纳兰性德的好友曹寅在《题栋亭夜话图》中就哀叹道："家家争唱饮水词，纳兰心事几曾知？"

是的，纳兰词虽然流传天下，纳兰性德虽然名满天下，可是人们在争相诵读纳兰词的时候，纳兰性德那"如鱼饮水，冷暖自知"的心事究竟又有几人懂得？纳兰性德这位相府的贵公子、皇帝身边的大红人，写入词中的点点斑驳心情和刻骨铭心的愁苦，谁人又能真的懂得？只怕是纳兰性德的亲生父亲明珠，也难以懂得。

轻轻翻开这本书，仿佛能看到那个拥有着绝世才华、出众容貌、高洁品行的人站在那里，散发着一股遗世独立、浪漫凄苦的气息，华美至极，多情至极，深沉至极，孤独至极。一个才华横溢、欲报效国家而早早离世，一个因爱而陷入爱的旋涡中挣扎的多情男子，都被尘封在这本书里。

目录

纳兰性德传记

楔　子 / 2

第一章　诞生　谁怜辛苦东阳瘦 / 4

第一节　纳兰家世 / 5

第二节　"性德"之名的由来 / 7

第三节　幼有词才 / 9

第二章　初恋　一生一代一双人 / 12

第一节　青梅竹马 / 13

第二节　一生一代一双人的原型 / 18

第三节　宫墙柳，爱别离 / 23

第四节　一次冲动的冒险 / 28

第三章　知己　知君何事泪纵横 / 35

第一节　秋水轩唱和 / 35

第二节　一见如故 / 38

第三节　滔滔天下，知己是谁 / 47

第四节　我是人间惆怅客 / 51

第五节　世外仙境渌水亭 / 54

第六节　一生至交顾贞观 / 59

第四章　婚姻　感卿珍重报流莺 / 66

第一节　妻子卢氏 / 67

第二节　妾室颜氏 / 76

第三节　心有灵犀的红颜知己 / 85

第五章　仕途　不是人间富贵花 / 98

第一节　随驾北巡 / 99

第二节　一次秘密的军事行动 / 108

第三节　江南好 / 110

第四节　好友曹寅 / 113

第六章　情殇　一片伤心画不成 / 116

第一节　爱妻亡故 / 116

第二节　悼亡词 / 123

第三节　着意佛法 / 129

第四节　对爱妻的怀念 / 132

第五节　续弦 / 136

第七章　离世　纳兰心事谁人知 / 142

第一节　与梁佩兰合作词选 / 143

第二节　最后的诗作 / 145

第三节　纳兰死因 / 146

纳兰性德词作赏析

临江仙 / 157

采桑子 / 160

忆江南 / 163

诉衷情 / 166

如梦令 / 168

清平乐 / 171

画堂春 / 174

霜天晓角 / 177

卜算子·塞梦 / 179

鹧鸪天 / 182

鹧鸪天 / 184

纳兰性德传记

楔子

　　清顺治十一年，农历十二月十二，大雪已经落了好几天，把整座北京城都笼上了一层银白色的幕帷，千里冰封，连紫禁城金黄色的屋顶也都被白雪覆盖了，宫殿变得像雪塑冰雕一般，褪去了往日的巍峨雄伟，带上了一些别样的晶莹洁白。

　　覆雪的屋顶蜿蜒着，从紫禁城一直延伸到四周的寻常民居上、花木上，在寂静的夜里勾勒出连绵起伏的曲线。

　　在这些被大雪覆盖的屋顶下面，有一处寻常的宅子，和其他官员的宅子相比，并没什么特别之处，一样的青砖青瓦，一样三进三出的四合大院。

　　昨夜下了一夜的雪，雪花连绵不断，直到快天亮的时候，才缓缓停了，雪光透了上来，乍一看，就像是已经天亮了一样。

　　天际开始有了一些光芒，蓝色琉璃般的曙色渐渐亮了起来，薄薄的，透明的，从雕花的窗棂间像是有生命似的钻到屋里，缝隙间隐隐有着一丝清冷之气，带着新雪的气息，缓缓飘散在屋内如春的暖意之中。

屋子里点着红泥火炉，炉中的红炭大部分都已被烧成了灰，只有些火星在一闪一闪的。绸帷低垂，把暖炉带来的暖意都给笼在了金装玉裹之中，一室皆春。

兴许是累了，仆役们要么斜靠在墙壁上，要么就低着头，都抵不住浓浓的睡意，在打着瞌睡。

描金绣纹的罗帐内，明珠夫人——英亲王第五女觉罗氏正沉沉地睡着，秀美的脸庞上还带着重重的憔悴之态，她的身旁则躺着刚出生还不满一天的孩子——纳兰性德。

对全家人来说，这个孩子的降生，代表着满族最显赫的八大姓之一的纳兰氏，有了正式的继承者！

而尚在沉睡中的孩子，完全不知自己已经降生到一个与皇室有着千丝万缕关系的天皇贵胄之家，从此富贵荣华，繁花似锦；更不知在今后的岁月中，他的名字，总会与"词"联系在一起，且被后人赞为"清朝第一词人"。

家家争唱饮水词，纳兰心事几曾知？

在他短短的三十年人生中，他家世显赫，仕途亨通，名满天下；更有爱着他的妻子，仰慕他的妾，还有才貌双全、至死不渝的情人，心意相通的朋友。对历朝历代怀才不遇最终郁郁而亡的无数人来说，他已经算十分幸运的了，简直就像是上苍的宠儿，来到这人间，体验一番红尘颠倒，人世沧桑。

也许正因为此吧，上苍终究舍不得让自己的宠儿离开太久，只不过匆匆三十年，就再度把他召回，留下一些隐隐约约的传说，在风中耳语着，述说着他与那几位女子缠绵悱恻的爱情，与知己相濡以沫的友情，还有他内心不为人知的痛苦——不是人间富贵花，奈何生在富贵家！

他流传至今的348首词，清丽哀婉，仿佛能挑动人心中最深处的那根弦，颤动不已。

人生若只如初见。

王国维有评："北宋以来，一人而已。"

诞生 谁怜辛苦东阳瘦

纳兰性德，原名纳兰成德，字容若，号楞伽山人，武英殿大学士明珠长子。现存词作348首，著有《侧帽集》《饮水词》，后人将两部词集增遗补缺，合为《纳兰词》。其词哀婉清丽，颇有南唐后主遗风。

「桐花万里丹山路，雏凤清于老凤声。」

顺治十一年甲午农历腊月十二，纳兰性德出生于京师明珠府邸。

第一次见到纳兰性德这个名字，是在我很小的时候偷偷看梁羽生的武侠小说时。那时年纪小，似是而非，也未必就能把小说给看懂了，可当眼中突然出现"纳兰性德"四个字的时候，不知为何，小小的心弦竟为之轻轻颤动了一下。

也许是因为那四个字组合起来，有种奇妙的、仿佛画一般意境的音节吧！

字简单，并不生僻，一旦组合在了一起，却给人一种美妙的感觉，令人不禁心驰神往。

那有着这样一个美丽名字的少年公子，该是怎样的风度翩翩，宠辱不惊？该是怎样的谦谦君子，温润如玉？

几千年前那些善良的人们，在《国风·卫风·淇奥》中称赞的"有匪君子，如切如磋，如琢如磨"，便是对翩翩君子们最恰到好处的描写。

君子当如玉。

君子当翩翩。

君子当是浊世佳公子，来于世，却不被世俗所侵。

而千年前的人们又怎么会预料得到，在千年后，竟有一位出生在冬季大雪纷飞之时的少年，仿佛是那传世的诗篇中走出来的一般，翩翩来到我们的眼前。

纳兰性德，自此，带着他与生俱来的绝世才华，仿佛天际翩然而落的一片新雪，带着清新的气息，缓缓地、缓缓地坠入这尘世间。

那时，他还只是个小名叫"冬郎"的少年，浑然不知自己今后的命运，注定要在金装玉裹的锦绣堆中惶惶然荒芜了心境，纠缠在理想与现实中，而与几位女子缠绵悱恻，终是痛苦了自己的心，情深不寿。

而那时，他也只是像所有的年轻人那样，在暮春时节看落花满阶，带着少年天真的眼波流转。

看天下风光，看烟雨江南，看塞外荒烟，夜深千帐灯。

那时，少年不羁。

那时，少年得志。

第一节　纳兰家世

有这样一种人，他似乎生来就该被我们钟爱，被小心翼翼地呵护着，世人不吝于用最美好的词汇去描述他的形象，去赞美他无与伦比的才华。

仔细想来，纳兰性德不正是如此吗？

即使他已辞世三百多年，我们依旧乐于用这世上无数美好的形容词去形容他，去想象他那短暂的一生。

浊世翩翩佳公子，当是最恰当的描述了。

纳兰性德是满洲正黄旗人，父亲是康熙年间名噪一时的重臣明珠，明珠官居内阁十三年，"掌仪天下之政"，倒是完完全全称得上"权倾朝野"。只可惜这么个长袖善舞的人物，在官场中也免不了经历荣辱兴衰、起起落落，在他晚年的时候，被康熙罢相，一下子从官场的顶峰狠狠摔了下来。

总之，这一下摔得够惨，很多关于他的资料就都因此湮没不详了，偌大的家族七零八落是免不了的。而和他同样大名鼎鼎，只不过是在另一个范围内有名的儿子纳兰性德，却因为过世得早，反而避过了眼睁睁看着自己的家在一夕之间从云端跌入谷底的悲剧。

在北京的西郊有一块《明珠及妻觉罗氏诰封碑》，上面记载的，就是这位曾经权倾一时的明珠的仕途经历，从一开始的御前侍卫，逐步升到太子太傅、武英殿大学士兼礼部尚书，平步青云、扶摇直上，甚至可以说是飞黄腾达。

这样一位在官场之中长袖善舞的人物，自然不可能是庸碌之辈。

根据记载，明珠在平定三藩、统一台湾、抗御外敌等重大事件中，都是相当关键的角色，若非最后狠狠地跌了那一跟头，未尝不会继续风光下去。

和电视剧《康熙王朝》中所演稍微有点儿不一样的是，历史中的明珠与阿济格的女儿成婚，倒可以说是冒了很大风险的。

阿济格是多尔衮的哥哥，战功赫赫却没什么政治头脑，最后落得个被囚禁的下场，儿女们赐死的赐死，贬为庶人的贬为庶人，这样的姻亲关系，对明珠来说，肯定是不能帮助他在官场中步步高升、一路青云直上的。当然，如人饮水，冷暖自知。以当时明珠一介卑微的小侍卫来说，能"高攀"上阿济格的女儿，到底是怎么想的，也只有明珠自己知道了。

反正在以后的岁月里，夫妻二人还是把日子平安过下去。

在外，明珠在官场中游刃有余；在内，觉罗氏把家操持得妥妥当当，让自己的丈夫毫无后顾之忧。

若是以政治婚姻来说，这样的相处也未尝不是一种美满。

而就在这样的"美满"之下，纳兰性德出生了。

对当时的明珠与觉罗氏来说，他们也完全没有料到，这个出生于寒冬腊月的孩子，未来将会被赞誉为"清朝第一词人"吧？

明珠与纳兰性德，一对父子，同样的大名鼎鼎，却又如此不同。

一个在官场长袖善舞，一个在词坛游刃有余。

纳兰性德永远也不明白，父亲是如何在无数人虎视眈眈中一步一步毫不犹豫而又铁腕地攀爬到顶点的位置，一人之下万人之上，在百官之中呼风唤雨。

就像明珠永远也不明白，自己为儿子精心规划的，已经铺设好了的那条通往荣誉的道路，为什么儿子却是如此不情不愿以至于抗拒。

第二节　"性德"之名的由来

1655 年 1 月 19 日，也就是顺治十一年甲午农历腊月十二，纳兰性德生于京师明珠府。

那时候，他的父亲明珠才二十岁，风华正茂，为这个孩子取名叫"成德"——纳兰成德。

其实他原来一直都是叫"成德"，只是在二十多岁时为了避皇太子的名讳，才改名叫"性德"。

但是在人们约定俗成的观念中，更喜欢叫他"纳兰性德"，以至于原名反倒鲜有人知晓了。

那我们也不妨从俗一下，还是用那个人们都十分熟悉的名字来称呼公子吧！

其实"成德"二字，在古代典籍里面出现的次数不少。

南宋朱熹《论语集注》："言学者当损有余，补不足，至于成德，则不期然而然矣"；《宋史》中也有言："惟俭可以助廉，惟恕可以成德"；《易经》中更说："君子以成德为行，日可见之行也。"

同样是"成德"两字，意义却各有不同，究竟当时明珠是想到了哪一句才会给儿子起名"成德"的，无人知晓。

但不管是哪句，至少有一点是可以猜到的，明珠是希望自己的孩子长大之后能如"成德"二字一样，成为一名君子。

天下的父母，都是望子成龙的，从古到今，从皇家贵族到贩夫走卒。每一个孩子的降生，都会带给父母新的希望，而名字，就是父母给孩子的第一个祝福，也是期望。

纳兰性德倒是一点儿也没辜负父亲的好意。

如今说起他，用到最多的句子，就是"浊世翩翩佳公子"。

"公子"常见，但是古往今来，够得上拥有真正的"公子"资格的，还真是屈指可数。到了现代，一说起这几个字，人们脑海中条件反射出现的，大概就是纳兰性德这个名字了。

古人的习惯，除了名之外，还会给自己起字，所谓"名字"是也。纳兰性德身为一名汉文化的真正仰慕者，也自然而然地给自己起了字，就是"容若"。所以严格说起来，纳兰原名"成德"，字"容若"，只是有时候他也会效法汉人的称谓，以"成"为姓，署名"成容若"，他的汉人朋友们也大多用"成容若"这个名字来称呼他。

不过有一个名字，算得上是纳兰性德父母的专属，那就是他的小名——冬郎。

也许是因为出生在冬季的关系，纳兰性德的小名唤作"冬郎"。

看着这个名字，让人想起另外一位"冬郎"来。

"冬郎"是纳兰性德的小名，也是唐朝诗人韩偓的乳名。李商隐曾经写过一首七绝诗赠予韩偓，其中有两句"桐花万里丹山路，雏凤清于老凤声"，便是"雏凤清声"一词的由来。而韩偓是著名的神童，吟诗作文一挥而就，才华横溢，所以说，大概明珠也有把自己儿子比作那神童韩偓的意思吧？

究竟明珠有没有这么认为，那就是天知地知了。

不过最常见的解释，还是因为纳兰性德在寒冬腊月出生，所以才起了这么个小名。

第三节　幼有词才

据说纳兰性德最早作词，是在他十岁的时候。

十岁已经能成吟，由此可见明珠夫妇对纳兰性德的教育是很下功夫的，后来更是请来名士大儒顾贞观做纳兰性德的授课师傅，也让纳兰性德从此有了一位亦师亦友的忘年之交。

有一首词《一觚珠·元夜月蚀》，据说是他十岁的时候所作。

星球映彻，一痕微褪梅梢雪。紫姑待话经年别。窃药心灰，慵把菱花揭。

踏歌才起清钲歇，扇纨仍似秋期洁。天公毕竟风流绝。教看蛾眉，特放些时缺。

如今看来，这首词若说是个十岁孩子写的，词风又未免显得太过成熟了一些，而且用典颇多，从"紫姑""窃药"到"踏歌"等，颇有些风流之态，十岁的孩子当真能写得出这样的词吗？

这确实是一个让人疑惑的问题。

不过，我们的纳兰公子是出了名的自小聪慧，读书过目不忘，也说不定当真有可能写出一首成熟的词来。这首词究竟是不是纳兰性德十岁时候写的，各有各的说法，但是，在那些言之凿凿说此词为纳兰性德十岁所写的记载中，大多会大肆渲染地描写当年那年仅十岁的稚子是如何出口成吟的。

于是我们就不妨窃喜一下，至少这也算是一种对纳兰性德才华的肯定吧。

冷香萦遍红桥梦，梦觉城笳。月上桃花，雨歇春寒燕子家。

筼筜别后谁能鼓，肠断天涯。暗损韶华，一缕茶烟透碧纱。（《采桑子》）

如果说纳兰性德一辈子都没经历过一丁点儿的挫折，那就是骗人了。

人生在世，不如意事常有八九，帝王尚且有烦恼，更何况寻常之人？

所以天之骄子的纳兰性德，也不可避免地遇到了挫折。

那是康熙十二年，癸丑。

纳兰性德十九岁。

十七岁时纳兰性德就入了太学，国子监祭酒徐文元十分赏识他。

十八岁，纳兰性德和其他学子一样，参加了顺天府的乡试，毫无悬念地中了举人。

有时候看到这里总会忍不住想到另外一个著名的"举人"来。

范进考了一辈子的试，生活穷困潦倒，一直考到五十四岁才中了个秀才，后来终于中了举人，竟是欢喜得发疯了，挨了岳丈胡屠夫一巴掌才清醒过来。

虽然是小说家言，不过从有八股文考试起，难道不是有无数个"范进"，一辈子就只想着能考取功名，然后全家都鸡犬升天吗？

"太宗皇帝真长策，赚得英雄尽白头。"

自隋唐开始的科举考试，让古往今来千千万万读书人都一头栽了进去。考了一辈子的试，考到白发苍苍依旧是个童生的人，不知有多少。连宋代文豪苏洵都曾发出过"莫道登科易，老夫如登天"的感慨，其难度也就可想而知了。

而纳兰性德与那些白头童生们相比，他已经是十分幸运而且出众了。

年仅十八岁就中了举人，在其他人眼中，无疑是该羡慕与嫉妒的。

所以，连老天爷都觉得他太顺利了，该受点儿挫折，于是纳兰性德在十九岁准备参加会试的时候，突然得了寒疾，结果没能参加那一年的殿试。

自然榜上无名。

在纳兰性德的一生当中，这大概可以算是他第一个小小的挫折了吧？

他没能参加那次殿试，待病好之后，是后悔呢，还是并不以为意呢？从他淡泊名利的性格上来看，有很大的可能是后者。

无论如何，纳兰性德并没有参加这一次的殿试，在其后的两年中，他一边研读一边还主持编撰了一部儒学汇编——《通志堂经解》，还编成了《渌水亭杂识》。

闲暇的时候，他依然继续写自己的词。

这一年，他写了几首《采桑子》，各有不同，其中一首便是："冷香萦遍红桥梦，梦觉城笳。月上桃花，雨歇春寒燕子家。　　筝篌别后谁能鼓，肠断天涯。暗损韶华，一缕茶烟透碧纱。"

不知为何，纳兰性德身在北京，可他的词却总隐隐透着一股江南三月的气息，从他的词里，能看到江南的小桥流水、杨柳明月，字里行间流露出来的是月夜下二十四桥氤氲的蒙蒙水汽，婉转而又清新。

也许纳兰性德前生是自江南雨巷中翩然走来的少年公子，撑着伞，缓缓走过时光的流转。

有时候我想，纳兰性德十九岁那年因病而不能参加殿试，对他来说，未尝不是件幸运的事情。至少，他能有几年的时间去做自己喜欢的事情，编撰书籍，吟咏诗词，而不是在官场中渐渐磨掉他天生的才华。

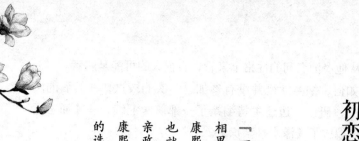

第二章

初恋 一生一代一双人

"一生一代一双人，争教两处销魂。相思相望不相亲，天为谁春。"

康熙六年丁未年，纳兰性德十三岁。

也就在这一年的七月，康熙皇帝亲政。

康熙七年，纳兰府迎来了三年一度的选秀，纳喇氏入宫。

　　纳兰性德是以"清朝第一词人"的称号扬名的。

　　后人对他也颇多推崇，有赞其为"国初第一词手"的，也有赞他"纳兰小令，丰神炯绝"的，而最多的还是说其"《饮水词》哀感顽艳，得南唐二主之遗"，尤其是在《词话丛编》中，对纳兰词颇多赞扬。

　　当然，也有一些批评的声音，陈廷焯的《白雨斋词话》就明确地这样说道："容若《饮水词》，才力不足。合者得五代人凄婉之意。"

　　想来，也许是因为他的词大多以花前月下的题材为主，所以给人比较小气的感觉，虽然也偶有雄浑之作，不过终究还是显得视野不很宽阔，也就难怪有后人会说他的词略显局限了。

　　撇开这些不谈，光是说他的《饮水词》，确确实实清丽美妙，初读，颇有后主的感觉，再读，便是妙不可言。

　　也因为纳兰词中的那些对感情与心境的细致描写，很多人都不免对这位豪门公子的感情生活产生了兴趣。

12

"八卦"乃是人类的天性，谁都抵抗不住自己的好奇心，所以"狗仔队"才会有如此旺盛的生命力，堪比"小强"。之所以我们乐于看八卦，尤其是名人的八卦，也可以说是因为其在很大程度上满足了观众们的猎奇心理。

而有着"清朝第一词人"美誉的纳兰性德，有着权臣公子身份的纳兰性德，不消说，也会有不少人关注着他的"八卦"。

从古到今皆然。

第一节　青梅竹马

根据记载，纳兰性德有妻子卢氏、妾颜氏，后来卢氏病故，便续弦官氏，还有著名的江南才女沈宛，这些算是时人笔记上明确记载了的，不过在野史中，不少人言之凿凿地说，其实纳兰性德还有个心爱的表妹，后来被选进了宫里，劳燕分飞，纳兰性德一直念念不忘。

纳兰性德和他这位传闻中的"表妹"，后人研究说，也许这便是《红楼梦》中贾宝玉与林黛玉的原型。

当初乾隆在看过《红楼梦》之后，曾说过这样的一句话："此乃明珠家事作也。"明珠家与曹家有着相似的荣衰经历，难免会有人认为，明珠是"贾政"的原型，那么纳兰性德，自然就是"贾宝玉"的原型了。

至于那位传说中的表妹，大概也就因此而"诞生"了吧？

又说，这位表妹才貌双全，与纳兰性德青梅竹马，两小无猜，倒是公认的男才女貌，一双璧人。

那时年少的纳兰性德，还有那位美丽的少女，若是就这么一直乐享平静生活，大概成亲也是顺理成章的事情了。

但是，现实总是残酷的。

如果这位表妹当真是存在的，那么按照当时的规矩，凡到选秀女之年，一般是三年一次，家里有十三岁到十五岁的少女，而且是嫡亲女孩儿的旗人家庭，都必须先参加选秀，只有落选后，才能自行婚配，这是一种强制性的制度，所有的旗人家庭都不能拒绝。

所以，纳兰性德的表妹就这样被选进了皇宫之中。

以她的家世、相貌、才华，大概落选的可能性也很小，而结果一点儿也没有意外，她果真被选中了，一入宫门深似海，从此萧郎是路人。

纳兰性德当时是什么样的心情，大概能猜得到，总之是念念不忘。据说是为她愁思郁结，无论如何都想再见一面，后来伪装混进了宫里，终于与自己的表妹见了最后一面。

当然，这只是传说，并没有任何的史料依据，但纳兰性德的这桩似是而非、真假莫辨的感情，或者说是初恋，在后人的猜想中，逐渐变得朦胧而美丽起来，带着"此事古难全"的遗憾，演绎出无数的版本。

夕阳谁唤下楼梯，一握香荑。回头忍笑阶前立，总无语，也依依。

笺书直恁无凭据，休说相思。劝伊好向红窗醉，须莫及，落花时。

（《落花时》）

在纳兰性德大概四五岁的时候，他除了读书之外，还多了一样功课，那就是骑射。

清军入关之后，面对着辽阔的中原，面对着博大精深的中原文化，他们自豪却又自卑，羡慕的同时却又恐惧。

自豪的，是这一望无垠的江山社稷终究被他们所统治。

自卑的，是因为很清楚自己可以用刀剑打下江山，却不可能继续用刀剑统治一个高贵的文明。

羡慕的，是绵延几千年包罗万象的中原文化，给他们带来一个全新的视野。

恐惧的，却是害怕自己最终和历史上无数的少数民族政权一样，被中原文明湮没。

所以，统治者一再强调"祖宗家训"。

祖祖辈辈都是以骑射讨生活，打下了这片江山，所以八旗子孙们必须保持骑射的传统，不可有丝毫的懈怠。

居安思危。

他们羡慕着却又恐惧着几千年绵延不断的中原文化。

纳兰性德那时候不过是个几岁的孩子，对于"骑射"背后的含义，他未必明白。只不过觉得是在自己喜欢的读书之外，又多了一样功课而已。

他也没觉得自己有什么不同。

当时清军刚入关没多久，尚且保持着旺盛的斗志，所以八旗的子弟们也都是个个舞枪弄棒、弓马娴熟。所以小纳兰性德也和其他人一样，在读书之余，还要挤出时间来习武。

或者说，是在习武的空暇，挤出时间来读书。

也许因为父亲明珠是朝廷里难得的几位支持汉文化的人之一，更因为父亲精通汉语，纳兰性德从小耳濡目染，也对汉文化产生了浓厚的兴趣。

在习武之余，他像海绵一样吸收着一切能够接触到的文化。

在这方面，明珠的开通与赞成，也让纳兰性德年复一年中逐渐地文武双全起来，而不是和其他的八旗子弟一样，弓马娴熟，却对汉文化一无所知，甚至连汉语都不大会说。

所以说，纳兰性德后来以词扬名，也并非没有道理。

如今说起他，很多人条件反射地都会想到纳兰性德的文，但事实上，当时的纳兰性德是名副其实的文武双全。

与其他的八旗子弟相比，纳兰性德便显得太优秀了。

文，他享有赞誉；武，他是皇帝身前的御前侍卫，负责保护皇帝的安危，谁能说他武艺不好呢？只是在漫长的学习岁月之中，纳兰性德渐渐地发现，骑射变成了不得不完成的任务，而读书才让他真真切切地感觉到快乐。

文武之道一张一弛，在骑射与读书之间，纳兰性德究竟比较喜欢哪一个，谁也说不清，只是旗人的武与汉人的文，就这样奇妙地在纳兰性德身上达到了一个最好的融合。

纳兰性德一直都记得，那是一个阳光明媚的午后，自己正和以往一样，在武术师傅的教导下学习武术的基础。

蹲马步对一个四五岁的孩子来说，未免太枯燥了，而且是那么辛苦，换作别家娇贵的小公子，只怕早就受不了号啕大哭起来。

但小小的纳兰性德却咬着牙坚持了下来。

因为他记得父亲曾经严肃地对自己说过，骑射乃是旗人之本，祖辈们靠骑射打下了江山，身为旗人，怎么可以不习骑射？

马步不知蹲了多久，小纳兰性德也不禁觉得膝盖开始酸起来，有点儿支撑不住了，又不敢撒娇不练，正在咬牙苦撑的时候，长长的走廊上，母亲婀娜地走了过来，唤他今天就到此为止，家里来客人了。

纳兰性德连忙去沐浴更衣，跟随母亲去前厅迎接客人，这时候，他才看到，原来是自己那位久已闻名却一直不曾见过的小表妹来家做客了。

那时候，年幼的小表妹并不知道，自己进京的结果是为了等她长到花季妙龄的时候，被父母送进宫里去。

在纳兰性德之后，明珠夫妇很久都不曾再有过孩子，所以在当时，小小的纳兰性德是没有弟弟或者妹妹的。也许因为自己长期都被人当成弟弟一样照顾，所以对这位小表妹，纳兰性德表现出很大的好奇心来。

而更让他感到惊喜的，是这位年纪比自己小的妹妹，居然也对汉人的文化颇感兴趣，两个孩子兴趣相投，很快就熟络了。

与纳兰性德不一样，小表妹身为女孩儿，堂而皇之地可以不用去学习骑射，所以她能够安心地坐在书房内，听着授课先生的讲解，专心地聆听，只不过偶尔，一双黑漆漆、亮晶晶的大眼睛也会悄悄地从窗缝间偷看正在专心习武的表哥。

她也是旗人子孙，自然知道习武骑射是男孩子必须学习的功课，在授课师傅重重地一声咳嗽下，她又忙不迭地把目光收了回来，专心在自己眼前的白纸黑字上。

孩子总是在一天天长大。

不知不觉间，幼童变成了少年，纳兰性德变得英俊洒脱、器宇不凡，而原本雪娃儿似的小表妹也出落得亭亭玉立，俨然一朵含苞待放的鲜花。

大人们瞧在眼里，都暗自欣慰。

小表妹才貌双全，一旦选秀进了宫，再加上娘家的支持，还愁不能在皇宫之中找到立足之地吗？

他们暗地里打着如意算盘，却全然忽略掉了，或者说是刻意忽略掉了少年纳兰性德与小表妹之间那淡淡的萌动，只是以为，那不过是两个孩子一起长大的兄妹之情而已。

当时的少年纳兰性德与小表妹，又哪里会料到，未来竟然是如此残酷。

年少的他们，大概根本就不曾想过以后的事情。

纳兰性德年长了一些，就和其他人一样，列席在八旗战士们的阵营里，和周围无数年纪相仿的年轻人一样，是一位年轻的战士。

这天，少年纳兰性德从军营里回来，沐浴更衣过后，拜见了父母、姑姑等人，却未见到表妹的身影，有些困惑，又不好明问，只得怏怏然往内堂走去。

走着走着，他突然发现，自己的脚步竟是在不知不觉中走向表妹居所的方向。

夕阳西下，精致的绣楼掩映在繁花绿树之中，仿佛也带着少女的娇羞，在昏黄的阳光中镀上了一层淡淡的金色。

也许是心有灵犀，当纳兰性德刚走到楼下，表妹惠儿也正从楼梯上款款地走了下来。

四目相对，皆是一怔，旋即都笑起来。

纳兰性德想问表妹为何之前没在前厅，但怎么想都不知该从何问起。向来机智灵变的他，不禁有些木讷起来，看着表妹那双明亮的眼睛，更是说不出话来了。

少年纳兰性德再聪明，也猜不透女孩子的心思。

甚至连小表妹自己，也未必说得明白。

她不知道为什么当快到表哥回家的时候，自己会突然开始在意起仪容来，见镜子里的人儿左不顺眼右不顺眼，一会儿觉得头发散乱了，一会儿又觉得早上插的那支簪子与身上的衣裳不搭配，所以一反常态，并未和往常一样去前厅迎接归家的表哥，而是在自己的闺房内细细地重新梳妆，直到自己满意了，才走出闺房，哪知刚要下楼，却见表哥正在自己的绣楼前踌躇不前。

小表妹本是有些忐忑，可见到表哥迟疑的模样，竟忍不住笑了起来。

见到小表妹忍笑的神情娇憨可爱，纳兰性德越发木讷起来，想分辩些什么，但你看着我，我看着你，竟谁都无话可说，于是便忍不住扑哧一声笑出来。

一笑，两位年轻人顿时不复之前的羞涩与尴尬。

纳兰性德后来写了一首《落花时》，也许是这段无忧无虑的美妙时光在他的记忆里实在印象太深，所以在词中这样写道："夕阳谁唤下楼梯，一握香荑。回头忍笑阶前立，总无语，也依依。"

写的，分明就是年少时与表妹两小无猜的画面。

从词中我们可以看得出来，当时的少年纳兰性德与表妹是如何的情投意合，在他们这一对年轻人的眼中，这世间任何事物都是美好的，当然，还有两位年轻人之间那纯真的感情。

第二节　一生一代一双人的原型

一生一代一双人，争教两处销魂。相思相望不相亲，天为谁春。

浆向蓝桥易乞，药成碧海难奔。若容相访饮牛津，相对忘贫。(《画堂春》)

有多少人最先牢记纳兰性德的词，便是这一句"一生一代一双人"。

很多时候，被感动并不是因为一篇被华丽的辞藻修饰得天花乱坠的文章，也许就只是那么一句话。

简简单单的一句话。

"一生一代一双人"，那是一对天造地设的璧人，天作之合，当不为过。

而纳兰性德笔下的那"一双人"，指的又是谁呢？

既是一双，定是一对恋人，其中一人毫无疑问，自然是纳兰性德，另外一人大概便是纳兰性德的表妹了。

那时候，纳兰性德也正年少，而表妹也是位青春年少的美貌少女，两人才貌相当，正是典型的"一生一代一双人"。

都说少年时候的感情是最单纯的，友情如是，爱情何尝不是这样呢？

纳兰性德一直清楚地记得，那是一个阳光明媚的午后。

碧空如洗，蓝得仿佛透明一般，阳光从枝蔓间洒了下来，在地面上投出斑驳的光影。

紫藤花的藤蔓下，纳兰性德就那样随意地躺着，也许是读书读累了，他用几本书枕在脑袋下，闭着眼，小憩着。

不远处传来轻轻的脚步声，纳兰性德听出那脚步声是谁，却不睁眼，只是依旧装睡，但脸上抑制不住的笑意却泄露了真相。

果然，那轻柔的脚步声在耳畔停了下来，随之传来的，是少女轻轻的笑声，仿佛清风一般，接着几朵花瓣就掉到了纳兰性德的脸上，痒痒的。

这下子，纳兰性德再也无法继续装睡，睁开眼睛，满脸笑容，看向那正俯身看着自己的少女。

那时候紫藤花正当花期，一串一串，或淡或浓，在阳光下仿佛紫水晶的瀑布一般，而那娇俏的少女就立于紫藤花瀑之下，一身淡绿色的衣裙，就像是画中的人儿，活生生地站在自己面前。

那天两人聊了一些什么，说过一些什么，早已在记忆里模糊了，只有小表妹婀娜的身影，还有漂亮的面孔上那纯净的笑容，在脑海里深深地烙下了印记，每当回忆起来的时候，就带着紫藤花的香气涌了上来。

表妹的笑容是那么清楚，以至于在以后的岁月中，每当回想起来，会清楚地觉得原来回忆也是一种残忍。

当那天父母、姑姑把自己和表妹都叫了过去的时候，见到满屋子的长辈，还有长辈们脸上那种严肃的神情，纳兰性德的心中，就隐隐有了不妙的预感。

果然，长辈们接下来的话，让纳兰性德清楚了一件事，无法回避的一件事。

小表妹已经到了选秀的年纪。

那时候的旗人少女，每一位都会得到一次"选秀"的机会，这是属于旗人少女的特有的"福利"。通过"选秀"，也许就能一夕之间飞上枝头变凤凰，然后全家鸡犬升天。

那时候的明珠，尚未成为康熙最器重的大臣，又因为先祖的关系，对自己在朝廷中的前途是有些惴惴的。

纳兰明珠的祖父金台石，是叶赫部的贝勒，后来被清朝的开国皇帝努尔哈赤给斩杀。他的儿子尼雅哈、德勒格尔归顺了努尔哈赤。而明珠，正是尼雅哈的第二个儿子。

对于自己的出身，明珠一直担心会影响到自己的仕途，而娶阿济格的女儿为妻，这对一心往上的明珠来说，不能不说是个冒险的选择。

阿济格虽然是努尔哈赤的儿子，又军功赫赫，贵为英亲王，却在残酷的政治斗争中落了下风，最后被收监赐死，家产也被悉数抄没。

大概正因为此，当时只不过是个小小大内侍卫的明珠，才有机会"高攀"上爱新觉罗氏，成为皇亲国戚之一。

在纳兰性德少年的时候，父亲在朝中的地位虽然正在不断地上升，可并未完全稳固，所以父亲需要再找一条渠道，把自己的家族和爱新觉罗家族牢牢地联系在一起，从而达到稳固自己地位的目的，而让自己家族的少女成为康熙皇帝的后宫妃子，是最好的选择。

这时候，纳兰性德与小表妹才第一次清楚地认识到，摆在他们面前的，是多么残酷的现实。

于是在多年之后，我们看到了这样的一首词：

纳兰性德词传·人生若只如初见

一生一代一双人，争教两处销魂。相思相望不相亲，天为谁春。

浆向蓝桥易乞，药成碧海难奔。若容相访饮牛津，相对忘贫。

"相思相望不相亲"，这是对一双互相深爱的恋人来说，最残酷的惩罚了吧？

彼此能够相望，彼此相思着，却不能相亲，何等的残忍！

如果当真爱有天意，那么，那灿烂的春光又是为谁而来呢？

怪不得纳兰性德会在上阕词的最后一句，几乎是从自己心底喊出这四个字——"天为谁春"！

我们仿佛能够看到这样的画面。

当纳兰性德最终与小表妹再度见面的时候，早已是斗转星移，物是人非。

昔日娇羞的少女，已成为了皇帝后宫之中的妃嫔，给家族带来了另外一种荣耀。

也许是省亲，也许是因为入宫庆贺，总之，纳兰性德终于再一次见到了自己的表妹，那记忆中的少女。

可是，见到了又如何呢？

四目相对，千言万语，最终只能化为他与她之间深深地凝望。

不敢说，不敢讲，纵有千样相思、万般心事，也只能深深地隐藏在自己的心里，在眼神交会的瞬间，讲述着自己的心意。

纳兰性德写词，善于用典，在这首词里面也不例外。

这首《画堂春》的下阕中，开首的两句，便是两个典故。

浆向蓝桥易乞，药成碧海难奔。

两个典故，一是裴航乞药，二是嫦娥奔月。

裴航乞药是出自唐人笔记里面裴航蓝桥遇仙女云英的故事。

传说裴航为唐长庆间秀才，游鄂渚，梦得诗："一饮琼浆百感生，玄霜捣尽见云英。蓝桥便是神仙窟，何必崎岖上玉清。"裴航买舟还都路过蓝桥驿，遇见一织麻老妪，渴甚求饮，妪呼女子云英捧一瓯水浆饮之，甘如玉液。航见云英姿容绝世，因谓欲娶此女，妪告："昨有神仙与药一刀圭，须玉杵臼捣之。欲娶云英，须以玉杵臼为聘，为捣药百日乃可。"裴航终于找到月宫中玉兔用的玉杵臼，娶了云英，夫妻双双入玉峰，成仙而去。

第二个典故便是大家都耳熟能详的"嫦娥奔月"的故事了。

"药成碧海难奔"这句明显是出自"嫦娥应悔偷灵药，碧海青天夜夜心"。嫦娥偷吃了丈夫后羿从西王母处求来的长生不老药，独自飞升月宫，不老不死的生命换来的是千年的孤寂。当她在月宫之中凝视着人间的时候，不知道有没有后悔自己当初的选择呢？但为时已晚，只能是碧海青天夜夜心，空对着冷冷清清的月宫，怀念着当初的幸福生活。

也许当年纳兰性德想起被送进宫里的小表妹同时，还有月宫之中那孤零零的嫦娥吧！

在纳兰性德的眼中，小表妹又何尝不是如嫦娥一般的仙子呢？可是，如今也像那嫦娥一般，独居深宫，冷冷清清，寂寥一生。

如果嫦娥不曾偷吃长生不老药，自然结局又是不同；如果表妹不曾进宫，那么他与她的命运，也将截然不同吧？

"饮牛津"出自《博物志》的一篇记载。

天河与海通，有人居海上，年年八月，见浮槎去来不失期。多赍粮乘槎而往。十余日至一处，遥见宫中多织妇，一丈夫牵牛，渚次饮之。其人还至蜀问严君平，曰："某年某日有客星犯牵牛渚，计年月，正此人到天河时也。"

说的，应该是牛郎织女的故事。

"若容相访饮牛津，相对忘贫。"

如果"我"能像那牛郎一样，不惜排除万难去天上寻找织女，只要两人能够从此在一起，即使是做一对贫困夫妻，也是心满意足的。

回想起来，纳兰性德总会觉得他与小表妹之间，青梅竹马的时间竟是那么短暂。

都说缘定三生，也许他们之间这段短暂的欢乐，却正好是用三生三世的缘分换来的，来也匆匆，去更匆匆。

那段纯洁的爱情，最终因为现实的无情，而有缘无分，空自叹息着，天为谁春！

第三节　宫墙柳，爱别离

风鬟雨鬓，偏是来无准。倦倚玉阑看月晕，容易语低香近。

软风吹遍窗纱，心期便隔天涯。从此伤春伤别，黄昏只对梨花。

（《清平乐》）

纳兰性德的这位表妹，究竟在入宫后是荣幸地成了嫔妃，还是像无数的秀女一样，被锁在深深的后宫之中，已经无法得知，唯一可知的便是，当宫门重重关上的同时，也隔断了两位年轻人情投意合的心。

只是隔着一座高高的宫墙，从此形同陌路。

选秀对这位小表妹来说，代表的却是异常残酷的现实，利刃般无情地割断了她与表哥之间那萌动的情意。

看着镜子里那漂亮的面孔，双颊上还带着少女特有的红晕，小表妹不知道有没有后悔过，自己不如长得丑一点儿、蠢笨一点儿，或许能避免这样的命运吧！

一声叹息，是为那从此被宫墙高高圈住不得自由的小表妹，也是为墙外明知是空还苦苦守候，抱着一丝遥不可及希望的少年纳兰性德。

相思刻骨，阻隔在他们之间的，不仅仅是皇宫那巍峨耸立的宫墙，更有自己身后庞大的家族。

所以，小表妹只能在宫墙内"寂寞空庭春欲晚"，而少年纳兰性德则在宫墙外，"伤春伤别，黄昏只对梨花"。

可以猜想，当与自己情投意合的小表妹被送进皇宫之后，少年纳兰性德是怎么度过那段愁思郁结的日子的。

回想着昔日与小表妹花前月下、情投意合相谈甚欢的日子，如今屋舍依旧，长廊依旧，甚至院子里的玉兰花树也依旧，但早已物是人非，却仿若远隔天涯。

微风缓缓拂过，透过窗纱带来一丝凉意。天边，夕阳渐渐落下，偌大的庭院中，一个人寂寥地站立着，黄昏只对梨花。

这里，纳兰性德用了"梨花"一词，倒是和唐代诗人刘方平笔下的"寂寞空庭春欲晚，梨花满地不开门"中的"梨花"一词，有些异曲同工之妙。

那些深宫之中的妙龄少女们，不管来自天南地北也好，豪门寒户也罢，最终也逃不出"寂寞空庭春欲晚"的命运，空对着"梨花满地不开门"，何其无辜，何其悲凉。

于是在无数个夜晚，每当纳兰性德思念起那位咫尺天涯的小表妹时，叹息的，大概便是两人终究有缘无分，错身而过吧！

> 湿云全压数峰低。影凄迷，望中疑。非雾非烟，神女欲来时。若问生涯原是梦，除梦里，没人知。（《江城子》）

风雨欲来，天上的云也显得厚重湿漉，朝远处起伏的山峦压了下来，那一层又一层的山峰烟雾缭绕，隐约迷离，仿佛被一层又一层的云雾给包裹住一般。是仙境、梦境，还是人间？远远望去，竟让人有些不禁怀疑，那到底是不是山峰，或许是传说中的蓬莱吧！所以山峰间才会有祥云缭绕。

可是，若当真是蓬莱仙境，为何神女却又迟迟不出现？

在这里，纳兰性德借用了宋玉《高唐赋》《神女赋》里神女的典故，意指神女来时云雾缭绕，身影朦胧，叫人看不见神女的真面容，只能暗自揣测。

而这一场经历，难道竟然是梦境吗？

或者说，只能在梦中，才能与自己心目中的"神女"相见吧？

最后两句，引自唐朝诗人李商隐《无题》中的两句："神女生涯原是梦，小姑居处本无郎。"

或许是纳兰性德为了表达自己对青梅竹马恋人的怀念之情，所以他在这里引用了李商隐的这两句诗，想说的，大概就是追思往事，尽管曾经有过刻骨铭心的恋情，有过青梅竹马的情投意合，但到头来，终究抵不过现实的无情碾压，那些美好的回忆不过是做了一场梦而已。

于是纳兰性德也问自己，除了在梦里，还有谁知道自己的这番心事，知道自己对那小表妹的思念之情呢！

有时候，他远远望着那巍峨的宫门，宫殿屋顶一层一层逐渐往远处延伸，高低错落，乍一看，何尝不像云雾缭绕的层峦叠嶂？

自己深深思念着的小表妹，"云深不知处"，竟不知何时才能再见一面。

现实无情地阻断了他与表妹之间的联系，更像狂风暴雨一般把两人感情的萌芽扼杀在了摇篮之中，即使如此，纳兰性德并未就此放弃爱情上的追求。

即使知道这番相思注定是空，也不妨抱着这份感情惆怅终身。

在纳兰性德眼中，那高高的巍峨的宫墙是如此的罪大恶极，生生地阻断了自己与表妹，从此只能一个墙内，一个墙外，徒留遗憾。

彤云久绝飞琼字，人在谁边，人在谁边，今夜玉清眠不眠？

香销被冷残灯灭，静数秋天，静数秋天，又误心期到下弦。（《采桑子》）

张爱玲曾经这样绝望而且悲凉地说过："生在这世上，没有一种感情不是千疮百孔的。"

那时候，年轻的纳兰性德就已经从自己失败的初恋中，早早地尝到了这样的滋味儿。

如同金庸笔下的《神雕侠侣》里面情花的滋味。

情之为物，本是如此，入口甘甜，回味苦涩，而且遍身是刺，你就算小心万分，也不免为其所伤。多半因为这花儿有这几般特色，人们才给它取上这个名儿。

那甜美的初恋，和小表妹的两小无猜、青梅竹马，最终还是在现实那巨大而且无情的车轮面前，毫无抵抗能力地被压成了齑粉，然后在时间一遍一遍的冲刷下，渐渐变成苍白的印子，然后消失无踪。

曾经那些欢乐的岁月，无忧无虑的过往，在回忆里逐渐变得苦涩起来。

如果还能相见，大概，这份苦涩也会变成甜美的吧！

可是，那道巍峨的宫墙，就像是一道永远无法跨越的鸿沟，深深地隔开了他与自己心爱的少女，再也无法得知对方的任何消息。

她过得是好还是不好？在宫中有没有受到什么委屈？

种种的担心与思念，最终都变成宫墙外无可奈何的叹息。

如果能把自己的相思之情尽数写在信笺之上，送到宫中的表妹手里，想必也是好的吧！

只可惜，这不过是纳兰性德一厢情愿的幻想而已。

他一封封写满自己心事的信，最后也只能静静地压在水晶镇纸的下面，永远都无法送出去。

"彤云久绝飞琼字"，这便是纳兰性德此刻心境最好的写照了吧！

《太平广记》中记载过这样的一个故事：

唐开成初，进士许瀍游河中，忽得大病，不知人事，亲友数人，环坐守之。至三日，蹶然而起，取笔大书于壁曰："晓入瑶台露气清，坐中唯有许飞琼。尘心未尽俗缘在，十里下山空月明。"书毕复寐。及明日，又惊起，取笔改其第二句曰"天风飞下步虚声"。书讫，兀然如醉，不复寐矣。良久，渐言曰："昨梦到瑶台，有仙女三百余人，皆处大屋。内一人云是许飞琼，遣赋诗。及成，又令改曰：'不欲世间人知有我也。'既毕，甚被赏叹，令诸仙皆和，曰：'君终至此，且归。'若有人导引者，遂得回耳。"（出自《逸史》）

故事讲的是唐朝开成初年，有个叫许瀍的进士在河上游玩的时候，突然得了一场离奇的大病，不省人事，亲友们都十分担心，在其身边守着，就这样过了三天。在第三天的时候，许瀍突然站起身来，在墙壁上飞快地写出一首诗来："晓入瑶台露气清，坐中唯有许飞琼。尘心未尽俗缘在，十里下山空月明。"写完之后继续倒头昏睡，和之前一样怎么叫都叫不醒，众位亲友面面相觑，惊愕不已。到了第二天，许瀍又突然站起身来，把墙壁上的第二句改成了"天风飞下步虚声"。这次倒是没有再度倒头继续昏睡，而是像喝醉了一般，也不算清醒，浑浑噩噩的，过了很久才渐渐地能够开口说话。亲友们担心地询问，他就说："我在梦里到了瑶池仙台，那里有三百多位美丽的仙女，都住在一间金碧辉煌的大屋子里面，其中一人，自称许飞琼，问我可能赋诗，等诗写好了，她又说：'不愿意让世人知道我的存在。'让我改掉其中的一句。诗改完之后，很受赞赏，于是其他的仙女又依韵和诗。许飞琼就说：'您就到此结束，先回去吧。'自己就像是被人引导着似的，又回到了人间。只是回想之前的一切，不知是真是假，是梦是幻。"

古代的笔记小说里面，这种遇仙的故事层出不穷，甚至还有仙女与人间的男子结为夫妻的。而许飞琼所代表的仙女形象，从古至今，都可以说是男性心目中的梦中情人。

所以，在这里，纳兰性德用"许飞琼"的典故来代指自己心爱的恋人，也并不为过。

"彤云"指的是红霞，传说在仙人们居住的地方彤云红霞缭绕，这里纳兰性德很明显是用来代指皇宫，而"玉清"应该指的是道教中仙人所住的玉清宫，自然也是代指深宫，没什么疑义。

心爱的表妹身在冰冷的皇宫内，音讯渺茫。如今，自己因为思念着她而夜不能寐，那皇宫内的人儿，是不是也和自己一样，今夜无眠呢？

大概对双方来说，这都是一个不眠之夜吧！

这巍峨华丽的宫墙之内，在每一个凄清的夜晚，对着镜子里的人影，只能在夜半无人之时，暗自垂泪，为她还未来得及开花便已经枯萎了的初恋，还为着心中那最深的思念。

镜子里的那张少女的面庞，还是那么美丽，那么年轻，只是她很清楚地知道，有些东西，已经永远地从自己的双眸里失去了，变成了内心深处最刻骨铭心的记忆，支撑着她在这步步惊心的皇宫之中坚持下去，然后在午夜梦回的时候，在她最不经意的时候，悄悄涌上心头，夜不能眠。

"香销被冷残灯灭"，这样的不眠夜，接下来又会有多少呢？

在思念里度日如年地等待着秋天，等待着冬天，一年又一年，在光阴的流逝中怀念着自己那份夭折的初恋。

一道高高的宫墙，囚住了多少花样少女的青春，又扼杀了多少像纳兰性德一样还未来得及发芽的爱情。

有时候，我和你之间只有一堵墙的距离，那却是世界上最遥远的距离，永远都无法接近。

第四节　一次冲动的冒险

相逢不语，一朵芙蓉著秋雨。小晕红潮，斜溜鬟心只凤翘。

待将低唤，直为凝情恐人见。欲诉幽怀，转过回阑叩玉钗。（《减字木兰花》）

小表妹被选秀入宫的事情，对纳兰性德来说，不啻晴天霹雳，是一次重重的打击。

原本以为水到渠成的感情，就这样被现实扼杀在摇篮之中，那小小的种子还没来得及生根发芽，就被狂风暴雨连根拔起，徒留无奈与辛酸。

对小表妹来说，大概从她迫不得已入宫的那一刻开始，就已经向自己今后的命运低头了吧？她知道这是无法反抗的，所以，妙龄少女默默接受了这一切，接受了命运的安排。

但纳兰性德却对这样的命运，发出了他微弱的抗议。

他也不知道当时自己怎会有那么大的胆量，竟然做出那样惊世骇俗的事情来，稍有差池，便是灭族之罪，以至于当事情过后，纳兰性德每每想起，都不禁冒冷汗。

但那时年少的纳兰性德，终究还是凭着自己的血气方刚，凭着自己的冲劲，做出了那件任性的事情来。

说是任性，也大有孤注一掷、义无反顾的意味。

对纳兰性德，或许这便是他短暂的一生中，最初的，也是最后的一次任性吧。

自从小表妹入宫之后，纳兰性德心心念着，相思刻骨，却无计可施。

皇宫大内，哪是说进去就能进去得了的？就算是权臣之子，也没有例外。

看着巍峨的宫墙，纳兰性德什么法子都想过了，却还是想不出能潜进皇宫的法子来。

就在那一年，宫中有重要人物过世，既然是国丧，皇宫自然也不能免俗，大办法事道场，每日那些僧人出入宫廷，并无阻拦。

这时，纳兰性德看到每天那些僧人们能够自由进入宫廷，灵机一动，他竟然想出个十分冒险的办法来。

他悄悄地用重金买通一名僧人，换上僧袍，装成一名小僧人，混进了入宫操办法事的僧人队伍之中。

也许是怕被人认出来，他一直低着头，小心地注意着周围的一切。

如今披上了僧袍，纳兰性德一下子有些后怕起来。

私混入宫，一旦被发现，就是死罪，而且全家人都会受到牵连。退一步说，就算当真混进了宫，那后宫如此庞大，妃嫔宫女那么多，真的能在短时间内找到表妹吗？

再退一步说，就算上天眷顾，自己顺利地找到了表妹，见到之后呢？自己要怎么做？

带她逃出这铁一般的皇宫？

纳兰性德静静地想着。

他知道自己在用最大的冒险，去追寻一个遥不可及的渺茫希望。

但是从他披上这件僧袍开始，就已经没有退路了。

纳兰性德不糊涂。他并非不明白这么做的后果，也并非看不清现实。

可纳兰性德还是不想放弃。

所以，当僧人们的队伍开始缓缓往前行进的时候，纳兰性德没有片刻犹豫，就跟着队伍一路往前走。

因为这些僧人每天都会进出皇宫，守门的侍卫并未怎么留意，验过领头者的进出令牌，再草草扫视了几眼，就放他们进去了，丝毫没有发现权相明珠之子纳兰性德混在这队僧人之中。

　　纳兰性德一直都低着头，见顺利进了宫，不禁暗自松了口气。

　　身后，陈旧笨重的门轴发出"吱嘎"的声音，重重宫门就一层层地打开，然后关上。

　　那一声又一声的关门声音，让纳兰性德越来越紧张。

　　他已经步入了深宫——这个外臣、男人们的禁地！

　　他猛地睁大了双眼，连忙低下头去。

　　因为他看见迎面过来了一队巡逻的侍卫。

　　那些侍卫里面，有不少人都曾经和纳兰性德一起在旗营里操练过，彼此都是认识的，如今稍有不慎，纳兰性德就很有可能被对方认出来。

　　这令纳兰性德不禁紧张起来，绷紧了浑身的弦，低下头，把自己的面容隐藏在合十的手后。

　　暗自祈祷着。

　　上苍如果真的开眼，就请保佑我能够见到她一面！

　　一面就好！上苍，我的要求并不多，仅仅是一面就好！

　　看她如今怎样，是否安好……

　　纳兰性德在心中暗自向上苍乞求着。

　　纳兰性德就这样满怀心事混在僧人的队伍之中，一起往前走着。

　　宫殿深邃，长廊迂回曲折，就像是永远也走不到尽头。

　　纳兰性德并不在乎这队僧人到底会走去哪里，他在乎的，是自己究竟能不能见到表妹。

　　正当他以为这一次冒险会是徒劳一场的时候，前方的长廊拐弯处，出现了几位宫女的身影，远远地，朝着僧人的方向走了过来。

　　纳兰性德的心，一下子提到了嗓子眼儿。

　　因为他看到其中一位宫女的身影，与自己的表妹是那么相似，却又有些不敢确定。

只是觉得，那婀娜的身影，与记忆中小表妹的身影十分相似。

那究竟是不是小表妹呢？

纳兰性德不禁朝那方张望。

双方走得越来越近了，纳兰性德也不由得期待起来，期待着擦肩而过的刹那，可天不遂人愿，那几位宫女在长廊的拐弯处往另一个方向走去。

纳兰性德见状顿时有些着急起来。

也许是冥冥之中真有天意，仿佛心有灵犀一般，那女子突然回头看向僧队的方向。

四目相对。

纳兰性德的一颗心顿时激烈地跳动起来。

即使相隔如此之远，纳兰性德还是认了出来，对方正是自己的小表妹，虽然穿着和其他宫女一般无二的衣裳服色，梳着一模一样的发髻，但那是自己的小表妹！

心心念着的小表妹！

对方似乎也认出这位僧人是谁，却不敢有丝毫异样的举动。

她只是迅速把脸转了回去，身子却不由自主地晃了一下，就像是脚下的花盆底没有踩稳一样，微微有些踉跄，步子也拖拉起来，像是很不想离去，却被前后不明所以的同伴挟着，不由自主地继续往前走。

她的背影看起来是那么凄凉，带着无力抗拒的无可奈何，只是在快要走远的时候，突地抬起手，像是要扶一扶自己发髻上的玉簪，纤细的手指却轻轻扣了扣，仿佛在告诉纳兰性德，她已经见到了他。

"待将低唤，直为凝情恐人见。"

纳兰性德不是不想开口唤她，是理智及时地阻止了他，告诉他，若是出声，便是灭族之祸！

身为明珠之子的纳兰性德知道，今日的胆大包天，已经是极限。

而小表妹也知道，一旦自己情绪失控，会是什么样的后果。

他们都很清楚他们没有任性的条件！

最大的限度，只能是四目相对，然后，纳兰性德便目送着对方远去，远远地走进深不见底的后宫深处。

这一场预料之外的见面，只是发生在一瞬间，对这对年轻人来说，代表的却是前半生的告别，与后半生的永诀。

他们已经不可能再有见面的机会。

曾经萌动的美好感情，被现实残酷的狂风暴雨给摧残得一丝不留。

后来，过了很多年之后，纳兰性德有时候会想起这一次年少轻狂的重逢。

大概是因为过去太久了，纳兰性德竟会觉得，那次惊心动魄的重逢，当真发生过吗？或许只是梦幻一场吧？

但不管是梦幻也罢，现实也好，纳兰性德都深深地记得，当时表妹离去的身影，是那么无可奈何、那么恋恋不舍。

"欲诉幽怀。"

他有满腔的话想要倾诉给她，却只能把那些话深深地藏在心里，藏了一天又一天，一年又一年，最终，化成纳兰性德笔下这首《减字木兰花》。

年少时候的轻狂与任性，年少时候美好的纯洁的感情，还有那无奈的遗憾，随着岁月的流逝，最后，只在字里行间余下淡淡的、浅浅的哀伤，纪念着当时的错身而过。

从皇宫中平安回来的纳兰性德，回想起自己的这次冲动冒险，背上满是冷汗。

他当时只凭着一腔热血就什么也不顾地伪装成僧人混进宫中，只为追寻那一丝渺茫的希望。

好在上天终究还是眷顾他的，在他以为自己再也见不到表妹的时候，朝思暮想的恋人便和自己错身而过。

终是见到了一面。

最后一面。

但也是错身而过，他往东，她往西，就像两条交叉线，一次交集之后，便是越行越远，最终相隔天涯。

对于儿子的这次冒天下之大不韪，很难说明珠究竟知道不知道。

如果明珠知道儿子竟然做出这么一件胆大包天的事情来，他们全家人的脑袋就这样在毫不知情的情况下，去鬼门关滚了一回的话，只怕就算父母再淡定，儿子再优秀，处以家法都是免不了的。

纳兰性德简直就是在拿全家人的性命赌博！

好在上苍站在他这边，所以，他赌赢了，安然无恙。

但是一颗心还是在深宫之内，在小表妹的身上。

这份感情，怎么可能说放就放、说遗忘就遗忘？

所以在宫中的喜讯传来之后，全家人都为之欢呼雀跃，只有年少的纳兰性德，皱紧了双眉，闷闷不乐。

那喜讯是什么呢？

是才貌双全的表妹顺利得到了康熙的青睐，成功地从宫女变成了嫔妃。

对明珠来说，这个消息意味着他在朝廷中的权势变得更加稳固，在宫中也有了靠山，这个消息是真真切切的喜讯，所以全家上上下下都欢天喜地的，准备庆祝。

就在这一片喜庆的气氛中，纳兰性德却颇有些"冠盖满京华，斯人独憔悴"的感觉。

为了家族的利益，牺牲的是自己与表妹之间最纯真的感情，自己却无法抗拒，无能为力。

这是纳兰性德第一次感觉到来自现实的、不可抵抗的巨大压力，让一直生活在优裕的环境中、向来一帆风顺的纳兰性德清楚了一件事，那就是当理想与现实发生碰撞的时候，胜利的从来都是现实。

后来，纳兰性德把自己对表妹的这番遗憾之情写进了词中，便是另一首《减字木兰花》：

花丛冷眼，自惜寻春来较晚。知道今生，知道今生那见卿。

天然绝代，不信相思浑不解。若解相思，定与韩凭共一枝。

开篇四字，便是取自唐代元稹的《离思》一诗："取次花丛懒回顾，半缘修道半缘君。"接下来的"自惜寻春来较晚"，则是借唐代杜牧的一段情事，来表明自己的后悔之情，如果当初自己能更多一点儿勇气，能早一点儿向父母提出想要娶表妹为妻的想法，说不定，后来的一切就不会发生了，又哪里有现在的"惆怅怨芳时"？哪来现在的悔之晚矣？

自己的一片相思之情，现在也只能深深埋在心里，无人能解。

词中弥漫着一股悔恨之意，但是纳兰性德知道，"此恨绵绵无绝期"，过去了的已经不能再重来，他从此只能在词里行间表达着自己的后悔、不舍，还有怀念。

用张爱玲的一段话来做最后的总结，却是正好：

传奇里的倾国倾城的人大抵如此。到处都是传奇，可不见得有这么圆满的收场。胡琴依依呀呀拉着，在万盏灯的夜晚，拉过来又拉过去，说不清的苍凉的故事。

第三章

知己 知君何事泪纵横

「我是人间惆怅客，知君何事泪纵横。」

康熙十五年丙辰。

这一年，纳兰性德认识了他一生之中的知己至交——顾贞观。

一首《金缕曲》，"德也狂生耳"，纳兰性德的词作从此流传天下。

纳兰性德在十九岁那年因为急病而错失殿试机会，在外人看来，究竟是惋惜还是惆怅，仁者见仁，智者见智。但事实上，纳兰性德似乎并没有因为这一次的失利而一蹶不振，相反，在这几年的时间，他反倒是能够将自己大部分的心思都花在了所喜爱的诗词上，从而认识了自己一生之中视为至交的好友们。

第一节　秋水轩唱和

疏影临书卷。带霜华、高高下下，粉脂都遣。别是幽情嫌妩媚，红烛啼痕休法。趁皓月、光浮冰茧。恰与花神供写照，任泼来、淡墨无深浅。持素障，夜中展。

残钮掩过看逾显。相对处、芙蓉玉绽,鹤翎银扁。但得白衣时慰藉,一任浮云苍犬。尘土隔、软红偷免。帘幕西风人不寐,恁清光、肯惜鹑衣典。休便把,落英剪。(《金缕曲》)

就在纳兰性德十七岁这一年,在京师孙承泽的府邸秋水轩,发生了一件声势浩大的文坛盛事——秋水轩唱和。

秋水轩唱和不光是当时的一大话题事件,也是中国诗词史上的一件盛事。

起因则是周在浚来到京城拜访世交好友孙承泽,住在孙承泽的秋水轩别院里。周在浚也颇擅长填词,有不小的名气,因而周围的一些名流闻听消息,都纷纷前去拜访,"一时名公贤士无日不来,相与饮酒啸咏为乐",颇为热闹。

这天,一名访客曹尔堪见墙壁上写着不少酬唱的诗词,一时心血来潮,便在旁边写了一首《金缕曲》。

哪知他一写,其他来访的文人名士们纷纷响应,用《金缕曲》这个词牌写出不少词来。

要注意的是,这些唱和的词,每处韵脚都和最初填词的曹尔堪所写的一样,这叫作"步韵",难度十分大,但正因为难度大,所以这些文人名士们纷纷技痒,彼此间也隐隐有了较量的意思。

周在浚、纪映钟、徐倬等词人也都加入了唱和的队伍,接连举行了多次唱和活动,一直持续到了年末。

这场热闹的盛事影响力越来越大,乃至于天南地北的文人骚客们得知消息之后,也纷纷表示要参加,秋水轩唱和波及全国,一时间投书如云。

当时一时兴起写了《金缕曲》的曹尔堪也完全没有料到,他写这首词竟然会成为改变康熙初年整个文坛风气的导火索。

在秋水轩唱和之后,"稼轩风"便从京师推向了南北词坛。

参加了秋水轩唱和的词人大多数都是社会上的名流,身份也复杂。有的是朝中新贵,有的是仕途坎坷的失意之人,有的是明朝的旧臣、后来又在清廷出仕,而有的又是坚持着不肯与清廷合作的。他们各怀心事,而词历来是抒发作者情感的载体之一,所以在秋水轩唱和的这些词里面，虽然"词非一题，成非一境"，但都表达了作者当时的心境，流露出各自的心声。

后来，周在浚把这些词都收集成《秋水轩唱和词》，一共二十六卷，共收录二十六位词人的一百七十六首词，其中就有纳兰性德的词。

纳兰性德的这首《金缕曲》，便是他参与秋水轩唱和的作品。

这首词的韵脚，分别是"卷、遣、泫、茧、浅、展、显、扁、犬、免、典、剪"。

"疏影临书卷"，疏朗的花影高低不齐地映在了半掩的书卷上。开篇，纳兰性德便描写出一幅清幽的画面。

十七岁的少年，已经能写出这样成熟的、风格清丽哀婉的词来，也难怪当时徐文元等人儒都称赞他才气过人了。

书卷上映着扶疏的花影，月光照在花枝上，仿佛照在洁白的冰茧上一样。把灯光遮掩起来，那花影就更加明显了，莹白色的花瓣仿若白玉一般。

纳兰性德用他一贯清新的字句，写出了这番幽静的画面，字里行间仿佛带着淡淡的清香。

而下阕，他却笔锋一转，写道："但得白衣时慰藉，一任浮云苍犬。""白衣"，这里是酒的意思；"浮云苍犬"，则出自唐代诗人杜甫的诗《可叹》："天上浮云如白衣，须臾改变如苍狗。"这两句便是说，只要有酒在手，又何必去管世事沧桑变化如何？

其实纳兰性德在当时所写的词里，已经隐隐地流露出了不愿入世的意愿。只是那时还年少的纳兰性德，并未完全意识到这一点，而是和全天下的乖孩子一样，默默地、毫无异议地按照父亲的安排，走向那注定铺满鲜花与荣耀的道路。

第二节 一见如故

顾贞观，清代著名的词人，字华峰，号梁汾，著有《弹指词》。

他的名字，很多时候都是和纳兰性德联系在一起的，作为纳兰性德一生中最好的朋友，同时也是在康熙年间词坛上并驾齐驱的人物，两人的关系十分密切。康熙十五年的时候，明珠仰慕顾贞观的才气，聘请他做自己儿子纳兰性德的授课师傅。可以这样说，顾贞观与纳兰性德，是半师半友的忘年之交。

顾贞观出生名门望族，他的曾祖父顾宪成是晚明时期东林党的领袖，前朝大儒。

说起顾宪成，很多人可能不了解，但要是说起他写的名句"风声雨声读书声，声声入耳；家事国事天下事，事事关心"，想必是耳熟能详了。

康熙十年的时候，顾贞观因为受同僚排挤，不得不辞职回家乡去，在临走之际，他愤而写下一首《风流子》，词序中自称"自此不复梦入春明矣"，反正自己在京城也待不下去，干脆回老家好了。文人的脾气一上来，倒是颇有一派"此处不留爷，自有留爷处"的气势。

不过五年之后，顾贞观再次来到了京城。

他并不是为了自己前途而再来京城的，是为了营救一位好朋友——吴兆骞。

这次，顾贞观在奔走营救好友之际，得以结识了权相明珠之子——纳兰性德。

很难说顾贞观在得知徐乾学、严绳孙要介绍纳兰性德与自己认识的时候，脑中第一个想到的，究竟是文人间惺惺相惜，还是可以借此营救吴兆骞。当时的顾贞观是初识纳兰性德，而对方却对他早已闻名已久，心存敬仰。

相约渌水亭，在徐乾学、严绳孙的介绍之后，顾贞观与纳兰

纳兰性德词传·人生若只如初见

性德算是正式见面了。

严绳孙与姜宸英甚至这样对顾贞观说过，这位年轻公子，虽然出身豪门，但是颇有古人之风，丝毫不输江湖游侠的侠骨丹心，以诗词会友，谦和清落，浑不似权相豪门的公子，反倒像世外高雅之士。

顾贞观在四处营救吴兆骞无果之际，也曾想到通过纳兰性德，让如今皇帝面前最红的权臣明珠去求情，想必让吴兆骞重返中原，不过是几句话的工夫，所以，才在徐乾学、严绳孙等人说介绍他们认识的时候，没有丝毫犹豫就答应了。

但是当两人见了面，对着纳兰性德那张纯真的、带着敬仰的面孔，顾贞观却未把吴兆骞之事说出口，那天，他们只是谈论诗词，谈论文学，互为知音。

如同俞伯牙遇到了钟子期，顾贞观也终于发现，这位比自己小很多的纳兰性德，大概才是自己真正的知音！

相见恨晚。

道别之后，年少的纳兰性德哪里能按捺得住自己的兴奋与激动之情？

他自然不可能保持沉默，满腔的激动必须找到一个渠道发泄出来，于是，他便在一幅名为《侧帽投壶图》的画上，写下了这首《金缕曲·赠梁汾》，送给了顾贞观。

德也狂生耳。偶然间、缁尘京国，乌衣门第。有酒惟浇赵州土，谁会成生此意？不信道、遂成知己。青眼高歌俱未老，向尊前、拭尽英雄泪。君不见，月如水。

共君此夜须沉醉。且由他、蛾眉谣诼，古今同忌。身世悠悠何足问，冷笑置之而已。寻思起、从头翻悔。一日心期千劫在，后身缘、恐结他生里。然诺重，君须记。

这首词完全不似平时人们印象里纳兰词的清婉哀丽、缠绵悱恻，而是一气呵成，颇有豪气，以至于此词一出，顿时传遍京城，轰动一时，人人争相传诵。

也因为这首词，纳兰性德正式在清代的文学史上留下了属于他的位置。

《词苑丛谈》中曾这样称赞这首《金缕曲》："词旨嵚奇磊落，不啻坡老、稼轩。都下竞相传写，于是教坊歌曲无不知有《侧帽词》者。"言下之意，是把这首词看成不输给苏东坡、辛弃疾等豪放派词人的作品了，对纳兰性德此词评价之高，可见一斑。

而顾贞观收到了这幅画，看到了画旁的词，他又是怎么想的呢？

读着这首词，顾贞观心中又是欣慰，又是愧疚。

他愧疚的是，一开始，他不过是想借纳兰性德是明珠之子的身份，来营救好友吴兆骞，如今纳兰性德毫无保留地信任着自己，把自己当作知音，更用这首《金缕曲》来表白自己的心迹，回想起自己并非抱着完全单纯的目的来结识纳兰性德，顾贞观突然觉得脸烫了起来。

但欣慰的，是自己终于寻到了知音。

人生得一知音足矣！然而，又有多少人能像他这般幸运，寻找到自己的钟子期呢？

我们如今一说起纳兰词，脑子里出现的第一个词语就是"缠绵悱恻"。

确实，长久以来，纳兰性德的词作给我们留下的印象大多是清雅哀婉的，无论是"一生一代一双人"也好，"人生若只如初见"也好，还是"当时只道是寻常"，那字里行间的清丽不输给后主词，怎么也是和"豪放"或者"狂生"等词语沾不上边的。

但在这首让他享誉满京城的《金缕曲》中，纳兰性德开头第一句便是"德也狂生耳"。

"德"是谁？自然是纳兰性德。

他在与朋友的交往中，都是仿效汉人的习俗，自称"成容若"，俨然是名唤成德，字容若，与汉人的姓氏一样，所以他才会自称"德"。

"德也狂生耳"，纳兰性德这里是说自己其实也是狂放不羁的人，只是因为天意，无可抗拒，才生在了乌衣门第、富贵之家。

开篇，纳兰性德便介绍了自己的一些相关情况，接下来，他在词中用了几个典故。

"有酒惟浇赵州土"出自唐代诗人李贺的《浩歌》："买丝绣作平原君，有酒惟浇赵州土。"意思是说，后世既无好养门客士人的赵国公子平原君，唯当买来丝线，绣出平原君的像来供奉，取酒浇其坟墓，即赵州土，来凭吊。平原君乃是战国时期的"战国四公子"之一，是赵国人，他性喜结交朋友，也是出名的仗义好客之人，大名鼎鼎的自荐的毛遂也曾是他的门客。而纳兰性德是当时权相明珠的长子，出身豪门，身份尊贵，以平原君自比，倒也说得过去。而下一句"谁会成生此意"中，"成生"也是纳兰性德的自指，乃询问其他人，谁能了解"我"的这一片心意。其实也是在暗指，自己就和平原君一样，并不在意朋友的出身，只要性情相投，自然互为知己，倾盖如故。

而"青眼高歌俱未老"中，"青眼"代表敬重的意思，出自唐代诗人杜甫的《短歌行·赠王郎司直》："青眼高歌望吾子，眼中之人我老矣。""青眼"的典故，来自昔日魏晋时期的"竹林七贤"中的阮籍。此人出了名的放浪形骸，据说能作青白眼，对讨厌的人就翻白眼，对高人雅士就露出眼珠作青眼，后来人们就用"青眼"来表示对其他人的敬重。当时纳兰性德与顾贞观都还年轻，要是按照现在的年龄划分，顾贞观不到四十岁，纳兰性德二十二岁，一位壮年，一位青年，都正是风华正茂的时候，所以纳兰性德才言道"俱未老"，劝慰顾贞观，我们都还不算老，能得到知己，又有多少人能和我们一样幸运呢？

下半阕中的"蛾眉谣诼""古今同忌"，则是纳兰性德在清清楚楚地告诉顾贞观，"我"知道你才学高博，却招来了小人的嫉妒，这种嫉贤妒能的事情，古往今来都是如此，又何必介意呢？

这世上，有人"白首相知犹按剑"，有人"朱门先达笑弹冠"，还有人"海内存知己，天涯若比邻"，更有人倾盖如故，互为知己。

纳兰性德在这首词中毫不掩饰地写出了自己那一腔的澎湃炽热之情，是如此激烈，都不像他素来的清婉哀怨的风格了。

倒是正应了他开篇的第一句"德也狂生耳"。

他在词中告诉顾贞观，"我"也不过是一介狂生，只不过生长在京城权贵之家，别把"我"当成是皇族贵胄，其实"我"也想像自己所倾慕的平原君那样，与性情相投之人成为朋友、知己，不论出身，不论贵贱。但是"我"这样的心意，又有谁能了解呢？好在终于遇到了梁汾兄，一见如故，不妨今夜就一起痛饮一番，不醉不归吧！"我"知道梁汾兄才学高博，也知道你以前遇到的那些不公正的待遇，不过世事向来如此，嫉贤妒能、造谣中伤，向来就是那些宵小之徒的卑鄙手段，梁汾兄也没必要放在心上，冷笑置之便好，更何况去徒劳的解释呢？"我"与你相见如故，结为知音，即使是横遭千劫，友谊也定然会永世长存的，即使来世，这信义也定然永远不会忘记。

顾贞观看着这首词，突然间觉得，自己苦苦找寻而不得的知音，如今可不就是天赐一般，突然出现在了自己的面前？

于是他提起笔，和着纳兰性德的韵脚，也写了一首《金缕曲·酬容若赠次原韵》：

且住为佳耳。任相猜、驰笺紫阁，曳裾朱第。不是世人皆欲杀，争显怜才真意。容易得、一人知己。惭愧王孙图报薄，只千金、当洒平生泪。曾不直，一杯水。

歌残击筑心愈醉。忆当年、侯生垂老，始逢无忌。亲在许身犹未得，侠烈今生巳已。但结记、来生休悔。俄顷重投胶在漆，似旧曾、相识屠沽里。名预藉，石函记。

顾贞观一生恃才傲物，以至于招来宵小之辈的猜忌，处处被打压，仕途不顺，所以他才在这首赠还纳兰性德的《金缕曲》里面，写了这样一句："不是世人皆欲杀，争显怜才真意。"

这一句，取自杜甫的诗句"世人皆欲杀，我独怜其才"。

也许是想到自己前半生的坎坷遭遇吧，顾贞观这里不无自叹之意。在这样"世人皆杀"的环境下，纳兰性德却能如此真心真意地对待自己，叫他如何不感动呢？

顾贞观一时之间，既感动又欢喜，还有着一种"棋逢对手，

纳兰性德词传·人生若只如初见

将遇良才"的惺惺相惜。两词不光是词韵相同，顾贞观更是同样用了战国时期的典故，来应对纳兰性德《金缕曲》中的自况平原君。

那便是侯嬴。

纳兰性德本出身豪门，自比"战国四公子"之一的平原君，也并无不妥之处，但顾贞观却不能，他此时只是一介白丁，当然不可能自比其他的几位，如信陵君或者春申君，于是他以信陵君的门客侯嬴自比。

信陵君魏公子无忌，也是战国时期的四公子之一，与平原君齐名。与平原君一样，他也是喜好结交朋友之人，从不以门第取人，礼贤下士，为当时的人们所津津乐道。

侯嬴当时只是魏国都城大梁的一位守门人，信陵君听说他是个贤士，于是便准备了厚礼，丢下满大厅的宾客，自己亲自驾车去迎接侯嬴。

当时周围的人见到信陵君亲自驾车前来，都十分惊讶，想要知道是哪位贤者如此厉害。却见侯嬴一点儿也不客气地、毫不推辞地就坐上了信陵君的车，任由信陵君驾车，他却泰然自若，坦然受之。等车子到了中途，他又说要去见一位叫朱亥的朋友，乃是集市上卖肉的。信陵君就半途改道去了集市，侯嬴与朱亥聊了多久，他就在旁边等了多久，周围的人都纷纷指责侯嬴，信陵君却阻止了大家对侯嬴的责备。

而信陵君的礼贤下士也终有回报，后来长平之战，赵国都城邯郸被围得水泄不通，平原君便向信陵君求助，于是在侯嬴的帮助下，信陵君窃符救赵，成就一段千古佳话。

只是侯嬴在事成之后，却是刎颈自尽，以死来报答信陵君的知遇之恩。

君以国士之礼待之，吾自以国士之礼回报。

"忆当年、侯生垂老，始逢无忌。"

顾贞观与侯嬴是多么相似啊，在一大把年纪的时候，才得遇知己，要报答对方的这番真情，只怕是当真也得如侯嬴一般，以国士之礼回报吧？

顾贞观再度来到京城，其实是为了营救自己的好友吴兆骞。

吴兆骞，字汉槎，江苏吴江人。据说为人颇高傲。本来才子轻狂，也并不是什么稀罕事，但是在顺治十四年的时候，发生了著名的"丁酉科场案"，吴兆骞被人诬告也给牵连了进去。第二年，他赴京接受检查和复试。哪知这人脾气确实执拗，居然在复试中负气交了白卷，这下，不但被革除了举人的名号，更是全家人都被流放发配到了宁古塔，待在那个冰天雪地的地方长达二十三年之久。

后来，他从戍边给顾贞观寄了一封信，信中这样写道：

塞外苦寒，四时冰雪，鸣镝呼风，哀笳带血，一身飘寄，双鬓渐星。妇复多病，一男两女，藜藿不充，回念老母，茕然在堂，迢递关河，归省无日……

此时，顾贞观才知道好友在那冰天雪地之处过得有多么辛苦，回想起当初发誓要解救好友的诺言，当下就马不停蹄赶往京城，四处奔走，营救吴兆骞。

但这个案子毕竟是顺治皇帝亲自定的案，康熙并没有翻案的念头，顾贞观奔走多时，依旧毫无办法。

人情冷暖，他这时彻彻底底地知道了是什么滋味儿。

好在这时，徐乾学、严绳孙介绍他认识了纳兰性德。

顾贞观与吴兆骞是至交好友，而纳兰性德与这位吴兆骞可以说是素昧平生，毫不相识。

顺治十四年，"丁酉科场案"发生的时候，纳兰性德才三岁而已。两人之间，根本是毫无交集的。

可是后来，吴兆骞被营救出来，却正是纳兰性德的功劳。

纳兰性德虽然不喜俗务，却并非完完全全地待在象牙塔之中，两耳不闻窗外事，对世事一无所知，事实上，以他的聪慧，大概从认识顾贞观开始，就隐隐地觉得，这件事，自己是定然免不了要插手的。

这件充满侠义之风的营救之举后来轰动了整座京城，纳兰性德在此事中表现出来的、不输江湖豪侠的君子之义，也让无数人为之感慨，更应了以前严绳孙、姜宸英对顾贞观说过的话。

这位出身豪门的贵公子，有着一颗真真正正的侠骨丹心。

谢章铤后来更在《赌棋山庄词话》中这样赞叹道："今之人，总角之友，长大忘之。贫贱之友，富贵忘之。相勉以道义，而相失以世情，相怜以文章，而相妒以功利。吾友吾且负之矣，能爱友人之友如容若哉！"

本来，吴兆骞与纳兰性德无关，只因是顾贞观的朋友，所以把顾贞观当成了此生唯一一知己的纳兰性德，也就把吴兆骞当成了自己的朋友。

那时候，吴兆骞还远在宁古塔，冰天雪地，京城也是大雪纷飞，千里冰封，一片雪白的世界。

看着庭院里厚厚的积雪，纳兰性德想到，吴兆骞一介书生，早已习惯了江南的四季如春，还能忍受宁古塔的冰雪多久？他快快的病体，还能不能撑得过这一月？

桌上，是顾贞观刚刚写就的两首词，依旧还是《金缕曲》，只是，这一次的读者，却并不只自己一人。

或者说，这两首《金缕曲》，本来不是写给他的，是顾贞观写给远在万里之外的吴兆骞的。

那时候，顾贞观借住在京城的千佛寺里面，见到漫天冰雪，有感而发，于是一挥而就，写出这两首情真意切的《金缕曲》。

季子平安否？便归来、平生万事，那堪回首！行路悠悠谁慰藉，母老家贫子幼。记不起、从前杯酒。魑魅搏人应见惯，总输他、覆雨翻云手。冰与雪，周旋久。

泪痕莫滴牛衣透。数天涯、依然骨肉，几家能彀？比似红颜多命薄，更不如今还有。只绝塞、苦寒难受。廿载包胥承一诺，盼乌头、马角终相救。置此札，君怀袖。

我亦飘零久。十年来、深恩负尽，死生师友。宿昔齐名非忝窃，试看杜陵消瘦，曾不减、夜郎僝僽。薄命长辞知己别，问人生、到此凄凉否？千万恨，从君剖。

兄生辛未吾丁丑。共些时、冰霜摧折，早衰蒲柳。诗赋从今须少作，留取心魂相守。但愿得、河清人寿。归日急翻行戍稿，把空名、料理传身后。言不尽，观顿首。

词誊抄了两份，一份装在信封里送往了宁古塔，另外一份则送到了纳兰性德的手中。

也许顾贞观把这两首《金缕曲》送往纳兰性德那儿的时候，并未想到要以此来感动那位年少的知己，只是单纯地想把自己的词作给他看而已。

但是纳兰性德却回了顾贞观一首词。

还是《金缕曲》。

还是那熟悉的清秀飘逸的字迹。

洒尽无端泪。莫因他、琼楼寂寞，误来人世。信道痴儿多厚福，谁遣偏生明慧。莫更着、浮名相累。仕宦何妨如断梗，只那将、声影供群吠。天欲问，且休矣。

情深我自拼憔悴。转丁宁、香怜易爇，玉怜轻碎。羡煞软红尘里客，一味醉生梦死。歌与哭、任猜何意。绝塞生还吴季子，算眼前、此外皆闲事。知我者，梁汾耳。

也许在看到顾贞观那两首写给吴兆骞的词的时候，被其中饱含的深情所感动，纳兰性德流泪了。

他突然发觉，自己与顾贞观原来都是同样至情至性之人。

情之一物，矢志不渝，又何必去管它是爱情，抑或友情呢？

于是，纳兰性德便借这首《金缕曲》，向忧愁不已的顾贞观表白了心意。

你的朋友也就是"我"的朋友，如今朋友有难，"我"又岂能视而不见、听而不闻？

"绝塞生还吴季子，算眼前、此外皆闲事。"

直白得不能再直白。

纳兰性德清楚地告诉了顾贞观，如今营救吴兆骞就是"我"目前最重要的事情，其他都是闲事，完全可以丢在脑后不管。

这首《金缕曲》，还有一个副标题，叫作"简梁汾"，全称是"简梁汾时方为吴汉槎作归计"。"简"，书信的意思；而"汉槎"，则是吴兆骞的字，所以这里又称作吴汉槎；"作归计"，思考救回吴兆骞的办法。总之，在标题上，纳兰性德就写出了自己的心意。

"五载为期"，"我"一定会想办法营救回吴兆骞的！

这是纳兰性德对顾贞观的承诺。

五年之后，吴兆骞终于被营救，从宁古塔安全地回到了中原。

顾贞观与纳兰性德合力营救吴兆骞一事，不但轰动了整个京城，更是轰动了大江南北。

史载纳兰性德"不干"政事，虽然是权相明珠的长子，但向来与政事无缘，即使后来成为康熙皇帝跟前的御前侍卫，深为康熙信任，也从未见他对政事有任何叽叽咕咕的地方，只有这一次，为了营救吴兆骞，他破例了。

不但是为了顾贞观，也是为了那无辜被牵连的名士吴兆骞。

在这一年，大学上明珠仰慕顾贞观的才学，于是礼贤下士，聘请顾贞观为儿子纳兰性德授课。

于是，这对忘年交在情投意合、一见如故之外，还有了一层师生之谊。

"知我者，梁汾耳。"

纳兰性德曾经这样说过。

在他的心目中，亦师亦友的顾贞观，俨然就是世界上另一个自己吧！

第三节　滔滔天下，知己是谁

康熙十五年，顾贞观与纳兰性德做了两件事情。

一是在顾贞观的建议下，编辑纳兰性德的词作，刻板印刷，取名为《侧帽集》。

二是顾贞观与纳兰性德两人一起，开始汇编《今初词集》。

顾贞观与纳兰性德一样，都主张写词是"抒写性灵"。填词不是游戏，更非交际，而是直抒胸臆，真真切切地用笔表达出自己内心最真切的想法。

在这部《今初词集》中，收录了纳兰性德词十七首、顾贞观词二十四首、陈子龙词二十九首、龚鼎孳词二十七首、朱彝尊二十二首。

除了顾贞观和陈子龙，被选录词作数量最多的，就是龚鼎孳与朱彝尊了。

对纳兰性德来说，与朱彝尊的相识是在顾贞观之前。

那是在他十八岁的时候，一位四十多岁的、落魄的江南文人，带着他的《江湖载酒集》，蹒跚地进了京城。

"落魄江湖载酒行"，杜牧的这句诗，当真是淋漓尽致地写出了朱彝尊的一生。

十年磨剑，五陵结客，把平生、涕泪都飘尽。老去填词，一半是空中传恨。几曾围、燕钗蝉鬓。

不师秦七，不师黄九，倚新声、玉田差近。落拓江湖，且分付歌筵红粉。料封侯、白头无分。

这首《解佩令》，便是朱彝尊为自己的《江湖载酒集》写的纲领之词。

那时候，朱彝尊被人们津津乐道的，除了他的词之外，还有他的绯闻。

当然，诗人、词人闹绯闻，古往今来也不是什么大不了的事情。那"奉旨填词"的柳永身故之后，青楼的女子们纷纷为他伤心不已，所以若论风流，似乎诗人、词人本来就有先天的优越条件，能获得女子的青睐，也多成就佳话。

但是，朱彝尊不同，他绯闻中的女主角却是自己的妻妹，这完全就是一段不伦之恋。

但朱彝尊并不在意人们的目光。

他与妻妹发乎情、止乎礼，是如此纯洁，不在乎世人的目光。

朱彝尊很执拗，他不但爱了，还并不打算遮掩，而要把自己的这份爱意公于天下，让全天下的人都知道。

那年私语小窗边，明月未曾圆。含羞几度，已抛人远，忽近人前。

无情最是寒江水，催送渡头船。一声归去，临得又坐，乍起翻眠。

这一首《眼儿媚》，写得婉转细柔、缠绵悱恻，正是朱彝尊写给自己心爱的妻妹的词。

朱彝尊与妻妹也算得上是一对命运多舛的恋人，他们心心相印，却因为世俗的身份而不能结合在一起。在四目相对的惆怅中，朱彝尊写出了一首又一首饱含思念之情的词来，其中一首《桂殿秋》流传至今。

思往事，渡江干。青蛾低映越山看。共眠一舸听春雨，小簟轻衾各自寒。

这是用语言描绘的一幅画，而语言所不能描绘的，是两颗心之间永远倾诉不尽的千言万语。

后来，这首词被况周颐的《蕙风词话》赞为有清一代的压卷之作。

朱彝尊的词集慢慢地流传开来，自然也传到了纳兰性德的面前。

那一年，纳兰性德十八岁，而朱彝尊已经四十四岁。

正如他与顾贞观一样，一见如故，是不被年龄的差距所限制的，更何况，早在见面之前，他已经被对方的《静志居琴趣》给深深地迷住了。

对方只是一位落拓的文人，穷困潦倒，两袖黯淡，与自己完全可以说是两个不同世界的人，但为什么，他在对方的词中，竟然仿佛看到了自己的影子呢？

大概是因为他们都是一样的至情至性，一样的为情不渝吧。

那时，刚刚成为潞河漕总龚佳育幕府的朱彝尊，并不知道在权相明珠的府邸中，十八岁的纳兰性德正为自己的词作而感慨万千，他只是看着镜子中白发苍苍的自己，唏嘘不已。

菰芦深处，叹斯人枯槁，岂非穷士？剩有虚名身后策，小技文章而已。四十无闻，一丘欲卧。漂泊今如此。田园何在，白头乱发垂耳。

空自南走羊城，西穷雁塞，更东浮淄水。一刺怀中磨灭尽，回首风尘燕市。草屦捞虾，短衣射虎，足了平生事。滔滔天下，不知知己是谁。

这是朱彝尊《江湖载酒集》中的一首《百字令》，又有个副标题叫作"自题画像"，顾名思义，是他给自己这四十多年的人生的写照。

与古往今来大多数的文人命运一样，朱彝尊的前半生，概括起来就是两个词语：落魄、不得志。一位好的诗人不一定就是一名好的官员，除却凤毛麟角的几位杰出人士，大多数都是属于官场失意、文坛得意的，李白、杜甫、白居易，再到后来的柳永，哪位不是如此呢？如今，多了一位朱彝尊，也算不得什么。

自己已经四十四岁了，却是漂泊半生，穷苦半生，空有一身好才学，还是郁郁不得志，落拓潦倒。如今已白发苍苍，但是连一处栖身的地方都没有。这么多年东奔西走，如今来到了京城，算是做了个小小的幕僚，怀中，名刺（名片）上自己名字的笔迹早已磨淡了，回首往事，似乎只有这部《江湖载酒集》才是自己唯一真实的过往。

词的最后，朱彝尊十分感慨地说道："滔滔天下，不知知己是谁。"

是啊，在这红尘世间，究竟有谁才会是自己的知己呢？

此时的朱彝尊并不知道，他苦苦追寻的知音，就在距离自己不远之处的明珠府内，那少年公子纳兰性德。

咫尺天涯而已。

纳兰性德也并不知道，他仰慕的词人朱彝尊也在京城内，他只是被词所感动，被词里那情真意切的炽热情感而感染，辗转难眠。

他发现，与对方相比，自己这十八年的岁月，是多么不值得一提呀！但不知为什么，他就是明白了朱彝尊词里的含义，每一个字，每一句词，都让他觉得仿佛是写进了自己的心坎里。

朱彝尊与纳兰性德，他们是如此不同。

一个寒门学士，半生潦倒；一个出身豪门，春风得意。

这样处于完全不同世界的两个人，俨然一个天、一个地，却在精神上是如此契合。

纳兰性德就这样在还未曾见过朱彝尊一面的情况下，已经把这位年长自己很多岁的落拓词人引为知己。

他写了一首《浣溪沙》。

残雪凝辉冷画屏，《落梅》横笛已三更。更无人处月胧明。

我是人间惆怅客，知君何事泪纵横。断肠声里忆平生。

已经是三更天了，窗外隐隐传来缥缈的笛声，不知从何而起，也不知何人吹奏，只是那么轻轻的，仿佛一阵淡烟，在夜色里缓缓地飘散着。银白色的月光洒下来，把一切都笼上了朦胧的银光。

而自己呢？

"我是人间惆怅客，知君何事泪纵横。"

这便是十八岁的纳兰性德的回答。

一年之后，纳兰性德写信给朱彝尊，写明自己的仰慕之情，想要与这位词人见面。

他是忐忑的。

自己不足二十岁，对方真的能理会自己这个毛头小子吗？

但是，朱彝尊不但回了信，而且还亲自登门拜访了。

衣衫褴褛、饱经沧桑的朱彝尊，面对豪门的贵公子纳兰性德，不卑不亢。

纳兰性德仰慕的不是对方的外表，而是对方的才学。

在精神上的契合，让两人越聊越投机，最后的结果，大家也不难想到。

"滔滔天下，不知知己是谁。"

如今，可就要改成"滔滔天下，君乃知己"了。

第四节　我是人间惆怅客

曾经看过这样的一段话："意外造成的结果并不是悲剧。真正的悲剧，是明知道往这条路上走，结果肯定是悲剧，却还是必须往这条路上走，没有其他的选择。"

纵观纳兰性德那短暂的三十年人生，如今在我们看来，又何尝不是如此呢？

早已知道他会痛失所爱，早已知道他会经历丧妻之痛，早已知道他的至交好友会一个个地过世，早已知道他会在理想与现实的不停冲撞中，逐渐消磨了那原本旺盛的生命力，早已知道他会在康熙二十四年五月三十的那一天，经历了七天的痛苦之后，终究还是撒手人寰，在生死相隔八年之后，与自己心爱的妻子在同一月同一天，离开这个红尘世间。

悲剧吗？

所谓的悲剧，大概也只是我们一厢情愿的自以为是罢了，若纳兰性德当真知晓，大概也会禁不住大笑三声吧！

他从来都是一个生活在成人世界的孩子，带着纯真，用自己的心去面对这个复杂的世界。

那是一颗最真挚的心灵。

纳兰性德从来都是用这样的一颗心，去对待周遭的一切事物、一切感情。

　　莫把琼花比淡妆，谁似白霓裳。别样清幽，自然标格，莫近东墙。
　　冰肌玉骨天分付，兼付与凄凉。可怜遥夜，冷烟和月，疏影横窗。
（《眼儿媚·咏梅》）

如果用现代人评价成功人士的标准来衡量纳兰性德，大概他就是"成功"的典型。少年进士，御前侍卫，一路高升，深得皇帝的宠信与重用。但是，在这条无数人梦寐以求的道路上，他却似乎从未开心过，抑郁终生。

年轻的心终究难以承载理想与现实纠缠不清的矛盾，那长期的重负最终压垮了最后一根承重的稻草，三十岁的时候，纳兰性德离开了这个人世。

他曾写过这么一句词："别有根芽，不是人间富贵花。"

"不是人间富贵花"，七个字，恰恰写尽了纳兰性德短暂的一生。

他有着清高的人格，追求着平等与理想，但是这种别样的人格，在与现实发生冲突的时候，往往都是以凄风冷雨的失败告终。即使在外人看来，纳兰性德的一生并无什么可挑剔的地方，但"家家争唱饮水词，纳兰心事几人知"，他内心的孤独与伤感，终究不被外人所理解，只能化为笔下清丽的词句。

在古代文人的笔下，梅兰竹菊都是高洁清雅的象征，在纳兰性德眼中也是一样。梅花暗香徐来，"别样清幽，自然标格"，并非凡花，纳兰性德借写梅花而喻己，梅花冰肌玉骨，却是生长在苦寒之期，而这与自己是何其相似？

在长期的侍卫生涯中，对于无休无止的随驾出行，纳兰性德感到极度厌倦。他在寄给好友张纯修的信中这样写道："又属入直之期，万不得脱身，中心向往不可言喻……曩者文酒为欢之事今只堪梦想耳……弟比来从事鞍马间，益觉疲顿；发已种种，而执殳如昔；从前壮志，都已灰尽。"已经很明显地表达出了自己对官职的厌恶，那些烦琐的事务让他觉得毫无意义，一心只想回到他所热爱的诗词世界中去。

一个冬天的夜晚，窗外隐隐飘来了梅花淡淡的清香。

纳兰性德也许是正在看书，也许是正要上床歇息，这一缕幽幽的梅花香气吸引了他的注意，他放下手中的事情，起身来到窗前。

细细看去，院子里并没有梅树的影子，那这缕清香是从何而来呢？

纳兰性德越发好奇，于是披上厚厚的御寒冬衣，缓步出房。

雪早已停了，地面的积雪被下人们清扫得干干净净，但树枝上还覆着一层白雪，在灯光的照映下，透出些淡淡的昏黄。

他循着香气找去，却在东墙的墙角处，见到了这株在冬夜中暗绽芳华的梅树。

已经不记得是什么时候是何人种下的了，谁也没有发觉，这株被人遗忘的梅花又是什么时候长成了大树，如今，在黑夜中静静地绽放幽香。

这株孤傲的梅树，虽是冰肌玉骨，却是别样清幽。

它不像那些富贵花一样，在向阳之处，生得枝繁叶茂，然后在盛开之时接受着人们的赞美，而是静静地，在角落处顽强地生长着，散发出属于自己的清香。

而在向来自比"不是人间富贵花"的纳兰性德眼中，他所喜爱的，正是这"别样清幽"的寒梅。

正像在另外一首《金缕曲》中写到的那样："疏影临书卷。带霜华、高高下下，粉脂都遣。别是幽情嫌妩媚，红烛啼痕休泫。"

一样以梅来拟人，高洁清雅。

第五节　世外仙境渌水亭

纳兰性德与好友们聚会，大都是在一处叫"渌水亭"的地方。

如今对"渌水亭"的所在，颇有争议，有说是在京城内的什刹海畔，也有说是在西郊玉泉山下，还有说是在叶赫那拉氏的封地皂田屯的玉河，总而言之，是一处傍水所在，更是纳兰性德一生之中最具有标志性的建筑。

纳兰性德之所以把自己的别院命名为"渌水亭"，大概是取流水清澈涵远之意吧。君子之交淡如水，在纳兰性德的心中，在这渌水亭来往的自当都是君子。

《南史》记载，世家子弟庾景行，自幼就有孝名，品格美好，做了官之后，也是一向以清贫自守，后来被王俭委以重任。当时人们把王俭的幕府称为莲花池，安陆侯萧缅便给王俭写了一封信表示祝贺，写道："盛府元僚，实难其选。庾景行泛渌水、依芙蓉，何其丽也。"便用"泛渌水、依芙蓉"来赞美庾景行。

在《南史》记载中的庾景行孝顺父母，甘于清贫，一生行的都是君子事，在死后被谥为贞子。

纳兰性德借用这个典故为自己的别院取名叫"渌水亭"，很难说没有自比庾景行的意思。在纳兰性德的心中，像庾景行那样近乎完美的人，才算是君子吧？

渌水亭是什么时候开始修建的呢？纳兰性德那次因为急病错过殿试之后，便开始编撰一部叫作《渌水亭杂识》的笔记，里面记载的，既有纳兰性德的一些读书心得，也有从朋友那儿听到的奇闻逸事。

《渌水亭杂识》，无疑是在诗词之外，公子别样性情的表现。

野色湖色两不分，碧天万顷变黄云。

分明一幅江村画，着个闲庭挂夕曛。（《渌水亭》）

这个渌水亭，想必纳兰性德是十分欢喜的，不然也不会专门写这首名为《渌水亭》的七绝诗。

他像是一个得到了新玩具的孩子，充满了好奇心与旺盛的求知欲。

比如娑罗树。

《渌水亭杂识》中记载：

五台山上的僧人们夸口说，他们那儿的娑罗树非常灵验，于是大肆宣传，俨然吹捧成了佛家神树，但是这种树并不只有五台山才有，在巴陵、淮阴、安西、临安、峨眉……到处都有这种源自印度的娑罗树。虽则同样为娑罗树，因为生长在不同的地方，也就有了不同的命运，有的名声大噪，有的默默无闻。

纳兰性德这个小记录，不无讽刺之意。

不要说人，就连树木，看来也是要讲究出身的啊，出身不同，命运也是截然不同的。

还有一些记载，则是显示出纳兰性德对事物的独特见解，其中不乏经世之才。

纳兰性德在《渌水亭杂识》中写过"铸钱"一事，是这样写的：

铸钱有二弊：钱轻则盗铸者多，法不能禁，徒滋烦扰；重则奸民销钱为器。然而，红铜可点为黄铜，黄铜不可复为红铜。若立法令民间许用红铜，惟以黄铜铸重钱，一时少有烦扰，而钱法定矣。禁银用钱，洪永年大行之，收利权于上耳，以求盈利，则失治国之大体。

只是这么两段话，看得出来，我们文采风流的纳兰公子，其实还是颇有金融眼光的。

他认为，铸钱有两个弊端，如果铸轻了，很容易被盗铸，也就是假币，会扰乱日常经济生活；要是铸得重了，那些不法之徒就会把钱重新铸为器皿。如果立法准许民间使用红铜，只用黄铜来铸重钱，应该就会少很多烦扰。

他的这个观点，倒是与后来雍正的做法不谋而合。

雍正推行币值改革，其中一项主要的措施便是控制铜源打击投机犯罪：熔钱铸器可牟厚利，导致铜源匮乏，铜价升高，铸钱亏损。

雍正下令只准京城三品以上官员用铜器，其余皆不准用铜皿，限期三年黄铜器皿卖给国家，如贩运首犯斩立决，同时稳定控制白银，保证铜源，稳定了货源以保铸造流通。

后来，乾隆皇帝时期铸的钱被称为乾隆通宝，那些铜钱有的是铜锌铅合金，叫黄钱；有的再加上些锡，叫青钱。铸青钱可以防止铜钱被私自销熔，因为青钱销熔后，一击就碎，无法再打造成器皿。这也在一定程度上遏制了不法之徒，稳定了货币流通。

由此可见，纳兰性德其实是颇有金融头脑的，他建议朝廷吸取明朝的教训，不要一味地追求盈利，应该把铸钱的权力收归国有，这样才会保证经济的稳定。

清朝的时候，确实吸取了明朝的教训，实行银钱平行本位，大数目用银子，小数目用铜钱，保证官钱质量，保证白银的成色，纹银一两兑换铜钱一千文，也算是控制住了货币的稳定。

> 诗乃心声，性情中事也。发乎情，止乎礼义，故谓之性。亦须有才，乃能挥拓；有学，乃不虚薄杜撰。才学之用于诗者，如是而已。昌黎逞才，子瞻逞学，便与性情隔绝。（《渌水亭杂识》第四卷）

在《渌水亭杂识》中，有不少纳兰性德自己对于诗词的见解。

在纳兰性德看来，诗歌是心声的流露，要抒写心声，因为诗歌的写作是发乎情止乎礼的。而且在诗歌的写作中，要有学问，才不会去浅薄地杜撰，才会挥洒自如。

他一直在抒写着自己的心声，不加修饰，也不用华丽的辞藻，只是那么简简单单地，把自己的心声自然而然地表达出来，却是那么真实而感人肺腑。

诗之学古，如孩提不能无乳姆也；必自立而后成诗，犹之能自立而后成人也；明之学老杜学盛唐者，皆一生在乳姆胸前过日。

纳兰性德还认为，作诗要学习古人，就像小孩子不能没有乳母一样。小孩子是先要有乳母抚养，然后才能长大成人独立的，学习作诗又何尝不是这样呢？前人的诗句就好比是乳母，学习的人就好比小孩子，需要先尽心尽力去学习前人的诗句，然后才能独立。

其实仔细想一想，这和我们现在的学习又有什么不一样呢？

学习之道，古往今来，一脉相承。

师者，传道授业解惑也，那么学作诗，又何尝不是在学习前人经验的基础上前进呢？

熟读唐诗三百首，不会作诗也会吟，便是这个道理。

自五代兵革，中原文献凋落，诗道失传，而小词大盛。宋人专意于词，实为精绝，诗其尘饭涂羹，故远不及唐人。

自从五代开始战争连连，世道混乱，中原文化凋落了，诗歌衰落失传，而填词则兴盛了起来。宋代的人都喜欢填词，专心于此，所以成就极高，但是他们并不喜欢作诗，所以在作诗上，远远不及唐代的人。

诚然，我们现在一说起中国的古典文化，提到的都是唐诗、宋词。能够作为一个时代的象征，那定然是因为在这个方面，有着其他时代所无法企及、无法超越的成就，而唐诗、宋词，正是如此。

曲起而词废，词起而诗废，唐体起而古诗废。作诗欲以言情耳，生乎今之世，近体足以言情矣。好古之士，本无其情，而强效其体，以作古乐府，殊觉无谓！

有了曲子，词便荒废了；有了词，诗便被荒废了，唐诗兴盛起来，古体诗便渐渐没落。作诗不过是为了抒发心声，所以我们生活在现在这个时代，用近体诗就可以了，不用勉强自己去用那古体诗来抒情。一些好古之人，本来没有什么心情要抒发，只是为了仿古而勉强自己写作乐府，实在是觉得有些莫名其妙。

花间之词为古玉器，贵重而不适用。宋词适用而少贵重，李后主兼有其美，更饶烟水迷离之致。

纳兰词一向被评价为有后主遗风，这是举世公认的。

陈其年在《词话丛编》中写道："《饮水词》哀感顽艳，得南唐二主之遗。"而唐圭璋也在《词学论丛·成容若（渔歌子）》中这样说过："成容若雍容华贵，而吐属哀怨欲绝，论者以为重光后身，似不为过。"

"重光"便是后主李煜，是李煜的字。

不管是当时的人也好，还是现在的人也罢，对纳兰性德的词深得后主遗风的评价，是一致的。

而纳兰性德自己呢？

对李后主，纳兰性德推崇备至。

花间之词为古玉器，贵重而不适用。宋词适用而少贵重，李后主兼有其美，更饶烟水迷离之致。

在纳兰性德看来，《花间集》这部中国最早的词总集，就像是贵重的古代玉器一样，漂亮却并不实用。

而到了宋代，李后主、晏殊、欧阳修、柳永、秦观、周邦彦、李清照等人，上承花间词，去其浮艳，取其雅致，运笔更加精妙，反映的社会现实更广泛，从而更加婉转柔美或豪放壮阔，开一代词风。

而宋词则是适用，却毫无贵重之感。

在纳兰性德眼中，李后主却是兼得花间词与宋词两者的长处，兼有其美，而且更加具有烟水迷离的美感。

第六节　一生至交顾贞观

在纳兰性德的至交好友之中，有一人的名字是不得不提的，那就是顾贞观。

他与纳兰性德携手营救吴兆骞一事，传为佳话。

纳兰性德与顾贞观以五年之约为期，救出吴兆骞，而当时谁也想不到，康熙二十年，吴兆骞当真回到了京城。

君子之约，竟是分毫不差。

在纳兰性德的渌水亭中，盖有几间茅屋。

也许是因为纳兰性德骨子里的那股向往山野隐士之意，在自己的别院里盖上这么几间茅屋，别人看了大概觉得不解，纳兰性德却没有觉得有什么不妥的地方，反而在茅屋盖成后专门写了诗词送到江南，送到三年前就已经离开京城的顾贞观手中。

"君自见其朱门，贫道如游蓬户。"

这是出自《世说新语》里面的一个小故事。

高僧竺法深为简文帝的贵宾，经常出入豪门朱户，丹阳尹刘谈便问："道人何以游朱门？"竺法深答曰："君自见其朱门，贫道如游蓬户。"意思是说，丹阳尹刘谈问竺法深，说你是个和尚，怎么频繁地出入豪门朱户呢？竺法深回答说，在你的眼中是豪门朱户、高门大宅，但是在贫道的眼中，却和平民百姓的草舍茅屋没有什么两样。

这个典故，也是当初纳兰性德用来劝慰顾贞观的。

当初，顾贞观与纳兰性德交好，经常出入明珠府与渌水亭，惹来很多非议。

不过也难怪，毕竟纳兰性德乃是当朝豪门权贵之子，顾贞观不过一介布衣，很多人都认为顾贞观与纳兰性德结识，是趋炎附势另有目的。

世人议论纷纷，顾贞观也因此有些不自在起来，就在此时，纳兰性德以一句"君自见其朱门，贫道如游蓬户"，完全打消了好友的顾虑。

但是，天下没有不散的宴席，顾贞观终究还是离开了京城，回到江南。

回想起以前那些融洽欢乐的日子，纳兰性德便在自己的渌水亭修建了几间茅屋，也是想告诉顾贞观，朱门绣户并不适合我们，这乡野茅屋才是我们真正的归宿，如今，茅屋已经修好，好友也该回来了吧？重新回到那段欢乐的日子里去。

"聚首羡麋鹿，为君构草堂。"

于是，纳兰性德一次又一次地向顾贞观发出召唤，希望他能够回到京城，回到自己身边，一阕《满江红》，几乎是毫无保留地抒发出了自己的心声。

问我何心？却构此、三楹茅屋。可学得、海鸥无事，闲飞闲宿。百感都随流水去，一身还被浮名束。误东风、迟日杏花天，红牙曲。

尘土梦，蕉中鹿。翻覆手，看棋局。且耽闲嗜酒，消他薄福。雪后谁遮檐角翠，雨余好种墙阴绿。有些些、欲说向寒宵，西窗烛。

若要问"我"为什么要修建这三间茅屋，那远在千里之外的梁汾好友啊，你应该是最清楚的，不是吗？

那富贵荣华的豪门朱户生活，其实并不适合"我"。"我"多想像那自由自在的海鸥一样，随心所欲地飞翔啊，一切的烦恼都付之东流。但现实却是，"我"如今还被这现实的虚名给牢牢地束缚着，白白地耽搁了东风的轻拂、杏花天的美丽。

"尘土梦，蕉中鹿"，出自《列子·周穆王》中的一个典故。

昔日郑国人在山里砍柴的时候，杀死了一只鹿。他生怕被人看见，于是急急忙忙地把那只鹿藏到一个土坑里，还用蕉叶遮盖。哪知道这个人记性不太好，刚做过的事情就给彻底忘记了，不但不记得自己刚才藏鹿的地方，还以为是自己做了一场梦，回家的路上边走边念叨。他念叨的话被另外一人听了去，就依着他所讲的找到了藏鹿的地方，取走了鹿。

这人喜滋滋地扛着鹿回家，给妻子讲述了事情的原委，妻子说：

"你大概是梦到有这么一个人打死了鹿吧？如今当真扛回来一只鹿，难道是梦变成了现实吗？"

这个人笑着回答："不管是不是梦，反正鹿是真的，不是吗？"

庄周晓梦，谁知是在梦里梦外呢？

故事要是到这里结束，倒也算有趣，哪知还有下文。

那个砍柴的人回家之后，越想越觉得，那杀鹿的感觉是这样的真实，应该不是梦吧？他冥思苦想，结果日有所思，夜有所梦，居然梦到了那个藏鹿的地方，还梦到有人取走了他的鹿。醒来之后，他就找到那人，两人争执起来。

鹿究竟算是谁的，这可是公说公有理、婆说婆有理的事情，双方争执不下，就打起了官司，状子告到了士师那儿。

这官司委实有些奇怪，一时间士师也不知该怎么判决好，最后这样下的结论：

砍柴人打死了鹿，以为是做梦；后来另一个人取走了鹿，也以为是在做梦，这说明两人都以为是梦，并未真正得到这只鹿，不如将鹿分开两半，一人一半吧。

后来事情传到郑国国君的耳朵里，国君也觉得有趣，就拿这件事情去问国师，国师便说："到底是不是梦，并不是我们所能判断清楚的，只有黄帝与孔子二人才能分辨，但是此二人早已不在世间，所以，就不妨以士师的判断为准吧。"

所谓"庄周晓梦迷蝴蝶"，有时候，梦境与现实的界限是如此模糊，难以分辨。

纳兰性德在这里用了这个典故，颇有点儿为自己和顾贞观感慨的意思，下一句"翻覆手，看棋局"，更是清楚地写出，世事反复无常，就像那棋局一样，输赢不定。

顾贞观一生坎坷，半世艰辛，纳兰性德是不是从他的身上也隐约看到了自己的一些影子呢？

当然，论际遇，两人是截然不同的。

但是际遇如此天差地别的两人，却能一见如故，互为知己，不得不说，在他们两人之间，有些方面定是相同的。我想，相同的正是这首《满江红》中的那句"百感都随流水去，一身还被浮名束"吧？

康熙二十年的时候，一位不寻常的客人，从塞北苦寒之地的宁古塔，来到了京城。

"绝塞生还吴季子"，此人正是吴兆骞。

吴兆骞被流放宁古塔，到如今，已经过去了二十三年。

他的到来，顿时震惊了整个京城。

吴兆骞一案是顺治皇帝亲自定的案，后来经过纳兰性德等人的大力斡旋，康熙特赦，吴兆骞终于得以回到了中原。

才人今喜入榆关，回首秋笳冰雪间。

玄菟漫闻多白雁，黄尘空自老朱颜。

星沉渤海无人见，枫落吴江有梦还。

不信归来真半百，虎头每语泪潺湲。

对于吴兆骞的平安归来，纳兰性德真是欢喜万分。

他并未见过吴兆骞，唯一的联系就是因为他们共同的朋友——顾贞观。

倾盖如故，指的便是此了吧。

即使素不相识，只因顾贞观是自己的朋友，所以，他的朋友也是自己的朋友。朋友有难，怎么能不倾力相助呢？

在宁古塔二十多年的艰苦日子，吴兆骞早已不是当年那个意气风发的轻狂文人，白山黑水的苦寒让他两鬓苍苍、形容憔悴。

见到历经艰险终于生还的吴兆骞，顾贞观潸然泪下。

第二年的正月，上元夜，纳兰性德邀请了一干好友在花间草堂集会，饮酒赋诗。

当时赴宴的人，有曹寅、朱彝尊、陈维崧、严绳孙、姜宸英等，还有顾贞观和刚刚返京的吴兆骞。

花间草堂便是当初纳兰性德为顾贞观修建的茅屋，名字起自《花间集》，大家会集于此，看着走马灯上琳琅满目的图案，纷纷填词作诗。

走马灯转来转去，转到纳兰性德面前的时候停了下来，正好是一幅文姬图。

文姬，是汉代才女蔡文姬。

这也是一位命运多舛的女子，身为当时大名鼎鼎的文学家、书法家蔡邕的女儿，自小耳濡目染，博学多才，先是嫁给了卫仲道，夫妻恩爱，哪知不到一年，丈夫就病故了。蔡文姬回到娘家，父亲又被陷害入狱而死，她自己也被匈奴人掳走。匈奴兵见她年轻貌美，就献给了匈奴左贤王为妃，一去就是十二年。直到后来曹操统一了北方，想起恩师蔡邕，用重金赎回了蔡文姬，成就"文姬归汉"的佳话。

蔡文姬也是著名的才女，为后世留下了传颂千年的《胡笳十八拍》与《悲愤诗》。

如今，眼前白发苍苍的吴兆骞，与昔日的蔡文姬是何其相似。

一样悲伤，一样坎坷。

吴兆骞是当世的名士，蔡文姬是当时的才女，时间穿越千百年，命运再度轮回重现。

于是一首《水龙吟》，纳兰性德一挥而就。

须知名士倾城，一般易到伤心处。柯亭响绝，四弦才断，恶风吹去。万里他乡，非生非死，此身良苦。对黄沙白草，呜呜卷叶，平生恨、从头谱。

应是瑶台伴侣。只多了、毡裘夫妇。严寒觱篥，几行乡泪，应声如雨。尺幅重披，玉颜千载，依然无主。怪人间厚福，天公尽付，痴儿呆女。

在这首词中，纳兰性德以蔡文姬来比拟吴兆骞，是那么顺理成章。

"须知名士倾城"，古来倾城的，又岂止是美人呢？才子名士，不是一样也能倾城吗？

当年蔡邕曾用柯亭的竹子来制作笛子，笛声独绝，如今，柯亭声绝，蔡邕已死，那精通音律的蔡文姬却被匈奴掳到了千里之外。

那时候，卫仲道刚刚病故没多久，悲伤之中的蔡文姬，哪里还有心情弹琴呢？

"四弦"，出自《后汉书·列女传》引《幼童传》中的记载，说一天夜里，蔡邕弹琴的时候，一根琴弦断了，当时年幼的蔡文姬就说，断掉的是第二根琴弦。蔡邕觉得诧异，以为是女儿偶然猜中，于是又故意弄断了一根，蔡文姬又说，断掉的是第四根，还是说中了，丝毫不差。蔡邕十分惊奇，不禁感慨自己女儿的音乐才华已经远远超过了自己，因而蔡文姬得了"四弦才"的雅致别号。

　　如果不是因为乱世，如果不是因为这些不幸，以蔡文姬之才貌双全，即使成为皇帝后妃也不为过吧？更遑论是与丈夫恩爱幸福，终老一生呢？

　　可命运是如此残酷，她如今却身在万里之外的匈奴，与匈奴王成了夫妻。她怎能不思念家乡、思念中原？但只能两行清泪潺潺而下。

　　纳兰性德的这番描述，虽然是命题而作，写的是蔡文姬，但是结合当时吴兆骞的遭遇，又何尝不是在说吴兆骞呢？

　　这首《水龙吟》，后来极具盛名。

　　纳兰性德在这首词中，用典之纯熟，已经臻于化境，古时的典故与现在的现实相互混合，亦真亦假，亦梦亦幻，把蔡文姬的典故化用到吴兆骞身上，写得那么自然，没有丝毫生硬之处。

　　在那北风呼啸的地方，每当风中传来胡笳乡曲，吴兆骞是不是也像当年的蔡文姬一样，思念家乡，潸然泪下呢？

　　后来，蔡文姬被曹操用黄金玉璧赎了回来，而吴兆骞也被自己和顾贞观千里迢迢地营救回来，是不是也该苦尽甘来了呢？

　　康熙二十一年，新年刚过，吴兆骞就成了纳兰性德的弟弟揆叙的授课老师。秋天，他南归省亲。

　　也许是二十多年的苦寒岁月，让吴兆骞再也无法适应江南的温暖天气，再加上常年居住在宁古塔的恶劣环境中，严重损害了他的健康，吴兆骞一病不起，康熙二十三年在京师病故。

　　对于吴兆骞的身故，纳兰性德是十分悲伤的。他在随同康熙南巡离京之前，曾经给严绳孙写过一封信，信中就说，吴兆骞病重，

"我"这一去，回来的时候还不知能不能再见到他。不无哀叹之意。

在当年那个上元夜，他写下那首《水龙吟》的时候，曾经在结尾写过这么一句"怪人间厚福，天公尽付，痴儿呆女"。

就像俗话说的那样，傻人有傻福。从吴兆骞的遭遇，纳兰性德不禁这样问道：为什么上天总是把福泽赐予那些平庸之人呢？为什么像蔡文姬这样的倾城才女，一生的遭遇会如此悲惨？像吴兆骞这样的倾城名士，又为什么会如此坎坷呢？

这是纳兰性德对命运无声的质问。

那时候他也完全没有想到，后来这几句话，竟也应在了他的身上，情深不寿。

第四章

婚姻 感卿珍重报流莺

「感卿珍重报流莺。惜花须自爱，休只为花疼。」

康熙十三年，纳兰性德娶妻卢氏。

对于纳兰性德的初恋，明珠、觉罗氏等一干大人不会没有察觉，只是再怎么两小无猜、才貌双全对他们来说，意味着的，不是有情人终成眷属的美满，而是如何才能最大限度地利用这一双儿女的才与貌，来为他们的家族争取到更大的利益，与更稳固的靠山。

也许明珠、觉罗氏等人一开始也曾想过让这对孩子白头偕老，顺水推舟，成就一段才子佳人的完满童话。

可童话的最后，往往只是写"王子与公主从此幸福地生活在一起"，而从来只字不提之后的柴米油盐，更只字不提当童话结束之后，随之而来的种种现实。

成人的世界总是残酷的。

所以那来自外星球的小王子一直不愿长大，他宁愿永远是个单纯的孩子，看着自已那株心爱的玫瑰，在湛蓝的天空下慢慢绽放花蕾。

纳兰性德却不能不长大，不能不在家族的安排下，踏上那条早已安排好的道路，即使心有不甘。

惠儿被送进了皇宫,纳兰性德则准备着参加科考,准备着踏上仕途。

还有一个问题,也摆在了纳兰性德的面前,让他不得不去面对。

他已经到了该成婚的年纪!

第一节　妻子卢氏

纳兰性德的第一位妻子卢氏,乃是两广总督卢兴祖的女儿。

论家世,两人门户相当,对习惯用审视的目光来看待一切的成人们来说,是一个非常好的选择。

论相貌,据说卢氏"生而婉娈,性本端庄",是相当有才华而且性格温柔的女子。

纳兰性德与卢氏,倒真像是天造地设的一对。

卢氏的出现,也让决心要慢慢忘记表妹、忘记那段年少感情的纳兰性德,重新找到了生命中另外一抹亮色,另外一段美满的感情。

康熙十年,也就是辛亥年。

这一年的二月份,原本担任左都御史的明珠接到一道命令,让他与徐文元两人担任经筵讲官。

什么是经筵讲官呢?

就是给皇帝讲解经义的角色,只是个虚衔,就是去当皇帝的老师。给这个天下最尊贵的学生讲书念书的,一般都是翰林院的饱学之士。

徐文元是国子监祭酒,相当于现在的教育部长兼大学校长,而且这大学还是重点名校,当皇帝的老师,那倒是实至名归,毫无异议。

明珠也担任这个职位,却有点儿挂名充数的感觉。

其实,就是徐文元是汉人,这让八旗贵族的王爷们有些不服气了。

要是这徐文元讲着讲着把咱们的皇上给讲成了反清复明的斗士那怎么办？

所以他们左思右想，干脆把明珠给推出来和徐文元一起当皇帝的儒学师傅。

矮子队里选高的，和其他旗人相比，明珠确实算得上精通儒家文化了，当然和徐文元这饱学之士相比，那是相差了老长一截儿。

不过也没什么人在乎，大家都知道，这是因为讲官队伍里需要一个有分量的旗人大臣罢了，难道还当真指望他给皇帝讲书不成？

巧合的是，徐文元又是纳兰性德的老师，或者说是校长。

那年纳兰性德也刚上了太学，身为国子监祭酒的徐文元对这名聪慧过人、精通儒家文化的学生是深为器重，赞不绝口。

对明珠而言，这"经筵讲官"是个虚衔，他当时是左都御史，公务繁忙着呢。

当然，那时候，明珠也万万没有想到，就在这一年的十一月，他被一纸调令，升为兵部尚书。

明珠扶摇直上，其他人自然会忙不迭地前来巴结，本来就是众家少女心目中理想夫婿的纳兰性德，也就当仁不让地成了香饽饽，顿时身价百倍。

年纪轻轻，却没有半点儿飞扬跋扈之气，反倒是个举止娴雅的风采公子，也就难怪少女们会为之倾心了。

明珠想必也知道自己儿子有多炙手可热，他倒是不急，他在慢慢地寻找着最合适的人。

要是说明珠只顾着自己的政治生涯把儿子的终身幸福拿来做了筹码的话，也未免有失公允，毕竟婚后的纳兰性德与卢氏，夫妻恩爱，举案齐眉，感情十分深厚。卢氏因产后疾病过世之后，纳兰性德因为悲伤，写了不少悼念亡妻的词句，这都是有目共睹的。

不过站在明珠的角度，究竟是因为卢氏是两广总督的女儿才选择了这个儿媳呢，还是这个儿媳恰好是两广总督的女儿，已经说不清楚了。总之，当纳兰性德与卢兴祖的女儿定亲的消息传出来之后，京城里有多少少女那期待的芳心霎时间全碎了，就不得而知了。

对于这门婚事，纳兰性德并没怎么反对。

或许是因为他很清楚地知道，自己与表妹已经再无相见的机会，从此萧郎是路人，他与她，此生无缘，她在皇宫之中，而自己……是不是也该从年少的轻狂之中渐渐成熟了呢？

所以，面对父亲的提议，纳兰性德只是默默地点了头，应允了这门婚事。

这门婚事在当时来说，完全称得上是一场天作之合，双方门第相当，权贵与权贵的结合。男方年少英俊，才气逼人；女方贤良淑德，温柔端庄，无论从什么方面看，都是天造地设的一对璧人。

不过，当时的婚姻还是包办的，自己的另一半不到新婚之夜是看不到真面目的，西施也好，东施也罢，不到揭盖头的刹那，一切都只是想象。

所以，纳兰性德虽然早就从父母的口中得知对方才貌双全，不亚于表妹，几乎挑不出什么毛病来，但毕竟从未见过面，心中也不禁有点儿忐忑。

换做卢氏，又何尝不是？

她是大家闺秀，从小在深闺之中娇生惯养，大门不出二门不迈，鲜有踏出去的机会。即使如此，她也并不孤陋寡闻，早就听说过纳兰性德的大名，甚至和其他无数的少女一样，也曾在听到那文雅的名字的时候，芳心乱跳。所以当听到父母说自己未来的丈夫就是那公子纳兰性德的时候，卢氏竟惊讶得愣住了。

对父母给她定的这门婚事，自然她也毫无异议，少女羞涩着，一声不出，这在父母的眼中，则代表了应允同意。

纳兰性德写过一首《临江仙》：

绿叶成阴春尽也，守宫偏护星星。留将颜色慰多情。分明千点泪，贮作玉壶冰。

独卧文园方病渴，强拈红豆酬卿。感卿珍重报流莺。惜花须自爱，休只为花疼。

这首词里面，纳兰性德用了不少与爱情相关的典故，所以这首词一般都是被归为爱情一类。

当然，确实如此。

纳兰性德的词作里面，以爱情为主题的占了大多数，如果说他少年时候的那些词，还透着一股年轻人的轻狂与无忧无虑，那如今经历过一场感情挫折的纳兰性德，在词间流露出来的是隐隐带着一缕忧郁的清冷味道。

这首《临江仙》自然也不例外。

"绿叶成阴春尽也"，明显是化自唐代诗人杜牧《叹花》一诗中的句子："自恨寻芳到已迟，往年曾见未开时。如今风摆花狼藉，绿叶成阴子满枝。"

故事讲的是昔日诗人在家乡遇到一位倾心的姑娘，又担心自己配不上她，于是决定去京城打拼前途，等到多年后他终于成为一名官员，觉得已经有本钱去提亲了，于是返乡，哪知昔日的心上人早已成婚多年，连孩子都有几个了，诗人遗憾之际，便写下了"绿叶成阴子满枝"的诗句。

"独卧文园方病渴"这句，纳兰性德是在自比司马相如了。

汉代的时候，司马相如曾为孝文园令，患有消渴疾，故此后文人常自称文园，也以文园病渴来指代文人患病。

而这里，纳兰性德除了自比司马相如之外，下一句"强拈红豆酬卿"，也是借红豆的典故描写相思之情。

或者说，是对未来妻子的憧憬之情。

总之，对于已经"名花有主"的纳兰性德来说，他的词里面，爱情的主题开始逐渐多起来。

十八年来堕世间，吹花嚼蕊弄冰弦。多情情寄阿谁边？

紫玉钗斜灯影背，红绵粉冷枕函偏。相看好处却无言。(《浣溪沙》)

纳兰性德的妻子是明珠与觉罗氏夫妇亲自为爱子挑选出来的媳妇。

父辈们甚为满意这位人选，两家人都颇为期待这场婚礼。

也许有人要说，这卢兴祖看姓氏不是汉人吗？清朝一直坚持满汉不通婚，怎么身为满族贵族的明珠家，却和身为汉人的卢兴祖结成了儿女亲家？

其实这是一种误解，所谓的满汉不通婚，指的并不是满族与汉族相互间不通婚，而是限制旗人与非旗人通婚。卢兴祖是汉军镶白旗人，任两广总督，封疆大吏，对明珠家来说，是个最好的选择。

除开一双儿女的匹配，明珠考虑的，还有一些政治上的因素。

他自己是京官，朝廷要员，而未来亲家是封疆大吏，朝廷与地方，一旦被姻亲这条纽带牢牢地系在一起，那就是一件互惠互利的事情，稳赚不赔。

当时纳兰性德的这场婚礼，在某种程度上来说，也算得上是万众瞩目。

首先，这是康熙的心腹重臣明珠家的喜事，结亲的另外一家是两广总督、封疆大吏，可谓是强强联手。

其次，就是因为这场婚礼的主角，是京城众多少女心目中的白马王子。

总之，不论外界反应如何，到了成亲的好日子，明珠府顿时喧天地热闹起来。

这一场喧哗直到快深夜的时候，才渐渐地安静下来。纳兰性德也终于有了机会，与那刚刚拜堂成亲的妻子单独相对。

那卢氏究竟是什么样的呢？根据记载，说卢氏"生而婉娈，品性端庄，贞气天情，恭客礼典。明珰佩月，即如淑女之章，晓镜临春"，然后又说她是"幼承母训，娴彼七襄，长读父书，佐其四德"，看来在当时，大家都公认卢氏是一位端庄美丽、家教严谨的淑女。

而这些称赞卢氏的话，想必父母也早已给纳兰性德一遍又一遍地讲过，所以在踏进新房的时候，他心中还是兴奋地期待着的。

婚床旁站着长辈与侍女，床沿正中坐着刚与他拜堂成亲的新娘。

少女穿着一身大红金线绲边绣满吉祥花纹的新娘喜服，头上盖着同样绣满了吉祥花的大红色盖头，双手规规矩矩地放在膝盖上，动作优雅，坐姿优美，但还是看得出来，新娘隐隐有些紧张与拘束。

或者说是不安。

毕竟她也与纳兰性德一样，面对着的，是全然陌生的，却要与自己从此携手度过后半生几十年的人，虽然早就听说过对方的名字，但如今当真面对面了，却又羞涩胆怯起来。

她盖着盖头，看不见对方的相貌，只能从盖头下偷偷地看，却只能见到一双穿着靴子的足，缓缓地走向自己。

少女一下子更紧张了，纤长的手指局促地紧紧抓住了自己的衣角。

对方似乎也有些紧张，脚步踌躇起来，像是呆站了半晌，才在周围长辈们的戏谑声与侍女们的轻笑声中，拘谨地揭开了新娘子的红盖头。

这时，她才第一次看见他的脸。

他，也是第一次见到自己的妻子。

新娘羞涩却惊讶地睁大了双眼。

她没有想到，纳兰性德会比自己想象中的更加儒静，更加清俊文雅，她漂亮的面孔顿时红得仿若玫瑰花瓣一样。

纳兰性德也是一怔。

烛光下，少女的面孔还带着新娘特有的羞涩红晕，那张脸并不是多么倾国倾城的美艳，却是眉清目秀，眼波清澈，带着一种温柔亲和的感觉。

相看却无言。

周围的人早已经识趣地离开了，把这个空间留给了这对刚刚结为夫妻的年轻人。

都说一见钟情，对如今的纳兰性德与卢氏来说，更像是一见倾心。

蜀弦秦柱不关情，尽日掩云屏。已惜轻翎退粉，更嫌弱絮为萍。

东风多事，余寒吹散，烘暖微醒。看尽一帘红雨，为谁亲系花铃。（《朝中措》）

纳兰性德与卢氏少年夫妻十分恩爱美满，这是有目共睹的。

两人都是青春年少，最浪漫的年纪，再加上一见倾心，所以从纳兰性德这个时期的诗词，任何人都能感受到他们之间的那种令人悠然神往的感情。

新婚夫妻，自是风光旖旎的。

在小两口的眼中看来，这个世界的任何事物，都是那么美好。甚至于纳兰性德因为急病而错失殿试的遗憾，也在婚后的岁月中慢慢消失在了脑后。

卢氏入府后很快就赢得了府中上上下下的喜爱。

明珠与觉罗氏颇为满意这个儿媳，卜人们也十分敬重这位少夫人，纳兰性德发现，卢氏在很多方面与他都很为相似。

例如对很多事物的见解，有着一份同样难得的纯真。

也许是因为新婚生活的美满，纳兰性德在这段时间所写的词，也同样地带着难掩的幸福与旖旎。

"蜀弦秦柱不关情"中的前面四个字，指的是筝瑟。相传"筝"这种乐器乃是秦朝时候的名将蒙恬所造，所以又称作秦筝、秦柱，而传说蒙恬也是文武双全之人，武能平定六国、驱逐匈奴，文可为秦始皇出谋划策，为公子扶苏的老师。而这里纳兰性德借用秦筝的典故，是不是也有点儿自比蒙恬的意思呢？

也许，更像是一次夫妻抚琴弄舞之间的玩笑话。

看着眼前身姿婀娜绰约的妻子，纳兰性德自然也不甘落后，戏谑地说一句："蜀弦秦柱不关情。"

屋内还有些寒气，和煦的东风从窗户吹了进来，把那淡淡的寒意缓缓吹散了，暖意融融，令人陶醉。

帘外的花瓣被吹得纷纷落下，仿若红雨一般。

花树下，那纤细婀娜的身影正婷婷地站着，为了防止那些鸟雀把娇嫩的花儿给啄伤，她正一个一个地往花柄上系小小的护花铃。

护花铃很小，所以卢氏全神贯注地做着这件事，身后传来熟悉的脚步声，卢氏只微微回头，嫣然一笑，面如桃花。

那笑容温温柔柔的，就像是三月的春风，曲曲绕绕地钻进了纳兰性德的心里，那温暖慢慢地蔓延开来，直到溢满心房。

> 旋拂轻容写洛神，须知浅笑是深颦。十分天与可怜春。
> 掩抑薄寒施软障，抱持纤影藉芳茵。未能无意下香尘。（《浣溪沙》）

纳兰词的整体风格偏向清丽哀婉，这是众人都公认的，不过即使如此，在纳兰性德的词作里面，也并非全部都是婉约的、哀伤的，也有"何年劫火剩残灰""休寻折戟话当年"的雄浑之作，更有欢快的轻松之作。

就像这首《浣溪沙》。

这是纳兰词里很少出现的带着轻松与欢愉情绪的作品。

"旋拂轻容写洛神"，开篇第一句便活灵活现地描写出一幅夫妻间相处愉快的画面。

对当时新婚宴尔的纳兰性德与卢氏来说，每一分每一刻在一起的时光，都是十分幸福的，再加上当时的纳兰性德还未入仕，所以不存在什么被公务所扰的问题，两人从而可以完完全全地生活在属于他们近乎完美的世界中。

其实纳兰性德不光在词上有着耀眼的成就，在绘画方面也是颇有造诣的。

纳兰性德对琴、棋、书、画均颇有研究，曾经师从禹尚基、经岩叔等人学习绘画，后来更与严绳孙、张纯修等画家成了好朋友。

纳兰性德的书房一向都是自己亲自收拾的，有了卢氏之后，这个工作便不知不觉被卢氏无声无息地接了过去。

每天，卢氏都会细心地替他整理好书桌，再在案上摆上一瓶时令的鲜花，让那淡淡的花香飘散在空气里，沁人心脾。

这天，纳兰性德和往常一样，缓步前去书房，刚走到门口，就听见卢氏轻柔的说话声。

"原来这幅画放在这儿了。"

纳兰性德好奇。

平常这个时候，卢氏早已收拾完书房了，今日却是为何耽搁了呢？

他好奇地迈进去，却见卢氏正与小侍女在一起，手里拿着一幅画，微微歪着头，那神情有些疑惑，又有些高兴。

就像是一个发现了新玩具的孩子一般。

听见丈夫的脚步声，卢氏也未把那幅画收起来，而是回头看着丈夫，清秀的面孔上绽出温和的笑容。

"在看什么？"纳兰性德走上前，却见那是一幅洛神图。

"你画的？"纳兰性德问道。

卢氏摇了摇头，微笑道："不是。"

纳兰性德听了越发好奇，便细细看去。

大概是不知名的画家所作，并未题款，也没有印章，但线条细腻，用色淡雅，画中的洛神飘然于碧波之上，当真是翩若惊鸿，婉若游龙，身姿绰约，仿佛兮若轻云之蔽月，飘摇兮若流风之回雪。洛神的脸微微向后侧着，低着眼，像是正在看向身后，又像是正在依依不舍地收回目光，相当传神。

纳兰性德好奇地看着，突地想起，新婚之夜自己与妻子的初见，岂不是当年曹植初见甄宓一般的心情吗？

画中的女子貌若芙蓉，云鬓峨峨，瑰姿艳逸，当真是神仙之态。

而眼前正淡淡微笑着的女子，又何尝不美呢？

也许是情人眼里出西施，在纳兰性德的眼中，妻子卢氏又何尝不是"仪静体闲，柔情绰态"？

无论是浅笑、皱眉，还是娇嗔、害羞，种种的神态，种种的表情，都是美的。

纳兰性德从妻子手中接过画轴来，当下就挂在了墙上。

曹子建终究与甄宓错身而过，下半辈子，他只能在回忆中苦苦追寻着自己的洛神，回想起以前的种种，到如今都成了钝刀子割肉，长长久久地伤痛。

自己与曹子建相比，该是幸运的吧！

心爱的妻子就在自己眼前，执子之手，自然是能够与子偕老的。

那时候的纳兰性德完全没有怀疑。

他真的以为，与妻子就能这样一直下去，直到天长地久。

但是熟读诗书的纳兰性德似乎忘记了，白居易的《长恨歌》中，"天长地久"四个字之后的，是"有时尽"。

他怎知道，这段幸福的时光，只有三年而已。

所以他才会轻轻地说一句——

"当时只道是寻常。"

第二节　妾室颜氏

后人说起纳兰性德，最常用的八个字就是"慧极必伤，情深不寿"。

的确，我们读纳兰词，最先感受到的，就是在那字里行间流露出来的对恋人、对妻子的深情。

不过我们也要辩证地看问题。

纳兰性德毕竟是清代人，那时候，男人三妻四妾很正常，尤其是像纳兰性德这样的豪门贵公子，如果只有一位妻子，那在外人看来，是完全不可想象的事情。

所以，纳兰性德在妻子卢氏之外，还有一位妾——颜氏。

颜氏家世不详，并没记载她是哪家的女儿，也并未像卢氏一样，有人专门赞扬她美丽端庄、贤良淑德。

大概，她只是个普普通通的旗人家女儿。

因为"满汉不通婚"，所以颜氏应该是旗人，当然论家世，那是肯定比不上正室卢氏的显赫。

关于纳兰性德是什么时候纳了颜氏为妾的，有两种说法：一种说颜氏入门是在纳兰性德与卢氏大婚之前，另外一种说是在纳兰性德新婚没多久。

但不管是哪一种，唯一相同的就是，颜氏进了明珠府，而她进门的目的，或者说是作用，就是赶紧传宗接代，扩大门楣。

这也是明珠与觉罗氏着急为儿子娶妾的原因。

他们想要赶紧看到孙子辈的孩子。

对于父母的这个要求，纳兰性德不得不接受，也不得不接受这个突如其来的妾室。

因为这是他身为长子的责任。

而颜氏呢？

她对自己的命运，对自己成为纳兰性德的妾室，又是怎样的感觉呢？

我们无从得知，甚至在被人们所津津乐道的关于纳兰性德与表妹、卢氏、续弦官氏还有沈宛之间缠绵悱恻的爱情故事背后，颜氏总是被遗忘到角落里，一如她在丈夫身边的尴尬地位。

卢氏性格温厚，她并未因为自己是正室而处处刁难颜氏，也未仗着纳兰性德的宠爱而有恃无恐，反倒是对颜氏温柔亲厚，俨然姐妹一般。

颜氏则顺从恭谦，全心全意尽着她身为妾室的责任，与卢氏一起，把丈夫伺候得无微不至。

但是，她却往往被人遗忘，彻底被湮没在纳兰性德与卢氏琴瑟和鸣、举案齐眉的爱情光环之下，悄然跟随在丈夫的身边。

人生若只如初见，何事秋风悲画扇？等闲变却故人心，却道故人心易变。

骊山语罢清宵半，泪雨霖铃终不怨。何如薄幸锦衣郎，比翼连枝当日愿。（《木兰花令·拟古决绝词》）

颜氏从进门的那一天开始，就默默地接受了自己的命运。

她平静地看着纳兰性德与卢氏天天抚琴念诗；看着纳兰性德在卢氏亡故之后痛不欲生；看着丈夫后来续弦官氏，更有了情人沈宛。面对这一切，颜氏只是默默地选择了接受，甚至于在纳兰性德病故之后，她也选择了留下，守护一生，甘之若饴。

在纳兰性德的一生之中，感情所占的比重是不可忽视的，其中，被进宫的表妹、卢氏与沈宛各占据了三分之一，颜氏则像是被完全遗忘了。有时我不禁心想，或许对颜氏的感情，纳兰性德并非一无所知，也并非一无所动吧！

他不是不知道颜氏对自己的感情，只是一个人的心可以很大很大，包容爱人所有的一切，也可以很小很小，小得只够容纳下一个人。

于是我更愿意相信，纳兰词中这句家喻户晓的"人生若只如初见，何事秋风悲画扇"，或许有那么几分的可能，是写给颜氏的，写给那被自己不得不辜负了的女子。

"人生若只如初见"，当初与颜氏的第一次见面，其实也是那么美好而且淡然吧！

与表妹、卢氏、沈宛等人不同，纳兰性德与颜氏之间的感情是平静又安稳地发展着，没有跌宕起伏的浓烈感情，也没有生死与共的焚心似火，只是像潺潺的流水一样，平淡的、静静的，在两人相处的岁月中慢慢地酝酿，最终转为仿佛亲情一样的爱情。

君子之交淡如水，我想，纳兰性德与颜氏之间的感情，也是这般淡如水，却柔如水、韧如水的。

纳兰性德如此聪明而且善解人意，怎么会不知自己有多爱卢氏，就有多辜负颜氏？

他并不是看不到颜氏的好，只是天意弄人，他已经不能再把心分出来一块给那位可怜的女子，唯一能说的，只有一句"对不起"。

当时初见，是如此美好，哪里想得到后来的分离？

"何事秋风悲画扇"，这句用的乃是汉代班婕妤的典故。

班婕妤是古代的名女子之一，也是才女，是汉成帝的妃子，后来被赵飞燕陷害，自愿去长信宫侍奉王太后，等于是退居冷宫，后来孤零零地过完了一生。她曾写了一首诗叫《怨歌行》，用团扇来形容自己，抒发被遗弃的怨情。这里，纳兰性德是说，本来相亲相爱的两人，为何会变成如今的相离相弃？

也许他是借着这首词，写出自己对颜氏说不出口的愧疚。

不是你不好，只是前前后后，阴差阳错，刚好晚了那么一点儿时间，于是只好辜负了你。

如果不是这样，从当初一见面开始，我们也是能够相亲相爱的吧！

只是如今"我"还来不及向你说出自己的心意，命运便无情地让我们生离死别。

很多时候，当我们迟疑的时候，只是以为还有时间去开口。

很多时候，当我们后悔的时候，才发现早已是故人心变，物是人非。

多年以后，当颜氏看着丈夫遗留下来的《饮水词》，读着这首《木兰花令》，会不会潸然泪下？会不会在念吟着"比翼连枝当日愿"的时候，回想起当年与丈夫之间平淡的点点滴滴，如今却是一分一毫都让她怀念不已。

这首《木兰花令》还有着一个小小的副标题——拟古决绝词。

"决绝词"是什么呢？是古乐府旧题，属于乐府诗中的相和歌辞。

如今纳兰性德用了这个古老绝情的题目，难道是要与爱人决绝吗？

自然不是。

他写出这首决绝词，无非是想到，自己总有一天会离去，徒惹亲人们伤心，不如就让自己来当一次无情的决绝之人吧。

他与人保持着距离，是怕当相互之间感情深厚之后，会因为时光的流逝而不得不分离。世界上多远的距离，都比不过生与死的隔阂。只是一个字的差异，却代表着永不相见。

所以，他才会在生命的最后关头，对官氏、沈宛、颜氏那么冷淡。

谁道飘零不可怜，旧游时节好花天。断肠人去自经年。

一片晕红才著雨，几丝柔绿乍和烟。倩魂销尽夕阳前。（《浣溪沙》）

这首《浣溪沙》，据说是纳兰性德在见到海棠花开之后写的。

海棠多开在春季，盛开之后煞是好看，也难怪纳兰性德会写下这首词了。

从词里行间看，描写的确实是海棠。

无论是"飘零"，还是"晕红"，都是海棠花盛开之后，从枝头缓缓落下的画面。

海棠在古代的诗词中出现次数很多，最家喻户晓的，应该就是宋代女词人李清照的《如梦令》吧！

昨夜雨疏风骤，浓睡不消残酒。试问卷帘人，却道海棠依旧。知否？知否？应是绿肥红瘦。

易安居士笔下，惟妙惟肖地写出了爱花人对自然事物的爱惜，其中"绿肥红瘦"四个字，更是被人津津乐道，交口称赞。

那经历过一夜风雨之后的海棠，艳丽的花儿已不复昨日的繁丽，显得憔悴零落，只有那翠绿的叶子却越加青翠娇艳了。

这样一幅雨后海棠的画面，出自李清照的笔下。

在纳兰性德的词中，海棠又有了另外一番风情。

正是海棠花开的好季节，院子里海棠树的花枝上，晕红的海棠正娇艳地绽放着。

昨夜也下了一场小雨，花瓣上还残留着雨珠。微风吹过，雨珠就从摇曳的花枝上纷纷落下，翠绿的枝叶轻轻地摇动着。那绿色是那么柔和，衬托着晕红的海棠花。

也许这株海棠上，当真栖息着海棠花神吧，那美丽的花神，又是在想念着谁？

断肠人在天涯，可又有谁知道，断肠人也许就在眼前呢？颜氏又何尝不是断肠人呢？

夕阳西下，看着院子的那株海棠，颜氏只是站得远远地看着。

她无法过去，正如清晨的时候，看到纳兰性德与卢氏在海棠花前笑着、说着，开心地赏花，那两人的背影是如此相配，又如此天造地设，完全没有第三个人插足的余地。

如今，人影早已不在，只有那株海棠还依旧，自己依旧无法走过去，走近纳兰性德曾经走过的地方。

　　　康熙十四年，纳兰性德二十岁。

在这一年，纳兰性德有了他的第一个孩子——富格。

纳兰性德一生共有三子四女，后来其中一个女儿嫁给了雍正年间的骁将年羹尧。

他的长子富格出生于康熙十四年，这一年对明珠府来说，双喜临门。

十月的时候，明珠又被调为吏部尚书。

从兵部尚书到吏部尚书，明珠的仕途越走越通畅，越走越顺利，康熙对他的倚重是如此明显，任何人都看得出来，他是皇帝跟前最炙手可热的大臣。

而在府内，让上上下下都开心欢喜的是颜氏果然不负众望，为纳兰性德生下一个儿子。

颜氏的温柔、惠淑，让本来不得不纳妾的纳兰性德也逐渐开始接受了这名静美的女子。如今，他当父亲了。

但是，与对卢氏的爱情不同，他对颜氏，更多的是敬重。

颜氏并未因为丈夫对正室的宠爱而心生怨恨，一直都是那么安静、宽厚，与卢氏相处融洽，让明珠府里的人都为之敬佩。

这个孩子从出生的那一刻开始，就受到了全家人的喜爱，明珠为孙子起名，叫作"富格"，也有种说法叫作"福哥"。

寻常人家给孩子起名字，一般都会用吉祥的字眼儿，表示对孩子的祝福与期望。明珠家虽然是权贵，也一样不能免俗，小小的还未睁开眼睛的富格，就拥有了来自家人的第一份礼物——名字。

纳兰性德初为人父，难掩欢喜之情，卢氏更是欢欣不已，就像这个孩子是她亲生的一样，不但对富格疼爱有加，连对产后虚弱的颜氏，照顾得也是无微不至。

在纳兰性德那短暂一生的感情生活中，没有那种小气善妒的女人搅得全家鸡犬不宁，反而个个都是那么大度与温厚，好像纳兰性德那宽厚真诚的性子，也感染了他身边的女人们，她们展现出来的都是人性之中的美好与真诚。

在这段时间里，纳兰性德是幸福的。

他有着显赫家世，有着天赋才华，有着娇妻美妾，如今更有了健康的儿子，人生至此，夫复何求？

所以，这时候他写的词大多洋溢着幸福，描写他们的夫妻恩爱。

好比这首《蝶恋花》：

露下庭柯蝉响歇。纱碧如烟，烟里玲珑月。并著香肩无可说，樱桃暗吐丁香结。

笑卷轻衫鱼子缬。试扑流萤，惊起双栖蝶。瘦断玉腰沾粉叶，人生那不相思绝。

也许是在某一天风和日丽，纳兰性德看见院子里，卢氏正抱着小小的富格站在树下，身旁是已经可以起身散步的颜氏。她坐在躺椅上，仰着秀美的脸，温柔地看着卢氏，还有怀中的富格。

树上，夏蝉的鸣叫声此起彼伏。也许是被蝉叫声从睡梦中惊醒，富格突然咯咯咯笑起来，伸出了小小的拳头，对着空气一张一抓，仿佛要抓住那弥漫在空气中的清脆叫声。

富格的这个样子，让卢氏与颜氏也不禁笑了起来。

像是心有灵犀一般，卢氏突然回头，看见了不远处长廊下正含笑看着自己的丈夫，嫣然一笑。

颜氏也顺着卢氏的目光看了过来，也是淡淡一笑，不过与卢氏的坦然欢喜不同，她的笑容更多是对丈夫的尊敬。

阳光从扶疏的枝叶间漏了下来，卢氏一边哄着怀里的富格，一边低下头来笑着对颜氏说了几句什么，颜氏便点点头，两旁的侍女连忙搀扶着她起身，一行人缓缓进屋去了。

太阳没多一会儿就下山了，夜晚时分，廊下都挂起了灯笼，昏黄的光芒照亮了长廊。

纳兰性德正往回走，却见之前下午卢氏与颜氏乘凉的院子里，一个婀娜娉婷的身影正一会儿往东，一会儿往西。

黑暗中，几点星星一样的荧光正缓缓地飞舞着。

纳兰性德好奇地过去一看，却见是还有些孩子气的妻子卢氏，挽起那绣有鱼子花纹的衣袖，手中持着一柄团扇，笑嘻嘻地在院子里扑着流萤。

见丈夫过来，卢氏才停了下来，拭了拭额上的香汗，面对丈夫的疑问，笑着回道："想捉几只放在布袋里，给富格玩儿。"

树丛中栖息的蝴蝶被吓到了，扑腾着飞出几只，在黑夜里闪了几下，就又缓缓地停在了树木、草丛中。

有一只蝴蝶大概是慌不择路，一下子扑到纳兰性德的手中。

卢氏见了，顿时哎呀一声，用纤手捂住了嘴，甚是惊讶，夫妻俩相顾扑哧笑出来。

纳兰性德看着眼前香汗淋漓的妻子，突然想起唐代诗人杜牧的《秋夕》一诗来。

眼前的画面，可不就是"轻罗小扇扑流萤"？

幸福是什么呢？幸福就是这眼前的点点滴滴，慢慢会聚起来，然后在记忆里慢慢发酵，最终深深地铭刻在了心底，在多年后回想起来，依旧会忍不住为之微笑。

只是，到那个时候，幸福已经成了回忆。

烟暖雨初收，落尽繁花小院幽。摘得一双红豆子，低头，说着分携泪暗流。

人去似春休，卮酒曾将酹石尤。别自有人桃叶渡，扁舟，一种烟波各自愁。（《南乡子》）

纳兰性德十九岁的时候，错失了人生第一次殿试的机会。

他为此写下一首七律《幸举礼闱以病未与廷试》：

晓榻茶烟揽鬓丝，万春园里误春期。

谁知江上题名日，虚拟兰成射策时。

紫陌无游非隔面，玉阶有梦镇愁眉。

漳滨强对新红杏，一夜东风感旧知。

诗中既有对好友能够金榜题名的高兴与祝福，也有对自己错失殿试机会的惋惜与枉然。

如今三年已经过去，在这三年中，他不但娶妻生子，更组织编撰了《通志堂集》与《渌水亭杂识》，而且更多的时候，他在授课老师徐乾学的精心指导下，准备再一次殿试。

这一年，是康熙十五年。

其实纳兰性德在这一年中还有个小小的插曲。

头年皇子保成被立为太子，于是为了避皇太子名字中那个"成"字讳，纳兰便把自己的名字从"成德"改成了"性德"，这也就是我们最耳熟能详的名字的由来。到了第二年，皇太子保成改名叫胤礽，纳兰也就不用再继续避讳，又重新用回了自己原来的名字"纳兰成德"。

康熙十五年的殿试，纳兰性德果然考中了二甲第七名进士。

一般说来，在殿试金榜题名之后，皇帝都会给这些十年寒窗苦读终于鱼跃龙门的学子们分派官职，进行委任。不过纳兰性德在考中进士之后，却并没有马上获得委任，只是据传将参与馆选，可这个消息并非很确切。

纳兰性德倒也不怎么在乎。

其实，如果说第一次的殿试因为造化弄人，让他不得不错失的话，那这第二次的殿试对纳兰性德来说，更多的，大概就是抱着一种弥补以前遗憾的心态。

如今考上了，金榜题名了，当年的憋闷就随之烟消云散，所以派不派官职，又有什么区别呢？

他本来就不是那要以科举来改变自己命运、削尖脑子也要往官场里钻的人。

对纳兰性德来说，所谓的官职大概还比不上卢氏重要，比不上颜氏，也比不过刚出生没多久的儿子富格。

所以这个时候的纳兰性德，还是那么自由自在，无比幸福。

世人都是不同的，有些人喜好热闹，有些人喜好安静。

从纳兰性德的诗词与生平中我们可以看出，在他的性格之中，更多的，是一种词人所特有的清冷与忧郁，也可以说是所谓的艺术家特有的气质，那是种从骨子里透出来的忧愁。

别人见到红豆，想起来的，是"红豆生南国，春来发几枝"，而在纳兰性德的眼中，这一双红豆，若是有一天两两分开，又该是怎样的寂寞？

据说幸福的人见不得凄冷分离的孤独画面，那是因为会让他们不由自主地想起，眼前的幸福终究抵不过时间的流逝，总有一天会分手，最终忍不住伤心。

一日，纳兰性德看着雨后湖心中那一只飘摇着的小舟，孤孤单单，在雨丝中飘飘忽忽，不知要驶向哪里。

手心里，是刚刚摘下的一双红豆子。

那是之前卢氏放到他手中的。

两颗小小的红豆晶莹红润，好像两颗小小的红宝石一般，在自己的掌心之中静静地躺着，像是在述说着卢氏说不出口的感情。

只是，如今眼前这两颗红豆还能紧紧地依偎在一起，但是一年之后呢？两年之后呢？十年之后呢？

就像他与卢氏，是不是真的就能像成亲之时说的那样，与子偕老共白头呢？

是不是真的能够一直相互陪伴着，走到人生的最后？

那时候，纳兰性德并没有想到，自己这番突如其来的念头，竟成了往后岁月的预言。

只是他当时并不知道而已。

第三节　心有灵犀的红颜知己

在纳兰性德短暂的三十年岁月中，他的感情向来是被人们所津津乐道的，除了那位扑朔迷离的表妹，另外几位都是有证可考的，原配卢氏、续弦官氏，还有妾室颜氏。

但是在纳兰性德生命的最后一年中，还出现了一位女人，那便是江南才女沈宛。

清代谢章铤的《赌棋山庄词话》中说：

容若妇沈宛，字御蝉，浙江乌程人，著有《选梦词》。述庵词综不及选。菩萨蛮云："雁书蝶梦皆成杳。月户云窗人悄悄。记得画楼东。归骢系月中。醒来灯未灭。心事和谁说。只有旧罗裳。偷沾泪两行。"丰神不减夫婿，奉倩神伤，亦固其所。

此评价颇高，对沈宛的才学更是赞扬不已。

据说沈宛十八岁便有《选梦词》展现于世，纳兰性德见到了《选梦词》，引为知己。后来在顾贞观等朋友的介绍下见了面，相互属意，沈宛便从此跟了纳兰性德。只是一年后纳兰性德病故，她伤心之际，黯然回到江南，孑然一身。

如果说纳兰性德因为看到了沈宛十八岁的词集《选梦词》而倾心的话，让人觉得有些不可能，那时候纳兰性德年已而立，不再是懵懵懂懂的少年儿郎，又经历了爱妻卢氏的亡故等打击，若这么快便移情别恋，有些不太像他的性格。

不过在沈宛的词中有一句"雁书蝶梦皆成杳"，倒是透露出些许的真相。

他们相见之前，应该也是和现在的笔友一样，鸿雁来去，书信交往，相互间慢慢倾心，最终水到渠成。

只是沈宛一直没有成为纳兰性德的正式妻子，她只是个情人。

沈宛与卢氏、官氏、颜氏不同，她是个名副其实的汉人，当时满汉不通婚，这就让她无法踏进明珠府。再加上并非良家出身，或者说，是类似柳如是、董小宛的身份，也让她只能和纳兰性德保持着一种没有名分的关系。

纳兰性德把她安置在德胜门的外宅之内，两人才学相近，情人间的生活倒也旖旎风流。而从沈宛与纳兰性德的词中也看得出来，两人是当真互相当对方是知己，相知相惜的。只是造化弄人，半年后，纳兰性德突然病故，沈宛伤心欲绝，孤独无靠，只好含泪返回江南，留下一段让人扼腕叹息的遗憾。

黄昏又听城头角，病起心情恶。药炉初沸短檠青，无那残香半缕恼多情。

多情自古原多病，清镜怜清影。一声弹指泪如丝，央及东风休遣玉人知。（《虞美人》）

康熙二十三年，纳兰性德二十九岁。

从康熙十六年开始到如今，纳兰性德已经当了整整七年的御前侍卫。

在这段时间内，他从三等御前侍卫升为一等御前侍卫，深得康熙皇帝的信任，正是前途似锦的时候。

可是，对纳兰性德来说，这样小心翼翼的侍卫生活，是他所希望所追求的吗？

答案是很明显的，所以，他觉得有些厌倦了。

这个囚禁着他一颗词人之心的囚笼，要什么时候才肯打开笼门，放他离开呢？

这个时期纳兰性德所写的词，明显地带有一种"无聊"的意味，无论是在给卢氏的悼亡词中，还是在其他题材的词中，这种冷清的感觉贯穿始终。

他已经做了整整七年的侍卫，卢氏也离开他整整七年了。

纳兰性德后来续弦官氏，但他的爱情早已随着卢氏的身故而逝去，哪里还能再爱上别的女人？

就在这一年的九月，金秋之时，顾贞观从江南再度回到了京城。

与他同行的，还有纳兰性德早已闻名却从未见过的江南才女——沈宛。

在这次沈宛上京之前，纳兰性德就已从好友们的描述中知道了这位女子的名字。

沈宛，字御蝉，江南乌程人。

古人说："英雄每多屠狗辈，自古侠女出风尘。"江南秦淮，明末清初，确实出了不少有名的风尘女子，才艺双绝，貌美如花。

其中最有名的，应该是如今我们耳熟能详的"秦淮八艳"了。

她们是吴梅村笔下"恸哭六军俱缟素，冲冠一怒为红颜"的陈圆圆，被后人穿凿附会为董鄂妃的董小宛，还有那风骨铮铮的柳如是，侠肝义胆的李香君，礼贤爱士、侠内峻嶒的顾横波，长斋绣佛的卞玉京，擅长书画的马湘兰以及颇有侠气的寇白门。

对纳兰性德来说，他此时需要的不是寇白门之类的风尘侠女，而是沈宛这样善解人意，叫人见之愉快的女子。

沈宛，刚好适合。

所以就在这一年的年底，纳兰性德纳了沈宛为妾。

其实纳兰性德究竟有没有和沈宛举行过婚礼，也是个颇多争议的问题。

在当时，满汉不通婚，沈宛的汉族身份注定了她无法进入明珠宅邸，只能住在外面的别院内。

纳兰性德把沈宛安置在北京西郊德胜门的宅子内，他尽力地给予沈宛一切，却唯独不能给她一个家。

而这，却正是沈宛所要的。

半年后，沈宛离开了京城，她并不知道，这一去便是永别。

"予生未三十，忧愁居其半。心事如落花，春风吹已散。"

这是纳兰性德的诗句，像是为自己写下了短暂一生的总结，如此忧伤，如此寂寞。

欲问江梅瘦几分，只看愁损翠罗裙。麝篝衾冷惜余熏。

可耐暮寒长倚竹，便教春好不开门。枇杷花底校书人。(《浣溪沙》)

在后人的记载或者传记中，沈宛都是作为纳兰性德情人的身份出现的，渐渐地，连她的存在都成了一桩迷案。

沈宛是不是真实存在？

沈宛的真实身份究竟是什么？

所谓"一千个观众就有一千个哈姆雷特"，这里也一样，众说纷纭。不过，我想沈宛的身份虽然成谜，但是这个人是肯定存在的。

当时陈见龙曾经填了一首词，赠予纳兰性德，题目便是"贺成容若纳妾"。

"成容若"便是纳兰性德，他字容若，以自己名字"纳兰成德"中的"成"字为姓，给朋友们的信笺中都是署名"成容若"，朋友自然也以这个名字来称呼他。

陈见龙正是为祝贺纳兰性德与沈宛的结合，写了这首《风入松》：

佳人南国翠蛾眉。桃叶渡江迟，画船双桨逢迎便，细微见高阁帘垂。应是洛川瑶璧，移来海上琼枝。

何人解唱比红儿，错落碎珠玑。宝钗玉臂樗蒲戏，黄金钏，幺凤齐飞。潋滟横波转处，迷离好梦醒时。

这首词上半阕写婚嫁迎娶，下半阕写新婚宴尔，词句华丽，情真意切。

对于好友的祝福，纳兰性德坦然地接受了。

沈宛与卢氏不同。

相较于卢氏温婉宽厚，沈宛知书达理，才学不输纳兰性德，也因此，两人在文学上颇多共同语言。

这个时候的纳兰性德已经有了官职在身。他是康熙皇帝跟前的大内侍卫，负责保护皇帝的工作，公务十分繁忙，再加上本来就是有家室的人，所以与沈宛在一起的时间自然不会很多。

好在沈宛是明白纳兰性德之人，否则也不会在鸿雁传书之间互通心意，最后两两倾心。

她知道丈夫繁忙，所以自己总是乖巧地待在德胜门的宅子里，寂寞而又带着期盼地等着，等着纳兰性德的每一次到来。

精通诗词之人似乎都有个比较相似的毛病，那就是容易多愁善感，悲春伤秋。而沈宛既然是以诗词闻名，自然也不可避免地有着一颗敏感的心。

虽然对纳兰性德的公务繁忙，她并没什么怨言，但日子一长，未免就开始多愁善感起来。

黄昏后，打窗风雨停还骤。不寐乃眠久。渐渐寒侵锦被，细细香销金兽。添段新愁和感旧，拼却红颜首。

这首《长命女》大概是沈宛这段时期所作，流露出一股哀婉之情。

某一天的黄昏后，雨倒是停了，可屋檐边缘，那雨珠却还在滴滴答答地落着，滴在房下的台阶上。雨后的寒意渐渐侵了进来，本来温暖的棉被也有些润润的感觉，触手摸去，有些凉凉的了。下一句"细细香销金兽"，大概是取自李清照的《醉花阴》中"瑞脑销金兽"一句，只是在李清照笔下，那室内香炉里轻烟缭绕飘散，欢愉嫌日短，苦愁怨更长，此情此景下，心中所念的都是远在千里之外的丈夫，也难怪会"莫道不消魂，帘卷西风，人比黄花瘦"了。

也许在女词人的心里，对愁绪，对思念之情，所见所想所感都是一样的吧！所以当沈宛孤独地看着屋里香炉内那缭绕的轻烟在空气里慢慢飘散的时候，想到的是"添段新愁和感旧"，在日复一日的等待中，红颜也寂寞。

不过，在这样寂寞的冷冷清清的日子里，也是有着暖色的。

想必是梅花开了，所以这天，纳兰性德对沈宛戏谑地说道："欲问江梅瘦几分，只看愁损翠罗裙。"言下之意是把沈宛比喻成梅花，见到沈宛眉间那一缕淡淡的愁思，所以才半是开玩笑半是认真地笑道，若要看梅树瘦了几分，只要看眼前人的腰肢消瘦了几分便知道的。

虽是戏谑之语，言下之意却是在说，自己清楚沈宛内心的愁苦。

沈宛又何尝不知？

只是知道归知道，有些话，她始终说不出口。

正如纳兰性德，也有着不能言说的苦衷。

这首词的最后三个字"校书人"，典故用得有点儿生僻。

在唐代诗人王建的《寄蜀中薛涛校书》一诗中，有这样两句："万里桥边女校书，枇杷花下闭门居。"

薛涛是古代名伎，也是颇有名气的女诗人，她所制的"薛涛笺"更是大名鼎鼎，乃是文雅风流的象征，而因为王建的这首诗，后世人便把能诗文的风尘女子称为"女校书"。

在这首《浣溪沙》里面，纳兰性德用了"校书人"的典故，倒并不是专门为了指出沈宛出自风尘的尴尬身份，不过是见沈宛在花下看书，那画面颇为美妙，才有感而发，借指花下读书人而已。

脂粉塘空遍绿苔，掠泥营垒燕相催。妒他飞去却飞回。

一骑近从梅里过，片帆遥自藕溪来。博山香烬未全灰。（《浣溪沙》）

纳兰性德与沈宛在一起短短的大半年时光中，还是十分美满的。

倒不是说他与官氏、颜氏的感情不好，而是在思想上，在卢氏之后，纳兰性德也许是再次找到了与自己心意相通的人。

不论沈宛的出身如何，至少在诗词的意识形态层面上，她和纳兰性德是平等的，或者说一位文艺男青年、一位文艺女青年，金风玉露一相逢，自然是越聊越投机，最后结局理所当然是"便胜却人间无数"。

于是我们倒回去说一说沈宛与纳兰性德的初见吧。

那是康熙二十三年，甲子。

九月的一天，暑气还未完全散去，空气里还有些闷热，即使穿着薄薄的夏衫，汗水还是从身上每一处肌肤沁出来，黏黏的。

马车在一处看似寻常的宅院门前停下来，里面有人下了车，被门口的下人恭恭敬敬地接进屋内，此人正是纳兰性德。

这处宅院乃是顾贞观在京城的宅子。当然，论豪华，比不上当时已经贵为太子太傅的明珠宅邸那么金碧辉煌，只是普普通通的院子，但里面布置得颇为雅致，一看便知主人花费了不少心血，小桥流水，绿草茵茵，有着江南水乡的雅致与秀气。

大概，是因为宅院主人本来就出身江南的关系吧。

每次纳兰性德来到这儿的时候，都会忍不住大加赞叹。

顾贞观早已等待在廊下，见自己的学生兼忘年之交的纳兰公子按时到达，笑着迎上去。

纳兰性德的脸上又何尝不是带着笑容。

顾贞观不愧是纳兰性德多年的好友，只有他，从这位年轻自己很多岁的好朋友眼中，看到的不是欢愉，而是忧愁；看到的，是他挣不脱樊笼的苦恼与闷闷不乐。

好在这一次，顾贞观从江南回到京城的时候，还另外带来一个人，纳兰性德的信中所言的"天海风涛之人"。

"天海风涛"一语出自李商隐的《柳枝五首》序：

柳枝，洛中里娘也……生十七年，涂妆绾髻，未尝竟，以复起去。
吹叶嚼蕊，调丝擪管，作天海风涛之曲，幽忆怨断之音……

李商隐诗中的"天海风涛"，写的正是李商隐的红颜知己柳枝。柳枝的身份乃是歌伎，而纳兰性德所言的"天海风涛"，指的自然是沈宛了。

于是纳兰性德与沈宛得以相见。

那时候的纳兰性德，大概并未有纳沈宛为妾的念头。他对这名聪慧的江南女子，更多的是惜才，基于一种"同是天涯沦落人"的惺惺相惜。

沈宛不幸沦落的是她的身，在风尘中打滚，只是这样的女子依旧能在那么复杂的环境中保留着一份纯真，在她的诗词中，毫无遮掩地表达了出来。

而纳兰性德的"天涯沦落"，其实指的是自己无心官场与权势。

所以，在沈宛随着顾贞观来到京城之后，纳兰性德也来到了这座宅子。

他终究是好奇，好奇这位与自己"同为天涯沦落人"的才女。

与其他女子不同，沈宛是素雅的、淡静的。

她穿着一身颜色淡雅的绿色衣裙，面容秀美，并未和其他歌女一样化浓艳的妆，只是淡扫蛾眉，略施粉黛，乌黑的发髻上插着一支银白色的簪子，简简单单的凤尾样式，怀抱琵琶，安静地坐在那儿，轻声弹唱。

她与其他人是那样不同，气质沉静，带着一种出淤泥而不染的干净气息，直到顾贞观引着她走到纳兰性德的面前，微笑着介绍说，这位便是明珠府的纳兰公子，名成德，字容若。

她笑了，他也笑了。

有时候，一见钟情也许只是一瞬间的事。

沈宛终于见到了自己倾心已久的纳兰性德，一如她无数个夜里，看着对方的信笺所暗自想象的那样，脑海里的影像与眼前的人影逐渐重合起来，最终成为现实。

沈宛双颊上飘起两朵红云，然后朝纳兰性德轻笑一下。

看着眼前的女子，纳兰性德脑中却突然浮现出另外一位女子的音容笑貌来。

那天，卢氏也是这样对着自己嫣然一笑，仿佛三月的桃花般，连周围的景色都为之绚烂起来。

这年年底，纳兰性德便正式纳了沈宛为妾。

这场婚礼并不是很隆重，纳兰性德的好友们还是纷纷送来了祝福，祝福这一对璧人的结合。

在其他人的眼中，纳兰性德还那么年轻，也早就该从卢氏亡故的悲伤中走出来，去寻找属于他的幸福。而沈宛才貌双全，又和纳兰性德有那么多的共同语言，难道不是一个最好的选择吗？

对纳兰性德来说，个中的滋味儿，也只有自己才知道。

我倒是觉得，纳兰性德与沈宛之间，其实更像是朋友。

他们在诗词上有着共同语言，如果沈宛如顾贞观等人一样是男性，那么纳兰性德便是又多了一位知音好友。但沈宛偏偏是女子，而且还是江南小有名气的歌伎才女，所以如果说纳兰性德与沈宛之间只是纯洁的友情与惺惺相惜的话，那似乎很难让人相信。

纳兰性德与沈宛，两人之间是友情也好，爱情也罢，总之无论如何，沈宛若与纳兰性德交往，确实也只有成为对方姬妾一途，因为她的身份地位，又是汉人，纳兰性德也不敢冒天下之大不韪，将沈宛接进明珠府，所以他才在西郊德胜门为沈宛置了一处幽静的宅子。

两人相处的日子是愉快而且充满诗情画意的。

也许是某一天的午后，纳兰性德与沈宛正在说话，不知何时变成了沈宛在说着江南的那些名胜古迹，还有流传于民间的传说。

据说在昔日吴宫之处，有香水溪，是当年西施沐浴的地方，所以又名叫脂粉塘，只是如今西施早已不见踪影。而奢华的吴王皇宫也早已不复当年的巍峨与华丽，往日种种，已随着时光的流逝变成了历史里的一缕烟尘，只有燕子依旧每年飞来飞去，衔泥做窝，年复一年。突然，马蹄声传来，路上一骑飞驰而过，一叶小船缓缓地从藕溪上划过，船上的人，是要往哪里去呢？

在沈宛娓娓的描述中，纳兰性德觉得眼前仿佛出现了这样的一幕画面，带着江南水乡氤氲的雾气，淡淡的，悠然的，如同倪瓒笔下的一幅山水画。

相比于京城的繁华，或许这样的悠然才是纳兰性德内心真正想要的。

沈宛在描述这些的时候并不知道，在看到纳兰性德因为这番描述而写出来的这首《浣溪沙》的时候，也并不知道。

她只知道，纳兰性德在欢笑之余，不知为何，有时会突然陷入沉思，怔怔地发呆，那是一种自己从未见过的寂寥的神情。

谢家庭院残更立，燕宿雕梁。月度银墙，不辨花丛那辨香。

此情已自成追忆，零落鸳鸯。雨歇微凉，十一年前梦一场。（《采桑子》）

在德胜门别院居住的日子，沈宛逐渐发现，身旁的男人不知什么时候，总是面露愁容，神情寂寥，尤其当他一人独处的时候，那孤零零的身影，像是写满了"寂寞"两个字。

沈宛有时候忍不住，很想去问一问纳兰性德，是在为谁叹息，但总是问不出口。

午夜梦回的时候，她偶尔会从身边男人呢喃的梦话里，依稀听见另外一个女人的名字，还有"三年"的字句。

沈宛知道，纳兰性德心中念念不忘的，正是因为产后疾病而身故的妻子卢氏。

那早逝女子的身影，原来在他心里早已刻骨铭心。

于是纳兰性德无意中的叹息，传进沈宛的耳中，她也渐渐带上了忧伤而寂寞的色彩。

他终究还是寂寞的呀！

也许，沈宛也想过要怎样才能抚平纳兰性德的忧伤，去安慰他内心深处的寂寞。但是对纳兰性德来说，曾经的激情已经消散无形，那曾经刻骨铭心的爱情，如今却变成了一道沉重的枷锁，不光是牢牢地锁住了他，也锁住了沈宛。

沈宛虽然从不说，但她心里真正想要的，恰恰是纳兰性德所无法再给予的。

纳兰性德词传·人生若只如初见

纳兰性德也知道，自己对沈宛，实在是已经给予不了太多了。

沈宛要的，他偏偏给不起。

此情可待成追忆，只是当时已惘然。

半夜三更的时候，纳兰性德常常会独自站在院子里。

四周，花丛里淡淡的花香在夜色里缓缓地飘散着，若有若无。银白色的月光如水般洒在院墙上、地面上，仿佛笼了一层薄薄的银纱。

此情此景，在纳兰性德的眼中，却与记忆缓缓地重合了。

多年前，是谁，也曾和自己一起这样站立在月下的庭院中，看着天边的弯月，如今，那陪自己赏月之人，却是去了哪里？

此情可待成追忆啊，蓦然回首，当年的记忆，仿佛是做了一场梦一般。

身后传来轻轻的脚步声，纳兰性德惊喜地回头，在见到来人的一刹那，脸上的喜色旋即变成了失望的神情，动作是那么快，快得来不及掩饰内心的一点一滴，在那一瞬间都毫无保留地表露在沈宛的面前。

沈宛还是一如既往温婉地微笑，秀美的面孔上并未流露出其他神情，只是关心地替他披上外袍，但眼中，一抹无奈的神色却是清清楚楚地落进纳兰性德的眼中。

纳兰性德对沈宛是喜爱的。

但是，喜爱不是爱情，所以半年之后，沈宛还是走了，回到了江南。

两人分别的时候，平平淡淡未有任何的波澜。

她离开，他去送行，临别之际，纵然有千言万语，最终也不过是变成轻轻的一句"一路顺风"。

不是不想挽留，而是纳兰性德觉得，他给不起沈宛想要的爱情，既然如此，与其在未来的岁月中让沈宛越来越落寞寡欢，还不如让她去继续寻找自己的幸福，去寻找能给予她爱情的人。

沈宛离开的时候，只说了这么一句话——"枝分连理绝姻缘"。

这是沈宛《朝玉阶》中的一句，当时写下这首词的沈宛怎么也没想到，那时无心的一句话，如今却已成真。

孔雀东南飞，本以为看的是别人的故事，哪知到了最后，竟应在了自己身上。

离开的沈宛完全没有预料到，她这一走，便是永别。

从此阴阳两隔。

而今才道当时错，心绪凄迷。红泪偷垂，满眼春风百事非。

情知此后来无计，强说欢期。一别如斯，落尽梨花月又西。（《采桑子》）

对沈宛，纳兰性德心中是隐隐有着愧疚的吧！

"而今才道当时错"，如今回想起来，才说当初做错了，还来得及吗？

这句其实出自宋代晏几道的《醉落魄》一词："心心口口长恨昨，分飞容易当日错。"

说起晏几道，其实此人与纳兰性德也有几分相似。同样是天才的词人，同样才华出众，同样不愿被世俗约束，同样出身高门却不慕权势。

纳兰性德是颇推崇晏几道的，在他给梁佩兰的《与梁药亭书》中，这样写道：

仆意欲有选如北宋之周清真、苏子瞻、晏叔原、张子野、柳耆卿、秦少游、贺方回，南宋之姜尧章、辛幼安、史邦卿、高宾王、程钜夫、陆务观、吴君持、王圣与、张叔夏诸人多取其词，汇为一集，余则取其词之至妙者附之，不必人人有见也。

其中提到的"晏叔原"，便是晏几道。

他出身高门，乃是晏殊的第七子，黄庭坚称赞他是"人杰"，也说他痴亦绝人："仕宦连蹇而不能一傍贵人之门，是一痴也。论文自有体，不肯作一新进士语，此又一痴也。费资千百万，家人寒饥，此又一痴也。人百负之而不恨，己信人，终不疑其欺己，此又一痴也。"由此可见，晏几道孤傲清高，不喜权贵。而且晏几道的词工于言情，十分有名，与父亲晏殊不分上下。不管是"落花人独立，微雨燕双飞”，还是“当时明月在，曾照彩云归”“从别后，忆相逢，几回魂梦与君同”，在词风上与李煜颇为接近，情真意切，工丽秀气。

而纳兰性德会比较推崇晏几道的词作，也在情理之中了。

“而今才道当时错”，当时分开，如今回想起来，竟是如此地后悔，觉得自己是不是做错了什么。但是为时已晚，“心绪凄迷”“红泪偷垂”，窗外春风依旧，却早已物是人非。

“满眼春风，不觉黄梅细雨中。”早知道后来无法再相见，那么强颜欢笑着述说当初那些欢乐的日子，又有什么意义呢？

“一别如斯”，梨花在枝头上绽放过，如今再度落尽，春天已经过去了。但是，还会有相聚的日子吗？

在这首《采桑子》里面，一句“而今才道当时错”，写尽无奈，写尽世间的不完满。

第五章

仕途 不是人间富贵花

「非关癖爱轻模样，冷处偏佳。」别有根芽，不是人间富贵花。

康熙十六年，纳兰性德终于踏入了官场，成了乾清宫的一名御前侍卫。从此，他跟随在康熙的身边，北上南巡，足迹踏遍大江南北。

康熙十六年。

纳兰性德终于获得任命，从此步入了仕途。

只是与他想象的不同，或者说，和当时世人预料的完全不一样，任命给纳兰性德的官职竟然是皇帝跟前的三等御前侍卫。

这可是武职。

纳兰性德的词名早已远扬，在京城引起了轰动，再加上他考取功名，进士及第，怎么样都该是文职才对，可谁也没想到，皇帝给他委派的官职却是御前侍卫。

御前侍卫是清朝才有的，是天子的侍从、贴身跟班，待遇很高，地位也很尊贵，是专门为贵族子弟设立的特殊职位。因为经常跟着皇帝，升迁的途径也比其他职位要宽得多，也容易得多。在清朝，由侍卫出身而最后官至公卿将相的，不在少数，像纳兰性德的父亲明珠就是从侍卫做起，最后成为武英殿大学士而权倾天下的，还有与他同朝的索额图等人亦如此。所以，皇帝让纳兰性德做自己的御前侍卫，也不无道理。

以纳兰性德的出身，还有文武双全，都是御前侍卫的最好人选，三等侍卫相当于正五品的官员地位，对二十来岁的年轻人来说，相当不错了。所以皇帝这样安排，看起来并没有什么不妥的地方。

　　不对的，仅仅是纳兰性德并不适合做官而已。

　　现实与理想的冲突、纠结，让他从此不再快乐。

　　不过，作为侍卫的纳兰性德，是相当称职的。

　　他在很小的时候就开始练习骑射，学习武艺，只是后来他的词名远远盖过了武艺上的成就，给人以只会文不懂武的错觉。

　　康熙皇帝一生之中，曾经多次北上与南巡，身为御前侍卫的纳兰性德自然跟着皇帝一路随行。

　　八旗子弟出身的纳兰性德，骨子里还是继承了先辈们马上打江山的豪迈。在这段跟着康熙皇帝东奔西走的日子里，他领略了塞北风光，他的词中因而多了不少描写塞外荒寒之地的作品。

　　王国维甚至在《人间词话》中这样赞道：

　　"明月照积雪""大河流日夜""中天悬明月""黄河落日圆"，此种境界，可谓千古壮观。求之于词，惟纳兰性德塞上之作，如《长相思》之"夜深千帐灯"、《如梦令》之"万帐穹庐人醉，星影摇摇欲坠"，差近之。

　　如此评价，当足矣。

第一节　随驾北巡

　　山一程，水一程，身向榆关那畔行，夜深千帐灯。

　　风一更，雪一更，聒碎乡心梦不成，故园无此声。（《长相思》）

　　这一年，作为康熙皇帝御前侍卫的纳兰性德，扈从皇帝北上，一路走永陵、福陵、昭陵，最后出了山海关。

　　这对一直居住在京城里、很少涉足他处的纳兰性德来说，是一次难得的体验。

　　他第一次见到了塞外呼啸的寒风，鹅毛般的大雪。这雄浑的北国风光，给了他从未有过的触动，素来清丽哀婉的词风也随之一变。

纳兰词中偶有雄浑之作，大多数就是出自这个时期。

最有名的，当属这首《长相思》了。

词牌很旖旎，长相思，相思长，可内容却一点儿也没有儿女情长，反倒是一派豪迈磊落。

其实根据词风的不同，我们总是习惯单纯地把词分作"婉约词""豪放词"，但是很多词人并非是只能写其中的一类，往往两样都十分精通的，就像辛弃疾有"醉里挑灯看剑"，也有"蓦然回首，那人却在，灯火阑珊处"之句；苏东坡在写出"大江东去，浪淘尽，千古风流人物"的句子之外，也能写出"但愿人长久，千里共婵娟"；李清照除"莫道不销魂，帘卷西风，人比黄花瘦"之外，也有"生当作人杰，死亦为鬼雄"的豪迈之句。纳兰性德这段时间所写之词，不复《侧帽集》的风流婉转，也不复《饮水词》的凄凉哀婉，而是想要把他骨子里的那种属于年轻人的、从父辈们那儿继承下来的热血与豪迈完全发泄出来一样，塞上词因此成了他作品中一抹异样的光彩。

这首《长相思》，算是纳兰性德这类词中的代表作了。

简单直白，却生动地描绘出行军途中在荒原之上宿营的雄壮画面。

它是如此有名，以至于出现在小学语文课本中，是如今孩子们必学的诗词之一。

纳兰性德作为康熙皇帝的扈从出了关，眼中所见，不再是京城的软红千丈，不再是熙熙攘攘的人潮往来，远远看去，只有一望无际的荒漠，寒风呼啸而来，带着刺骨的寒意。

传令的声音远远地传来："皇上有旨，就地扎营。"

浩浩荡荡的大队人马，就随着这一道命令，在原地扎营。

营帐连绵，在荒野之中蜿蜒，一眼望不到头。夜色缓缓降临，呼啸的寒风里也慢慢地夹上了鹅毛般的雪。

今晚轮到纳兰性德值班，用过晚饭，见时辰差不多了，纳兰性德便穿上盔甲，拿起兵器，起身出了营帐。

帐外，风雪越来越大，寒风刺骨。

纳兰性德并没有畏惧，他还有工作要完成。

如今已经不是在自己的家里了，他要去换下当值的同僚，让他们回到温暖的营帐内休息。

一片漆黑的夜空之下，连绵不绝的帐篷内，昏黄色的灯光错落地透了出来，仿佛天上的星星，在风雪的肆虐下落到了地面上，"夜深千帐灯"。

看着眼前无数点点昏黄的灯光，纳兰性德突然想起，自己这一路上经过的地方，何尝不是一程山一程水？如今出了榆关，却山水不见，唯有一望无际的荒漠，还有眼前连绵不绝的营帐灯火。

望着眼前的这一幕，纳兰性德的心里是有些激动的，脑子里突然浮现出来的词句，也与自己往日的词风截然不同，带着一些豪迈的味道。

千里行程，万种所见，尽数化为"山""水"二字，以小见大，满腹乡思，一腔愁绪。

而这无数的帐灯之下，又有多少人与自己一样睡不着呢？又有多少人与自己一样，在思念着家乡的亲人呢？

风雪越来越大，纳兰性德听着帐外的风声与落雪的声音，数着远远传来的打更的声音。

一更过去，二更过去……

但是这风雪却丝毫没有停下来的意思，风声呼啸，卷着遥远的打更的声音。夜，突然变得更加漫长。

漫长得似乎永远也到不了尽头。

漫长得似乎永远也不会再见到天亮。

漫长得把一颗颗思乡的心，都搅碎了。

风雪声声，尽入内心深处。

于是他不由得回想起还在京城时候的日子，虽然也曾起过大风，虽然也曾下过大雪，但何曾有过这样凄凉呼啸的风雪之声？

自己本该是在京城里，与顾贞观、朱彝尊等好友们在一起，编撰着词论，编撰着词集，而不是在这关外的荒野之中，听着帐外呼啸的风雪声，思念着家乡的亲人。

自己为何会在此呢？

纳兰性德不禁这样问自己。

他一向是厌恶官场中的生活的。

但是，肩上的责任却让他不得不在这里，看着夜深千帐灯。

灯下，是一颗颗思乡的心，更是一颗颗报效国家的男儿心。

如果不是如此，我们为什么要出现在这里？

难能可贵的是，虽然这首《长相思》中浓浓地满是思乡之情，却一改纳兰性德以前缠绵悱恻的哀婉风格，而在忧郁中散发出一股豪迈的、欲报效国家的慷慨之气。

也许是二十多年的人生岁月，在此刻终于得到了沉淀，得到了升华。

"夜深千帐灯"，不愧"千古壮观"。

> 万帐穹庐人醉，星影摇摇欲坠。归梦隔狼河，又被河声搅碎。还睡，还睡，解道醒来无味。（《如梦令》）

说起《如梦令》，很多人第一个想到的可能就是李清照的《如梦令》。

纳兰性德似乎比较偏好《浣溪沙》《采桑子》等词牌，《如梦令》则只有那么几首。

但就是这一首，后来与《长相思》一起，被王国维赞为"千古壮观"。

在榆关待了几天，康熙皇帝继续北上，纳兰性德也跟着一起，这一日来到了白狼河，也就是今天的大凌河。

已经到了现在的辽宁省，关外塞上，一切的景色与京城如此不同。

这是纳兰性德第一次远离京城，到达如此遥远的地方。

辽阔的大草原上，北巡行营的围帐耸立着，如同在榆关时候那样，连绵不绝，一望无涯。

纳兰性德词传·人生若只如初见

如此的大军，却是鸦雀无声，听不见喧哗，只有夜风呼啸而过的声音。

在这样安静的时候，纳兰性德也是昏昏欲睡。

眼前有点儿昏花，看出去，连天上的星星也像是要掉下来一般，摇摇欲坠。

那就不妨沉沉睡去吧！

在香甜的睡梦之中，说不定还能梦到自己的家乡，梦到家中的亲人。

但是，正当想要在梦里回到家乡的时候，河水的浪涛声传来，顿时搅了好梦。

如今还能怎么办呢？

人远在千里之外，连梦回家乡都不成，在这漆黑安静的夜空下，自己又能做什么？罢了罢了，还是睡去吧，即使已经梦不到家乡与亲人，但也总好过醒来时的寂寞与无奈。

如此也好。

如此甚好。

这首《如梦令》，写景写情，豪迈之中却还是有着惆怅与无奈的味道。

康熙北巡，他想到的是自己的帝王业，是自己的江山社稷、大好河山。

而作为扈从的纳兰性德，想到的却是随行将士们的思乡之情。

"可怜无定河边骨，犹是春闺梦里人"，古往今来，将士们成就的不过是一将功成万骨枯。

好在这一次只是北巡，而不是战争。

所以，将士们不用担心埋骨他乡，不用担心再也见不到家中的妻儿老小。

即使如此，思乡之情，却是连皇帝的圣旨都无法阻止的。

有人说，纳兰性德的这首《如梦令》，表面写景，其实写情，是作者在叹息人生际遇的多舛，与仕途不顺的惆怅，写出了词人在北巡时候的清冷心境。

后半句，我还算赞成；对前半句，却有些不赞同。

纳兰性德生性不喜官场，不喜俗务，却偏偏为此所困，心境清冷，尤其是在北巡之后，见识了雄浑的北国风光，见过了荒原之上一望无际的大军行营，风物的不同，让他的词境也有了不同，更加的宏大，不变的依旧是字里行间的沉郁，说他此刻心境清冷，倒也不为过。

但是，若要说纳兰性德仕途不顺，人生不顺，那从古到今，从李白、杜甫到同时代的顾贞观、朱彝尊，可能就要提出抗议了。

如果连纳兰性德都属于人生不顺的话，想不出还有谁，能够称得上"天之骄子"呢。

他本该是一直这么顺顺利利地走下去，走完应有的、充满鲜花与荣耀的一生。

在当时看起来，他也确实如此，沿着那条既定的、几乎没什么悬念的荣耀之道走着。

只不过在纳兰性德的心中，他一直清楚地知道，如今眼前的一切并非自己真正想要的，却又不得不这样走下去。

"三十而立"，他已经快要年满三十岁了，他已经有妻有子，有丈夫与父亲的责任。

现实不是童话。

"我本人间惆怅客，知君何事泪纵横。"

当年他写与朱彝尊的词句，此刻又突然浮现在脑中。

十年之后，纳兰性德突然再度懂得了朱彝尊。

非关癖爱轻模样，冷处偏佳。别有根芽，不是人间富贵花。

谢娘别后谁能惜，飘泊天涯。寒月悲笳，万里西风瀚海沙。（《采桑子·塞上咏雪花》）

在纳兰性德跟随康熙皇帝北巡期间，他写了不少描写塞上风光的诗词，其中一首便是这《采桑子·塞上咏雪花》。

边疆塞外，风雪大作，一年到头都看不见春天。

古时有岑参的"突如一夜春风来，千树万树梨花开"，写尽边关要塞苦寒之地大雪纷飞时候的情景。

雪花洁白，在空中轻盈地落下，在支棱的枝条上慢慢堆积起来，一片一片的雪白，竟像满树梨花盛开的情景。

在岑参的笔下，雪花就像那梨花一样，为这苦寒之地平添了几分姿色。

而雪花又非花，它自天上而来，哪里像人间俗世的富贵花需要用浓妆艳抹来装点自己，但是世人喜好的偏偏正是那富贵之花，趋之若鹜。

谁能来怜惜这"不是人间富贵花"的雪花？

昔日《世说新语·言语》中，曾经记载过这样的一件事：

谢安见雪因风而起，便问自己的子侄辈们何物可比？有回答"撒盐空中差可拟"等的，只有侄女谢道韫回答"未若柳絮因风起"，谢安拍手叫好。

在谢道韫之后，这仿若柳絮一样的雪花，还有谁来疼惜它呢？

没有了吧？如今，这天宫的使者也只能漂泊天涯，看着寒凉的月色，听着悲凉的胡笳，飘飘摇摇，"万里西风瀚海沙"。

在纳兰性德的心中，这"不是人间富贵花"的雪花，漫天飞舞着，是不是每一片，都被他看成了自己的化身呢？

一句"不是人间富贵花"，语带双关。

若要以"人间富贵花"来形容纳兰性德，大约没有人会反对。

可是，被人艳羡不已的纳兰性德，却这样说道："别有根芽，不是人间富贵花。"

他断然否认了自己在那些世俗人眼中的身份，他从未因为自己的出身自鸣得意，反倒是毅然写明了自己的心意："不是人间富贵花。"

纳兰性德有着一颗高傲的心。

他不仗势欺人，他不趋炎附势，但是当现实与理想互相冲突时，妥协的往往都是理想。

纳兰性德也不得不妥协。

来自俗世间的种种条条框框，仿佛铁箍一般紧紧箍住了纳兰性德，让他喘不过气来。

据说，纳兰性德担任侍卫以来，"御殿则在帝左右，扈从则给事起居""吟咏参谋，多受恩宠"，应付自如，"上有指挥，未尝不在侧"，极受康熙信任。由于尽职称意，他得到过康熙皇帝的许多赏赐，颇让人羡慕。

由此可见，纳兰性德当官未必不行。

他毕竟是出生在官宦世家。

他应该比任何人都懂，都清楚。

只不过他的心并不在此罢了。

他想要的，是以自己的才华在文学上留下一笔，与自己的朋友们一起，用文字抒发胸臆，而不是用华丽的辞藻去歌功颂德。

但是对皇帝来说，他的出众才华大概也就是在心血来潮的时候用来为自己歌功颂德。

历朝历代，不会拍马屁的人不一定升不了官，但擅长拍马屁的人，一定比不会拍的人升迁快。

纳兰性德并不想拍马屁，更不想做那些歌功颂德之事，但是，人在屋檐下，不得不低头，皇帝一声令下，他焉能不从？

他有着纯正的儒生灵魂，汉文化早已深入他的骨子里。

文人可以是皇帝的朋友，可以是皇帝的老师，但若是为奴，便是侮辱了文化的清高。

不愿为奴的清高与骨气，在现实的强压下，终究是无可调和，化为纳兰性德一句无奈却悲愤的"不是人间富贵花"。

朔风吹散三更雪，倩魂犹恋桃花月。梦好莫催醒，由他好处行。

无端听画角，枕畔红冰薄。塞马一声嘶，残星拂大旗。（《菩萨蛮》）

《菩萨蛮》是纳兰性德北巡中又一首描写北国风光塞上景色的词。

乍见这首词，颇觉得有点儿像是在行军途中纳兰性德有感而发随性而吟的作品，没有"夜深千帐灯"的雄浑，也没有"不是人间富贵花"的悲凉，有的是对眼前景色的赞叹。

塞外常年北风肆虐，如今也是一样。

昨晚下的那场大雪，雪花飘落在荒原上、营帐顶上，白茫茫的一片，却被一阵又一阵的北风吹散了。

那被北风吹散的雪花，一片一片从空中缓缓飘散，仿佛漫天散落的梨花一般。

桃李芬芳，如果这雪花当真是梨花，莫非是倩女的灵魂所化，在留恋着昔日那些美好的时光？

如果是梦，那么就别去叫醒她吧。

号角的声音响了起来，已经是清晨时分了，被号角的声音给弄醒了，侧头一看，枕头旁边，半夜思乡而留下的眼泪早已结成了薄冰。

"枕畔红冰薄"，这一句出自五代王仁裕《开元天宝遗事》中的"红冰"记载："杨贵妃初承恩召，与父母相别，泣涕登车。时天寒，泪结为红冰。"

这里纳兰性德用"红冰"的典故，当然并不是自比杨贵妃，否则那就搞笑了。他只是借用这个典故，来说明自己思念家乡、思念亲人的心情。

远远传来了战马嘶鸣的声音，渐渐地，本来寂静的行营也逐渐有了脚步声、喧哗声，人们起床了，准备拔营继续前进。

大军往前行进的时候，天色还未完全放亮，天空中还隐隐挂着几颗星星，星光冷冷地洒在大旗之上，一片清冷之气。

清晨的空气清新中带着寒意，驱走了纳兰性德残存的几分睡意。

远远眺望着天空，纳兰性德突然回想起梦中熟悉的面容来。

如今想起来，每每"欲离魂"的人，其实不是别人，正是自己吧。

如果在梦中，就能再度见到自己心爱的亡妻了吧？

如果是离魂而去，就能再度与自己心爱的亡妻相会了吧？

三月三日长生殿，夜半无人私语时，如果真的能见到自己心爱的亡妻，又何必计较是不是在梦中呢？

红泪枕边成薄冰，一点一滴，都是思念之情。

而这情，要如何才能传达到亡妻那儿？

一生一死，两个字的差别而已，却是天地之隔，永远不能再见。

第二节　一次秘密的军事行动

试望阴山，黯然销魂，无言徘徊。见青峰几簇，去天才尺；黄沙一片，匝地无埃。碎叶城荒，拂云堆远，雕外寒烟惨不开。踟蹰久，忽冰崖转石，万壑惊雷。

穷边自足秋怀，又何必平生多恨哉。只凄凉绝塞，蛾眉遗冢；销沉腐草，骏骨空台。北转河流，南横斗柄，略点微霜鬓早衰。君不信，向西风回首，百事堪哀。（《沁园春》）

"千里赴戎机"，并不只有古代的花木兰，其实纳兰性德第二次北上，完全配得上这五个字。

那一年八月，纳兰性德奉皇帝的命令，再次北上。

只是这一次，没有了皇帝北巡时的气魄雄伟，队伍浩荡，有的是执行隐秘任务的小心翼翼与如履薄冰。

根据记载，康熙二十一年的时候，为了阻止沙俄的南侵，康熙皇帝派都统郎坦、彭春、萨布素等一百八十人，以"狩猎"的名义，沿着黑龙江一路往北，最后到达雅克萨。

当时雅克萨在沙俄的侵占下，于是郎坦等人就装成寻常猎户的样子，探敌虚实，进行战略侦察，摸清了雅克萨的水陆通道。

有了这次侦查的情报，三年之后，清军与沙俄进行了史称"雅克萨之战"的反击战。清军取得胜利，朝廷与沙俄签订了中俄《尼布楚条约》，成功阻止了沙俄向南侵占与扩张。

当时参加这项隐秘侦查任务的人中，就有纳兰性德。

小榻琴心展，长缨剑胆舒。

当我们在回味纳兰性德那些优美词句的时候，也应该知道，这个男人除了会吟风弄月之外，也会提剑跨骑，上阵杀敌为国建功。

一世风流，一生至情，也同样有着不输给任何人的热血与豪迈。

徐乾学曾经赞他"有文武才，每从猎射，鸟兽必命中"，意思是说，在一干友人们去打猎的时候，纳兰性德也是英姿勃发，箭出必中，可想而知其神采飞扬。

对纳兰性德来说，武功并不是他得以自夸的资本，相比于骑射，他更喜欢的是诗词。但作为满族人的后裔，那种善骑射、骁勇尚武的传统，还是在他的骨血里根深蒂固，从而造就了这位文武全才。

他不但武艺出众，而且胆色过人。

姜宸英的《通议大夫一等侍卫进士纳兰君墓表》中曾经这样记述道：

二十一年八月，使觇唆龙羌。其地去京师重五六十驿，间行或累日无水草，持干粮食之。取道松花江，人马行冰上竟日，危得渡。仅抵其界，辛得其要领还报，上大喜。君虽跋涉艰险，归时从奚囊倾方寸札出之，叠数十纸，细行书，皆填词若诗，略记其风土方物。虽形色枯槁不自知，反遍示客，资笑乐。

意思是说，康熙二十一年八月的时候，纳兰性德被康熙皇帝派去参加这项危险的任务。目的地距离京城非常遥远，行进途中经常很多天都没有粮食水草，只能吃预先准备好的干粮充饥。一行人取道松花江，江面上早已结了厚厚的冰，他们在冰面上走了好几天，才勉强渡过了松花江。一到目的地，众人就分头进行自己的任务，把敌人的情况调查得一清二楚，回来禀告给皇帝，皇帝十分欢喜。纳兰性德虽然跋涉艰险，困难重重，但回来的时候，从随身的皮囊内掏出只有方寸大小的数十张纸来，上面密密麻麻地写满了细小的字，都是纳兰性德在这一路上的所见所闻，风土方物，都填成了词，写成了诗。经过这一次危险的任务，他整个人都消瘦不少，但他并不在意，和以往一样与朋友来往，而且还拿自己消瘦的模样来开玩笑。

短短一段话，纳兰性德那文武双全又豁达的形象顿时跃然纸上。

难能可贵的是，在这样危险的执行任务的过程中，纳兰性德还是抓紧一切可以利用的时间，把自己在这一路上所见到的，都记录下来，写成诗词。

俨然一位豪爽的英雄豪杰、江湖侠客。

纳兰性德一行人圆满地完成了任务，他们又平安地返回了京城。

这场收复领地的战争，纳兰性德只参与了前半部分，对于结局，他却无缘得见。

不是因为他能力不够，没有资格参与，而是上苍终究舍不得自己的宠儿，把纳兰性德召回了自己的身边。

第三节　江南好

江南好，怀古意谁传。燕子矶头红蓼月，乌衣巷口绿杨烟。风景忆当年。（《忆江南》）

金陵，观音门外长江边，燕子矶三面悬绝临水，仿佛一只就要临空飞去的燕子一般，其景甚奇、甚险，悬崖下惊涛拍岸，卷起千堆雪。

燕子矶乃是金陵一名胜，来来往往游客很多。在这些游客中，有一年轻公子翩然而来。

他远远地看着那陡峭的仿佛临空燕子一样的山石，看着燕子矶四周无数的红蓼带着旺盛的生命力在悬崖峭壁上顽强地盛开着，肆意张扬着它们短暂的生命。

人们来来往往，他们只是风尘仆仆的，来了又去，在长江水滚滚东去的浪涛声中重复着日出日落，重复着柴米油盐的平凡生活，最后渐渐老去，一年又一年，只留下燕子矶巍然耸立在江岩之上，看着人世间的一切。

燕子矶下，并无江南水乡的温婉秀美、安静宁和。它是陡峭的，甚至带着东坡学士笔下的"惊涛拍岸，卷起千堆雪"的气势，但饶是如此，当银白色的月光柔柔地洒下来，一弯新月斜斜地挂在天际之时，燕子矶下的江水也缓缓地沉静下来，只是轻轻地拍击着岸边的岩石，发出沙沙的响声。

金陵乃六朝古都，燕子矶何时矗立在此，无人可知，无处可考，但它就这样静静地立在长江岸边，看着改朝换代，看着昔日王谢堂前燕，不知什么时候飞入了寻常百姓家。

金陵东南文德桥南岸，便是乌衣巷。

东晋时期士族风流不羁，王导、谢安两大家族中也是名士尽出，那"未若柳絮因风起"的谢道韫，还有那"书圣"王羲之，无不是名满天下的名士，王、谢两家子弟裙屐风流，又喜黑衣，人称"乌衣郎"。

那时，谢安在淝水以少胜多，草木皆兵、风声鹤唳，大败了苻坚的秦军。

那时，谢道韫刚刚成为王凝之的妻子、王羲之的儿媳，夫妻恩爱相笃。

那时，王、谢两家的少年儿郎们，穿着流行的黑色衣裳，风流偶傥，出入不羁。乌衣巷口，夕阳又再一次斜斜地把最后的阳光洒落在地面上，把人拉出长长的影子。

当纳兰性德行走在乌衣巷口那翠绿的杨柳之下，也许会有种错觉，仿佛他是自千年前缓缓行来的东晋名士，带着浑身的书墨香，在淡淡的烟雾缭绕之间渐渐走来。

夕阳，仿佛把千年的时光都凝固在了乌衣巷那古老的青石板路上。

凝固在了巷口婀娜的杨柳枝间。

于是纳兰性德也说："江南好，怀古意谁传。燕子矶头红蓼月，乌衣巷口绿杨烟。风景忆当年。"

只不过，他忆的是哪个当年？如今早已说不清，但纳兰性德陪同康熙南巡到了金陵的时候，见到的燕子矶与乌衣巷，毕竟让他抒发了一通心中的怀古之意。

江南好，是白居易的"能不忆江南"。

是他的"何日更重游"。

更是他的"早晚复相逢"。

却不是纳兰性德的"风景忆当年"。

回忆当年那王谢子弟，乌衣偶傥，在物是人非的千年时光流转中，渐渐模糊了面容，只有影影绰绰的身影，在燕子矶头、乌衣巷口，烟雾般缭绕着，述说着千年前的风流宛转。

别后闲情何所寄，初莺早雁相思。如今憔悴异当时。飘零心事，残月落花知。

生小不知江上路，分明却到梁溪。匆匆刚欲话分携。香消梦冷，窗白一声鸡。（《临江仙·寄严荪友》）

纳兰性德作为皇帝的御前侍卫，随身近臣，比其他大臣与皇帝接触的时间要多，但侍卫是不参政的。虽然是有品级的军官，也并不统兵，他们与军政大事保持着一定的距离，职责只是保护皇帝的安全。

其实这么一想，也许御前侍卫是最适合纳兰性德的职位。

他素来不喜欢政治，本来也不想进入官场，但是因为家庭与出身的特殊性，让他不得不违背自己的意愿，走上原本不想走的路，而御前侍卫这个职位对他来说，或许是不错的选择了。

康熙皇帝一生六次南巡，并不是为了游山玩水去的，而是为了考察黄河水患、体察民情、整顿吏治，同时消泯满汉之间的对立情绪，笼络人心。这六次南巡，对稳定江南局势起到了积极的作用，同时最值得称道的是，长期肆虐让人束手无策的黄河水患，在康熙第六次南巡的时候，就已经基本上得到了控制，这大概就是康熙南巡最值得肯定的政绩了。

皇帝出巡，那阵势用千军万马来形容也不为过。为了迎接皇帝的驾临，翻修道路、修建凉亭驿馆，凡此种种，都是劳民伤财的。

曹寅深得康熙宠信，六次南巡，有四次是住在曹寅家，外人看来荣耀无比，但是也因此给曹家造成了经济上的重大亏空。虽然江南织造是个肥缺，但是自曹寅上任以来，亏空高达三百万两的巨额。

当然，这是后话，而在康熙第一次南巡的时候，随行的侍卫中就有刚升为一等侍卫的纳兰性德。

对康熙皇帝来说，下江南是君临天下的气概，是看自己的大好河山。

所以，康熙是志得意满的。

甚至在乘船来到黄天荡，突然遇到狂风大作的时候，其他人惊慌失措，急忙去降下船帆，他却神色如常，下令升帆顺风而行，站立船头，射杀江豚。

当时年轻的康熙皇帝，是颇有着一股睥睨天下的霸气的。

在这次下江南的途中，纳兰性德写了一系列的《忆江南》。

在这组《忆江南》中，纳兰性德把自己一路上的所见所闻悉数写了进去，一时之间，传唱甚广。

但是对纳兰性德来说，平时只能在朋友口中听到的地方风物，想不到今天都真的看到了。

"生小不知江上路，分明却到梁溪。"

梁溪，是无锡西边的一条小河，有时候也作为无锡的代称。而无锡，正是纳兰性德的好友顾贞观与严绳孙的故乡。

纳兰性德行到无锡，看见这位好友的手迹处处皆是，所谓"别后闲情何所寄"，如今身在他乡，却处处都能见到好友曾经留下的足迹与题铭，这让纳兰性德觉得是在用一种奇妙的方式，与好友们一一重逢。

当然，纳兰性德知道，在江南还有一位好友，也在等待着自己的到来，等待着两人的重逢。

那人便是曹寅。

第四节　好友曹寅

籍甚平阳，美奕叶、流传芳誉。君不见、山龙补衮，昔时兰署。饮罢石头城下水，移来燕子矶边树。倩一茎、黄栋作三槐，趋庭处。

延夕月，承晨露。看手泽，深余慕。更凤毛才思，登高能赋。入梦凭将图绘写，留题合遣纱笼护。正绿阴、青子盼乌衣，来作暮。

（《满江红》）

这首《满江红》，有个副标题叫作"为曹子清题其先人所构楝亭，亭在金陵署中"，那曹子清是谁呢？就是《红楼梦》的作者曹雪芹的祖父，鼎鼎大名的曹寅。

曹寅的母亲孙氏是康熙皇帝的保姆，而曹寅因为和康熙年纪差不多，一直陪伴在他的身边，一起长大。十七岁的时候，曹寅当上了康熙的侍卫，两人之间的关系十分亲密。在康熙十一年，曹寅和当时十八岁的纳兰性德一起，在顺天府的乡试中双双考中举人。

纳兰性德与曹寅曾经共同担任康熙的侍卫长达八年之久，两人的交情十分深厚。当时纳兰性德在服侍康熙皇帝之外，还要负责照顾御马。而曹寅则是负责养狗的头领。

两人同样是御前侍卫，又同样养马遛狗，在开玩笑的时候，都还拿对方的这段经历来互相取笑。

忆昔宿卫明光宫，楞伽山人貌姣好。马曹狗监共嘲难，而今触痛伤枯槁。

纳兰性德辞世之后，有一次聚会，曹寅想起故去的好友，曾这样用诗句来表达自己对纳兰性德的悼念之情。

"楞伽山人"是纳兰性德的号，曹寅在诗中自嘲一般回忆起，当年同在明光宫当侍卫的时候，纳兰性德年少英俊一表人才，居然也来做这"弼马温"的活计，"马曹狗监"，其他交好的同事便借此开他玩笑，无伤大雅，但是如今纳兰性德却已离众人而去，回想起来，很是伤感。

曹寅不愧是与纳兰性德"一起玩儿大"的少年玩儿伴，即使后来曹寅外放官职，两人之间的友谊依旧没有半点儿改变，就如少年时候那样。

多年之后，曹寅在题咏张纯修所作的《楝亭夜话图》的时候，不光是回忆了昔日同在宫中当值时期的欢乐时光，更是在词中叹息道："家家争唱饮水词，纳兰心事几曾知？"

写这首诗的时候已经是纳兰性德故世十年之后，如今，他的

纳兰性德词传·人生若只如初见

词名已天下皆知,《饮水词》家喻户晓,可如人饮水,冷暖自知,纳兰性德的心事,又有多少人能真正地明白呢?

除了他自己,谁也无法明白这位贵公子的内心。

其实很多人都只知道曹雪芹是文学大家,一部《红楼梦》震古烁今,成为我国文学史上不朽的巨作,可又有多少人知道,曹雪芹的祖父曹寅也是通晓诗词、精通音律的文雅之士呢?

他曾经主编《全唐诗》,著有《楝亭诗抄八卷》《诗抄别集四卷》《词抄一卷》《词抄别集一卷》《文抄一卷》等作品,还有种说法,说戏剧《虎口余生》与《续琵琶》的作者也是曹寅。

因为曹寅精通诗词戏曲,所以营造出曹家浓郁的文化艺术氛围,而曹雪芹在这样的环境中长大,也是精于文字,最后才写出了《红楼梦》这部不朽的巨著。

大概是由于祖父曹寅与纳兰性德的这层关系,曹雪芹在塑造贾宝玉这个人物形象的时候,很明显融入了纳兰性德的一些特质与影子。

当《红楼梦》面世以后,人们都纷纷考证贾宝玉的原型就是纳兰性德。清朝的经学大家俞樾曾在自己的书中这样写道:"《红楼梦》一书,世传为明珠之子而作。明珠子名成德,字容若。"

后来,乾隆年间的时候,大臣和珅把《红楼梦》进呈给乾隆皇帝,乾隆皇帝看完之后掩卷道:"这不写的就是明珠家的事情吗?"

下面这段记载出自赵烈文的《能静居笔记》:

曹雪芹《红楼梦》,高庙(指乾隆)末年,和(和珅)以呈上,然不知其所指。高庙阅而然之,曰:"此乃为明珠家事作也。"后遂以此书为珠遗事。

虽然说纳兰性德就是贾宝玉的原型的说法模棱两可,而《红楼梦》即明珠家事的这种论点也有点儿牵强附会,但无论如何,曹雪芹在写作的时候,将自己的家事、自己的经历,再加上从父辈们那儿知道的关于明珠家族的事情,相互融合在了一起,最后写进了小说之中,这种可能性并不是没有。

"今宵便有随风梦,知在红楼第几层?"

情殇 一片伤心画不成

『谁念西风独自凉，萧萧黄叶闭
疏窗。沉思往事立残阳。

被酒莫惊春睡重，赌书消得泼茶
香。当时只道是寻常。』

康熙十六年，卢氏因产后患病，
于五月三十离世。

她永远离开了纳兰性德。

第一节　爱妻亡故

那是康熙十六年。

对于纳兰性德来说，这原本该是欢喜的一年。

这一年，父亲明珠从吏部尚书升为武英殿大学士，位极人臣，权倾朝野。

也在这一年，妻子卢氏身怀有孕，算算日子，四月就要临盆了。

这个即将诞生的孩子并不是纳兰性德的长子。之前，妾室颜氏就已经为他生下了一个儿子，取名叫作富格。

作为明珠家孙辈的长子，富格这时还小，只知道自己要做哥哥了，欢喜着，盼着小弟弟早日降生。

不光是小小的富格，府里上上下下所有人都在盼望着这个孩子的出世。

116

纳兰性德更是分分秒秒都在数着，盼着，期待着孩子的降生。

四月的时候，卢氏顺利地产下了一子，起名海亮。

当府里上上下下的人都还沉浸在新生命诞生的喜悦中时，噩运却悄然地降临到了卢氏与纳兰性德的头上。

一个月后，卢氏因为产后受了风寒，缠绵病榻，终于在五月三十那天永远地闭上了双眼，离开了她刚刚出生的孩子，离开了她深爱的丈夫。

"憔悴去，此恨有谁知。天上人间俱怅望，经声佛火两凄迷。未梦已先疑。"

有时候幸福是那么美好，可美好的幸福总是那么短暂，短暂得几乎是弹指间匆匆而过，刹那间便已暗转了芳华。

执子之手，与子偕老。

他以为自己能够与卢氏一起天长地久，哪知所有的海誓山盟在无情的命运面前，不过都是一句轻飘飘的笑话。

纳兰性德这才惊觉，原来所谓的"与子偕老"，简简单单四个字竟是如此遥远，穷尽一生的时光，却再也无法实现。

辛苦最怜天上月，一昔如环，昔昔长如玦。但似月轮终皎洁，不辞冰雪为卿热。

无奈钟情容易绝，燕子依然，软踏帘钩说。唱罢秋坟愁未歇，春丛认取双栖蝶。（《蝶恋花》）

当初陪着自己赏月的人，现在又在哪里？

看着天边的明月，纳兰性德这样喃喃自语。

"辛苦最怜天上月"，可怜月亮每一晚都高高地挂在天上，却总是亏多盈少，一月之中，只有那么一两天的时间才是圆满的，其他的时候夕夕都缺。

如果上苍真的能让月亮每晚都圆满无缺，那么，我们也就能永远幸福地在一起，永不分离了吧！

纳兰性德这样向月亮默默祈祷着。

但是月亮无言，只是静静地看着人世间一切的悲欢离合，把银白色的月光温柔地洒向世间的每一个角落。

却唯独照不到人的内心。

看着天空中的圆月，纳兰性德想着，若是天路能通，自己就能再度与爱人相见了吧！

"不辞冰雪为卿热"，多么美好的故事。

那痴情的男人为了重病的妻子，不惜在寒冬腊月脱光衣服，让风雪冰冷自己的身体再与妻子降温，只是，这般痴情又如何？他心爱的妻子最终还是与世长辞，而这痴情男子最后也病重不起，追随妻子而去。

即使世人都纷纷斥责这个男人沉迷于儿女情长，但纳兰性德却从未觉得。在他的心中，在世人看来"不正常""不理性"的种种举动，是如此正常，可以感同身受。

大概因为他们都是同一类人吧！

所以，才"不辞冰雪为卿热"。

如果上天能让我们再度相聚，如果上天能让我们再度幸福地厮守在一起，那该有多好！

如果说纳兰性德的《侧帽集》，还带着少年郎不知人间疾苦、潇洒不羁的风流，那后来的《饮水词》当真就如标题所言一样，如人饮水，冷暖自知，个中的滋味，只有他自己知道。

经历了丧妻之痛，亲眼见证了生命的诞生，又亲眼见到挚爱的人逝去，此时的纳兰性德早已不是当年意气风发的少年郎，在他的心中，已经不可避免地笼上了一层忧伤的色彩。

卢氏的故去，并未随着岁月的流逝而在纳兰性德的心中逐渐黯淡，反而越来越清晰，最终，化为他笔下一首又一首的悼亡词。

纳兰性德的好友顾贞观曾经这样说过："容若此一种凄婉处，令人不能卒读，人言愁我始欲愁。"

也正好说明了纳兰性德写与亡妻卢氏的悼亡词，哀婉清丽，情真意切，令人看了感同身受，肝肠寸断。

谁念西风独自凉，萧萧黄叶闭疏窗。沉思往事立残阳。

被酒莫惊春睡重，赌书消得泼茶香。当时只道是寻常。（《浣溪沙》）

纳兰性德与卢氏，少年夫妻，恩爱缠绵，但幸福的日子却只不过短短三年。

当幸福远去，以前在一起的点点滴滴，便清清楚楚地涌上心头，来回萦绕，刻骨铭心。

那些平凡幸福的夫妻生活，当时看来，随处可见，随时可见，就像呼吸一般自然，自己也从来不曾去留心过，但为何如今回想起来，却是每一点每一处，甚至对方说过的每一句话，都那么清楚。就像是融入了自己的骨血之中，随着时间的流逝，不但没有逐渐遗忘，反而更加清晰。

卢氏亡故，已经不知过了多久。

对纳兰性德来说，这段时间简直是度日如年呀！时间似乎已经没有了意义，日出日落，连他自己都数不清楚了，只清楚记得，那一天，当他得知噩耗，失魂落魄地走进房间的时候，她就躺在那儿，面容温柔，仿佛只是睡着了一样，双目却紧紧闭着，再也没有睁开。

她是睡着了吧？如果一直呼唤她的芳名，是不是就能再度醒来，微笑着，和以前一样，在自己的耳边喁喁细语？

但是，她已经走了，永远地离开了自己的孩子，离开了自己心爱的丈夫。

她走得那样仓促，快得让所有的人都反应不过来，快得连话都没留下，更遑论告别。

短短三年的幸福，如今随着她的离去而散成了风中的飘絮，就像那一片片西风中的落叶，带着秋天瑟瑟的寒意，缓缓飘去。

在全府的悲伤中，纳兰性德失魂落魄一般，任由其他人忙碌地操劳丧事，自己只是呆呆地站着，魂魄早已不在此处。

他第一次觉得，面对生死，自己是如此无能为力，当噩运突然来临，他竟毫无招架之力，只能眼睁睁地看着残酷的命运无情地带走自己心爱的妻子。

原来那些曾经让人艳羡的幸福，只不过是为了让他从云霄之上高高地摔下，伤得更痛，伤得更深。

悲伤的并不只纳兰性德一人，对明珠与觉罗氏来说，失去了这么一位近乎完美的儿媳妇，也是无法弥补的遗憾，他们也感慨着，悲伤着，既为了卢氏的年少而亡，也是为了儿子的丧妻之伤，更有着对失去卢氏家族——封疆大吏势力支持的惋惜。

颜氏则一直安安静静地表达着自己的伤痛。

她并没有趁机妄想去争夺卢氏的位子，而是照顾卢氏刚刚生下的儿子——海亮，尽心尽力地照顾着这个失去母亲的婴儿，这是她表达自己对卢氏的敬意和伤痛的方式。

唯一有权完全浸入悲伤的，只有纳兰性德。

突如其来的噩耗让他至今还无法相信，温柔的妻子已经永远地离开了自己。所以，他几乎是放任自己被悲伤全然地侵蚀。

花草树木，楼台亭阁，甚至池子里的莲花、金鱼，每一处仿佛都还能看到妻子那纤细的身影。

就像从来不曾离去。

每一处妻子曾经待过的地方，空气中似乎还有着她身上那淡淡的、熟悉的香气。

当初两人携手共同走过的走廊，如今看起来，竟那么长。

当初两人共读的书房，如今看起来，竟那么空旷。

以前种种甜蜜的回忆，现在回想起来，竟泛出了苦涩的味道。

在卢氏的丧礼结束之后，府中的其他人就各自回到了自己生活的轨道上。

他们并没有多余的时间来悲伤。

只有纳兰性德。

卢氏的死给了他沉重的一击，在心中留下了永生都无法磨灭的伤痕。

好在这一年的秋冬，康熙皇帝下了命令，让纳兰性德担任乾清门的三等侍卫。

有了公职在身，原本赋闲的纳兰性德也忙碌起来。

这样也好，忙碌着，有着其他的事情分心，至少就不会再时时刻刻地想着卢氏了吧!

纳兰性德这样天真地想着。

可是，思念不是这么轻易就能从脑子里被驱赶出去的。

工作再繁忙，任务再沉重，也总有做完的时候，每当这个时候，对卢氏那刻骨铭心的思念之情就会从每一个角落悄悄地出来，在心中萦绕，挥之不去。

在卢氏逝世之后，纳兰性德似乎突然对易学有了浓厚的兴趣，书桌上堆满了古今各大易学家的著作。

他一头扎了进去，如饥似渴地吸收着这全新的知识。

这天并未轮到纳兰性德去乾清宫当值，他从一大早开始就钻进了书房，全神贯注地阅读那些大家的著作，沉浸在自己的世界里，对时光的流逝完全没有察觉。

直到传来轻轻的敲门声，他才发觉太阳已经移到了西边，夕阳西下。

啊，是了，已经这么晚了。

轻轻的敲门声再度传来，纳兰性德想也不想地就唤着卢氏的名字。

以往，每当自己看书忘了时间，忘了用餐的时候，卢氏总会贴心地替他端来饭菜，温柔地提醒他不要太过废寝忘食，累坏了身体。

所以，当听到门外传来敲门声的时候，他几乎是条件反射地，想也不想就脱口说出卢氏的名字。

那端着饭菜的温柔女子闻声，脸上的笑容微微凝固了一下，旋即带上一丝无可奈何，还有一丝悲伤。

她素来沉静惯了，如今，也只是恭敬地把饭菜放到桌上，然后有些担心地看了看自己的丈夫，才依依不舍地离开。

看着颜氏远去的身影，纳兰性德一时竟说不出话来。

当他面对这位安静的女子，却脱口唤出卢氏的名字的时候，他清楚地看到了，颜氏脸上那一抹无奈的神情。

如果卢氏……如果卢氏还活着的话，那么，刚才送饭菜来的人，便应该是她了吧!

当敲门声响起的一刹那,纳兰性德几乎有种卢氏还未离去,马上就会推门而入的错觉。

桌上的饭菜渐渐凉了,纳兰性德却依旧毫无食欲。

他只是站在窗前,看着窗外逐渐西沉的夕阳,还有夕阳下,空荡荡的庭院。

"谁念西风独自凉",这样的七个字突然钻进他的脑子里。

许久之后,纳兰性德轻轻地关上了窗户。

那被瑟瑟的秋风吹落一地的萧萧黄叶在空中飞舞着,缓缓飘落在地,说不出的凄凉。

纳兰性德不忍再看,转过头去。

他无法阻止时光的流逝,更不能阻止秋叶的飘落。

就如他只能看着妻子逝去,无能为力一样……

如果她还在……

如果她还在身边,看到窗外落叶纷纷飘下的情景,会说些什么呢?

她总是微笑着,对所有的人、所有的事都那么温柔……

自己喝醉了,躺在床上沉睡不起,任凭身旁的人儿怎么呼唤,都装睡,在对方无可奈何的时候,才悄悄地睁开眼睛……

浮现在脑海之中的,都是多么美好的回忆啊,两人之间的心灵契合,是如此幸福。

"被酒莫惊春睡重,赌书消得泼茶香。"

这些,不都是当时自己与卢氏曾经做过的事情吗?

李清照《金石录后续》有一则记载:

余性偶强记,每饭罢,坐归来堂烹茶,指堆积书史,言某事在某书某卷第几叶第几行,以中否角胜负,为饮茶先后。中,即举杯大笑,至茶倾覆怀中,反不得饮而起。

当初,自己与卢氏,不就像赵明诚与李清照一般诗情画意、一般恩爱吗?

那些相处的片段,回想起来,分明只是些寻常的琐事而已,寻常的日子，寻常的时光。

本来以为会一直这么寻常下去，哪知道，在一起的日子只不过短短的三年。

当时只道是寻常。

恩爱再笃又如何？却抵不过命运的残酷。

就像赵明诚与李清照，终究，赵明诚还是先舍李清照而去，而自己，却是被卢氏先遗落在了这人世间。

如果我们能够回到从前，是不是就能再度相见？

心爱的人儿啊，你怎么可以如此狠心，把"我"独自遗落在这苍茫的人世间？在无尽的岁月中独饮回忆酿成的苦酒，永醉于痛苦的哀悼之中，夜夜沉沦。

古往今来，写过悼亡词的人不在少数，但没有人能像纳兰性德这样，十年如一日，无时无刻不在思念着亡妻，把对妻子的思念写进词中。

从卢氏刚刚亡故后的"判把长眠滴醒，和清泪、搅入椒浆"，到跟随康熙皇帝北上南巡之后的"旧欢如在梦魂中，自然肠欲断，何必更秋风"，我们可以看得出来，即使经过了这么多年，纳兰性德对卢氏的思念之情，并未因为时光的流逝而有丝毫的改变，仿佛妻子的离去永远都是昨天的事情一样。

说纳兰性德是情种，当真一点儿都不为过。

只是强极则辱，而情深，却是不寿……

第二节　悼亡词

青衫湿遍，凭伊慰我，忍便相忘。半月前头扶病，剪刀声、犹共银釭。忆生来、小胆怯空房。到而今，独伴梨花影，冷冥冥，尽意凄凉。愿指魂兮识路，教寻梦也回廊。

咫尺玉钩斜路，一般消受，蔓草残阳。判把长眠滴醒，和清泪、搅入椒浆。怕幽泉、还为我神伤。道书生薄命宜将息，再休耽、怨

粉愁香。料得重圆密誓，难禁寸裂柔肠。（《青衫湿遍》）

在词牌中，并没有《青衫湿遍》这个词牌名，也许这是纳兰性德自创的新名吧，却也是他无数悼亡词中，最早写给亡妻的一首。

这首词作于康熙十六年，大概六月中旬，那时候，卢氏亡故刚刚半个月。

想必这正是纳兰性德最伤心欲绝的时候吧。

思念亡妻，泪如雨下，以至于青衫湿遍，于是才有了这首《青衫湿遍》。

悲伤的眼泪把衣衫都给打湿了，还妄想着能听到你安慰的声音，可是，如今早已成了一场虚幻。

人们说这首词大概是纳兰性德的悼亡词中最早的一首，依据应该就是这句"半月前头扶病"了。

半月前，卢氏产后受寒，病重而亡。

他如何才能控制住自己不去想念亡妻？

他如何才能控制住自己不去寻找亡妻的身影？

真的是很难啊！

夜深了，烛火亮了起来。看着摇曳的烛火，仿佛耳边又响起了烛剪的声音，仿佛还能看到，卢氏一双纤手执着银剪，正小心地剪去灯花，好让烛火更加明亮。

每晚，妻子都会像这样，安静地陪伴着自己看书。如今，书依旧，烛依旧，房依旧，人却不见了影踪。只有窗外凄凄冷冷的梨花影子，说不出的凄凉。

在这首词里，我们见到的是纳兰性德对妻子最深切的怀念，还有无尽的悲伤。

看到烛火，会让他想起亡妻，而其他的事物呢？

纳兰性德的词里很擅长用一些日常所见的事物来表达自己的心情。也许当真是伤心人别有怀抱，在他眼中，剪刀、烛火、梨花、回廊……这些平时再寻常不过之物，如今却是那么凄凉，仿佛都在无言地述说着悲伤之意。所以越发显得他的词清新自然，不事雕饰。

纳兰性德词传·人生若只如初见

自然，也让我们如今读起来，只觉口齿噙香。

最后再说一下"青衫湿遍"这个词牌名，它应该是纳兰性德自创的，而"青衫湿遍"很明显是出自白居易的《琵琶行》："座中泣下谁最多，江州司马青衫湿。"

纳兰性德以此句作为新词牌名，个中含义，不言而喻。

他还写过一首词，词牌名与《青衫湿遍》颇为相似，只差了一个字，也是悼亡词。那便是《青衫湿》，全词如下：

近来无限伤心事，谁与话长更？从教分付，绿窗红泪，早雁初莺。

当时领略，而今断送，总负多情。忽疑君到，漆灯风飐，痴数春星。

这是一首小令，一如他平时的风格，清婉凄凉，饱含深情。

最近伤心的事情一件接一件，要向谁述说呢？而最伤心的，莫过于午夜梦回的时候，想起亡妻的音容笑貌，恍如隔世了吧！

丁巳重阳前三日，梦亡妇淡妆素服，执手哽咽，语多不复能记。但临别有云："衔恨愿为天上月，年年犹得向郎圆。"妇素未工诗，不知何以得此也，觉后感赋。

瞬息浮生，薄命如斯，低徊怎忘。记绣榻闲时，并吹红雨；雕阑曲处，同倚斜阳。梦好难留，诗残莫续，赢得更深哭一场。遗容在，只灵飙一转，未许端详。

重寻碧落茫茫。料短发、朝来定有霜。便人间天上，尘缘未断；春花秋叶，触绪还伤。欲结绸缪，翻惊摇落，减尽荀衣昨日香。真无奈！倩声声邻笛，谱出回肠。（《沁园春》）

"上穷碧落下黄泉，两处茫茫皆不见"。

当初在读到白居易的《长恨歌》之时，纳兰性德怎么也不会想到，有一天，自己也恨不得能如此做吧？

恨不得能够"上穷碧落下黄泉"，只要能再度见到心中的那一抹倩影。

那是丁巳年，是卢氏亡故的那一年。

已经快到重阳节了，府中的人为了这个节日都开始忙碌起来。

看着众人准备糕点，做好了过节的准备，纳兰性德却不由想到，若是她还活着，此刻也是和其他人一样，采摘茱萸，做着重阳糕，准备菊花酒吧。

就像去年的重阳节一样。

但是，当今年的重阳节再度来临，那柔美的身影却早已成了永诀。

只有在梦中才能再度相见了吧。

日有所思，夜有所梦，于是，就在重阳节的前夕，纳兰性德终于在梦中见到了自己心爱的妻子。

"丁巳重阳前三日，梦亡妇淡妆素服，执手哽咽，语多不复能记。"

梦中，妻子一身素服，雪白的衣裳，依旧是那么清丽，依旧是那么温雅柔美，与记忆里相比，丝毫没有改变，只是，以前总是带着温柔笑容的她，如今却是愁容满面，双目含泪。

即使是在梦中，再见到心爱的妻子，早已是惊喜交加，喜极而泣。

眼泪模糊了双眼，周围的一切都看不清楚了，只有妻子的身影还是那么清晰。

执手相看泪眼，竟无语凝噎。

千言万语，说了些什么，后来回想起来，竟是一句都不记得了，眼中只有妻子含泪的双眼，还有依依不舍的悲伤表情。

不……还记得一句……

那是在临别之时，妻子说的最后一句话。

"衔恨愿为天上月，年年犹得向郎圆。"

"我"是那么舍不得你，如果能变成天上的月亮，那么定会每一年都陪伴着你，月长圆。

妻子虽然知书达理，却从来不擅长作诗的啊，为什么会向自己说出这样的两句诗来呢？

梦总是会醒的。

纳兰性德醒来之后，回想起梦中所遇，悲伤不已，当下披衣起床，就写下了这首《沁园春》。

"瞬息浮生，薄命如斯，低徊怎忘。"

第一句，就写出了自己满腔的惋惜之情。

浮生如此，卿却如此薄命，那些欢乐的日子还未在岁月里沉淀，就已经变成了过去的回忆，点点滴滴在心里，如何能忘得了？

那是多么欢乐的记忆啊！

闲暇的时候，双双躺在绣榻之上，看那窗外桃花乱落如红雨。

日落的时候，便倚在长廊边，看着夕阳渐渐沉向西边。

如今回想起来，那些快乐的回忆，竟像是一场梦一样，偏生又美好得仿若诗篇。

如果是梦，为什么好梦总难圆？

如果是诗，为什么却是诗残难续？

如今却只能痛哭一场，无能为力。

即使在梦中再见了爱人的容颜，却是像快捷的风一样转瞬即逝，还未来得及细细端详，述说自己的相思之情，爱人的身影便已经飘然远去。

梦醒之后，眼前只有空荡荡的房间，哪里还有妻子的身影？

那熟悉的音容俱逝，天地茫茫，"上穷碧落下黄泉"，却依旧是两处茫茫皆不见，无处可寻，无处可找，不胜凄凉。

曾为纳兰性德之师的徐乾学，后来评价纳兰性德的词，是"清新秀隽，自然超逸"。而纳兰之词，胜在"自然"二字，在他的悼亡词中，更是仿若自肺腑流出一般，情真意切。

如果不是这一片真挚的感情，如今我们在读纳兰词的时候，还会为之感动、为之潸然泪下吗？

> 泪咽更无声，止向从前悔薄情。凭仗丹青重省识，盈盈。一片伤心画不成。
>
> 别语忒分明，午夜鹣鹣梦早醒。卿自早醒侬自梦，更更。泣尽风檐夜雨铃。（《南乡子·为亡妇题照》）

文武双全，用来形容纳兰性德，自是一点儿也不夸张，而除了擅长写词之外，其实他的画技也是十分不俗。

纳兰性德曾经专门请过师傅来教授他绘画,在他的好友之中,严绳孙以擅长绘画出名,被人以倪瓒称之。严绳孙的山水画深得董其昌恬静之意,他又十分擅长画人物、楼阁、花鸟,尤其擅长画凤凰,翔舞竦峙,五色射目。有这样一位绘画大师在自己的身边,纳兰性德的画技也是相当不错的。

因为英年早逝,纳兰性德并未在画坛上留下盛名,但其画技用来描绘亡妻的容貌,却已足够。

也许是在某一天的夜里,纳兰性德突然想起那个名唤"真真"的女孩子的故事。

记不清是什么时候了,他与妻子共读唐人杜荀鹤的《松窗杂记》,看到了这个关于一幅画的故事。

唐代的时候,一个名叫赵颜的人请了位著名的画家为他绘制屏风,屏风上画着一位非常美丽的侍女,赵颜便感慨道:"如果她是活的便好了,我定要娶她为妻。"画师听了便说:"这有何难?此女名唤真真,只要你呼其名昼夜不歇,她便会答应,后以百家彩灰酒喂她喝下,便能活。"

赵颜当真照画师的话做了,昼夜不停,一直呼唤着真真的名字,在第一百天的时候,屏风上那美丽的女子竟然当真开口说话了:"我在此。"赵颜大喜,当下就按照画师所教,用百家彩灰酒喂她喝下,那女子翩然而下,活生生地站在赵颜的面前。年底的时候,赵颜与真真有了一个孩子,两人十分恩爱。然而,正如一切的志怪小说中必然会有的情节一样,两年后,一位友人对赵颜说:"此女必妖,当除之。"并且给了赵颜一把宝剑。赵颜也开始怀疑起自己的妻子来。疑心才动,真真就已经知道了,哭泣着对丈夫说道:"君百日呼妾名,为使你达成心愿,我才走下屏风,如今生疑,我不可能再与你在一起了。"说完,便抱着孩子,一步一步慢慢地后退,就像来时一样,回到了画中,再度成为画上不会动也不会说话,更不会哭不会笑的人物形象。和以前唯一不同的是,画上多了一个孩子,那正是赵颜与真真所生的孩子。此时,赵颜才后悔不迭,再度呼唤真真的名字,却再也无法得到画中人的回应,徒留惆怅与枉然，还有后悔与伤心。

纳兰性德记得清清楚楚，自己与卢氏讲述这个故事的时候，妻子是如何惊叹故事的神奇，又是如何惋惜结局的惆怅。可如今，故事仿佛还在耳边，那听故事的人去了哪里？

也许是受到这个故事的启发，纳兰性德画了一幅亡妻的画像，并在一旁题上了这首《南乡子》。

如果自己对着这幅画像，也像赵颜那样，昼夜不停呼唤着卢氏的名字，一直呼唤一百天，是不是卢氏就能像故事里的真真那样，也从画中走下来，与自己再度相聚？

很难说，纳兰性德没有这样试过。

他是那么的孩子气，带着未曾变过的纯真，在这个充满荆棘的世界中艰难地跋涉前行，被残酷的命运一次又一次地伤害。他无力去改变这个世界，只能无奈地承受。

昔日唐朝诗人高蟾曾经这样写过，"世间无限丹青手，一片伤心画不成"。

如今，自己虽然描绘出了亡妻的笑貌，可其中的伤心无奈，又如何才能画出来呢？

就像后来他又写的另外一首《虞美人》。

春情只到梨花薄，片片催零落。夕阳何事近黄昏，不道人间犹有未招魂。

银笺别记当时句，密绾同心苣。为伊判作梦中人，长向画图清夜唤真真。

如果"我"也像赵颜一样，日日夜夜都呼唤你的名字，是不是在午夜梦回的时候，你就会再度出现在"我"的面前？

然后，白头偕老。

第三节　着意佛法

抛却无端恨转长。慈云稽首返生香。妙莲花说试推详。

但是有情皆满愿，更从何处著思量。篆烟残烛并回肠。(《浣溪沙》)

纳兰性德开始对佛法感兴趣，是他在双林禅院居住的那段日子里。他博览院中所藏的佛学典籍，以慰亡妻之痛，从而开始渐渐地进入了佛法的世界。

当人在遭遇不幸时，通常会把自己的目光转向探求生命奥义的宗教世界。

不能说当时纳兰性德就是绝望的，但卢氏的死确确实实给了几乎没怎么经历过挫折的纳兰性德沉重一击，让他彻底地明白，命运才是永远不可抗拒的，在这样的情况下，他开始逐渐地进入了佛法的世界。

纳兰性德为妻子卢氏守灵的双林禅院，就在现在的北京阜成门外的二里沟。当年幽静清雅的禅院，如今变成繁华的街道，车如流水马如龙，哪里还找得到当年那清雅佛地的半点儿踪影？

当年，灵柩被送到了这里，在那段时间，纳兰性德都是滞留在这座清雅的禅院之中的。

暮鼓晨钟为伴。

眼前所见，是佛前的香火灯烛；耳中所闻，是佛经梵音。在这样的氛围之中，纳兰性德开始有意识地看起佛经来。

"佛说楞伽好，年来自署名。几曾忘宿慧，早已悟他生。"

在他的《渌水亭杂识》中，有很多关于他对佛法的见解和看法，可以看得出来，纳兰性德读过不少的佛法书籍，也可见他对佛法的重视。

佛教在汉代的时候传入中国，与中华文化相互结合之后，便成了中国传统文化的一个重要组成部分，带上了中国文化特有的性质。

纳兰性德在《渌水亭杂识》中这样写道：

儒道在汉为谶纬所杂，在宋为二氏所杂。杂谶纬者粗而易破，杂二氏者细而难知。苟不深穷二氏之说，则昔人所杂者，必受其瞒，开口被笑。

意思是说，儒学在汉代的时候混入了谶纬之学，在宋代的时候混入了佛学。混入谶纬之学，粗陋而容易被看破，混入佛学则会太过精细而难以理解。如果不深入了解与研究佛学，则无法理解其中的精妙之处，开口讨论，会被嘲笑。

纳兰性德是主张"深穷二氏之说"，同时也指出："三教中皆有义理，皆有实用，皆有人物""大抵一家人相聚，只说得一家话，自许英杰，不自知孤陋也。读书贵多贵细，学问贵广贵实。"

显然，这里所指的"书"，乃是指佛学之书，而所说的"学问"，自然也指的是佛教的学问。纳兰性德认为，读书不应该局限于一种学问，要想真正学到知识，应该把其他领域的著作认真地阅读，儒家、道家、佛家，都应该了解，学习别家的学问。

在佛家的著作之中，纳兰性德最常读的，或者说最喜欢的，便是《楞伽经》。这在他的《渌水亭杂识》中，也有着不少的记载。

楞伽翻译在武后时，千年以来，皆被台家拉去作一心三观。万历中年，僧交光始发明根性宗趣，暗室一灯矣。

"台家"指的是中国佛教的天台宗，而"一心三观"则是指的天台宗的基本教义："事物依缘而生，故为假有；虚假不实，故为真空；空、有不离，非空非有，即为中道。须于心中同时观悟此三者"。纳兰性德这句话的意思是说，《楞伽经》被天台宗拿去作为一心三观的理论依据。由此可见，纳兰性德对于佛学书籍涉猎甚广，才会有此感慨。

而在《渌水亭杂识》的卷四中又写道："什师《维摩经》注有云：天人以山中灵药置大海中，波涛日夜冲激，遂成仙药。"

这里涉及一个小小的传说，说天上的仙人把灵药放在大海之中，让浪涛日夜冲刷，便会成为灵验的仙药。

这倒是让人不禁想起关于"返生香"的传说来。

"返生香"又叫"还魂香"，在东方朔的《海内十洲记》中有记载，传说聚窟洲上有神鸟山，山上长有返魂树，这种树的树根、树心能够制成返生香，让已经死去的死者重新复活，再也不会死去。

纳兰性德在《渌水亭杂识》中记载了这个故事，未必没有回想起汉武帝见李夫人亡魂的典故来。

据说汉武帝的宠妃李夫人死去之后，汉武帝日夜思念，于是唤来方士招魂，唤出了李夫人的魂魄相会，传说那方士正是用返魂香从冥界地府唤回来李夫人的灵魂。

而纳兰性德在痛失爱妻之后，是不是也曾像当年的汉武帝一样，动过把爱人的魂魄从冥府召唤回来的念头呢？

"抛却无端恨转长。慈云稽首返生香。"

他是不是也曾在菩萨的面前，苦苦地祈求过佛祖赐予自己那传说中的"返生香"，让自己能够再见卢氏一面？

"有情皆满愿"，但是这终究是他一厢情愿的美好心愿罢了。

第四节　对爱妻的怀念

十月初四夜风雨，其明日是亡妇生辰

尘满疏帘素带飘，真成暗度可怜宵。几回偷湿青衫泪，忽傍犀奁见翠翘。

惟有恨，转无聊。五更依旧落花朝。衰杨叶尽丝难尽，冷雨凄风打画桥。（《鹧鸪天》）

悼亡词，古往今来很多词人都写过，其中不乏知名的词作大家，但是论数量，纳兰性德绝对是名列前茅。

在他的词集中，悼亡词的数量甚是可观，而且时间跨度很大。从康熙十六年卢氏亡故，一直到康熙二十四年纳兰性德病逝，一共八年的时间，悼亡词洋洋洒洒几十首。

丧妻的伤痛，成为纳兰性德心中一道永远无法愈合的伤口，直到他逝世。

伤心人别有怀抱，用来形容如今的纳兰性德再贴切不过。

本来寻常的事物，在现在的纳兰性德眼中看去，却都透着悲伤的意味，带着凄凉。

卢氏亡故之后，她以前喜欢待的房间，就成了纳兰性德不愿涉足的禁区。

只怕触物伤情。

这天夜里，纳兰性德本该回到自己的房间，竟来到这个房间的门前。

房门紧闭着，并未上锁，轻轻一推，便吱呀一声缓缓打开了。

纳兰性德缓步走了进去。

这是一间小巧且精致的房间，透过窗户能看到花园，把院子里的美景尽收眼底。

以前，卢氏最喜欢在这房间内待着，看看书，做做针线活，消磨时光，如今，屋内一切布置都还和当初一模一样，却已物是人非。

屋内昏暗，并未点灯，纳兰性德点燃了桌上的半支蜡烛，举着烛台，缓缓地打量着这间屋子。

低垂的幕帘上落满了灰尘，被风轻轻吹起，灰尘便缓缓地飘了起来。

那层层的纱幕飘动，仿佛卢氏的倩影就在纱帘之后，还等待着丈夫的到来。

纳兰性德定睛看去，空荡的房间，哪有爱妻的身影？

想到昔日的恩爱，心中甚痛。

一回头，见到那精巧的镜台上，犀牛角做成的镜匣中，卢氏的翠翘簪子还安静地在那儿，就像是在等待着主人再一次把它插在乌黑的秀发之上。

窗外，隐隐传来打更的梆子声。

原来已经这么晚了。

纳兰性德缓步走到窗前，低头看去，不知什么时候，夜空中又无声地洒下了细雨，有些雨滴被风吹进屋内，窗前的书案打湿了一片。

今夜，正是十月初四吧？

明天……明天就是卢氏的生日了，如果她还在……

如果她还活着的话，明天，将会是个多么欢乐的日子啊！

但是，如今一切都成了空。

只有这凄风冷雨，陪着自己度过一个又一个寂寞的夜。

此恨何时已。滴空阶、寒更雨歇，葬花天气。三载悠悠魂梦杳，是梦久应醒矣。料也觉、人间无味。不及夜台尘土隔，冷清清、一片埋愁地。钗钿约，竟抛弃。

重泉若有双鱼寄。好知他、年来苦乐，与谁相倚。我自中宵成转侧，忍听湘弦重理。待结个、他生知己。还怕两人俱薄命，再缘悭、剩月零风里。清泪尽，纸灰起。（《金缕曲·亡妇忌日有感》）

这首《金缕曲》，有个标题叫作"亡妇忌日有感"。

六个字，明显地点出了这首词的主题。

康熙十七年的五月三十。

对其他人来说，这一天，不过是普普通通的一天，和昨天、前天，没有什么不同。

可是对纳兰性德来说，这一天，去年的这一天，却是一个噩梦般的日子。

那时，当下人惊慌失措地来报知噩耗时，纳兰性德简直不敢相信自己的耳朵，急忙赶去，映入眼帘的，除了周围人惊慌与悲伤的表情之外，便是静静躺在床榻之上，面色苍白、毫无血色的妻子卢氏。

她已经虚弱得说不出话来。

纳兰性德握住了她的双手，那纤巧的手掌曾经那么温暖，如今竟变得如此冰冷，冷得就像寒冬的雪一般。

见到丈夫，卢氏张了张口，却发不出声音来。

她连说话的力气都没有了，连张开嘴巴都像是用尽了浑身的力气，素来温柔的双眼如今却满是恋恋不舍，还有不甘心，看看一旁颜氏怀中刚刚出生的海亮，她的目光便落到纳兰性德脸上。

四目相对，千言万语，不须再说出口。

她是多么舍不得自己刚刚出生的孩子，是多么舍不得自己心爱的丈夫，还有那些温柔的家人，可是老天已经不再给她继续下去的机会，要残酷地夺去她孱弱的生命，从此与自己心爱的人永隔幽冥。

这个时候，卢氏的心中肯定满是不甘与愤恨。

她才刚刚产下爱人的孩子，她还未来得及抚养孩子长大。她甚至还未来得及与丈夫说上最后一句话，就永远地闭上了双眼，带着满腹的遗憾，撒手而去。

她已经听不到四周传来的哭声了。

更感觉不到丈夫的眼泪一滴滴地落在她的脸颊上，滚烫得仿佛要把肌肤灼伤。

男儿有泪不轻弹，只因未到伤心处。

可如今，心爱的人就在自己眼前逝去，此情此景，若不算伤心处，还有什么才算呢？

紧紧握着卢氏软绵绵的手，纳兰性德哭得好似一个泪人。

就在这一刻，他突然发觉了自己有多么无能为力。

不管是豪门公子，还是平民百姓，在死神的面前一样平等，谁也无法挽回那已经逝去的生命。

也是在这一刻，他突然发觉，原来痛彻心扉，竟是如此钻心刺骨。

如今，又是一年。

又到了那个噩梦般的日子。

这一天，正是卢氏的忌日。

老天爷好像也在惋惜卢氏的年少过世，从一大早开始，天空中就淅淅沥沥地下起了小雨。

卢氏的灵柩才从双林禅院葬到祖坟不久，坟土还是新的，再加上有看管人的细心打扫，颇为整洁。

这也好，卢氏向来爱洁，不是吗？

寻常人家扫墓，备下的无非是些供果酒水之类。

但纳兰性德不一样，他给卢氏准备的并非寻常可见的时鲜水果、蜜酒之类，而是自己在这一年之中所写的悼亡词。

那是给卢氏的，独一无二的祭礼。

他一张一张，缓缓地烧给卢氏，纸灰被冷风吹得飞扬起来，打着旋儿，然后就缓缓飘散了。

看着飘远的纸灰，纳兰性德不禁这样告诉自己。

亡妻定是收到自己的心意了吧！

她……一个人在底下，可寂寞？可清冷？

海亮长得很好，健健康康，颜氏待他犹如自己亲生一般，照顾得无微不至。富格也俨然有了哥哥的感觉，很疼爱这个弟弟。你该放心了吧！

生与死的界限，往往只有那么一小步，代表的却是永无止境的距离，咫尺天涯。

第五节　续弦

一种蛾眉，下弦不似初弦好。庚郎未老，何事伤心早？

素壁斜辉，竹影横窗扫。空房悄，乌啼欲晓，又下西楼了。（《点绛唇》）

康熙十九年，纳兰性德二十五岁。

他是明珠的长子，叶赫那拉家族的继承人，传宗接代是他必须承担的责任，父母一再提议他续弦，纳兰性德推辞了三年，如今已经再没了推脱的借口。

在家人的操办下，纳兰性德续娶了官氏。

如果说卢氏是出身"名门"，那么官氏便是出身"豪门"。官氏是图赖的孙女，是满族八大贵族之一的瓜尔佳氏的后人。

图赖是清初名将，击败过李自成麾下大将刘宗敏，在扬州斩杀了史可法，擒了福王朱由崧。官氏的父亲费英东也是清朝的开国元勋，努尔哈赤最为倚重的五位大臣之一。

出生在这样可以说是"世代簪缨"的大贵族家里，官氏是真真正正的豪门之女，尊贵显赫，与纳兰性德称得上门当户对。

她嫁进了这座当朝最显赫的权臣府邸，嫁给了如今最知名的才子，在世人的眼中，本来就身为天之骄女的她，如今更是幸运得连老天爷都忍不住嫉妒她。

但是，集全天下幸运于一身的官氏在大婚之后却茫然了。

自己新婚丈夫的心思，始终停留在那早已逝去的卢氏身上……

官氏出身贵族豪门，想必也是受过良好教养的女孩儿，但毕竟是将门虎女，只怕还有着几分的霸气。总而言之，我们可以猜想得出来，她与卢氏应该是截然不同的两种类型，并不像卢氏那样温柔贤惠。

很难说这样的女子，纳兰性德究竟有没有喜欢过她。

不过我们可以确定的是，纳兰性德与官氏之间，没有他与卢氏之间的那种刻骨铭心的爱情。

甚至很有可能，两人之间的夫妻关系，并不十分融洽。

纳兰性德写过一首《点绛唇》，其中有这么两句："一种蛾眉，下弦不似初弦好。"

在古代的时候，人们都以"续弦"来指代续娶，纳兰性德这首词中的"下弦"与"初弦"两个词，也颇有些意味深长的意思。

在他的这首词里面，"下弦"是不是指官氏呢？而"初弦"，想来就是指已故的前妻卢氏了吧！

在写这首词的时候，他与官氏已经成亲很久了，相互之间有了一定的了解，大概越是相熟，就越是觉得官氏其实并不是自己喜欢的类型……

官氏也并非泼妇，更不是妒妇，事实上，她和其他的女子一样，善良、顺从，一旦嫁了人，就全心全意地对待自己的丈夫。

官氏万万没有想到的是，丈夫的爱情没有留给她一分。

官氏不是没有努力过。

她也学着像卢氏那样，为丈夫收拾书房，整理书案；在丈夫读书到深夜的时候，体贴地为他送上羹汤，并且对富格、海亮两个孩子，如自己亲生孩子般悉心照料，对妾室颜氏也从无半分不耐，和气相处。

官氏做到了一个妻子应该做到的一切。

她是那么努力，她想要得到丈夫的爱情，可是，这世间并不是所有的事情，都能够等价交换，付出多少，就能得到多少回报的。

爱情从来不是。

你爱他爱到生死相许，他未必会对你付出真心。而你不爱的人，却恰恰爱你爱到刻骨铭心。

官氏对纳兰性德，纳兰性德对官氏，何尝不是如此？

纳兰性德本是情种，并非情圣。

这也是纳兰性德一直觉得对不起颜氏和官氏的地方。

但是，爱情不是道歉，不是心怀歉意就能拥有。

所以，当初他对卢氏说过多少句"我爱你"，如今便对官氏与颜氏说了多少句"对不起"。

爱情的天平从来不是公正的，我不爱你，并不是因为你比不过对方，而是那千万年之中，没有早一秒，也没有晚一秒，正好与自己四目相对的，是她而已。

其他人，终究错身而过。

官氏出身尊贵，并非颜氏、沈宛所能比的，但是在明珠家族的祖坟中，却并没有官氏的坟墓碑文，颇为蹊跷。如果说颜氏因为是妾室，身份不足以葬入祖坟，但官氏乃是正室，若说没有资格，也不太可能。根据记载，当时见过皂甲屯墓园的人，见院子里有九座坟墓，分别是明珠夫妇、纳兰性德与卢氏夫妇，还有明珠次子揆叙夫妇、三子揆方夫妇及其子永寿，并没有官氏的坟墓，颇令人不解。而且在徐乾学写的《成德墓志铭》的石碑上，刻着的"继室官氏，光禄大夫少保一等公朴尔普女"，上面的"朴尔普"三个字被人凿了去，模糊不清。有人考据说可能是因为官氏的家人或者她的父亲犯了罪，所以"因罪讳名"，但是根据史书记载，朴尔普并没有获罪，而且到康熙五十年之后才去世，所以官氏的名字被从墓碑上凿去，并不是因为获罪，倒很有可能是官氏后来已经不属于明珠家的成员。既然已经不再是明珠家的人，那么自然不能葬入明珠家祖坟。颜氏在纳兰性德死后，就一直抚养孩子长大，终身不嫁，而官氏很有可能因为并没有子女的关系，改嫁了别人，既然改嫁，自然不再算是纳兰性德的夫人，皂甲屯祖坟中没有她的名字与坟墓，也是在情理之中了。

> 谁翻乐府凄凉曲？风也萧萧，雨也萧萧。瘦尽灯花又一宵。
>
> 不知何事萦怀抱，醒也无聊，醉也无聊。梦也何曾到谢桥。（《采桑子》）

情之一字，似乎是纳兰性德词作中一个永恒不变的主题。

也是他短暂的三十年生命之中，永恒的、重要的一部分。

人间自是有情痴。他似乎是为情而生，又终究为情而伤的。

谁能说他不多情呢？

但是，在他短暂的人生中，最单纯的初恋给了已经身在皇宫之中的表妹，最真挚最热烈的爱情给了生死相隔的亡妻卢氏。他无法再给予官氏、颜氏，甚至还有后来的沈宛，那些女子最想要的东西——爱情，纳兰性德已经无法再给予，再付出。

纳兰性德似乎对《采桑子》这个词牌名有着偏爱，填过不少。

就像这一首不知什么时候写下来的词，同样用了这个词牌名。

这首词乍看之下，也颇有点儿像悼亡词，但是细看之下，却更像是在某一个夜晚，听着窗外不知哪里传来的乐声，纳兰性德心有所感而随手写下了这阕小令。

"谁翻乐府凄凉曲"，夜色中，是哪里传来的乐声呢？听起来是如此凄凉，叫人不忍卒听，风声萧萧，雨声滴滴，凄风冷雨，如今又是这样过了一个夜晚，冷冷清清。

不知什么事情总是在困扰着自己，却怎么也想不明白，于是这日子就越发了无生趣，醒着的时候那么无聊，借酒浇愁，喝醉了为何还是那么无聊呢？

如果躺下来，在梦里是不是就能见到自己心爱的姑娘了？

古时候，称呼所爱的女子为"谢娘"，因而称其居所为"谢家""谢家庭院"或者"谢桥"。在这里，听着窗外那隐隐约约的凄凉乐声，纳兰性德此刻心里浮现的，究竟会是谁的身影呢？

在这首词里面，纳兰性德似乎想要表达的是一种矛盾的心情，一种说不清、道不明的情愫。

他哪里察觉不到官氏的心情、颜氏的心情，还有沈宛的心意？

但是自己的激情与爱情，早已随着卢氏的亡故而逝去了，如今的自己就像一潭死水，再也泛不起波澜。也许正因为此，在不知不觉中，他冷落了她们，冷落了原本不该被自己冷落的人……

所以，这首词难得地流露出一些自嘲来，还有自责。

自责着，自己如今的无情。

自嘲的，也是自己当初的多情。

人到情多情转薄，而今真个悔多情。

阑珊玉佩罢霓裳，相对绾红妆。藕丝风送凌波去，又低头、软语商量。一种情深，十分心苦，脉脉背斜阳。

色香空尽转生香，明月小银塘。桃根桃叶终相守，伴殷勤、双宿鸳鸯。菇米漂残，沉云乍黑，同梦寄潇湘。（《一丛花·咏并蒂莲》）

在纳兰性德的诗词之中，描写花卉的句子实在不少，例如这首描写并蒂莲的《一丛花》。

并蒂莲，顾名思义，一枝上开出两朵莲花来，很少见，历来都被人看作是吉祥的征兆，更被拿来当成夫妻之间的幸福与爱情圆满的象征。

这首词生动地刻画出了并蒂莲的形状与色泽，而且并蒂莲代表着不离不弃，仿佛相互深爱着的恋人一般，心意相通。

"一种情深，十分心苦"，在纳兰性德的笔下，并蒂莲不仅仅是美丽的，还具有吉祥的象征含义，更是他心目中完美爱情的化身。

如果有完美爱情的话，那就应该像这株并蒂莲一样吧，盘绕连接，相依相偎，不离不弃。

"但愿人长久，千里共婵娟。"

如今回想起来，简简单单的两句话，却已变成了心中不可触及的伤口。

这首词并未表明是悼亡词，但是我们在读纳兰词的时候，总会不知不觉把它归入悼亡词之中，大概是因为其中那九转柔肠，那字里行间的凄然与悲伤，与其他悼亡词是一模一样的吧！

不知官氏看到这首词的时候，心中是怎么想的，但是，她肯定知道，很久以前，自己的丈夫还写过一首咏并蒂莲的七绝诗：

水榭同携唤莫愁，一天凉雨晚来收。

戏将莲菂抛池里，种出花枝是并头。

那七绝诗中提到的人，在纳兰性德身边的那位，并不是自己，而是卢氏。

也许是两人在开玩笑的时候，说过要在这池子里抛下莲花的种子，说不定会长出并蒂莲。

纳兰性德在花开之际再填词写并蒂莲，是想告诉卢氏，当初我们种下去的莲花，现在已经真的开出了并蒂莲，但是芳魂渺渺，与自己携手赏花之人，如今却已离去。

物是人非事事休，同样是并蒂莲，在纳兰性德的心中，早已是："一种情深，十分心苦，脉脉背斜阳。"

第七章

离世 纳兰心事谁人知

『家家争唱纳兰词，纳兰心事几曾知？斑丝廓落谁同在？岑寂名场尔许时。』

康熙二十四年，乙丑。

五月三十，纳兰性德因七日不汗病故，是年三十岁。

康熙二十四年。

这一年，纳兰性德三十岁。

正是而立之年的时候，纳兰性德已经从最初的三等侍卫升到了一等侍卫。

这一年，沈宛离开了；四月的时候，严绳孙也离开京城。

严绳孙请了假，说要南归省亲，其实就是弃官不做，回家乡专心作画了。纳兰性德知道好友去意已决，也并未执意挽留。

当时他们都还认为，即使分别，也总还有再见的一天。

那时所有人都没有想到，纳兰性德的人生竟会永远地定格在这一年的五月三十，他亡妻卢氏逝去的那一天。

巧合吗？

也许吧。

很多时候，我们肆无忌惮地挥霍着时间，以为还有机会，哪知却容不得我们再次回头。

第一节　与梁佩兰合作词选

仆少知操觚即爱《花间》致语，以其言情入微，且音调铿锵、自然协律。唐诗非不整齐工丽，然置之红牙银拨间，未免病其版折矣。（《与梁药亭书》）

这一年的春天，梁佩兰从广东南海来到了京城。

起因，是因为接到了纳兰性德的一封信，而那封信，便是中国文学史上很重要的《与梁药亭书》。

梁佩兰是广东的宿儒，字芝五，号药亭，著名的诗人，也擅长书画，当时王士祯、朱彝尊等人对他都十分推崇。

大概也因为此，所以纳兰性德才专门修书给他，邀请梁佩兰北上京城，帮助自己完成心愿。

那便是编撰一部自己最满意的词选集。

这封信，就如纳兰性德的其他作品一样，清新自然，情真意切：

仆少知操觚即爱《花间》致语，以其言情入微，且音调铿锵、自然协律。唐诗非不整齐工丽，然置之红牙银拨间，未免病其版折矣。

从来苦无善选，惟《花间》与《中兴绝妙词》差能蕴藉。自《草堂词统》诸选出，为世脍炙，然陈陈相因，不意铜仙金掌中竟有尘羹涂饭，而俗人动以当行本色诩之，能不齿冷哉。

近得朱锡鬯《词综》一选，可称善本。闻锡鬯所收词集凡百六十余种，网罗之博、鉴别之精，真不易及。然愚意以为，吾人选书不必务博，专取精诣杰出之彦，尽其所长，使其精神风致涌现于楮墨之间。每选一家，虽多取至十至百无厌，其余诸家，不妨竟以黄茅白苇概从芟剃青琐绿疏间，粉黛三千然得飞燕玉环，其余颜色如土矣。

天下惟物之尤者，断不可放过耳。江瑶柱入口而复咀嚼，鲍鱼马肝有何味哉。仆意欲有选如北宋之周清真、苏子瞻、晏叔原、张子野、柳耆卿、秦少游、贺方回，南宋之姜尧章、辛幼安、史邦卿、高宾王、程钜夫、陆务观、吴君持、王圣与、张叔夏诸人多取其词，汇为一集，余则取其词之至妙者附之，不必人人有见也。

不知足下乐与我同事否？有暇及此否？处崔喧鸠闹之场而肯为此冷澹生活，亦韵事也。望之。望之。

在信中，纳兰性德这样说道："我很喜欢《花间词》，因为那些词言情入微、音律铿锵自然。唐诗也不错，但是和《花间词》相比就显得有些刻板了。

"我一直苦恼没有一部好的词选，算下来也只有《花间词》与《中兴绝妙词》要好一些。但是在经过《草堂词选》的各种选本刻印之后，虽然也算是脍炙人口，却还不够精练，而显得良莠不齐。以至于后来的一些人因为它的影响，而把一些庸俗的作品也当成了好词，未免令人齿寒。

"最近朱彝尊编成了一本《词综》，的确算得上是善本，很不错。我听说他在编写的时候阅读收集了一百六十多种词集，由此可见，朱彝尊的鉴赏能力是很强的。不过我认为，编选词集不一定非得在意数量的多少，只要能选出佳作，数量并不是主要的。所以，只要词作写得好，一位词人也不妨多选上几篇，如果作品不好，那又何必选进去呢？

"当然，那些天底下最美的东西是万万不能放过的。我打算多选北宋的周清真、苏子瞻、晏叔原、张子野、柳耆卿、秦少游、贺方回，南宋的姜尧章、辛幼安、史邦卿、高宾王、程钜夫、陆务观、吴君持、王圣与、张叔夏等的作品。对其他的词人，则只选录他们绝妙的作品就好。

"不知梁先生是否愿意与我一同完成这件事？是不是有这个时间来完成？身处这样浮躁的世界，默默地选编古人的诗词佳作，虽然冷淡了一些，但也算得上是一件雅致的韵事了吧！"

在纳兰性德的眼中，世间并无一本真正合格的词集。世人大多数都缺乏鉴别能力与审美能力，把一些庸俗的作品当成了佳作。

正因为此，纳兰性德动了想要选编一本自己满意的词集的念头来。

从这封信里，我们也可以看出纳兰性德这位天才词人对词的态度。只从作品的优劣好坏出发，着眼作品的质量，而不是去看作者的名气等其他因素。

纳兰性德同时也在信里写道，"仆少知操觚即爱《花间》致语"，他是比较偏好《花间词》的，而且从他的《侧帽集》《饮水词》中也可以看得出来，他那些悼亡之词婉约清丽，颇得《花间词》的精髓，明显是受其影响。

收到了信，梁佩兰果然来到了京城，与纳兰性德见了面，相谈甚欢。

但是谁也没有想到，他们还没来得及开始他们的事业，几个月后，纳兰性德就因病而死，一番理想终究成了镜中花、水中月。

第二节　最后的诗作

阶前双夜合，枝叶敷华荣。

疏密共晴雨，卷舒因晦明。

影随筠箔乱，香杂水沉生。

对此能销忿，旋移近小楹。（《夜合花》）

康熙二十四年，接到纳兰性德书信的梁佩兰千里入京。

对于梁佩兰的到来，纳兰性德是十分惊喜的，五月二十二，他在渌水亭设宴，邀请的宾客仍是平日的好友梁佩兰、顾贞观、朱彝尊、姜宸英、吴雯等人。

这个时候，已经没有了吴兆骞与严绳孙。

对吴兆骞的逝世、严绳孙的辞官归去，纳兰性德心中一直是十分怅然的。

如今，因为梁佩兰的到来，纳兰性德暂时一扫心中的怅然，在自家的渌水亭与好友们再度聚会。

和以前相比，渌水亭畔多了两株小小的花树，那是夜合花，纳兰性德记不得是自己什么时候种下的了，不过如今倒是颤巍巍地生长了起来。

夜合花又叫合欢花，在盛夏的时候会开花，花朵是粉红色的，叶子一到晚上就会一对一对地合起来，所以叫作"夜合花"。如今正是花期，众人便以《夜合花》为题，各自赋诗。

纳兰性德也不例外。

他的作品是一首典型的命题诗，还是一如既往地带着纳兰性德内心的忧虑，萦绕不去。

台阶前长出了两株夜合花树，枝繁叶茂，疏密有致。因为昼夜的变化，花朵开合不同，那摇曳的树影倒映在了竹帘之上，芬芳的香气飘了过来，但并不是单纯的花香，中间还混合了沉水香的味道。看着这两株夜合花，心中的怨怼似乎也烟消云散了。

不过当时谁也没有想到，这首《夜合花》竟成了纳兰性德的绝笔！

就在这场聚会的第二天，纳兰性德便病倒了，那是一直困扰着他的寒疾，整整七天，终于不汗而死。

过世的那天，也正好是卢氏的祭日——五月三十。

他终于可以不用再挣扎在理想与现实的冲突之间，徒劳地想要发出自己那微弱的呼唤，而是留下了这璀璨夺目的《纳兰词》，从此翩然而去。

第三节　纳兰死因

对于纳兰性德的死因，官方记载向来语焉不详，就是一句"寒疾，不汗而亡"便轻描淡写地略过，后来有学者研究，众说纷纭，但大体可归为以下几种：寒疾、忧郁自杀、天花说，还有被害说。

"被害"这种说法，据说是出自《李朝实录》，康熙二十八年的时候，朝鲜使臣发回朝鲜国内的一封信。

信上写的，都是这位朝鲜使臣的所见所闻，其中有这么几句"又有成德者，满洲人，阁老明珠之子，自幼文才出群，年才二十擢高第入翰苑为庶吉士。皇帝嫉其才，而杀之。明珠因此致仕而去矣"。

　　简单地说，就是因为纳兰性德才华出众，康熙皇帝嫉妒了，于是命人暗中害死了他。明珠后来渐渐在仕途上失利，最终被罢相。

　　说得倒是有板有眼的，但是仔细想一想，逻辑上颇为不通。

　　首先，此说是不是出自《李朝实录》还有待确认，而且皇帝因为嫉妒臣子的才华而杀之，确实也有些无稽。

　　纳兰性德确实是当时公认的天才词人，连康熙皇帝也颇为赞赏他的才学，经常把他带在身边，北上南巡，走遍大江南北，但是，要说是因此就嫉妒纳兰性德的才华，我觉得两者之间是毫无关系的。

　　一位文人的才学并不能威胁皇帝的宝座，而且正好相反，再有才华的文人，他的命运最终也是掌握在皇帝的手中，就像"奉旨填词"的柳永，何尝不是因为皇帝的一句"且去浅酌低唱，何要浮名"而改变了自己一生的命运呢？

　　康熙是难得的贤明皇帝，开创了"康乾盛世"，而且他与纳兰性德、曹寅乃是少年伙伴，相互之间的感情是颇为深厚的，如果说他因为嫉妒纳兰性德的才华，从而命人害死了这位少年时期的好友，怎么都说不通。

　　至于说明珠后来被罢相，是因为被儿子纳兰性德连累，导致被康熙不待见，就更荒唐了。

　　明珠后来结党营私，在某种程度上来说，康熙并非不知道，只是默许，因为他要用明珠党来牵制索额图党，维持朝廷势力的平衡，一旦这个平衡被打破，弊大于利，便会着手整顿。何来明珠因为儿子的缘故而仕途急转直下呢？

　　所以，纳兰性德"被害"的这种说法，不过是无稽之谈。

　　至于说纳兰性德是康熙年间一场失败的外交政策的牺牲品，被迫自杀，就更是无稽之谈了。

　　纳兰性德到死为止，官职都只是一等侍卫，完全没有参与国家大事的资格，而且康熙皇帝虽然信任他，但是一直不曾重用他，只是在康熙二十四年的时候，开始隐隐有些要委以重任的苗头，何来"牺牲品"一说？更何况，如果当真是因为纳兰性德在工作上有什么重大的失误，需要用自杀来避免连累家人，那么当时的官家记载也应该会有这个记录才是。而且，纳兰性德乃是明珠之子，多少眼睛盯着，若真的出了需要自杀谢罪的纰漏，难道那些明珠的政敌会放过这么好的机会吗？

还有一种说法，便是"天花说"。

天花是一种烈性的传染病，在当时医疗条件不发达的情况下，这种疾病是很致命的，据说顺治就是死于此病的。当然，后来民间传说顺治皇帝因为爱妃董鄂之死而毅然放弃了帝位，出家为僧，那毕竟只是小说家言，并没有确凿的证据。而康熙皇帝能够继承皇位，很大一个原因也是因为他幼年时候得过天花，有了免疫力。

从顺治皇帝得痘疹到病亡，病期只有六天；纳兰性德从生病开始，也只有七天的时间，便永远地离开了这个世界。

韩菼在《神道碑铭》中这样提过一句："而不幸速病，病七日遂不起。"徐乾学也写过纳兰性德"其葬盖未有日也"。翁叔元写过："康熙二十四年五月晦，己丑，我容若年世兄先生捐馆舍，叔元往哭于其第。既殡，往哭于其位次。越三日再往，阍人辞焉。又十日偕同馆之士五人旅拜于几筵哭如初。又八日，以天子命出殡于郊外。……于辇车之出也，姑为相挽之词以饯之。"

如此一来，便产生了几个疑问。

纳兰性德死后几个月，为什么才请人作铭，很久都没把尸体下葬？为什么要皇帝下令出殡？

这么结合起来一看，说纳兰性德死于天花，也并不是没有道理。

第一，他死得太快，病期只有七天。

第二，根据记载，纳兰性德在生病之后，康熙皇帝十分关心，于是派宫中的御医给纳兰性德诊治，"使中官侍卫及御医日数辈络绎至第诊治。于是上将出关避暑，命以疾增减报，日再三，疾亟，亲处方药赐之，未及进而殁，上为之震悼"。这段话很有些微妙之处。

首先，纳兰性德刚死，康熙皇帝就带着皇子和诸位王爷、大臣们急急忙忙地离开了京城；接着，在途中，四皇子生了场小病，康熙顿时紧张起来，命令他返回京城，看好了病才继续前进。这倒很像是为了躲避什么似的。

难道纳兰性德当真是因为天花而病死的，康熙皇帝担心传染开来，才匆匆忙忙地带着众人离京的吗？再加上当时因为天花而死的人都必须火葬，贵为皇帝的顺治也不能避免，而纳兰性德死后，要皇帝下令出殡，那数月未葬，很有可能是火化的托词。

流传最广的，在官方记录上言之凿凿的，就是"寒疾说"了。

其实从纳兰词中去看纳兰性德的人生轨迹，我们可以发现，纳兰性德那光彩夺目的一生当中，始终潜藏着一个阴影，那便是寒疾。

康熙十二年，十八岁的纳兰性德正在准备参加殿试的时候，就因为一场突如其来的寒疾在病榻之上躺了数月，错过了这场殿试，并且留下了一首七律《幸举礼闱以病未与廷试》：

晓榻茶烟揽鬓丝，万春园里误春期。

谁知江上题名日，虚拟兰成射策时。

紫陌无游非隔面，玉阶有梦镇愁眉。

漳滨强对新红杏，一夜东风感旧知。

诗里满是失意伤感的意味。

寒疾导致他错失了这一次的殿试，而且在他今后的岁月中，也像幽魂一样，不时地出现，让纳兰性德深受其苦。

翠袖凝寒薄，帘衣入夜空。病容扶起月明中。惹得一丝残篆、旧薰笼。

在这首《南歌子》里面，我们可以窥见，纳兰性德深为寒疾所困扰。

每当天寒地冻，这顽固的疾病就会紧紧纠缠住他，使他病容憔悴。

随着日子一天一天地过去，这可恶的寒疾，就像一团巨大的阴霾，越来越庞大，几乎是随时笼罩在纳兰性德的周围，仿佛一只不祥的蝙蝠，张开了那巨大黝黑的翅膀，狰狞地盯着纳兰性德。

每次生病，寒疾就会困扰纳兰性德很长时间，而且病期越来越长，从寒冬一直到春暖花开。

"人说病宜随月减，恹恹却与春同。"

如果说随着岁月的流逝，病情就会减轻的话，那为什么春天来临了，"我"却还躺在床榻之上。

纳兰性德显然感觉到了，这个一直纠缠着自己的病魔，是如此顽固，不管是春去秋来，不管是在京城，还是出差在外，这可恶的寒疾仿佛幽灵一般，不时冒出来。

曾记年年三月病，而今病向深秋。卢龙风景白人头，药炉烟里，支枕听河流。

"年年"二字，纳兰性德写出这寒疾是如何频繁，几乎每年都会发作一次，而且还不到寒冬腊月，仅仅是在深秋，病魔就再度来临了，这说明因为生病的关系，身体的抵抗力已经大不如前。

康熙二十三年，康熙皇帝第一次南巡，照例，纳兰性德随行在康熙的身旁。也许是因为旅途的劳累，在行至无锡的时候，纳兰性德再度病倒，这一次，病情时好时坏，一直到了次年的春天，他才渐渐地有所好转，但是并未痊愈，"可怜暮春候，病中别故人"。虽然医生叮嘱他不要饮酒，但是在五月与梁佩兰、顾贞观、姜宸英等人的聚会中，趁着兴头，纳兰性德还是喝了不少，结果旧病复发，寒疾再度击倒了这位年轻的天才词人。

这一次，一直如影随形在纳兰性德身边的阴霾终于夺走了他年轻的生命。

寒为阴邪，易伤阳气，其性凝滞，这正是纳兰性德长期被寒疾所困的原因。

也许是因为出生在冬天，又长期生活在寒冷北方的关系，纳兰性德的身体对于寒冷是比较敏感的，这种敏感也表现在了他的诗词之上。

在纳兰性德所作的诗词中，不知是有意还是无意，秋冬的景色出现的次数是最多的，频繁不说，而且凄凉哀婉。

"萧萧几叶风兼雨，离人偏识长更苦""木落吴江矣，正萧条、西风南雁，碧云千里。落魄江湖还载酒，一种悲凉滋味""谁念西

风独自凉，萧萧黄叶闭疏窗，沉思往事立残阳""衰草连天无意绪，
雁声远向萧关去。不恨天涯行役苦，只恨西风吹梦成今古""欲寄
愁心朔雁边，西风浊酒惨离颜。黄花时节碧云天""身向云山那畔行，
北风吹断马嘶声。深秋远塞若为情"……

在纳兰性德的词中，描写秋冬的竟有一百多首，由此可见纳
兰性德对于冬寒的敏感，而这，大概也正是他一直深为寒疾所苦
的原因之一吧！

纳兰性德既然长期被寒疾所苦，身体上所承受的痛楚也是可
想而知。越是频繁地感染风寒，越是饱受疼痛的折磨，长年的病
痛之下，自然而然也会影响到精神。"锦样年华水样流，鲛珠迸
落更难收。病余常是怯梳头。"这种病痛中孤独又失落的心情，
正好切合了他词中贯穿始终的清冷之意。

一直为寒症所苦的人，难免潜意识中也会对秋冬，对一些幽
静的事物比较敏感。丧妻之痛、好友的过世与远离，还有对侍卫生
涯的厌恶，都开始像毒药一般一点一点地侵蚀着纳兰性德的生命。

"浮名总如水。拼尊前杯酒，一生长醉。"在《瑞鹤仙》一词中，
纳兰性德这样写道。

显然，现实已经与他的理想越来越背道而驰。

他一次次地感慨"身世等浮萍，病为愁成"。

常年纠缠着他的寒疾，在纳兰性德自己本身的心绪郁结之下，
终于从普普通通的风寒变成了陈年旧疴。

纳兰性德自身的心结未能解开，一年一年的郁结，最终和寒
疾一起，成为夺走他短暂生命的祸患之一。

在这个大家都比较认可的纳兰性德死于寒疾的说法之下，其
实还有一种比较浪漫的，却也是十分凄凉的观点。

纳兰性德是死于康熙二十四年的五月三十，而他的妻子卢氏
也正是死于五月三十。

同月同日逝世，这便为纳兰性德的逝世带来了一丝微妙的
感觉。

我们经常用来形容纳兰性德的词语之中，有一个便是"情深

不寿"。

倒也有点儿道理。

生命中的这几位女子，只有卢氏才是他一直最深爱的人，即使到死，也从不曾改变过自己的心意。

纳兰词之中，公认成就最高的是他写给亡妻的悼亡词，而数量达到五十首之多。

古往今来，悼亡词并不乏大师的作品，但很多只是一两首，表达了对逝去恋人的怀念之后就依旧故我，随着时间的流逝而渐渐淡了感情，只有纳兰性德自始至终，对卢氏的感情都没有改变过。

红颜薄命，留给纳兰性德的，只有无尽的思念与悲伤。

爱情上的重大打击，还有成为康熙侍卫之后目睹了官场内的相互倾轧、尔虞我诈，种种的现实，都让纳兰性德越来越心灰意冷。

所有的天才都是忧郁的。

纳兰性德正是天才，他的抑郁也是众人所见的。

爱情、现实的双重打击，让纳兰性德屡遭不幸，在他的诗词之中也有着很明显的体现，抑郁不欢，他的逝世与卢氏是同一天，如今看来，也很有些意味深长。

如果不是巧合，那么很有可能纳兰性德是专门选择了这一天，也就是说，他的死亡说不定含有自杀的成分。

用我们如今的科学眼光看来，纳兰性德也许患有抑郁症。

当然，说纳兰性德是因为抑郁症而殉情，并无确凿的证据，而从他好友徐倬的两首诗里面，隐隐约约可以看出一丝影子来。

第一首是《成容若同年以咏合欢树索余和》：

青棠细缬映晴莎，韩重相思未足多。

花似鄂君堆绣被，叶同秦女卷轻罗。

树犹如此能堪否，天若有情奈老何。

定织云中并命鸟，深宵接翼宿琼柯。

另外一首，徐倬写完了还未来得及寄给纳兰性德，对方便已经离开了人世，于是徐倬的第二首诗，便用了和前面一首一模一样的韵脚，以表达自己对纳兰性德的悼念之情。

玉树长埋在绿莎，玉楼高处恨争多。

文章于世犹尘土，才调惟天恣网罗。

气夺千秋轻绛灌，诗传五字接阴何。

晓风残月招魂去，只恐难寻梦里柯。

其中的"深宵接翼宿琼柯"，还有"气夺千秋轻绛灌，诗传五字接阴何""晓风残月招魂去，只恐难寻梦里柯"等句子，徐倬隐隐流露出自己的不安。

作为纳兰性德的好友，他是不是已经隐隐地猜到了纳兰性德死亡的真相呢？

纳兰性德的去世是十分突然的，包括亲人在内，都认为是和以前一样，是普通的寒疾。

根据《康熙起居注》的记载，康熙二十四年五月三十，明珠尚在朝堂以折本请旨。

如果之前纳兰性德就已经病到垂危，以明珠之爱子心切，还会有心思去上朝吗？可见，当时明珠完全没有意识到，就在这一天，他会白发人送黑发人，爱子纳兰性德会永远地离开自己。

就在纳兰性德过世的这一年秋天，沈宛生下了他的遗腹子富森。

第二年，也就是康熙二十五年，纳兰性德葬在了叶赫那拉氏的祖坟所在的皂甲屯，与妻子卢氏葬于一处。

纳兰性德的生前好友们纷纷撰写悼文，怀念这位天才的词人。

呜呼！始容若之丧，而余哭之恸也。今其弃余也数月矣。余每一念至，未尝不悲来填膺也。呜呼！岂直师友之情乎哉。余阅世将老矣，从我游者亦众矣，如容若之天姿之纯粹、识见之高明、学问之渊通、才力之强敏，殆未有过之者也。天不假之年，余固抱丧予之痛，而闻其丧者，识与不识，皆哀而出涕也，又何以得此于人哉！太傅公失其爱子，至今每退朝，望子舍必哭，哭已，皇皇焉如冀其复者，亦岂寻常父子之情也。至尊每为太傅劝节哀，太傅愈益悲不自胜。余闲过相慰，则执余手而泣曰：惟君知我子，惠邀君言以掩诸幽，使我子虽死犹生也。余奚忍以不文为辞。

徐乾学乃是纳兰性德的老师，两人关系一直很好，在纳兰性德亡故之后，徐乾学便写了这篇《通议大夫一等侍卫进士纳兰君墓志铭》，第一句就写出了他为纳兰性德的过世感到十分伤痛。

纳兰性德的天才，世人公认，徐乾学也毫不吝啬自己的赞美，称赞纳兰性德"天资纯粹、识见高明、学问淹通、才力强敏"，是他所见过最具有天分的人，只可惜天不假年，如此杰出的人才却英年早逝，不得不说是遗憾。而明珠痛失爱子，悲伤不已，每每退朝回到家中，看到儿子那空荡荡的房间，睹物思人，都会忍不住痛哭，哀叹儿子的逝去，父子深情，感人肺腑，闻者无不落泪。有人安慰明珠节哀，明珠却更加哀伤。徐乾学自然也去安慰过明珠，明珠握着他的手含泪说："只有您是最明白我的儿子的，希望能请您来为他写这篇墓志铭。"

徐乾学自是这么做了，而写了悼文的，也并不只徐乾学一人，当时的名士都纷纷表达了自己对纳兰性德英年早逝的哀悼之意。

徐乾学不但写了这篇《墓志铭》，还写了《神道碑文》，另外还有韩菼的《神道碑铭》、姜宸英的《通议大夫一等侍卫进士纳兰君墓表》，以及顾贞观的《行状》、董讷的《诔词》、张玉书等人撰写的《哀词》、严绳孙等人写的《祭文》，等等。

"家家争唱纳兰词，纳兰心事几曾知。"

康熙三十四年的时候，当远在江宁的曹寅回想起自己的好友之时，曾经感慨万千。

如今纳兰词早已名满天下，人人都在吟唱着优美的纳兰词，争相传颂着"一生一代一双人""人生若只如初见"的时候，又有谁能真正了解纳兰性德的内心呢？

家家争唱纳兰词，纳兰心事几曾知？斑丝廓落谁同在？岑寂名场尔许时。

曹寅自己现在已经是白发苍苍，空寂落寞，回想起昔日的好友纳兰性德，如何能够不叹息世事的无常？

纳兰性德已经远去，以他短暂的三十年的岁月，留下了璀璨的华丽诗篇，仿佛最后一段清丽的传奇在天际划过，燃烧出绚丽的痕迹。

　　"家家争唱纳兰词"，正如当年柳永"凡有井水处，皆能歌柳词"一般，对一位天生的词人来说，俨然是最好的荣耀。

　　也足以安慰纳兰性德那绝世的才华。

　　千年之前，柳永的"忍把浮名，换了浅酌低唱"，在千年之后，化为纳兰性德的一句"别有根芽，不是人间富贵花"。

　　恰好，也正好。

　　当生就富贵命，却不屑权贵、不喜浮名，"身在高门广厦，常有山泽鱼鸟之思"，这样的人，当真不是人间富贵花。

　　王谢堂前燕何去？当上苍早早地召回了自己的宠儿，唯有词人留下的不朽华章代代流传。

纳兰性德词作赏析

临江仙

点滴芭蕉心欲碎，声声催忆当初。

欲眠还展旧时书。鸳鸯小字①，

犹记手生疏②。

倦眼乍低缃帙③乱，重看一半模

糊。幽窗冷雨一灯孤。料应情尽，

还道有情无。

心欲碎，不知是芭蕉心碎，还是纳兰心碎。"早也潇潇，晚也潇潇"，古往今来的诗词中，芭蕉似乎总喜欢同雨相伴出现。雨滴芭蕉，入梦，美酒半酣有唐汪遵心恋江湖；入画，王摩诘《雪打芭蕉》令人忘却寒暑，白石老人大叶泼墨酣畅淋漓；入乐声，《雨打芭蕉》淅淅沥沥，似雨滴蕉叶比兴唱和，急雨嘈嘈，私语切切，诉尽人间相思意。

至于这芭蕉心，正如易安所言，"舒卷有余情"。禅语云"修行如剥芭蕉"，如果我们的心已被世间种种欲念所裹，那么修行便是将层层伪装脱去，"觅心"即找回纯真的自我，"明心"则是彻悟尘世的一切杂念，方可见性。

纳兰性德的心中，芭蕉心在其不展吧！因其不展，枝枝叶叶才藏得住纳兰性德梦萦半生的回忆，层层叠叠容得下纳兰性德多愁又敏感的心。其实何止善感的纳兰性德，"此夜芭蕉雨，何人枕上闻"，纵是梅妻鹤子的林逋也难掩芭蕉雨下那些撩人的情思。

"忆当初"，短短三字便如一把利剑斩断今生。今生已作永隔，窗外雨声风声入耳，曾有多少夜晚流逝于情意缱绻的呢喃？未来又将有多少不眠的孤夜，唯有旧忆聊以回味。所幸，过去的日子并未消逝于流年，在那发黄的红笺之上仍可略窥一二。

"鸳鸯小字，犹记手生疏"，怕是纳兰性德也在怀念把笔浅笑的她吧。此语原出王次回《湘灵》：

> 戏仿曹娥把笔初，描花手法未生疏。
> 沉吟欲作鸳鸯字，羞被郎窥不肯书。

纳兰性德与这位明末的才子是颇有渊源的。王次回出身金坛望族、仕宦之家，他的女儿王朗也是著名的词人。与他的祖上相比，王次回的仕途之路颇不顺，一生不得志，仅在晚年做了松江府华亭县训导，不过是个无名无实的小官。然而他的作品上承李义山，下启清初词坛，对近代的鸳鸯蝴蝶派也颇有影响。纳兰诗词中常见王次回《凝雨集》的影踪，可又有多少人知道，王次回也如纳兰性德一般，爱妻早丧，不过凉薄人世一孤伶人。若可同世而立，纳兰性德与次回或许也能成惺惺知己吧。

当年的娇俏语长萦耳畔，那副欲语还休的羞涩模样犹在心头，鸳鸯小字里，似可见这位解语花的身姿若隐若现。然而，以为是一生一世的一双人，所托竟几页满蘸相思意的旧时书。南宋蔡伸曾慨叹，"看尽旧时书，洒尽今生泪"。蔡伸是书法家蔡襄之孙，官至左中大夫，名门之后，位高权重又如何？三更夜，霜满窗，月照鸳鸯被，孤人和衣睡。

旧时书一页页翻过，过去的岁月一寸寸在心头回放。缃帙乱，似纳兰性德的碎心散落冷雨中，再看时已泪眼婆娑。"胭脂泪，留人醉"，就让眼前这一半清醒一半迷蒙交错，梦中或有那人相偎。

又是一窗冷雨，纳兰性德看到了半世浮萍随水而逝，如记忆中挥之不去的她，"一宵冷雨葬名花"。还是纳兰性德身边这盏灯，只是不再高烛红装，唯有寒月残照，灯影三人。太白对孤灯空长叹，"美人如花隔云端"。故人入梦，又渐行渐远，"是邪？非邪？立而望之，偏何姗姗来迟"。汉武帝为李夫人招魂，灯影明灭处，留得千古一帝不得见的叹息。

罢了，一梦似千年，从来是"人生长恨水长东"。刘禹锡一句"东边日出西边雨"，留多少痴念在人间。已道无情，而情至深处难自已。这般深情厚谊，在纳兰性德的心中恐怕已不是简单的有情，而是人生难得的知心人。如果说情是前生五百次的回眸，爱是百年修得之缘，那么知心便是三生石畔日日心血的倾注。

纳兰性德笃定不念今生，料想今生情已尽，一心待来生，愿来生再续未了缘，可有来生？

【注释】

①鸳鸯小字：指相思爱恋的文辞。《全元散曲·水仙子·冬》："意悬悬诉不尽相思，谩写下鸳鸯字，空吟就花月词，凭何人付与娇姿。"

②生疏：不熟练。

③缃（xiāng）帙（zhì）：浅黄色书套。亦泛指书籍、书卷。

采桑子

拨灯书尽红笺①也，依旧无聊。
玉漏②迢迢，梦里寒花隔玉箫。
几竿修竹三更雨，叶叶萧萧。
分付秋潮，莫误双鱼到谢桥。

在灯下给她写信，即使写满了信纸仍是意犹未尽，心里依旧惆怅无聊。偏又漏声迢迢相伴，不但添加愁绪，而且令人如醉如痴，仿佛在梦中与她相见，却又朦朦胧胧不甚分明。室外秋雨敲竹，滴在树叶上，点点声声，淅淅沥沥，将这孤独寂寞的苦情都付与此时的秋声秋雨中，不要忘了将书信寄给她才好。

世界之大，悠悠众生，能够有一个远方的人付诸思念，也是幸福的事情吧。在昏黄的灯光下，将满腹的思念都填于纸上，让飞鸿送去，我们天各一方，"我"对你无尽地想念。这种悲伤无望，却又充满想象的爱情，看似无聊，却是持久永恒的。

纳兰性德将一首小词写得情意融融，求而不得的爱情让他感到为难与痛苦时，也令他心中充盈着忽明忽暗的希望。

这首《采桑子》一开篇便是无聊，写过信后，依旧无聊，虽然词中并未提及信的内容，信是写给谁的，但从"依旧无聊"这四个字中，就已经可以猜到一二了。纳兰性德总是有这样的本事，看似在自言自语，讲着不着边际的胡话，却总能营造出引人入胜的氛围，令读词的人不知不觉地沉沦。

纳兰性德将自己日常生活中的小事变成一场表演，读者成了观众，与他一起沉思爱恋。词中的"红笺"二字透露出纳兰性德所记挂的人定是一名令他着迷的女子，红笺是美女亲手制作，专门用来让文人雅客们吟诗作对用的。

不过，诗词中的红笺多是用来指相思之情，只要写出红笺，一切便都在不言之中了。下接一句"玉漏迢迢，梦里寒花隔玉箫"，引自秦少游的词句"玉漏迢迢尽，银河淡淡横"。"漏"是古时候计时的一种器具，不过用到古诗词中，为了美观，常被叫作玉漏、银漏、春漏、寒漏等。

诗词中，"漏"一向是寂寥、落寞、时间漫长的意象，在这里也不例外。以"玉漏"表达长夜漫漫、时空横亘的无奈之情，时间是相思最大的敌人。纳兰性德大概在这首词中是想表达自己爱着一个人，却无法接近。在接下来一句"梦里寒花隔玉箫"中，揭晓了纳兰性德感慨时光的缘由。

"玉箫"并非是指乐器，而是一个典故，是一个人名。宋词里有"算玉箫、犹逢韦郎"，玉箫和韦郎并称，讲的是一段郎情妾意的凄美爱情故事。传说，玉箫是唐代韦皋的侍女，二人日久生情，定下终生。后来韦皋因事离开，和玉箫约定：少则五年，多则七年，一定会回来将玉箫接走，却没料到他一走之后便杳无音信。苦等了七年的玉箫想着情郎是不会回来了，便绝食而死，为这段无疾而终的情感殉葬。旁人可怜这个女子，便将韦皋留下的玉指环戴在了玉箫的中指上，然后下葬。在玉箫死后不久，当了大官的韦皋回来了，看到玉箫的坟墓，他十分悲痛。其情感动了一位方士，施法术让玉箫的魂魄重新投胎，二十年后，一名女子来找韦皋，看她的中指隐隐有一个环形的凸起，正是当年那个玉指环的形状。这名女子便做了韦皋的侍妾，弥补了上辈子的遗憾。

这个故事从此也令"玉箫"这个词成了情人誓言的典故，在纳兰性德这首词里，"玉箫"一词为心头所思念的情人。而"寒花"又为何物？

顾名思义，就是寒冷季节里开放的花。寒冷季节开放的花有梅花、菊花，纳兰性德在这里到底是指什么呢？其实根据上面的分析已经可以知晓，纳兰性德是在思念一位女子，这女子必然是他所钟爱的人，此刻他们分隔两地，纳兰性德在梦中想要与她相见，但梦境毕竟不是现实，所以就算再怎么思念，二人还是无法牵手相望。

所以，纳兰性德所谓的"寒花"大概也不过是借了一个"寒"字，来表达内心凄冷的感觉吧！下片不再写心情，转而写窗外的景色，既然无法入睡，那干脆看着外面的景色，来缓解内心的惆怅吧！

"几竿修竹三更雨，叶叶萧萧"，雨后的夜景，树木萧萧，好比自己的心情，无奈之中透着几分茫然。最后结尾"分付秋潮，莫误双鱼到谢桥"，呼应了开篇的那一句"拨灯书尽红笺也"，也算是一种心意的表达，希望能够凡事完满结束。

要交代一下的是，"分付秋潮"中的"秋潮"是有来历的，秋潮的意象表示有信。潮水涨落是有一定时间和规律的。人们便将潮水涨落的时间定为约定之期限，在潮水涨落几番之后，要回来的人便要如约回归。

这是诗词中的一个主要意象，诸如唐诗名句"早知潮有信，嫁与弄潮儿"。"秋潮"在这里也是如此意境。上片一开始便是说词人正在写信，在词的结尾，词人写的这句"分付秋潮，莫误双鱼到谢桥"，便是说信要寄出去了。要将信托付给秋潮，告诉那个收信的人，自己的心意是怎样的。

整首词全是词人的比喻和典故，基本上没有真实场景的出现，但通读全词，每一句都是浑然天成，与下一句连接得十分巧妙。一首爱情小词能够写到如此的境界，纳兰性德的手笔不愧为才子之法。

【注释】

①红笺（jiān）：红色笺纸，多用以题写诗词或做名片等。
②玉漏：古代计时漏壶的美称。

忆江南

昏鸦①尽，小立恨因谁？急雪乍翻香阁②絮，轻风吹到胆瓶③梅。心字④已成灰。

彤云密布的冬日黄昏，隐约一只瘦小的乌鸦越飞越远，身影也越来越小，直到融进那一望无垠、萧瑟的旷野尽头。旷野中，是谁惆怅无尽，若有所思？天宇间，是谁独立寒秋，无言有思？又何事令她难更思量？又何人令她爱恨交加？罢了罢了，"往事休堪惆怅，前欢休要思量"，罢了罢了，"人心情绪自无端，莫思量，休退悔"。

熏香如心，飘起袅袅的青烟，暖香熏透她的闺阁。急雪翻飞，缕缕纷纷，像风吹柳絮般地飘飞而起。雪白色的胆瓶中刚插上的梅花，冬风吹进暖暖的闺房，化作清风，卷起阵阵幽香。这本闲极雅极的适意景致，奈何她的心中竟如何也卷不起一丝快乐的涟漪。冬风越发强劲，心形的盘香燃烧殆尽，地上只留下一道心形的香灰。周体转凉，心中凄凉寂寞，次第已如燃尽的熏香一般，化成死灰。

这首词营造了两种不同而又互相联系的场景。"昏鸦尽，小立恨因谁"是第一个场景，"急雪乍翻香阁絮，轻风吹到胆瓶梅。心字已成灰"是第二个场景。前一个场景是在冬天黄昏的野外，从意象上看，"昏鸦尽"和情感主体"小立恨因谁"都能够看出来。第二个场景则在少女的闺房中，也可从意象上看出来，如天气情

163

况是"急雪"，所在地方是"香阁"，感觉上为"轻风吹到胆瓶梅"。当然，情感上也有明显变化，且与环境的变化一致。开始是"小立恨因谁"，后来变为"心字已成灰"，明显感觉情感在承接前面的同时变得深多了。回头来看，从旷野到香阁，从大环境到小空间，从"小立恨因谁"到"心字已成灰"，在各个层面都能看到这一变化。而这中间也有一个转变的标志，就是"急雪乍翻"，这交代了词中情感变化的时空转换的交点。前面或许是"秋凉"罢了，而后面明显可以感觉到"凄冷"的环境氛围。

诗词中有种不成文的划分，便是依据字数多少进行划分。长篇且不必多说，即便是一篇名篇，也未必不允许其中有些败笔赘言。但是所谓的"短篇""小制"就不行了，若是名篇，是绝不会允许有败笔赘言的，不仅仅是败笔赘言，就算平庸的句子也是不允许的，因为这样一来，就浪费了诗歌给人营造惊奇的"可能性"。诗歌给人以好的感觉，是离不开这种"可能性"的。这首《忆江南》字数极少，是小令中的单调，在诸多词牌名中也是字数最少之一。这一词牌写得好的，如温庭筠的"梳洗罢，独倚望江楼。过尽千帆皆不是，斜晖脉脉水悠悠，肠断白蘋洲"。用字上讲求自然少造作，无赘言败笔。

纳兰性德这首词中的"心字已成灰"巧妙而自然地用了双关的修辞手法。一方面在意象上指的是心形的熏香燃烧完后，在地面上留下的心形的灰烬；另一方面又可以来指词中人物情感上的"心如死灰"。在黄天骥的《纳兰性德和他的词》中，他说这首词"语带双关，耐人寻味，但情调过于灰暗"，似乎觉得不合先贤的"哀而不伤"，可这样真挚的情感表现方式，也正是纳兰性德的词令人感动的根本。

事实上这里还透露了词人的另一重心境。纳兰性德出身贵胄，然而他自己受到十分鲜明的汉族文化的熏陶，具有极强的归隐意识，这在他内心一直存在。他自己是帝王身边的一等侍卫，父亲是当朝宰相。这些高贵的身份几乎就是被命运安排的，不可更改。一方面有遁世淡薄，另一方面身在朝阙，处在与自己性格极为不协调的名利中，他内心的痛苦与努力的挣扎是多么惨烈。纳兰性德一语双关的"心字已成灰"一语，是对他所描绘的女子情感的完结，也无意中透露出了自己的心态。

【注释】

①昏鸦：黄昏时天空飞过的乌鸦群。

②香阁：古代年轻女子居住的内室。

③胆瓶：长颈大腹的花瓶，因形如悬胆而得名。

④心字：即心字香，一种炉香名。明杨慎《词品·心字香》："范石湖《骖鸾录》云：'番禺人作心字香，用素馨茉莉半开者着净器中，以沉香薄劈层层相间，密封之，日一易，不待花萎，花过香成。'所谓心字香者，以香末萦篆成心字也。"

诉衷情

冷落绣衾谁与伴？倚香篝①。春睡起，斜日照梳头。欲写两眉愁，休休②。远山残翠收③，莫登楼。

　　"冷落绣衾谁与伴"，首句发问，自问自答。因无人相伴，看那绣衾，就算华美艳丽，也只让人觉得了无思绪，因为无人相伴，此情此景自然易解了。后两句"倚香篝。春睡起，斜日照梳头"，香篝本是古代室内焚香所用的熏笼。一般来说，古代官宦人家或者大家闺秀闺房中才燃此香笼，因此"倚香篝"则再次点到此女子的身份。"春睡起，斜日照梳头"则点明时间，春日迟迟，已经倾斜到满屋子，"睡起晚梳头"，毫无心绪，一副慵懒的形象跃然纸上。如果在此处还描写到女子动态特征呈现慵懒姿态的话，"欲写"二句则把这种慵懒之态又向前推进一步，说那女子本想画眉，却看到自己双眉愁锁，算了，还是不描了，描给谁看呢？"休休"则是这种心语的集中体现。

　　可想此场景：春日迟迟，少妇幽枝独依，显得百无聊赖，则赖床度日，迟睡晚起，斜阳已至，更算是薄暮，因此无心打扮，只有深锁愁眉，无奈中更不知怎么排遣寂寞之念。因此想起温词倚楼断肠之句，更不敢登楼了。

　　自然，此处"远山残翠收"是实景虚写之笔。也由此可以看出，景色已经极熟悉，不必登楼就已知晓，想那断肠处自然是不宜多去的。

这首词，纳兰性德承袭花间词风，因为他温文尔雅，少年风流而又擅长小令，此种词类自是写法娴熟，笔墨点至，形象刻画往往呼之欲出，细腻生动。但比之温飞卿《望江南》则有不足之处。

想来，温飞卿此词中摘取瞬间和纳兰性德自有时间延续上的联系，但温飞卿词则更契合情感最浓郁的部分，那登高望远思人之境，自然是描写此种风情形象的绝时。虽都是斜晖残翠，纳兰性德自然无所突破，况温飞卿断肠句一出，已经极其简洁而深刻地写尽了人物内心，纳兰性德描写的思妇心理之笔却不如这一个词力量深厚。而花间词集更写尽了思妇孤独伤春念远之情。

总之，纳兰性德为清词人，写思妇自然与自身之境相连。若非如此，则不过是磨炼前人之笔，亦无创新罢了。

【注释】

①香篝：古代室内焚香所用的熏笼。

②"欲写"二句：意思是本来想要画眉，然而却双眉愁锁，算了还是不画了。休休，不要、不用，表示禁止或劝阻。

③"远山"句：意为远处山峦的翠色消散了。收，消失、消散。

如梦令

木叶纷纷归路，残月晓风何处。消息半浮沉，今夜相思几许。秋雨，秋雨，一半西风吹去①。

天已经凉了，秋风吹落一树的黄叶，纷纷扬扬，如漫天蝴蝶纷飞，归来的道路上铺了厚厚的一层落叶。一层秋意一层凉，晓风残月人独立，今昔又是独对孤影而酌，难料此身何在，所爱又何在？生涯凄苦，人也沉浮，飘零如萍，今夜有多少相思呢？又一场秋雨凉风，天也一日日地冷，心也一日日地凉。过往的一切，相思、伤感，红花、绿叶，都纷纷被这西风吹去了，心中若有所失，难以释怀。

这首词写的是相思之情，词人踏在铺满落叶的归路上，想到曾经与所思一道偕行，散步在这条充满回忆的道路上，然而如今却只有无尽的怀念，心中充满惆怅。暮雨潇潇，秋风乍起，"秋风秋雨愁煞人"，吹得去这般情思吗？这首词写得细致清新，委婉自然。除委婉自然外，还有一个特点，纳兰性德的词最常用到的字是"愁"，最常表现的情感也是"愁"，正如梁羽生说的，"纳兰性德的词中，'愁'字用得最多，几乎十首中有七八首都有个'愁'字。可是他每一句中的'愁'字，都有一种新鲜的意境，随手拈几句来说，如'是一般心事，两样愁情''几为愁多翻自笑''倚栏无绪不能愁''唱罢秋坟愁未歇''一种烟波各自愁''天将愁味酿多情''将愁不去，秋色行难住'，或写远方的怀念，或写幽冥的哀悼，或以景入情，或因愁寄意，都是各个不同，而且有新鲜的联想。"这一首就情感来说，是一贯的，然而在写法上却没有用一个"愁"字，这和他一贯多用"愁"字很不相同。那这首词是如何表现"愁"的呢？范成大有词《鹧鸪天》：

> 休舞银貂小契丹，满堂宾客尽关山。从今衮衮盈盈处，谁复端端正正看。
> 揾泪易，写愁难。潇湘江上竹枝斑。碧云日暮无书寄，寥落烟中一雁寒。

这首词虽出现了"愁"字，却有和纳兰性德相同的写法，就是不直接写愁，而是通过其他意象的状态来体现这种情感。

纳兰性德的这首词还有个很重要的地方，也是这首词本身在感觉上给人一种熟悉而又清新的重要原因，那就是化用了前人的许多意象和名句。如"木叶"这一经典意象最早出于屈原的《九歌·湘夫人》"袅袅兮秋风，洞庭波兮木叶下"，曹植的《野田黄雀行》就说"高树多悲风，海水扬其波"，庾信在《哀江南赋》里说"辞洞庭兮落木，去涔阳兮极浦"，杜甫在《登高》中说"无边落木萧萧下，不尽长江滚滚来"。这一意象具有极强的艺术感染力，予人以秋的孤寂悲凉，十分适合抒发悲秋的情绪。"残月晓风何处"则显然化用了柳屯田的《雨霖铃》中"今宵酒醒何处，杨柳岸，晓风残月"，"一半西风吹去"又和辛弃疾的《满江红》中"被西风吹去，了无痕迹"相近。

这首词和纳兰性德的其他词比起来，风格也没有什么不同，仍然是婉约细致，但从版本上看却大有可说之处。这首词几乎每句都有不同版本，如"木叶纷纷归路"一作"黄叶青苔归路"，"残月晓风何处"一作"靥粉衣香何处"，"消息半浮沉"又作"消息竟沉沉"。

且不谈哪一句是纳兰性德的原句，这考据，现下还难以确定出结果来，但这恰好给读者增加艺术对比的空间。比较各个版本，就"木叶纷纷归路"一作"黄叶青苔归路"两句来看，"黄叶"和"木叶"两个意象在古典诗词中都是常见的，然就两句整体来看"木叶纷纷"与"黄叶青苔"，在感知秋的氛围上看，显然前者更为强烈一些，后者增加了一个意象"青苔"，反而导致悲秋情氛的减弱。"残月晓风何处"与"靥粉衣香何处"则可谓各有千秋，前者化用了柳永的词句，在营造意境上比后者更有亲和力，词中也有悲哀的情感迹象；"靥粉衣香何处"则可以在对比下产生强烈的失落感，也能增强词的情感程度。

【注释】

①"秋雨"三句：朱彝尊《转应曲》诗句："秋雨，秋雨，一半因风吹去。"

清平乐

才听夜雨，便觉秋如许。绕砌蛩螀人不语，有梦转愁无据①。

乱山千叠横江②，忆君游倦③何方。知否小窗红烛，照人此夜凄凉。

　　这首词是秋夜念友之作，抒发了对好友顾贞观深切的怀念。顾贞观是江苏无锡人，其曾祖顾宪成是晚明东林党人的领袖，可谓真正的书香门第。顾贞观的个人才情和文化素养也自然与众不同，是当时很有名的江南文士。

　　康熙十五年的春夏间，他与权相明珠之子纳兰性德相识，成为交契笃深的挚友。或许是气质的相互吸引，或许是才情的彼此契合，两人第一次相见，便有"一见即恨识余之晚"之感，相见甚欢，相谈甚多，彼此引为知己。而在词坛的成就两人同样齐名，举凡清史、文学史、词史无不将二人相提并论，被视为风格近似、主张相同的词坛双璧。二人因为才情而惺惺相惜。在与顾贞观相交的日子里，纳兰性德是快乐的。他们时常以词会友，互相切磋文学。可是再深的友谊也不能保证天长地久地相处，纳兰性德因为官职在身，总需要外出办事。

　　这次，他又要随同皇帝外出游走，官场的事情总是枯燥乏味的，不如与友人饮酒填词来得痛快。但人在官场，身不由己，纳兰性德只得依依不舍告别友人，准备出发。在外出的日子里，纳兰性德一直是孤独寂寞的。虽然康熙很赏识他，但毕竟君臣有别，二人不会无话不谈。纳兰性德恪守着君臣之礼，他将自己内心的一切都隐忍下来，这更加重了他内心的郁闷情绪，想要及早结束这场出行，好早日回去与友人团聚。

在这种心情下，纳兰性德写下了这首《清平乐》：才刚刚听到窗外的雨声，就已感觉到秋意已浓。是那蟋蟀和寒蝉的悲鸣声，让人在梦里产生无限哀怨的吗？乱山一片横陈江上，你如今漂泊在哪里呢？是否知道有人在小窗红烛之下，因为思念你而备感凄凉？单纯的想念，让人能够从词句中嗅到友谊的醇香。友谊就是这样，不论彼此身在何方，总是能够随时随地想起对方。纳兰性德外出公干，想起远方的挚友，虽然秋意正浓，但心头也会涌起阵阵暖意。

"才听夜雨，便觉秋如许"，才刚刚听到窗外的雨声，就已经感觉到浓浓的秋意了。身上的寒意大多是心里的凄凉带来的，身边没有知己，自然感觉到凉意。夜雨之中，更能听到蟋蟀和寒蝉的悲鸣声，秋意渐浓，蟋蟀和寒蝉也知道自己生命无多，故而叫声凄厉。在夜色下，这更让人产生无限的哀怨。

"绕砌蛩螀人不语，有梦转愁无据"，上片在凄凄切切的情愫中结束，纳兰性德将思念友人之心情描述得如此悲切。这首词是思念友人，却又好像是纳兰性德的呢喃自语。结束了上片的哀痛，下片则是沉思，依然饱含哀怨，所描写的景物也是蒙上一层灰暗的色彩，看不到颜色。

"乱山千叠横江，忆君游倦何方"，眼前乱石堆砌，远山横陈江上，江水滔滔，滚滚东逝去。不知道友人而今漂游到了何方。杳无音信，只能靠着思念回忆过去美好的日子。纳兰性德与好友之间没有联系，让他内心充满不安。

"知否小窗红烛，照人此夜凄凉"，这是纳兰性德在反问友人的话，是否知道有人在思念你呢？是否会知道此人因为思念而感到凄凉呢？友人自然是无法感受到纳兰性德千里外的思念的，但纳兰性德在此的疑问，可以看出纳兰性德的纯真心性，这个才华横溢的清初才子其实只是一个渴望友谊与关爱的男子。

词的初衷是思念友人，但当写到最后，却变成了纳兰性德自怨自艾的一首自哀词，写不尽的哀伤情，透过词意里的风雨，飘洒而出，湿了人心。

【注释】

①无据：不足凭，不可靠。

②横江：横陈江上，横越江上。

③游倦：犹倦游，指仕宦漂泊潦倒。

画堂春

一生一代一双人①，争教②两处销魂。相思相望不相亲，天为谁春？

浆向蓝桥③易乞，药成碧海难奔。若容相访饮牛津，相对忘贫。

古往今来，爱情总是叫人欢喜叫人愁苦，美好的爱情就好似夜空中兀自绽放的烟火，瞬间的美丽照亮漆黑的天空，但为这一刹那的美好，人们所要付出的往往是很多的。纳兰性德为爱情付出的更多，他由困顿到解脱，由渴望到爆发，这期间的情绪波动十分大，而这样的心绪，也就是这首《画堂春》。

这样，也便不难理解，为何这首词的气场如此强大，不同于纳兰性德以往诗词的风格。劈头便是"一生一代一双人，争教两处销魂"，似乎是在控诉，也是在向苍天指问：为何相爱容易，相守就这么难？

纳兰性德的这句话，毫无点缀，直来直往，犹如一个女子，素面朝天，但因为天资的底蕴，所以耐得住别人去看、去推敲。明明是天造地设的一对佳人，偏偏要经受上天的考验，无法在一起，只能各自神伤，这真是老天爷对有情人开得最大的一个玩笑。

"相思相望不相亲，天为谁春"，既然相亲相爱都不能相守，那么老天爷，这春天你为谁开放？纳兰性德的指天怒问让人叹息。这悲怆的上片，其实是纳兰性德化用骆宾王《代女道士王灵妃赠道士李荣》诗中成句："相怜相念倍相亲，一生一代一双人。"

纳兰性德将古人诗句加以修改，运用得十分到位。骆宾王的原句想来后人并无多少知晓，但纳兰性德的这首词却是传遍了大江南北。

下片转折，接连用典。其实小令一般是不会去频繁用典故的，这是禁忌，但是纳兰性德却偏偏视禁忌于不顾。

"浆向蓝桥易乞"，这是关于裴航的一段故事：裴航在回京途中与樊夫人同舟，他赠送诗歌表达情意，而樊夫人却回他一首："一饮琼浆百感生，玄霜捣尽见云英。蓝桥便是神仙窟，何必崎岖上玉清。"裴航苦思不得其解。后来他去蓝桥驿，偶遇一位名叫云英的女子，顿生爱慕。而当裴航向云英母亲求亲时，却遇到一个难题。云英的母亲说只要裴航为她找到一件叫作玉杵臼的宝贝，就将女儿嫁给他。裴航从樊夫人的诗句中得到启示，千辛万苦终于娶到了云英。而纳兰性德用这个典故，其实是想说像裴航那样的际遇于他而言，也是有过的。但至于纳兰性德遇到了什么样的往事，后人也不得而知。但想来，他也遇到了如同裴航一样的大难题，可惜，他没有仙人指路，毫无解决办法，故而才苦恼万分。

苏雪林在《清代男女两大词人恋史之谜》中也提道："以为此恋人为'入宫女子'，'浆向蓝桥易乞'似说恋人未入宫前结为夫妇是很容易的；'药成碧海'则用李义山诗，似说恋人入宫，等于嫦娥奔月，便难再回人间；李义山身入离宫与宫嫔恋爱，有《海客》一绝，纳兰性德与入宫恋人相会，也用此典，居然与李义山暗合。"

这里写的"药成碧海难奔"也是一个典故，之后的"若容相访饮牛津，相对忘贫"也是一个典故。

传说大海的尽头就是天河，那里曾有人每年八月都会乘槎往返于天河与人间，从不失期。好奇的人便效仿，也踏上了探险之路，向东而去。漂流数日后，那人见到了城镇房屋，还有许多男耕女织的人们。他向一个男子打听这是什么地方，男子只是告诉他去蜀郡问问神算严君平便知道了。严君平掐指一算后，居然算出那里就是牛郎织女相会的地方。

纳兰性德用这个典故，是想说自己虽然知道心中爱的人与自己无缘，但还是渴望有一天能够与她相逢，在天河相亲相爱。这是纳兰性德的誓言，也是难以实践的约定。纳兰性德的爱，注定了漂泊，没有归期。

【注释】

　　①"一生"句：语出唐骆宾王《代女道士王灵妃赠道士李荣》："相怜相念倍相亲，一生一代一双人。"

　　②争教：怎教。

　　③蓝桥：在陕西蓝田东南蓝溪上。传说此处有仙窟，相传唐代秀才裴航与仙女云英曾相会于此，求得玉杵白捣药，终结为夫妇。专指情人相遇之处。

霜天晓角

重来对酒①，折尽风前柳。若问看花情绪②，似当日、怎能够。休为西风瘦，痛饮频搔首③。自古青蝇白璧④，天已早、安排就。

　　相逢又离别，离别又相逢，人生似乎就是在这相逢分别中慢慢损去，似乎是命运的轮回而已。看罢，如今眼前竟又是一盏离别酒，又要将它存进惆怅。

　　河边那一排排瘦瘦的柳树，春意未浓，绿芽始发，却早已攀折殆尽，一任那春风吹啊，却怎么也吹不绿了，春风又何能解憔悴？徒替柳枝伤感罢了。

　　与早春一道的，那早早的花儿已然开放，卑微却露出生的希望——遥想那些一同赏花的年华，如水东流，一去不返。如今物是人非，再对花月，睹物思人，何谈情绪，哪有心思，真是肝肠寸断，怎能还似当时呢？

　　可爱的人儿啊，不要在这西风中沉沦，不要为此而憔悴。经历了那么多的坎坷、离别，面对人生何其多的温热冷暖，难道脆弱的心灵还未粗糙，难道敏感的神经还未因此麻木？

　　痛饮下这一杯酒吧，让我们一道将离别的痛苦，赤裸裸地一点儿不留，浸泡在这催泪滚滚的烈酒中吧，还让我们自己也沉沉地拜倒在这烈酒的冷寒里罢，让明日醒来时的我们又回到原来并未相见的空虚中，回到没有挂念的快乐中去。

人生不适，离别圆缺，清白逸邪，纷纷扰扰，永无宁日，自古便是如此啊，这千般烦恼，百般计较，命无不如此，皆由天定啊！

这是一首写饱受人生别离之苦后，借重聚饮酒之机抒发人生无常之情的词。上片说重逢后，又临别酒，而此时方寸所感，早与往日大相径庭。下片自己为这人生苦恼提出了解答："自古青蝇白璧，天已早、安排就。"

这首词属于纳兰性德深刻剖露自己内心苦闷，以及苦苦寻求解答与解脱的典型篇目。这词中体现了佛教思想对纳兰性德的影响。我们可以看出：一方面纳兰性德曾积极进取，敢于直面人生，他早期和一切读书人一样，努力去考取功名，并且由于家族以及自身能力两方面的原因，顺利进阶，仕途可谓一帆风顺，成为帝王身边的侍卫，前途不可限量；另一方面，他完整人生中的另一面，也就是他敏感而易感伤的心理，坎坷而多遭变故的爱情生活，无常人生的生死、别离，等等，始终像水一样，慢慢浸透他全身。这样一对矛盾一并融入了纳兰性德的命运中，他无比苦闷，寻找出路，终于找到了佛教禅宗。然而他并不是一个虔诚的佛教徒，也不是一个俗家弟子，他只是一个对世俗世界十分留恋又力图从中寻求解脱的读书人，一个伤感而敏感的诗人。

这首词写别情，却脱出别情，终又回到别情上，始终想解脱，故作旷达语，又始终不可解脱，终归于一句对于人生的理解"自古青蝇白璧，天已早、安排就"，以此宽慰自己。全词可谓凄婉哀绝，能催人生出同感来，读之百遍，犹不觉厌。

【注释】

①对酒：面对着酒。

②情绪：心情，心境。

③"痛饮"句：尽情地喝酒。搔首：以手搔头，焦急或有所思貌。

④青蝇白璧：比喻奸人陷害忠良。唐陈子昂《宴胡楚真禁所》诗："青蝇一相点，白璧遂成冤。"青蝇，苍蝇，蝇色黑，故称。白璧，平圆形而中有孔的白玉。

卜算子·塞梦

塞草晚才青，日落箫笳①动。
戚戚凄凄②入夜分，催度星
前梦。
小语绿杨烟，怯踏银河冻。行
尽关山到白狼③，相见惟珍重。

《卜算子》又名《百尺楼》《眉峰碧》《楚天遥》等。相传
是借用唐代诗人骆宾王的绰号。骆宾王写诗好用数字取名，人称"卜
算子"。

这首词是纳兰性德于塞外羁旅时思念妻子之作。

"塞草晚才青"，是日落时分，边塞的草在黄昏的天色里才
显出青绿的颜色，此处也暗指白日行军匆忙，杂事诸多，只有黄
昏时分陷入安静才开始觉得周围景致的苍凉。

"日落箫笳动"，夕阳才缓缓落下，箫笳之声便在大漠上蔓
延开了，这里"箫笳"指的是管乐器。箫声婉转幽凉，笳声沉郁悲切，
二者交错，突显出塞上荒凉空远的景色。卢纶《送张郎中还蜀歌》
有句："须臾醉起箫笳发，空见红旌入白云。"也是借箫笳之声
延伸出这个大漠的苍凉。

暮色四合，箫笳沉凉，这一个夜入得如此缓慢凄清，"我"
已不忍再看，转回营帐时却一步一回顾天际星光，原来这一场羁旅，
所想要逃避的也不过是对你的相思无涯。用情之至，却要忍受在
各自天涯之时的噬骨之痛，那么"我"若速速睡去，你是否也能
赶来见"我"一面，聊解相思，也告诉"我"，家乡的柳枝可有

179

了什么变化。

　　"戚戚凄凄入夜分"一句用典，出自李清照《声声慢》："寻寻觅觅，冷冷清清，凄凄惨惨戚戚"，描写的是自己在入夜后愁惨的心情，与易安相仿，那么不难理解所隐含的意思也是"乍暖还寒时候，最难将息"。杜甫《严氏溪放歌行》："况我飘蓬无定所，终日戚戚忍羁旅"，所要表达的也便是这般羁旅生涯惨淡悲愁的心情。

　　在这种心情的驱使之下，终究相思难耐，只得"催度星前梦"，催促引渡妻子的梦魂来到边塞，与自己相会。此句化用汤显祖《牡丹亭·游魂》中"生性独行无那，此夜星前一个"一句。《牡丹亭》又名《还魂记》，是汤显祖的传世之作，小说描写了杜丽娘与柳梦梅生死离别的爱情故事。汤显祖在该剧《题词》中有言："如杜丽娘者，乃可谓之有情人耳。情不知所起，一往而深。生者可以死，死可以生。生而不可与死，死而不可复生者，皆非情之至也。"而纳兰性德在此处用以指代夫妻情深，是以纵使关山阻隔，也愿梦魂相聚。

　　到了下片，也不知是睡着了还是醒了，妻子那娇影袅袅娜娜地竟真的出现在了眼前，更欲耳畔轻柔情话私语，只是这个时节银河尚冻，路人皆不敢踏足那冰封的小河，杨柳蒙烟，天寒彻骨，却不知伊人独自如何能到得了这塞外边关的荒凉之地。

　　于是紧接着"行尽关山到白狼，相见惟珍重"一句，便解释了妻子的魂魄如何抵达塞外，却是将关山踏遍才寻到远在白狼的丈夫，这一句也暗喻了妻子不畏关山路途艰难，思念夫君，想要见到夫君、必要见到夫君的深情。晏几道《鹧鸪天》："从别后，忆相逢，几回魂梦与君同。今宵剩把银釭照，犹恐相逢是梦中。"与此处有相似的妙处，虽然纳兰性德并未真正见到妻子，但两首词皆是指爱人相见，亦真亦幻，梦里梦外难辨，相见却又不敢确认的恍惚心情。

　　既是相见了，应是有百般情话关切相问，可是相别之久，相思之深，却让酝酿了这许多年的千言万语在心绪中百转千回，不知从何言起，最终吐出口的，仅仅只有"珍重"二字。想来情到深处反而不能言语，甜言蜜语该多是独处之时盘旋脑海。词到此处，蕴含了一语将破未破的玄机，万里迢迢相聚却只道一声珍重，情意盘旋缱绻，一唱三叹，使闻者不由一片感怀在心，却又不敢妄作言辞以打碎这梦魂相聚的深绵。

这首词典型而深刻地描写出纳兰性德常年羁旅在外，厌恶扈从生涯，时时怀恋妻子，思念家园，故虽身在塞上而相思不灭，遂朝思暮想而至于常常梦回家园，与妻子相聚。短短数字，将这种凄惘的情怀刻画得淋漓尽致，入木三分。

【注释】

①箫笳：箫和胡笳。

②戚戚：悲伤的样子。凄凄：形容心情凄凉悲伤。

③关山：关口和山岳。白狼：即白狼河，今辽宁大凌河。

鹧鸪天

独背残阳上小楼，谁家玉笛①韵偏幽。一行白雁②遥天暮，几点黄花满地秋。

惊节序，叹沉浮，秾华③如梦水东流。人间所事堪惆怅，莫向横塘问旧游④。

在中国古代，每到重阳佳节，人们就会登高，为的是避灾求福。而随着时间的推移，登高逐渐演变成古人的一种重要情结，每当他们郁郁不得志时，通常以登高赋诗吟词，来排解心中的郁闷苦楚。

南唐后主李煜在国破家亡之后，在宋朝过了两年多的囚徒生活。在被"囚禁"的日子里，为了缓解心中的愁苦，他经常独上西楼远望，想象着昔日南唐的宫阙，而亡国之恨总会在这时一次次冲击他的心灵，因此他悲愤地写下了"无言独上西楼""小楼昨夜又东风"之类感伤的诗句。

与李煜这个偏安一隅的没落国君相比，纳兰性德无疑要幸运得多，他出身贵胄，父亲是权倾一朝的宰相，自己又是皇帝的贴身侍卫，深得圣上赏识。然而，他却蔑视一切荣华富贵，想的是遁迹山林，与清风明月为伍。纳兰性德的出身和性格，也就注定他要终身扮演一个不得志的失意者，而这首《鹧鸪天》就是他内心满腔惆怅的真实写照。

"独背残阳上小楼"，词一开篇，纳兰性德就为我们展现出一幅凄凉的画面。在一个秋日的黄昏，纳兰性德孤单地登上小楼，夕阳将他的影子一点点地拉长，就像他的心性一样，在时光的磨砺中消磨殆尽。

登上小楼之后，他的耳边传来幽咽的笛声，其中似乎还夹杂着些许的感伤。在中国古典诗词中，玉笛也是一个频繁出现的意象。"敦煌女伎持玉笛，凌空驾云飞天去""谁家玉笛暗飞声，散入春风满洛城""玉笛凌秋韵远汀，谁家少女倚楼听"……登高必感怀，这是中国传统诗词的一个套路，另外还有"一切景语皆情语"的说法，所以纳兰性德在感怀之前，先看了看眼前的景色。"一行白雁遥天暮，几点黄花满地秋"，远处，一行白雁飞入天际；近处，枯黄的叶子落了一地。一个人孤零零地登楼远眺就已显凄凉，如果再看到眼前萧瑟的秋景，自然会触景生情，发出无限的感慨。

词到下片，纳兰性德开始慨叹世事无常，人生如梦，"惊节序，叹沉浮，秾华如梦水东流"，四季更替，人生浮沉，美好的时光像梦一样随着流水流走了，到这里，词人的惆怅之情已显而易见。

"人间所事堪惆怅，莫向横塘问旧游"，人间有无限的惆怅之事，既已如此惆怅，那就更不要向横塘询问旧游在何处了。读到尾句，我们不禁想起纳兰性德的另一首《浣溪沙》中的"我是人间惆怅客"，不同的季节，相同的意境，虽然时光飞逝，但惆怅的心情却如影相随。

有人说这首词是登高感伤之作，也有人指出横塘在江南，这是一首登高怀人之作，怀念的是沈宛或是江南的友人。哪种说法正确，我们无法做出裁定，但我们能够确定的是，纳兰性德内心中那无法倾诉的惆怅，将永远陪伴在他的左右，直到他生命终结……

【注释】

①玉笛：玉制的笛子，笛子的美称，这里指笛声。

②白雁：体色纯白，似雁而小，候鸟。

③秾（nóng）华：指女子青春美貌。

④横塘：古堤名，一处为三国吴于建业（今南京）南淮水（今秦淮河）南岸修筑，亦为百姓聚居之地；另一处在江苏省吴县西南。诗词中常以此堤与情事相连。旧游：从前游玩过的地方。

鹧鸪天

别绪如丝睡不成，那堪孤枕梦边城①。因听紫塞②三更雨，却忆红楼③半夜灯。

书郑重，恨分明，天将愁味酿多情。起来呵手封题④处，偏到鸳鸯两字冰。

在中国古典诗词中，有许多缠绵悱恻的诗篇，从"窈窕淑女，寤寐求之"的吟唱到"十年生死两茫茫"的悲叹，再到"才下眉头，却上心头"的相思情愁。我们在欣赏这些诗篇时，所能感受的不仅仅是那种热烈、深沉的感情，更能体味到洋溢在其中的绵绵相思以及幽幽愁丝。

纳兰性德的这首词是塞上怀远之作，仍然是相思的主题。首句"别绪如丝睡不成"，直抒胸臆，多情公子此时正在塞上，别后的相思之情让他辗转反侧，夜不能寐，而"那堪孤枕梦边城"则更进一步说明了纳兰性德的愁思之深。按照正常的理解，"梦边城"应该解释为"梦见边城"，但是联系上下文，我们就知道其应该解释为"梦于边城"。

由于孤枕难眠，于是纳兰性德只好从床上爬起来，去倾听那塞外夜半的雨声。可是这潇潇的夜雨声，就如同愁苦之人拨弄琴瑟的弦声，凄凉震耳，声声敲痛着纳兰性德那颗充满愁思的心，也越发触动了他的情思，让他不自觉地回忆起家中灯前的妻子，她此时是否也在思念着自己？

紫塞，指的是北方边塞，鲍照在《芜城赋》中有"南驰苍梧涨海，北走紫塞雁门"的诗句。长城之下的泥土呈紫色，相传这是因为修筑长城的老百姓一批批全都死在城下，以至于"尸骨相支拄"，百姓的血肉之躯掺和了泥土，恰是紫色，所以边塞就被称为紫塞。

相思之情此时已如春日的野草一样，迅速地疯长着，于是纳兰性德拿起笔，铺开纸笺，开始给妻子写信，抒发自己的离愁别绪。"书郑重，恨分明"，纳兰性德在这里化用李商隐的《无题》中的一句：

> 照梁初有情，出水旧知名。
> 裙衩芙蓉小，钗茸翡翠轻。
> 锦长书郑重，眉细恨分明。
> 莫近弹棋局，中心最不平。

李商隐当时新婚不久，由于卷入了"牛李党争"，因此在仕途上遭受了不公正的待遇。新婚妻子王氏并没有因李商隐在仕途上的不得志而离开他，而是一直不离不弃，与其患难与共。于是李商隐写下了这首诗。纳兰性德在此处截取"书郑重"和"恨分明"二语，语义上让人感到十分疑惑，至于他在当时要表达什么含义，我们今人就不得而知了。

接下来纳兰性德用一句"天将愁味酿多情"，将整夜的情思推向了高潮，人有七情六欲，会感到愁苦，而苍天似乎也在用滴滴答答的细雨声来酝酿自己的愁苦，一个"酿"字，可谓是全词的词眼。边塞严寒，纳兰性德好不容易写完信，呵着僵硬的双手封合了信封，在为信封签押的时候，偏签押到鸳鸯两字时，却发现笔尖被冻住了，只有一片冰凉的寒意。在这里，纳兰性德将自己的心境与天气巧妙地结合在一起，那被冻住的恐怕不仅仅是笔尖，更是纳兰性德的那颗心吧！

相传卢氏死后，纳兰性德在二十五岁时续娶了官氏，由于和官氏的婚姻带有政治色彩，所以纳兰性德一直对官氏非常冷淡。如果真是这样的话，那么这首词就应该不是写给官氏的，那么我们是否就有理由推测，这又是一首怀念卢氏的悼亡之作呢？从"天将愁味酿多情""偏到鸳鸯两字冰"这两句来看，纳兰性德当时的心中确实有一种难以诉说的愁苦。

【注释】

①边城：临近边界的城市。

②紫塞：北方边塞。

③红楼：红色的楼，泛指华美的楼房。指富贵人家女子的住房。

④呵手：向手呵气使暖和。封题：物品封装妥当后，在封口处题签，特指在书札的封口上签押，引申为书札的代称。

曲水流觞

仓央嘉措诗传

不负如来不负卿

启 文——编著

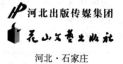
河北出版传媒集团

花山文艺出版社

河北·石家庄

图书在版编目（CIP）数据

曲水流觞．仓央嘉措诗传．不负如来不负卿／启文
编著．－－石家庄：花山文艺出版社，2020.8
ISBN 978-7-5511-2839-1

Ⅰ．①曲… Ⅱ．①启… Ⅲ．①达赖六世（1683–
1706）－传记②达赖六世（1683–1706）－诗歌欣赏 Ⅳ．
① B949.92 ② I207.227.49

中国版本图书馆 CIP 数据核字 (2020) 第 145848 号

书　　名：	**曲水流觞**
	QUSHUI LIUSHANG
分　册　名：	仓央嘉措诗传　不负如来不负卿
	CANGYANGJIACUO SHIZHUAN　BU FU RULAI BU FU QING
编　　著：	启　文
责任编辑：	郝卫国
责任校对：	董　舸
封面设计：	青蓝工作室
美术编辑：	胡彤亮
出版发行：	花山文艺出版社（邮政编码：050061）
	（河北省石家庄市友谊北大街 330 号）
销售热线：	0311–88643221/29/31/32/26
传　　真：	0311–88643225
印　　刷：	三河市嵩川印刷有限公司
经　　销：	新华书店
开　　本：	870 毫米 ×1220 毫米　1/32
印　　张：	24
字　　数：	550 千字
版　　次：	2020 年 8 月第 1 版
	2020 年 8 月第 1 次印刷
书　　号：	ISBN 978-7-5511-2839-1
定　　价：	119.00 元（全 4 册）

前言

　　仓央嘉措，1683 年出生于西藏南部门隅纳拉山下普通的农奴家庭。作为一代格鲁派教宗的他，父亲与母亲以及世世代代的先祖都笃信宁玛派。宁玛派僧人可以恋爱结婚，不认为爱情与信仰有什么冲突，而格鲁派主张禁欲。仓央嘉措十五岁才坐床，在宁玛派文化氛围中长大，受俗世欲望的熏染，情爱对他来说不是洪水猛兽，而是那么天真自然。他的生命从一开始就埋下了悲剧的种子。

　　而他悲情命运的另一位促成者，就是第巴仲麦巴·桑结嘉措。由于当时西藏复杂的局势，五世达赖阿旺罗桑嘉措去世后匿丧。我们可以肯定，在当时的条件下，匿丧确实是对格鲁派最有利的处理方式。但是，五世达赖的死被隐瞒了十五年，随着格鲁派的壮大，继续瞒而不报没有可以让人信服的理由。越来越多的研究者相信，是第巴的权力欲望使他做出了这宗胆大包天的欺瞒事件，他不想交回权力。即使清政府发现了事情真相，仓央嘉措在康熙帝的支持下坐床之后，第巴依然不肯交出权力。他让一位颇有才华的宗教领袖坐了冷板凳，成为他的傀儡。

仓央嘉措在藏南的山野中长大，向往自由和爱情。他不在乎什么身份地位，扮作俗人模样在拉萨夜晚游乐，享受酒馆里醇美的青稞酒，享受与姑娘们的爱情。如果仅仅沉溺于情爱，仓央嘉措不会受到不同年代、不同民族、不同信仰的人的喜爱。真实的仓央嘉措是一位富有才华的诗人。他的诗歌在西藏流传很广。

对于仓央嘉措的诗歌，现在普遍存有争议，即他的作品究竟是令世人倾倒的情歌，还是宗教作品道歌。一些研究者认为，仓央嘉措的作品实质上是极富宗教意味的、意思含蓄暧昧的道歌，由于翻译原因以及文化原因，成了我们今日所见的"仓央嘉措情歌"。岁月能使地面苍青的树木变成地下蕴藏太阳光热的煤石，亦会使久远年代一个平淡的故事变成千年后一个惊心动魄的传说。即使仓央嘉措创作的当真是道歌，那又如何？他已然是一个时光铸就的传奇，与藏族英雄格萨尔王一样，成为雪域不朽的传说，一个浪漫、有情的大活佛。

为了让大家较为深入地了解这位浪漫的诗人，我们特别撰写了他的传记，较为清晰地理清了时代的脉络，同时尝试探研了诗人的情感世界，希望能从某一个角度完善读者对这位诗人认知的缺失，让大家心目中有一个更真实、立体、有血有肉的仓央嘉措。书中还收录、整理、翻译了仓央嘉措流传下来的一些作品，并做了文辞优美的赏析，不偏重学术的分析，只愿与仓央嘉措诗歌爱好者们分享那些真挚朴实的字句给我们带来的瞬息感动。

目录

仓央嘉措传记

第 一 回　前身托重任，涅槃秘不宣 / 2

第 二 回　瑞兆妙示天，六世降凡间 / 14

第 三 回　替身深宫坐，猜疑暗涌翻 / 28

第 四 回　菩提根深种，辨物续前缘 / 37

第 五 回　苍原识俊友，灵心种情苗 / 50

第 六 回　巴桑寺学经，相思几多情 / 62

第 七 回　皇帝平叛乱，第巴受斥责 / 74

第 八 回　门隅恋情断，浪卡子受戒 / 82

第 九 回　清风关不住，重游到人世 / 93

第 十 回　不作菩提语，唱彻凡人歌 / 105

第十一回　白日达赖佛，入夜浪子客 / 116

第十二回　世间安得法，佛卿两不负 / 127

第十三回　失却菩提路，绝音青海湖 / 136

仓央嘉措诗歌赏析

其一 / 148

其二 / 150

其三 / 152

其四 / 154

其五 / 156

其六 / 158

其七 / 160

其八 / 165

其九 / 167

其十 / 169

其十一 / 171

其十二 / 173

其十三 / 175

其十四 / 177

其十五 / 179

其十六 / 181

其十七 / 183

其十八 / 185

仓央嘉措传记

第一回

前身托重任，涅槃秘不宣

人们说，他是佛。

在藏族的传说中，格鲁派的上师①、格鲁派佛法权威的象征班禅与达赖，都是神佛转世。班禅是阿弥陀佛的转世②，达赖是阿弥陀佛的弟子观世音菩萨的转世③。

有一天，观世音对佛陀说，虽然我超脱了生死的轮回，但是众生还在人世业火中挣扎，我要重回人世，拯救众生的灵魂。佛陀准许了观世音的请求。于是，他穿越西方极乐世界的七重栏楯、七重罗网、七重行树、七宝池、四色莲华、七宝楼阁，穿越四天王天、三十三天、夜摩天、睹史多天、乐变化天、他化自在天，穿越青藏高原上翠蓝的天空、微曛的阳光、流逸的云团、徜徉的鸟群、澄澈的清风，最后降落到斯巴宰杀小牛时铺下牛皮的平坦大地上④，为这块土地上的人们消灾祈福，消减尘世业火的煎熬。人们称他为达赖佛，将身体匍匐于沙石冰雪之上，向他致以最高的敬意。

这个故事，他童年时就曾听人讲述过。

在被罗桑·却吉坚赞上师迎入哲蚌寺供奉前⑤，有多少个无所事事的阴天，他坐在绣垫上，抱着一块调了上等酥油的粑块或是一大块奶渣认真地啃，听奶娘娓娓讲述在青藏高原上流传了千百年的传说故事。这个故事他尤其喜爱，这次听了，下次还会语调严肃地要求奶娘再讲一遍。奶娘谦卑地应声，随即再次从遍地黄金无上清凉的西方极乐世界讲起。伴随着奶娘悠远淡然的语调，他的思绪飘出碉房，向着窗外黯淡悠远的天空飘去，仿佛那些密密层层的云朵之后，有某种命运的光亮在黑暗中闪烁。他看不清晰，冥冥中却又迫不及待去探索，去抚摸，试图拾拣起什么失落的东西。

多少年后，他才明白那种带有追忆色彩的追索意味着什么。

那是属于他的故事。

人们说，他是佛。

他的家乡，在斯巴砍下牛头放置的地方，有高高的山峰、茂密的草场、碧翠的林地，杜鹃鸟与绿翅紫胸的鹦鹉在草木间跳跃歌唱，羊群、牛群与天上的云峰共同流淌。那是前藏山南名叫琼结的地方⑥，那里大片美丽富饶的土地归琼结巴家族所有。

他的父亲叫杜绕登，是山南地区的贵族。他娶了浪卡子家族的漂亮小姐贡噶拉则。贡噶拉则拥有吉祥的体貌，美德俱全，琼结的人们都夸赞说贡噶拉则像翠柏般秀丽挺拔，像大自在天的公主般亲切善良，是"猫眼宝石中的九眼珠"。他们的联姻使家族势力更为强盛。琼结巴家族世袭日喀则宗宗本职务，世代安享帕竹地方政权给予的权力。这对夫妇享受着政治优势带来的优渥收益，却尽力不使自己陷入政治的泥潭。但是他们不知道，命运会把他们推入西藏最大的事件。

一切，源起于一个孩子。藏历火蛇年⑦，美丽的女主人贡噶拉则有了身孕。即将做父亲的杜绕登欣喜地请一位高僧为即将出世的孩子占卜打卦。

经历过艰辛修行的高僧须发皆白，法相威严。他庄重地取出一只木碗⑧，注满清水，开始打卦。清水随着诵经的声音微微颤动，泛起细密晶莹的涟漪，随即沉寂。高僧望着水中出现的影子，预备说出神圣的预言——然而，在看清了水中的映像后，他激动得说不出话，惊喜、激动、敬仰的神情交杂出现在他原本沉静的脸上。

年老的喇嘛用赞叹的语调预言道："我从木碗的清水中看到

了这个即将出世的孩子不平凡的未来，他不是老虎，也不是狮子，但是他能使老虎与狮子对他俯首帖耳。他头戴黄帽，掌管着宏大的教派，受天人与俗人的敬仰；他手执金印，统御着广袤的土地，受尘世万民的膜拜。尊贵的施主啊，这孩子带着莫大的福分，他必将一世奔忙，也必将一世辉煌。"

几个月后，贡噶拉则生下了一个聪明、漂亮的男孩儿，孩子有一双大得出奇的亮眼睛，像最古老、最有灵性的天珠^⑨。他在一个不平凡的早晨来到人世，红日伴着贡噶拉则的阵痛缓缓升上地平线，孩子出生的瞬间，吉祥的五彩云朵堆满了山南的天空，祥瑞的甘霖淋遍了琼结的草木，随即云收雨歇，一片如玉片般晶莹剔透的薄月出现在天空中与太阳交相辉映。琼结的百姓们都传说，这是吉祥殊胜的天象，一定有极其尊贵的人踏上了琼结的土地。

孩子出生后，各地的贵族纷纷表达祝福，连第巴也专门派人来表示祝贺^⑩。家族的宗教指导者、奉觉囊寺活佛多罗那它来看望这位尊贵的少爷，为他做法事护佑，并为他起名为贡噶米居多嘉旺格杰波。

这个受着天与人祝福的孩子六岁时，高僧的预言成为现实。大雪纷飞的严冬，第巴索南若登的使者假扮去印度朝拜的僧人经过琼结，见到琼结巴家族少爷吉祥的体貌、优雅的气度大为赞叹，为少爷摸顶祝福。冬日的积雪还没有化完，画眉鸟欢叫着在林间草丛觅食的时候，由高级僧侣、大贵族和蒙古头人组成的华贵队伍，浩浩荡荡来到了琼结。他们是为寻访转世灵童而来。

平和淡定的小小的人儿出现在众人面前。他不是平凡顽劣的儿童，不是骄傲无知的贵族小少爷，他有着与生俱来的优雅与沉稳。他双脚所触之土地，有乃色娃护法神暗施神通精心供奉；他双眼所触及之碧空，会有空行母显现法相翩然起舞^⑪。他是金刚勇士的化身啊，他是降临人世的佛子。他的一举一动，都有着正法的威严；他的所言所诉，都逸散着佛法的芬芳。

寻访灵童的高僧贵胄们郑重地向这神圣的人儿表达了敬意，

开始一板一眼地进行转世灵童的认定。四世达赖曾用过的器皿混杂在一堆器物中，他伸手就会取得，而不取旁物。四世达赖喜爱的法器摆放在不起眼的角落，他一眼就能注意到，说"那是我的东西"。四世达赖的近侍激动得流着泪俯下颤抖的身躯向他行礼。

1622年2月，六岁的五世达赖被迎进哲蚌寺供养。纯朴的藏族同胞们在他前往哲蚌寺的道路两旁匍匐，蜿蜒的路途被人们衣衫的色彩渲染成了一条色彩缤纷的河流，这条河流寂静却充满力量，他的座驾就在这汇聚着宏大信仰力量的河流中缓缓向哲蚌寺行去。虔诚地叩拜祈福的百姓们无法知道，这神圣的、得到至高无上祝福的一刻来得多么不容易。尊贵的达赖佛差一点就从这片土地上消失，从信徒们的视野中失却踪迹。在哲蚌寺的大殿上默默地捻着六道木念珠迎候五世达赖的四世班禅罗桑·却吉坚赞，为此付出了艰辛的努力。

1616年深冬，阿勒坦汗的曾孙、尊贵的四世达赖喇嘛云丹嘉措不明不白地在哲蚌寺去世⑫，这一年他年仅二十七岁。之后，藏巴汗彭措南杰禁止寻找转世灵童。

四世达赖的去世，历史上一直众说纷纭。较为普遍的说法是藏巴汗派人刺死了四世达赖，因为四世达赖对其进行诅咒使其患病。当时藏巴汗掌控着后藏地区⑬，格鲁教派在后藏的庞大势力影响了藏巴汗势力的扩张，除去了格鲁教派的领袖达赖，藏巴汗就除去了心头之患。在四世班禅的一再请求下，藏巴汗才勉强同意寻找达赖的转世灵童。

五世达赖从出生，就注定要与藏巴汗敌对。他要清除藏巴汗的势力，才能保证格鲁教派的发展，才能完全彻底地掌握西藏广阔土地上的尘世之权。

这个过程必然漫长而艰辛，没有谁确定他能做到，即使是四世班禅罗桑·却吉坚赞也不能确定。可他确确实实做到了，一步一个脚印，不但坐稳了禅床，也坐稳了宝座。

1625年，他拜四世班禅为师，受格楚戒，贡噶米居多嘉旺格杰波成为阿旺罗桑嘉措。十二年后，四世班禅为他受格隆戒。之后不久，他成为哲蚌寺的第十五任赤巴⑭，兼色拉寺第十七任赤巴⑮。他在沿着高僧预言的人生之路前行，他不是老虎，不是狮子，却在震慑着青藏高原上壮硕的虎与狮，向他们展示谁才是雪域之城真正的主人。

他是额巴钦波⑯，伟大的五世。

他是一位杰出的政治家，有着过人的头脑和敏捷的思维。他利用藏巴汗与蒙古人的矛盾，引固始汗入藏推翻了噶玛地方政权⑰，并建立了以自己为中心的噶丹颇章政权。他在明朝衰微之时觉察到了明王朝的溃败和满洲人的勃兴，在清政权初兴时就向清太宗示好，与清王朝结成了同盟。在他的主持下，西藏的封建乌拉制度空前巩固。

他是额巴钦波，伟大的五世。可如今，他也不可避免地要走入生命的衰亡。《增一阿含经》记载，即使是生活在三界二十八天的天众也要经历"天人五衰"的劫难。欲界、色界、无色界的天人，在寿命将尽时会表现出种种异象。光洁常鲜朱衣妙服会光泽暗淡，自生垢秽；头上色彩鲜明的宝冠珠翠会失去光泽，蓬勃艳丽的鲜花也会枯黄凋萎；轻清洁净的微妙圣体会于腋下流出汗液；香洁自然的殊异妙身会生出秽臭的气息。他们亦会厌恶自己身下广为世人钦羡最胜最乐的宝座，对自有的洁净曼妙的生活厌恶不堪。

他望着纤尘不染的铜镜，镜中的自己头顶光秃，法令伸延，双眼如神佛宝髻上的明珠蒙尘，两腮如佛像前遮蔽的布幔垂挂。这张脸，有岁月磨砺出的庄严，也有成熟过分的衰残。生命是有限的，不可避免地，肉体要化为腐肉，成为尘埃。天人如此，活佛也是，逃不掉，也避不掉。可是，他对自己身下的法座，对自己苦乐间杂的生活厌倦了吗？没有，没有，远没有呢。固始汗帮他取得了至尊的地位，却是个请得来送不走的客，硬生生插在西藏，像一枚钉子，更像一柄钢刀，明火执仗地掠取他来之不易的权力。他用半生的时间与之周旋，试图从这头蒙古之虎的爪下博取自己更多的利益。

他没有足够的时间把这场对峙继续下去。这夜，他做了一个梦。梦中的种种意象都指向一个结局——死亡。

他并不短暂的一生中做过无数或悲或喜的梦，得过或吉或凶无数的梦兆，唯有这次，他从梦境中读出了"死亡"二字。

"桑结在吗？"垂危的五世说话了。一旁守护的侍从惊喜地走上前来，恭敬地小声回答："在，一直在门外候着。"

"叫他进来。"

他的左膀右臂、青藏高原的摄政者，年轻的桑结嘉措弯着腰走了进来。五世望着自己的爱徒走近自己，眼光中充满慈爱。他非常欣赏这位青年，他给予了桑结嘉措最好的教育，授予了桑结嘉措最大的权力。如今，桑结嘉措是成功的青年领袖。五世深为自己的眼光骄傲。

桑结嘉措神情肃穆，他极力压抑自己的悲哀。他不能让过多的情绪流露在脸上的。他知道，老师最后的时刻即将来临。他将从老师那双宽厚尊贵的手掌中，获取更多的权力，也即将接受更多的责任。

他曾经有两次离西藏土地上一人之下、万人之上的位置很近。

桑结嘉措二十三岁那年，第斯洛桑图道辞去了摄政之职，罗桑嘉措指定年轻的桑结嘉措接任。消息一出，在西藏政教上层社会掀起了轩然大波——一个年轻人，怎么能承担起如此重要的责任？一时间，种种猜忌、狐疑纷至沓来，种种或可信或荒诞的流言在贵族与平民间传得沸沸扬扬。

有一则传言流传得最广，据说1652年，五世去北京觐见清朝皇帝，曾在仲麦巴家族的府邸停留休息。根据相关传记的记载，"这位观世音菩萨的化身在那座府邸里遗落了一颗珍珠"。这种委婉的诗意写法暗示了后人当时发生过什么事情。在仲麦巴家，五世受到了最高规格的接待，那一夜，根据当时的习俗，由仲麦巴家的主妇布赤佳姆侍寝。能伺候佛爷是当地女子最大的荣耀。第二年，布赤佳姆诞下了桑结嘉措。

正如同没人能在羊群中找到滩头小羊的父亲一样，没人知道这则传闻的真伪。且不说仲麦巴家族自身就具备深厚的政治根基，即使桑结嘉措真是五世的儿子，他会把一个乳臭未干的娃娃推到前台吗？政治经验丰富的五世达赖选择桑结嘉措，有着充足的理由。或者说，这个二十三岁的青年，给了他足够的信心。

1653 年，桑结嘉措出生于拉萨北郊之娘热。他投生的地方，可不是一个普通的藏族家庭，而是大贵族仲麦巴家。这个家族政治地位极高，叔叔仲麦巴·陈列嘉措是五世达赖喇嘛的第二任第巴。因为这个原因，幼年时代的桑结受到了比一般贵族少年更为高级的教育，八岁时就被送入布达拉宫学习。

罗桑嘉措非常喜欢这个眼神机灵、头形扁扁的孩子，对其关爱有加。深宫里十几年的严格学习，让桑结嘉措年纪轻轻就成了饱学之士，亦让罗桑嘉措有足够的时间观察他，了解他。经过多年考察，罗桑嘉措认定这个孩子稳重踏实、进退有度，扁扁的头颅里装的不仅有超出常人的知识，更有超越常人的胆识。布达拉宫是什么地方？西藏的政治中心，权力与欲望的终极舞台，每天都有关于得到、失去、权力、阴谋的戏码上演。年轻的桑结嘉措在这些即将或已经记入历史的风风雨雨中稳步经过，眼神坚定。作为尊贵的仲麦巴家族的接班人，他有足够的眼光看清自己身处的环境，有足够的智慧理清自己的思路，有足够的学识看清一个时代的未来。他比那些热衷于亲吻权势双脚的贵族权臣有更高远的眼光，有更杰出强劲的控制力。

年龄与睿智与否无关。罗桑嘉措认为，这位二十三岁青年的扁头比被青稞酒膏润得肥硕的头颅更适合管理这片青空之下的广袤土地。而且，在这堂皇的理由下包含着活佛的一个野心，一个每一个统治者、每一个贵族，甚至每一个俗人都能理解的野心：他要找一个年轻的、能被自己塑造成任何形状的第巴，延续自己的统治思路。

桑结嘉措虽然杰出，但要在广阔的高原上找到一个头脑不输于桑结嘉措的德高望重的贵族并非难事。年老的狮子不如年幼的狮崽子容易驯服，他一旦离世，西藏未必能够继续按照他苦心设计的勃兴之路走下去。他是活佛，他深信，按照宗教的说法自己离去必将归来。他希望自己再次归来的时候可以延续自己的事业，而不是去处心积虑地重建一个损毁的梦想。

罗桑嘉措的选择，意味着西藏上层即将发生一场地震。

每一次权力的交接都会带来统治阶层的动荡。这次，几乎是一次悬崖跳水似的更替，新新老老权欲者嗅着权势的气味而来，表面波澜不惊，各自私下做各种动作，希望看到一个青年政治家折损于拥抱权力的道路之上。

桑结深知，"少年当佣人时，没有迈三步的权"。他生于拉萨尊贵荣耀的贵族之家，成长于威严庄重的布达拉宫，政治氛围是从小到大熏染他的藏香⑱，熏透了他的骨髓。他审时度势，认为此时放手接受五世给予的权力，不但不会使他高飞上人人垂涎的宝座，还会被隐藏在暗处的黑枪射落。此时的他，羽翼未丰，空有权势的虚名，一旦跌落尘埃，不会再得翻身。

他还年轻，有的是时间等待，等待自己羽翼丰满。

摩拳擦掌的老家伙们失望了，达赖佛选中的小伙子放弃了耀目的权力。"我还年轻，没有足够的经验承担这样的重任。"他这样委婉地拒绝了活佛的任命。洛桑金巴成了五世达赖的新第巴。

桑结失去了一次机会，他预备着漫长的等待。没想到，仅三年之后，机会再次向他敞开了怀抱，洛桑金巴像他的前任一样辞去了职务，第巴一职再次空缺。

世间事，宛若轮回或倒退，三年前的那一幕重演，五世达赖再次任命桑结嘉措为第巴。在他的眼中，年轻的桑结是一颗稀有的宝珠，他必定要让桑结的光芒辉映高原。而且，他给这出色的青年赋予权力，这位青年会保证提供给他一个漫长的、稳妥的未来。他的时间不多了，他不容许桑结拒绝，亦不给桑结拒绝的机会。

很快，布达拉宫的正门张贴出了一份文告，宣布桑结嘉措为新一任第巴。文告的一角，是五世按下的手印。他用这种方式向西藏各界表明了自己坚决的态度，让各股力量对这双手掌保护下的年轻人产生了更多的顾忌。至尊的宝座距离那些实权派没有太过遥远的距离，但是他们深深感觉到，这个宝座热得烫手。

谁再敢与这位学识、家世出类拔萃，并受到达赖佛保护的青年争抢呢？三年，可以使荒地茂密，弱木成林，亦可使一头小狼成长为草原上最迅疾犀利的掠食者。1679年，桑结嘉措正式成为五世第巴。

又是一个三年，已经是一个称职第巴的桑结嘉措站在老师的床边，聆听尊贵的老师、伟大的五世最后的教诲。几个侍从谦恭地弯着腰静静退了出去。

"你来了。"

"是的，活佛啦。"

长长的沉默。罗桑嘉措在酝酿词句，为了这一刻，他付出了六年的心血。如今，这个他选中的青年终于按照他设想的那样，在他弥留之际站在他身旁，倾听他安排后事。这是一个辛苦努力后得到的结果，但让他产生了未卜先知的快感——他不是运用神佛的力量，而是用聪颖的头脑预知了未来。

"我要走了。"他说。

"活佛……"第巴跪了下来，轻轻捧起五世垂下的双手。这双父亲般宽厚的手，让保持着冷静面貌的桑结心中升起深深的悲哀。

五世伸手抚摸桑结扁扁的头颅，为爱徒做最后的祝福。"我还会回来呀。"

"看着我，孩子。我，阿旺罗桑嘉措，皇帝亲封的'西天大善自在佛所领天下释教普通瓦赤拉呾喇达赖喇嘛'，持有金册金印。我与同样受封为'遵行文义敏慧固始汗'的图鲁拜琥和他的后人多年来分庭抗礼，如同天平的两端，总使西藏保持着一定平衡。但是现在，我要离开，虽然离开的时间不久，但足以使蒙古人乘虚而入。必须保持住这种平衡。正是民众忠实的信仰使我们强大，我离开，你必然倒下。我必须离开，却又不能离开。"

桑结迷惑地望着老师，在眼神与眼神的交会中，他突然明白了什么。他对活佛深深叩头，额头一次一次碰触到地毯"寿山福海"的图案上。这个聪慧的青年意识到，他即将主导雪域高原最惊心动魄的一幕。

这一晚之后的布达拉宫，依旧神秘庄严而寂静。之后若干年，固始汗的耳目打听来的消息都是"达赖佛在修行"，极少有人再见过达赖佛的真容。

只有则省穷噶等几个极其受信任的侍从知晓 ⑲，那一夜，五世达赖喇嘛溘然长逝。睿智的桑结嘉措命令将五世的遗体用盐水抹擦、风干，用香料和药物处理后封入灵骨塔 ⑳，秘不发丧。

这一年是 1681 年，藏历铁鸡年，清圣祖康熙二十年。这三个时间轴，在三个不同文化背景的角度标志着一出大戏的开幕。序幕缓缓拉开，谁也不知这出故事最终将怎样落幕。

额巴钦波，尊敬的老师最后一缕轻微的呼吸散去，桑结的耳侧，世俗藏戏一鼓一钹缓缓敲响 ㉑，长号低沉雄浑的声音暗暗涌动，两种声音纠缠不去。他是布达拉宫、西藏的"阿若娃" ㉒。他既要禅定，又要起舞。

桑结走出老师的房间。幽暗的布达拉宫长廊曲折，无穷无尽。他脚上的喇嘛靴包着生牛皮的鞋底踏在平滑如镜的地面上发出沉稳、寂静的声音。风雨欲来，浓黑的云团在玛布日山上空翻涌 ㉓。

他屏退侍从，一个人穿越长廊，向着权力之座走去。

【注释】

①上师：藏传佛教对具备较高修行者的尊称。

②阿弥陀佛：原是无限量光之义，代表着无限的空间，而无量寿佛则是阿弥陀佛的又一种形象，代表无限时间，寓意无限量的寿命。阿弥陀佛在五部中统御莲花部，位于西方，象征着五智之中的察妙观智，依靠此种智慧将可以克制贪欲。

③观世音菩萨：又称"光世音菩萨""观自在菩萨"等，俗称"大慈大悲观世音菩萨"，四大菩萨之一。表示听闻世间众生愿望声音的意思，因菩萨眼、耳、鼻、舌、身、意六根归一，因可名"观世音"。

④斯巴：藏族创世神话中的人物。

⑤罗桑·却吉坚赞：四世班禅，明末清初藏传佛教格鲁派领袖之一。

哲蚌寺：藏传佛教格鲁派的六大寺庙之一。在拉萨市西郊海拔3800米的根培乌山上，始建于1416年，原名"白登哲蚌寺"，简称"哲蚌寺"。

⑥前藏：包括拉萨、山南等地区，以拉萨为中心。

⑦藏历：中国藏族的传统历法。它是在原始历法基础上，融合了汉历与印度历法而形成的一种历法。

⑧木碗：西藏日常生活使用器具。其选材和制作都有特殊讲究，分为大碗、小碗、套碗、盖碗和木钵等多种。木碗还分男用和女用两种。区别在于，男用木碗碗口敞大，底部与碗口间距较小，给人稳重之感；女用木碗则通体光滑，碗形修长，有纤柔细润之美。

⑨天珠：一种玛瑙矿石，产于喜马拉雅山脉4000米海拔以上地带。天珠有着特殊的含义，如万字天珠寓意佛光普照，三眼天珠象征财富，龟纹寿珠则代表长寿，十分神圣。

⑩第巴：旧时西藏地方政府管理卫藏行政事务最高官员名称的藏语音译。

⑪空行母：是指护持密乘行人及教法的女性护法，也是对一切修密乘的女性的尊称；从广义上说，女性之佛陀皆为空行母，如尊胜佛母。至密宗则完全不同于显教重男轻女之观念，相反十分尊重女性，在若干方面甚至胜过男性。但在藏密经典中空行母是密乘教法和修持的主体之一。

⑫阿勒坦汗：即俺答汗，孛儿只斤氏，成吉思汗黄金家族后裔，16世纪后期蒙古土默特部首领。

⑬后藏：即日喀则地区。

⑭赤巴：又称法台、总法台，是一寺全部事务及宗教活动的负责人，通常由佛学知识渊博并且德高望重的高僧来担任。不少寺院则有由寺主活佛兼任赤巴的传统。

⑮色拉寺：藏传佛教格鲁派的六大寺庙之一，全称为"色拉大乘寺"，在拉萨北郊色拉乌孜山麓，始建于1419年，创建人为宗喀巴弟子绛钦却杰，1434年建成。

⑯额巴钦波：意为伟大的五世。

⑰固始汗：又译作顾实汗，是"国师"音译，姓孛儿只斤，名图鲁拜琥。明末清初卫拉特蒙古和硕特部首领，卫拉特汗哈尼诺颜洪果尔第四子。

⑱藏香：雪域高原上的一种神奇香薰，用药材和香料制成。

⑲则省穷噶：达赖侍从室。

⑳灵骨塔：安放活佛高僧骨灰、舍利骨或法身遗体的灵塔。

㉑藏戏：泛指藏族戏剧。藏语称"阿吉拉姆"，意即"仙女姐妹"。相传最早系由7位姐妹表演，内容多为佛经神话故事，因此得名。约起源于距今600多年以前，有藏族文化"活化石"之誉。

㉒阿若娃：藏戏中戴面具的舞者。

㉓玛布日山：又名布达拉山，位于拉萨市西北地区的山峦。相传，松赞干布建立吐蕃王朝之后，迎娶唐文成公主，后"乃为公主筑一城以夸后世"，遂在此山上修建了一座山顶红楼和999间宫室，共1000间，连成一片，十分壮观雄伟。被后来的佛教信徒誉为"普陀第二"，因为普陀罗音译就是布达拉，所以玛布日山也叫布达拉山。

第二回

瑞兆妙示天，
六世降凡间

傲慢激生兵乱之灾，
心生厌恶离叛救世之法。
莲花生大师重临人世①，
尊者乌金岭巴，
会生于水界癸亥年。

这不是一首普通的诗歌，是一个神奇的预言。它出自一部从地下发掘出的伏藏作品《鬼神遗教》②。癸亥年即康熙二十二年，1683 年；尊者乌金岭巴，指仓央嘉措。

《鬼神遗教》的作者是红教高僧，被人们认为是莲花生大师的化身。我们按照时间的数轴往回推，五世达赖于 1682 年圆寂，这位作者出生于 12 世纪，这中间相差了四百年。

预言的主角仓央嘉措诞生于 1683 年 3 月 1 日，那一年，确实是癸亥年。

卓越的预言家跨越了四百年时间的鸿沟为一位活佛的降生做出了神奇的预言。

活佛降世是极其祥瑞的日子，天空、大地、河流、草木、遥远之城的天人，都会为他的降生表示祝福。仓央嘉措降生时，邬

14

金林出现了奇异的天象：一弯彩虹横贯天宇，天空中无数异香扑鼻的花朵洒落，缤纷如雨。头上装饰着绚丽宝石的神祇在天空中显出华贵的影像，仿佛专程来为一个重大的仪式观礼。随即，身着披风、头戴通人冠的喇嘛们于云层后显出身形③，为一个刚降生的孩子沐浴。

邬金林的百姓被天空显现的这一幕惊得目瞪口呆。一时间忙碌的人们忘记了手中忙乎的活计，都抬头仰视天空，看着天人们操持的神圣仪式。

扎西丹增没有注意这些，他抱着女儿曲珍在自家破旧的房子里焦急踱步，他的妻子次旺拉姆正在分娩。

突然间，大地震撼了三次，天人们隐去了踪迹。随着隆隆雷声，七个太阳同时映照在广阔的天幕之上，天空降下了花雨。人们惊异地发现，身旁的花草树木在以不可思议的速度绽放叶芽，鼓胀花蕾，仿佛它们也想做些什么以表达对一位伟大人物到来的无尽欣喜。

手摇经筒的老人望着天空喃喃地说："这是有不平凡的人物来到邬金林啊！"人们听到老人的话，仿佛从醉梦中惊醒，齐齐跪倒于地，口诵祈祷经文向着遥远的天空频频叩首。

这神奇的一幕，多年后被文笔绝佳的扁头第巴桑结嘉措记载在了《金穗》一书中。

就在大地震撼的时候，扎西丹增的第二个孩子降生了。

这是一个男孩儿。虽然已不是初次目睹这生命的奇迹，扎西丹增依然激动不已。他放下女儿，欣喜地把新生的孩子抱在怀里，抱孩子的手哆哆嗦嗦，放在哪里都觉得不对劲儿。刚出生的小孩儿并不好看，红扑扑的，还有点儿皱皱的样子，像一只红透了的软软的果子。可是，就是这样一个小家伙让父母亲心中涌起了暖暖的爱意。扎西丹增抱着孩子凑近妻子，说："看，眼角边还有段没打开的印痕呢，一定是个虎头虎脑的大眼睛小子！"

次旺拉姆爱怜地亲亲儿子宽宽的额头："是啊，他身上还有股暖暖的香味儿呢。"这位母亲疲惫的脸上露出甜蜜的微笑，这笑容，使她看起来更像一尊菩萨。

次旺拉姆有高贵的血统，她是赞普的后裔，是被逐至洛扎地方的法王赤热巴巾的弟兄王子藏玛的后代。据记载，她是"品德高尚，信仰虔诚，施舍大方，文雅蕴藉，杜绝了五恶，具备八德的善良贤惠之人"。她有优美的体形，尊贵的仪态，具备佛母的三十二种功德。

这个温柔美丽的姑娘在河流边嬉戏、在草原上歌唱的时候从未想过，她会是佛母，会成为仓央嘉措的母亲。

每年藏历正月初三，是西藏成年的姑娘举行戴敦礼的日子。三年前的一天，年满十五岁的夏日错姑娘次旺拉姆穿上了漂亮的新袍子，扎起了紧腰彩带。次旺拉姆的母亲为女儿解开头上的童式发辫，为她梳了六十多条细细的小辫子。这做法，近似汉家姑娘的"上头礼"。之后，妈妈拿出了准备已久的"引敦"——一条缀有许多银盘的饰带——披挂到女儿背上。妈妈慈爱地望着珊瑚般明艳的女儿，从今天起，女儿就是大人了，这朵会走路的花儿会尽情地绽放，她的青春、活力与美会引得英俊小伙儿的倾慕河流般汇聚而来，勇敢的青年会如仰望初月般爱慕她俊美的容颜。

次旺拉姆和伙伴们盛装在篝火旁歌唱嬉戏，这朵花丛里最吸引人的"花儿"用月光般萦回澄澈的声音唱起了歌谣：

> 对面有座松耳石山，
> 山脚有位唱歌的青年。
> 青年的歌声动听又顺耳，
> 请带着宝石戒指来看我。

青年们都卖力地为她唱和：

> 青年的歌声动听又顺耳，
> 请带着宝石戒指来看我。

次旺拉姆兴奋而羞涩地红了眼皮，不敢正视那些对她投来爱恋目光的男孩儿。啊，她在人群里看到了谁？博学而腼腆的持咒喇嘛扎西丹增。扎西丹增很早就喜欢上了仪态端庄、心地善良的姑娘次旺拉姆，次旺拉姆也对这位擅长道词的温柔青年芳心暗许。望着扎西丹增被篝火和爱情映红的脸，姑娘一下子大胆起来，她勇敢地对着扎西丹增唱道：

> 谁说无桥难过河？
> 解下腰带做桥梁。
> 两根腰带相连接，
> 就是我们的过河桥。

小伙子们觉得奇怪：姑娘火辣辣的目光是投给谁的呢？左看看，右看看，是扎西丹增啊！大伙儿一下子哄笑起来，把扎西丹增从人堆儿里拉起来。扎西丹增放开喉咙唱出热辣辣的句子：

> 我在清澈的泉水边洗手，
> 摘下了手上的珊瑚戒指。
> 我爱的姑娘来背水，
> 偷拿了戒指戴手上。

在愈来愈炽烈的歌声里，这对门隅青年相爱了。

是的，这里是山南地区的门隅，门巴人世代居住的地方。

门隅处于喜马拉雅山脉南麓，被高原上生活的人们视为神秘的福地，他们称其为"白隅吉莫郡"——隐藏的乐园。这里是真真切切的乐园，春暖时节，荒芜的草场仿佛一夜间被软黄金般的黄花铺满，芳香四溢，连牛羊挤出的乳汁都格外醇美芬芳，有花草的香气。姑娘小伙儿在日落后燃起篝火，围着火堆纵情跳起"锅庄"④。秋凉的日子，杨树金叶飘零，针叶树翠叶苍冷，小灌木红叶凄艳，层层色彩交错成一幅华贵灿烂的泥金唐卡⑤，让每个举目张望的人深深陶醉其中。

门隅的首府叫门达旺，是"达登旺波"的简称。在门巴族的传说中⑥，太阳名叫"达登旺波"，即七匹马拉的车。这与古希腊神话中太阳神的故事相似，阿波罗也是乘着车轮燃烧的战车驶过天空，于是人间有了太阳的升落。

在遥远异族的神话中，驾驶着太阳战车的神与凄美的爱情有关。在七马之车驶过的土地上，亦有爱情的故事自上古流传。阿波罗曾经被爱神丘比特的箭射中，爱上了河神的女儿达芙妮，苦苦追求，终不得其所爱。而门巴族传说的男子在爱情面前似乎比战神更为勇武。他自波光粼粼的清澈湖水中走出，遇到了在湖畔流连的美丽门巴姑娘。姑娘的美如莲花的宝光照亮了青年的双眼，他胸中燃起无法遏制的爱情烈焰。当一个男人爱上一个女子时，这女子纵使想要天上的月亮，男子也会想方设法为她摘取。爱情，使人勇武非常。

这位青年遂以月亮为弓弦、流星为箭镞，把定情的靴带射向心爱的姑娘，赢取了姑娘的芳心。

另一个关于门巴的传说，则有点儿悲凄。

天女化身为穷人家的女儿卓瓦桑姆来到人间，她拥有月亮般皎洁的容颜，心地如牛乳一般纯洁。这样美好的姑娘走在草原上，飞鸟为她浑身散发的美丽光辉而驻留，羚与鹿为她动人的容貌而踟蹰，格桑花与暇脊兰沿着她足迹踏过的地方大片大片地盛开，使草原的四季都保有原本初夏才会有的色彩与香气。美丽的卓瓦桑姆使嘎拉王一见倾心，与其结成连理，一同回到了宫殿。

女人的美是使男人迷醉的醇酒，却也是同为女人者妒忌的毒汁。王后哈江堆姆妒忌卓瓦桑姆的美貌，更妒忌嘎拉王对卓瓦桑姆的疼爱。卓瓦桑姆有孕即将分娩，邪恶的王后施展妖法，使嘎拉王误会卓瓦桑姆是魔鬼。卓瓦桑姆被贬为奴隶，眼含幽怨的泪水在崖洞中生下了女儿和儿子。

王后的报复没有停止，她甚至想用毒酒毒死嘎拉王。蒙神佛的庇佑，嘎拉王躲过了劫难。他认清妖后的真面目后，处死了妖后，想去迎回妻女。但哪里有那常开不谢的爱情的花啊？嘎拉王的昏聩使他失去了天女的心，美丽的卓瓦桑姆化为一朵纯净圣洁的莲花飞向了澄澈的天宇。

无论这些故事的结局是喜是悲，都可以让后人在逝去的朦胧岁月中窥视到几许这块土地上萦绕不断的情缘。

这里可以爱，可以肆无忌惮地爱。

门隅是红教的教区。红教即宁玛派，因其僧侣都戴红色的僧帽，遂被称为红教。红教与黄教不同，信徒可以结为夫妇繁衍后代。

所以，持咒喇嘛扎西丹增娶了门巴姑娘次旺拉姆，诞下了额巴钦波转世的仓央嘉措。

所以，日后成为黄教至尊的仓央嘉措胸中会生出那么多细密缠绵、连法王的剑也斩不断的爱情。

因为门隅，在他的心中播下了情根。

人们会把苦果子放进嘴里，多因苦果子与甜果子一样，大多长得娇艳艳的。所有不快乐的故事，往往有个甜蜜愉悦的开场。扎西丹增与次旺拉姆爱得浓烈，像金雀银雀在草原蹁跹，像树枝与树叶相互依偎。没过多久，他们决定结婚。他们不知道，未来他们面对的将是一段苦难蹉跎的日子。

次旺拉姆的母亲对他们的婚姻给予了真诚的祝福。扎西丹增属于乜氏家族，是乜氏掘藏师白玛林巴的后裔⑦。这个古老的家族涌现过很多著名的人物，精通印藏文字的大译师乜·旺久卡热就出自乜氏。到了近代，乜氏家族没落了，扎西丹增家的日子过得很辛苦。可是，金子放到哪里都是金子，扎西丹增是远近闻名的好小伙儿。他通晓白玛林巴密教的经典，是派嘎村有名的学问人。他还是个孝顺的孩子，母亲与父亲常年卧病在床，是他耐心细致地为两位老人调养病症、养老送终的。女儿嫁给这么一个知疼可热的人，次旺拉姆的母亲很放心。

婚姻大事，要征求家里人的意见。扎西丹增的父母亲去世了，但他还有一个姑母。不过，这件事他并不想知会姑母。

姑母住在邻村，是个粗鲁凶狠的人。父亲母亲在世时，为治病没少花钱。扎西丹增靠耕种过活，时常手头紧巴巴的，不得已只好去寻求姑母的帮助。借三次，能借出一次钱就算不错了。不过几个铜圆，还要添上一大堆贬损人的啰唆话。父母先后去世，扎西丹增向姑母借了一大笔钱做安葬的费用。姑母隔三岔五便来讨债，扎西丹增不堪其扰。

不知会姑母，是因为他知道，姑母会自动上门。

果然，扎西丹增去次旺拉姆家求婚的第二日，姑母便上门拜访。

姑母虽然看起来干瘪瘦小，嗓门却不小，一进门就嚷嚷："听说你要结婚啦？"扎西丹增回答："是的，阿奈啦。"他向姑母表示了问候，就去煮茶。

扎西丹增默默地把砖茶捣碎了放进铁锅里熬煮®。姑母大模大样地坐在卡垫上，开腔道："吃饭要在垫子上吃，有话要在垫子上说。我是爽快人，不跟你拐弯抹角。你有钱结婚，怎么没钱还我的账？"

扎西丹增农闲的时候，四处去打零工，攒下了一点儿积蓄。这些钱勉强能办一个简朴的婚礼，可是说到还姑母的账，还差得远呢。

姑母的嘴巴像林谷里的鹦哥说个不停，扎西丹增也不作声。铁锅里的茶水沸了又沸，他起身去找土碱。

姑母环视了下新布置好的婚房，说道："恶人酒后握刀柄，猪若发情挖猪圈。先人果然说得不差，你这房子如今布置得也蛮像个样子的嘛，能值几个钱。"

"阿奈啦，您这是说的什么话？"听着姑母刻薄的话，扎西丹增终于忍无可忍了。

姑母一下子从卡垫上跳起来："怎么样？我这么说了能怎么样？你倒硬气起来了！告诉你，不还我钱，别想结婚！"

"贵体亮在阳光下，谈吐请莫太难听。"次旺拉姆推开了门。她来很久了，在门外把姑母说的那些浑话听得清清楚楚，"阿奈啦，扎西德勒！"次旺拉姆客气地向姑母问好。

让心上人看到这个场景，扎西丹增有些窘。次旺拉姆对情人笑了笑，转过脸去向姑母询问："我和扎西丹增马上就是一家人了。拖着账，过日子也不会踏实的。阿奈啦，我们怎样才能还清您的账？"

扎西丹增走上来握住次旺拉姆的手："还了账，婚礼……"

姑母赶紧叫道："还是次旺拉姆明理！我早就估算过了，这间破石板房，加上那条瘦牛，再加上你筹备婚礼的钱，将就着能还我的账！"

扎西丹增急了："阿奈啦，筹备婚礼的钱我能给你。可是，没了牛，春天我怎么去耕地？没了房子，我的次旺拉姆住在哪里？"

次旺拉姆拦住他，对姑母说："钱，我们会还。您请先回去吧，我们来筹措还钱的事。"

姑母酸酸地笑着："落水东西可以捞，失口话儿难收回。既然你们说要还钱，我也不客气了。三天后，我来收房子！还有那牛，你们要好好伺候着，从现在开始，它已经是我的牲口了！"

姑母说完，摔门出去了。

刚布置好的新房里，寂静地站着一对新人。扎西丹增握着次旺拉姆的手，这位七尺高的汉子，望着这位自己深爱也深爱自己的美丽姑娘，心中充满了愧疚。没了耕牛，没了房子，还怎么在这片土地上生活呢？别人娶了心爱的姑娘，能给她吃最美味的酥油糌粑^①，戴最好看的玛瑙珊瑚，而他的姑娘，连容身之处都成了问题。愧疚感哽住了他的喉咙，他那能唱出几百首情歌的嘴巴，这会儿一句话也说不出口。

端庄稳重、目光坚毅的姑娘笑了，她抽出手轻轻捧住了情人的脸："神创造了那么大的土地，水獭、猞猁都有容身的地方，我们两个年纪轻轻又能劳作，怎么会找不到落脚的地方？"

扎西丹增哽咽着把情人拥到了怀里。次旺拉姆抚着他的背，幽幽地说："派嘎村做工的机会少，咱们可以去别的地方找活儿干。天要冷了，咱们就往南走吧，那边营生容易，听说那边市集也比咱们这边热闹。"她的目光向远方飘去，仿佛看到了之后他们的快乐日子，而非眼前即将失去的破旧石板房。

看着眼前的苦日子还愿意与你双宿双飞，这样的好女人去哪里找？次旺拉姆的容貌如同最鲜艳的红玉髓，心地是最纯洁的白玉髓！扎西丹增紧紧地拥抱着自己的未婚妻，在她的耳畔轻轻说道："那我们就去邬金林，那里有我最好的兄弟那日。"

茶汁在铁锅里咕噜咕噜翻滚，惊扰了两个年轻人的幽思。次旺拉姆挣开扎西丹增的拥抱："我们去喝酥油茶吧⑩。打茶筒放在哪里了？"

"啊，土碱还没放呢。"

不多时，甲罗上下抽动的声音响起⑪，酥油茶的香气与他们的欢笑声飘出了扎西丹增家的石板房。

相爱的人在一起，无论有多么苦的生活经历，都觉得有蜂蜜的甜味儿。可离家的路，真漫长啊！

扎西丹增与次旺拉姆背着不多的家什，走过草场，走过密林，走过湖泊，走过村庄。他们看到藏羚羊群在山脚驰骋，看到优雅的棕头鸥成群地在湖面翱翔，偶尔有落单的牦牛在路旁走动，见到有人经过，警惕地瞪圆了眼睛。遇到磕着长头朝拜的人，扎西丹增与次旺拉姆会慷慨地把干粮与盘缠拿出来，与人分享。他们的吃食本就不多，几日下来，羊皮糌粑袋已经见底了。

扎西丹增向人问路："前面那座高山是什么山？"

"那是纳拉山。"

扎西丹增高兴地跑回次旺拉姆身边："我们快到了！邬金林就在纳拉山下！"

次旺拉姆眼尖："看啊，风马！"顺着次旺拉姆手指的方向，扎西丹增看到了成串的风马旗在碧空下舞动，劲风吹过，白的、黄的、红的、绿的、蓝的旗帜高高飞扬。两人高兴地手挽手唱着歌向纳拉山走去。

在好朋友、猎人那日的帮助下，扎西丹增与次旺拉姆在邬金林落下了脚，住进了一棵大柏树旁的石板房，一年之后，生下了女娃娃曲珍，又过了两年，有了儿子阿旺诺布。

扎西丹增与次旺拉姆被巨大的喜悦包围着。稳重的次旺拉姆有条不紊地为新生婴儿用酥油沐浴，然后抱到屋外去晒太阳。扎西丹增乐呵呵地去煮糌粑汤。老人们讲，吃了糌粑汤，孩子才能有个好胃口，吃得多长得快。

过了三天，朋友邻居们上门庆祝，为孩子举行"旁色"仪式。那日最早登门。他背来了满满一唐古礼物⑫，有酒，有茶，有糌粑，还有一大块新鲜的酥油。那日笑呵呵地向次旺拉姆敬酒："我们邬金林最美丽的一朵花做了母亲啊，次旺拉姆，扎西德勒！"

次旺拉姆羞涩地接过酒杯："扎西德勒，那日！"

那日又给次旺拉姆敬茶，然后用拇指和食指捏起一点儿糌粑放到襁褓里红扑扑的小人儿额头上。糌粑在藏民眼中，是维持生命的圣物。以糌粑抹额，是无上的祝福。

"多壮实的小伙儿！起名字了吗？"那日问。

扎西丹增回答："起了，叫阿旺诺布。"扎西丹增为那日递过一碗热腾腾的酥油茶："旺钦还好吗？"

那日上个月刚做了父亲："好着呢，壮得像个小牛犊子，一天到晚窝在妈妈怀里吃奶，不停嘴。"说着，那日呵呵笑了起来。这位身材壮硕的猎人人如其名，有一张黑黝黝的面孔，笑起来漂亮的牙齿白得耀眼。

亲友们陆续赶来祝贺，酒与茶堆满了屋子，糌粑抹满了婴儿的额头。

让我们回到这个遥远漫长故事的初始。额巴钦波——五世达赖佛——走过了轮回，又回到了这块纯洁高贵的土地。那么，他遗志的继承者，背负着沉重的使命，在权力之路上又走得如何呢？

此时，伟大的五世在信仰的深处沉眠，雪域的万千信众这样认为，彪悍的固始汗图鲁拜琥这样认为，甚至远在千里之外紫禁城中的清朝大皇帝也这样认为。

第巴桑结嘉措不这样认为。

伟大的五世在灵骨塔中沉眠。

最初，他惊恐，他畏惧。他在守护着世上最可怕的秘密。他，一个年轻的领导者，拥有充满智慧的头颅却没有足够坚固的脖子，只要这个可怕的秘密被揭发，他的头颅就会与身体分家——不，要比这个更可怕，他的亲人，他的朋友，他的信徒，他的土地……是被固始汗的铁蹄踏碎，还是被大清皇帝归入另一个权势者的手中？他，他还掌握着老师宏大的梦想，不，他的头不能这么早就离开躯体，他还要等待老师归来。

他曾抚摸他扁扁的头颅，为他做最后的祝福，说："我还会回来呀。"

侍从们发现，第巴每日诵经的时间越来越长。

他在压抑心中的恐惧。

他在战斗，与自己的懦弱战斗，与侵扰他宁静心境的鬼神战斗，与觊觎他手中权势的王公贵族战斗，与妄图劫掠他的百姓的蒙古强权战斗。

在布达拉宫漫长的诵经声中，他逐渐成长，日渐老成。他的背后，有五世达赖佛浓重的影子在坐镇，谁都不敢轻举妄动。五世达赖是雪域的神，他曾经向世人宣告，要用宽厚的双手保护这位年轻人。在草原上潜猎多年的老豺们可能不畏惧他，但是畏惧他身后的这双手。

有了这双手的保护，他得以顺利成长，他不再仅以博学著称，他的铁腕以及对权势出神入化的运用，使他成为掠食者们忌惮的人物。而他的威名，也如秋天原野的种子般随着刚猛的风吹向雪域的各个角落。人们知道额巴钦波，也知道他桑结嘉措。

他喜欢微服出行，他深知，这世上最可靠的是人，最不可靠的也是人。他需要了解民生，但不会迷信属下们的说法和耳目的报告。他时常会在市场出现，在酒肆流连，不图热闹，不为散心——他时刻被危机感压迫着，没有那个闲心。他只想要一个真相，关于自己权势程度的真相。这个真相，让他很满意。不过他对自己要求很高，他对自己说："我要走得更远看一看。"

他打马走到一处偏僻的地域，有河流横于马前。河对岸一片灿灿金黄，这时正是五月底，繁花似锦的日子。他翻身下马把缰绳拢给侍从："我要自己去走一走。"

他找到船家，摆渡过河，到了对岸才发现，两手空空，钱袋都留在了侍从那里。撑船人生气了："摆渡这么多年也没见过这么无赖的，过河不给钱！"桑结想解释什么，撑船人摆摆手说："算了！看你头扁扁的长得像第巴大师，今天就算了！没有下次！"

撑船人把船撑回了对岸，留下苍青的河面上一片涟漪。

桑结转身向那一片纯净的黄色走去。是野牡丹呀，茶碗大的花朵颤巍巍地在五月温暖的风中绽放，花瓣、花蕊都是纯正的黄色，像四五岁幼女柔柔的脸、翘翘的睫毛。桑结在花丛中漫步，似有所思，他越走越快，步子越迈越大，忽地奔跑起来，柔而薄的黄色花瓣漫天飞舞。

这个偏僻的地方除了他再没有旁人。他，桑结嘉措，高原最遥远的地域都有人知晓的雪域第巴，他在强大，他在强大！总有一天，他不需要老师的扶助，也能勇武地矗立在雪原之上，俯瞰万民！

他奔跑着大笑。此刻，只有此刻，他不受束缚，不受任何压力，他是自由的、自我的，他可以随意地显露悲喜让情绪宣泄。

桑结嘉措不是佛堂上的泥金塑像，他也有骄傲悲哀，喜乐辛酸。不过他必须做出坚毅的模样，让人以为他是金塑铁打的，不容侵犯！

只有荒原之上透明的天空以及漫山遍野的野牡丹，窥视到了扁头第巴桑结嘉措的秘密。

【注释】

①莲花生大师：莲花生大师原为公元8世纪时期印度乌苌国王子，后成为印度佛教密宗的得道高僧。在藏传佛教中他的名声极大，被尊称为乌苌大德。有佛经将其列位释迦佛后第二位大佛。

②伏藏：指在宗教信仰遭受劫难时，信徒将本教经典藏匿起来，待日后时机适宜时重新发掘和传承。以这种形式保存下来的经典或圣物等称伏藏。包括书藏、识藏与圣物藏。书藏指经籍，识藏指保存于人意识中的宗教经典或咒语，圣物藏指法器与高僧大德遗物等。

③通人冠：宗教典礼中的常服，帽顶尖长，左右有飘带。

④锅庄：藏族民间三大舞蹈之一，又叫作"歌庄""果卓"或"卓"，是藏语"圆圈歌舞"的意思。

⑤唐卡：也称"唐嘎""唐喀"，多绘于布帛或丝绢上，以彩缎装裱后悬挂供奉，是独具藏族民族特色的一种绘画艺术形式。其题材广阔，包括藏族历史、宗教、政治、文化及民俗等，可谓是反映藏族文化历史生活的百科全书。

⑥门巴族：我国少数民族之一，主要分布在西藏自治区，历史文化悠久。信仰本教和喇嘛教，使用门巴语言，通用藏文，其民间文学内容丰富。

⑦掘藏师：被埋藏起来的莲花生大师的诸多秘法遗迹，如今在西藏仍随处可见，它们多在隐秘的山岩石洞之中，据说当初是为防止遭到破坏。按西藏密教大德说法，因随时局不同，受法者根器亦会产生程度差异，故而必须将这些密教经典埋藏起来，待将来世界合宜之时，让后人来发掘并传递。事实也确实如此，在其后的几个世纪里，不断有人发现这些埋藏的宝典，密教经典精义也因此得以代代传承。而这些发现佛典并阐释经义的人则被世人称作"掘藏师"。

⑧砖茶：又叫作蒸压茶、边销茶，是用茶叶、茶茎或者茶末等经一定工序压制而成的一种块状茶，是较有代表性的一种紧压茶，

主要是藏族等少数民族的日常饮品，历史比较悠久。

⑨糌粑：藏语音译，即炒面之义，青稞麦炒熟后磨成的面。糌粑是藏族牧民传统主食之一。

⑩酥油茶：藏族地区的一种饮料，以酥油与浓茶加工制成，一般作为主食和糌粑一起食用。

⑪甲罗：打酥油茶用的棍子。

⑫唐古：羊皮口袋。

替身深宫坐，
猜疑暗涌翻

　　"布达拉"是舟岛的意思，是梵语音译，还可译作"普陀罗"或"普陀"——这个译文恐怕大家都不陌生。普陀，观世音菩萨居住的地方。依照雪域高原的传说，达赖喇嘛是观世音菩萨的转生。所以，布达拉宫是达赖喇嘛居住的地方。

　　每一代达赖喇嘛都把这日光之城中的美丽白色宫殿当作冬宫。多少次宏大庄重的宗教仪式在这里开始又结束，多少次波诡云谲的事件在这里掀起波澜又归于沉寂。

　　藏式碉楼墙体宽厚，布达拉宫的窗台足有两米厚。少年时代的桑结嘉措时常和伙伴们一起在窗台上铺上卡垫，打坐、念经或是喝茶。天空碧青，云团浓郁，在高原璀璨的阳光里，少年桑结最喜欢玩的一个游戏就是伸出手做捕捉云团的模样，然后缓缓舒展手掌，让手指如莲瓣绽放。这时云就仿佛从手掌中流淌出一般，被风吹向远方。一个漫长的午后，他都会沉醉在这游戏之中，一次又一次地舒展手掌，恍惚间，少年稚拙的手指会呈现出天女散花般的优美手型。

　　这个适于冥想的寂静游戏会持续很久，伙伴们渐渐散去了，他依旧陶醉其中，直到乌拉们打阿嘎的歌声响起①。

　　成群的乌拉排成队列，手里持着下端套有沉重圆石的木棍，唱着声调响亮节奏明快的歌曲一下一下捶打地面。这个工作类似汉族地区人们的打夯，只是他们捶打的不是普通的泥土，而是神秘宝贵的建筑材料"阿嘎"。阿嘎是"白色东西"的意思，是用风化的石灰岩或沙黏质岩类制成的粉末，用阿嘎夯实的地面和墙面，干燥后光滑结实，美观耐用。

乌拉的歌声使神圣的布达拉宫瞬间焕发出世俗的欢愉，这群欢乐的人仿佛不是来这里做工，而是参加某次愉快的飨宴。他们有时唱"阿嘎不是石头，阿嘎不是泥，阿嘎来自深山，是莲花大地的精华"，有时唱"江头的水与江尾的水，距离遥远不得聚，如今它们重相逢，相逢在佛前的净水碗"。木棒夯土的声音是节奏，一轮又一轮的合唱震撼得寂静宫殿里的尘埃都颤动起舞。

少年桑结望着阳光下仿若翩然歌舞的人们，心想最迅捷的神鹰也没有他们的歌声飞得高、飞得远吧。桑结的目光随着他们的歌声在拉萨的蓝天白云下游移，布达拉宫的粉白色墙壁如洁白的哈达，如纯洁的奶液在玛布日山上奔流宛转。玛布日山之下，是混杂着糌粑、酥油与藏香气味的红尘。

这座宏伟的宫殿位于玛布日山之上，它离红尘很远，所以，他离红尘很远。从八岁来到布达拉宫，年幼的桑结听到的除了诵经声、法会的法螺声、法号声，就是乌拉们打阿嘎的歌声。这座宫殿从何时开始建造？神灵将他的身体由小孩子变大为半大少年，白色的宫殿依然没有建完。然而，它也在生长，每日与每日都不一样。他，作为一个男子汉的轮廓逐渐出现在大家面前；它，作为一座宏伟宫殿的轮廓日渐清晰。

桑结听到身后响起细碎严谨的、训练有素的脚步声，他知道，这是五世的侍从们在被酥油浸润的阿嘎地面踩踏出的声响。桑结谦卑地俯下身子，恭敬地向伟大的五世行礼。五世慈爱地示意他起身，来到窗前，和他一起站到那片阳光里。

乌拉们沉浸在劳动歌舞的愉悦里，并不知额巴钦波正在宫殿的某个窗洞后面望着他们。这可是莫大的福分与机缘。对桑结来说，这样的机会也不是总有的。桑结不愿意错过这样的机会，他恭敬地向五世提问：“活佛啦，您是从什么时候开始建造这座宫殿的？从我出生之前您就开始建造它了吗？”

五世达赖罗桑嘉措笑了：“孩子，它是一座充满神性的宫殿，它并不是我建造的，我是在对它进行重建。远在你出生之前，甚至在我出生之前，它就已经在玛布日山上俯瞰拉萨了。你随我来。”

他们来到大殿，大殿上四处是工匠们忙碌的身影。布达拉宫是雪域最宏伟的建筑，重建它工程浩大。西藏各地每年都会向拉萨输送大量的乌拉，文献记载每年布达拉宫使用的工匠有 5700 名，实际参与建设的人数能达到 1 万。

在漫长的重建过程中，布达拉宫中聚集了西藏最杰出的工匠、手艺人，他们代表了那个时期西藏顶级的艺术水平。他们中除了藏族人，还有来自内地和尼泊尔的工匠。清朝康熙皇帝为了表示对西藏地区的重视，专门派来了 100 多名技艺精湛的汉族工匠，支援布达拉宫重建。

技艺超群的艺人、珍贵特殊的建筑材料，出现在幽深的宫殿的各个角落，智慧与工艺相碰撞让宫殿中沉郁了近千年的空气闪烁出珠宝般璀璨的光泽。五世达赖把桑结带到了一幅壁画前，命令侍从们点燃巨大的烛台上粗如儿臂的牛油蜡烛。

“这位姿态曼妙、面目慈悲的女子是白度母的化身——文成公主②，这位身材伟岸、仪态威严的男子是吐蕃王朝最强大的君主——松赞干布③。”五世注视着这些华美的壁画，开始讲述壁画中的故事。

“那时的拉萨，还叫逻些。迎亲的队伍跳着欢乐的舞蹈把美丽的公主迎进了逻些城，松赞干布成了公主的丈夫。他快乐地说：‘我族我父，从未有通婚上国的先例，我今天娶到了大唐的公主为妻，实为有幸，我要为公主修筑一座华丽的宫殿，以夸示后代。’于是，他让臣民们在玛布日山上建造了雪域高原从未有过的宏伟漂亮的宫殿，便是这布达拉宫。”

"活佛啦，松赞干布为什么要用菩萨的住地来给自己的宫殿命名？"

"因为松赞干布把观世音菩萨作为自己的本尊佛，他想祈求佛的庇佑。"

"活佛啦，为什么您会成为宫殿的主人？"年少的桑结想不明白，传说中神勇英俊的王，怎么会失却自己为夸耀后世而建造的宫殿。

上师弯下腰，看着孩子被烛光映照得灼灼发亮的眼睛："因为，有很多人想祈求神佛的庇佑。他们想跳出苦难的轮回，避开人间业火的烤炙。譬如，你看他——"

"巨喇母，巨喇母，巨巨喇母，吞救卡拉，喇庆母，喇母，阿嘉搭嘉，吞救，入路入路，咔救咔。"大殿的一角，一个画工正一边儿为壁画描金，一边儿念诵吉祥天母咒。

"活佛啦，他念错了！阿妈啦教过我，不是'巨喇母，巨喇母，巨巨喇母'，是'救喇母，救喇母，救救喇母'。我去告诉他正确的咒语怎样念。"

上师微笑着："不用，他依然会得救。他真诚地念诵咒语，吉祥天母会一直扶助他，救护他。"

"活佛啦，自己修行就能得救，世间为什么还要有活佛？"

"活佛是引导者，不是拯救者。真正拯救人们，给人们以奇迹的，是人自己。"

"真正拯救人们，给人们以奇迹的，是人自己。"

"……给人们以奇迹的，是人自己。"

"……"

望着上师翕动的嘴唇，桑结从巨大的时间与记忆搅和而成的旋涡中挣扎而出，耳畔轰隆，半晌，才有星星点点的光亮洒进眼前的黑暗中。

是阳光。

午后，布达拉宫窗口倾泻而下的阳光。

他像少年时代一样坐在窗前冥思，陷入了巨大的寂静，走入了宫殿与他的生命缠搅而成的记忆。宫殿的记忆与他的思虑产生了某种共鸣的频率，如茶和奶溶溶搅和于一处。

惊醒他的是窗外波浪一般的打阿嘎的劳动号子。

盛大的法会就要开始了，成千上万的信徒从高原各地流向拉萨，流向八角街，期待活佛走出布达拉宫赐予他们最吉祥的祝福。

活佛必须出现。

但是，他可以编造一个关于活佛的谎言，却不能变出活佛奇幻的神迹。他是那么孤寂，无依。

"第巴去念经了，不要让人打扰。"侍从们小声地传说。他却一个人在幽寂的大殿中徘徊游荡，莫名地，在少年时代念咒静思的角落里睡着了。

十几年过去了，一切都改变了。他不再是在宫中学经的小喇嘛，他是第巴，掌控着千里高原沃野兴亡盛衰的扁头第巴。十几年过去了，一切都没怎么改变。布达拉宫依旧在建造，打阿嘎的歌声日日会在宫殿的某个角落响起。

权力很可贵，不是吗？可在此种情况下，更多的时候，他想回到过去，对，他想溯回时间的上游，向老师讨回一个答案。那漫长、清晰的梦境。他无法在消亡的时间中抓住老师的影子，只好重走一遍记忆之路。

他是幸运的。

他找到了想要的答案。

他匆匆离开，去寻找他最信赖的侍从。窗外的欢乐、铿锵的歌声被灿若花粉的金色阳光淹没。

"你们都记得额巴钦波尊贵庄严的容貌吧？"

"伟大的五世姿容英伟，永世不敢忘记！"

"去寻找与额巴钦波容貌一样的人。"

"……大人，您……"两个侍从面面相觑。

"上师会参加七天后的法会，为信徒灌顶④。"

侍从领会了桑结的意思，领命行礼，退了出去。

不久，布达拉宫做杂活儿的老喇嘛旺堆静悄悄地从僧众中消失了。有人询问，僧官一句"要务在身"，问的人便闭了嘴。其实，旺堆的去向，僧官也不清楚。带走旺堆的人，也只说了一句"要务在身"。

在布达拉宫，总是有许许多多的"要务"。一个"要务"来了，还有下一个"要务"。很快，老喇嘛旺堆就被众人忘记了。

即使记得又怎样？谁能想到旺堆从未离开过布达拉宫？谁又能想到喇嘛旺堆每日在五世佛爷的寝宫日光殿中安寝？

人们已经听惯了高原上奇妙的传奇，是天人降世、善人升天，一个普通喇嘛真的走入了人间天堂，却是大大超乎人们的想象范围。旺堆也是。昨天，他还在端着自己的糌粑碗跟僧侣们一起抢大锅里的粥；今天，他就坐在藏桌前享用银器皿里的肉、酸奶、酥油茶了。

他知道这里是哪里。每天天亮前，他都会匍匐在幽暗的大殿里用力擦拭地面，他熟悉这座宫殿盘桓的古雅馥郁的香味儿——这是日光殿，达赖佛的寝宫。达赖佛喜爱一种印度香的气味，这种昂贵的香料日日夜夜在日光殿的银质龙柄香炉里寂静地焚烧。

旺堆望着藏桌上精美的菜肴发呆。他想了想，最终伸出两根手指捏了一只包子。牛肉的鲜美汤汁灌满了他的喉咙，他禁不住又拿起一个塞进嘴里。

门静静敞开又关上，一个人静静走进来。旺堆忙着往嘴里塞包子，等他注意到有人，那人已经走到他面前了。

作为一个低级僧侣，旺堆从未靠近过第巴桑结嘉措，不知道他的面目。但是，旺堆看得到他锦缎质地的僧袍、鞋面上高贵的黄缎子，还有他扁扁的头颅。旺堆丢掉包子趴在藏毯上不住地叩头。

桑结望着匆忙行礼的旺堆，望着他身下熟悉的"寿山福海"图案的地毯，淡淡地说："免礼吧。今后见面，我要向你行礼了。"

旺堆叩头叩得更猛了。头颅砸向厚厚的藏毯没有声响，只在清早的阳光里激起了飞扬的尘埃。

桑结蹲下来，抬起旺堆的脸："像，真像。"

这张脸每天面对着布达拉宫的地面，却从没被人注意过。是啊，一个站在高高的九重天上为凡人擦拭泪水，一个趴在肮脏的地上为地面擦拭尘埃，谁会把这两个人联系在一起呢？即使，他们有相似得让人心惊的脸庞。桑结不禁佩服起侍从的眼光。

桑结回身坐下："不要叩拜了。今天起，你就是五世达赖佛，你得拿出风度与威严来，不要丢了额巴钦波的脸。"

桑结的目光没有离开旺堆的脸。

"真正拯救人们，给人们以奇迹的，是人自己。"

即使他不能像真正的五世一样给人们神奇的祝福，但有信仰在，人们依然会相信这样的会面能带来福气。

这张脸将帮助他渡过难关。

法会热闹非常。许久没有露面的额巴钦波要给人们摸顶祝福，信众们欢声雷动。

人太多太多，普通的摸顶照顾不到这么多信众。活佛用一根长木棍挑起一根布条，一边儿念咒，一边儿在缓缓走过的人群上方拂过。人们望着在宝座上端坐的盛装的活佛，随着他的每一个手势，都感觉有一股神奇的力量灌注全身。

距离太远，没有人发现，活佛庄重的僧帽下淌下了丝丝汗水。

老喇嘛穿着华丽庄重的礼服，极力抑制心中的恐惧。此刻，他本应该和昔日的同伴一起，在大殿的角落里努力擦拭地面，可他却高坐在额巴钦波高贵的法座上，为信众祝福。老喇嘛心中混乱极了，他只能忍耐。扁头第巴桑结嘉措就在距离他不远的地方低眉顺眼地坐着，仿佛伺候在真正的五世身侧。桑结嘉措确实仪容安详。只是他手中那串菩提子念珠转得飞快。

假五世达赖出现在阳光下的每一分每一秒对他来说都是煎熬。他要应付的不仅是信众，还有各地觐见的活佛、驻兵西藏的蒙古头领达赖汗。他们期待着与修行许久的达赖佛会面。见面就会露馅。

他们只需要远远地看到达赖佛出现就好了、就够了。

编个什么理由呢？继续闭关？那么，见一面总是可以的吧……那就说身体不适，对，这个理由能把所有好意的、恶意的拜访推出门外。

达赖佛是病了，幸好，不是去世。

灌顶活动结束，达赖佛被侍从簇拥着消失在人们的视线里。第巴桑结客气地向尊贵的客人们宣布，额巴钦波身体欠佳不能会面。听到这个消息，尊贵的客人们议论纷纷。

扁头第巴引领着客人们去享用丰盛的宴席。他们一同走过布达拉宫曲折的台阶，灯火通明的长廊，窃窃私语声一直没有止息。

你们可以猜疑，但只要看不到真相，你们也就只能猜疑。

一个谎言叠加一个谎言，支持起了压在桑结心头的巨石。他不再那么忧惧烦闷，步履轻松起来。

客人们在第巴的招待下享受了丰盛的晚餐。显然，第巴本人是宴会中最愉快的人，他用一杯一杯的香醇的蜜酒和大块的烧牛肉填充多日来空瘪的胃袋。他与各位贵客讨论政治的、经济的话题，并为额巴钦波的健康干杯。

布达拉宫的香灯宝烛下，扁头第巴桑结嘉措心情愉悦，神采飞扬。

【注释】

①乌拉：在早期西藏，农奴为官府或农奴主所服的劳役。在这里指服劳役的农奴。

②度母：又称"多罗观世音""多罗菩萨"，全称叫作"圣救度佛母"，共有二十一尊度母。

文成公主：本为唐朝宗室之女。公元 640 年，松赞干布遣大相禄东赞至长安，献金五千两、珍玩数百，向唐朝请婚。唐太宗答应把文成公主嫁给他。据说文成公主聪慧美丽，且自幼受家庭熏陶，知书达理。她入吐蕃后，很受尊敬。

③松赞干布：吐蕃赞普，《新唐书》又称"器宗弄赞""弃宗弄赞""弃苏农赞"等，吐蕃王朝的缔造者。他在位期间，建立了奴隶制度，创制了一系列法律、政治制度，重视经济文化事业发展，与唐修好，先后迎娶尼泊尔公主和唐文成公主，推广佛教，并创制文字。

④灌顶：原为古印度太子即位之仪式。后为佛教密教所效法。灌是灌持，代表诸佛之慈悲与护念；顶即头顶，表示佛行崇高。凡有弟子入门或者继承阿阇梨位之时，皆须经本师以水或醍醐灌洒其头顶。佛法灌顶向人传授的是佛法大智。

菩提根深种，
辨物续前缘

广袤的草原季节分明，可是少年阿旺诺布总是莫名延续着错觉，认为眼前的原野四季碧青翠绿，在琉璃一般澄澈的天空下无休止地散发着草木辛辣、清新、忧伤的气味。

这漂亮的孩子不理解自己的忧伤源自何处，当风从远方吹来，吹过他柔软的微微卷曲的头发，他会把脸转向西北方长久地凝视。

过路的商客告诉他，那是拉萨的方向。

扎西丹增家的漂亮儿子与别人家的孩子不同。刚刚会走路的时候，他就摇摇摆摆地自己跑去抓爸爸的转经筒①，径自笨拙地转动着经筒，高兴地张大嘴巴欢叫。再大一些，会说话了，和小姐姐曲珍玩耍着，他会突然说："我不是这里的人，我要回去。"曲珍很惊讶："你要去哪儿？"他抬起小手，指向西北方。

西北方，遥远的日光城。第巴桑结嘉措坐在卡垫上诵经完毕。

夏天的青草长得格外茂密。拉萨周围草场的香气，冲破八角街的烟火气，随风飘进了玛布日山上的布达拉宫，这香味儿被酥油香和藏香的气味冲淡，在第巴的鼻腔转瞬即逝。淡淡的、清幽的草香，即使是一瞬，也足以让麻木的神经震撼。

他头脑深处的记忆之海，发出丝丝缕缕幽暗的闪光。

桑结睁开眼睛。约定的日子来临了，他要为布达拉宫寻找真正的主人。

"传曲吉卡热巴·多伦塔坚乃、多巴·索朗查巴。"

六月的清晨，一支马队悄悄从布达拉宫后门出发，走出八角街，走向拉萨的城门。守城的军官拦住了他们的去路："何事出城？"

吉卡在马上回答："去天竺朝圣。"

"朝圣？"看这行人的装扮气质，实在不像朝圣，军官示意他们下马。

吉卡看看多巴，多巴下了马，拿出了布达拉宫的证件和卦象："实不相瞒，朝圣是幌子，我们是有重要任务在身，要去寻找转世灵童。"

寻找灵童要有高僧给的卦象，这点不错。那份证明上，还有第巴桑结嘉措的印鉴。军官挥手放行。

军官没有想到，他听到的实话，其实还是个谎言。灵童的身份必须严格保密，桑结早就给下属们编造好了谎言让他们去应对突发事件。对于他扁扁的、聪慧的头颅来说，编造这样的谎言并不是难事。谎言保障他避过一次又一次惊涛骇浪，编造谎言他早已驾轻就熟。

出了城门，马队向东南方走去。那是高僧占卜得出的额巴钦波的灵童降生的方向。不过，他们的目标并不是邬金林，而是曲果甲拉姆拉措湖。曲果甲拉姆拉措湖被认为是神湖，具有非凡的灵性。藏传佛教认为，通过虔诚的祈祷、施行相应的仪式，会在湖中呈现灵妙的景象，指示出灵童身处的地方。

格鲁派在寻找灵童时，一般会使用降神或者高僧占卜两种方式。这两种方式都能指出灵童降生的大致信息，譬如灵童在哪个方向降生、是什么属相等。雪域高原，活佛众多，灵童也多，属性近似的灵童往往不止一个。在这种情况下，较为准确的寻找方法就是观湖。

茫茫雪域，神湖有两个，一个是仁布县的雍杂绿措湖，一个是山南加查县境的曲果甲拉姆拉措湖。拉姆拉措湖是西藏护法女神班丹拉姆居住的地方，"措"是藏语"湖"的意思，"拉"是神的意思，"拉姆拉措"就是"圣母湖"。

拉姆拉措湖被神峻的山峰包围。西藏的花朵色彩斑斓，山峰亦有不同的颜色，红的、黄的、绿的、黑的……围裹拉姆拉措的山是黑色的，使神湖看起来像被黑铁嵌边的宝镜，泛着凛冽灵性的光芒。

每年，都有无数的信仰者踏过草原，翻越高山，穿过河流，走过林地，坚定地向拉姆拉措走来。人们相信，只要虔诚祈祷然后观望湖面，就能从变幻莫测的湖水中看到自己的未来。只有经历着苦难和无奈生活的人才知道，一个未来的许诺，对自己有多么重要。无论这未来好与不好，至少能使心中的一块石头落地——其实更多时候，折磨人的不是生活本身，而是未知，未知是最可怕的魔鬼。

能来拉姆拉措观望自己的未来是无数藏族人的梦想，第巴也不例外。每一位第巴都有观湖的经历，第巴桑结嘉措却不在其中。他害怕看到一个不好的结果。他的一切生命轨迹都是既定的，额巴钦波，他的老师很早就已划定了他的生命道路，他必须按照这个方向走下去。他，第巴桑结，不能失败，没有失败。

他的命运影响着一个伟大人物的伟大梦想。一步一步，他在帮助那位伟大的人物把梦想完成。

这神圣的湖，只要呈现出伟大的五世再次莅临人世的地点即可。

夏天，茸茸的青草为铁灰的山带来了些许绿意。阳光穿透云层，驱散了笼罩在拉姆拉措湖上的雾气，湖水呈现出了瑰丽的色彩，深蓝、浅蓝、湖蓝、墨蓝、靛蓝、孔雀蓝……曲吉一行人来到湖边，供上各色贡品，向班丹拉姆女神敬献了哈达，开始了祈祷仪式。

仪式庄严神圣，经过漫长的经文念诵后，大家的目光都投向了斑斓的湖水，捕捉湖面映现的每一个微小倒影。

有人看到了高高的山口、飘扬的风马，有人看到了破旧的石板房，还有草场和牛。

"多巴，你看到了什么？"曲吉问。

"猪，黑色的猪的形象。"

"唔，与之前占卜的灵童的属相一致啊。"

"曲吉，你看到了什么？"

"我也看到了石板房，房子旁边有一棵柏树，很高、很大的柏树，一些小孩子在玩耍。"

"……"

寻找灵童的队伍离开了拉姆拉措湖，走向门隅。

这里是门隅。那位在布达拉宫壁画上行走的来自遥远汉地的公主，不仅带来了谷物种子、耕作技术、吐蕃王的爱情，还带来了堪舆之术。经历了一路风霜来到西藏，公主做的第一件事情，就是用"八十种五行算观察法"推算出了西藏的地形地貌。公主发现，西藏的地形如同一个魔女，魔女头东脚西仰卧，拉萨的卧塘湖是她的心脏部位，玛布日山和药王山是她丰满的乳房[2]。

门隅，就在魔女的左手心。

据典籍记载，门隅是"乌仗那第二佛祖曾经加持过的宝地[3]，那里遍布秘籍宝藏，与边地坎巴顶相毗邻[4]，年稔谷粮十三种，林木瑞草花果数不清"。

莲花生的传说，使寻访者们踏上门隅的土地时心中自然流淌出敬仰之情。

莲花生，是怎样的少年啊！传说中，他的容颜永远停留在十六岁，岁月的痕迹永远不会爬上他玫瑰色的脸颊，他上嘴唇柔柔的绒毛永远不会化为黑而硬的胡须。《大阿阇黎莲花生传》记载，他"肤色白里透红，无名指有莲花图纹，眼睛和嘴唇像盛莲一样"。很久很久以前，他脚踏祥云迎着风来到门隅，柔软的微微卷曲的头发在风中飘荡，就像……就像那在村口放牛的孩子一样……

马队穿过山口，来到了邬金林，远远地，看到村口的高地上放牛的小孩。一个侍从打马向前，俯下脸来问："孩子，你知道村子里谁家的房子挨着柏树吗？"

孩子绽开莲花一样的嘴唇，微笑着："那是我家呀。"

有秘典记载，莲花生大师是过去、现在、未来三时诸佛之总集，观世音菩萨亦是他的化身，身为达赖灵童的仓央嘉措，是他的转世。一点灵魂，因有了那普度众生的愿力，便随从光阴在这红尘中流了又流，转了又转。

为避免引人注意，马队在村外驻扎，曲吉与多巴带着辨认灵童的物品来到扎西丹增家。

两人向扎西丹增与次旺拉姆献上了作为布达拉宫公文标志的吉祥日哈达，然后取出五世达赖的谕旨献给扎西丹增。在一旁玩耍的阿旺诺布看到谕旨，笑着对爸爸妈妈说："这是我的印章，你们得福啦！"无论是来访者，还是扎西丹增夫妇，听到这话都大为吃惊。

寻访者要使用辨认前世用具的方法来确定灵童。

曲珍被送到那日家，大门紧闭。扎西丹增与次旺拉姆虔诚地跪在房子的一角，看曲吉与多巴先按照礼仪举行庄严肃穆的护法神唐坚嘉措恕衍请愿仪式，狭小的石板房香烟袅袅，梵唱声声。

放牛小童阿旺诺布净身后，口含加持物端坐于卡垫之上。浓郁的桑烟与流水般流淌的梵唱并没有让他觉得不安，反而，他露出兴奋的神态，一副安享其中的样子。

测试开始了。喇嘛曲吉卡热巴·多伦塔坚乃是五世贴身侍从，而多巴·索朗查巴不是。但是他俩对阿旺诺布说："我俩是你的仆人，现在你记得谁，请到谁的怀中安坐。"阿旺站起来，毫不迟疑地向曲吉走去，坐到他怀里。

曲吉的激动无法言说。他压抑着强烈的感情，拿出两个卷轴，铺开来看，是两幅唐卡，一幅是宗喀巴大师的肖像，一幅是五世达赖本人的肖像。多巴问："你认识画像上的人吗？"

阿旺笑了，指着五世达赖的肖像说："这个我认识。"

"你认识这个吗？"曲吉又取出五支镇邪橛放到藏桌上。这些镇邪橛一支比一支镶嵌得华贵精美，阿旺挑挑拣拣，却没有拿小孩子最喜欢的嵌满多彩宝石的，而拿起了五世用过的较为朴素黯淡的镇邪橛，说："这是我的东西。"不过，他的神态有些迟疑："我记得，我的镇邪橛没有这么大……"同样一支镇邪橛，对一个缩小的身体来说，当然显大。前世的零碎记忆不足以解释今生的疑惑，阿旺拿着这支镇邪橛摆弄了许久。

第二天，认证的考验继续进行。同昨日一样的仪轨，念诵经咒并净身。这次曲吉和多巴请出了一尊莲花生大师雕像，一尊嘎玛巴银制雕像。莲花生大师是密乘大师，嘎玛巴是噶玛噶举派的活佛⑤。阿旺伸出小手，将莲花生大师置于头顶，把嘎玛巴放在胸下的位置。次旺拉姆惊奇地握住了丈夫的手，阿旺从没有见过莲花生大师与嘎玛巴的形象，又怎会知晓如何安放？

次旺拉姆说不出心里的滋味。自小孩子嘴里偶尔蹦出几句超出她理解的话，她只当作顽话。高原上每一个藏族人都熟知活佛转世的故事，但，这是自己的儿子，自己身上掉下来的肉，她未把儿子与神圣的活佛联系在一起思考过。

香烟和经文似乎唤醒了孩子前世的记忆，他记起得越多，她越惶恐。孩子是活佛，是无上的荣光，也意味着，她将失去儿子。活佛，要坐在高高的宝座上。

多巴再次摊开几轴唐卡，然后取出圣物——乃琼大神赐给甲亚巴的弯刀和哈达。多巴问："你知道这是谁的吗？"

"是他的。"阿旺毫不犹豫地从一堆神祇画像里指出了乃琼大神。

第三天，曲吉拿出了五世佛的旧物，一本印刻着华美纹饰的木刻经书。小孩儿看着曲吉恭敬地把这本经书放在藏桌上，有点儿失望："这种本子，布达拉宫里有很多呀。"他希望曲吉能像前两天一样拿出更有趣的东西，曲吉做出无可奈何的样子，按照规定，他今天只能拿这样的东西出来。阿旺只好去翻看这本书，在纸上模仿着画那些复杂的花纹，后来甚至把书从头到尾翻了一遍，仿佛里面的每一个字他都看得懂似的。

第四天，曲吉拿出了两顶冠冕。五世达赖在得到固始汗的帮助统一西藏后，曾经制作过一顶象征武功的冠冕，名叫崇威高德王冠，是五世的爱物。阿旺拿起崇威高德王冠戴到自己头上。帽子对现在的他来说太大了，一下子遮住了眼睛。小孩儿把帽子托起来，在屋子里跑着玩，跑了几步突然停下来对曲吉说："你把你自己的帽子也戴上吧。"

另一顶冠冕，是班智达的通人冠。"班智达"是大学者的意思，曲吉是精通五明的班智达⑥，这顶通人冠确实是他的。

第五天取出的，是两把小刀。一把是被猫眼石与金丝装饰的华贵藏刀，一把是五世佛用过的旧刀，下面挂了挖耳勺、牙签等小工具。阿旺看都没看新刀一眼，伸手就取走了旧刀："这刀是我的！"多巴说："旧刀给我吧，给你新刀，看，它多漂亮。"阿旺摆弄着挖耳勺，头也没抬："新刀子的福力怎能与旧刀子相比啊！"

第六天，多巴拿出两个宝贵的法器——装有真言芥子的牛角，其中一个是五世曾经使用过的。

阿旺这次迟疑了许久，两个牛角看起来太相似了，但最终，他拿走了属于自己的那个："这个是我的。"

第七天，是最后的试验。桌上摆着一溜七个茶碗，有曲吉的，有多巴的，新旧不一，款式多样。其中一个是五世的。阿旺准确辨认出了五世的那个茶碗，抱住了不撒手，一定要用那个碗吃饭："这个茶碗是我的！"

五世的茶碗是宝器，一定要带回布达拉。无奈，曲吉与多巴只好等孩子用茶碗吃完饭再伺机哄下。

扎西丹增家饮食俭朴，只有茶和糌粑。阿旺用餐前，先敬神灵，然后才开始食用糌粑。而且，他抓糌粑时两根手指微微弯曲上翘，那姿势与五世一模一样。

望着正在吃糌粑的孩子，曲吉和多巴感动得无以言说。

他若不是达赖佛，还会是谁呢？他的行止与达赖佛几无二致。

毋庸置疑，额巴钦波的灵童已经找到。曲吉派侍从迅速回布达拉宫禀报。

在各种势力扭曲交错的布达拉宫，一个绝密的消息能传到第巴的耳朵中，也能传到另外的耳朵中。

活佛缠绵的病痛与长久的闭关早已引起了各方的猜疑，活佛早已圆寂的说法也在暗地里流传了不止一天两天。但是，没有人敢站出来捅破这层窗户纸，一旦有个闪失，扁头第巴会从脑袋里想出的恐怕不只是赞词里优美流畅的句子，还会有让人生死两难的报复。掌握了灵童，就等于拿到了第巴的把柄，亦等同于掌握了这个宗教权力的命脉。

沉寂了许久的各股力量再次蠢蠢欲动。一些第巴的反对者迅速做出反应，派心腹僧侣去劝说佛父佛母带着灵童出走。

他们为了更顺利地达到说服的目的，没有直接去邬金林，而是先去了佛父佛母的故乡请他们的亲友帮忙劝说。次旺拉姆的母亲婉转拒绝了这些僧侣的请求，连同他们携带的黄金一同请出门外。僧人们没有泄气，连夜去拜访扎西丹增的姑母。在这位贪财的姑母面前，一两金子抵得上千言万语。时间紧迫，天还没亮，她和僧侣们就踏上了来邬金林的路。对于赚钱，她总是有额外的热心和执行力。

扎西丹增与次旺拉姆对姑母的到来大为惊讶，姑母却丝毫不觉得尴尬，扯开惯用的大嗓门问道："扎西德勒！孩子们，听说你们现在发达了？快，让姑母看看那个带来吉祥的尊贵的孩子在哪儿！"阿旺诺布已经被曲吉和多巴带着转移了住处，并没有和父亲母亲住在一起。姑母很是失望，但是为了钱，她怎肯轻言罢休？

石板房外，曲吉带来的侍从偷偷注意着屋里的动静。

与此同时，猎人那日家，也来了两位僧人。

灵童的新动向，陆续传往布达拉宫。夜长梦多。这些僧侣之后，还会有什么人来拜访？灵童需要再次消失于人们的视野，不然，只会横生事端。桑结嘉措拿定主意，请高僧占卜适宜藏匿灵童的地点。

不久，曲吉等人接到第巴的密令：将灵童一家迁往夏沃错那。

柏树下的石板房，一夜之间空了。那天清晨，那日在自家门前发现了一大袋细糌粑，装糌粑的，正是阿旺出生时他背去扎西丹增家的那只旧唐古。

安置好灵童一家，曲吉等人预备离开。吃过了最后一餐饭，曲吉拿出一个护身结哄下了孩子手里的糌粑碗。护身结用五色丝线编成，两端各有一粒刻着符咒的檀木珠，精美漂亮。这是曲吉亲自加持的，有平安吉祥、具足顺缘的效用。一套上头，一股神奇的力量涌遍全身，孩子对老喇嘛会心微笑。

曲吉与多巴留下了很多精致的糌粑、上好的茶叶和银钱，对佛父佛母客气地行礼："请照顾好佛爷。"

见他们没有带走孩子，次旺拉姆又惊又喜。

"这孩子尊贵吉祥，福德大得远远超过您的想象，但神佛指示，他有劫难未完，需匿迹于僻野。请您务必保守这个秘密。"

被莲花生大师祝福过的门隅，无论哪一块土地皆有鲜花美果，水乳流香。村落陌生，可是眼前的景致并不陌生，依旧是草场碧绿，云山高耸。

马队重又消失在蓝天绿野之间。

祈祷带来了开启前世记忆的力量似乎消失了。这个喜欢凝望碧蓝天空、萋萋绿草的孩子，望着马队远去，似乎他并不知道他们为何而来，对他们的离去也漠不关心。他更不会知晓博学的僧侣、被尊称为"日增"的戴达岭巴在书籍中写下的预言：

> 众生之主承殊业，
> 降于香拔雪山西南。
> 他此来为了护佑苍生，
> 将为神圣宗教的宗主。

雨云覆盖了原野，瞬息间大雨倾盆，仿佛要洗刷掉访客的印迹似的。草场雾蒙蒙一片。阿旺无处躲雨，蜷身到一块凸起的石头下面。

不多时，清风吹过，云歇雨收。阿旺刚想从石头下钻出来，就听到小姐姐曲珍带着哭腔的呼喊。

姐姐在叫自己。

"阿佳！我在这里！"阿旺露出头，向小姐姐挥手。

小姐姐过来就把他按在石头上一顿揍："阿妈叫我看住你不要乱跑，你不听……叫你不听话！叫你乱跑！"年幼的曲珍不清楚家里发生了什么事，但是从匆忙的搬家、爸妈神情凝重的叮嘱里，她隐隐约约地感觉到了什么，知道必须得看好弟弟。客人刚走，弟弟就不见了。曲珍非常惶恐，不敢跟爸妈说，没头苍蝇似的一顿找。曲珍的藏袍被打得透湿，满头满脸的雨水，样子看起来狼狈极了。望着满脸茫然的弟弟，一种委屈的感觉涌上喉头，她松了手，哇地大哭起来。

长这么大，阿旺还没被姐姐揍过，他一滴眼泪没流，倒是姐姐满脸泪水。

曲珍抽抽搭搭想拉了弟弟回家，弟弟从石头前移开了身体，刚才他挨揍时趴过的那块岩石，清晰地呈现出了一个人形，胸前还有护身结的痕迹——是弟弟，弟弟的身形印在了石头上！

曲珍被眼前的景象惊没了眼泪。

殴打神佛，是重罪。石头记下了曲珍的罪。

草原上的故事传说，曲珍因为打了佛爷，积累了罪业，入了畜生道，后来还是得仓央嘉措本人的救助，才得以跳脱苦海。

马队消失的方向，出现了一支队伍，他们抬着什么东西向村落走来。是猎人猎到了狼。狼是草原上惹人愤恨的野兽，它们行踪飘忽不定，今天可能在这个村落偷吃一只羊，明天就跑到另一个村子去偷吃一头牛。狼的食量大，一头成年狼一年能吃十几只羊。猎狼是受到百姓们拥护的活动。打死狼之后，猎人抬着狼尸周游各村表演打狼歌舞，这是对猎狼成功的一种庆祝，也能在活动中得到大家的赞扬和赞助。

这次，猎人猎到的是一头大黄狼，他们把狼皮剥下来，填入干草做成标本，并在狼身上悬挂饰物和哈达。狼的嘴巴经过特殊处理，用一根木叉死死插住，让狼死后也不能去向神灵告状。

领头人"阿波热"手持五彩绸子飘扬的彩箭，走在队伍前面分外显眼。一会儿到了村子里，他要向大伙儿说唱好听的"江雄"呢！

佛爷自己并不觉得自己刚刚受到了怎样的冒犯，高兴地向"阿波热"跑去，留下曲珍独自在原地发呆。

"阿佳，阿佳，你也来啊！"阿旺一边儿快跑一边儿招呼着曲珍。他跑得快，有人比他跑得还快。

一个白衣小孩儿骑着一匹小马，如一道闪电越过阿旺，冲向了抬着狼的队伍。不过，小孩儿显然对阿旺比对狼更有兴趣，他掉转马头又冲了回来，泥水溅了阿旺一脸。

雨后的草场，阳光刺眼，这孩子微微皱起眉，仿佛一下子看不清阿旺的样子，又仿佛有些轻贱眼前的小孩儿："你就是那新搬来的？"

他一定是贵族的孩子，白色的衣服上镶着宽宽的水獭皮，还有金线的刺绣，使原本就刺目的阳光更加灿烂。阿旺诺布看了半天，才勉强看清他的脸。好漂亮的一双眼睛！

"怎么不说话？你是哑巴吗？"

抬狼的队伍走近了村子，村子里的孩子们欢叫着迎上去。

"卓玛，你在跟谁说话？"一个穿红袍的男孩儿带着几个小朗生跑过来⑦，手里握着马鞭。

"新搬来的，阿爸说的大贵人。"马上的孩子嘟起嘴巴，"阿爸净瞎说，哪有什么大贵人的样子！"

"卓玛，不要瞎说，阿爸说了，这是大秘密，谁要说出去，就让行刑人用弯刀割掉谁的舌头！"

"我，我没说！都是你，非要偷听阿爸和客人谈话，连我也听到了。"白衣的孩子懊恼地伸出手指塞住耳朵，样子娇俏可爱，"他们也听到了啊！要是他们说出去了，可不能怪我！"

穿红袍子的男孩儿无奈了，扬起手里的马鞭四下乱指："你，你，你，还有你！"

小朗生们惶恐地跪倒在地。

"你们谁要是听到了我们说什么，割了你们的舌头！"

"没听见，少爷，我们什么也没听见！"小朗生们异口同声地回答。

小少爷对自己的威吓很满意。他怎么可能不满意？对朗生来说，这种威吓，随时随地都可能变成现实。

小少爷摆平了手头的事情，开始关注身边一直默不作声的外乡人。他看人的样子跟骑马的男孩儿有点儿像，微微皱着眉，不知是嫌阳光过于刺眼，还是他骨子里的骄傲所致："新来的，你叫啥？"

"⋯⋯阿旺诺布。"阿旺又看到了一双漂亮的眼睛，而且，他与马上的男孩儿长着多么相似的一张脸啊！

"我是宗本家的少爷塔坚乃班丹。喂，外乡人，见到本少爷怎么不知道行礼？"

"塔坚乃少爷，扎西德勒！"

"还有我呢！你还没向我行礼！"马上的少年叫着。

阿旺只好再向白衣少年行礼："小少爷，扎西德勒！"

"哈哈哈哈⋯⋯"宗本家的两个孩子笑了。马上的那位更是笑得花枝乱颤："我是宗本家的小姐！真蠢，你见过我这么漂亮的少爷吗？"卓玛骄傲地挺起腰身。

绵羊不长角，谁辨得出公母？小村庄走出来的阿旺诺布从未见过男装的女孩儿，惊讶极了。

塔坚乃大笑着翻上马背扶住卓玛的腰，去追赶猎人的队伍。小朗生们跟在马屁股后面一溜烟消失了。

卓玛，是女孩子的名字啊！我真蠢呢！想一想，阿旺自己也笑了。

仓央嘉措诗传·不负如来不负卿

村子里，说唱"江雄"的乐声响起。"阿佳，走啊去听说唱！"阿旺跑回姐姐身边，拉起姐姐的手向村子走去。

【注释】

①转经筒：也称"转经桶""嘛呢转经轮"等。藏传佛教信徒人人都会持筒转经。藏传佛教认为，持颂六字真言功德无量，可得脱轮回之苦。所以除了口诵真言外，还制作了嘛呢经筒。藏传佛教信徒把"六字大明咒"，以经卷装于经筒内，每转动一次就相当于念诵经文一次，如此反复念诵着成百上千倍的"六字大明咒"，以表达对佛的虔诚。现在还有了灯转嘛呢筒、水转嘛呢筒等可以代人念诵"六字大明咒"。

②药王山：藏名叫"夹波日"，意为"山角之山"，海拔 3725 米。

③乌仗那第二佛祖：即莲花生大师。

④坎巴顶：今不丹一带。

⑤噶玛噶举派：藏传佛教噶举派的一支。12 世纪中叶塔波拉杰弟子都松钦巴是其创始人。有黑帽系与红帽系两大分支，和司徒、贾曹、巴俄等多个活佛转世系统。从元朝开始，噶玛噶举派就在政治上发挥着其影响力；它是首创西藏活佛转世制度的藏传佛教派。黑帽系高僧噶玛拔希首开先例，被视为松钦巴的转世。噶玛噶举派寺院众多，法嗣传承不断，在尼泊尔和不丹等国都有该派寺院。

⑥五明：藏族对一切学问之总称。分大五明与小五明。共有十科。大五明即指工艺学、声律学、正理学、医学与佛学；小五明是指修辞学、律学、辞藻学、星象学和戏剧学。

⑦朗生：奴隶。

苍原识俊友，灵心种情苗

雨季已经结束，漫长的旱季无声来临。

牛吃饱了草，阿旺诺布和小姐姐曲珍赶着它们回家。走到半路上，领头的牛说什么也不迈动蹄子了，曲珍用鞭子去抽打它，它抖抖背上的皮毛，依旧不动。似乎有什么东西让它怕得宁可挨鞭子，也不肯前行。草原寂静，枯黄的草叶如波浪在风中翻涌。阿旺走向前去查看，啊，是一只小狗仔趴在草窝子里。

曲珍看了，禁不住伸出手去，想抚摸它黄色的毛皮："它一定是被妈妈抛弃了，阿旺。"小狗很虚弱，却是气势十足，瞪大琥珀色的眼睛，露出了白白的小牙。曲珍吓得缩回手，说："还挺凶，这要长大了，能是条看牛放羊的好狗。"

"阿佳，咱们能把它带回家？"

"嗯！阿妈原本说等那日伯伯家的狗下了崽子，要一只来呢。"

阿旺欣喜地去摸小狗崽，曲珍赶紧说："小心！小狗子野啊咬你！"

阿旺伸手抚摸它的动作在曲珍的眼中显得很快，可是在这动作迅捷的小野兽眼中，那双手慢得就像它头顶缓缓流过的白云。这是一双孩子的柔软而温暖的手，小狗可以轻易地用尖尖的小牙齿把它咬碎，让它们滴血，但是，小狗不想那么做。动物总是比人敏感，尤其是野性的动物。它感觉有一种庞大的温柔的力量向它袭来，如雨季到来之前涌入草原的温暖的季风，如它生命原始的温暖安然的感觉，有母亲、有自然给予的双方面的生命的承诺——如今，竟然在一个孩子身上找到了相近的温柔亲切的气味——不，这孩子让它感受到的力量仿佛更为宽厚，更为坚定，这是一只野兽的头脑无法形容描述的感觉：神圣。

这种力量使它甘愿俯首。

它肚皮朝上在草窠里打滚，乖巧地伸出粉红色的小舌头舔阿旺的手。

出去的时候是五个，回来的时候是六个。曲珍、阿旺、三头牛，还有草丛里捡来的小狗。曲珍解下腰带拴在小狗的脖子上，让阿旺牵着，阿旺开心极了。

雪域高原狗多，而且大多凶悍，不像内地的狗那么温顺。高大的獒犬们对这种小狗崽子瞧不上眼，抬头看看，便继续趴在墙根下休息。狗崽子们则不然，对外来者充满了兴趣。小狗一进村，成群的小狗就钻出来高高扬起尾巴冲新来者吠叫。小黄狗发出低沉的咆哮，嘴唇后翻龇起锐利的小牙，颈后的毛根根直竖。

狗群跟着小黄狗走在村子的大路上，阿旺和曲珍拿起石头吆喝，它们也不退却。一只轻率的半大黑狗终于忍不住了，从斜后方冲了上来，扒住小黄狗就想咬。小黄狗没有回嘴对咬，朝阿旺的身边逃去。黑狗跟了过来，阿旺赶紧丢出手里的石块，匆忙中没有砸中。黑狗躲避石块的时候，小黄狗回头高高蹿起来照着它的脖子就是一口，在它脖子上扯出了一道绯红的伤口。黑狗再不敢嚣张，夹着尾巴落荒而逃。

一狗逃亡，群狗败退。见到这架势，胆小的狗已经偷偷溜了，几只胆大的还虚张声势地叫着，但之前还高扬的尾巴早已夹在了股间。

"好呀！真厉害！"看热闹的小孩儿们围了上来。

"那条小黄狗可凶了，它竟然能把小黑狗咬跑！"

"这是公狗还是母狗？"孩子们七嘴八舌地问。

阿旺挠挠头："我也不知道……"

泥水匠的儿子格桑说："我奶奶说，'母狗不摇尾巴，公狗不会竖耳'。这个狗不摇尾巴，还生着一对小竖耳，一定是母狗！"

孩子们发出赞同的声音。

"小狗叫什么名字？"

阿旺又挠挠头："还没起名呢。"

拉则、拉姆姐妹俩拍着小手说："叫嘎嘎！嘎嘎可爱！"

男孩子们不同意："狗起名字要威猛！叫森格①，它这么能打架！"

"不！不可爱！叫嘎嘎，要不叫诺布！"

"其朱②，叫其朱！"

"……谁家给狗起名叫'狗'啊！"

调皮的普布叫着："叫其加③！"大家全笑了。

格桑说："都别争了，最公正的起名法，今天是什么日子就叫什么。"这个提议得到了大家的认同。这天是三十号，小黄狗被正式命名为朗嘎④。

"发生了什么事，这么热闹？"一个骄傲的声音响起。是宗本家的小姐，长着一双漂亮眼睛的达瓦卓玛。她还是一身男装，靛青宁绸黑里子夹袍，一副矜持的小少爷模样。

"大小姐，求珠得勒⑤！"

孩子们七嘴八舌地行礼问好。

"卓玛小姐，朗嘎刚刚打败了凶恶的大狗！"

"大小姐你看，它是我们的朗嘎斗犬！"

刚才小小的"遭遇战"，被兴奋的孩子们夸张成了以小胜大的了不起的战斗。

卓玛瞪大美丽的眼睛："这只小黄毛狗这么厉害？"转而笑吟吟地问阿旺，"外乡人，这是你的狗？"

卓玛的笑容如灿烂的太阳，晃得阿旺睁不开眼，他低着头说："唔……"声音低得，他自己都听不清。

"咦，又不会说话了？奇怪的家伙。"

"让道让道！都让道——卓玛，你又跟身份低下的小贱民们一起玩儿！阿爸知道了又得数落你。"卓玛的小觉拉塔坚乃是个称职的兄长⑥，像个影子般，任性的妹妹跑到哪里，塔坚乃就跟到哪里。

"才不会呢，阿爸最疼我了。除非你告密！"

"我才不会告密呢！告密也不是我。快走，射箭比赛结束了，一会儿要开始赛马了。"

"不去，"卓玛嘟起嘴巴，"太没意思了，一天到晚赛马、射箭。这里多好玩儿，你看他们正斗狗呢。"

一听斗狗，塔坚乃也来了兴趣："哦？让我看看，贱民的狗能有多厉害！"

见到了"神勇斗犬"的真容，塔坚乃很失望："就这么个小家伙？我的扎西能一口吞了它。"

听塔坚乃这么说，卓玛不乐意了："你的扎西是苍猊犬，壮得像小牛，谁打得过它？"苍猊犬，就是今天我们所说的藏獒。它们躯干粗壮，脚掌宽大，硕大的头颅让人望而生畏，可以说是家养的狮子。

塔坚乃一脸不耐烦："那好那好，我就给它找个势均力敌的对手。"

塔坚乃招呼身边的小朗生："登巴，去把普美带过来。"

小朗生接到命令撒腿就跑，不多时牵来了一只肥壮的黑松狮狗仔。

说是狗仔，个头儿可不小，得比朗嘎高出半个头。这狗皮毛蓬松光亮，吐着紫黑色的舌头，像一只圆滚滚的熊仔。见到塔坚乃，它直起后脚一颠一颠跑过来。

塔坚乃从小朗生手里接过拴胖狗的绳子，对孩子们吆喝："走走走，出村去比！"转身对卓玛解释说，"一会儿阿爸赛马回来了，不能让阿爸看见咱们跟贱民在一块儿玩儿。"

这是雪域高原金色的秋天。

一群野牦牛无声地出现在村子附近的山坡上。它们身材高大，身披浓密漂亮的黑色皮毛，粗壮的尾巴上垂挂的粗毛纤长卷曲，头上两只巨大的犄角弯出有力的弧度插入水蓝色的天空。

云在流淌，金色的叶子片片掉落。秋高气爽的时节，是高原空气最清新、云天最为清澈高远的时节。

这群无声的访客在蓝天金叶的映衬下，巨大黑色的身影更加威武壮硕。谁能看得出来，它们是失败者呢？

是的，它们是失败者。

进入秋天，野牦牛进入了发情期。季节的变换让它们血液中的荷尔蒙含量急剧上升，几乎每天健壮的雄性牦牛都会发生激烈的搏斗，血肉横飞。那些看起来并不漂亮的瘦小母牦牛对这种血腥的景象毫不惊恐，它会顶着头上短小的牛角如同顶着珍珠巴珠的贵妇⑦，骄傲矜持地在战场之外的某处等待，等待着胜利者披挂着血和汗织就的新人礼服带它共赴巫山。

胜利者享受情欲的乐趣，失败者俯首败退。败退，退得再远，也湮灭不了血液中沸腾的情欲。

失败者们会聚在一起，缓缓向山下走去。在下山的路途中，这队伍慢慢扩张，等到达目的地，它们会聚成一个让人望而生畏的军团。

它们的目的地，是藏族人家的牛群。

在野牦牛的世界中，它们是弱者，但是对于被人类驯化的家养牦牛来说，它们是不折不扣的强者，它们硕大尖锐的犄角可以轻易将家养公牛挑翻在地。

所以，这是劫掠，不是偷袭。

孩子们在村边拉起了圈子，兴高采烈地观看比赛。胖狗普美和瘦弱的弃犬朗嘎开始了漫长的对峙。

野牦牛的视力糟糕，嗅觉却极其灵敏。它们嗅到了夜幕中涌起的烟火味儿，更嗅到了村边牛圈顺风吹来的母牦牛的体味，这味道使它们烦躁，蠢蠢欲动。

"咬啊！咬啊！怎么不咬！"孩子们使劲吆喝。其中塔坚乃吆喝得尤其起劲："普美！上！咬它脖子！"

普美一反常态，对主人的命令充耳不闻。面对这个比它矮半个头的敌人它丝毫不敢放松警惕，塔坚乃发现，普美的尾巴尖在微微颤抖。它在压抑心中的恐惧。

它的敌人，那只小黄狗，弓着身子发出低沉的吼声，仿佛身体随时都会像一支劲弓射出的利箭高高蹿起。

大地开始震颤，枯黄的草叶与干燥的尘埃轻舞飞扬。孩子们纷纷转移目光：一群黑压压的野牦牛从山上冲下来，向村子冲去。

普布惊呼："糟了！是骚公牛抢亲！"普布家世代给宗本家养牛，对牦牛非常熟悉，"这是吉雅克争媳妇的时候输了⑧，就到村子里来抢。去年北边头人的牛圈被抢走了上百头母牛，养牛的人挨罚被砍掉了两只手！"

"唔……"孩子们惊叹。

野牦牛硕大的身躯在草场跑动起来非常震撼，如一股黑旋风。奇怪的是，这股黑旋风没有直接冲进村子，半路上迟疑了片刻，突然改变方向向孩子们冲来！

"快跑啊！吉雅克来了！"孩子们一窝蜂地全跑掉了。塔坚乃跑出去老远才发现妹妹卓玛不见了："卓玛！卓玛哪儿去了？登巴、次丹，快去把小姐找回来！"这时候小朗生们早已跑没了影，塔坚乃恨恨地说："可恨的奴才！回头扒了你们的皮！"

飞扬的尘烟，杀气腾腾的巨大身形，卓玛从没有见过这样可怖的情景，坐在地上站不起来了。她呆呆地望着席卷而来的黑色风暴，两眼眨也不眨，完全不知所措。

塔坚乃大叫着往回跑："卓玛！快跑啊！"

来不及了，牛群已经冲到了卓玛身前……不，冲到了外乡人阿旺诺布身前。阿旺不知何时跑了回去救助卓玛。

牛群冲过来时，大家都在逃命，阿旺却挣脱了曲珍的手往回跑。他发现了吓傻了的卓玛。曲珍看着黑色军团冲向弟弟，绝望地用双手盖住了眼睛。

没有听到意料中的惨叫，也没有听到巨大的牛蹄踏碎骨头的恐怖声响。大地的震动也停止了。四五十头野牦牛组成的军团在阿旺面前刹住了脚步。野牦牛在当地被称作"猪声牛"，这会儿它们都低垂着头，甩着尾巴发出有些像猪的低沉叫声。阿旺诺布说了些什么，这些大块头仰天长啸，缓缓地踏着夕阳射来的方向走去。

塔坚乃冲过来，紧紧拥住妹妹的肩："卓玛，卓玛，你没事吧？"

卓玛回过神儿来："我没事……"

塔坚乃想起了这个救妹妹的恩人，向他竖起了大拇指："外乡人，你救了我妹妹，我要奖赏你！"

卓玛用奇特的目光盯着阿旺，问："……你不怕吗？"

"不怕，它们没有恶意。"

"……你和它们说了什么？"

"我说，谢谢你们来看我，这不是你们的地方，回去吧。"

"小姐、少爷，我退下了，我要去找阿佳和我的狗。"

塔坚乃忙着看妹妹有没有受伤，没注意听他们的对话。他掸着卓玛身上的土，自顾自地说："这家伙胆子真大，牛群冲过来也不跑。他救了你，回家告诉阿爸，赏他点儿啥。"

"不行！告诉了阿爸，阿爸就会知道咱们跟贱民玩儿了。咱们自己谢他。觉拉，不要说'这家伙'了。父亲说得对，他是个大贵人。"

多年以后，当阿旺诺布成为仓央嘉措，有个故事在高原上流传开来。故事里没有塔坚乃和卓玛，没有顽童和小狗，只有尊贵的仓央嘉措。年幼的仓央嘉措坐在草地上打坐，一群迁徙中的野牦牛排山倒海地奔跑到他面前朝拜，他慈悲地为它们摸顶祝福，消除罪孽。这便是传说。故事宛若一朵花儿的开落，几人曾窥见它真实的容颜，却总有人将它美的姿容与气息流传，亦幻，亦真，灵秀飘忽，仿若这朵花儿从未开在人间，初始时便绽放在云端。

当野牦牛的巨蹄雨点般迅疾地落到草原上时，为一场即将开始的激烈比赛欢呼呐喊的孩子们四散逃窜。两位毛茸茸的比赛者也在逃跑的队伍中。胖松狮普美迈着短而快的步子飞一般奔跑，黄毛狗朗嘎静悄悄地跟了上来。它与普美不同，即使在混乱的时刻，依然没有忘记自己的初衷。它脚步匀称，呼吸平稳，仿佛是在参加一次赛跑，而不是在逃命。失去母亲的庇护，使它不得不提早成熟，成长为出色的猎手。

朗嘎紧紧盯着自己的目标，找机会打败这个肥胖的家伙。天性中对野牦牛的畏惧以及孩子们的尖叫制造的惊恐，使狗崽子普美乱了方寸，它只顾得逃命，忘记了身后的危机，沿着一条直线往前跑。跟了片刻，朗嘎觉得无趣，加快脚步扑了上去。

漂亮的弹跳、撕咬，普美的屁股上被撕下了一块肉。剧烈的疼痛使普美清醒过来，它开始疯狂地反击。朗嘎不喜欢近身战，咬几口就跳开，不会像一般狗打架一样摽在一起打滚。普美的身高与体重的优势在与朗嘎的搏斗中成了累赘，更多的时候它是在愤怒地对空气撕咬，狡猾的敌人在它身上制造伤口后就会逃到一边去转圈，思虑着下一次进攻。

几番交手，普美被咬伤了后腿、鼻子，还被朗嘎扑到后背上咬伤了后脖颈。

普美假装疯魔地对着朗嘎一顿吠叫，然后惊慌逃窜。

朗嘎挺直身体，耳朵直立向前，神情坚定。它没有继续追击，高傲地翘起尾巴，头也不回地去寻找主人阿旺诺布了。

那天晚上，宗本家的小朗生在村子里找到了浑身是伤、瑟瑟发抖的普美。小朗生里的头头儿登巴和次丹，刚刚因为傍晚的事情一人挨了十鞭子，这会儿正是有气无处撒，索性跑到阿旺诺布家来吵闹："敢咬伤宗本家的狗！你们得赔！"

曲珍气呼呼地冲出门外和他们吵："凭什么说是我家的狗咬的？"

"有人看到了！"

"……那是比赛！凭什么赔！"

"就得赔！就得赔！"

"曲珍，怎么回事？"家里人听到吵闹声都出来了。

朗嘎跟着阿旺，普美被咬怕了，见了朗嘎一下子挣脱了小朗生手里的绳子跑掉了。两个小朗生气急败坏："你们等着！等我们追到狗再回来找你们算账！"

邻居们听到动静围拢过来。几个孩子兴致勃勃地向大人们介绍神勇的"斗犬"朗嘎。朗嘎很不习惯被人围观，一个劲儿往阿旺身后躲，眼睛在黑暗中闪烁着绿莹莹的光。普布的阿爸，老牧民斯郎，利索地把朗嘎从阿旺身后拎了出来，放到灯光亮的地方观看："错那祖祖辈辈还没出过耷拉尾巴的狗呐！"

阿旺心疼地说："斯郎阿爸，把小黄狗放下吧！"

"小黄狗？哈哈哈……"斯郎说，"孩子，你捡回来的不是什么小黄狗，是黄狼！"

阿旺想起了刚搬来时猎人们抬着狼尸庆祝的情景。

半大的狼崽子，过不了几个月就会长成成年狼，到那时，全村的羊、牛乃至马匹都有可能遭殃。大人们决定杀了它。

"不要！"

"不能杀！"

"朗嘎是好狼！"

孩子们争先恐后地抗议，大人们怎么会把孩子的呼声当回事？一个小伙子已经准备动刀了。

"阿爸！"阿旺向父亲求援，父亲摇摇头。

宗本家的小朗生们出现了，气势汹汹地嚷嚷："让道让道，少爷小姐来了！"

众人行礼问好。

"这是宗本家的土地，杀不杀也得宗本说了算。"黑暗中，卓玛的声音阳光一样脆亮耀眼。

塔坚乃站在大人们面前，努力学习阿爸发号施令时矜持高贵的神态，不过很可惜，灯光晦暗，大人们只能听到他脆脆的童音："我，宗本的儿子塔坚乃班丹，特许阿旺诺布养这只像狗的狼。"

斯郎恭敬地说："少爷啊，狼总是狼，狼饿了是要吃肉的，它袭击村子的牲口怎么办？"

"斯郎，你管理着宗本家的牲畜，我命令你，每天要用宗本家的羊肉和牛肉把它喂得饱饱的，吃饱了，它就不会去咬牲口了。"

"是的，少爷。"斯郎家世世代代为宗本家工作，比这荒诞十倍的命令都听过，因此他如同接受一道郑重其事的命令一样领命退卜。

"等等！"

斯郎赶紧回来。

"这事不许对宗本老爷说！还有你们，你们也谁都不许说！"

所有人都大声回答："是的，少爷！"

达瓦卓玛悄悄把阿旺拉到角落里。

"卓玛小姐，宫珠得勒⑧！"阿旺没忘记向骄傲的宗本家小姐行礼。

卓玛拦住他："不，从今以后，你不用再向我行礼。"

黑暗中，阿旺看不清卓玛的脸，但是他总觉得女孩子漂亮的眼睛在注视着他，他禁不住脸发烧，低下了头。

阿旺喃喃地说："卓玛小姐，谢谢你救了朗嘎。"

塔坚乃凑过来，说："你救了我妹妹，你就是我兄弟，这点儿小事算啥！"

登巴和次丹找到了普美，把这个胖墩墩的家伙硬拽了回来："少爷！少爷！你看他家的狗把普美咬成了什么样子！"

"咬就咬了！走，回家！"

两个小朗生莫名其妙，这哪是少爷的脾气，爱犬被咬，就这么算了？

宗本家的少爷小姐带着小朗生们隐没在黑暗中。阿旺快活极了，在陌生的错那，他交上了新朋友。

陌生的访客、离家迁居，扎西丹增已知晓儿子不是平凡人。从学文识字开始，他更觉察儿子法缘之殊胜、福德之广裕远远超出他的想象。那样庄重严密的寻访过程，儿子必是某位活佛转世。但，既是活佛，为何不请走坐床？这孩子，如天赐灵宝引众人爱护，却又仿佛潜藏着某种不可碰触的大秘密被人精心藏匿。儿子，自己亲手从母血中抱起的孱弱的小生命，自己亲眼看着从一个软软的小人儿成长起来的壮小伙儿，他熟悉儿子的一颦一笑，熟悉儿子的所爱所憎，熟悉儿子吃饭的习惯、睡觉的样子，记得儿子从小到大做的每件顽皮事……他曾经洞悉他生命中大大小小的秘密，如今，他却疑惑了。这孩子从他的精髓中来，骨血中来，却潜藏着一个他完全陌生的灵魂，灵魂的影像在孩子身上时隐时现，飘忽不定，像谜一般。

这神圣的灵魂让扎西丹增的心中充满了敬仰，也充溢着好奇。他本是持咒喇嘛，遍览经典，人世间的尔虞我诈、权势倾轧虽未亲身经历，却并非陌生毫无经验。他知道，要想揭开这种迷雾重重的事情的真容，最有力的手便是时间。保守得再严的秘密都经不住光阴的磨砺，随着时间巨轮的前行，一切真相都会水落石出。

时间，他只需要时间。

他从来没有想到过，他生命中最缺少的竟然就是时间。

清早，次旺拉姆烧好了一壶奶茶，准备了糌粑，招呼大家吃饭。扎西丹增接过妻子递过来的木碗，满满一木碗牦牛奶茶，在他的手中颤抖，他看着棕色的奶珠儿疾疾震动着滚出碗外，滴落到衬衣上，洇湿了一圈。他想制止住颤抖，双手用力，用力，用力……他眼中最后的影像，是一碗奶茶翻倒在地。

生命之风从中脉溃散⑩，他的意识渐渐脱离躯壳。他听到次旺拉姆撕心裂肺的尖叫和孩子们茫然恐惧的哭泣。

藏药和佛前的圣水都没能挽救扎西丹增的生命。

就在那个清晨，温柔美丽的次旺拉姆失去了深爱她的丈夫，年幼的曲珍和阿旺失去了深爱他们的父亲。

直到往生，扎西丹增也不知晓，他是茫茫雪域的至尊的父亲。

【注释】

①森格：狮子。

②其朱：小狗。

③其加：狗屎。

④朗嘎：三十日。

⑤求珠得勒：下午好。

⑥觉拉：哥哥。

⑦巴珠：一种藏族头饰，用珊瑚或绿松石等制成。

⑧吉雅克：野牦牛。

⑨宫珠得勒：晚上好。

⑩中脉：又名"命脉""大道脉"，被密宗认为是众生之命根。

第六回

巴桑寺学经，
相思儿多情

　　高原的风一季又一季吹起，使牦牛的骨骼健壮，使松柏的枝干矫健苍翠。少年阿旺嘉措被这高地之风吹得面色黑红，身体结实得像个小牛犊子。他已经八岁了，父亲去世已有三年。在这三年里，母亲因为对父亲的思念日渐憔悴，他俨然成了小男子汉，全心全意照顾母亲和姐姐。生活并不是问题，每年，曲吉卡热巴·多伦塔坚乃都会秘密拜访阿旺家的小屋，放下充足的银钱和各种精细的吃食。此外，阿旺家还受到宗本的照顾——事实上，宗本家的少爷小姐给予阿旺家的"秘密照顾"比他们的父亲要多。

　　夏日熏风徐徐，在草场上玩耍已微微有了汗意，几个孩子从草里扒拉出"酸溜溜"嚼来消暑。

　　塔坚乃眼疾手快，找到了一枝在锦缎袖口上抹抹土就塞进嘴里，酸得闭眼歪嘴。"这东西还是蘸糖才好吃。阿旺，我家来了个老喇嘛，"塔坚乃一边儿吧嗒嘴一边儿念叨，"听说是巴桑寺来的，要遵照佛的旨意在错那招人学经。"

　　塔坚乃一脸忧伤："我在邬金林待不了多久了。我阿爸说，我得去寺院里学经、长见识，将来才能像他一样做宗本。"

　　卓玛十分不屑："做宗本还用学经？一根鞭子就够了。"

　　"犟脾气的吉雅克也犟不过阿爸。我是走定了，没得跑。唉，我还没玩儿够呢！"

阿旺一脸同情地望着塔坚乃："我听我阿爸说过，做喇嘛，逢年过节不能回家，也不能像现在这样自由自在地玩儿。"

"我不要去啊！"塔坚乃把脸埋在草窠里，屁股朝天，非常哀怨。

卓玛站起来，用绣花靴头轻轻踢着哥哥的屁股："觉拉，怨也无用。倒不如抓紧最后的机会好好玩乐。"

塔坚乃瓮声瓮气地说："有什么可玩儿的！方圆几十里，哪还有我塔坚乃少爷没玩儿过的地方？"

"马上就雪顿节了，我们去拉萨看戏！"卓玛偷偷瞥一眼阿旺，做出漫不经心的样子扒拉着手腕上的海螺镯子，"阿旺，你也和我们一起去吧。藏戏好看着呢！"卓玛天生白皙，没有常见的高原红，可是此刻她的脸蛋红扑扑的，带着番红花才有的红润。

塔坚乃对这个提议非常有兴趣，一下子跳起来："对哇，一起去！"他大声招呼在远处待命的小朗生，"登巴！去！准备三份出远门的行李！"

小朗生领命而去。

塔坚乃又大吼："记住！保密！"

小朗生远远做出知会的样子，身影很快消失在郁郁葱葱的草影里。

在藏语中，"雪"是酸奶子的意思，"顿"表示吃、宴。雪顿节，其实就是吃酸奶的节日。

佛教忌讳多多，尤其忌讳杀生。每年夏天百草生长，万木繁荣，虫虫蚁蚁亦会从泥土中现身，走在大地上，难免会踩杀生命。为防止误伤生灵，格鲁派特别规定藏历四月至六月为"雅勒"，即"夏日安居"的日子，在这期间僧人只能待在寺院中静静修行。六月底开禁，到了这时候僧人们才能走出寺院。信徒们会为僧人准备新酿的酸奶作为犒劳，同时举办盛大的欢庆会，大家郊游、宴饮，还会表演精彩的藏戏。11世纪中期以后，这些习俗慢慢地演化成了雪顿节。

塔坚乃与卓玛的阿爸每年都受邀前往布达拉宫与达赖佛一同欣赏藏戏。阿爸回来后，他们就缠着跟阿爸同去的仆人讲述雪顿节的热闹，讲那些华丽精彩的装扮与戏文。不过，孩子们不知道，雪顿节的藏戏是不给普通人看的，是只有达赖喇嘛和贵族才能欣赏到的曼妙歌舞。直到八世达赖时期，表演藏戏的地点改在了罗布林卡①，普通民众才被允许在节日期间观看藏戏。

错那到拉萨有多么遥远的距离不言而喻。他们即使真的到了拉萨，却也不可能看到梦想中的藏戏表演，也许比起漫长辛苦的旅程，还是这个结果会更让他们伤心吧。还好，孩子们并不知晓这一切，他们一心沉浸在远行的兴奋里。

次旺拉姆牢记着曲吉的嘱托，看着阿旺从不让他乱跑。阿旺是个好孩子，很听阿妈的话，但，这次除外。对塔坚乃和卓玛来说，拉萨有热闹的雪顿节、好看的藏戏，对阿旺来说，意义要远远大于这些。那是个熟悉又陌生的地方，无数次梦里，他在一座白色的宫殿中醒来，透过那座宫殿的窗子往外眺望，窗外有热闹的街道、熙攘的人群。他看得那么清晰，看得到朝拜者转经筒上雕刻的咒语在阳光下闪闪发亮，看得到梵唱与桑烟在那座繁华的城上空飘荡，有个声音对他说，回来吧，回来吧，回来吧……多少次他独自醒来，望着清冷的石板房，怅然若失。

他知道，那里是拉萨。

他无法解释自己为什么会知晓那座千里之外的城，为什么会对那本应陌生的城有深深的牵记。那似乎是铭刻在灵魂深处的某些东西。随着年龄的增长，这梦境如被阳光照透的晨雾，越来越淡薄。卓玛的提议让他惊觉，似乎自己遗落了一些东西。哦，是他把灵魂深处携带来的某样东西打碎了。这夜，他看到自己蹲在梦境与现实交界之间，捡起了一些薄而透的碎片，似玻璃，似琉璃，似水晶的碎片。他小心翼翼地把它们举过头顶，对着光亮细细审看。这看似是一个打碎的瓶，里面装盛过什么东西？记不起，记不起……

阿旺醒来了。他听到黑暗中阿妈和阿佳匀细深长的呼吸声。

黑暗中，朗嘎机警地张开了眼睛。

阿旺轻手轻脚穿好衣服，走出家门。朗嘎一声不响，学着主人的样子像个小贼般轻悄悄地跟出来。

晨曦映照地平线，远方的天空泛起鱼肚白。

阿旺走出家门老远，朗嘎还跟着。

阿旺觉察到了，说："朗嘎，回家去！"朗嘎现在已经是一头成熟的大黄狼了，比小时候更加驯顺听话，以往这么一说，它会乖乖跑回去。这次，等阿旺再回头的时候，发现朗嘎还在。

阿旺蹲下来，朗嘎也停下步子蹲坐在地上。

阿旺望着朗嘎，朗嘎耳朵竖得笔直，目光炯炯。

"唔，你也要去？"

朗嘎保持着严肃的表情，扑嗒扑嗒地摇摇尾巴表示肯定，扑打得地面扬起一阵小尘土。

狼不像狗一样善于用尾巴表达感情，朗嘎和村子里的狗混多了，也慢慢学着尝试开发尾巴的功能。不过，它的尾巴天生僵硬，摇起来总是那么笨拙可笑。

阿旺笑了，摸摸朗嘎毛茸茸的大脑袋："好吧，我们一起去拉萨。"

阿旺和朗嘎来到约好的地方与塔坚乃兄妹会合。小朗生登巴和次丹牵着马匹，带着远行要用的酥油茶桶和口粮。

一支小小的马队起程了，队伍后面还跟着一只"大黄狗"。

就在这天上午，巴桑寺的喇嘛在宗本管家的陪同下公布了一个名单，说按照佛的旨意要在错那选取一批孩子进寺庙学习。塔坚乃的名字毫无悬念地列在第一位。几十个孩子，有本村的，也有邻村的。阿旺嘉措的名字也混杂其中。

下午，本村选中的孩子都集中在宗本家的院子里。管家点来点去，独独少了自家少爷和阿旺嘉措，管家赶紧派人去叫。

结果可想而知。

天气确实热了，可还没到能把人热到大汗淋漓的日子。听到儿子、女儿以及村里的孩子阿旺嘉措不见的消息，宗本瞬间感觉汗水浸透了衬衣。

这次招孩子们去学经哪里是佛的旨意，是拉萨方面为了方便这位幼小的"大人物"学习专门安排的，怕引人猜疑所以才一口气招收了几十个孩子。这可怎么好？学经不成，人倒丢了。

"找！速速派人去找！找不到人谁都别活着回来！"

马上是雪顿节，要去拉萨觐见第巴。儿子女儿暂且不提，宗本知道那个孩子阿旺嘉措要是出了什么差错，自己就别想活着回错那了。傍晚时分，百姓们吃惊地看着全副武装的马队浩浩荡荡从宗本家开出，冲到村口分组，然后往各个方向散去。

骑手们都紧张非常，唯有找到那三个孩子，才能保住自己的命。

这个时候，孩子们完全不知道有多少人的生命因为他们一次心血来潮的游乐而悬于丝上，他们正开心地享受旅行的乐趣，谈笑声、歌声不断。疲惫的朗嘎被阿旺抱到马背上，生平第一次骑了马。开始时它还有些惊恐，后来慢慢习惯了，新奇地向四周张望不断后退的风景。

卓玛一路上都与阿旺并马而行，她喜欢阿旺稳重踏实的样子，喜欢听他说话，这个俊秀的男孩儿说起话来安静温柔，他身上自然而来的一种清新的香味儿让人心醉。开始时塔坚乃不明白，为什么自己凶巴巴的妹妹见到阿旺会那么温柔，不再高扬着头摆出一副骄傲矜持的样子。她时常会笑，还会扬起宽大的袍袖遮起笑红的脸，袖口的缎子边旁露出罂粟般殷红的嘴唇和碎玉般洁白晶莹的牙。妹妹最近也爱打扮了，不像过去总穿着自己的袍子满处跑，时不时会穿上漂亮的绣花袍子，也会往身上挂些零零碎碎的饰物。

塔坚乃是个粗心的男孩儿，但他是一个细心的哥哥。当卓玛羞答答地邀请阿旺一起去看藏戏的时候，塔坚乃恍然大悟，妹妹是喜欢阿旺嘉措啊。

门隅是福地呀，是永远的少年莲花生大师加持过的土地。这里的花朵开得比别的地方更艳、更芬芳，青稞结的穗子比别的地方更饱满、更香甜，少年的情爱也比其他地方更早地孕育、萌发，散发出生命的甘美。

连塔坚乃都已经觉察卓玛的爱意，聪慧的阿旺又怎可能一无所知？

那双阿旺无法用言语形容描绘的漂亮眼睛，乌溜溜，水灵灵，总是偷偷围着阿旺转。少年阿旺波澜不惊的外表下年轻的、饱含生命力的心，涟漪频起。

有着月亮般皎洁容颜、太阳般明媚光辉的少女卓玛，在阿旺嘉措的心中偷偷丢下了一颗种子。这颗细小的种子潜藏在阿旺内心深处，在白天某一个欢乐的瞬间，或是夜里某一个寂静的时刻，会悄悄发热、膨胀，最终拱出了一枚小小的芽。芽儿在一个又一个日夜交替间伸长、长大，钻出细密的叶子，最终密密匝匝遮蔽了少年的心房，于是，少年那颗原本天然坦诚的心，有了自己秘密的天地。

那便是，爱情开始。

塔坚乃知趣地纵马前行，到队伍前头去和小朗生们走在一处。

夏夜微凉，月色如水倾泻。孩子们吃啊，喝啊，唱啊，跳啊，全然不想明天的旅途怎样。他们本是为了去拉萨寻找快乐，拉萨城远着呢，快乐就已经来到身边了。

不过，快乐来得快，走得也快。明亮的月光下，一支三五个人组成的马队伴着清越的马铃声自孩子们来时的路旋风般驰来。朗嘎觉察到动静，从火堆边一跃而起。

孩子们满口浓郁的青稞酒香，还在酣睡着，马蹄踏地的声音、马铃声都没能惊醒他们。小朗生们饮酒最多，沉溺在梦乡中完全忽视了现世，塔坚乃咕噜着说着梦话翻了个身，又继续睡着了。朗嘎守在主人身旁盯着几个陌生人，四只爪子紧紧抠住地面，脊背上的毛根根直立。

这几个彪悍的大汉没有恶意，他们下马就着火光察看孩子们的脸。

"……对吗？"

"不错，是少爷和小姐。"

"人数也对……"

几个汉子长舒一口气，他们彼此看看，哈哈大笑起来。

其中一个领头的拍拍塔坚乃："少爷，醒醒，跟小的回家吧！"

"臭小子醒醒！"另一个汉子伸出粗糙的手掌一把拎起了熟睡的登巴，"惹这么大祸，老爷不抽死你我也抽死你！"这汉子是登巴的阿爸。

听到阿爸的声音，登巴比喝了醒酒药醒得还快。

大家被登巴哭喊的声音吵醒了，明白了什么情况，塔坚乃和卓玛立刻表示拒绝回去。塔坚乃很气派地威胁他们，要是胆敢把他们带回去就用鞭子抽他们；卓玛则很有心计地补充说，要是他们当没看见，会赏赐给他们银子。

骑手们二话不说强行把他们抱上马背："少爷小姐啊，你们要是不回去，我们有银子也没命花。"

不能去拉萨看藏戏了，卓玛很伤心，这种浅薄的伤心很快就被更深切的伤心取代：阿旺也要去巴桑寺。家里的兄妹不少，可是最疼爱卓玛的还是同母哥哥塔坚乃。塔坚乃要去学经，卓玛心里本就不好受，好在还有心爱的阿旺在。这下塔坚乃、阿旺都要走，卓玛急得直跺脚。卓玛跑去找阿爸："哥哥去学经，将来要做宗本；阿旺嘉措一个平民学经干吗？"

宗本对女儿的质问无可奈何："这是佛的旨意。"

"佛的旨意……佛的旨意也不行！我不管，学什么经，阿旺嘉措不许去！我是阿爸你的女儿，我说他不能去，他就不能去！"

"女儿啊，他不是朗生，他是自由人。"

卓玛的眼泪像断线的水晶珠子滚下来，宗本心疼了，赶紧哄："别哭啊宝贝女儿。管家，去把我那一对拉孜刀拿来！卓玛，阿爸送你一对刀，是阿爸在日喀则花了大价钱买回来的，非常漂亮，你一定喜欢。"

第二日，塔坚乃与阿旺踏上了去巴桑寺的路。阿旺的袍子下，藏着一把漂亮的藏刀。

巴桑寺离村子并不是很远，在北方的波拉山口②。走入波拉山口，仿佛走入了仙境，雾气缭绕，彩云飘摇。山腰上一片绿色中闪耀着缤纷的色彩，走近了才能看清，是娇艳欲滴的杜鹃花树，紫的、白的、黄的、大红、浅红、粉红……仿佛给冷峻的雪山系上了绣工精美的邦垫③。巴桑寺就隐匿在灿若云霞的花海间。

进入巴桑寺，孩子们都穿上了紫红色的小僧袍。褪去俗人的衣服着僧装，孩子们觉得既神圣又新奇。僧装袒露右肩，覆盖左肩，这本是古印度表示尊敬的礼法，《金刚经》中须菩提向佛陀提问即"偏袒右肩"。塔坚乃穿着新袍子兴奋极了，开玩笑恭恭敬敬对阿旺行了个礼，稽首间，阿旺有些茫然，觉得这场景似曾相识。

远处房檐下站着六位老喇嘛，他们在向孩子们这边张望。他们是桑结第巴专门派来教授灵童的高僧大德，都曾是五世达赖的忠实侍从。塔坚乃眼尖，他不知道那几位看起来地位很高的老喇嘛为什么要向这边行礼，他看看周围，除了几个正在打闹的小喇嘛就是正在发呆的阿旺。他拉着阿旺向房檐下望去的时候，老喇嘛们已经消失了。

阿旺诺布是乳名，堪布为阿旺起了个更适合学佛人的新名字④：阿旺嘉措。穿上了僧人的红袍子，名字由阿旺诺布变成了阿旺嘉措，但他并不会一下子就大彻大悟、洞明佛理，孩子毕竟还是孩子。阿旺和塔坚乃对新环境充满了好奇，庙里庙外跑来跑去。好在有的是时间供他们玩耍，小喇嘛的功课很少，一天学写几个字就被放出去玩儿。藏人对孩子的教育很宽容，他们认为牦牛不到两岁就驮重物长不大，孩子也是一样。喇嘛到了二十岁左右功课才会骤然增多，繁重得让人喘不过气来。

阿旺与塔坚乃把寺庙的每个角落都转了个遍。寺中有丰富多彩的佛像、壁画，佛的形象或慈悲，或威猛，或柔美，或庄严，看得两个孩子眼花缭乱，痴迷不已。小喇嘛有一样每日必做的工作是检查佛像，阿旺与塔坚乃都非常喜欢这个工作，每次都检查得十分用心，看到强巴佛的雕像时，阿旺更是久久不愿离去。

强巴佛就是汉地所言弥勒佛。不过，雪域的弥勒佛与汉人熟知的弥勒佛不同，不是袒露硕大肚腹、笑口常开的中年人形象，更像是一位雍容华贵、俊美非常的王子。传说在释迦牟尼的法统世纪结束后，他会正式成为娑婆世界的教主。强巴佛现菩萨形，他跏趺坐于束腰须弥座上⑤，身披华彩天衣，手结转法轮印⑥，胸前垂挂着晶莹剔透的珠宝璎珞，头戴镶嵌着精石美玉的五叶冠。强巴佛满含和善笑意的脸，总有些什么地方让阿旺感觉熟悉：是饱满红艳的嘴唇，还是纤巧挺直的鼻梁？抑或是那一双秀美而不乏英气的眉毛？

阿旺对着那鎏金的华美脸庞看了又看，塔坚乃不耐烦了，拉着他要走。阿旺望望塔坚乃，又望望强巴佛，恍然大悟：是眼睛啊！宗本家的人都长着一双纤长的眼睛，眼尾长长的，略微上翘，还有漂亮的重睑。那样的眼睛看人的时候若是微微垂下，便隐含了天然的笑意，如这佛像一般。佛高高在上，所以温柔地垂下眼睛注视着俯于自己脚下的众生，像极了……像极了卓玛与阿旺说话时的神情……

卓玛，有着月亮般皎洁容颜、太阳般明媚光辉的少女卓玛，在闪亮的篝火前咬着嘴唇递给他靴带的少女卓玛，那个时而蛮横似雌虎、时而温柔似小羊的少女卓玛，她的眼睛在少年阿旺嘉措的记忆深处闪光，阿旺一直为不能形容这双眼睛的美而感到遗憾，现在，他找到了赞美拥有这双妙目的美丽少女的句子：卓玛，拥有一双如强巴佛般美丽眼睛的卓玛。

清早，喇嘛们聚于松林间念诵经文，云雾缭绕，梵唱清远如天籁。在高远的天堂之上，佛陀讲法有天人撒花赞叹佛法之精妙。在这寂静的山林之间，神灵隐迹于山泉草木，唯有杜鹃花树抖落满身的清露绽放柔美娇憨的花朵，为法理幽深的经文所带来的不能言说的快乐表达最质朴的赞叹。

念诵经文，学得最快的便是阿旺。他记性极好，柔美悦耳的声音念诵起经句来格外动听。这孩子端坐于卡垫之上诵经，姿态清雅绝伦，令上师们暗暗赞叹。

说到写字，阿旺更是孩子们中的佼佼者，原本父亲就教过他一些，现在又跟着老师学习这些东西，轻车熟路。孩子们用竹子削的三棱笔沾着酱油在木板上练习写字，很快，阿旺就能写得很漂亮了。塔坚乃看看阿旺的写字板，再看看自己的，悄悄地拿走用清水冲了晾干，重新再写。

塔坚乃不喜欢念书写字，不过为着成为宗本的宏大目标，他也没少下功夫，学得也不差。小喇嘛们的功课学得好坏快慢，也没有谁敦促，全看自己。说得上管教的时候，也就是在诵经、讲经的时候有铁棒喇嘛来回巡视⑦，看你偷偷说话、偷偷玩儿，就狠狠打一戒尺。

对于阿旺来说，做喇嘛最大的苦恼是想家，他想念温柔的阿妈，想念亲切的姐姐，想念忠实可爱的朗嘎，还会偷偷想念美丽的卓玛。对于宗本少爷塔坚乃来说，做喇嘛最大的痛苦则是不如在家里享福。在家他几乎天天拖着十几二十几个小朗生四处跑，耀武扬威快活极了。家里事事有人伺候，什么活儿都不用干，还有酥甜的卡塞⑧、奶渣包子、人参果糕、辣牛肚、灌肠……好吃的吃也吃不完，寺庙里除了牛肉炖萝卜就是萝卜炖牛肉，人参果饭和糌粑也不如家里的厨子做得好吃。

往往，物质的需求比感情的需求更能激励人做出一些出格的事情。在巴桑寺待了三个月，塔坚乃少爷策划逃跑了。

不过，这次逃跑比上次出游时间还要短暂，头天半夜塔坚乃踩着阿旺的肩膀翻墙出去，第二天半夜两人又翻墙回来了。两人谁都不识路，还都没带吃的，绕来绕去，又累又饿，最后只好回到寺里。

巴桑寺灯火通明，所有的铁棒喇嘛都被派出去寻人了。显然，三个月前宗本经历的可怕煎熬正在巴桑寺的师父们身上重演。听说孩子们自己回来了，师父们赶紧把他们叫来问询。房间里气氛清冷肃穆，垂头丧气的孩子们害怕了，塔坚乃开始小声啜泣。

住持问："孩子，你们去了哪里？"

阿旺不作声，塔坚乃回答说："我们想回家。"

住持又问："你们为什么想离开寺庙？"

塔坚乃抹着眼泪，袖口上蹭得都是鼻涕："回家好，家里有温暖的被窝，还能躺在被窝里吃奶渣。"

师父们哈哈大笑。

那次，无论是塔坚乃还是阿旺，都没有受罚。

家没回成，家乡的访客却来了。过了几日，卓玛出现在了巴桑寺门口。

卓玛的出现让塔坚乃欣喜若狂，他知道妹妹不会让哥哥的肚子受委屈，果不其然，卓玛让小朗生背来了两大袋家里做的点心。卓玛特别指出，其中一袋是阿旺的，不许全部吃掉。

卓玛不仅带来了美食，还带来了阿旺毛茸茸的朋友朗嘎。朗嘎见到阿旺立刻蹿到阿旺怀里，在阿旺身上一顿乱舔，眼里闪烁着欣喜的光。朗嘎明显瘦了。卓玛告诉阿旺："自从你走后，朗嘎茶不思饭不想，一到晚上就嚎，村子里的牛羊都战战兢兢。拉姆阿妈说：'带朗嘎去找阿旺吧，不然这可怜的畜生会把自己饿死的。'"

塔坚乃嘴巴里塞满了点心："好哇，不久前我还听铁棒喇嘛们说要添几条狗护院呢。"

卓玛垂下漂亮的眼睛，撇撇嘴："朗嘎都能和你们做伴了……做狗都比做女人好，女人连庙门都不能进。"

阿旺笑眯眯地拉起卓玛的手："怎么会，你可以时常来看我们呀……"阿旺话是这样讲，心里却很难受。卓玛不可能天天来，而且，他多么希望带卓玛亲眼去看看那尊有和她一样漂亮眼睛的强巴佛像，看看千百盏酥油灯照亮的细腻美丽、栩栩如生的壁画。

他忍不住加上一句："等我们学好了学问，就回去，我们还一起放牛，一起唱歌，一起……"

他这样说，本想让卓玛好受些，卓玛好看的大眼睛里却大滴大滴落下泪来。

【注释】

①罗布林卡：藏语意为"宝贝公园"，在拉萨西郊，属全国重点文物保护单位。

②波拉：另一种翻译为"棒山"。

③邦垫：围裙。

④堪布：梵文音译作"邬波驮那"，又称"大师""亲教师"或"师傅"，主要由寺院或札仓（藏僧学习经典的学校）权威高僧主持担任。

⑤跏趺：佛教坐法之一。具体是互交二足，将右脚盘置于左腿上，左脚则盘放于右腿上。其中交一足为半跏趺坐、半跏坐；交二足为全跏趺坐、莲花坐、大坐。此坐法为圆满安坐之相，在佛教诸坐法之中，最为重要，最安稳且不易疲倦。诸佛皆依此而坐，故又称佛坐、如来坐。

⑥转法轮印：一种手印。双手食指与拇指相接，其余三指微微弯曲，置于胸前。象征说法，据说是佛陀初次说法的手势。

⑦铁棒喇嘛：藏传佛教系统里的僧职称谓。

⑧卡塞：一种用面食油炸制成的甜食，古代西藏只有贵族才能享用，后来，普通百姓只有在过节过年时才能吃到它。

皇帝平叛乱，
第巴受斥责

冬去春来，巴桑寺旁的杜鹃花开了又败，败了又开，小喇嘛们的学问也日渐增长。

在众多学徒中，阿旺嘉措学习最出色，《除垢经》《释迦百行传》都学得有板有眼。学习五世达赖编写的《土古拉》时，阿旺也学得最快、最好。

那些在别的孩子看来繁复深奥的词句，阿旺念来仿若从胸中流淌而出的澄澈泉水，一副自然天成的样子。

师父开始讲述印度古代文学理论《诗镜》。这属于"五明"中的"声明"课程。"明"就是学问、学科，"五明"是古印度的五门学科。"五明"分为声明、因明、医方明、工巧明、内明，概括了当时所有的知识体系。

《诗镜》是学习声明的基本书籍，作者檀丁在书中讲述的紧密、显豁、同一、甜蜜、柔和、易解、高尚、壮丽、美好和暗喻等美好的诗德，让阿旺为之陶醉与神往。这位生活在公元7世纪的古印度诗人，跨越千年时间为少年阿旺嘉措开启了诗之语言的灵门。

巴桑寺中供奉着马头明王，未来西藏最受人喜爱的诗人、十一岁的阿旺嘉措指着马头明王写下了他的处女作：

马头明王法力大，
诸魔诸鬼皆惧怕。
慈悲护法为世人，
荡平一切邪魔敌。

师父们传阅着阿旺的诗作，欣喜不已："这孩子得到过妙音佛母的护持啊，写东西没有障碍，一气呵成。"

"对啊，难得还有佛法的威猛庄严！"

随着年龄的增长，卓玛越发高挑漂亮，俨然成了错那最亮眼的姑娘。她几乎月月都要从家乡赶来看望阿旺和塔坚乃，带来零食美点和家乡的消息。关于拉姆阿妈的消息，越来越不乐观。

父亲去世仿佛带走了母亲的一部分灵魂，母亲不再像父亲在世时那般活泼喜乐。阿旺记得父亲在时，家中时不时会传出母亲的歌声，傍晚工作不忙的时候，母亲还会弹奏口弦，动听的口弦声在橙色的黄昏中会传出去很远很远，阿旺和姐姐赶着牛群归来，不看路循着乐声也能找到家。

那样的日子，那样的母亲，一去不复返。阿旺有了心爱的人，才略微懂了母亲的心。

这年秋天，小姐姐曲珍嫁人了，嫁给了邻村的木匠。母亲一个人守着孤独的房子，没能走过漫长的冬天。

转眼间，阿旺已经在巴桑寺学习了七年，在三位高僧的教导下学问越来越精进。看着这位尊贵的学生学识大增，老师们心中颇感欣慰，也越来越不安。灵童已经十五岁了，十五岁是个什么年岁呢？女孩子即将举行戴敦礼，表示可以让人尽情追求，男孩子都可以成家立业了。但是对于一位还没有坐床的活佛来说，这个年岁已经太大了。

三位高僧不明白，为什么灵童十五岁了还不举行坐床仪式。关于第巴桑结嘉措，五世在世时最为信赖、给予无上荣耀与权力的人，他们向来都抱着认同与尊敬的态度，毕竟，这位青年拥有卓越的才能。他不但把西藏原本分散的权力全部收归拉萨,还编写了大量医学、天文学、文学、数学方面的著作,可说在政治、文化方面都做出了杰出贡献。

随着权力的壮大,他之前为谨小慎微所藏匿的性格缺陷也越来越明显。他是如此傲慢而自负,到了近期,几可说是嚣张:他命令雪域大小官员,无论僧俗都要对他磕头礼拜;他甚至公开娶了美噶蔡和白热康萨的女儿做"主母",并与其育有子女。

一个权力已经壮大到可以玩弄权力的人,难道没有力量把尊贵的、受人敬仰的达赖佛迎回布达拉宫吗?

他们不能问,也不敢问。

直到远在千里之外的一场战争的发生,才结束了他们漫长焦灼的等待。

今天的蒙古国乌兰巴托南宗英德,三百年前还被唤作"昭莫多"。

"昭莫多"是蒙古语,大树林之意。那里是一个天然的战场,明永乐帝大败鞑靼阿鲁台的地方。昭莫多北有肯特岭险峰千仞壁立,东有丘陵横亘逶迤低回,其间平原数里,穿插有林木河流。

三百年前遥远的初夏,昭莫多为盈盈翠色所覆盖。晦暗的天空下,宛若闷雷的巨大声响打破夏日的寂静,大地轰隆震动,鸟群混乱地扑打着翅膀从林木间飞起,野兽惊惧地钻出草丛瞪大乌黑的眼睛,注视着地平线出现的滚滚烟尘。尘埃落定的一刻,它们看到了浩浩荡荡的铁骑大军。这些威武强悍的兵士,是康熙大帝的六色铁骑。

一时间,原本宁静的昭莫多营垒遍野。

翻开史册,憔悴的纸页上记载的确切时间是清朝康熙三十五年(1696年)二月。

这是一次中国历史上著名的征讨,因为它是清王朝战争史中一次功勋卓越的战役,因为,康熙帝本人也在其中一个营垒里,他一手削平了漠西枭雄噶尔丹。

昭莫多战役后,抚远大将军费扬古在给康熙的奏折中这样写道："据降人言，噶尔丹遁时，部众多出怨言。噶尔丹云：'我初不欲来克鲁伦地方，为达赖喇嘛煽惑而来，是达赖喇嘛陷我，我又陷尔众人矣。'"

康熙帝大怒。

噶尔丹的一生，与黄教有着扯不断的关系。不仅仅由于他决定南征这一毁灭性的决定来自于黄教势力的怂恿，连他的生命都与黄教有着难以言述的奇妙渊源。

准噶尔汗国是信奉黄教的。温萨三世罗卜藏丹津纳木错活佛曾从雪域来到准噶尔传教，广为民众所爱戴。

多年后，温萨三世觉察到自己的生命即将走到尽头，决定离开准噶尔返回拉萨。信众非常不舍，远途相送。巴图珲台吉的大妃尤姆哈噶斯只有一个儿子，临别前她拉着活佛的马镫请求："活佛啊，请您再赐予我一个儿子吧！"

活佛这样回答："我是僧侣，不能赐予你儿子。"

尤姆哈噶斯悲切地请求说："您作为僧侣，不能赐予我儿子，但是您年事已高，您转世后可以做我的儿子吗？"

活佛慈悲，答应了这可怜妇人的请求。

回到拉萨不久，温萨三世果然圆寂了。第二年，尤姆哈噶斯得到了一个儿子，这孩子便是噶尔丹。

西藏教廷认定噶尔丹为四世温萨活佛，将其迎回拉萨，入五世达赖门下学习。

五世达赖长期与固始汗周旋，他必须得到强有力的外部支持才更有希望在这场持久战中取胜。巴图珲台吉的幼子、他的亲传弟子噶尔丹无疑将是未来决胜中一股不可忽视的力量。五世达赖作为教宗，亟待有人帮助他推广佛教，重树黄教威仪。所以，这个孩子即使"不甚学梵书，顾时时取短枪摸弄"，仍然得到了五世的宠爱。

噶尔丹与五世所宠爱的另一位弟子桑结嘉措，在朝夕相处的学习过程中结下了深厚的友情。这也就解释了在噶尔丹得势后为什么会偏信桑结嘉措，数次骚扰清廷。

噶尔丹是幼子，能继承汗位，与1670年发生在准噶尔的一次内乱有关。在这次内乱中，噶尔丹的兄长僧格被杀，僧格的三个儿子年纪尚幼，无法撑起大局。远在拉萨的噶尔丹听说这一消息，遂向达赖佛请求回准噶尔平乱。

五世达赖敏锐地觉察到，这是一次机会，一次难得的宝贵机会。噶尔丹虔信黄教，如果他此行成功，那么借着他在准噶尔地位的提升，西藏能从准噶尔获取更大的利益。

噶尔丹不负五世所望，潜回准噶尔后迅速集结势力杀掉了杀害僧格的作乱者。权力如同珍宝，一旦拿到手中把玩就迟迟不愿放下。噶尔丹天性喜好武力与权势，唾手可得的汗位又怎可轻易拱手出让？按照传统，僧格死后将由他的长子策旺阿拉布坦继位。但是噶尔丹将权力紧紧握在手中，废除了侄子的继承权，自己登上汗位做了准噶尔部的珲台吉。事实上，他不仅抢了侄子的汗位，还抢了侄子的女人。他的可敦^①、后被策旺阿拉布坦趁他南征之机掳走的卫拉特第一美女阿海，本就是策旺阿拉布坦未过门的妻子。所以，策旺阿拉布坦才会在南征中轻易被清廷策反，亦会在清廷与噶尔丹的多年战争中与清廷保持着合作关系，这种关系，直到噶尔丹的覆灭才宣告终结。

五世的期望变成了现实，而且这个现实大大超出他当初的期望——西藏教廷现在能直接影响一个强盛部落的汗王。

噶尔丹掌权后，黄教势力在准噶尔迅速扩大，无论是贵族阶层还是草根民众都成了达赖佛的信徒。噶尔丹本人有活佛之名，自然更是虔诚。五世对噶尔丹非常满意，1679年噶尔丹正式统一了卫拉特诸部，五世专门派使者赐予他"博硕克图汗"的称号，并赐给印敕。那一年，噶尔丹刚刚三十四岁。

也就是在那一年，噶尔丹童年时代的伙伴桑结嘉措成了雪域之上权势仅次于达赖佛的第巴。

同为五世达赖的弟子，显然，噶尔丹天生勇武，而桑结嘉措长于谋略。桑结嘉措性情阴沉，擅长玩弄权术，他与噶尔丹情同手足，但涉及权力问题的大事，向来匿而不提，譬如五世达赖圆寂的秘密。当年达赖去世，桑结掌权之后的第一件事就是假借达赖之名发号施令，命蒙古喀尔喀黄教直接听命于西藏教廷。而1694年初春，那位专程来到科布多向噶尔丹传达"南征大吉"指令的西藏使者达乐罕鄂木，是他掌门师兄桑结的心腹。

噶尔丹不知道他所敬仰爱戴的达赖佛其实早已离开人世，直到离世，都不知道。

康熙帝不是噶尔丹，八岁就在风云诡谲的政坛打滚，不仅能挽百斤硬弓，也能敏锐地从一系列被谎言包裹得密密匝匝的事件中剥离出一个真相。这次的真相让皇帝震怒。通过审讯噶尔丹营中俘虏的藏族人，皇帝得到了五世达赖早已去世的消息。

广阔雪域的至尊去世十五年，竟然瞒而不报？一封急件由紫禁城疾奔入藏，内文曰：

朕询之降番，皆言达赖脱缁久矣，尔至今匿不奏闻。且达赖存日，塞外无事者六十余年，尔乃屡唆噶尔丹兴戎乐祸，道法安在？达赖、班禅分主教化，向来相代持世。达赖如果厌世，当告诸护法主，以班禅主宗喀巴之教。尔乃使众不尊班禅而尊己，又阻班禅进京，朕欲和解准噶尔部，尔乃使有亏行之济隆以往。乌兰布通之役，为贼军卜日诵经，张盖山上观战，胜则献哈达，不胜又代为讲款，以误我追师。繄尔袒庇噶尔丹之由，今为殄灭准夷告捷礼，以噶尔丹佩刀一及其妻阿奴之佛像一、佩符一，遣使赍往，可令与达赖相见，令班禅来京，执济隆以畀我。如其不然，朕且檄云南、四川、陕西之师见汝城下。汝其纠合四额鲁特人以待，其毋悔！

桑结的罪状，一一列举：
达赖去世，隐匿不报，借机提升自己的政治地位；
塞外六十年无战火，偏挑唆噶尔丹兴兵；

阻碍班禅进京；

在乌兰布通战役中为噶尔丹军作法助阵，噶尔丹失势时又助其逃逸。

哪一条罪状拎出来，都罪大如山，非常人能承担得起。而且信到最后，简直就是盛怒下的威胁，可以想象皇帝在写信时是怎样的一种精神状态。

接到这封信，桑结汗流不止。他下令厚待来使，然后召集心腹拟定回信。这封回信写得极其高明，措辞婉转，语气谦卑，处处都显示着"不得已"：

为众生不幸，第五世达赖于壬戌年示寂，转生静体，今十五岁矣。前恐唐古特民人生变，故未发丧。今当以丑年十月二十五日出定坐床，求大皇帝勿宣泄。至班禅，因未出痘，不敢至京。济隆，当竭力致之京师。乞全其身命戒体，并封达赖临终尸盐拌像。

桑结给予愤怒的皇帝的回复是：

匿丧不报是为了维持社会稳定，新达赖马上就会坐床；

班禅没有出过天花，所以不敢到京城去觐见皇帝；

济隆将会押赴京师。

桑结俨然一长袖善舞者，腾转挪移间将责任推得干干净净，不落痕迹。当年那个坐上权力之位会被汗水沁透衬衣的青年，如今不仅坐稳了宝座，还滋生了庞大骇人的野心。以康熙帝的聪明，这一切怎能不心知肚明？但，桑结主持的西藏格局当时依然稳固，清廷若贸然发兵进藏，山遥路远，战况不可预知。

这位以机智和隐忍著称的皇帝，再次选择了等待。

桑结尝到了做投机者的甜头，在一场毁灭性危机下幸运地得以全身而退。

噶尔丹的部下丹济拉带着他的女儿和其部族在荒野中流浪，最终决定带着噶尔丹的骨灰投降清政府。

在寂静的巴桑寺中学经的阿旺嘉措，耐心地等待着可爱的姑娘卓玛看他，等着欣赏她戴敦礼上的新衣服和新发式，没有意识到自己等来的将是一个高贵、华丽却危机四伏的宝座。

【注释】

①可敦：我国古代少数民族最高统治者可汗的正妻。

第八回

门隅恋情断，
浪卡子受戒

　　碧草黄泥路，阿旺嘉措走了很远很远，牛儿们哞哞叫着向绿草深处散去，在潮湿的黄泥路上留下清晰的蹄印。他要去哪里？他说不清，仿若心头系着一根绵长的丝线，在牵引着他前行。是那座白色的大房子吗？是那座飘逸着奇异香味儿的宫殿吗？那里那么明亮，那么明亮，亮得仿若云端之上天人的宫殿，那里有琉璃宝树、七宝莲花，那里的尘埃灿若金屑，那里有珠宝莹润的黄金宝座，座上的人衣饰华贵，看不清脸庞，不知为何，阿旺感觉这个人流露出某种熟悉的气息，而且，在向他微笑，即使看不清这个人的脸，他依然能觉得这笑容恬淡亲切。他禁不住向这高贵温柔的人走去。

　　走近了，那人却如被阳光穿透的薄雾渐渐消失了。留在少年阿旺嘉措面前的，是镶嵌着珍珠、琥珀、九眼珠的黄金宝座。

　　空寂的宝座矗立在阿旺嘉措面前，宝座之上，阳光璀璨，金色的尘埃在翩翩起舞。

　　"……尊者……尊者……请您醒醒，该用餐了。"阿旺嘉措从梦中惊醒，唔，对，这毕恭毕敬的侍从是在对自己讲话。他已被认定是活佛了，尊贵的达赖佛。阿旺揉揉眼睛，走出了代表达赖佛身份与地位的黄轿子。

已经走到羊卓雍错了①。

在虔诚的藏族同胞眼中，嵌入群峰间的羊卓雍错碧蓝宝石般的湖水蕴满了吉祥幸福。每年，各地的百姓都会到羊卓雍错朝拜，他们认为绕湖一周就能得到佛多达一年的祝福。

绕湖的藏族同胞看到阵势庞大的车驾，知道路遇活佛，男子脱下右侧袍袖反搭肩上，女子垂下双袖俯首捂膝虔诚地表达敬仰。

阿旺躲回了轿子。

他还不适应这一切，半月前，他还是巴桑寺的小喇嘛，怎么就成了高高在上、连他的老师们都要恭敬行礼的佛了？当第巴的使者出现在面前的时候，他多年来若有所失的、迷惑的心恍然了悟，自己茫茫然一直想找回的，原是生命流转中遗落的东西。他喜欢这种难题得解的感觉，那无数蒙昧的梦都即将找到缘由。但是，他不喜欢由这些让人兴奋的答案所带来的附加的代价：他必须离开巴桑，离开错那，到拉萨去。

拉萨，遥远的城市，他隔着草原与雪山无数次凝视过的城，那里有一次又一次在他梦中出现的白房子，那里有气味优雅绝俗的芳香之宫殿，但，为了亲眼见证一个在黑暗中飘忽的梦境而失去当下的幸福，是阿旺非常抵触却又无法拒绝的事情。他知道，此行一去，无法归来。

心中暗自绽放着情爱之花的少年，在等待他的情人参加完戴敦礼，戴着有精美白银纹饰的引敦，梳着成年姑娘才能梳起的妩媚风情的发辫来看望他，给他一个纯纯的吻，给他一个温柔的拥抱。他抚摸着卓玛送给他的缠绕着金丝、镶嵌着玛瑙的拉孜刀，将其抽出刀鞘，映着轿子灰暗的光线从如水的刀身上看到自己落寞的脸。

卓玛，卓玛，有着月亮般皎洁容颜、太阳般明媚光辉的卓玛，你在哪里？

"尊者，请您下轿用餐。"侍从再一次催促。

望着年轻的佛爷手中紧握着藏刀走出轿子，一侧的老侍从曲吉卡热巴·多伦塔坚乃不禁有些忧心。这显然是一样信物。他记起了起程那天的对话："您，阿旺嘉措，是伟大的五世达赖喇嘛的转世净体，请您随我们回拉萨，回到您的宫殿、雄伟的布达拉中去，您的信众需要您。"

"……我不去布达拉，我不要离开，我不能离开巴桑寺。"

"众生的拯救者、尊贵的佛爷啊，是什么牵系着您的心，让您甘愿舍弃您的宝座，离弃您的万民呢？在茫茫雪域，还有什么位子比达赖佛的宝座更高贵，还有什么冠冕比崇威高德王冠更适合您那聪慧神圣的头颅？"

"曲吉，我在等待我心爱的姑娘，等待她从戴敦礼欢乐的宴会上归来。今冬，等她成了真正的女人，她会成为我的妻子。"

"这……无论如何，请您乘上轿子起程，在浪卡子，尊贵智慧的五世班禅罗桑益喜在等待为您剃度；在拉萨，庄重威严的第巴桑结嘉措在等待您重回布达拉，让福德无双、威重天下的达赖佛重新吹响胫骨号筒昭示高原主人的回归。婚礼的事，以后再说……"

"曲吉卡热巴，我能理解成您的说法是一种婉转的谎言吗？看看您头上的帽子，看看我头上的帽子。您戴着黄色的帽子，恪守格鲁派的戒律，格鲁派不能与凡俗世人相恋，不能享受情爱之美。而我头戴红帽，我，我的父亲，我的祖父，我的每一位先祖都信奉宁玛教，我们聆听佛陀的教诲，也顺从自然的召唤，畅享爱的欢愉。"

曲吉跪倒在地，声泪俱下："活佛啦，您虽然转生于门隅，投生于红教家庭，但无论您高贵的双脚踏上何人、何处之土地，都是观世音的净体，都是我们无上智慧、金刚勇武的达赖佛！我们等待了十五年，等待您的归来，等待您的荣光再一次普照在我等身上，等待布达拉再次响起您庄重智慧饱蕴法理的声音。"

阿旺不忍看着一位耄耋老人跪拜在自己面前声泪俱下地诉说，他痛苦又无措地跌坐到卡垫上。

灵童还是按指定时日出发了。

出发前，阿旺偷偷拉住塔坚乃班丹叮嘱："告诉卓玛，非我不守信，不得不离开。不管用何方法，我一定要和她在一起！"

每天，都有阿忠快马在达赖佛的队伍与布达拉宫间往返②，灵童的一举一动都被详细报告给布达拉宫里的第巴桑结嘉措。

第巴桑结嘉措躺在柔软的床榻上，听着侍从念曲吉的来信。他抚摸着美噶蔡家漂亮女儿光润如绸缎的头发，像是在抚摸小动物柔润光亮的毛皮。

侍从念完，第巴用散漫的声音说道："退下吧。"

身边美丽的女人发出轻笑："竟然有这种为了女人不要做达赖佛的人……他真的是额巴钦波——伟大的五世——吗？"

第巴用手指轻轻滑过女人洁净细腻的脸，那脸颊在晨光中仿佛一块凝脂玉石："灵魂的流转中，会得到一些新东西，但总会失去一些旧东西。失落一些细枝末节的记忆没有什么可惜的，失去了一些精髓的品质，譬如坚毅、贪婪、对权力的向往、对欲望的追求，这便危险了……"第巴笑了，"不过，这没什么，他遗落的，我会拾捡而起……"

"达赖佛可以爱女人吗？"女人问这个问题时，美丽的眼睛里流露出一丝忧伤。一个勇猛如虎、高踞权力之巅的男子为情所迷，痴于爱恋，是能轻易勾起任何女人的怜爱之心的。

"第巴可以爱女人吗？"桑结给了女人一个深深的吻。他不希望自己的女人心中为别的男人留下些许感情的空间，即使是出于同情，或是出于女人多愁善感的天性。

他捧起女人的脸，望着她迷醉的眼睛："第巴不允许爱女人，但是权力可以，有权力的庇护可以想怎么爱就怎么爱。"

在远方寺庙里痴痴等待爱人的小喇嘛，他不可以爱女人，因为他是莲花生的转世，因为他是即将坐床的黄教教宗，更因为他空有名头而没有实际权力的庇护，所以，他不能爱。

额巴钦波，伟大的五世，你给了我世间最有力的庇护，给了我权势与尊荣。你知晓岁月将使你的灵魂流离失所，你信任我，任用我，通过我来达成你那不能为时光所阻滞的梦想。我没有辜负你的信任，看啊，阳光下宏伟的布达拉宫多么恢宏壮美，教廷的权力史无前例地高涨。

是的，转生之后，你是你，你会回来，等你回来却会发现，这里俨然已不是你的世界。抱歉，额巴钦波，尊贵的佛爷，权势的气味是多么芬芳，我怎能轻易归还与你？

第巴把脸埋进女人浓郁的发丝中，深呼吸，他为这种妖娆的味道迷醉。

他招来侍从："最近还在为固始汗的儿子选妃？"

"已经确定了，郎堆家的女儿。"

"……另指派人选。"

错那宗本家迎来了布达拉的使者，使者向宗本献上了吉祥日哈达，然后传达了第巴桑结嘉措的谕旨：达瓦卓玛姿容曼妙，德行高尚，且出身高贵，特指与蒙古和硕特部联姻，择日出嫁。

这荣耀的讯息并未给宗本家带来丝毫喜乐的情绪，卓玛听到使者的言辞当即起身大声说道："我已有夫婿，今冬出嫁，请转告第巴大人收回成命！"

宗本向使者道歉，把卓玛带回房间："女儿，你与尊贵的达赖佛有一段天赐的缘分，是莫大的荣耀，可佛爷是不容许有女人的啊！"

卓玛哭着大叫："为什么不允许？扁头第巴自己还不是有女人，而且还有两个！"

宗本一巴掌打在卓玛脸上："闭嘴吧孩子！"

宗本最宠爱的便是卓玛，自小从未杵过这个野性倔强的姑娘一个手指头，一巴掌打下去，卓玛呆了，宗本自己眼泪掉了下来："孩子，你还不明白吗？为固始汗选妃子的事早就已经定下了是郎堆家的姑娘，第巴下命令让你去做固始汗的妃子，就是要拆散你们啊！"

"我不去！我不会去！我说什么也不会去！阿旺会保护我，

阿旺不会让我去的！"

老父亲定定地看着女儿："孩子，谁是布达拉宫里真正的佛爷？不是头顶上戴着五佛冠的那个③，而是手里握着噶丹颇章权力大印的那个！你可以不去，你的阿妈、你的哥哥、你的阿爸我，整个朵喀家族都会被连累。"

卓玛不再哭闹。她抹了抹脸上的泪："阿爸，我累了，您出去吧，让我休息一下。"

宗本离开了女儿的房间，走在碉房幽暗狭长的过道里。当他走到过道尽头的拐弯处，卓玛的房里传出一声撕心裂肺的哭喊，那么尖锐、悲戚与绝望。窗外，扑啦啦惊起了满树栖鸟。

本来，灵童的轿子是要直接前往拉萨的。但是，这位灵童是如此与众不同，他在一个胆大包天的谎言里被隐藏了十五年。幽深的布达拉，他的家，也潜藏着那么多的危险。桑结嘉措再狂妄自大，对于这个能保证他权势长久稳固、让敌手有所顾忌的孩子，还是给予了足够的谨慎。在布达拉真正的主人到达之前，他要进行一些准备工作，一座庄重恢宏又喜气洋洋的宫殿自然是不可缺少的，一群忠心耿耿、至少是表面上看起来忠心耿耿，不会对重新坐上宝座的达赖佛造成威胁的王公贵族也是不可缺少的。第一项工作，布置一座庄重恢宏又喜气洋洋的宫殿派几百个朗生一夜之间就能搞定，但是第二项工作，调教一堆忠心耿耿、不会兴风作浪的王公贵族却颇要花费一些时间。藏族人，虎视眈眈的蒙古士兵，还有周边各种势力，都可能给身弱骨嫩的佛爷带来致命的祸害。

于是，灵童的轿子被抬往了浪卡子，五世曾多次在浪卡子丹增持法殿内讲经，而且那里有五世达赖喇嘛舅父的庄园，灵童与此处缘分深厚，是一个可以停留的安全的去处。

灵童必须在浪卡子停留，还有一个重要的原因就是，即将成为西藏教廷主人的阿旺嘉措还没有受戒。

五世班禅罗桑益西与第巴桑结嘉措都赶到了浪卡子，为灵童准备受戒的相关事宜。

这一年，是 1697 年，当年纤秀年轻的五世班禅罗桑益西已经三十四岁，是位成熟稳重的壮年僧人了。而五世达赖喇嘛座前年轻有为的青年僧人桑结嘉措已经四十四岁了，眉眼间已见老态，举手投足间流露出权力豢养出的骄奢以及丛生的欲望浸淫出的混沌眼神。

第巴对灵童表现出了少有的尊重与谦卑。这种谦卑，是众人多年来没有从第巴身上看到的。

法器鸣响，一个俊美的少年从轿子中走出，走到松软的藏毯上。他有颀长的身材、红润的脸庞，眼睛闪亮若晨星。这孩子天生有恬淡的神情，被他的眼睛注视到，桑结嘉措竟有些无措。

人生，有无数次的相遇，一人与一人之间，却只有唯一的一次初见。在那遥远的时间彼岸，彼时的初见让桑结嘉措记忆犹新。

三十六年前，他刚刚八岁，他是仲麦巴家的少爷，穿着红袍子和一群贵族少年走在布达拉宫幽暗的长廊里，他们的生牛皮靴底踏得宫殿被酥油膏沃得油润的嘎乌地面啪嗒啪嗒响，他们小声交头接耳，欢声笑语不断。

桑结嘉措曾以为，他家的碉房已经是世上最奢华的地方，但这座古老高大的宫殿宏伟壮阔得让他透不过气来。孩子们先是惊叹，然后赞美，接着理所当然地融入这座恢宏优美的建筑中，接下来的五年，十年，也许更久，他们悠长的岁月都将在这里度过。即使那般年少，桑结依然意识到自己的命运与雪域之上庞大的权力、宫殿有割舍不断的血缘。他的叔叔仲麦巴·陈列嘉措便是五世达赖喇嘛的第二任第巴。他甚至会过早地向自己提问，作为这个历史悠久、血统高贵的家族的后代，他，仲麦巴·桑结嘉措能在螺旋上升的权力之路上，走到何处呢？

他知道自己不会过早止步，亦未曾预料到，自己会走得那么远、那么高。高到，距离神的位置只有一步之遥；远到，他在没有他的神的注视下，独自走了十五年的漫长道路。

他第一次出现在布达拉宫长廊的尽头，恍惚间，他以为见到了神灵。拉萨清早的日光透过高大的窗户洒入长廊，在他的背后形成了温暖明晰的光亮，他面容恬淡，法相威严，眉眼间却又流泻出若隐若现的慈悲。那片辽远又寂静的阳光多么适合他，仿佛他自那片阳光里生出，亦会在那里永生永世地驻留。

带着孩子们的僧官小声吩咐："这便是佛爷，赶快行礼啊！"

孩子们又惊又喜，争先恐后地下拜，嘴里喃喃念诵出幼稚的小脑袋瓜所能想出的所有吉祥赞颂的言辞。五世达赖喇嘛阿旺罗桑嘉措优雅和蔼地让孩子们免去礼数，准许孩子依次上前给予摸顶祝福。

"你是吞巴家的？嗯，你和你父亲很相像……你一定是朵喀家的，朵喀家的人长着雪域最漂亮的眼睛……孩子，你，过来。"

五世向角落里的桑结招手。

桑结激动得心儿怦怦跳，他身量矮小，站在不起眼的角落里，活佛竟然能看到他。

小小的桑结庄重地从角落走出来，孩子们自动避开一条道路。桑结从未觉得，哪里的晨曦能如布达拉宫一般耀眼，这短短的一小段距离，他仿佛走了很久很久，从花落走到花开，距离那位伟大的人物越近，他跳动的心就越发归于平静，这是怎样的知觉呢？这个人与其他人都不同，走到他的身边，仿佛生命的四季都暂停了，统统归入了某个秋凉的刹那。当他抬眼看你的瞬间，枫红遍地，生命之野弥散着寂静甜蜜的清香，他幼小的心灵从未像那一刻一般宁静，三千世界都不存在了，只有他与他相遇在这一颗芥子大的天地里，时间悠远，岁月绵长。

这便是——信仰。

五世伸出右手，抚摸他的头。

"你是仲麦巴家的小孩儿，我知道你。仲麦巴家的人都有一颗聪明的头，你的叔叔陈列嘉措就以智慧著称。你那双机灵的眼睛，即使在阴暗的地方，都会闪光呢。"

"您知道我？"

"……您知道我？"

……

传说，观世音菩萨的化身五世达赖罗桑嘉措曾在仲麦巴家府邸里遗落了一颗珍珠。那么，这颗珍珠在哪里呢？

我是否是这颗珍珠？

与五世达赖相伴了多年，这疑问一直在桑结的心头盘桓不去。问题如一株植物，从他听闻这个故事开始便在他心中萌芽，到伸枝展叶，满目葳蕤。曾有几年的时间，这个问题如夏日的繁花在他心中茂密绽放，绽放，炽烈得像火一样，涨满了他年少的心房。每次与这伟大的、和蔼的人儿相见，他都怕这令人畏惧的灼热的秘密会冲破他的喉咙喷薄而出，让世界为之惶恐，让每个人都被喷一头一脸的惊恐。

理智随着年龄增长，慢慢地，他学会了如何将这种探究生命来源的欲望紧紧地、致密地掩盖、扼杀。

取而代之的，是一种深深的爱，浓厚的爱。五世关怀他，爱他，远超于其他孩子。他拼命地研读经典，努力使自己做一个智慧者，一个博学者，他试图回报五世的关爱，回报这个如父亲般关怀他、保护他的人。

他完全没有想到，有一天，他真的能做到，他为自己骄傲。他，一个只会在角落里静静等待命运召唤的孩子，有一天，会给予这个神样人物以有力的保护。当他看着五世的遗体被静静封入红宫那用三百两黄金与宝石装饰的华贵灵骨塔的时候，泪水糊了满脸。他把满是泪水的脸朝向地面，行以最情深义重的庄严大礼。

那是，很遥远的事情了吧。

那时，他还年轻，刚刚二十九岁。

如今，他已经四十四岁。四十四岁，正是他与五世的灵童在布达拉宫的长廊初见的年龄。

曾经，他无比期望着这次重逢。后来，他缓慢地、有意识地把这件事情遗忘了。

十五年，把一块石头扔进吉曲河会怎么样呢④？流水的时光，时光的流水会磨去它每一处棱角。石头自己，亦会遗忘掉自己最初的模样吧。

权力是迷药，使人疯狂。

谁与谁的生命中，能有两次初见呢？

他与他，便是了。

见这个姿态优雅、庄严稳重的少年远远看着自己，桑结突然没来由地生出一阵羞愧。他不再是布达拉宫长廊角落里目光灵动的小喇嘛，他的双眼是被光阴磨蚀的珠子，早已神色黯淡，失却了光亮。十五年了，他经历了多少云谲波诡的争斗、变幻莫测的危机，却从未像此刻这般仓皇无措过，他早知会有今日的重逢，但他未曾料想过自己会如此局促不安。

十五年，使他成为圆滑的领导者，他善于掩饰。他俯下早已发福的腰身，行大礼。旁侧的人都纷纷随着他的举动虔诚行礼，却都未想到，他匆忙地将面孔朝向地面，是为了不让那久别重逢的人看到他的眼睛，怕那人看透他内心的秘密。

经历了一番生命的轮回，那人的眼睛澄澈如昔。

在丹增持法殿的金顶之上，法螺声响起⑤，这种来自于壮阔的波涛深处的法器、生活在蓝色海水之下巨大的软体生物遗留在大地上的骨骼发出的声音如此低回，有如千万年前海潮的啸咏。它们暗郁的歌唱萦绕盘旋，如桑烟般袅娜而上，奔上天宇。

灵童阿旺嘉措的受戒仪式盛大庄重。

根据礼仪，班禅额尔德尼向灵童赠送了金银与贵重礼品，并亲手为灵童受戒。从此，班禅成了阿旺的老师，为他起法名为罗桑仁钦仓央嘉措。灵童向端坐于法座之上的班禅叩头行礼表示感谢，班禅亦走下法座，庄重地向这位尊贵的弟子还礼。

垂首间，阿旺嘉措便已是仓央嘉措了。

罗桑仁钦仓央嘉措，即"善慧宝梵音大海"。在邬金林村口遥望碧野的小童阿旺嘉措，在巴桑寺院墙外痴痴等待少女卓玛的小喇嘛阿旺嘉措，逐渐在缭绕的香烟中隐没。仓央嘉措，被第巴推到权势者的族群之前，桑结嘉措用行动正式向众人宣告达赖佛的回归：看吧，看看这个新加入的人，仔细看，认识他，记住他。

他用双手捧出了这位少年，他的手，一如当年五世保护着他一样在保护着五世转世的净体。

众人眼明。这群政治场上的老手不动声色地叩拜法座上稚嫩的少年，眼角却偷偷睥睨着那双手，那双灵活、圆润、被羊油与藏药细细保养的手。这双手的出现有双层意味，意味着保护，也意味着操纵、控制。显然，后者的意味更浓，不然，他们不会时隔十五年才会再次在法座上看到尊贵神圣的正牌主子。这双手，玩弄权杖时日太长了，着了迷，不愿再放下。这群在布达拉宫贪婪吞噬钱权欲望的老饕又何尝不明白？

【注释】

①羊卓雍错：西藏四大圣湖之一。海拔在 4000 多米处，约 640 多平方千米面积，湖内有众多岛屿分布，水滨水草茂盛，历来是西藏有名的牧场之一。

②阿忠：信使。

③五佛冠：又称宝冠、五智宝冠、五宝天冠、五智冠、灌顶宝冠。藏密上师修法时所戴，象征五智如来。

④吉曲河：拉萨河的藏语称谓。

⑤法螺：佛教法器，又名金刚螺、螺贝、蠡、蠡贝、宝螺等。本为乐器，亦为藏传佛教常用法器。卷贝末端附笛而成，喇叭状。在密教之中，法螺是行灌顶时必需之法器。其功德无量，为召集众神之鸣示。

第九回

清风关不住，重游到人世

1697 年 10 月 21 日，灵童仓央嘉措前往拉萨，沿途僧俗顶礼膜拜。单纯的信徒们倾尽全力对雪域最伟大的活佛表达敬意，数不尽的金器、银器，质地细密做工华美的哈达、绸缎，甚至酥油与茶被源源不断地敬献给他。

轿子停了，侍从小心翼翼地禀报："活佛啦，百姓们求您摸顶祝福，您看……"

轻挑起轿帘，前面恭敬地站满了藏族信众，这群纯朴的人在晴朗的天空下，像一群藏羚羊踟蹰地等待着天空降落下甘露滋润他们焦渴的灵魂。见到这景象，少年仓央嘉措的心中生出莫名的悲凉。他缓缓抚摸着手中那柄抚摸了千百次的短刀：我连自己所钟爱的都无法把握，能为你们带来什么呢？

"……继续走吧。"

老侍从曲吉近前："活佛啦，您的信众在等待您，为他们赐福消灾是您的责任，也是您的功德啊。"

长久的沉默。

侍从们不知如何是好，都悄悄向曲吉递眼色。这时轿子里传出仓央嘉措淡淡的声音："那就，开始吧……"

听到达赖佛要下轿摸顶，百姓们爆发出海啸般的欢呼声。

信徒们鱼贯行来，仓央嘉措依次为他们摸顶。少年慈悲地向他的信徒们微笑，望着那些苦难却虔诚的人儿，心中温暖又悲酸。

好在，我还能给你们带来幸福。

即使这幸福仅是一种错觉，也能为冰冷的人世带来稍许暖意。

五天后，司西平措殿内，仓央嘉措的坐床典礼隆重举行，布达拉宫权贵云集，司西平措殿有多年未曾这么热闹了。康熙帝特派代表章嘉呼图克图前往祝贺[①]。为了表示对坐床一事的重视，康熙帝御赐了大量珍宝，其贵重与稀有让见者莫不赞叹。

仓央嘉措独自坐于大殿之上，自问：是梦吗？

是梦吧。

有时候，做着梦的时候以为自己在现实中行走，真处于背离常理的现实中时，却每每自问，以为自己是在梦中。

这个梦，曾有多少迷恋权势者在梦中演绎过——第巴带领着雪域各地的僧俗高级官员带着肃穆的神情庄重行下大礼，无比谦卑恭敬地献上五彩大哈达。

阿旺坐在香烟缭绕的司西平措殿内，觉得自己成了一尊佛，在受着尘世人的朝拜。

他不紧张、不慌乱，面对着堂下似幻似真的景象，骨髓里流淌着某种从容。十四岁的少年手握着让权势者下拜的巨大权势，表情漠然，仿佛多少次从梦里经历过这一切，他的身体比他的意识更能驾轻就熟地接受眼前的现实。然而他清楚地知晓，他那山坳中生出的云团般茂密的梦境中没有这一出，灵魂，是他的灵魂在恪尽职守地找寻着与前世重叠的影像。

在臣下们俯身的工夫，他禁不住伸出手指轻轻碰触自己的脸颊。他怕他所经历的一切如魔咒般真的把他变作殿堂之上一尊华贵但了无生气的鎏金佛像，手指轻轻一刮，能从脸上刮下来细碎的金屑。

到底是孩子。

这盛大仪式的主角仓央嘉措，时不时会将视线移向大殿一侧，望望窗外那一小方碧蓝的天空。

他觉得，这是自己一生中最孤独的一天。

月底，班禅额尔德尼来到布达拉宫。作为老师，他要向仓央嘉措传法。

传说，佛陀为弟子传法时曾手拈一朵美丽的曼陀罗花，讲到高潮处，漫天曼陀罗花雨徐徐落下，微妙香洁，寂静和美，天地间的众生都被法理的曼妙与灵明洗透了神髓，感受无限法喜。这种喜乐，仓央嘉措也在一种全身心的投入倾听中感受到了。班禅的语调优美，阐述清晰精到，听到愉悦处，年轻的仓央嘉措流露出澄澈的笑容。

这愉悦使他多日来忧愁不快的心情，瞬间被清洗干净。

班禅留意到教主眉宇间淡淡的笑意，会心微笑。

传法后，班禅与新坐床的仓央嘉措聊了很久。从班禅的口中，仓央嘉措第一次如此清晰地知晓那个曾经的自己——五世达赖——为众生做了多少功业。

班钦仁布钦特别叮嘱仓央嘉措要向五世学习[2]，尤其要勤修佛法，不枉度世救民之责。班禅是位成熟的老师，深知孩子们的习性，纵然是仓央嘉措这般根性极佳的少年，也受不了日日读经的枯燥日子的磨砺吧。

第巴对佛爷的功课极其上心，求请了学问广博的经师来为他授课，且要求严格，时常过问学习进度。桑结认为，即使是傀儡，也得是一个能服众的漂亮傀儡。

有第巴督促，学者们自然不敢掉以轻心，每日总以教授经书为要务，使活泼好动的仓央嘉措不胜其烦。这样的生活日复一日，佛爷如原本在草原上肆意奔跑的小羚牛被关进了牲口栏，愈发烦躁不安。他甚至会在经师讲法的时候站起来走动，惊得经师江巴扎巴不安地起身，双手合十规劝："您圣明！劳驾！请别这样，请坐下来好好听。"若是佛爷置若罔闻，白发苍苍的老格西还会忧心地说[3]："如果尊者您不听的话，第巴就会责骂我了。"佛爷便会无奈地坐回卡垫之上继续他的功课。经师们知晓，佛爷是心地良善的人，不忍连累大家受斥责。

佛爷人在卡垫上，思绪却早已飞到别处去了。他不能再回到绿草茵茵的草原，但心可以。他有许多可回忆的事，可思念的人，这些回忆有凄苦，有甜蜜，能陪伴这深宫里孤独的少年打发掉大把的时光。

他的闲暇时间，大半用来写信，写给卓玛。镶金点翠的檀木扁头笔在金东纸上划出漂亮的笔道，划来划去，却写不出完整的句子，他索性将纸张揉掉。还是写诗吧，写满了情诗的书信一封封从布达拉宫飞出，飞向错那，仓央却没有得到一封回信。

几个月的时间弹指即去，皑皑白雪覆满了玛布日山。佛爷的功课里，加了一门学习金刚舞④，这让他觉得多了许多乐趣。老师先在雪地中示范，然后他模仿老师的样子在雪地上踩着老师的足迹练习。

仓央嘉措难得找回了些学习的乐趣，日子也觉得没那么难挨了。一天，他正兴趣盎然地练习着五楞金刚的步法⑤，侍从通报有人求见。通报的人名很让仓央嘉措意外，是塔坚乃班丹。

当塔坚乃班丹从雪地那端出现时，仓央嘉措兴奋地向这位最要好的朋友奔过去，全然没有了平日的稳重样子。他按往日的习惯对这位好兄弟伸出了双手，塔坚乃却没有回应他。

塔坚乃伏地行了大礼。

单纯的少年仓央嘉措，他还不明白，他与昔日的伙伴，如今有着天与地、苍松与芊草的差距——他们，一个是高高在上、万人敬仰的活佛，另一个，只是门隅一个普通的贵族男孩儿。即使再次相见，他也不会再亲热地拥起他的臂膀，只会匍匐在地上拥抱他尊贵的脚下的尘埃。

"活佛啦……"

"少爷，不要这样称呼我，还叫我阿旺。"

塔坚乃哪里肯依："请您不要如此称，请您不要如此称，折煞小人了！"

望着叩头不止的塔坚乃，仓央嘉措无奈，只得道："塔坚乃，免礼，起身答话吧。"

塔坚乃垂眼看着地上的积雪，不肯抬眼。仓央嘉措觉察到，这不是旁人见他时那种由尊崇而来的目光的回避，塔坚乃有种不安。

应酬话这几个月里仓央没少学，面对着时常想念的朋友，却不知道说什么了，沉默了半晌，塔坚乃只得先开口："活佛啦近日可好？"

"……不好。"这个回答让塔坚乃意外，他抬头看看佛爷，两人禁不住都笑了。

仓央嘉措拉着塔坚乃往寝宫里走："我说的是真的，真的不好。每日都是学习、学习，因明学、诗学、历算都得学，门都不得出。"

仓央嘉措问塔坚乃："塔坚乃，你的功课怎样了？"

塔坚乃有些不好意思："尊者您离去后，我也还俗回家了。家中为我订下了亲事，春天便成婚。"

"呵呵，能让塔坚乃少爷心动的，必然是漂亮如意抄拉姆仙女的姑娘⑥！"塔坚乃挠着头，憨憨地笑了。

"……卓玛，卓玛如何了？我给她写了很多信，一封也不见回。"

"那些信，她都收到了，她说尊者的诗才极好……尊者的诗才定然是极好的，她看一次，哭一次……"

"为何不回信？"

"小人此次前来，就是为了向佛爷禀报此事。卓玛被指给了蒙古王子做妃子，年后便嫁过去。"

仓央嘉措止住了脚步。

经过了几百年，布达拉宫的长廊总是那么空空荡荡，脚步踏过，在人心中激起寂寞的回响。他不能让这声音击打自己的心，他必须停下脚步。心，被击得太疼、太疼。

塔坚乃伸出袖子轻轻为他擦脸，他这才觉察，原来，自己流泪了。

塔坚乃离开时，仓央嘉措亲自送他出宫。

"塔坚乃，你愿意来这里和我做伴吗？"

"塔坚乃能伺候人中之宝⑦，是天大的福分！"塔坚乃丢掉马缰，纳头便拜。

"都说了，你我二人亲如弟兄，私下里不要这套啰唆的礼数。"仓央嘉措拍拍马背上的两只唐古，"这只里面装的，是你喜欢的点心，你夸好吃的那几种多装了些；这只里面装的，是给卓玛的贺礼。"

"仓央嘉措佛如此关爱，我朵喀家无比荣光！"

"那好，我叫他们为你准备住处了。记得把朗嘎也带来吧。另外，请把这个捎给卓玛。"

仓央嘉措从袍子下解下了一把藏刀，递到塔坚乃手中。这是漂亮的拉孜刀，有金丝缠绕，镶嵌着光润的玛瑙。卓玛送给阿旺嘉措的那一把。

尘世的缘分就这样断了吗？也许，天注定我成不了一个让姑娘幸福的情郎，还是做个佛爷更好。

经师们欣喜地发现，佛爷在上课的时候用功了许多，不再神游物外，总是专心听讲。佛爷本就聪慧，一努力，学问轻易便高于常人。"佛爷到底是佛爷，收敛了心性，佛性便自然流露了。"老格西江巴扎巴禁不住赞美道，众位格西纷纷称是。

转眼两年了，仓央嘉措无论是学问还是头脑都很出类拔萃了。骑射、剑术也颇有建树，堪称文武全才。他的成长大家有目共睹，一些简单的宗教事务也都处理得有条不紊。唯一视若无睹的，大概只有第巴桑结嘉措。

布达拉宫山后有一片水潭，水潭边杂树丛生，春日里生出大片艳艳的格桑花来，仓央嘉措很喜欢，时而在此处念经诵书，温习功课。一日仓央嘉措兴起，问起此潭缘由，有宫中年老的侍从答说："活佛啦，此潭并非玛布日山原有，乃是五世在世时修建布达拉宫红宫及经房僧舍，从山脚大量取土建房才遗留此大水潭。"

这潭水碧绿可爱，如翡翠嵌于绿树红花间，微风过处，清波徐起，仓央嘉措不禁心旌荡漾："如此美的景致，建成园林岂不好？塔坚乃，传我命令，将此处清理改造。"

仓央嘉措的命令传达到了相关政府部门，自然也传到了第巴耳中。

"哦，尊者要建园林？"桑结嘉措笑了，"鹰雏想要上青天，已经开始伸展翅膀了。"

"那这事情，顺着尊者的意思办吗？"

"办。一个园子，就当送他一个玩具，发泄发泄他多余的精力。"

佛爷要造园子，工匠们不敢怠慢，使出了浑身解数将园林修建得美轮美奂。园中四处植满珍奇花木，翠色满园。潭水间本有一座小岛，工匠们在岛上建了一座三层楼阁，完全按照佛教仪轨中坛城的楼式建造。楼顶六角缀着铜龙头，龙头颈下垂着铜铃，风一吹叮咚作响，铃声顺着水面飘入耳中，别有意趣。

仓央嘉措沿着小桥上岛游赏，笑吟吟的，一看便知他很喜爱这园子。

塔坚乃初次监工即有此成果，分外得意，见仓央嘉措满意，更是骄傲非常。

阁楼内的佛堂还空置着，仓央嘉措问道："塔坚乃，这里适宜请哪位神灵坐镇？"

"臣下愚见，潭中阁楼，当以供奉水神为佳。"

"说得对啊，塔坚乃。"

活佛专门去墨竹工卡宗迎请了以墨竹色青为首的八龙供奉于阁楼内，由此，这园子被命名为"龙王潭"。

迎请龙王之日，热闹非凡，甚少露面的第巴也出席了迎请仪式。

第巴赞美道："风景秀丽，亭台精美，尊者营造的园林堪比额巴钦波营造的布达拉宫美妙精巧。"

"此乃游戏之物，怎堪与额巴钦波、第巴修造布达拉宫的功绩相比呢？"

"尊者您过誉了。您把这眼前的一切以及布达拉宫内大大小小的事情当作游戏，臣下便放心了。"

仓央嘉措有些茫然："第巴，您督促我学业甚严，为何，还要我把宫中事宜当作游戏呢？"

桑结笑了："我听说，您要做一位为国为民的好活佛。"

"是啊，生为此身，当尽此身之事。"

"活佛啦您想得很对，但，又不对。"

"……您此言何意？"

"您只要做一位好活佛即可——为国为民的事，臣下就为您做了。"桑结哈哈大笑，离席而去。参与庆祝活动的官员，也都悄悄退出了龙王潭。

佳肴美酒堆在藏桌之上无人取食，仓央嘉措随手取了一只果子握在手中把玩："你们都听到第巴的话了？谁能告诉我，到底是怎么回事？"

塔坚乃等人面面相觑，老侍从曲吉卡热巴欠身上前答道："尊者已经 17 岁了，坐床也已两年。五世在尊者这个年岁，已经娴熟地处理政务了。近日噶丹颇章内部有让第巴还政于尊者之声，想必是……激怒了第巴。"

"那么，这是警告？"

"是的……活佛啦。"

布达拉宫纯洁的身影与蓝天白云映照在碧绿的水中，看起来不若往日那么威严，却有了淡雅的风韵。

"曲吉，还记得当年在巴桑寺时，你是怎样讲的吗？你说我是无上智慧、金刚勇武的活佛，你说这座宫殿、宫殿里的人们等待了我十五年。"

"尊者，臣下记得这话。"

"可事实上，我并不受欢迎呢……我，又何尝想回来！"

仓央嘉措将手中的果子猛掷入水中，扑通一声打碎了布达拉宫美丽的倒影。

次日江巴扎巴讲经，仓央嘉措一反常态，一副漫不经心的样子。见朗嘎从门前张望，他竟伸手招呼它进来。

朗嘎岁数大了，愈发犯懒，喜欢亲昵人。仓央嘉措把它拥在怀中揉搓，又是拽胡子，又是拉耳朵，这是他们儿时最爱的游戏。

江巴扎巴双手合十："尊者，请您好好听讲。"

仓央嘉措使劲拽朗嘎的短耳朵想盖住它的眼睛，问经师："听讲何用？"

"尊者……"老经师不明白这平日勤谨好学的少年为何会问出这种问题。

"您不用想了。我来此处听讲是为了成为为国为民的好活佛，可第巴需要的是一个老老实实的傀儡——"仓央嘉措望着老经师的眼睛，"傀儡念书做什么？"

"这……这……"江巴扎巴张口结舌。

仓央嘉措从卡垫上一跃而起，带着朗嘎闲逛去了。

塔坚乃在龙王潭的楼阁里找到佛爷。佛爷也不要侍从伺候，大咧咧地躺在一棵大青冈树下假寐。朗嘎在他身边趴着，听到脚步声猛抬头，见是塔坚乃，竖起尾巴抖两下，又趴下了。

"塔坚乃，过来坐下。"仓央嘉措闭着眼睛说道。

"尊者怎知是小人？"

"你的脚步声，熟悉得不能再熟悉。"

"……塔坚乃斗胆，进言尊者……"

"你讲。"

"尊者乃莲花生转世，雪域最尊贵的活佛，第巴怎可擅权自重到如此境地？尊者奋发图强从第巴手中夺回权力，方是我万民之幸。"

仓央嘉措坐起来，揉揉眼睛："这话是曲吉教你说的吧？"

塔坚乃脸红了："您圣明！不过塔坚乃也确实是这样想的。"

"塔坚乃，迎请龙王那日，你也看到了，第巴退席，到场官员悉数退去。那是示威。偌大一个噶丹颇章政府，谁能帮我，谁敢帮我？"

"可是……可是尊者，您是佛爷啊！"

仓央嘉措按住朋友的双肩："当布达拉宫的黄轿子来到巴桑寺前，我是达赖佛吗？"这身心疲惫的年轻活佛站起来，拍拍身上的尘土草屑，"走吧，出去逛逛。这少年时代无数次在我梦中出现的布达拉，我无限向往的布达拉，如今，让我腻味透了。"

塔坚乃无措地跟在他身后："我们今天出去逛，那，今后呢？"

"我也不知道。塔坚乃，不要想这些忧愁的事情，想想我们多久没有吹到过布达拉宫外自由的风了？"

仓央嘉措自己，已经有两年没有在街道上走动过了。如今，自由自在地走在八廓街上⑧，他觉得新奇又有趣。

市集上什么货物都有，日喀则地毯、拉孜的藏刀、贡嘎氆氇⑨、香料、药材、珠宝……不仅限于贵重的货物，一些不值钱的物什也被摆出来卖。仓央嘉措发现，小时候与孩子们在草丛里扒拉着找来吃的"酸溜溜"竟然有人装在篮子里售卖；甜美多汁的"水尼玛"、深紫色的"葛龙"也已经被年轻姑娘抓在手里品尝，染得嘴唇变成浓郁的紫色。

仓央嘉措记起，多年前，卓玛、塔坚乃和他，就是在一个夏日，嚼着"酸溜溜"定下了了不起的远行计划：去拉萨看藏戏。如今，藏戏对他来说已经并不稀奇。那些戏剧，原本就是向达赖佛的献礼，是为他而演出的。想到这里，他不禁有些忧烦。马上就是雪顿节了，雪顿节要召见各地贵族，免不了与第巴碰面。

卖果子的小姑娘觉得奇怪，这位少爷已经在她篮子前看了半天，不知在出神想些什么。细细看他，他容颜俊美，气质典雅，身着贵公子的服饰，却不知为何剃着光头。

小姑娘腼腆地笑着说："这位少爷，您尝尝水尼玛，很甜、很甜。"

拈起几个红彤彤的果实放入口中，熟悉的味道瞬间满布唇喉："果然很甜。"仓央嘉措笑了，两日来未曾见的由衷笑容浮现在佛爷英俊的脸上。而且，这尊贵漂亮的人身上有莫名的香气，小姑娘只以为是贵族们使用的某种高贵的香料，谁想，开口讲话这香味儿愈发清芬，不觉得看呆了。

塔坚乃拿出钱袋来付钱，小姑娘红着脸拒绝："不要钱的，不过是尝了几个。"

旁边几个小乞丐凑上来，伸出两手的拇指高叫着"咕几咕几"行乞⑩。

塔坚乃见这群脏兮兮的小孩儿穿着经年不洗的袍子凑到佛爷身边，赶紧拦到中间："没有！没有！"

"给一些吧，塔坚乃，都是小孩子。"

几个孩子拿了钱退下了，更多的孩子涌过来。

塔坚乃说道："您看吧，给了几个，引来一堆。全是大锭的银子了，这怎么给？"

十几个孩子挤在一起阻去道路喊着"咕几咕几"，仓央嘉措哪里见过这种阵势，有些窘迫。

"都退下，让他们走！"纷乱中，一个清亮的声音严厉喝止道。

听到这声命令，小乞丐们立刻停止了吵闹，让出一条道来。他们并不急着散去，看着六世和塔坚乃离开。

仓央嘉措和塔坚乃感激地向那个声音的来源望去，两人吃了一惊，说话的竟然是卖果子的小姑娘。原来，她是这帮小乞丐的头儿，刚才讨到钱的几个小孩儿正往她的篮子里塞钱。

仓央嘉措微笑着向她表示感谢，刚刚还威严发话的小姑娘羞涩地笑了，笑容灿烂得像这夏日的阳光一样。

"尊者，您受惊了。"

"没有，我倒是觉得很有意思。还有没有更有趣的地方？"

"有哇，拉萨好玩儿的地方多着呢！"

"那么，带我去那更有趣的地方游玩吧。"

久居深宫的灵魂突然得到释放，自在得似脱笼的鸟雀。

【注释】

①章嘉呼图克图：藏传佛教格鲁派著名转世活佛。

②班钦仁布钦：指班禅。

③格西：藏语音译，汉语意即"善知识"，是学位性僧职的一种称谓。

④金刚舞：藏语名称为"杜基嘎尔"，即跳神，源于公元8世纪中叶莲花生大师。

⑤五楞金刚：金刚舞步的一种。

⑥意抄拉姆：传说中美得夺人心魄的仙女。

⑦人中之宝：对活佛的尊称。

⑧八廓街：又称"八角街"，藏族同胞称其为"圣路"，在拉萨旧城区，是当地著名的转经道，也是商业中心。

⑨氆氇：藏族地区一种手工羊毛织品，是做服装、鞋帽的主要材料。

⑩咕几咕几：求求你。

第十回 不作菩提语，唱彻凡人歌

　　站在噶当基的窗前向外眺望[①]，能将雪城尽收眼底，炊烟与桑烟混杂着盘桓于方正的土坯房顶，闭着眼睛就能想象出城中的热闹与繁华。那里，让他有了须臾的快乐，他为之流连。今夜，在月亮升起之后，他会再次回到那里，塔坚乃将要带他去更欢乐、更有趣，能让他忘却烦忧的地方。

　　他叹口气，回身去摆弄藏桌上的一堆衣物。

　　仓央嘉措与塔坚乃身量差不多，塔坚乃为他拿来了自己日常穿的袍子、靴子，还有一顶长长的假发，配上这身华贵的衣服俨然就是哪家风流俊秀的贵族少爷。

　　夜幕垂降，塔坚乃悄悄来了。见到佛爷的俗人装扮，塔坚乃大乐："尊者英俊潇洒，定能迷倒一片姑娘！"

　　仓央嘉措顽皮地摆个跳舞的姿势："塔坚乃，我们出发。"

　　"且慢，尊者还应起个名字，被人问起名姓，也好有个应对。"

　　"就叫宕桑旺波。"

　　塔坚乃哈哈大笑。宕桑旺波是俊美男子的意思，仓央嘉措很有年轻人的俏皮和小骄傲呢。

　　藏族是个能歌善舞的民族，有酒有歌便觉得生活其乐无比。繁星映现于天幕，八廓街上的小酒馆越发热闹起来，年轻人们结束了一天的劳作纷纷涌入店家，叫上一碗青稞酒解渴。

有一家小酒馆格外热闹，老板娘梅朵年轻时是这一带有名的漂亮女子，如今将近四十岁了，依然颇有风韵。她酒馆的青稞酒品质醇香，碗大量足，梅朵又长于待人接物，故生意一直比别家红火。塔坚乃是梅朵家的常客，今次带仓央嘉措来的就是她家。

布达拉宫的戒备一向森严，两人七拐八拐溜出来，到了酒馆门口刚要喘口气，被突然伸出的几只小手吓了一跳——"咕几咕几"，小乞丐们还在街上串来串去地乞讨呢。

塔坚乃刚要发作，仓央嘉措笑眯眯地说："塔坚乃，给些吧。"塔坚乃只得掏钱袋，嘴里叽叽咕咕，郁闷得很。

"多谢公子慷慨解囊。其实这些钱我们用不得多少，除了吃喝，都是讨来供奉到寺里做功德的。"小乞丐们的头儿、那日卖果子的小姑娘从灯影儿里走出来，一脸笑意。她是认得塔坚乃的，待看看仓央嘉措的脸，吃惊地捂住嘴巴："呀！您不是那天……"

仓央嘉措赶紧竖起中指放到嘴唇前："嘘——"

小姑娘小声说："那天我还觉得奇怪，公子穿得那么漂亮却如僧人般剃了光头，谁想几天工夫，您的头发就长出来了！您是用了什么魔法？"

仓央嘉措笑得很得意，凑到她耳边悄悄地说："不是魔法，是假发！"

小姑娘笑弯了腰，一双眼睛在灯火下水光潋滟："这个物件可倒是好！"

仓央嘉措看看小姑娘的篮子，里面的果子已经不多："这么晚了还不回家去？这些果子我全买了。"

"公子喜欢，全拿去便是，这果子周围山上多得是，是没本的买卖。"小姑娘不过是十一二岁的年纪，说话却十分豪气爽利。

她高高举起篮子递过来，塔坚乃一手接了："那就谢谢你了！回家去吧，可是不早了。"

"我就在这街上生活，这里便是我家。"

仓央嘉措蹲下来，望着这身量未足的孩子："怎么会没家？"

"家是有的，在山南，错那。我爹娘没了，在这里等爷爷。"

"咱们是同乡呢，我也是错那来的。"听这漂亮温和的人儿与自己是同乡，小姑娘一脸惊喜。

"孩子，你爷爷做什么去了？"

"我爷爷是山南最好的画工，布达拉宫的壁画就有我爷爷画的。如今爷爷在大昭寺工作，等这次的乌拉完了，我们就回错那去。"

"……走吧，小同乡，我请你喝一碗青稞酒。"

听到这邀请，小姑娘受宠若惊，连连摆手："我怎么能同您这么尊贵的人同座饮酒呢？您请自便，我还要照顾他们呢。"小姑娘指指周围拉着人要钱的小乞丐。

仓央嘉措笑了，起身欲离开："对了，孩子，聊了这么久，还不知道你的名姓！"

"次仁尼玛。斗胆请问贵人您尊姓大名？"

"我是宕桑旺波，这位是我的朋友塔坚乃班丹。"

街头流浪的孩子次仁尼玛成了世上第一个被仓央嘉措亲口告之化名的人。若尼玛知自己有如此殊荣，将是怎样的欣喜若狂？

走入酒馆，扑面而来的是青稞酒醉人的酒香和或柔情或豪迈的酒歌。老话说得好，"如果酒没有歌，那就像清水般没有味道"。见到这些热情四射的年轻人纵酒欢歌，年轻的佛爷仿佛进入了天人世界，有喜有乐，无忧无愁。

塔坚乃吆喝着："梅尕，梅尕在哪儿？把最好的酒端出来，今日我与我的朋友不醉不归！"

梅尕从人堆中挤出来，手里捧着倒空的大铜壶："塔坚乃少爷，宫珠得勒！请您同您尊贵的朋友稍坐，最好的酒马上就来。"

梅尕最好的酒同布达拉宫的酒比起来也差着不是一星半点儿，但就是这样下等的酒却让佛爷喝得醺醺然，喝出了在宫廷里从未尝到过的快乐，清凉酸甜的酒液顺着喉咙流下，胸中的苦闷瞬息消失不见，隐隐地还生出了快感：看看这欢乐的人群，听听这幸福的歌声，还有什么愁、什么忧是放不下、想不开的？即使是他日的烦忧，放在青稞酒中一浸，也变得单纯、透彻，心底升起的，不过是几分茫然若失的岁月的味道。

旁侧的桌边的汉子摇摇摆摆站起来，端起一碗青稞酒一饮而尽，放开喉咙唱起了情歌。

他粗哑的喉咙唱起这种火辣辣的情歌别有一番韵味，大家打着拍子唱和，气氛热烈醉人。仓央嘉措被这气氛感染了，望着木碗中混浊的酒液，心中思绪翻涌。大家哼唱着情歌如此投入，想必心中都曾藏着这样一个绵延着撕不烂、扯不断情缘的爱人吧。

我的爱人在哪里呢？

他将手掌抚上心房。当他是个青涩少年的时候，曾有一位有着月亮般皎洁容颜、太阳般明媚光辉的少女，在他的心中偷偷丢下了一颗种子，这颗种子抽芽生长，生出缠绵的相思遮蔽了他的心房。如今，这里已然空了。从美丽的姑娘嫁作他人妻子的那一刻起，这曾经秘密收藏了多少年情事的心房就已经空了。

汉子粗糙感人的歌声在他空荡荡的心房中回荡，歌声戛然而止，他蕴满忧伤的思绪却仍旧在酒香中飘荡。他禁不住翕动嘴唇吟唱出心头流淌出的诗句：

> 如果今生未曾相见，我们就不会心生爱恋。
>
> 如果今生未曾相知，我们就不会彼此相思。
>
> 如果今生未曾相伴，我们就不会彼此相欠。
>
> 如果今生未曾相爱，我们就不会彼此抛弃。
>
> 如果今生未曾相对，我们就不会彼此相逢。
>
> 如果今生未曾相误，我们就不会彼此相负。
>
> 如果今生未曾相许，我们就不会继续此缘。
>
> 如果今生未曾相依，我们就不会彼此眷恋。
>
> 如果今生未曾相遇，我们就不会再次相聚。
>
> 可是我们偏偏相见相识，造就了今世的情缘。

怎样才能斩断这缠绵的缘分，才不至于受这生死爱恋的苦缠?

他唱得缓慢而深情，似乎在回忆某些久远的事情。仓央嘉措的声音柔美悦耳，自小念诵经文的声音就使人倾倒。如今，这有着漂亮嗓音的喉咙不习梵唱改为吟唱情歌，听得众凡人瞬间投入了一个空静高远的有情世界，恍然不知身在何处。

仓央嘉措天生的好酒量，今夜，饮酒不多，却有些醉了。这歌儿他旁若无人地唱了一遍又一遍，没有人打断他，唱到后来大家一齐用脚跟打着拍子，一起哼唱"如果今生未曾相见，我们就不会心生爱恋"。

几乎一夜间，这首优美的情歌传遍了拉萨的大街小巷。

几日之后再光顾梅朵的酒馆，仓央嘉措一进门大家就争先恐后地向他问候，酒馆里的男男女女争相传说"这就是那位唱歌极好听的公子"。

塔坚乃禁不住小声对仓央说："难怪师父们说佛爷您得到过妙音佛母的护持，看大家多喜欢您，您比檀丁本人都受欢迎!"

梅朵热情地上酒上菜，不时与二人聊上几句："宕桑少爷今夜再为我们演唱几曲吧，大家都想再次领略您的歌艺。"

仓央嘉措笑笑："见笑了，其实我不怎么唱歌，那天是随口哼唱的旧日诗作。"

"少爷真有诗才! 若少爷不便演唱，我为您引荐一人演唱您的诗作如何?"

仓央嘉措含笑点头。

梅朵从另一个房间招呼来一个人，这人二十上下年岁，生就一副活泼欢快模样，怀里抱着一把扎年琴②。

梅朵介绍说："这是拉萨城最好的说唱艺人江央，嗓子亮得像雪山流下的泉水，林子里的喜鹊也没有他的声音悦耳动听。把您的诗作交给他来唱，一定传遍拉萨城。"

江央笑着向仓央嘉措行个礼。

"刚才快乐弹唱扎年琴的人想必就是你了。"

"正是小人。"

"你是天性快乐的歌者，我这里有忧伤的诗歌，不知你可愿意演唱？"

"说唱艺人不仅得能弹出欢声笑语，也得能唱出失意悲愁，这样我们唱诵的才是大千世界、苦乐人生的本真面目啊，宕桑少爷。"

仓央嘉措对江央的说法非常赞赏，一下子就喜欢上了这个面相喜乐而且很有头脑的艺人。

这天晚上，江央为大家演唱了宕桑旺波的诗歌。江央清亮的嗓子演唱起缠绵的情歌别有一番韵味，大家饮着清爽的青稞酒，少见地沉静下来欣赏扎年琴伴奏下的美妙歌声。青稞酒不醉人，歌中绵绵的情谊却使人痴痴缠缠，如梦如醉。

英俊的青年宕桑旺波成了梅朵的小酒馆最受欢迎的人。他是天生的诗人，随手拈来便是好诗佳句，他的俊美潇洒更让姑娘们魂牵梦绕。这样一个漂亮又多情的人，怎能不让人倾倒？

梅朵的酒馆有名，不仅仅在于生意经，还在于她的一张巧嘴时常为出入酒馆的男女牵线搭桥。多少姑娘都示意梅朵帮忙牵线，想结识这可爱的人儿。梅朵因见仓央嘉措穿着谈吐不俗，料定此人非富即贵，不敢造次，日渐熟了，才试着探探他的口风："公子的情歌动人，公子心中定有个多情貌美的姑娘。"

仓央嘉措笑了："并没有呢。"

梅朵一脸惊讶："以公子的才貌，怎会没有心爱的情人？想必您已经婚配？"

仓央嘉措放下手中的酒碗："也没有。"

塔坚乃笑言："宕桑少爷确实没有情人，也没有妻子。"塔坚乃有些醉了，手发晃，几乎端不住木碗。

仓央嘉措神情有些落寞："这世上情爱难得。"说罢示意梅朵添酒。

"这里什么都缺，穷的缺银子，老的缺青春，爱唱的缺一副好歌喉，爱喝的缺一副好酒肠，唯独不缺的，就是情爱。宕桑少爷，你看这熙熙攘攘的酒客、来来往往的人群，哪个不是带着一双空荡荡的眼睛来的？谁又是专为饮酒而来？银子上夹一个角下来，就能从傍晚喝到天明，那样为饮酒而饮酒有什么意思？大家来我的酒馆，图的就是份热闹，找的就是身旁缺的那个知心人。"

"既然相爱，必有苦痛，何必呢？也许连饮酒时的那份舒心都失去了。"

"这里的爱情没有不快乐的，少爷，这里是酒馆，本来就是消遣寻乐的地方啊。"

仓央嘉措有些醉了，伸手拉住梅尕的手腕："那么，你告诉我，这快乐的爱情在哪里呢？这里，还是那里？"他伸手乱指。

"都不是。您看那里。"梅尕拉住他的手指向门，仓央嘉措看到门侧站着位姑娘，她手持酒碗，心思却并没有在酒上，一直在向这边观看。很纤丽的一个人儿，穿着水红的袍子，一双眼睛媚气十足，格外勾人。见仓央嘉措朝她望去，她并没有闪躲目光，而是给他一个灿烂的笑容。

塔坚乃支着下巴勾着头傻笑："去哇，我就说嘛，您能迷倒所有的姑娘……尝到了爱情有多甜，您才能忘记爱情的伤……"话没说完，塔坚乃已趴下睡着了，梦中碰翻了酒碗，酒液浸湿了袍袖。

等塔坚乃酒醒，已是后半夜了。酒馆里依然热闹，却不见了达赖佛的影子。塔坚乃拍拍头，想起之前发生的事，心说：把佛爷丢了可怎么好？

塔坚乃忙招呼来梅尕："宕桑少爷哪里去了？"

梅尕抿嘴一笑："还用问？必是享受欢乐的爱情去了。塔坚乃少爷你也不是不知道，聊得投缘，两情相悦，这是常有的事情。"

"那是谁家的姑娘？"

"那姑娘名叫拉则，好像住在街的另一头，其他的就不知道了。"

塔坚乃急忙冲出酒馆,心下盘算,街的另一头……街的另一头那么多房子,谁知道拉则住哪间?这么晚了,能问谁去?

酒馆门旁蜷缩着两个小乞丐,塔坚乃一下子有了主意。他过去推醒他们:"次仁尼玛在哪儿?"小乞丐指指街对面的墙角。

塔坚乃算是找对人了,次仁讲:"我亲眼看到宕桑少爷和女人一起出门的。我知道那女人,她专靠与男人睡觉赚钱。"即使是黑暗中,塔坚乃依然能想象到次仁义愤填膺的模样。

次仁把塔坚乃带到拉则住的小土屋前,说:"就是这家。"

塔坚乃轻轻敲着临街的窗子:"宕桑少爷,宕桑少爷?"

仓央嘉措昏昏沉沉的头脑中传来塔坚乃的声音,混沌地应了声。他欲起身穿衣,惊醒了身边的人。这女子双臂紧紧缠住他不撒手:"负心的人,这便要走了?"

仓央嘉措热忱地拥抱了她:"我从家中溜出来游乐,不及时赶回去被家人发现就麻烦了。"

浓情蜜意的情话之前说了许多,此刻,他只想紧紧拥抱这美丽的女子,心中洋溢的爱不知如何用词句表达。

女子吻吻他的脸:"明夜再见?"

"一定!"

女人依旧不撒手,她用柔柔弱弱的嗓音说道:"男人的承诺就像十月的叶子,一夜之间就不知飞到哪里去了。你得给我些物件定情,我才信你不会忘记你我今夜的情谊。"

仓央嘉措伸手摸到靴子,解下了靴带递到女子手中。那女人本以为是何贵重物件,待辨认出只是一条靴带,不由得声音里带了怒气:"想不到你竟是这样俗气的人,这里是拉萨,雪域最华贵的城,谁定情还用靴带?难不成你我海誓山盟的情谊,只值区区一条靴带?你得有贵重的礼物,方能显得你的心!"

仓央嘉措暗想:这莫不是一个只认钱财、不认情谊的女人?之前她还在自己怀中娇憨地说笑、情态婉转动人,这样可人的女子,怎会是贪钱不念爱的俗气女子?自己断然下结论,怕会伤了一个好人的心。

也许，拉萨这繁荣之地，男女情爱风俗也与别处不同。

想到这里，他脱下手上一只贵重的戒指递到女人掌心里，紧紧握住说："你我既有情，只要能让这情谊天长地久，莫说是贵重的礼物，便是九天明月我也会想方设法为你摘下。"

女人这才满意，又给了他一个甜蜜的长吻才放他下床。

长夜未央，归来得很晚，仓央嘉措依然翻来覆去睡不着。想想酒馆邂逅的情人，年轻人的心既充满了激越的爱情，又总是被犹疑折磨。

第二天，佛爷没有去听讲经，练武也是草草了事，单等夜幕降临。诵经时，年轻的佛爷竟然打起了瞌睡。老经师们听说了，十分着急，却也只是无奈。

仓央嘉措与拉则相约在梅朵的酒馆见面。江央已是在酒馆坐了小半天了，见仓央嘉措来了，笑问："宕桑少爷今夜又作了什么好诗？请让我江央来为您演唱。"

仓央嘉措拈了一块奶渣放入口中慢慢咀嚼，说就唱这一首吧：

能与情人邂逅，
全靠酒家娘撮合，
若因此欠下孽债，
可得劳你养活。

江央望望上酒的梅朵，哈哈大笑。昨夜的事情，大家都是看到的。

坐不多久，拉则来了。今日她穿的是件白色袍子，更映衬得肤色皎白如玉，一双乌溜溜的眼睛娇媚动人。

两人携手而出，来到拉则家。关上门，这对情人甜蜜相处。

夜半时分，塔坚乃又来敲窗，待仓央嘉措起身时，拉则又如昨夜般讨要礼物："公子不给拉则留些什么做纪念吗？"

仓央嘉措有些心凉，这女子前一刻浓情蜜意，下一刻就能翻脸讨要财物，可见不是为情爱与自己相好，她相中的不过是自己的钱财。虽说心下已明白此女是何种人，依旧不忍心说出什么绝情断义的话来，只软语道："昨夜不是与你留了一枚戒指，做你我感情的见证？"

拉则嘟起嘴巴撒娇卖痴："昨夜是昨夜，今夜是今夜。今夜我与宕桑少爷的感情更进一步，昨夜那枚戒指，怎么够比量我们今夜的感情呢？"

"拉则，实不相瞒，钱财对于我宕桑旺波并不算什么，瞻巴拉钱财可量数③，情谊不可量数。"

听得话头不对，拉则从他怀中挣出，冷冰冰地说道："男人的甜言蜜语我听得多了，天下女子伤心断肠就是为这情谊所累。什么情，什么意，都是炉里的青烟，抓不住拢不来，只有钱财是真的。说你爱我，就用金银说话！"拉则纤白的手掌伸到仓央嘉措鼻尖前。

"可怜的姑娘，你的心中没有爱，只有银子，"仓央嘉措脱下另一枚戒指与她，披衣离开，"不要让我再见到你。"

"好说，有金银，公子您要怎么样都好。"拉则在灯光下兴致勃勃地摆弄那只硕大的猫眼石戒指。

仓央嘉措推门离开，拉则娇声招呼："公子哪日若记起拉则的好，可来此处与拉则相会，咱们好好叙叙这两日的'情谊'。"

仓央嘉措轻轻带上了门，再没有回头。

他没有朝布达拉宫的方向走，又走回了梅朵的酒店。塔坚乃紧跟其后："尊者今日是怎么了？并不是昨日那副喜悦模样。拉则姑娘与您闹别扭了？"

仓央嘉措没有讲话。塔坚乃自顾自说道："尊者这样的好脾气，必然是那姑娘性子不好。您别闹心，女人的心是天上的云彩做的，不出一个时辰能变三五次，明日就好了，我妻子也是这样……"

到了梅朵的店里，仓央嘉措大声招呼上酒。甘甜微酸的青稞酒干了一碗又一碗。梅朵觉得不对劲儿："这是怎么了？宕桑少爷不是随拉则姑娘约会去了，怎么看起来有些不高兴？"

仓央嘉措随口吟了一首诗歌隐晦地回答说：

天鹅恋上澄澈的小湖，
想长长久久地居住。
可惜湖面结满了寒冰，
让天鹅心灰意冷。

梅尕多聪明的人，立刻明白发生了什么事情。她叹口气，坐下来为仓央嘉措斟了一碗酒："您莫自责，没缘分便是。"

"只是，这便是红尘中的爱吗？"

这问题，梅尕一时无法回答。半碗酒饮过，她才缓缓说道："这是不是爱，我也说不明晰。我在这里生活了近四十年，我本是酒家的女儿，自小饮过的酒、见过的男人，多得像吉曲河里的水、吉曲河里的鱼。那些酒碗中的情谊，大半是假的，却也热闹，这些年过得倒也快活，到最后，自己也说不清那些情爱有几分真意。"

梅尕又为自己斟满了一碗酒浆，小口饮着："……十几年前，我有一个情人，对我是真好，嘘寒问暖，无微不至。他在布达拉宫出乌拉，被滑落的大石砸死了。从此，我再也没有遇到过像他那样爱我的人。"

仓央嘉措望着微醺的梅尕，眼神中充满了悲悯。

【注释】

①噶当基：仓央嘉措的寝宫。

②扎年琴：一种藏区乐器，有六弦琴、八弦琴、十六弦琴、二十弦琴等种类。

③瞻巴拉：藏族传说中的财神。

　　这是怎样的生活？如同在冰与火中淬炼。

　　清洌的酒酿和热辣的歌舞让他激情似火，佛法与经文又使其遁入清凉世界，心底涌出的梵音瞬间淹没彼时纵酒狂歌的灵魂。

　　佛经是越渡苦海之舟楫，这个寂寞的人把每一页都读透嚼碎，希望能品到拯救沉沦心灵的良药的甘芳。

　　布达拉宫里德高望重的老经师们发现，活佛虽比之前懒散了许多，学经却越发用心。而且，过去活佛有法务才会去拉萨的几座寺庙，现在隔几天就会去走一走，听讲佛法、参加辩经，所言所思，常有过人之处。

　　一日，仓央嘉措没坐轿子，穿着普通僧装与侍从步行去大昭寺。走过碧雕玉琢的唐柳，透过一排排光亮柔和的酥油灯，他看到了佛前跪着的次仁尼玛。小姑娘从篮子里倒出零碎银子献给神佛，然后虔诚地行礼叩拜。他想上前说话，看看身上的僧装，还是罢了。

　　他记得，这孩子说她爷爷在大昭寺画壁画，想必是来布施连看爷爷的。

　　活佛在堪布的陪伴下随意在寺内游逛，走到千佛廊，被那一幅幅精美的壁画吸引，遂耐心看下去。千佛廊的壁画正在修复，工匠们零零散散地在各个角落描红涂朱。他注意到，次仁尼玛的红袍子从角落里闪出，小姑娘挎着篮子离开了。而她离开的地方，有一团光焰，有天神法相映现在活佛眼中。只见她肤色洁白，发髻高耸，三只妙目流露出和善的光，不是吉祥天母却是谁？

活佛问身侧的人："看到了？"

几位侍从不知活佛云何，不知怎样作答，只有佛法高深的堪布点头微笑："看到了。"

活佛赞叹道："奇妙的法缘。"

仓央嘉措觉得奇怪：这位尊贵的神祇为何会出现在这里？他在护佑谁？

走近了看，一位年老的画工佝偻着身躯在长廊的角落，一边儿念吉祥天母咒一边儿给一块脱色的壁画敷彩。想来这就是次仁尼玛的爷爷。活佛思索，这样一个普通人，竟然会得到吉祥天母的护佑，是了，一定是他念诵的咒子。果然众生平等，一位普通老者用心修行都能得到殊胜功德，让人感动赞叹。

老人带些口音，念诵着发音错误的咒文："巨喇母，巨喇母，巨巨喇母……"

仓央嘉措不禁觉得遗憾，错误的咒子在诚心的作用下尚有此功力，若他会正确的念法……可惜了老人这些年的修行。

想到这里，仓央嘉措走上前去，说道："老人家，您功德殊胜啊！您的咒语有些谬误，我教您念正确的，您会得到更殊胜的功德。"

仓央嘉措教了老人正确的念法："救喇母，救喇母，救救喇母。"

老人认真地跟着念诵。

堪布看着年轻的佛爷耐心地教授咒语，微笑不语。

那微笑，几十年前曾浮现于五世的脸上。当时，他带着这种洞悉生命奥秘的微笑阻止年幼的桑结去为画工纠正谬误的咒语。当年正值盛年的画工如今成了耄耋老者，那位微笑着为桑结传授法理的人已经经历了轮回的洗礼，以另一副面貌出现在世人面前。他失去的不仅是昔日的面貌，还有当年所洞察到的人世秘密。

他需要再次经历，再次找回那些失落的真意。

天气愈发热了，清凉的夜晚更适合娱乐。玩得多，白日也就更爱昏睡。仓央嘉措在梅尕的酒馆中跳了一夜舞，很是乏了，睡到午后才醒。

见活佛从黄色丝缎床上坐起来，等候多时的近侍忙不迭地准备洗脸水。小喇嘛格列在盆里倒入温水，小心地试试水温，然后往水中倒入珍珠粉、藏红花等名贵药材调制，并经高僧加持成为圣水。准备好了，才伺候佛爷洗漱。

喇嘛曲吉禀报说："您安睡的时候第巴有话过来，请您示意今年雪顿节怎么安排。"

"这种事还用请示我？还是那句话，请第巴代为处置即可。"仓央嘉措擦干头上、脸上的水，甩开曲吉去吃早饭。

仓央嘉措喜欢节日的热闹，但一想到过雪顿节要和第巴"和睦"地共同出席活动多日，就丧失了热情。

烦躁，痛饮两碗奶茶也没能解去心头的烦躁。

仓央嘉措对喇嘛曲吉讲："请转告各位师父，今天的功课取消了，我要去大昭寺处理政务。"

其实，他并无甚事，不过偶然想起次仁尼玛的爷爷，前去探看。

仓央嘉措很意外。吉祥天母消失不见，原本明亮的光焰也如风中的火苗微弱暗淡。仓央嘉措忙找老者询问："老人家，您最近可好，可有什么特殊的事情发生？"

老者见是前日教他念诵咒子的喇嘛，答道："很好啊，并不曾发生什么事情。"

莫不是咒子出了问题？仓央嘉措请老者当着自己的面念诵咒子，老人刻意咬清字眼，念起咒子来一字不错。

仓央嘉措百思不得其解，只得问堪布："您看到了？"

"看到了。"

"我不明白，为什么错误的咒子能使吉祥天母护佑，正确的咒子倒失却了功用。"

堪布这样回答："念咒一心投入，咒子错而心中有吉祥天母，故而有效。念咒时只想着咒子的对错，心中的吉祥天母没了，所以咒子失去了效力。"

仓央嘉措恍然大悟。

他很自责："我的愚蠢差点儿使虔信的人失去了苦心积累的功德，枉我被称作'人中之宝'。莫说救护众生，我恐怕连我自己都救护不了吧！"

"尊者切莫这样讲，世间的一切皆不过一个'缘'字，尊者乃观世音菩萨莅临凡间，又怎会做不出拯救众生的事业呢？前代达赖喇嘛曾寻找救世度母几十年而不得，却从其他地方建树了善业，最后留有历代达赖喇嘛中最大的灵骨塔，塔身上的世间装饰卓绝华丽，昭示了他功德之大。回想当初的失败，只不过缘在他处，求而不得罢了。"

"救世度母？我儿时听父亲讲过，当时传说，没想到是真的。"

"是啊，有女神护佑，救民造世，是历代达赖佛的心愿。"

听闻此言，仓央嘉措心中有所触动，仿若心中有尘封已久的盒子徐徐打开，有什么东西映现在魂灵之中。

这天夜里，他做了一个梦，梦中天空垂下宝盖璎珞，华彩四溢。一座七宝莲台缓缓垂落人间，莲台上站立的是勇猛丈夫观世音菩萨，菩萨手执折枝莲花对他言说："人世业火，生命苦厄，尊者当于凡间找寻救世度母，助众生之利。"

一梦醒来，东方既白，噶当基殿堂中清雅的莲香尚未散尽。梦中情境历历在目。梦耶？非耶？似真似幻。

仓央嘉措靠在黄龙绣垫上暗想：为什么不去试试呢？我仓央嘉措，既不能勤政以爱民，为众生求请救世度母女神的护佑，亦是极好的事情。

歌舞繁华，如繁花盛放凋落，瞬间的欢愉如何解得漫长的人生之苦痛。救世度母若能听得俗世人煎熬的呼喊，那么就求她洒出救世的甘露熄灭这红尘孽焰吧！

暑热炎炎，仓央嘉措不在林卡中避暑①，却带着侍从离开了布达拉宫，走出了拉萨。

离开拉萨河谷，群山叠嶂，青翠满坡。当年年轻的第巴桑结嘉措，亦是从这里出发，去巡视他治下广阔的土地，去判定他的权杖是否真的伸延到了雪域的每一个地方。

"请问尊者：我们要往哪里去？"塔坚乃班丹问。众侍从奉命伺候佛爷出城寻访救世度母，却谁都不知佛爷要去往哪里。

"世界这么大，我们哪里不可以去？"活佛言毕，打马前行，向着茫茫的绿野深处奔去。没人知道救世度母在哪里，只知道她有月亮般皎洁的美丽容颜。纵使马蹄踏遍高原，他也要把她找到。

佛爷为寻找救世度母弃雪顿节不顾，第巴听闻大怒：没了主角，戏还怎么唱？急派人去寻。活佛一行人只得在雪顿节前赶了回来。

仓央嘉措去寻找救世度母一月有余，未曾去过酒馆，这次难得露面，愁容满面。几碗酒下肚，与江央就着扎年琴弹唱一曲，疲惫的脸上才可见些笑意。

他的心思，全在救世度母身上。传说救世度母常化身绝美女子现身世间，他此番出行，见过的女子多若秋日树头的果子，有的妖娆，有的妩媚，有的纯情，有的热辣……却都不是她，不是他要寻找的救世度母。

知晓缘起，却不知这缘在哪里，甚是难受。

一曲终了，酒馆中响起了热烈的叫好声，仓央嘉措抬眼向众人微笑，无意间，瞥见外屋一女子挑帘张望。望着少女皎洁若明月的脸庞，仓央嘉措不禁痴了。少女容颜清丽绝俗令人过目难忘，神态高雅和善似壁画中的度母……度母！

塔坚乃前些日子劝他在拉萨城内找寻，说"珍宝兴许就藏在自家后院内而不自知呢"，他不在意，如今看来，正被塔坚乃说中了。

他急忙问梅尕："刚才帘内探头的姑娘是谁？"

"帘内？哪位姑娘？"

"刚才那白皙美丽、美若明月的姑娘。"

梅尕道："却没注意。这几日来拉萨的人很多，酒馆内来往的有一半是生客。"

仓央嘉措急忙掀帘子进屋，发现一屋子人饮酒歌唱，男男女女，唯独不见刚才那姑娘。酒馆的大门洞开，想必姑娘已经走了。

仓央嘉措赶忙追到大街上，只看到漫天星斗。

缘起，瞬间又缘灭，仓央嘉措心灰意冷。

雪顿节开始了。

每年6月30日，扎西雪巴、迥巴、降嘎尔、香巴、觉木隆、塔仲、伦珠岗、郎则娃、宾顿巴、若捏嘎、希荣仲孜、贡布卓巴等共十二个来自西藏各地的藏戏剧团来到哲蚌寺表演，第二日去布达拉宫专程为达赖喇嘛表演。

藏戏历史悠久，据《西藏王统记》载，藏王松赞干布在颁发《十善法典》时举行的庆祝会上："令戴面具，歌舞跳跃，或饰嫠牛，或狮或虎，鼓舞曼舞，依次献技。奏大天鼓，弹奏琵琶，还击饶钹，管弦诸乐……如意美妙，十六少女，装饰巧丽，持诸鲜花，酣歌曼舞，尽情欢娱……驰马竞赛……至上法鼓，竭力密敲……"当年，五世达赖因为喜爱藏戏，让官员召集戏班进行会演。那时达赖佛还未搬进布达拉宫，住在哲蚌寺的噶丹颇章②，藏戏演员们就在噶丹颇章的院子里歌唱舞蹈，五世达赖在院子对面的寝楼大窗台上观看演出，那是一年中他最愉快的日子。

雪顿节看藏戏逐渐成了噶丹颇章政权的传统，既然成了传统，便要有规矩方显郑重。每年表演的剧目以及戏剧的演出格式都有严格的规定，唱词不许更改，舞姿不准翻新，对仓央嘉措而言，这更像是一场严肃却无甚趣味的汇报演出。

接下来的几日，噶丹颇章地方政府放假，所有官员都要来陪伴仓央嘉措看戏，这更让仓央嘉措觉得难熬。若五世见到今日仓央嘉措之情境，恐怕会感慨此一时彼一时吧。

本就为找寻救世度母的事情忧心，与第巴及其党羽同场看戏更是郁闷，忍了两日，仓央嘉措便以身体有恙为由缺席了。第巴见仓央嘉措如此，自是不满。仓央嘉措与第巴的隔阂日益深了，双方彼此关注，又都不在乎。第巴自认控制一个无权无势的空头达赖佛不是难事，不足以上心。仓央嘉措则认为，事已至此，争权夺势无用，更加我行我素。

夜晚，风流倜傥的宕桑旺波又出现在了梅尕的小酒馆里。

饮酒至深夜，仓央嘉措一次又一次让江央操起扎年琴，唱起"洁白的圆月出东山"。朦胧中，有人为他斟酒，斟满后说道："喝完这一碗，今夜就不要再喝了。酒是好东西，忘忧解愁，只可惜饮多了伤身。"仓央嘉措以为是梅尕，细想想声音却不是，是年轻的女子。抬眼看去，酒几乎当下就醒了：这不是救世度母、月亮般美丽的姑娘吗？

这次一定不能再错过！他伸出手紧紧握住姑娘的手，姑娘白皙的脸庞霎时红了。他不管不顾地嘟囔："这次不要走，这次不要走！"

姑娘使劲儿抽手抽不回，高呼："姨母，姨母！"

梅尕闻声过来一看，哈哈笑了："我当宕桑旺波少爷思念的是谁，原来是我外甥女！宕桑少爷您撒手吧，她是不会走的，如今她就住在我的店铺里。"

仓央嘉措并不松手："救世度母啊，请答应我，不要离开我身旁。"

姑娘的脸更红得像山里的红杜鹃："我不是救世度母，只是琼结来的平凡女子仁增旺姆。您醉了，请松开手。"

仓央嘉措又伸出另一只手，将姑娘的手紧紧握住："您若不想救度世人，请至少救度我宕桑旺波。"

仁增旺姆心想，这汉子虽是莽撞，却真挚情深，想到这里，不禁有些心动。见那双似乎有彩虹闪动的眼睛满含期待地望着自己，姑娘愈发害羞，更对他心生怜惜。

梅尕道："宕桑旺波少爷是个重情义的人，你就答应了吧。"

仁增旺姆望望那张恳切的脸，重重点点头。

仁增旺姆是随剧团来拉萨演出的，按规矩这几日给达赖佛看的演出不能有女人参演，无事可做，便到梅尕的店里玩耍。

姑娘不但容颜俏丽，更有一副婉转的歌喉。每当仓央嘉措写了新的诗篇，她就在江央扎年琴的伴奏下为大家演唱。那份欢乐幸福，竟是仓央嘉措之前与其他女子交往时所未体会到的，因而对仁增旺姆更加迷恋。

仓央嘉措几乎天天夜里都会到酒馆去。两人常常找个角落坐下，亲亲密密地说些情话。一日，仁增旺姆端详情人的面庞，故作神秘地说："我注意，你脸上有两个秘密。"

"哦？什么秘密？"仓央嘉措怜爱地望着情人，伸手将起她额前掉落的一缕头发。

"你的眼睛里藏着彩虹，每当你望着我的时候，彩虹就会在你眼睛里闪耀。"

年轻的活佛笑了，笑得如同吹开漫山遍野花朵的五月和风。

"看，这就是你第二个秘密！"旺姆指指仓央嘉措的嘴巴，"你从来不张大嘴巴笑。"

活佛微微一笑，张大嘴巴："喏，我是不想让人看到这个。"他齿若编贝，十分洁白漂亮，唯有下边右侧的门齿是断齿，碧绿色的，看起来像一颗尖端折断的松耳宝石："我小时候是听话的孩子，偶尔顽皮起来却也顽皮得紧。一次大愿法会，我与塔坚乃爬上高高的屋顶学师父们跳神，从房顶上摔了下来，磕到石板磕断了这颗牙。"

"疼坏了吧？"

"是啊，当时脸就肿了，疼痛难忍。我奋力向三宝祈祷③，结果到天亮时，脸不肿了，伤口也痊愈了。"

"幸亏佛祖眷顾！怎么不知道敷药呢？"

"不敢告诉师父，哈哈哈……"

旺姆没有笑，她心疼地抚摸着恋人的脸，喃喃地说："多疼啊……多疼啊……答应我，再有这种事情，一定得告诉我……"

不过是一句轻轻的叮咛，就使人置身于繁花似锦的春天，心头暖暖的。沉眠已久的爱之花，亦轻轻耸动枝叶，破开了蒙蔽多年的尘埃。看着恋人疼惜自己的样子，仓央嘉措在心底问自己：这，便是真爱了吧？

半个月之后，各个剧团开始陆续返乡，仁增旺姆没有离开，她选择了留在拉萨，留在姨母的酒馆，留在心爱的宕桑旺波身边。

转眼间新年已至，寒风肆起。活佛沐浴在爱河中，越来越多地靠佛法排遣心中的不安，不时去拉萨城里的各大寺院走动。布达拉宫的老经师们不知道佛爷为什么放着宫里的功课不听，偏要常常去大昭寺或者色拉寺学经。老经师们德高望重，学富五车，只是这年轻的佛爷一看到这些第巴安排给自己的老师，禁不住生出逆反心理，只想逃得远远的，眼不见为净。他会在阳光灿烂的日子推动几百只金色的经筒走过大昭寺的长廊，不为祈福，只贪求信仰为灵魂带来的须臾的宁静。他的爱情如佛前的花朵开得灿烂，他却莫名地担忧，担忧今日之后的某一个凄冷的夜晚，他所深爱的拥有月亮般容颜的少女会在黑暗中哭泣。

他是格鲁派的活佛，他作为一个弱势的君主没有足够的力量许给自己心爱的女人一个未来。

爱，或不爱？

他的爱，就在眼前痴痴盛开，无论境遇如何，她的手就在他手里，不舍不弃。

他们住在彼此的心里，默默相爱。

他们寂静，欢喜。

就这样，爱吧，不管明日怎样。

新年前后，大昭寺附近人明显多了。每年藏历正月初三，一年一度的"莫朗青波"法会开始④。在法会期间，要举办格鲁派的学经僧人最高学位"格西"的公开考试，还有盛大的祈祷和布施活动，所以寺庙内外人潮汹涌。

法会要一直延续到正月二十四，二十天里，有一支特殊的队伍在八廓街曲折蜿蜒的街道间穿梭———群背水的女奴。

根据习俗，参加传召法会的喇嘛们只会饮用"丁果曲米"神井里的水。这口神井传说是大昭寺的倡建者松赞干布的饮水井，距离大昭寺有一千米的距离。为了保障喇嘛们饮水，城郊贵族庄园会派出二十几名女奴专门背水。法会期间是禁止唱歌的，要想唱歌跳舞需要花很多银子向铁棒喇嘛购买"歌舞许可证"，唯有这群女奴例外，她们背着高大笨重的水桶在神井与寺庙间往来，从日出到日落，一边儿行路一边儿歌唱。她们声称自己所唱的歌是白拉姆女神所授，铁棒喇嘛不可能去向大昭寺和拉萨城的护法女神白拉姆去收取费用。

背水女奴们的歌被人们称为"白拉姆歌"，她们每年都会唱出几首新歌，拉萨城里的权势人物都会关注歌词的内容，连历任达赖喇嘛都会派专人收集整理，只因歌中经常会爆出一些与政局有关的内幕，官家的秘密、政治交易都有可能是歌词揭露的对象。白拉姆歌让心有诡奸的政客僧侣痛恨不已，却又无可奈何，这些唱歌的女奴都不识字，见到贵族高阶只会胆战心惊地避于路旁，又从哪里得知这些秘闻呢？多少年来总有人试图追查白拉姆歌的来源，最后无不是不了了之。有人说，白拉姆女神化身为女奴行走于背水的队伍中间，唱出了那些让贵胄忧心、百姓眼亮的歌曲。

今年的白拉姆歌被"拉萨涅仓"的官员整理好呈到了仓央嘉措的案前。仓央嘉措挨张翻阅，读到最后一首时，哈哈大笑。他把歌词递到塔坚乃手里："你看看。"

塔坚乃恭敬地接下佛爷手里的册子，只见简单的歌词，四句六言：

别怪高座上人，
多情风流浪荡。
他的所欲所求，
与凡人没两样。

"佛爷，这是在说您呢。"

"是啊是啊，想不到白拉姆女神竟然是我的知音。"仓央嘉措笑着扬起脸对窗而立。

我想要的，与凡人没两样。

滚热的泪水早已溢出了眼眶。

塔坚乃忧心忡忡地望着敬爱的活佛。

佛爷头顶不是青天，不是圣域，是第巴张大的手指禁锢而成的囚室之窗。

白拉姆歌能呈到仓央嘉措案头，也会呈到第巴的案头。第巴需要一个傀儡，一个给信徒观瞻的偶像，这偶像必须洁净完美。他乐于看到一个无所事事的仓央嘉措，却不能忍受一个玷污了偶像形象的仓央嘉措。

果不其然，第巴派人传话："请佛爷自重，切莫失了佛爷的身份。"

仓央嘉措置若罔闻。

【注释】

①林卡：即园林。

②噶丹颇章：哲蚌寺大殿名，在该寺西南侧，上下七层，由前、中、后三栋楼组成。噶丹颇章旧时代指西藏地方政府，史称"噶丹颇章政权"。

③三宝：指佛、法、僧。其中佛即觉悟者，法即教义，僧即僧侣，是指延续佛的慧命者。

④莫朗青波：即传大昭法会。

仓央嘉措拒绝接受第巴的劝诫，第巴并不意外，也并不恼怒。修佛者若想使佛法更为精进，进山修行是不二法门。第巴指示活佛的老师们动员活佛进山修行，一则可以增进学业，二则可以收敛心性。

仓央嘉措怎会不知第巴的心思？他希望自己佛法进益，可若毅然入山修行，必得抛却爱人。在佛陀与情人之间，他最终选择了情人。

桑结嘉措此时没心思为这个大孩子的浪荡事纠缠，他有更重要的事担忧。这是 1701 年，藏历金蛇年，达赖汗去世了，桑结嘉措紧密关注着和硕特部的汗位交替①。多少年来，因为达赖汗的不作为，使格鲁派能顺利推行。假若这次的继位者同样庸碌，会延续保持了多年的相对稳定的政局，但若一位与达赖汗行事方式迥然不同的汗王上台，必将在雪域高原掀起血雨腥风，一如半个世纪以前事件的重演。

这是五世达赖喇嘛阿旺罗桑嘉措迫不得已埋下的一颗雷，一尊请得来送不走的佛。

1594 年，那时还是明朝万历皇帝的天下，年仅十三岁的卫拉特蒙古和硕特部首领孛儿只斤·图鲁拜琥领兵击败四万俄伽浩特士兵，占据了巴里坤、乌鲁木齐一带。之后，他凭卫拉特与喀尔喀战事、远征哈萨克，骁勇之名远播，大活佛东科尔呼图克图授其以"大国师"的称号。

这位大国师的血管里流着成吉思汗家族的血，他是成吉思汗二弟哈撒儿的后裔。图鲁拜琥是蒙古语，意为"天赋聪明"，这位汗王人如其名，不仅勇武异常，还很有智谋，善于审时度势。1635年，图鲁拜琥经受着前所未有的大危机，部落内部出现冲突，牧地也逐渐退化，需要寻找水草肥美的草场。正在此时，四世班禅罗桑却吉坚赞代表达赖喇嘛向他提出了邀请：出兵西藏，为格鲁派护法。

众所周知，格鲁派后来风生水起，是西藏最重要的教派，但是在当时，统领西藏宗教系统的却是噶玛噶举派。

噶玛噶举派依附于藏巴汗政权存在。藏巴汗，又被称作第巴藏巴，是明代后期兴起的世俗贵族政权。藏巴汗的权力来自于一次政变。1565年，仁蚌巴政权官员辛夏巴才旦多杰发动兵变，以风卷残云之势吞掉了大片土地。乌思藏地区几乎全部落入了辛夏巴手中[②]。辛夏巴选择三竹节作为府邸[③]，自称"藏巴加波"。"藏"指日喀则地区，"加波"即是国王。1613年，辛夏巴的第四任后继者彭措南杰骁勇善战，控制了阿里地区[④]，使藏巴汗的势力进一步扩大。

彭措南杰信仰历史悠久的噶玛噶举派，而对新生的格鲁派屡次打压。

藏巴汗是个大威胁，1617年，喀尔喀蒙古卫地组成联军攻打藏巴汗，引来了藏巴汗与噶玛噶举派的联合镇压。格鲁派失势，僧侣们向北方逃亡。这一年，彭措南杰正式建立了藏巴汗政权，自称"后藏上部之王"，藏巴汗的说法首次出现在了史书里。

格鲁派为了自身的发展，相中了有实力与藏巴汗抗争的固始汗图鲁拜琥作为外援。固始汗同意出兵，于1641年发兵攻打彭措南杰的继任者噶玛丹迥旺波，攻下藏巴汗府邸。

噶玛丹迥旺波兵败丧命，倚靠藏巴汗政权的噶玛噶举派彻底失势，从此一蹶不振。护法任务已完成，五世达赖喇嘛想尽一切办法劝说固始汗离开西藏。聪明的固始汗怎可退出西藏这一大块水草肥美的宝地？他不退反进，布置蒙古士兵全面驻扎西藏各地，命长子达延汗驻守拉萨，自己留驻日喀则。

不是老虎也不是狮子却能使老虎与狮子俯首帖耳的五世达赖喇嘛阿旺罗桑嘉措，怎能容许他人在自己睡榻之畔安睡？他苦于没有兵权，不能与兵强马壮的固始汗进行直接抗衡，遂引而不发，表现出令蒙古人满意的合作态度，不动声色地一步一步谋划权力的回收。

蒙古部落内部为继承权问题常起纷争。图鲁拜琥去世后，应由他的长子达延继位，无奈兄弟相争，继位之事拖了又拖，时隔六年他才坐上了汗王的宝座。达延争位不力，维护统治倒是把好手，他执政八年，使和硕特部的势力在西藏进一步加强。

这个时期，五世达赖喇嘛并没有以硬碰硬，他按兵不动，依旧保持着优良合作者的形象。他的大部分时间和精力都投在了讲经说法上，静观事态发展。

达延汗病死西藏，长子贡却达赖继承汗位。表面上看来，这是一次波澜不惊的权力更替，却被五世达赖看到了出手的机会。达延汗死后，因选不出继承人，汗位曾空缺三年，这三年中，由青海王达赖洪台吉进藏主理事务。

达延汗去世于1668年，同年，达延汗任命的第巴、实质上是达延汗安插在五世达赖喇嘛处的心腹赤列嘉措也去世了。

新的第巴本应由蒙古汗王任命，五世达赖趁汗位空缺，自主任命了罗桑图德布为第巴。

这是一次明目张胆的越权。这种昭示野心的行为没能引起蒙古人的重视。两年后，他们出现了更大的失误——贡却达赖即位并没有削除罗桑图德布另任命新的第巴，从此，他们失掉了对第巴的任命权，变相地失掉了对五世达赖权力中枢的控制。

1679年，五世达赖的爱徒、年纪轻轻的桑结嘉措成为第五代第巴。此时的和硕特部，已无法阻挡五世达赖权力的增长。

五世达赖虽然强大，却并没有足够力量将蒙古人驱逐出西藏。他忌惮蒙古人强大的军事力量，亦需借助蒙古人的力量来抵御外敌侵犯。譬如 1681 年，拉达克部来袭，五世达赖喇嘛束手无策，还是贡却达赖汗的弟弟噶丹车凌率兵抵抗，战争足足打了两年。如若没有蒙古人的帮助，后果不堪设想。

由此格鲁派与和硕部形成了一种互相竞争又互相倚靠的局面。也可以理解五世达赖去世后，为什么要极力维持这种平衡，制造自己仍旧在世的假象——灵童转世、坐床需要十几年的时间，失却偶像这么久格鲁派会非常危险，为了防止给蒙古人可乘之机，第巴桑结嘉措才敢大着胆子欺瞒清朝皇帝，掩盖活佛去世的讯息。当然，他将这个讯息隐瞒得过于长久，竟长达十五年。

从达赖喇嘛阿旺罗桑嘉措到第巴桑结嘉措，格鲁派两代实际领导人都是杰出的政治家，最大化地强化了教派权力，逐步压缩和硕特部贵族的权力。桑结嘉措内有五世达赖打下的良好政治基础，军事力量日渐强大，外有师兄蒙古准噶尔部珲台吉噶尔丹撑腰，他不只满足于揽权，还开始对蒙古贵族进行驱逐。这造成了双方矛盾迅速恶化。

贡却达赖汗的去世，权势的天平确实是向桑结一方倾斜。如果继任者如贡却达赖汗般庸碌，桑结嘉措自认能在短时期内将蒙古人驱逐出西藏，但是，万一继位的是才华与抱负兼具的政治家，那么桑结也无法预测这出二虎争食的政治大戏究竟何时才能落幕。

漫长的二十年的政治拉锯战，使他厌倦。他也急着看到一个最终的答案。

结果使他满意。继位的是贡却达赖汗的长子旺吉乐。从一个敌手的角度讲，他非常喜爱这位继承人，这位继承人善良而软弱，也许他具有作为盛世君王的美德，但在这激流暗涌、阴险诡诈的政治环境中，他的美德唯一的意义就是加速和硕特部的溃败。

旺吉乐继位的消息并没能让第巴心情愉快多久，仓央嘉措，那个时常让他头痛的大男孩儿，给他，也给自己惹了大麻烦。

那一年的冬天，拉萨寒冷，时常大雪纷飞。

两位喇嘛有要务，夜半出行。打开布达拉宫一道后门，他们意外发现，皑皑白雪上有一行脚印。脚印很新，是刚踩上去的，而且朝向宫殿的方向。莫不是有人夜闯布达拉？两人紧张万分，这条路离仓央嘉措的寝宫噶当基距离最近，若出了什么事情……他们急忙报告了铁棒喇嘛。

走廊内有星星点点的雪水，铁棒喇嘛带着几名侍卫沿着雪水一路追踪，果然追到了噶当基！小喇嘛格列起夜，与几人碰个正着，铁棒喇嘛急问："尊者可安好？"

格列莫名其妙："尊者正在睡觉，自然安好。"

"迅速引我等入内查看，有刺客潜入！"

格列闻言惊惧不已，忙引众人至六世的卧房。

床上，仓央嘉措睡得正香。众人不敢惊扰，轻手轻脚地举着灯火于屋内查看，并无刺客到来的痕迹。铁棒喇嘛疑惑不解：明明追踪至此处，怎么就寻不到人影？这时，他的恰当巴使眼色示意他注意仓央嘉措的靴子⑤，那双嵌着黄缎子的靴子是湿的，还沾着未抹净的泥水。

铁棒喇嘛大惊。为谨慎，他捡起一只靴子用手丈量尺寸——不大不小，与雪地上留下的足迹一样。

布达拉宫震动了。

本应于深宫修行的佛爷趁夜化名出游，沉迷酒色，格鲁派上下为之震惊不已。

丑闻，前所未闻的丑闻。

第巴桑结嘉措亲自来到仓央嘉措的寝宫噶当基。这座宫殿他已经多年没有来过了。他厌恶面对那张年轻的脸，尤其是那双纯净的眼睛，在那双纯净的眼睛里他能看到自己衰老、倾颓、被岁月磨蚀的脸。桑结可以蔑视这个青年的柔弱与无能，可以在远离他的某个地方任意下命令对他搓圆捏扁，却难以与他面对面地说些什么，无论是批评、责难、威胁、辱骂……即使那青年脸上未曾呈现痛苦的神情，桑结的内心深处也会有某些部分在抽搐疼痛，阻挠他，妨碍他对这个青年进行精神上的折磨。

桑结对自己莫名的反应无可奈何，只能躲避他，躲避这个自己厌恶的、不让人省心的大孩子，这个被自己紧紧捏在手心的傀儡。

然而今天，桑结必须面对他。

第巴桑结嘉措出现在了噶当基。仓央嘉措正坐在七层绣垫上饮茶，仿佛料想到他的来访。

第巴面色铁青，行礼问好。

仓央嘉措道："坐。"一副平淡的样子。

这种过分的镇定让桑结恼怒。他压抑着怒火，说道："活佛啦，从去年开始，拉萨街头流传着一首歌谣，不知您听说过没有？别怪高座上人，多情风流浪荡。他的所欲所求，与凡人没两样。"

"听说过。第巴您很关心民间的事情。"

"活佛啦，您是明理的活佛啦，您知道您闹出了多大的丑闻，不要再闹了！您是谁？您是投身人世的观世音！"

"哦？我是观世音？您确定？可是，这片土地上的人只认识第巴桑结嘉措的官印，不认得我的五叶冠。"

"孩子，我知道你愤怒什么，不错，在遥远的前世，这是属于你的土地，但是现在，这片土地属于我，这片土地上的人们、草木、牛羊都属于我——你，也属于我！"第巴握紧右手，好像手里真的握着整片雪域的河流山地。

"不，您错了。本来我还犹豫，为我作为活佛的责任犹豫。事情变成这个样子，恰恰助我做出了选择。我尘缘未断。我不想要金银财宝，我也不想要雪域之王的宝冠，我只想要一颗心，一颗真诚的、火热的、无遮无拦的心。我要离开这里，过一个普通人的生活，像我的父亲与母亲一样，与一个女人相爱，结婚，每天清早一同睁开眼睛迎接太阳的升起，我们放牧，耕种，煮茶，生很多小孩子，让他们像格桑花一样在草原上自由生长——不要再像他们的父亲我一样。"

"很好的借口。让我告诉你，孩子，演好你的角色，不要妄想从我这里分享到一丝权力，更不要尝试用你愚蠢的头脑和我作对。你来到世间，除了干净的法体什么也没有带来，权势没有，地位没有，财富没有，你如菟丝子攀附在我身上，才能来到这辉煌的宫殿，享受着雪域高原的主者最奢华的生活，你还有什么不满意？不要再去自降身份与贱民为伍，从现在开始到明年受格隆戒之前，你就待在布达拉，不能再踏出宫门一步！"

第巴甩袖出门。

铁棒喇嘛亲自带着仆从日夜看守噶当基，仓央嘉措找不到机会出门。翌日，仓央嘉措对仁增旺姆的想念愈发强烈。清晨，他站在噶当基殿窗前遥望雪城，望着雪城上空冉冉升起的桑烟，写下柔情的诗句。他把诗歌写在信笺上，叫塔坚乃班丹送去给仁增旺姆。

塔坚乃得信正要出发，小喇嘛格列进来禀报："有女子名次仁尼玛，天亮即在布达拉宫前求见佛爷，指天赌咒说有要事，多次驱赶不去，塔坚乃大人的侍从认得是佛爷的朋友，请问尊者您见否？"

"快带进来。"

次仁尼玛低头走进噶当基大殿，匍匐在地上亲吻仓央嘉措的靴子。

"起来吧，次仁尼玛。我很好奇，你怎知我呢？"

次仁尼玛哪敢起身，伏地答道："拉萨街头都是关于尊者的传言，我等早已猜到，宕桑旺波少爷身份不一般，因尊者不告知，故不敢妄自言说。且小女在大昭寺见过尊者，尊者不知耳。"

仓央嘉措伸手扶起她，见她满脸污迹血痕，有被殴打的痕迹："可怜的孩子，守门的人打你了？疼得厉害吗？格列，传医官。"

听得活佛和蔼问询，这个以街头为家、一贯乐观坚强的小姑娘蓦地哭了："今日小女次仁尼玛不顾礼数贸然惊扰尊者，实在有不可不说之大事。天刚亮次仁尼玛见有武士二人引轿来请仁增旺姆，说宕桑旺波少爷所派，要护送仁增旺姆回琼结。仁增旺姆生疑不愿去，硬被塞进轿子。旺姆丢小女此物以为物证，求尊者搭救！"

次仁尼玛哭着捧上信物，是头发，匆忙中割下的一缕头发。

仓央嘉措伸手想从胸前掏东西，手在颤抖，掏了几次方掏出来，也是一缕头发。他把两缕头发放在一起——一模一样的丝缎般柔软乌黑的头发。

"备马！备马！我要出门！"

铁棒喇嘛带着十几个侍从围在门前："活佛啦，第巴有令，非有法务，您不能跨出布达拉一步。"

"我是活佛，为什么不能出门？"仓央嘉措冲出门去，被喇嘛们架了回来："佛爷啊，您是我格鲁派教宗，请您为您的信众着想！不可莽撞行事！"塔坚乃拨开人群走出来："塔坚乃班丹愿替尊者前往，请尊者安心在噶当基等待便是！"

仓央嘉措永远也忘不了那个清晨，那一天，噶当基大殿的晨曦是多么美啊！塔坚乃披了一身霞光，谦恭地向他行了大礼离开。

仓央嘉措度过了一生中最漫长的一天。

晚霞给纯白的布达拉宫披上了红色的艳装，他信步走出宫殿。

不知不觉中，走到了当年练习金刚舞的地方。那时，他正兴致勃勃地练习金刚舞的舞步，他少年时代最好的朋友塔坚乃班丹出现在雪地的另一端，一切仿若昨天。

现实中，雪地的那一侧传来了喇嘛们焦急的呼喊："拦住！不要惊了佛爷！"

"快快快！"

依旧有个影子向他冲来。

是一匹马，马上坐着一个人。马仿佛接受了坚决的指令，毫不犹豫地向仓央嘉措冲来，马上的人摇摇晃晃，一副随时会掉下马的样子。

金色的霞光映在纯白的雪地上，马蹄踏起轻盈的雪沫，好像这匹马踏着金色的云雾而来。

仓央嘉措笑了。

是塔坚乃呢！

仓央嘉措记得他的宝蓝色缎子袍子。

可是，我亲爱的朋友，柔软的微卷的黑发为什么没有在风中飞扬？

哦，对不起，我刚刚注意到，你的头颅被挂在了马鞍上。这真是一匹莽撞的马啊，跑得那么快，雪与泥溅了你一头一脸。

时光的洪流无法遏止地逆转，劈头盖脸地向仓央嘉措扑打而来。十九年前，宗本家的少爷，那位秀气骄傲的红衣少年初次出现在他身边，他就那样望着他，微微皱着眉，不知是嫌阳光过于刺眼，还是他骨子里的骄傲所致："新来的，你叫啥？"

……

"我是宗本家的少爷塔坚乃班丹。喂，外乡人，见到本少爷怎么不知道行礼？"

……

仓央嘉措少年时代最好的朋友塔坚乃班丹，从雪地那端出现。他被割掉了头颅。

他的身体被绑在马背上，摇摇晃晃。

夕阳沉落地面，仓央嘉措望着年少时的朋友。还是第一次，没有从这个身躯上看到那张微笑的脸以及那双强巴佛般好看的眼睛。

马大而温润的眼睛里滚落下大滴的泪珠。

马背上那具失去头颅的身体，轰然倒下。

【注释】

①和硕特部：蒙古族部落，是历史上青海蒙古族的主体。他们居住在高原山区，俗称"上蒙古"。

②乌思藏：元朝政府设在今西藏地区的行政单位。乌思指前藏，在清代以后一般称卫；藏指后藏。

③三竹节：今天的日喀则。

④阿里：属卫藏，即整个藏北高原。

⑤恰当巴：铁棒喇嘛的幕僚。

拉萨有无数的晴天。碧澄的天空，云团高耸若山缓缓从天空滑过。阳光把城市照得太明太亮，街道房屋人流全是白晃晃的。

他站立在那扇窗前，被灿烂的光洒了一头一脸，脸色看起来也是那种明媚的白。

仓央嘉措在这里站着，站着，仿佛沧海重新升起为桑田，他依然不会挪动脚步。仆从不敢打扰他，喇嘛格列大着胆子上前，小声禀报："佛爷，用膳了。"

他没有回答，没有反应，甚至没有表示厌烦的反应。

格列试着提高嗓音："佛爷，请您用膳！"

他只给大家一个孤独的背影。

他身体矗立此地，却又好像不在这个世界，对这世上的一切都无所谓一般。他听不到，看不到。他只能听到大家听不到的，看到大家看不到的。

"你是谁？"

"我是仲麦巴家的少爷，'人中之宝'最亲密的仆人，一人之下、万人之上的雪域第巴，睿智、博学、机敏的仲麦巴·桑结嘉措。"

"你是五世最疼爱的孩子，他给了你很多关怀，教授你知识，赋予你权势，将雪域之城最耀眼的荣光都归于你。他给了你一切，一个父亲能给予儿子的也没有他给予你的多，你为何还要离弃他？"

"我们都是为欲望活着。作为一名僧侣，我曾将抑制欲望作为修行的重点。你一定知道，欲望是多么倔强，即使我以法理的大石重压，它们依然会如春雨渗润的种子挣扎而出，迅速茂密地生长。别告诉我，在寂静的夜晚那些欲望没在你的心头跳舞！它们关乎女人，关乎权势，关乎金钱，关乎控制、折磨他人的快感、玩弄生命于股掌之间的乐趣……我曾以为它们非常无耻、下流、肮脏……但是，它们肆无忌惮地歌舞让我的灵魂轻松放荡，即使我身处凡世，依然宛若天堂——你告诉我，我有什么理由要放弃这些乐趣？"

"——你违背了他的心，你怎么能，这样对待一颗善待你的心？"

"他只是利用我，因为我有价值，我有利用的价值！那颗心……那颗心是假的！"

"……那样一颗心是假的，那么，什么是真的？你的臣属，你的女人，你的金银，你手中的权杖还是你头顶的冠冕？又或者，你自己？告诉我，难道，你，就是真实的吗？"

日光灿烂，仓央嘉措笑容凄凉。他伸出手，向孩子的脸抚去，那因为激烈的言辞而颤抖的孩子露出惊恐的神情。他望着这只手，这是一只神圣的手，高原之上的信众都期望被这只神圣的手触摸，得到无上的祝福，对于这孩子而言，这却是一只戳破真相的手。这只手抚摸到孩子饱满脸颊的瞬间，那孩子的形象瞬间崩散，金色的粉尘在阳光中跳起轻快的舞蹈。

1702年，藏历水马年六月，仓央嘉措的黄龙轿子在众仆从的簇拥下浩浩荡荡抬进了日喀则扎什伦布寺的山门①。梵呗之声响彻天宇②，仓央嘉措身着袈裟头戴五佛冠缓步走下轿子，沿着地毯走向等待在强巴佛殿前的五世班禅罗桑益西。

五世班禅微笑着看着个子高高、略显瘦弱的仓央嘉措走来。仓央嘉措望着这位为自己受沙弥戒、讲法的佛法的尊者，一丝苦涩的笑容浮上嘴角。他停住了脚步，郑重地取下了头上的五佛冠，脱下了身上的袈裟，折好，放在地上。

在场众人大惊。

仓央嘉措俯身下拜，向老师行大礼："我不受格隆戒。亦请老师收回我所受格楚戒。"

扎什伦布寺几百年来未曾有过这样的寂静，梵呗声纠卷着风声高飞向碧蓝的天心。

《五世班禅罗桑益西自传·明晰品行月亮》这样记述这一段故事：

休说他受格隆戒，就连原先受的格楚戒也无法阻挡地抛弃了。最后，以我为首的众人皆请求其不要换穿俗人服装，以近事男戒而受比丘戒，再转法轮。但是，终无效应，只得将经过情形详细呈报第悉。仓央嘉措在扎什伦布寺居十七日后返回拉萨。

从日喀则回到拉萨，仓央嘉措从世界上消失，出现在布达拉噶当基殿的，是原本在拉萨街头徘徊的潇洒男子宕桑旺波。他不再剃发，穿着俗人的装束在华美的宫殿饮酒取乐，闹得太不像话。

不过相隔几个月，第巴桑结嘉措再次来到噶当基。仓央嘉措见他来了，给格列喇嘛使个眼色，格列端上来一只托盘，托盘里放着一捆绳子、一把匕首。

仓央嘉措拿起绳子掷于第巴脚下，说："我早已不畏忌生死，若你继续幽禁我，不让我还俗，我就自绝于此地。"

"你威胁我？"

"对。你让我失去了爱人，失去了朋友，还能拿走我什么呢？我如今孑然一身，所拥有的，只不过还有这生命。"

"你倒是敢死给我看！"

仓央嘉措笑了。他早已对生命没有了忧惧。他拈起盘中的匕首，插向胸口。

小喇嘛格列从一侧冲出来紧紧抓住活佛的手，边哭边叫："活佛啦，活佛啦，您……您住手！请爱护法体爱护法体啊活佛啦！"

门外的铁棒喇嘛等人闻声冲进来，夺下仓央嘉措手中的匕首。混乱中格列的手被划伤，孩子鲜红的血洇透了僧袍。

桑结嘉措脸上肌肉跳动："我给你你想要的自由。还俗，不可以，布达拉宫里需要你。这是我最后的底线，不要再逼迫我！"

这是第巴桑结嘉措最后一次来噶当基。从此，仓央嘉措蓄起了长长的头发，戴着硕大的戒指与宝石耳环在拉萨街头流连，他时而去雪城的酒馆饮酒，时而到拉萨近郊寻欢。

第巴遵守他的诺言，不横加干涉。

桑结嘉措对仓央嘉措无可奈何，早已将其抛却脑后，他为别的事情忙得焦头烂额——和硕特部不到两年工夫又换了汗王，拉藏汗杀掉了软弱无能的哥哥旺吉乐夺取了大权。拉藏汗颇有他祖父的风范，做事果断，多谋略。他一上台，就与桑结嘉措开始了明刀明枪的较量，计策狠辣，让桑结防不胜防。

拉藏汗认真分析了当时西藏的局势，认为仓央嘉措与第巴矛盾尖锐，可以拉拢他入伙。这位教宗虽然有名无实，但是格外得到信徒爱戴。有了仓央嘉措的帮助，他就可以重演当年祖父与五世达赖合作的一幕，握住西藏的权力。

拉藏汗决定亲自拜访仓央嘉措。

仓央嘉措正在龙王潭射箭嬉戏，听闻拉藏汗来访，颇觉意外，略作思索，即命摆酒招待。

拉藏汗虽早有耳闻，但真看到仓央嘉措本人垂着漂亮的卷发、穿着俗人的绣金白袍出现在面前，还是不禁吃了一惊。拉藏汗对教宗表示敬意，两人客气寒暄，携手入席。

酒过三巡，拉藏汗即暗示仓央嘉措请仆人回避。气氛骤然微妙起来。

拉藏汗探过身子："在茫茫雪域，宗主长着两颗脑袋，一颗叫仓央嘉措，一颗叫桑结嘉措。"拉藏汗毫无顾忌地用放诞的眼神盯着年轻的仓央嘉措。

仓央嘉措呷一口酒，淡淡地说："你说得不错。其中一颗在这里同你饮酒，另一颗阻碍了你展翅天域。"

"布达拉宫有一颗脑袋就足够了，两颗头只要砍掉一颗……"拉藏汗伸出右手做出砍头的动作。

仓央嘉措放下手中的酒碗，看着他，说道："砍掉一颗藏族人的头，再安上一颗蒙古人的？"

拉藏汗盯着眼前这平和淡定的人："哈哈，哈哈哈哈哈哈哈哈……"发出鹰鸮般的大笑。

他端起酒壶斟满酒碗向仓央嘉措敬酒："尊者智慧慈悲，端正庄严，我和硕特部愿世代为尊者护法。"

走出龙王潭，拉藏汗暗想，既然不能成为帮手，就让他成为攻击敌人的武器吧。主意打定，立即动手。当夜拉藏汗即修书给康熙皇帝，指说仓央嘉措不守戒行，淫邪放荡，乃第斯桑结嘉措找来的假达赖。

拉藏汗与桑结嘉措的争斗，康熙帝早有耳闻，知此事若不闻不问，必引起更大祸端。康熙皇帝迅速派使者进藏验明真身。《琵琶音》一书这样记载当时的情境：

> 拉藏汗向内地寄去一信，对尊者是活佛与否表示怀疑。皇上便派了一位精于相术的人进藏。此人来后，请尊者赤身坐于座位上，他围绕圣体前后左右，从各个方面细察体相，然后说道："这位大德是否为五世佛祖的转世，我固然不知，但作为圣者的体征则完备无缺。"

对于这个结果，桑结嘉措大松了一口气。若是假达赖的说法坐实，连同之前劣迹，康熙帝必不会放过他。

拉藏汗让桑结嘉措忧惧不安，他必须尽早解决掉这个他一生中遇到过的最棘手的敌人。不然拉藏汗出手迅疾手段毒辣，他不能保证自己还能不能如这次一般幸运。被逼到绝境的桑结嘉措走了一步荒诞的棋：他买通了拉藏汗的贴身侍从，让其投毒。

事情败露。拉藏汗岂肯罢休，抓住投毒事件大做文章，双方矛盾达到了白热化程度。为求局势稳定，1705年1月，仓央嘉措、色拉和哲蚌寺的堪布、班禅的代表、蒙古诸施主等人，围坐一堂开会讨论解决方法。

会议的结果是桑结嘉措辞去第巴之职，将贡嘎宗拨给他作为食邑。拉藏汗要带兵撤出西藏，回青海驻牧。

这是一个典型的"决议"，有了结果，大家作势去遵守，却不一定有人真正遵守。桑结虽答应辞职，但以交接政务为借口迟迟不离开拉萨。拉藏汗虽率部开拔，却一路缓行，不停驻留，待行至那曲集结了大量藏北蒙古军队。1705年5月，队伍集结完毕后拉藏汗出兵，擒拿了桑结嘉措，押往堆龙德庆的朗孜村。

曾经骄傲地坐在庄严的布达拉宫中睥睨众生的第巴桑结嘉措，如今狼狈地被绑在支持屋架的柱子上，望着黑洞洞的屋顶。

门开了，一个身穿白色长袍的蒙古女子进来，她饰物华贵，气质高傲，进门就喝退了屋内的侍卫。

"第巴老爷，宫珠得勒。"这女子张口是流利的藏语，微微带些藏南口音。

"您是……"

"不用费神思索，您没见过我。"

"不，您的面容，我并不陌生啊。"

女子说道："既然您执意要想，那么我就帮帮您。您，对这双眼睛不陌生吧？"

这双眼睛炙烤得桑结脸颊仿佛有了痛感，他把头偏向一边去，笑了："怎么会呢……整个噶当基，整个布达拉宫，也找不出第二双这么漂亮的眼睛。你是塔坚乃班丹的妹妹吧？我记得，我亲自把你指给固始汗的儿子做妃子……你们……真像……"

"对啊，你记得我，记得我的觉拉。你让我的觉拉有机会成为达赖佛的侍从，你让我有机会成为拉藏汗的女人，这在尘世中，已经是莫大的福分了……我们，真得感谢你呢……可是，你为什么要割去我觉拉的头呢？为什么？我还梦想着，有一天我们能再回到家乡，我不会一辈子待在拉藏汗的毡帐里，有一天，我的容颜凋萎了，我的发丝枯白了，拉藏汗不再眷恋我，我就能和觉拉一起，回到夏沃，回到我们的家乡。我们的佛爷，一定会答应让我觉拉离开……他是个多么慈悲的佛爷啊！也许，也许他会同我们一起回去，一起回到错那……都是你，都是你！我们再也回不去了！我们再也回不去了！"

达瓦卓玛从腰间抽出一把藏刀，这刀镶嵌着光润的玛瑙，有金丝缠绕。仓央嘉措曾无数次抚摸这把刀，它是一段失落爱情的见证，如今，它要成为报仇的利器。

作为信物，它没能成就爱情；作为利器，它出色地完成了自己的使命。

嚓，嚓，嚓……

锐利的刀刃插破层层华美的锦缎，插破脆弱的肌肤，划过骨骼，向着血与肉深处的心脏奔去。

达瓦卓玛哭了，泪水从弥勒菩萨般美丽的眼睛里飞扬而出，红色的血如春风里的红杜鹃在她雪白的藏袍上盛放。这春日的花朵真是艳啊，艳丽得遮天蔽日……等拉藏汗呼号着冲进屋子的时候，血红的花儿已经艳丽到极致。

"你这是在做什么啊！让我怎么跟大皇帝交代！"虽然无数次渴望桑结死，但杀也要康熙帝动手，不然会给自己惹一身麻烦。

桑结已经去了。全身是红，明亮的红。出生时，他经由给予他生命的女人——母亲布赤佳姆——的手，接受血的洗礼来到世界。今日，他经由另一个女人，一个仇恨他的女人的手，再次接受了血的洗礼，离开这个世界。很好，他默默地想：这是个圆满的生命的轮回呢！这血腥味儿，还是那么刺鼻。

额巴钦波说过，他离去，还会回来。我不是活佛，我不会再回来了。

我要去哪里呢？地狱？或是重入轮回，成为一头藏羚、一枝羊角花、一头熊？还是，做一棵青草……祈请佛菩萨慈悲做主，威神超拔于我仲麦巴·桑结嘉措，令罪人我当下消除一切的业障，释仇解怨，离苦得乐往生净土。

神灵啊，若可以选择，我愿这净土，是拉萨……可否让我再次去到玛布日山之上，重沐布达拉的阳光，倾听云天下清远的梵唱？

当生命的一切尘埃落定，曾经躁动迷惑的心重又回归宁静。

曾经，桑结嘉措说过，仓央嘉措如同菟丝子依附他而生。这话，确实不错。这位枭雄控制他，利用他，亦保护了他。桑结离世，仓央嘉措得到了自由，亦赤裸裸地暴露在敌手的屠刀下。拉藏汗再次利用仓央嘉措行为不检一事做文章，说仓央嘉措是假达赖。他召集三大寺堪布开会，欲废掉仓央嘉措。

堪布们对拉藏汗的说法并不认同，他们认为尊贵的仓央嘉措受到魔鬼的迷惑，影响心智，他是迷失的菩提——仅仅是迷失的菩提，而非假达赖。拉藏汗不肯罢休，二次上奏康熙帝。

西藏的局势由桑结嘉措与拉藏汗分庭抗礼演变成了一边倒向拉藏汗，康熙帝审时度势地做了处理。皇帝封拉藏汗为"翊法恭顺汗"，赐金印一颗；认同仓央嘉措为假达赖的说法，要求拉藏汗将其"执献京师"。

拉藏汗对这种处理并不满意。他本想利用仓央嘉措控制西藏局势，没想到康熙帝会做出这种决定。《商南多尔济奏报拉藏汗遣人解送六世达赖喇嘛来京事》记录："（康熙帝）又恐伪达赖喇嘛留其地，坏法生事，今尽拘伪达赖喇嘛等众赴京，拉藏以为执伪达赖喇嘛，则众喇嘛必至离散，不从。上谓诸臣曰：拉藏今虽不从，后必自执之来献。至是，果如圣旨所云技。"

康熙帝的推断不错，由于对仓央嘉措的弹劾，拉藏汗与格鲁派剑拔弩张。随着时局的发展，拉藏汗意识到仓央嘉措如一颗烫手山芋，不可用，不可留，如若不押送京师，事情无法收场。

1706 年 5 月 17 日，仓央嘉措在蒙古兵的押解下，离开布达拉，离开拉萨。当听闻仓央嘉措被押解上京，拉萨百姓莫不震惊，在他们心中，活佛永远是活佛，是真神的转生，不会因为喜好游乐就丧失了神性。他们从拉萨的大街小巷涌来，哀哭着挽留佛爷。面对这种景象，拉藏汗很是害怕，怕出什么意外。他要求加快行进速度。

当押解队伍行至哲蚌寺，意外还是发生了。

历世达赖喇嘛皆以哲蚌寺为母寺，五世达赖建立的噶丹颇章政权在迁入布达拉宫前，哲蚌寺的噶丹颇章是拉萨地区的中枢。可以说，这里是格鲁派的根基。哲蚌寺的喇嘛们听闻敬爱的佛爷被蒙古士兵带走，置生死于度外，冲入蒙古士兵的队伍抢走了仓央嘉措。

拉藏汗陷入了双重的窘迫中：留仓央嘉措在哲蚌寺必定是祸根，而丢失了"人犯"，他如何向大皇帝交代？

拉藏汗下令不惜一切代价攻击哲蚌寺抢回仓央嘉措。蒙古士兵潮水一样涌向哲蚌寺，哲蚌寺的喇嘛们誓死不交出教宗，用生命捍卫信仰，他们的血染红了根培乌孜山。

仓央嘉措自己走出了哲蚌寺，在喇嘛们哀痛的挽留声中，头也不回地走入了蒙古士兵的营地。

仓央嘉措没能走到北京，走入紫禁城。

行至青海湖时，拉藏汗收到了康熙帝的信，康熙帝提出了一个问题：你把仓央嘉措送到紫禁城，让我怎么供养他呢？拉藏汗慌了——皇帝也不想接下这个烫手的山芋。

他无法处置仓央嘉措。杀，必在藏族地区掀起轩然大波，皇帝也不会放过他；放，他拉藏汗一手导演了这场闹剧，这是怎样一个荒诞的收场？无奈之下，他暗示看守放掉仓央嘉措，何去何从，凭他自己。

对外宣称，仓央嘉措病逝。

大家都满意地收场。

仓央嘉措重又获得了自由。天地之大，他却不知自己该何去何从。

他离开蒙古士兵的营地，沿着青海湖信步而行。

爱、恨、情、仇，都已在尘嚣中远去。他感到疲惫。

被冰冷的湖水浸透的衣物裹在腿上，走一步都困难。他缓缓走着，对这人生最后的一小段路他很有耐心。

水没过腰际，他听到身后有嘈杂的击水声，声音在靠近，最终有什么拉住了他的衣袖。

月色朗朗，波光粼粼，他看得清晰——是朗嘎，荒原上的小黄狼，布达拉宫里他最喜爱的老黄犬。

噶当基干杂活儿的小喇嘛经常会用上好的酥油拌了糌粑喂给它吃："多吃些，多吃些，你可是布达拉宫的护法，吃饱了长得壮壮的保护佛爷。"朗嘎真像听懂了似的。这头老黄狼已经十六岁了，这个年岁，对于人来说生命之花开得正艳，对于一头狼来说，却已是耄耋之年。

它太老了，它早已不是在错那的草场上绕着牛羊撒欢儿蹦跳、喜爱与马儿赛跑的精力充沛的小狼崽，它精神疲惫，皮肉松弛，曾在夜色中闪烁的双眼中明亮的生命之火随时会熄灭。它趴在噶当基属于它的兽皮褥子上，眯缝着双眼等待最后时刻的来临。

每天，只有当仓央嘉措出现的时候它才会挣扎着站起来，费力摇一摇尾巴。做了一辈子狗，摇尾巴这件事，它依旧不在行。

当动物敏锐的知觉让它发现亲爱的主人已经离开了寂静、空荡的宫殿，它无声地从兽皮褥子上爬起来，踏上寻找主人的路途。混乱中，没人发现这头垂暮的老狼是怎样离开了布达拉，又是怎样一路艰辛跟到了这遥远的青海湖。

它必须守护他，当他还是个幼小的孩子，与天上的流云一般缓慢地将温暖的手掌伸向它的头顶，它就已经决定，守护他，用生命守护他。即使生命只剩豆大的光亮，也要为他照亮寸许的行程。

"回去，朗嘎，回去。"

它依旧叼着他的衣袖。

"朗嘎，回去。"

它不松口，就这样看着他，眼神疲惫，却目光坚定。

它已经不行了，长途跋涉加上青海湖夜晚沁凉的湖水，使它衰老疲惫的身躯到了极限。

仓央嘉措笑了，笑容温暖伤悲，他摸摸朗嘎湿漉漉的头："那么，我们一起走吧。"

我们一起走吧，走向这片青色的海。

那海水深处，星光灿烂，宛若天宇。

【注释】

①扎什伦布寺：藏传佛教格鲁派寺院，全称作"扎什伦布白吉德钦曲唐结勒南巴杰瓦林"，表示"吉祥须弥聚福殊胜诸方州"。在西藏日喀则尼色日山下。

②梵呗：僧众或喇嘛诵经的声音，属于"五明"之一的声明。

仓央嘉措诗歌赏析

其一

细腰蜂语蜀葵花，
何日高堂供曼遮，
但使侬骑花背稳，
请君驮上法王家。

有一种爱叫不离不弃，有一种爱叫生死相依。有一个你，若被现实吞没，有一个我也将瞬间隐遁。我就是这样，靠着一种信念，穿梭在世间，心无旁骛。这世间的天空，自然会记载我们的历史，我的意愿只在演绎一颗真心。我是一只普通的蜜蜂，在无意间学会了躲避孟婆汤的药性，所以生生世世的轮回里的记忆都在我记忆深处。也许，没人相信，穿越了时空，换了皮囊，我的述说成了荒诞的宣言，灵魂的色泽却从没有改变过。有人说，回忆是抓不住的月光，握紧就不会黑暗，而你的美丽却从没在手心消失。

你可知道，我也曾远观了你的生生世世，就在那一个轮回里，你丢失了所有，却把一颗真心紧握，努力地伸长指尖去触摸那个英俊的少年，泪水汩汩地从你的明眸里流出，顺着你的脸颊冲刷你的香腮，然后倾倒下去，而你们的距离被拉得越来越远，你含恨放弃了生的信念，在那个明媚的天气里泣血而终。后来，你又跟跟跄跄地在各个轮回里行走，每一生都是情到真处情难绝。我被你的真情打动，又一次追随你来到了这里。

没想到，后来你转世成了哈罗花，佛堂祭品的命运成了无法摆脱的宿命。没了往昔的恋情的纠缠，可也无法感知我的目光。我知道，你真的太累了，选择了这样一种逃避的方法。可是，我的追随，

148

又该何去何从？于是，我来到了拿你去做祭品的人类的身边，用我的方式，宣布了我们的命运。你已远离，我在远处又有什么意义？我选择了和你共赴高堂做了曼遮。"哈罗花如果拿去做供品的话，把我这年轻的蜂儿，也带到佛堂里去吧"是我前生的誓言，不知是否曾在你的心里留下了痕迹？

其实，我是否曾在你的心湖激起涟漪，亦不是我追问的事情，有也好，没有也罢，我只想让你知道我永远守在你的今生里。天地运转，生生不息，我和你又来到了新的人生里。你一如往昔，窈窕淑女之风，款款而散。我却修成了男儿身，再一次追随你，而世事的纠缠永无止息。

今日的你，好像略带着往日的幽怨，你试图逃离，不动声色地逃出尘世的反反复复。我在你的身边，你很少说话，只是说了句希望我过得好，把我的温情淡化，淡到你的心里不会再起涟漪。可我知道，你努力得来的平静是多么的易碎，你紧蹙的眉头将你的心事泄露无遗。我不知道怎样才好，没有埋怨，也不乞求你不要远去，只想托清风捎给你我的心情：你若决定逃开去修法，我也一定跟你去到山里，从此绝离红尘。

很多人，读到仓央嘉措这首诗时，会自然地想比兴的手法，这样的理解也有道理。可是，诗人，特别是像他这样纯真得像个孩子的诗人，一般不会刻意雕琢自己的感情。所以，我选择了一种新的解读方式。一样质朴的情感，一样至死不渝的信念，加上无怨无悔的决绝。我们索性让诗人痴情到底，不去找出口，在至真的境域里，只为一个情字绽放青春。

如果，人生真有轮回，我们愿意这样理解仓央嘉措的心情，再多的努力都是徒然。我们该怎样守护爱情，面对命运时，我们该怎样做才不算苛求，又该向谁言说？能够生生世世里有你，已经是种莫大的运气。

其一

曾虑多情损梵行，
入山又恐别倾城。
世间安得双全法，
不负如来不负卿。

　　自古以来，凡虔心向佛之人必定了却凡人七情六欲，但我却是一个例外。我并非看破红尘而空遁佛门。我是转世灵童，这不是我的本意和选择。身披袈裟的我却有一颗凡尘之心，这颗心还没有看透人间悲欢离合，四大皆空只是佛经教义当中平凡的四个字，然而尚未涉及尘世的我又怎能深刻体会佛曰四大皆空的真谛？

　　前世之缘尘埃落定之时，有幸佛选择了我，于是我遁入佛门。我没有选择，上天为我安排了我的路途。只是，为何上天又让我遇见你，于是从此后，眼前是佛，心中是你。天明、日落，盼你念你，等你出现。于是从此后，我终日惶惶不安，徘徊在殿前，我不知道是在等你出现，还是我害怕左心房中萦绕着你银铃般的笑声会惊扰右心房修身的佛祖。佛殿中，多少双眼睛在注视我修行，我是他们心中的至尊；可我心里，多少次转向你顶礼膜拜，你是我心中的女神，我的主宰。

　　那日人群中，在不经意转身的清秀小巷，你的眼，你的脸，你的手，你的心，在我身边，在我眼角，在我眉间，从此管它月朗星稀，管它狂风骤雨，轻轻拥你在怀中，比翼双飞。想爱，想和你相偎相依，却害怕爱你的执着最终抵不过世间的指责，害怕最后还是不得已离去，留给你更大的伤害。以前，我在佛身边修身积德，盼轮回转世，想参经悟道；如今你在我左右，看你眉头微蹙，听你唇间低语。只羡鸳鸯不羡仙。我并非想成仙，只是人间有多少爱恋能够远离世人目光，我想擦掉前世佛缘，就像拭去佛堂上的微尘，可是却擦不掉这些年沉浮在心中的记忆。佛曾在我心中，在我眼中，我怎能了去此意，安心地随你而去？每当夜深人静，伫立于窗前，当空皓月仿佛在责难我，向佛的心怎能陷入凡尘，修身之志本应心无旁骛啊！但是我却将一颗心割裂成两颗：一颗心里装着你，一颗心里念着佛；一颗渴望斩断命运的束缚，一颗渴望挣脱凡尘的枷锁。

也许我应该剪断佛缘，剪断了我便不需在菩提树下虚伪地打坐，便不需在万人面前强装顿悟，我将与心爱的姑娘双宿双栖，男耕女织，远离这喧闹的寂寞。也许，我本不该与你相识，那样我的心还是完整的吧？它完全，至少在很多人看来，完全伴随在佛的左右。可是，佛猜得出开始却猜不出结局，佛选择了我的前世今生，却忽略了你是我的宿命。我的心里，早建成一个佛堂，而你就像一颗种子，不知何时悄悄落在我的心田，等心的土壤变得温存，这颗种子便生了根，发了芽，渐成参天之势。只可惜你不是荫蔽佛堂的菩提而是一棵罂粟，而我沉醉在罂粟花香之中，目送佛堂的香烟随着轻风越飘越远。多少个难眠的未央之夜，徘徊在修行和爱情之间。我的心怎能安于佛堂？我的心又怎能深埋在温柔之乡？我的心不能只是一颗心，向佛不忠诚，爱你有欠缺，我怎么能够不妄断前世佛缘、众人期盼，又不枉费姑娘一片冰心？

在布达拉宫的金殿之上端坐，仓央嘉措注定无法成为一个平凡的少年，而这代价却是要受到心灵的痛苦煎熬。身披佛衣怎么追求纯美的真爱？在这矛盾中，心头情事却变成愁事。

其二

一自消魂那壁厢，
至今窣寐不断忘，
当时交臂还相失，
此后思君空断肠。

　　一次偶然的邂逅，让别后的日子变得这般难熬，才下眉头又上心头的思念像藤萝缠着我。你可知道有时候，思念的缠绵要远远胜过一剑的刺痛？它涂抹着甜蜜和酸涩，看似远离残忍的疼痛，心却再也无法轻松。

　　有人说，"相濡以沫，不如相忘于江湖"，可是我怎么偏偏时时刻刻、分分秒秒希求着能看到你的笑颜，心情像那六月的天气，说变就变，变来变去只因两目相视时你那俨然一笑，淡淡的，如白云轻柔，载我到心的故乡。风流倜傥的太白高唱着"此心安处是吾乡"潇洒行走人生，我低吟着诗人的潇洒却怎么也无法轻松起来，因为我无法跨越那一转身的距离，无法永远沉于你温柔的心海里。

　　我用尽力气努力挣扎，多想走出你设的思念局，却反而把自己困得更紧。才发现"转山转水转佛塔"，内心怎么也转不出无尽的情绪缠绕，细数的佛珠像个沙漏计算着的却是与你别后的每一分钟。

　　就这样，我慢慢下沉，下沉，一直沉到你的今生里。抬头间，在云彩里一次一次看到你的笑容，我舍不得闭上眼睛，笑着任泪流成河。等到疲惫时，我决定睡去，决定不再把一秒当成一天的印记，可是，我不知怎么赎回狂热的心，它却在闭上眼睛时飞到了你的身边。

我问天问地问自己：如果让我不曾遇见你，是不是就省去了情思萦绕？我终于无计可施了，恨不得选择永眠于有你相伴的梦里。

让人牵念的人儿，你终究也不是铁石心肠的啊。那天，清晨醒来，我下意识地在与你相遇的地方兜兜转转怎么也无心离开，没想到却终于把你等来，就像我前世的修行一样，兜兜转转都是为了今生与你相遇。

眼看着你又一次从梦里翩翩而至，身着蓝色的翠烟衫，步履轻盈，裙裾间露出醉人的飘逸，眉目转盼多情却含着朦胧，盈盈一笑，笑醉了春风。我站在原地，看着你一步步走近，我努力地镇定，想轻轻地问候一下，欲盖弥彰，却让你看到了我全部的笨拙，让我的情愫在你面前凌乱得无法整理。

你为了让我摆脱尴尬，淡淡地笑了一笑，便再无多言，安静得像一缕温柔的馨香，萦绕在我的四周。我笑着收回了痴态，用心感受着你的一切，你静静地站在我的身边，让我的日思暮想安心地停歇。

如果，那一刻，天崩地裂，世界再回到以前的混沌状态，能与如此脱俗的好女子相守片刻，我也会感到此生的满足，就像是受了洗礼，身和心都得到了升华。可是，一切都像往昔，世界并无大变，匆匆的相会又成了我神魂颠倒的源起。我分明不是一个贪心的人，却也变得贪心起来，就为你那盈盈一笑，我再也不想找路出逃。我的心彻底沦陷，没有了挣扎的力气，5 月天里再也没了晴天，我成了一条涸泽之鱼，被思念抽干了身体，神魂颠倒，奄奄一息。

从相遇到相熟，我历经了心里的起起伏伏，你却像莲花淡淡地优雅地绽放，萦绕不散的情绪仿佛只在我的心里，只将我俘虏。

如果不曾遇见多好，我就不会情思缠绕；倘若不曾相熟多好，我也不会神魂颠倒。你可知道，"天不老，情难绝。心似双丝网，中有千千结"，我的日子被因你而起的情绪填满，我真的已无路可逃。

仓央嘉措的这首情诗，用最简单的语言囊括了最复杂的情绪，正因有太多太多的话要对心仪的人说，所以他选择了最简单的语言，欲说还休的爱恋，却由表面的怨呈现出来。

其四

夜走拉萨逐绮罗，
有名荡子是汪波，
而今秘密浑无用，
一路琼瑶足迹多。

　　布达拉宫的金顶在高原阳光的照耀下熠熠生辉，我独自依着窗棂，沿着云蒸霞蔚的高天努力净空我的思绪。偌大的宫殿在阳光的强烈照射下，像是一个辉煌的舞台，只是这个舞台属于政治，没有任何一个角落容得下人间烟火。思想从佛床边飘出窗檐，慢慢升到了云的那一端，夕阳余晖下，暮色渐渐四合，提醒着我布达拉宫这一天即将结束，而我的人间生命才刚刚开始。想来黑夜与白昼未必只有色彩数上的差别，白昼充满阳光，每个人都把最光彩照人的一面显现出来，白昼里好像只有向上的希望，所有人都在白昼里忙碌，忙着打谷种稻、吟诗作对，怀抱希望，忙碌着也期盼着未来的美好生活。而黑夜总是带给人们太多的麻烦，大人们要费力地点起油灯，才能继续白天未完成的生活，小孩子最怕黑夜，因为妖魔鬼怪都是昼伏夜出的。说起来，人真的很奇怪，小的时候因为害怕而难以入睡，长大了以后因为思念而更觉长夜漫漫。而对于我来说，黑夜再漫长总比白昼来得好，白昼虽然光鲜但却不真实，而黑夜恰恰给我们一个释放真我欲望的机会，试想：复仇的、杀人的、放火的这一类事情都会在黑夜发生吧！所谓的见不得光。可谁说见不得光就是错误的呢？有的时候只是身上的枷锁太沉重了，所以才要偷偷摸摸，并非不敢光明正大，仅此而已。最后的一缕阳光照在布达拉宫的最顶上，云霞折射着光晕一圈一圈在头顶扩散开去，透过这一片云霞，眼前的一切都变得模糊起来，像沙漠里的海市蜃楼一般。海市蜃楼，我想它也只能在白天才看得到吧，这样说来，还真希望白天的一切都是虚幻的，一触就会消失的泡泡，而黑夜的一切才是真实的生活。

在布达拉宫的圣殿上，我坐在宝座上，眼前一阵虚幻。几年了，权杖不曾触摸过，大事不曾商议过，我明白，我只是一张牌，那金碧辉煌的宫殿也不过是海市蜃楼罢了。连这幻象何时会消失，我也无法掌控，它来时我便只管欣赏，它走时我也只管承受。潜心修行的佛法，到底有什么价值呢？我不曾在大殿里为任何人解释心中的烦恼疑虑，也许是因为布达拉宫能给我的一切都是虚幻的泡影，而只有那些真正生活在人间的饮食男女才会生出诸多烦恼吧！

在雪域高原，蓝天高远，草原辽阔，白雪皑皑。我在圣殿里，终日对着金光四壁，东宫墙、西宫墙，蜿蜒曲折筑起了心灵帷幔，千百所宫殿，我的青春却无处安放。我本是雪域高原的至尊，可是为何白雪茫茫却掩不住我的忧伤？

暮色下，从侧门转身而出，循着酒馆里的歌声，我仿佛看到了美丽的心上人在那里等待着我的到来。如水的肌肤、如花的笑靥、黄鹂鸟一样清亮的歌喉，时刻撩拨着我少年的心弦。年轻的姑娘，你的手似天山雪莲的花瓣，纯洁温婉，抚慰着我初恋的创伤，年少的心注满了爱的能量。可是这一天，欢唱的人群中却怎么也寻不见你的倩影。我像被钉在桌旁，半晌没有说话，我心爱的姑娘未曾留下只言片语，却即将成为别人的新娘。为何命运这般残忍，要在一颗心上留下两道相同的疤痕？如果能够选择，我真希望，从不曾见过布达拉宫的高墙，也不曾受过上师的规诫。唉，我心爱的姑娘，只是从来缘分浅如水，奈何情意深似海！那高原上星罗棋布的圣湖想必便是哪位痴心浪子单恋着心上的姑娘，直把眼泪积蓄成了一片片湛蓝的湖水！

起身出门，再一次混入拥挤的拉萨街头，转经筒在夜风里为圣地的人们祈祷，而我只听见达瓦卓玛如黄鹂般的鸣唱像旧日一样萦绕如丝，伴着我的百结愁肠。

其五

情到浓时起致辞，
可能长作玉交枝，
除非死后当分散，
不遣生前有别离。

秋天来了。

一季的雨洗出了纯蓝的天空。青稞黄熟，绵延直到视线看不到的地方。这黄是大地血脉的颜色，染透了远处的云杉，在天的边际勾出一道金色弧线。还是格桑花最美，红的热烈，粉的娇艳，漫漫一片，像海，漫过田野，漫过山坡，漫过河滩，漫过你家门前。你来自月亮的方向，踏着那花儿的海浪向我走来，发上的珍珠、耳边的绿松石都不及你夺目。阳光斜斜打在秋天的草原上，我和你在格桑花铺成的道路上缓缓走过，一切都变得缓缓的……风缓缓地吹，花儿缓缓地摆，牦牛儿缓缓地走，天上的苍鹰缓缓地掠过，你开始缓缓地唱歌……歌声也是缓缓的，像柳枝抚过水面，在我心底漾起涟漪，悄悄荡开去，与那花海一起，在天幕下澎湃。

我轻轻抚摸你的秀发，看着你黑葡萄一样的眼睛，想问你那句一直想问的话，可心中总是忐忑，不知你的答案是否如我的期待。我说："苍鹰与天空永不相离，你可愿与我永远相守？"

可你却不说话，望着远方的山默默不知在想些什么。我不禁黯然：美丽的姑娘是否总是无情？

这时你说，听说汉人有一首歌，说的是一个女孩儿爱她的情人爱得像纳木错的湖水一样深。

有一天，她对上天起誓："上天啊，我愿和我的爱人相知相伴，这种情谊永远不会断绝，除非你让山磨光棱角，让江水干涸，让雷声在冬天响起，让雪花在夏天落下。若非天地相合，我便与他永不分离。"我望着你，你的样子从来没有这样美丽，如天山的雪莲开在我的心里。

你说："我与你，宁死别，不生离。"

宁死别，不生离。宁死别，不生离。宁死别，不生离。宁死别，不生离……世间的一切声音都从我的耳边消失了，只有这一句像酥油的清香，久久不散。我要将这句话写印上经幡，让草原的风为我将它吟唱，直到天荒。

这首诗一问一答间流露了人世间最浓的爱，问世间情为何物，直教人生死相许。这首诗体现了藏族同胞在表达自身感情时的直率，问答的形式类似于藏族青年男女表达爱意的山歌。

山歌在藏语里称"拉伊"，俗话说"拉伊是媒人"。你我在草原相遇，隔河相对，一唱一和，只有即兴的词句方可表达最真的情感。

我们的心乘着悠扬的曲调穿过羊群，越过河，慢慢贴近，爱情的火花就在这歌声中迸发。

仓央嘉措，那位说着"宁死别，不生离"的姑娘是否真的至死才与你分开？你走向青海湖，莫不是为了她？青海湖底有没有一个宫殿，里面住着你的公主？你来世的轮回选择了理塘，是不是那里有位姑娘前世与你有一同的盼望？有人说你其实远走他方，为的是与她自由相爱。

若真是这样，那格桑花的开处是不是你们走过的天涯？不论你去了哪里，你的"拉伊"至今都流传在苍鹰飞过的每个角落，诉说着你的凄美爱情。

其六

避逅谁家一女郎，
玉肌兰气郁芳香，
可怜璀璨松精石，
不遇知音在路旁。

　　人与人的相遇是最美丽的平凡，却有人愿意为这平凡沉醉，哪怕是花费一辈子的时间。我常想：如果没有这样美丽的相遇，此生岂不是在走苍白的过场？我不是耽于旅行的人，曾经认为心能到达双脚所不能到达的地方。再美再美的风景，也抵不过美丽心灵闪着智慧的思考。

　　然而，你可知道，那次意外的旅行让我收获了意外的人生，从此，我离经叛道背离了我的最初，因为旅途中你装饰了我所有的梦。

　　那天的情形历历在目，一个平常得不能再平常的日子，却酝酿了没有人会拒绝的精彩。你以天使的模样坠入人间，扰乱我平静的心海。春风撩人醉，我没有缘由地在那个不起眼的路口逗留，无所事事倒也兴致不减，拾一片叶子把玩岁月的印记，昭示的奇遇在叶子的脉络里，却没有被慧眼识破。

　　现在想来，如果当初能看到下文的故事，我是否还愿意在那里等待？我不想去追问值不值得，也不会感慨悔不当初。

　　有时候，人与人之间的缘分是一系列很美妙的偶然的组合。我们迈出了相同的步子，走上同一条路，我先是闻到你的衣衫兜来的香味儿，是春天的味道吗？我疑惑着往你来的方向望去，不迟也不早，你也把目光透了过来，四目相遇的一刻，我从你眼中看到了欣喜。你那会说话的眼睛泄露了你的心灵，在慌张躲开对方的目光后，我丢弃了表情的雕饰，纯真地面对着这相遇的美好，心里也是惴惴不安，不知是我单方的多情，还是你也感恩上天这样的安排。

从此，我再无法忘记你衣袖间的香味儿，那是最醉人的迷魂香，我的魂魄从此追随这种味道无法停息。

我多想留住这样的美好，把你请进心里来，让我也住进你的心房。我愿用在佛的面前焚香数千年，来换取这样的相遇，不用多久，一生一世就足够。

世界上走得最快的往往是最美丽的风景，我敏感的心灵捕捉到了这一讯息，苦苦的哀怜不会让时间停下脚步，反而会白白浪费享受和你静待的时光。我的担心多了些许悲观的味道，面对心仪的人，我的不安让一切涂抹上感伤的色彩。

日子煎熬，相思难耐时，我于是问佛：为什么安排这一幕美好后又要破坏它？佛说，美好无处不在，不美好则来自贪欲。缘起缘灭终究是一种宿命，来时是那么的真实，走时又让人备感伤感。

思绪在我的心里兜来转去，也无法躲开命运翻云覆雨的手，再看你时你依然笑容嫣然，平静中透出雅致，多么安静美好的女子，超出了世人颂赞的一切。

我痴痴地看着你，用一颗不掺任何杂质的心，膜拜着我心中的女神，试图让一切现在变成永恒。

仓央嘉措有着一颗多情而敏感的心，从最细微的动作里找到了诗意，把美好定格在诗句里传达给同样追求美好的人。

这首诗，就一次偶遇敏锐地捕捉到灵感，简单的故事里包含了浓浓的情意。偶遇的欣喜和对美好可能擦肩而过的担心，通过珍贵宝石的比喻让朦胧的情感得以触摸。远方在遥不可及的地方，却提前增加了他的感伤。得到和失去就这样在诗人的心里纠缠，有始无终。

仓央嘉措诗歌赏析

其七

那一天，
我闭目在经殿的香雾中，
蓦然听见，
你诵经中的真言；

那一月，
我摇动所有的经筒，
不为超度，
只为触摸你的指尖；

那一年，
磕长头匍匐在山路，
不为觐见，
只为贴着你的温暖；

那一世，
转山转水转佛塔，
不为修来世，
只为途中与你相见；

那一夜，
我听了一宿梵唱，
不为参悟，
只为寻你的一丝气息；

那一月，
我转过所有经筒，
不为超度，
只为触摸你的指纹；

那一年，
我磕长头拥抱尘埃，
不为朝佛，
只为贴着你的温暖；

那一世，
我翻遍十万大山，
不为修来世，
只为路中能与你相遇；

那一瞬，
我飞升成仙，
不为长生，
只为佑你平安喜乐；

只是，
就在那一夜，
我忘却了所有，
抛却了信仰，

舍弃了轮回，

只为，

那曾在佛前哭泣的玫瑰，

早已失去旧日的光泽。

我相信用一生一世暗恋你，总好过一个美好的开始配上一个糟糕的结局。我知道你每天在经殿诵经，那一日听你的真言，到底是偶然还是命中注定？我怕我难以掩饰的在意被聪颖的你察觉，我怕我炙热的目光灼热你白皙的脸颊，所以我只能在每一个你曾经出现的地方，悄悄地追寻你的影子，贪婪地呼吸你的空气，仔细地摩挲你的掌纹，慢慢地享受你的温度。

在烟雾缭绕的经殿，我躲藏在红色的帘幕后，你温柔地诵经，好像在对我耳语；你轻轻地摇晃经筒，木竹相碰，好像弦乐在为我独奏。我分不清这是梦境还是现实，我固执地不肯撕下那一页日历，以为时间就会永远停留在那一日。

然而，即使时间为我停留在那一日又怎样？我不敢上前，哪怕只是问候一声，我没有勇气，我怕这场好梦会因为任何轻言低语而惊醒，何方佛祖神明能够保佑我闭上眼睛还会做同样一个梦？于是那一月，我学着你的动作，轻轻地摇晃经殿里所有的经筒，旁人以为我在虔诚超度，殊不知，所有抚摩只为通过轻摇的节奏向佛祈祷，愿我能有幸与你同握一只经筒，静静感受它缓缓传来你指尖的温暖。

你指尖的温暖慢慢氤氲，弥散，像朦胧的月的光晕，而我就是月光下的影子，我只能跟着你，一步一步，亦如朝圣，匍匐、叩首，紧贴你的心窝，你的温暖。远处的金光宝塔在夕阳中逐渐模糊，朝圣的终极入口在我炙热的胸口上慢慢融化。

朝圣的终点在我眼中模糊，是明晰或是消散已经不重要。我只愿"转山转水转佛塔"，用一世的时间来祈求一个"来世"。然而我怎能贪恋长久的生命？今生与你相遇，这缘分，这一世足矣！我怎敢贪求来世？只求修世旅途中能瞥见你的倩影！

我不知道何时才能再见你的倩影，风马在我手中徐徐升起，随风摇曳。我不奢望佛的关照，直到日薄西山那一刻，若你还没来，福星高照又有什么用？我这颗爱你的心留有何用？

一颗你爱我，两颗你不爱我，三颗你是爱我的……不知不觉玛尼堆也已高筑，修德再高却已于我无意。我手中的每一颗石子啊，哪怕有一颗，就那么一颗能够投进你心房，在你少女纯净的心湖荡起一阵涟漪也好，好让你知道我一直默默爱着你。不管你是否也一样爱我！甚至不管你是否知道我，我在默默爱着你。

是的，我只能默默爱着你，不见你的无眠深夜，我聆听梵曲，一首，一首，你的笑脸浮现在梵婀铃之上。参悟还是迷途我早已不在乎，想到远方的你也曾在某个夜里聆听过这同一首梵曲，顿觉这一夜，夜色如此令人沉醉，温柔的夜风缓缓吹开了你的心门。

我的执着感动了佛，幻化成轻盈羽翼，飞升向永生之殿那一瞬间，我不知身在何方，也不知能否再一次见到你，只愿你平安、欢愉。

你的耳边已然没有我的低吟，你的气息为何还在夜风中弥漫，紧紧将我包围？那一世，一分一秒；这一生，我将所有执着与不安默默收藏，我不顾一切期盼与幻想暗暗饮泣，只为与你相见。信仰在你的面前轰然倒塌，没有你的那个轮回也只不过是再一次的煎熬。只是到最后见与不见都已不重要，只是到最后，往昔的我已经失去了旧日的光华！

仓央嘉措这首诗像一首歌，婉转低唱，潜入人心。简单的旋律、浅显的字符却道出了最最凄美的爱情——即使沧海变为桑田，只要能见到她回眸一笑，"我"就没有白白煎熬了"那一世"；即使付出了"我"的所有，只要蓦然回首看到她的身影，"我"必要感谢这佛祖的恩赐。

诗里没有华丽的辞藻却令人动容，似含苞的初恋之花令人微醺，又恰似深藏的暗恋之情令人沉醉。诗中的"我"始终都在默默地爱着心中的"她"，虽然这饱蘸爱恋的笔墨未对"她"的模样进行任何描绘，但一位身姿曼妙、眉目含情的少女跃然纸上。想必值得诗人"抛却信仰，舍弃轮回"的女子只应天上有，凡间恐难寻吧！这不着笔墨的写法也正与《荷马史诗》中对美女海伦的描写异曲同工，给了读者无尽的想象空间。

那一天，那一月，那一年，那一世，那一夜……爱情的主题多半与时间相提并论。到底爱情能否抵御时间的打磨？无非两种：一是两人相爱相依，那么也许爱情将会被时间蹉跎；二是有情人未成眷属，那么岁月的河流会在执着的人手心冲刷成一道专属的爱情掌纹。那经得起岁月打磨的爱情，历经沧海桑田最是凄美。

其八

绝似花蜂困网罗，
奈他工布少年何，
圆成好梦才三日，
又拟将身学佛陀。

　　我曾认识一个少年，他来自工布。那里的湖水幽深，那里的高山巍峨，那里有雄壮的峡谷和豪迈的箭歌。我与少年初遇那天是草原比赛射箭的日子。那时的天啊，纯净得不带一丝云彩。

　　人们在比赛场上聚集，欢腾的人声像风吹过松林。那天我穿着节日的盛装。及踝的长袍是我亲自到八廓街选的布料，用的是花缎，让最好的师傅为我量身定做；我头上戴的巴珠是人群中最耀眼的宝石，它们从发上垂到我的两肩，正好衬托我朝霞样的脸庞；胸前是银制的佛盒，在阳光下熠熠生辉；左手的银镯，右手的白海螺，每一件都那么华贵，灿烂夺目。

　　矫健的箭手来到场中，我们用歌舞为他们助兴，和着箭歌跳着箭舞，我是人群里面最美的姑娘，而他是最帅的小伙儿。只见他端弓执箭，端得沉稳老练，黝黑的面孔散发着黑土地般的亮泽，坚毅的目光此刻散发着猎豹的光芒。

　　箭如风掠向箭靶，红心应声而落，而场内的喝彩声久久不落。我向他献上白色的哈达，他冲我笑着，说："你是我最美的礼物。"

　　这少年啊，他来自工布。

　　他说他家乡的湖碧如翡翠，他说他家乡的高山能通向蓝天，他说他家乡的冰川是最美的精灵……他说他对我的依恋就像湖水一样深沉，他说他对我的情谊就像高山一样坚定，他说他对我的爱慕就像冰川一样纯净……

我曾认识一个少年，他来自工布。

他的心困在爱的网里，深陷却不愿自拔。他说他本要去山上的寺院里听梵唱，用修行换来福祉，可自从遇见了我，他觉得我就是他福祉的来处。

我曾认识一个少年，他来自工布。

他说他爱我所以放弃修佛。第一日，他将自己的靴带系在了我的靴上，捆住了我的灵魂；第二日，他来到我的窗前，唱着悠扬的歌，只为见我一面；第三日，他送来一朵雪莲，静静看我默默无言。

我曾认识一个少年，他来自工布。

他说他纯洁的爱情如山高水深，可为什么，渐渐地，他的忧愁那么明显，说他想念梵音的美妙与佛灯的照耀？

我曾认识一个少年，他来自工布。

他像陷入蛛网的蜂儿恋上了我。第四天，蜂儿挣脱了纠缠，走向了心灵的清净处。

什么是永久的爱情？仓央嘉措在这首诗里似乎并没有提到，他只告诉我们一个短暂眷恋的故事，但正是这极致的短催发了我们对永恒的思考。什么是永久的爱情？从这首诗里其实你可以看到。

仓央嘉措心中没有修起佛坛，爱情是他寻获真实自我的圣殿。可当圣殿面临崩塌时，有什么可以拯救孤独的灵魂？

长干小生最可怜，
为立祥幡傍柳边，
树底阿哥须护惜，
莫教飞石到幡前。

有一种爱，置身事外，它没有你侬我侬的甜蜜，在相处的平凡的日子里慢慢发酵，突然有一天，这种感情被某个意外确认。它无关乎轰轰烈烈，却绵延流长，从一开始就相知相守。这样的一种感情，早在古诗里已被诗人阐释，"郎骑竹马来，绕床弄青梅。同居长干里，两小无嫌猜"。青梅竹马的男女之情，自古以来都是被人们从内心认可的完美姻缘。

流水带走了光阴，将日子翻阅。曾经的郎骑竹马，已经化作我柳树旁为你竖的经幡，当年的两小无猜里也多了些许心照不宣，相处的举手投足都昭示着今生为君而生。仔细看去，迎着斜阳，竹马的格调显得格外柔和，竖起的经幡披着余晖也更加缱绻温柔，两种不同的身份，诠释着同一种情感。你给我保护，我还你祝福。虽说还没有嫁为君妇，你也开始为我守护那竖经幡的柳树，悄悄地在阿哥的耳边留一句叮嘱：千万别让飞石破坏了我为阿哥的祈福。多么温馨的场景，人间多少痴男怨女无法企及的真情，远胜过复杂的经历里包含着心酸的爱。无须太多的言语表示，也无须誓言的保证，满溢的爱恋都给了对方以及对方的整个世界。

仓央嘉措这首精致的小诗，前两句用叙述的方式交代了一对青梅竹马的爱恋，和他的其他诗歌一样，没有复杂的故事，简单质朴。善良的姑娘竖起经幡，日日在那里为心上人祈福，柳树的旁边天天撒播着眷眷深情。淡淡的温馨，夹带着回忆在心里油然而生。回首瞭望，文学的路，诗人的路，仓央嘉措这个名字让人起敬。如果，截取这样的场面作为影视的一个镜头，舒缓地移入人们的视线，对白和动作都简单到极点，整个背景略带着少数民族的气息、信仰的味道，用心品读的人定能触摸到那如溪水一样的情感。一种超脱的大爱，能将被尘世里的琐碎麻木的心融化。仓央嘉措就是这样在用心生活，用心写诗，在质朴中充满感动。

其十

小印圆匀黛色深，
私钳纸尾意沉吟，
烦君刻画相思去，
印入伊人一寸心。

世上有很多种感情，面对尘世太多的烦琐，谁也无法说清爱以什么样的形式存在才算是爱得精彩。有的人指天为证，以为上天是最恒久的存在，以为天的恒久能延长爱情的保质期；有的人用婚姻来捆绑着别人也捆绑着自己，以为身在左右，心也就在左右。然而，身随物移，心随事牵，当初的信誓旦旦都被现实的洪水猛兽摧毁，面目全非的爱免不了被散落一地。转身间，世事沧海，爱已销蚀，不复存在。

用情太深，心里就会担心失去，不知道是对对方无法确定还是对自己没有把握，我们努力地靠近，却被太近的距离刺伤，心反而越发孤独。很多情人间的心灵相惜，纵然无法跨越世俗的门槛，捧一颗如玉的心交给对方也无法交出一个确定的未来。曾经的美好会在一念之间轰然倒塌，太过脆弱的心经不起感情的揉搓。

你我的会意，本是洗尽了俗世的烟尘，在那高高的山巅有白云和苍鹰见证。可是，一切的纯粹在我们渴望靠近的时候变得无法掌控，为了爱，温润无瑕的你已经卷入太多的俗世之争。你沉默不语，用眼神告诉了我你的无怨无悔，也无法掩饰你内心的疲惫。圣洁的雪莲花在努力地拒绝烦扰，尘世却不会呈现慈悲。

时间如风，呼啸在耳边；爱恋如云，被风驱赶；世事浮浮沉沉，我们已回不到从前。那些，曾经的风轻云淡，在眼前飘过，不能爱，也无法恨。尘世的遭遇的纠缠，已无法停止。就在时间的边缘，我们一起看到了尘世里那最平凡的幸福，看着别人的幸福，我们终究无法不去羡慕，以为爱把他们带到了极乐世界。静静地看着身旁的你因别人的幸福而兴奋的神情，我的心里有酸涩升起，感到了深深的歉意。

直到今天，我终于明白了你当时的良苦用心。看到别人的幸福你流露出的兴奋神情，你当时脑海里浮现的其实是我们幸福的场景，满溢的爱，让人情不自禁。因为，你从没有提过任何要求，你只是把掌心交给我，和我十指相扣，让我们的爱在指尖流转，你告诉我只要我们在一起，只要我们携手不分开，就没有达不到的岸。

如今，在这里，我写下你那时的心情、你的理解，还有你对爱的守候。你说，爱，不在于形式；你说，两情相悦，关键在于你知我知；你说，那黑色的小印，它不会倾吐衷肠；你说，你不在乎世事的烦扰；你说我们要把诚心，印在彼此的心上。

不观生灭与无常，
但逐轮回向死亡，
绝顶聪明矜世智，
叹他于此总茫茫。

人生不如意十之八九。人生本就有许多不尽如人意的地方，可是不如意未必是坏，如意也未必是好。人生本无常，世事太难料。人命在几许？或说在旦夕，或说在食间，实则人生就在呼吸之间，总无法料到下一个路口，也无法计算应该在什么时候转弯才会遇上更美丽的风景。没人知道什么是福什么是祸，也许这次的小福是以后大祸的导火线，也许这次的小祸会是下次大福的引路者。我的命运也在福与祸之间演绎着人生的无常吧！

当桑结嘉措莅临门隅我的家乡，捅破了这个惊天秘密的时候，我无法想象父母心里的感受。这个毛头小子能担当如此重任吗？这个在无禁忌中生活了十几年的男孩儿初绽的爱情蓓蕾要怎么收场呢？也许父母并不知道逃离命运的安排，因为他们不知道前往圣地拉萨端坐在布达拉宫到底意味着什么，是尊贵、权威，还是无奈、悲伤。他们，包括我都不知道这一切是福是祸。

于是我带着一点期许、一丝不安和满眼的牵挂离开了我的家乡，我期盼着传说的布达拉宫高耸在我眼前时那激荡心灵的震撼，期待着我能够名副其实地承担起命运给我安排的使命，也害怕年少的肩膀不能承受这沉重的枷锁。当家乡漫山遍野的鲜花都已经凋零的时候，我带着满心的不舍远离了藏南的草原，幻想着在百顷金宫之内众人的顶礼膜拜。可是我算得出这开始，却算不出这结局。这各种变迁，不由人意。从不曾想，这巍峨的宫殿竟然成为我的金色囚笼，也不曾想追求纯真的爱恋竟成为我永恒的禁忌，更想不到我最初的爱恋会在我转身离开后灰飞烟灭。

谁也不知道晓峰晨雾里，草尖上的浓霜何时会消失，地上的树影何时会被太阳带到远方。花开了又谢，草青了又黄，从雅鲁藏布江的波涛到唐古拉山的奇峰，再到青海湖上万顷碧波，谁知道自然怎样安排这起起落落，朝朝夕夕？大自然也不知道，就像我们不了解人生的无常。

佛语有云，人既生亦死。千人千般苦，苦苦不相同。每个人都会在无垠宇宙中化为一粒尘埃，可见人生无常，所以人有一死，但不知死何时到来。如果不曾思量也就不曾领悟吧，苦苦算计和设想了再多，到头来却抵不过命运两个字。就像我，原来设想着认真地聆听梵音就能够触摸到佛法的权杖，可音符刚刚开始便画上了休止符；本想远离莲花座去寻找旷世纯真的爱情，却不曾想至尊的坐标使我迷失在追寻的道路上，只得伤痕累累，慢慢折回。人生的路上谁也不知道下一站的风景，是喜是悲，是福是祸。若参透了这无常的人生，还有什么不能淡然面对的？或者这迷途、这伤痛便是人生必经的路途。

佛法禅宗之于仓央嘉措，自幼就不陌生，即使难免世俗之心，参悟佛法教义也并非难事。这首诗中对困扰仓央嘉措的人生问题，诸如爱人的离去、空有虚名的至尊身份只字未提，但却表达了他对人生诸事的态度，因为他深知人生之无常。也许在为失去某些美好的事物或者诸多艰难抱怨的时候，却忽略了草原上的格桑花早已开得漫山遍野，那茫茫雪山、深幽古寺依然静立身旁，从不曾离去。

其十二

我与伊人本一家，
情缘虽尽莫咨嗟，
清明过了春归去，
几见狂蜂恋落花。

　　人间最变幻莫测的莫过于人心，阴晴不定，来去无踪，却锁定一个人的命运。人说，心之所至，情之所系，在劫难逃。在最初的开始，满园的春色、花开的缤纷娇艳整个季节。蜜蜂的繁忙，从这里拉开序幕，在整簇整蔟的鲜花里穿梭，兴致盎然，无须言说。花儿有色彩形状馨香的差异，蜂儿也兜转这目不暇接之美丽，彼此都是一种匆匆的相识加上匆匆的别离。

　　然而，也有这样一只蜜蜂，在百媚千红里只选一种，在自己的钟情里坚持。艳丽，是一种香艳的涂饰，剥夺了视觉安静的权利，时间久了就沦为没有品位的招摇。钟情的蜜蜂不会在这里停留，它的选择，在视线的暗色调里，那优雅的绽放让它无法拒绝。有时候，情缘真的是修行来的运气，也许，这只蜜蜂的修行尚浅，那优雅的绽放只在别人的视线里呈出柔情。

　　同是天涯沦落，偏在此处相逢。无须跨越隔绝，心与心的交流在沉默里进行，互诉的衷肠也无须掩饰，直达最深处的灵魂。既然已经过了花开的时光，就无须固执地停留，伤心也不必让生命从此失色。蜜蜂儿在季节的尾巴上表示了释怀。

　　我也要重新翻读我的情感，坦然面对一切的缘来缘散，就在痴心的昨天，该做的努力我已做过，明明感觉着两颗心在使劲地

173

靠拢去温暖彼此，可这温暖如那罂粟花曼妙妖娆，让人迷失。努力就在这迷失里乱了方向，再也走不出心墙，再也不知爱恋如何继续，靠近却在远离，远离渐渐造成隔膜，直至某天才恍然大悟，我们再也回不到从前，回不到彼此的生活，于是，再也找不到坚持的理由，不得不含泪说再见。

　　是什么让一份情由浓变成了淡，是谁在醉酒间将鸳鸯谱乱点破坏了这份姻缘，让它成了永久的遗憾？一条路走到了尽头，该怨恨世事的无常还是该感谢这份残缺成就了另一种完美？在你们同行的时间里，我无语独倚西楼。

其十三

至诚皈命喇嘛前，
大道明明为我宣，
无奈此心狂未歇，
归来仍到那人边。

那年，我还是副俗人的模样。我转过弯在那片格桑花海里撞见你。那时你仰起头迎着太阳，乌色的发辫酥油一样亮，眼波是圣洁雪山的光芒。你浅浅笑着，问我的去路。我只说我去寻喇嘛的宫殿，可现在，我只想住进你的心里。

我住进了喇嘛的宫殿，我住进了你的心里，可这宫殿沉沉的夜色黯淡了你明亮的眼，佛前长明的酥油灯再也无法胜过你那浅浅一笑的光明。

佛必在我心底，而你便是佛的样子。我再不见神台上佛的慈悲，却只看见你日日等待的无奈与凄凄的哀伤。我可以走出这高高的殿墙，与你在俗世的烟火中穿行；我定然要走出这高高的殿墙，与你在俗世的嘈杂中相伴。

你便是我心中的宫殿，你是我佛心的去处。

手中的经筒不知何时停下，我睁开眼，低垂。我抬头见镜中的自己，容颜沉静，一副大德模样。夜色降下，那镜中的喇嘛只剩隐隐的轮廓，而窗外圣洁的、亮亮的雪山刺伤了我的眼。

据说这情诗是仓央嘉措的悲愤之作。那年仓央嘉措夜出与情人会面，却不巧被宫中喇嘛发现，于是布达拉宫便派人处死了他的情人，还将他禁锢。从此以后，仓央嘉措心中的佛便被他深埋入心底，悲愤之下写就此诗。

　　仓央嘉措被认定为五世喇嘛的转世灵童，天资聪颖，才情卓越。师从名门的他成为一代圣贤智者本非难事，然而许多年后，人们关于他的记忆关键字更多的是"才"与"情"。作为修持佛法之人，仓央嘉措的情诗却能比任何红尘俗世的抒情更加打动人心。他的诗就如同藏族同胞的性格质朴深沉，情感纯粹直白。也许正是这种最质朴的直白，才能使每个人都产生心底的共鸣。

　　这首情诗用最简练的词语写就了他对情人最深切的思恋。仓央嘉措的家乡门隅本就是个情歌之乡，男欢女爱对儿时的他而言早已不是那样神秘。带着年少澎湃的热恋进入单调枯燥的寺院，对一个血气方刚的少年而言实是一件残忍之事。这也许正是他的诗能打动人心的另一层原因。他总是以一个"人"的身份在表达自己的情感，而不是一个"佛"，因此，哪怕作为藏传佛教密宗的至尊，他也可以如此毫不犹豫、如此无畏地告诉全世界："哪怕我时时修炼的是佛法，哪怕我的情人从未被我放在口中吟诵，但时时在心底的却是情人，不是佛。"

其十四

静时修止动修观，
历历情人挂眼前，
肯把此心移学道，
即生成佛有何难。

我静修止动修观，但这本尊菩萨却迟迟不显，反是那情人之貌日日浮现。我已成佛，只是这修得的正果是你。我是万般的无奈。我念念不忘的心总得有个去处，眼前即有一个，那便是入定修观，可偏偏就是这样的修持也无法将我从思念里拯救。此时的我更愿意真正成为灵台上那双目低垂无生无灭的佛，也许只有这样，我才穿得过那思念的网。我若未遇见你，只管我那日复一日年复一年的修行，那我也便洒脱，肉身成佛，可偏偏我又遇着你。

不论你信与不信藏传佛教传奇的僧侣轮回之说，你都可以将仓央嘉措视作大德之佛的化身。他的不俗除了指他的才情外，更在于他竟能不受名利所累，看透世间名利纷扰，追求心灵之至上乐境。他的多情之苦练就了他的佛心，而佛成正果又何尝不是经历了世间肉身之苦而终入大乘之境？这相思之苦，最是无奈纠结。

我们读着仓央嘉措的诗，有时不得不想，他也许真是那个普度众生的菩萨，以情爱之身，普情爱之说，度万千情爱之人，于是，仓央嘉措的情爱便超越了小儿女的痴情，功德无量了。

但或许我们还是想得太多。他的确只是个修佛的凡人。他爱上了一个人，就如同我们爱上了一个人一样，会日日思念，时时牵挂。他所表达的感情其实是如此生活化。有哪个人爱着一个人却思之不得的时候不会辗转反侧呢？这样的境况下，你难道没有烦恼的时候，恨恨想着"我就是要忘记你，再也不想"或者"要是我用这想你的心工作，不知能干出什么大事业来呢"？但你不是要真的忘记，就好像仓央嘉措并不是真的在意用念念不忘的心修炼是否能得成正果一样，只是这万般的无奈化成的情苦教人如何释怀？还不如当初没有遇见你，就算遇见你还不如跟你只是淡淡来淡淡往，不熟最好，这样也不会害得我如今这般相思萦绕。

藏族同胞们常说："莫怪活佛仓央嘉措风流浪荡。他想要的，和凡人没什么两样。"是啊，他转山转水转佛塔，转了一世又一世，仅仅是为了那个梦里的姑娘，佛只是他思念的依托，如那万千藏族信众叩出的一路长头为的是平安和乐一样。但既是如此，命运又为什么给他这样的安排，让他成为一个活佛？既然那家乡美丽的格桑花海、母亲温柔的抚摸，还有那情人明媚的笑都注定非他所有，命运又为什么给他这样的安排，让他体会这俗世多彩？佛爱世人却容不得他爱一个凡女……情缘佛缘，他明明有取舍，却为什么挣不开，解不脱，这般纠缠？

手写瑶笺被雨淋，
模糊点画费探寻，
纵然灭却书中字，
难灭情人一片心。

　　更杯换盏，几度春秋，在人生深处，无语凝眸。西天外，暮色苍茫，梦中人儿，回首来时的方向。也曾捎去锦书，笔墨在岁月里模糊，记忆却永刻心间。

　　在没有触及爱情时，爱情被想象成情书的往来，眉目深情的流转，满满的甜蜜说也说不完。也听说，指尖的温柔像是天空闪了电，惶惑的神儿让人愿意放弃所有来换取一个天长地久。彼时的爱情像挂在天边的月亮，是一个用来仰视的珍品，圣洁、光亮。

　　后来，在我毫无准备的情况下，你渗入到我的心里，那是一个渐变的过程。对你，我的心像是在饮了一口慢性的毒酒，欲醉欲仙时，却彻底沦陷。此时，我已不再想象爱情的味道，它像熟透的庄稼的气息，自然地从内到外散发，裹着太阳的味道。只敢在那低垂的头颅里，让人舒心。

　　可是，随着年龄的增长，我们的责任和义务也在增长，我们无法停留在原处享受耳鬓厮磨。周围的人，都在说着现实的问题，吃喝住行都需要人的努力才可以得到满足。虽然有千般不甘万般不舍，我们也得面对这一现实，这也是让我们的爱在现实里沉淀的最好方式。于是，我们不得不放弃你侬我侬的相依相偎，你必须做出行动，也就是暂时远离，去打造一片我们的天地。更重要的是，你说世事的烦扰必须处理好，才可以给彼此带来安宁。

虽然这一切的到来有了很长时间的酝酿，但那一天的这个决定，还是让空气突然凝固，人感到了两地相隔的疼痛。"多情自古伤离别"，还没有张开口道别，泪水早已涟涟，饯别的宴席沉重得让人无法呼吸。

从此，鸳鸯两地栖，蝶儿独自飞。万水千山，千山万水，只为一个目标——相聚日里永相伴。从此，锦书频传，相思密递，阅读对方的来信成了生活里唯一的乐趣。看着你书写得深情的小字，心儿稍稍平静了一会儿，可是，泪水却把字迹模糊，真怕它冲去了对你的思念，赶紧去擦拭，才发现模糊的字迹，无法模糊记忆。你的面庞隔着泪光更加清晰，早已成了永久的记忆，已不可能抹去。

有时候，誓言是无须说出来的，说出来的誓言不过证明了说者的不确定，对未来不确定时他才努力地确认自己。没有说出的誓言倒是一种深入到骨子里的坚定，是绝对的一诺千金。

其十六

入定修观法眼开，
乞求三宝降灵台，
观中诸圣何曾见，
不请情人却自来。

世界上最远的距离不是我是飞鸟，你是鱼，我们只能共享顷刻的欢愉，而是我在你面前，纠结着却说不出我爱你。世界上最遥远的距离不是我纠结着说不出我爱你，而是我说出了爱，却触摸不到你。世界上最遥远的距离不是我触摸不到你，而是我能够牵起你的手，却因为心中有太多太多的犹豫，最终只能假装你的芊芊玉手从我手心滑落。世界上最遥远的距离不是我假装把你的手滑落，而是脑海中只有你的倩影却还在骗自己只是不经意把你想起而已。世界上最遥远的距离不是我骗自己不经意想起你的模样，而是我在众人前，你在众人间。世界上最遥远的距离原来就是一个字的距离。

天晴，花开，微风抚慰，鸟语，虫鸣，阳光跳跃，我在经殿，众多喇嘛在我身边，我看着他们的嘴唇一张一合，学着他们的节奏抑扬顿挫，绛红衣裳，金色帽冠，诵经拜佛，一日终了。高高佛院墙，缦缦青纱帐，喇嘛心上，万丈彩虹抵不过一瞬佛光，而我心里却只有莫名的惆怅，惆怅得不到的，惆怅已失去的，惆怅心里、眼里的那个你。

传说那遥远纯净的天山之巅，是痴情香妃的永远故乡；听说那明如镜的青海湖畔，住着笑靥如花的姑娘。人生如此漫长，我甘愿一生一世和身边喇嘛一个模样,四面高墙,诵经烧香。稀朗星空洗去了白昼铅华,却掩饰不住我内心的冥想,新月上的绰约身影不是嫦娥在凭栏远望,那是你的脸庞深深倒映在我心上;点点繁星不是仙后座的星宿,不是指引迷途之人的北极星光,我能看见,那是你的杏眼,仿佛对我说话。原来有一种感情不需要日日夜夜地修行,只惊鸿一瞥,心意乱,斩不断,只身、人群,眼里心里神龛之前多了一个你!

喇嘛是佛的化身,我是佛的转世,而为何喇嘛口中的教义却像诵经殿的佛香一样随着清风在佛殿上空慢慢晕开,散去,又聚集,绘成了你的模样?

依然是仓央嘉措惯用的表现手法,用两句话突出了矛盾的核心,喇嘛常常在身边,可他却不知道他们长什么样,心中的玛吉阿米已经多日不曾相见,她的水莲花一般的笑却终日在脑海中挥之不去。墙角的蜘蛛好像也明白他的心事,用丝线编织她的名字;天边的流云也了解他的心思,片片汇集仿佛她的笑靥。喇嘛在身边,但是玛吉阿米却在心上。

其十七

贝齿微张笑靥开，
双眸闪电座中来，
无端觑看情郎面，
不觉红涡晕两腮。

花灯高悬，众人欢腾，双双对对，人群中心手相连，羡煞许多人。街市中太拥挤，我们才能有秘密。如果你也感叹这一次的擦肩而过是前世的修行，如果你也想要没有伤害、没有遗憾，那就不要轻易留下来，只要相视一笑，便不枉相识一场，就不负真心一片。只在低头一刹那，只在莞尔一笑，不问开始，不问结束，秋波相送，千里咫尺，眼波之间唯有永恒质感。相遇一瞬的颤抖让岁月把它酿成永恒的记忆，分别后的难受让夜风把它吹散在无尽的沙漠，不必问来处也不必问去处，不必说留恋也不必说再见，不必猜想纯白雪莲会在黑夜里初绽还是会在夜里凋零。也许到最后越是渴望见面越发现你我中间隔了许多年。岁月雕刻过的时间，就算在身边又如何？不知你我怎么改变，若是再无力颤抖，谁还记得曾经拥有过相遇的美丽瞬间？朝朝暮暮催疲老，何不做织女牛郎？我做金风，你扮玉露，纵使相逢相知，又岂盼晨钟暮鼓？不管雅鲁藏布江翻涌过多少时间，我们依然是初识的懵懂少年。

只记得那一年我们心手相牵，以为只要有爱就能改变一切，只要有爱就能创造未来，只要有爱就能战胜人间困苦，只要有爱就能历经万世磨难，只要有爱，踏浪逐沙，翻山越岭，万苦千辛尝遍，我们依然能相依相偎。谁不曾有这初恋的真心、坚定、决绝？

这首诗只简单的四句，却道尽了初恋少年的勇敢无畏，一心追求轰轰烈烈的爱的心境。在爱情刚开始的时候，我们都一样认为一个会心的微笑、一个多情的眼神就是爱的信号，我们都一样只想着爱情的甜蜜纯真，一往情深，不去想在这条路上，爱情也许终有转身的那一刻。不经意的凄美转身打翻了盛满希望的酒杯，却换了一杯满溢的愁。

卦箭分明中鹄来，
箭头颠倒落尘埃，
情人一见还成鹄，
心箭如何挽得回？

　　或许，我就是为了爱她而生的，在我还不知何为爱情的年龄里，我对她的爱已经悄悄萌生。那时的我们是天真的孩子，毫无杂质的情意在彼此间流传，但是有一种不舍不知什么时候在我心里被种下。天亮时，我们就相会在清新的旷野里，一整天欢笑着，等到太阳落山时还舍不得回各自的家。那时，我们周围都有很多玩伴，却选择了对方，也许，那时就有一种无法言传的默契预先上演，掀开了我们故事的帷幕。

　　后来，由于某种天降的变换，我被带到了一个遥远的地方。在那里，我再看不到她的欢笑，在每一个日升和日落，独剩我一个人痴痴怀念。分开的那天，我好像看到了她在身后奔跑着追了很远，当视线模糊时她消失在背后。那时，我已知道有一种东西叫作爱情，她那天的泪水让我感到了心疼。于是，我转山转水转佛塔，只为了给她祈福，渴望有一天我们能再相见。

　　有一种别离不能用时间来计算，生与死还有见面的那一天，而我们的重逢却无法预知。我曾以为，人生的美好到此就要告终，强迫自己让心平静下来，去梦里寻找最真的温暖。没想到，那一刻我升起的风马，却守候到了我们的重逢。不敢相信，我仍旧以为相逢在梦中，她却默默无语，转过身去，偷拭腮边泪，心绪难宁。

没有人知道，我们虽留有再会的去处，我的心也早已随她而去，从此再无归期。

这首诗歌，最大的特点莫过于形象的语言修辞，他把自己对情人的爱恋比喻成没有回头的开弓箭，这是诗人毫无保留的爱，是不留回头路的爱。没有对爱的这样坚定的信念，他也不会一见到往日的情人心就跟随她去，也不会那么魂不守舍。

仓央嘉措永远是这样丝毫不掩饰自己对爱情的坚贞，他认为美好的东西，就不会为了世俗的权势利益而丢弃最初的自己，哪怕要他付出悲惨的代价。他永远是用心感知世界的人，他触摸到了生命的本真，在这个世界里他比很多人要走得远，走得深。有一种没法用时间衡量的生命，它的长短是用精神来宣告的。仓央嘉措的名字在今天越来越让人感到温暖，可以说，他的生命长出了时间，在生命的更深处继续存活着。

曲水流觞

李煜词传

问君能有几多愁

启 文 —— 编著

河北出版传媒集团

花山文艺出版社

河北·石家庄

图书在版编目（CIP）数据

曲水流觞.李煜词传：问君能有几多愁/启文编著
.—— 石家庄：花山文艺出版社，2020.8
ISBN 978-7-5511-2839-1

Ⅰ.①曲… Ⅱ.①启… Ⅲ.①李煜（937-978）—传
记②李煜— 937-978 —词（文学）—诗歌欣赏 Ⅳ.
① K827=432 ② I207.23

中国版本图书馆 CIP 数据核字 (2020) 第 149353 号

书　　名：**曲水流觞**
　　　　　QUSHUI LIUSHANG
分 册 名：李煜词传　问君能有几多愁
　　　　　LI YU CIZHUAN　　WEN JUN NENG YOU JIDUO CHOU
编　　著：启　文
责任编辑：郝卫国
责任校对：董　舸
封面设计：青蓝工作室
美术编辑：胡彤亮
出版发行：花山文艺出版社（邮政编码：050061）
　　　　　（河北省石家庄市友谊北大街 330 号）
销售热线：0311-88643221/29/31/32/26
传　　真：0311-88643225
印　　刷：三河市嵩川印刷有限公司
经　　销：新华书店
开　　本：870 毫米 ×1220 毫米　1/32
印　　张：24
字　　数：550 千字
版　　次：2020 年 8 月第 1 版
　　　　　2020 年 8 月第 1 次印刷
书　　号：ISBN 978-7-5511-2839-1
定　　价：119.00 元（全 4 册）

前言

　　李煜（937—978），字重光，初名从嘉，号钟隐、莲峰居士。南唐中主李璟第六子，于宋建隆二年（961年）继位。开宝八年，国破降宋，俘至汴京，被封为右千牛卫上将军、违命侯。太平兴国三年（978年）七月七日，经历了亡国之君的囚徒生涯后，李煜死于汴京，世称南唐后主、李后主。

　　李煜精书法、工绘画、通音律，诗和文均有一定造诣，尤以词的成就最高。李煜的词，继承了晚唐以来温庭筠、韦庄等花间派词人的传统，又受李璟、冯延巳等的影响，亡国后词作更是题材广泛，含意深刻，在晚唐五代词中别树一帜，对后世词坛影响深远。李煜因此被赞为"一代词宗"。

　　从南唐后主到违命侯，再到一代词宗，生命赋予了李煜独特的轨迹，他的词也随之呈现出不同的色彩。早期的李煜，雕栏玉砌，锦衣玉食，所以"寻春须事先春早"，有及时行乐的情怀；"踏马蹄清夜月"，有大周后缱绻相随；"刬袜步香阶，手提金缕鞋"，有小周后画堂幽会；有美人"烂嚼红茸，笑向檀郎唾"的香艳风情，又有"凤阁龙楼连霄汉，玉树琼枝作烟萝"的奢华享受。他用华美温婉的文字，咏出一首宫廷欢乐颂，诉说着未经事的贵族青年那些英雄气短、儿女情长的细腻心思。随着南唐江河日下，他饱尝兄弟分离之苦，开始生出"离恨恰如春草"的不绝愁绪；国破辞庙的悲剧，令他的视野越过浮华奢靡的宫廷生活，有了"四十年来家国，三千里地山河"的开阔。从王到囚，从九五至尊到西楼独客，此时他的诗词里，更多的是追怀故国与往事，如《虞美人》："春花秋月何时了，往事知多少。小楼昨夜又东风，故国不堪回首月明中。"如《子夜歌》："故国梦成归，觉来双泪垂。"最后，那句"问君能有几多愁？恰似一江春水向东流"更是在无限的叹息中透露出无法抑制的心殇与无可奈何，也成了断送他性命的导火索。

千年之后，繁华落尽，只余他的诗词，绽放着独有的美丽。现在，就让我们以词为媒，去探寻被历史尘封的过往，感受君王之命、词人之愁、情种之痴。

目录

第一章

天教心愿与身违

红日已高三丈透 / 2

万顷波中得自由 / 9

所思远在别离中 / 17

待月池台空逝水 / 23

看花莫待花枝老 / 29

第二章

谁在秋千笑里语

笑向檀郎唾红茸 / 36

笙箫吹断水云间 / 44

偶缘犹未忘多情 / 51

盈盈相看无限情 / 58

桃柳依依春暗度 / 65

人间没个安排处 / 72

柳枝不是无情物 / 80

第三章

南柯一梦诉离殇

绿窗冷静芳音断 / 88

梦回芳草思依依 / 95

离恨恰如春草生 / 100

寒雁高飞人未还 / 106

第四章

故国梦觉双泪垂

樱桃落处子规啼 / 113

明月斜侵独倚楼 / 120

最是仓皇辞庙日 / 126

如今识尽愁滋味 / 133

目录

第五章

流水落花春去也

醉乡路稳宜频到 / 140

千里江山寒色远 / 146

春光镇在人空老 / 153

朝来寒雨晚来风 / 159

梦里不知身是客 / 165

终日且盼故人来 / 172

一江春水向东流 / 179

第一章

天教心愿与身违

红日已高三丈透

红日已高三丈透，金炉次第添香兽。
红锦地衣随步皱。
佳人舞点金钗溜，酒恶时拈花蕊嗅。
别殿遥闻箫鼓奏。

——《浣溪沙》

红日金炉，玉楼碧阙，佳人美酒，无不透露出李煜帝王生活的各种痕迹。或浓或淡，或深或浅，皆是些缠绵缱绻、显贵荣华的风景。这枕温柔乡，这片富贵地，曾摄过才子的魂魄，缠过词人的心田，再以后遭遇国破家亡，帝王仓皇辞庙，甚至沦为赵氏兄弟的囚徒，千般万般，皆由此起。

很多人说，承袭帝位非李煜所愿。由是出发，无数拥趸以"天教心愿与身违"诉说着李煜生于帝王家的无奈，认为登基为帝的荣耀一刻，是才子悲剧命运的源头。倘若他只是个寻常人家的公子，风流如他、才情如他，那一双眼睛定然像微风拂过的湖面，时而荡漾起一抹碧水的青光，时而暗淡出一片夜空的清寂。这样的男子，世人皆盼着他能有个快活且圆满的人生。

心有愿，但天不遂。历史与命运，屡屡与人们的愿景开些吊诡的玩笑，便让词客坐了皇位，又让君主成了俘虏。

清朝的皇帝爱新觉罗·福临，便是被这命运玩弄的棋子之一。顺治帝六岁登基，十四岁亲政，仅这两个数字，已足够让人刮目相看。据正史记载，这位少年天子崩于天花，英年早逝。然而诸多野史，都称他后来看破红尘、厌倦宫闱，最终在五台山出家。

和这桩不见于正史的奇闻一起流传民间的，还有一首《归山词》，其中有这么几句自白：

黄袍换得紫袈裟，只为当年一念差，我本西方一衲子，为何生在帝王家？

十八年来不自由，南征北讨几时休？我今撒手西方去，不管千秋与万秋！

相传此诗见于五台山善财洞上院正殿的山墙上。康熙帝命人拓印，带回京城请孝庄太皇太后鉴别。这位在宫廷斗争的血雨腥风中鲜少落泪的老妪红了眼圈，颤巍巍地点头，认定笔迹确实出自她那抛却万里江山的儿子。

《归山词》是否是顺治亲作，历来争论不止。然二百余言，字字句句说的都是同一宗遗憾：事与愿违。

后人多说，继承大统与顺治的心愿相违，也和李煜的心志相悖。他们隔着千年的凄风苦雨，却都成了被皇权羁缚的可怜俘虏。

公元 961 年，二十五岁的李煜子承父业，成为南唐的统治者。因为兵败，当时的南唐已取消帝号，沦为后周的附庸。李煜继位不久，即向代周建宋的赵匡胤大量纳贡，并亲笔写了封言辞谦卑的表文，表示愿意恪守臣道。若观时局，李煜这番举动或可称是不能不为；倘论骨气，则是人未举步但膝骨已弯。

这首词就作于李煜登基后，南唐亡国前。先读《归山词》，再吟《浣溪沙》，猛然惊觉，或许，自作多情的后人，大多误读了李煜。多情如他，即使亡国后，也未像顺治这般发出过"为何生在帝王家"的感慨。

这位南唐君王的生活，自有一番绮丽光景。

红日升，已有三丈之高。大殿里，太监和宫女们忙着朝金炉里添加炭火。侍者往来不绝，连地上的红毯都被踏出了褶皱。善舞的美丽宫人，随着舞曲翩飞似蝶，跳到用情处，束发的金钗沿着光滑的青丝坠落。

或是因那缭绕不去的香气，或是因宫人曼妙的舞姿，或是因舞者那柔顺乌黑的长发，或者只是因为美酒，置身其中的李煜有了些许醉意。他随手摘下一朵鲜花，希望能借此醒酒。恰在此时，其他宫殿里的音乐缥缈传来，先入君王耳，再绕君王心。

宋代的陈善在《扪虱新话》中有言："帝王文章，自有一股富贵气象。"李煜词中这一番尊荣至极，又怎"富贵"二字了得？

炉是黄金铸成，虽然贵重，却不及用炭之讲究。香兽这种用炭，并非寻常人能用。最初使用香兽为炭的是晋朝羊琇。据《晋书·羊琇传》记载："琇性奢侈，费用无复齐限，而屑炭和作兽形以温酒。洛下豪贵咸竞效之。"李煜学不来羊琇的智勇，已是可悲，又竭力效其奢侈，更加可叹。

红日高过三丈，皇帝没有批阅奏章，也没有接见大臣，更未思索国家命运百姓祸福，反而沉醉在歌舞美酒中，日日以谱新曲、做新词、制新舞为乐，实在让人忍不住怨之恼之。

若非一国之君，李煜自然无法把风流才子的奢华迷梦变成现实。宋代李颀在《古今诗话》说："诗源于心，贫富愁乐，皆系其情。"此语可视为《浣溪沙》一词的注脚——做着太平天子的李煜，有着由衷的快乐和满足。

他曾沉醉于那温柔乡、富贵地，待到想从中抽身而出时，则是怕那温柔乡终会成为英雄冢。乱世出英雄，当赵匡胤厉兵秣马准备一统天下时，不识干戈的李煜有成为英雄的机遇，却没有成为英雄的雄心。他早已在醉舞狂欢、夜夜笙歌的欢愉中大醉，在金炉红毯的奢华中迷失。

和他一同迷失的，还有整个南唐朝廷。

《资治通鉴》有言曰："吴王好剑客，百姓多疮瘢；楚王好细腰，宫中多饿死。"这说的是上行下效之害。可惜李煜早生了些年头，无缘得见司马光对君主的劝谏。正因"上有所好，下必甚焉"，整个南唐朝廷被诗词和歌舞笼罩，文人无谋，武士无志，表面繁华至极，背后隐忧重重。

故而，小小南唐的旖旎宫廷，算不得是英雄冢。

在那些歌舞升平的年华里，李煜对皇位甘之如饴。他贪恋这个至高无上的位置带来的诸多特权，并选择对帝王的责任视而不见。有史书评价他："性骄侈，好声色，又喜浮图，为高谈，不恤政事。"

才子李煜掌舵南唐，或许是他的不幸。然与之相比，南唐子民却更加不幸。当他在大好晨光里逗弄佳人、拈花听鼓的时候，赵氏的兵卒已磨刀霍霍。

有人或许要为李煜辩解：不恤政事不上早朝，李煜并非第一个，也不是最后一个。只要向前追溯二百年，唐玄宗有过之而无不及。诗人白居易的一首《长恨歌》，揭了这位帝王的短：

> 云鬓花颜金步摇，芙蓉帐暖度春宵。
>
> 春宵苦短日高起，从此君王不早朝。

唐玄宗和杨贵妃的故事，早已烂熟。李隆基与李煜这两位君王，同样"不早朝"，同样夜以继日沉溺于政务之外，同样，为此付出了惨痛的代价。

安史之乱起，六军不发，唐玄宗眼睁睁地看着宠妃"宛转蛾眉马前死"，却"掩面救不得"，只落得"此恨绵绵无绝期"。爱情支离破碎，盛唐也随之一并成了说书人嘴里的往事。

帝国在玄宗手中由盛转衰，相较而言，李煜则失去的更多。当他手擎白幡向宋军投降时，不仅失去了"三千里地山河"和深爱的女人，还有为君的尊严、为人的自由。

历史不止一次证明，不管是因为女人，还是因为其他和朝政无关的兴趣，但凡荒废政务者，大多会被历史荒废，成为一卷史书中灰暗的一笔。

后人说唐玄宗是被女人所误，其实，这位"开元盛世"的开创者，只不过是把自己从"应做"之事中解脱出来，放纵任性地投入到"想做"的事情里。他是被放纵吞噬的。

李煜则与他不同。享乐是人之天性，而奋发图强则需后天磨砺。李煜被极具文人气质的父亲教育长大，在他为一首词的韵脚紧锁眉头时，没有人教过他怎样去做好一个皇帝。他是被无知戕害的。

他懵懂无知地过着他理想的生活。这种红日升而不起、佳人舞而心醉的日子，被斥为奢靡无度，或许能够和杜甫诗中"朱门酒肉臭，路有冻死骨"两相对照，成为极乐与地狱的范本。然而，很多人像明代文学家杨升庵一样，一面疾言厉色地"讥其忕富贵耶"，一面又赞其词章豪华妍丽，甚至引为"绝唱"。

帝王的狂欢不是一日，也不是一夜，而是夜以继日；宫殿里的宴乐，不在一处，而在多处，甚至，整个宫廷都迷失在了萧鼓齐奏的歌舞升平里。词里前后呼应，帝王生活之放纵无度，可见一斑。

日头是红灿灿的，兽炭是带着熏香的，萧鼓一曲曲，荡漾了心神，美酒一樽樽，已染醉了灵魂。李煜眼中的宫廷生活，说得文雅些，恰似一桌色美香浓味鲜的珍馐美馔。先哲们说尽了"治大国如烹小鲜"的道理，可叹李煜却不懂。

值此美景，面对佳人，耳闻仙乐，不沉醉，难，抽身而退，更难。

难怪李煜醉了。

万顷波中得自由

其一

浪花有意千重雪，桃李无言一队春。

一壶酒，一竿身，世上如侬有几人？

其二

一棹春风一叶舟，一纶茧缕一轻钩。

花满渚，酒满瓯，万顷波中得自由。

——《渔父》（两首）

　　家在内陆，少时没见过江河湖海的人，无从了解靠水为生的渔人过的日子。初读宋朝范仲淹的古诗《江上渔者》，便沉浸在诗人对渔夫驾一叶小舟，"出没风波里"的无限悲悯中。

　　多年以后读到海明威的《老人与海》，突又迸发对渔者新的认知，同情瞬间化作敬仰。那个老人"独自在湾流中一条小船上钓鱼"，但是，他已经连续八十四天一无所获。第八十五天，他钓到一条巨大的马林鱼。这本是一件值得欢呼雀跃的事情，但他没能顺利把鱼拖上船，反而被鱼拖着在波涛汹涌的海上漂泊了三天三夜。历经殊死搏斗，老渔夫终于杀死猎物，并把马林鱼绑在小船上。此时庆祝，依然为时尚早。归途中，小船遭遇鲨鱼，筋疲力尽的老人被迫继续战斗，死里逃生后，小船后绑着的马林鱼只剩下头尾和脊骨。

这位历经生死最终安全返航的老渔夫，以不屈的硬汉形象让无数后人折服。那条于碧波万顷中乘风破浪的小船，承载的不仅是生计，还有敢于抗争的灵魂。

李煜曾作两首《渔父》词，表达了对渔者生活的向往。但能料想，他既不会想做个如范公诗中在惊涛骇浪里以性命博温饱的渔人，也不会像海明威笔下那位老者，拥有与一切磨难抗争的勇气。

最著名的渔父形象，来自于屈原的《楚辞》。屈原被放逐后，"游于江潭，行吟泽畔，颜色憔悴，形容枯槁"，这时他偶遇渔父。两人相谈投机，屈原抒发了"举世皆浊我独清，众人皆醉我独醒"的悲愤，渔父则以"沧浪之水清兮，可以濯吾缨；沧浪之水浊兮，可以濯吾足"点醒屈原。

时至今日，后人仍折服于屈原的风骨。随着这篇《渔父》的广为流传，渔父的形象也深入人心，从点人悟道的神仙，逐渐演变成隐逸超脱、淡泊名利的象征。以至于后人再描写渔人生活时，常忽略其浪里穿行的凶险，避谈其生活困窘的尴尬，而是极度渲染其垂钓江上的雅趣。这类作品，当以柳宗元《江雪》中塑造的"孤舟蓑笠翁，独钓寒江雪"的形象为典范。另外，元代胡绍开的散曲《沉醉东风》里的描写也颇为生动：

> 渔得鱼心满愿足，樵得樵眼笑眉舒。一个罢了钓竿，一个收了斤斧，林泉下偶然相遇。是两个不识字渔樵士大夫，他两个笑加加的谈今论古。

同样是一叶扁舟、一片汪洋、一名渔夫，几经历史迁延，渔夫之意已不在鱼。渔夫不再有谋生之苦，在过惯了舒服日子的李煜笔下，渔人更是悠闲自在。

因词人的多情，"浪花"和"桃李"也成了有情之物。"浪花有意千重雪，桃李无言一队春"，这是景语，也是情语。江南的熏风搅扰着平静的海面，海浪翻卷出水做的花簇，轻轻撞击着渔人的小船，溅起星星点点的水雾，落在船上渔人的脖颈里，清凉得令人神清气爽。

渔人驾着小船顺风顺水而下。两岸边，桃花夭夭，李花点点，都随着船的行进飞快后退。不需遗憾，因为前方仍有桃李列队相迎。不论是船下的大海，还是两岸的花海，皆浩浩荡荡，不见尽头。

风景已令人沉醉，渔者生活的惬意更令人向往，让人恨不得放下一切俗事，将自己放逐水波之上，只需浊酒一壶，钓竿一柄，从此后，春风秋月、凡尘闹市，都付笑谈中。连渔人自己都感叹：俗世里，像我这样快活的人，能有几个！

李煜笔下这种超脱尘世外的快乐，很多人都可与之共鸣。比如宋人朱敦儒，他长期隐居，不肯应诏出仕，先后写过六首《渔父》词，歌咏其隐居期间的闲适生活，仅其中"摇首出红尘"一句，即可见超脱尘世的豁达与潇洒。便是东篱采菊、眺望南山的陶渊明，所做之事虽不同于渔夫，但情趣志向却殊途同归——他们追求的，不过"自由"二字。李煜在另一首《渔父》词中，以"万顷波中得自由"一句，直言对自由的向往。

一叶扁舟泛五湖，如李煜一样把自由寄托在万顷碧波的人古来有之，然而，真正能如愿以偿的，却没有几人。昔日范蠡辞官泛五湖，是为了避免"狡兔死，走狗烹；飞鸟尽，良弓藏"的下场；柳宗元"独钓寒江雪"是因为仕途不遇；赵孟頫"盟鸥鹭，傲王侯，管甚鲈鱼不上钩"，不经意流露的，是愤世嫉俗的情绪。

文人多受儒家"达则兼济天下，穷则独善其身"思想的影响，鲜有人天生向往红尘之外。他们立志渔隐，大多是半缘心性半缘现实。

譬如范仲淹，便是其中一例。他在岳阳楼上，面对着"衔远山，吞长江，浩浩汤汤，横无际涯"的洞庭湖，想象着春风和煦的夜晚"渔歌互答"的情景，颇有出世风姿。风景如此超凡脱俗，置身其中的人却还是发出了"居庙堂之高则忧其民，处江湖之远则忧其君"的感叹，并称之乃"古仁人之心"——那些极力歌咏渔隐生活的人，是否都像范公，表面上"把酒临风，其喜洋洋者矣"，内心却只把万顷水面当作自己郁郁灵魂的放逐之地。

李煜当然不是真想做"渔夫"，他甚至不像那些身在江中心忧百姓的"古仁人"，满心家国之念。他写这两首词，意在高调表示归隐之心。

然而，归隐本不是应该大声宣扬的事情，但李煜被现实逼迫得无可奈何，不得不如此。据史书记载，李煜"为人仁孝，善属文，工书画，而丰额骈齿，一目重瞳子"。重瞳，即一只眼睛里有两个瞳孔。在李煜之前，目有"重瞳"者只有仓颉、舜、重耳、项羽四人，或成帝王或为圣人，最不济的项羽也是一方霸主，可与刘邦争雄。本为吉相，却会给他招致无穷祸患，因为李煜有一位"为人猜忌严刻"的兄长李弘冀。

相较其他兄弟，李弘冀刚毅勇猛，虽是储君，但并不讨父亲李璟的喜爱。李煜本是李璟第六子，但因四位兄长早逝，待他成年时，已是实际上的次子。皇位争夺历来惨烈。重瞳面容，加上次子身份，李煜自然而然地被李弘冀视为登基路上的障碍。此前，为了扫清障碍，李弘冀已经毒死了叔叔李景遂。

对这一切，李煜心知肚明。他本对皇权没有太多期待，但却莫名地置身于权力争斗中不能脱身。他尽量避免参与政事，还一再高调表明心迹，"钟山隐士""钟峰隐者""莲峰居士""钟峰白莲居士"，都是李煜为自己取的名号。这两首《渔父》词，也意在表明同样的心迹。

对《渔父》述志之说，王国维先生提出过质疑。他认为词作"笔意凡近"，可能并非出自李煜之手。但《全唐诗·南唐诸人诗》《近代名画补遗》《宣和画谱》等典籍都有记载，称是李煜把这两首词题在了宫廷画师卫贤绘制的《春江钓叟图》上。

王国维"凡近"之评，当是针对遣词，尤其"一棹春风一叶舟，一纶茧缕一轻钩"中四个"一"字，民歌痕迹浓重。语言虽然凡近，贵在造意不凡，把一腔洒脱的隐士情怀抒发得淋漓尽致。

"清水出芙蓉，天然去雕饰"是不同于"粉妆玉砌"的另一种美，在诗词意境上，前者往往更难实现。清代纪晓岚曾有一首《钓鱼》，也像李煜的词一样，有一种素颜朝天的美。

一篙一橹一渔舟，一个渔翁一钓钩。
一拍一呼还一笑，一人独占一江秋。

一人独占一江秋，好个渔人，好种境界！若抛却创作背景再读李煜之作，其笔下的渔人，大有一人一棹一舟，独占一江春色的洒脱！但是，李煜终究未能享受这份闲情逸致，他于江上垂钓，求的不是鱼。

史上另有垂钓者，饵食下水，却不为钓鱼。他们便是姜太公和严子陵。

姜太公渐近古稀时，用直钩在磻溪垂钓，钓到了他的伯乐周文王，得以大展宏图，留下"姜太公钓鱼——愿者上钩"的千古佳话。严子陵是汉光武帝刘秀的同窗，两人幼年交好。刘秀登基后，多次请严子陵入朝为官，但严子陵隐居山水，垂钓终老，后人赞道："云山苍苍，江水泱泱。先生之风，山高水长。"

之所以提及两位古人，实是因为这一枚钓钩上的因缘际会，让人无法看透。

姜子牙垂钓，求的是机遇，种种举动，都是有意为之。李煜后来也得到了一个机会，他寄情山水以求自保，免遭李弘冀迫害。然李弘冀不幸病亡，李煜意外地被立为储君，然后君临南唐，最终又亡国被俘。幸与不幸，谁也说不清。于他而言，这一切都是无心插柳的结果。

严子陵垂钓，求的是名，不过他是无意为之，便留下了高风亮节的美誉。李煜殚精竭虑，也是求名，一个"无所为，不作为"的恶名，以求在李弘冀的戒心中全身而退。事实上，最后他不退反进，以至于到达了自己无法掌控的地方。于是，泛舟湖上，只是一场秀而已，哪有真正的自由！

自由，要么抗争而得，要么彻悟而得。但包括李煜在内的诸多文人，大多徘徊于两者之间，隐逸之乐，不过是他们镜花水月般的念想。

所思远在别离中

冉冉秋光留不住，满阶红叶暮。

又是过重阳，台榭登临处，茱

萸香坠。

紫菊气，飘庭户，晚烟笼细雨。

嗯嗯新雁咽寒声，愁恨年年长

相似。

——《谢新恩》

李从善是李煜一母同胞的弟弟，为人很有些度量，尤其喜欢武功，与终日流连诗词歌舞的李煜不同，他很想有一番作为。昔日太子李弘冀为人好猜忌，李从善只好按捺着觊觎皇位的野心。

李弘冀病故后，在世的众皇子中李煜年龄最长。按照储君"立长"的传统，当时还叫李从嘉的李煜成为东宫新主的人选，颇受李璟青睐。李从善不甘，其拥护者纷纷开始活动，大臣钟谟甚至直接上书，批评李煜"器轻志放，无人君度"，向李璟推荐李从善。但李璟决心已定，于是将钟谟贬官，立李煜为太子。李从善仍未死心，直到李璟去世后李煜继位前，他还偷偷打听遗诏的内容。

李从善之心，可谓昭然。

为夺皇位，秦有二世矫诏杀害兄长，唐有玄武门兄弟相残，宋有烛光斧影之说，及至清代康熙朝，更有九王夺嫡的伦常悲剧。皇位未定时你争我夺，登上皇位后要巩固皇权，同为"天家血脉"的兄弟首当其冲，就成了必须要防范的人。权势诱惑下，手足之情往往不堪一击，甚至连父子伦常都脆弱得令人心惊。楚穆王、隋炀帝弑父夺位的丑行遗臭万年，而叛乱不成反被诛杀的皇子也不在少数。最是无情帝王家，夫妻缘、父子情、兄弟义，世上最亲密的亲情，在这里都变得淡漠。

但李煜却显得有些例外。天生仁厚的他，并未想过和兄弟们争夺皇位，昔日在太子李弘冀步步紧逼下，他选择寄情书画与山水，不愿和兄长发生冲突。后来李从善诸多行为已逾越了臣子本分，即便有人揭发，李煜也没有放在心上，还封李从善为韩王，后改为郑王，一直恩遇有加。

在几个弟弟面前，李煜并不喜欢扮起君王的角色，他更像一位慈爱的兄长。李从善入宋不归，让他万分惦念。

南唐在北宋的虎视眈眈中挣扎喘息，李煜也少了玩乐的兴致，连教坊内的歌舞也停了数日。见李煜终日闷闷不乐，大臣们联名上奏，请求罢朝一日，登高赏菊，吟咏助兴。春日寻花、秋日赏菊，本是李煜热衷的活动，但这一天，偏偏是重阳佳节。

关于重阳节的记载，最早见于曹丕的《九日与钟繇书》："岁往月来，忽复九月九日。九为阳数，而日月并应，俗嘉其名，以为宜于长久，故以享宴高会。"九月九日最初是大宴宾朋、亲戚相会的日子，人们多在这一天赏菊饮酒，魏晋后逐渐成为习俗。到了唐代，重阳日才成为正式的节日，举家团圆，登高、赏菊、插茱萸等民俗盛行。

但凡此类节日，游子心中都会多三分酸楚。把这种感情表达得最酣畅淋漓的，当属唐代王维，一首《九月九日忆山东兄弟》把"独在异乡为异客，每逢佳节倍思亲"的游子心境刻画得入木三分。

漂泊在外的游子思念家乡亲人，家中人对行客何尝不是牵肠挂肚。每逢佳节倍思亲，对独自客居汴京的李从善，李煜十分牵挂；想必独在异乡的李从善，也会想起金陵城里的亲人。

同样的思念，不一样的心情。思念来袭时，李煜和李从善都觉痛苦，但李煜身边有小周后软语温存，有其他兄弟相伴左右，还有朝臣争相劝慰，李从善却是孤零零身处虎狼之地，连心事也无人倾诉。百感交集下，李煜曾写下一篇《却登高赋》：

怆家艰之如毁，萦离绪之郁陶，陟彼冈兮企予足，望复关兮睇予目，原有鸰兮相从飞，嗟予季兮不来归。空苍苍兮风凄凄，心踟蹰兮泪涟洏。无一欢之可作，有万绪以缠悲，於戏噫嘻，尔之告我，曾非所宜。

赋中情状，令人动容：国家时局艰难，任凭我望断天涯路，昔日相伴左右的七弟也不能归来。南唐终日冷风凄凄，我终日以泪洗面。心绪被万千愁丝缠绕，对所有事都失了兴致，无法高兴起来。大臣们劝我登高寻乐，恐怕这并非忘忧之策吧！

往年都登高，今年怯登高。李煜在这个被哀愁笼罩的秋日登上高山，眼前是无边秋色，心里是万千惆怅。这个重阳日，委实难挨。

自古逢秋悲寂寥，李煜眼中的秋光虽不是寂寥一片，但在红叶落满台阶时，一种无计挽留时光的无力感，还是撞击着他柔软的心。如果可以，他希望时光能停留在少年时，与兄弟饮酒作词、对弈赏花，或者停留在往年重阳日，与李从善登高时。然而台榭登临处，没有李从善，只有他。茱萸香囊散发出阵阵幽香，芬芳和寂寞围绕着这留不住的冉冉秋光。按照民间传说，茱萸可以辟邪，助人消灾减难。李煜心中惦念着，远离了故国，不知是否有人为李从善备下茱萸。

初时怕登高，登上峰峦后又沉浸在了对旧日时光的怀念里。眼看天色已暮，应该回还，天空开始飘落细雨。江南的九月，雨水裹来凉寒，但李煜却不想归去。他的目光停留在不远处的几丛金菊上，想象着菊香随风飘入金陵千家万户，却飘不到李从善在汴京的居所。直到雁声惊起，他的思绪才被拉回。雁本是传情之物，词人的目光追随雁去，只盼着它能把思念带给李从善。

红叶、台榭、茱萸、菊花、烟雨、大雁，俱是重阳登高图中的凄凉笔墨。李煜就那样站在细雨中，不遮不躲，直到大雁消失在天边。

李煜并非只对李从善格外情深，他重视亲情与宗族观念。当年他的父亲李璟初登皇位，加封弟弟李景遂为天下兵马大元帅，另一个弟弟李景达为副元帅。李煜即位后效仿父亲，对叔叔和弟弟们大加封赏，既出于巩固统治的考虑，也是想与至亲的人共享荣耀。

在和兄弟的相处中，李煜也表现出了有别于其他帝王的随和。他派遣兄弟出金陵为官时，不仅设宴相送，还作词寄文，抒发离情并千叮万嘱，送邓王李从镒到宣州赴任即是一例。在送行宴上，大臣们在君王的授意下纷纷作诗相赠，李煜还亲自写了一首《送邓王二十弟从镒牧宣城》：

且维轻舸更迟迟，别酒重倾惜解携。

浩浪侵愁光荡漾，乱山凝恨色高低。

君驰桧楫情何极，我凭栏干日向西。

咫尺烟江几多地，不须怀抱重凄凄。

　　诗中是李煜对别后场景的设想。他将日日斜倚栏杆，望向弟弟从镒所在的地方。临别在即，他对从镒道：金陵与宣城两地相隔并不遥远，不必为分离如此伤心。与其说是在安慰从镒，不如说这是李煜在安慰自己。

　　或许是觉得一首诗的短小篇幅不足以道出全部离情，李煜后来又写了一篇《送邓王二十弟从镒牧宣城序》，细致地叮嘱从镒如何为官、如何做人，就像每一位仁爱的兄长都会做的那样。

　　终李煜一朝，天家有亲，兄弟有情。但终其一生，他都没有想明白一个道理：唯有强大才能保护所爱之人，这就像他的父亲李璟一生都不明白，爱自己儿子的方式，应该是让他们成为有力量的男人。

待月池台空逝水

转烛飘蓬一梦归，欲寻陈迹怅人非，

天教心愿与身违。

待月池台空逝水，荫花楼阁漫斜晖，

登临不惜更沾衣。

——《浣溪沙》

　　如果说李煜曾对自己的人生做过总结，那么，这首《浣溪沙》大概就是他的全部心曲了。天教心愿与身违的无奈，是对无常生命的啼血控诉。如转烛，似飘蓬，必是一段难以言说的身世。

　　"转烛"最早见于杜甫的古诗《佳人》，中有"世情恶衰歇，万事随转烛"两句，道破世事艰辛。未曾识干戈的李煜曾在祖父膝下承欢，与父亲诗词唱和，与大周后携手种梅，与小周后画堂幽会。更多的时候，他尽情展示出绝代风华，即使兵戎迫近，也不肯从偏安迷梦中醒来。然而，一朝烽火起，国门破，这个经历了半生浮华，被江南暖风湿雨哺育出的江南贵公子，就像杜甫笔下在战争中失去父兄的佳人，自此以后零落无依，才知人间苦难的滋味。

蓬草和蜡烛一样，都不能主宰自己的命运。蓬叶形似柳叶，花色洁白，一旦过了生长季就会迅速枯萎，且与根部断开，遇风飞旋。亡国后被幽禁在汴京的李煜，根在江南，人在北地。他还不及飞蓬幸运，蓬草至少会待花开枯萎后才与根断绝，李煜却是壮年时就因战争迅速憔悴，就像一株正在花期的植物，受尽风雨摧残，又被连根拔起，移植到另一方土壤生存。

李煜的一生，从浮华到幻灭，从欢乐到悲伤，就如风中烛光，风中飘蓬，命不由他定，由风定。

无论做"转烛"，还是成"飘蓬"，都非李煜所愿。回忆过去的种种，惊觉他人生中竟无多少如意事。感怀身世之余，惆怅和苦闷达到极致，一句"天教心愿与身违"，把所有不如意归结为天公不作美，而这不过是李煜的自我安慰，也是他的又一次逃避。

能令李煜埋怨命运不公的，幼子仲宣的早夭乃是其一。仲宣聪敏强记，三岁时就能一字不差地背诵《孝经》，这本是当时书生们准备科举考试所学的典籍，他小小年纪就已熟记，足见其天资聪慧。除此以外，他熟悉全部繁缛的宫廷礼仪，和大臣相见时应对有度。

按照宫内规矩，皇子出生后应该由专门的宫人照顾，但大周后爱子心切，一直把他留在身边，亲自教导。公元 961 年，大周后病重，不得已只好让仲宣住在别处。他在佛像前玩耍时，一只猫蹿上悬挂在宫殿墙顶的琉璃灯盏，灯坠地发出巨响，仲宣受到惊吓。几日后，他竟就此夭折，时年只有四岁。

大周后得知仲宣的死讯，病情加重，很快也辞世。

年轻时便遭遇丧子、丧妻之痛，这对生活一向平顺的李煜来说，是无法弥补的憾事，只能埋怨天公不作美。至于几年以后的亡国，更是李煜不愿见到的。

在登基之初，一闪念间，李煜也曾想过要当一个好皇帝。大臣张泌曾劝他要以汉文帝为榜样，休养生息，励精图治。在这份奏章上，李煜批示："朕必善初而思终，卿无今直而后佞。"然后，张泌被提拔为监察御史。

可惜他对治国的热情只是一闪而逝，反而终日流连于诗词书画、歌舞音乐、美酒爱情。耿直的大臣纷纷劝谏，李煜最初尚能一笑而过；后来，内史舍人潘佑和户部侍郎李平劝得多了，话说得重了，又有奸人从中挑拨，李煜竟将潘、李二人先下狱后诛杀。

大将林仁肇为挽救南唐王朝，向李煜献策先发制人，由他带兵偷袭北宋。为了保护李煜，他甚至道："若担心势不能敌，于国不利，可在我起兵之日，将我眷属拘捕下狱，然后再向宋朝廷上表，指控我窃兵叛乱。事成，国家或可受益；事败，我甘愿受杀身灭族之祸。"但胆小怕事的李煜犹豫再三，没有接受他的建议；后来北宋使出反间计，李煜反而果断地毒杀了林仁肇。

另有《钓矶立谈》，记载着这样一桩事：

> 后主天性喜学问，尝命两省丞郎给谏、词掖集贤、勤政殿学士，分夕于光政殿，赐之对坐，与相剧谈，至夜分乃罢。其论国事，每以富民为务，好生戒杀，本其天性，承蘖国之后，群臣又皆寻常充位之人，议论率不如旨尝。一日叹曰："周公、仲尼忽去人远，吾道芜骞，其谁与明？"乃著为《杂说》数千万言，曰："特垂此空文，庶几百世之下，有以知吾心耳。"

原来，李煜也常和大臣讨论富国强民之策。但每当臣子的意见与他相左，他从不自我反省，而是责怪大臣们不理解他。他自比上古明君，感慨当今世上没有如周公、孔子一样的贤者，所以无人理解他的为君之道。他还把自己的治国见解记录下来，盼着百世后能有人理解。

根本不需百世，金陵城破的一刻，李煜所谓的"道"，已成为笑话。百世后若有人读到其"数千万言"，恐怕也只能长叹一声。

李煜自毁长城，又不肯听讽纳谏，亡国是人祸，怨不得天。

或许，性格已决定他本就不是南唐国主的上上人选。李弘冀若没有病逝，李从善若更为年长，或许，南唐就不会那么轻易土崩瓦解。他既没有治国之才，又无领军之勇，除了仁厚，似乎不见其他任何可助其成为优秀政治家的品格。由此，后人更在百世之后，觉得《浣溪沙》中"天教心愿与身违"一句，其实也暗含了李煜不愿为君之心。

李煜是否真的不想做皇帝？这是个无人可以解答的谜题。倘若他果真厌倦庙堂，大可做个顺水人情，把皇位拱手让给野心勃勃的李从善。事实上，他可能只是不想把有限的时间和精力，耗费在枯燥的治国理政上。光政殿内的臣子对答，远不如瑶光殿里的琵琶曲更能静心，勤政殿的权力博弈，更不及禁苑寻春的一分乐趣，李煜享受着皇位赋予他的种种特权，丰富着各种生命体验，却不想履行君王的义务，在国破家亡后，也归咎于天。

李煜笃信佛教，应知佛曰："人生有七苦：生，老，病，死，别离，怨憎，求不得。"由此来说，"心愿与身违"本就是人生常态，所求越多，失望的机会便越多。就如李煜，要逸乐还要江山，要美人还要华年，倘桩桩件件都如他所愿，需得天公多少垂怜？

　　昔日在暮色中等待月上柳梢时那你侬我侬的情意，已如东流水。斜阳被琼楼玉宇掩映，在花荫上洒下一层金黄的余晖，如梦似幻。李煜畏惧的一切，都成了现实。下阕中"空""漫"二字，道出说不尽的寂寞、悲凉、迷惘、无奈和追忆。

　　这所有愁绪，在登临时更达到了顶峰。客居他乡者，往往最惧登山临水。纵使山再高，也无法让登临者窥见故乡风光，极目处，天与地连接一起，极远又似极近，反而更增三分失落；纵使水再深，也无法让临水者御水而行，凭栏望，海天一线，那屏障若隐若现，又添了七分惆怅。

　　是谓登山临水，凝眸处，离愁更深。

　　可是，客居者又常常忍不住登临，总盼着天涯望断处，就是故乡。别离是愁，思念是毒，明知饮鸩止渴并非良策，却在刻骨牵挂中饮下一壶又一壶。

　　亡国前，李煜也曾在黄昏时独倚栏杆，虽然国将不国，日日沉溺于笙歌醉梦里的他，也盼望那一刻永不逝去。那时的他，大抵未曾想到过在异乡登临的万般苦楚。及至后来，心与愿违似乎成了人生的常态，等他再次登临，已在长江的另一边。

看花莫待花枝老

寻春须是先春早，看花莫待花枝老。绿色玉柔擎，醅浮盏面清。

何妨频笑粲，禁苑春归晚。同醉与闲评，诗随羯鼓成。

——《子夜歌》

寒冬甫过，北风裹挟着黄沙席卷而来，辽阔的中原大地呈现出沧桑美感。赵匡胤所在的开封城内，春寒依旧，皇宫内苑，也只有点点寒梅，俏立枝头。

开封城还在倒春寒时，赵匡胤视线不及但眼线遍布的金陵城内，已是桃红柳绿、莺歌燕舞，江花红胜火，江水绿如蓝。梅花满树堆粉、迎春枝头闹春、海棠似点点胭脂、杜鹃傲然绽放、桃花风中飘香……像有一阵鼓点催开百花，它们赶着花期络绎而来，把金陵的春天装点得闹闹腾腾，开封之春也因此更加寂寞。此情此景，让赵匡胤怎能不对南唐的土地垂涎三尺？

李煜看到的只是"禁苑春归晚"；赵匡胤看到的，则是整个南唐那令人眼花缭乱的盎然春光。高度决定了他们的视野，而视野，又决定了他们后半生的高度。

忙于禁苑寻春的李煜，可能一生也未能通晓此理。

寻春之事，历代文人雅士都在做，可惜好花不常有、好景不常在，于他们而言，春天总是太短，还没来得及抓住它的尾巴，酷夏就已来临。

春日短暂需及时行乐，紧迫感袭来，遣词造句一向精致的李煜，竟也来不及细细琢磨，仔细修饰，只招呼左右宫人道："在春天到来前，便要做好寻访春天的准备；在百花盛放前，不妨先安排好赏花的活动。"语毕，他匆匆而去，唯恐错过了美好春天的一瞬。

这样通俗的开篇，却一直为后人津津乐道。清代周济在《介存斋论词杂著》中有过评价："毛嫱、西施，天下美妇人也，严妆佳，淡妆亦佳，粗服乱头不掩国色。飞卿，严妆也；端己，淡妆也；后主，则粗服乱头矣。"这首《子夜歌》，就如王昭君和西施不施粉黛的模样，素面朝天，却于率真中见出真性情。

上阕开篇，隐约有几分唐诗《金缕衣》的影子：

> 劝君莫惜金缕衣，劝君惜取少年时。
> 花开堪折直须折，莫待无花空折枝。

花开花落只在转瞬间，令杜秋娘想到应"惜取少年时"，但李煜想到的，则是尽兴"看花"，莫待花枝老。

鲜花易老，好年华也会随时光而去；花朵一岁一枯荣，好年华却从不回头。

李煜能敏锐地觉察到春天的到来，未雨绸缪地安排寻春事宜，在国事上却后知后觉。宋军架桥过江时，他只觉可笑而未设防，投降后寝殿中仍有未拆封的战报——治国于他而言，不是不能，倒更像不想。倘若他肯把赋词寻欢的心思匀出几分在政事上，金陵何至于王气不再？

连赵匡胤都承认，李煜若能勤奋地治理国家，南唐可能便不会亡。可是，在本应"识干戈"的时光，他只顾兴致勃勃地在禁苑寻春。

春满金陵美如画，皇宫里的春天更美。不仅因为群花在枝头摇曳生姿，还因为美人笑靥胜花。淡青色的细瓷酒壶卧在玉石桌上，素胚上勾勒着点点青花。佳酿珍藏多年，未过滤的米酒醇香扑鼻。美人玉手纤纤，擎着酒杯劝饮君王，这一晃动，沉淀在杯底的渣滓缓缓浮起，杯中酒浑，不多时渣滓又沉，酒水清亮，杯底则漾着温润的光泽。

消受着良辰好景、美人佳酿的词人，终于恢复一贯的精雕细琢，以"缥色"代酒壶，借"玉柔"代美人洁白柔软的手，仅以五字，绘出一幅美人劝酒图。

昔日李白曾有诗云："名花倾国两相欢，常得君王带笑看。"李煜面前人花交映，难怪他也忍不住"频笑粲"。何况"禁苑春归晚"，让他有更多时间尽情享受春日温柔。

"人间四月芳菲尽，山寺桃花始盛开"，大林寺内，白乐天将本已消逝的春意延长，这是山上山下温度不同所致。而李煜的"禁苑春归晚"，不过是一厢情愿罢了。或许，他相信自己和唐玄宗一样，既是人间天子，便能主宰时令。

唐代南卓曾在《羯鼓录》中，记载了唐玄宗号令春花之事。早春二月，宫内杏花含苞已久，但因春寒料峭，迟迟不肯吐蕊。玄宗盼春心切，于是命人在内廷击打羯鼓，演奏的正是他亲谱的《春光好》。不多时，绿柳发芽，红杏生花，天子笑着说："此一事，不唤我作天公可乎？"

李煜赞叹"禁苑春归晚"时的情态，当与玄宗一般无二。他明知，禁苑禁得了百官子民的出入，却决计拦不住春去春来。禁苑的春意迟迟不肯离去，说这番梦话的人，若非痴了，便是太过得意。李煜不觉得玄宗所做之事可笑，反而也招来乐工，在禁苑击响了羯鼓。羯鼓声中，他与随行者赋诗作词，自觉风流俊赏。

"诗随羯鼓成"，非才高者不能为。三国时有曹植七步成诗，李煜的敏捷才思，大抵不输于他。

对曹植，晋人谢灵运有"天下才有一石，曹子建独占八斗"的赞誉。其兄曹丕嫉妒他的才华，又对曹植深得父亲曹操宠爱而耿耿于怀。曹丕继位后，寻了个无聊的由头，命曹植在七步内成诗，否则性命不保。曹植果然出口不凡，此后《七步诗》流传千古：

> 煮豆持作羹，漉豉以为汁。
>
> 萁向釜下燃，豆在釜中泣。
>
> 本是同根生，相煎何太急？

用"煮豆燃豆萁"比喻兄弟相残，一句"相煎何太急"让曹丕面红耳赤。

只可惜，未见典籍记载李煜随羯鼓而成的诗句，否则，当又添一段佳话。

赏花、闲评、赋诗，一人则无趣，需志同道合的人相互应和。李煜父子治下的南唐，如曹植一样的风流人物不在少数。

把李煜锻造成文人的李璟，也是个不爱江山爱文学的帝王。李璟素爱与擅长诗词的臣子唱酬应和、品诗论文，乐此不疲。在他的倡导下，南唐官员几乎人人都能做诗，甚至连武将也不例外。冯延巳、徐铉兄弟，都是其中的佼佼者。

李煜兄弟久受熏陶，也个个擅诗。李煜的九弟李从谦，有一首著名的《观棋诗》：

> 竹林二君子，尽日竞沉吟。
>
> 相对终无语，争先各有心。
>
> 恃强斯有失，守分固无侵。
>
> 若算机筹处，沧沧海未深。

李从谦写这首诗时尚未成年，那时他常常去看李煜和他人对弈。有一天，李煜开玩笑让他当场赋诗，否则以后不准旁观。君无戏言，李从谦自然信了兄长的话，略一思忖，便吟出这首诗。虽然没有咚咚羯鼓相伴，但少年展露出的过人才华，依旧令人心折。

帝王的家风就是一个国家的国风。李煜父子，骨子里更近于文人。他们以文人的精神和胸怀治国，最高的雄心壮志，不过是守住祖宗留下的基业。由他们掌舵的南唐文人辈出、文学鼎盛，但面对赵匡胤的悍将强兵，却不堪一击。

及时行乐，往往是因为害怕欢愉难以长久。莫非，禁苑中的李煜已感觉到了隔江那边肆意的窥探，或预知了未来的命运？

不！危机感是政治家才有的素质，李煜却不过是个文人。他看到的，不过是从枝梢簌簌而落的花瓣，以及一并捎走的春光。

第二章

谁在秋千笑里语

笑向檀郎唾红茸

晓妆初过，沉檀轻注些儿个。向人
微露丁香颗，一曲清歌，暂引樱
桃破。

罗袖裛残殷色可，杯深旋被香醪
浣。绣床斜凭娇无那，烂嚼红茸，
笑向檀郎唾。

——《一斛珠》

纵是春日，北方的风也不及南风温柔。读罢词章，放下书卷，萦绕心头的居然不是"烂嚼红茸"的美人，反而一心纠结于词中的"檀郎"。思绪随风荡至西晋，只因那个名唤潘安的男子。

他跨越了足以令沧海变桑田的漫长时光，仍然面如冠玉、不染纤尘，仿佛拥有不老的容颜。当年少的潘安在洛阳街市信步而行时，少女少妇见到这俊俏挺拔的身姿，无不惊为天人，纷纷搁下礼数忘了羞涩。她们朝着潘安聚拢，把他围在中间，娇花蜜果都化为爱的讯号，争相投向潘安。

潘安小字檀奴，故称檀郎。檀木质地坚硬而色彩绚烂，香气永恒，万古不朽。十年间，沈腰潘鬓消磨，风霜老了华发，掷果盈车的哗然渐行渐远。檀奴之名，却如美玉，形于外而凛于内，香远益清。

爱美之心，人皆有之。少女春心荡漾，若非始于美景，必发端于一个撩人心性的男子。阳刚风骨固然令人仰慕，但倘若美到极致，也足以令女子侧目凝眉。潘安便凭着倾世之貌，诱惑出无数怀春少女内心最深的渴望。

女人们把檀奴幻化为理想的爱人，亲昵地唤其"檀郎"。后世男人争相自比，既为了炫耀俊美容貌，也为展露才子风流。

李煜或许也是这样一个自比"檀郎"的男人。

他本该同无数亡国之君一样留下千古骂名，却偏偏赚尽后人同情的泪水。当他浸润了一身江南烟雨，用柔软的笔触和精致的文字记录下又一位"檀郎"的风流韵事时，不经意间，词成绝唱，也留下难解的谜团。

这首词里的"檀郎"是李煜吗？

李煜的事迹，载于史书，传于民间，然而总有些许遗憾——他的很多故事语焉不详，未被写尽。他像一阵化入江南春天的风，行人能看到花摇影动，青丝拂面，却抓不住那片刻的轻柔。他有诸多诗词传世，阕阕都似一支以其命运沉浮为主题的曲子，撩弄心弦，但当人们的好奇被撩拨至极时，乐声戛然而止，大戏还未开场，便已曲终人散。

幸而，后人所著的《清异录》中，还有蛛丝马迹可循。彼时的李煜，掩去了帝王贵胄气，就像寻常富贵人家出门寻欢的翩翩公子："李煜在国，微行娼家，遇一僧张席，煜遂为不速之客。僧酒令、讴吟、吹弹莫不高了，见煜明俊酝藉，契合相爱重。煜乘醉大书右壁，曰：浅斟低唱，偎红倚翠，大师鸳鸯寺主，传持风流教法。久之，僧拥妓入屏帷，煜徐步而出，僧、妓竟不知煜为谁也。煜尝密谕徐铉，言于所亲焉。"

古来名士多与青楼有着剪不断的联系。后来的柳七自不必说，唐人杜牧有扬州梦十年，李白笔下的青楼诗多达十几首，甚至连忧国忧民的杜甫，悼妻情深的苏轼，均有和青楼相关的诗词传世。

女人因男人的宠爱而心安，男人因女人的仰慕而自信。风流的人大多自赏，青楼是让男人得到自我认同的绝好去处。李煜白龙鱼服，游戏青楼，事后并不隐瞒，反而秘密地说给臣子听，可见，被诗化了的花街柳巷，甚至成了男子炫耀风流的寄托。

或许，在密谕徐铉的那一刻，明月照着宫墙，月下梧桐映出稀疏的影像。宫人大多已经睡去，只有几个在殿内侍候的宫女垂手敛目，毕恭毕敬地等待君王的吩咐。即使递上茶水的瞬间，她们也怕失了礼数，不敢抬头望一眼李煜俊秀的面容。日复一日，容颜渐老热情渐消，偌大的宫殿内，了无生趣。

有那么一霎，李煜想起了曾对他笑唾红茸的女子。他们相会于烟花地时，女子并不知他是帝王。

她晨起梳妆，绛红的香膏擦过嘴唇，留下浅浅印痕。下了楼阁，遇到客人，她习惯性地开口一笑，吹气如兰。唱着一曲清歌，朱唇似樱桃绽破，皓齿若隐若现。歌罢暂歇，美酒入口，唇上沾了酒滴，越显红艳。她以袖口擦拭，似是无意，似是挑逗，妩媚动人。

曲终筵罢，客人大多散去。她与心爱的檀郎携手入了闺房。美人拈针捻线，似要绣花，但视线却像被什么致命的诱惑吸引，牢牢停留在对方身上。她刚把红线衔在口里要打结，檀郎已欺身过来开始调情，美人娇嗔一声，把嚼烂的红线吐向对方。

美人的绣房再雅致，终究不及皇宫堂皇富丽的万分之一。但是，烂嚼红茸向郎唾的率真和直白，是李煜在深宫里不曾遇到的。这娇柔的美人，风尘味道太浓，南唐的后宫终归容不下她。

女人想要抓住男人的心，需要美貌和涵养，需要夫唱妇随，需要鸾凤和鸣，但如果只是让男人动心，有时却只需几分自然流露的真性情就足够了。

在倾吐爱意时，女人常不如男人直接，便有了千百种奇特的表白方式，有的千般温柔百般顺从，有的则是无尽的折腾。嗔怒是更具女人味的一种爱恋，其中情意，懂情趣的男人自会知晓。

美人调情，以红茸唾面，哪个男人能不心动？

哥们儿豪饮，和女人有关的话题常如下酒的菜肴；三两闺蜜相聚，挂在嘴边的多半是男人。而男女之间，调情总是不会令人厌倦的游戏。

调情是门艺术，不是每次都能调出激情，有时候还很危险。

潘金莲勾引武松，先是把武松约来同坐，见武松不语，又话些家常拉近距离。潘金莲又是问候又是陪酒，几番暗示不成，到灶王爷处大声许愿说："灶神菩萨，女弟子潘氏金莲，想与二叔结个鱼水之欢，望神圣庇佑，早点成功，大香大烛，拜谢菩萨！"可惜武松还是没听见，潘金莲不得不再欺上前去，直接坐在武松的大腿上，右手搂住他，左手送酒，却只换来武松一声："哎！嫂嫂住手，不要动！"

潘金莲和武松调情，非但没换来她想要的云雨欢愉，反而种下了武松血洗鸳鸯楼的伏笔。主要是武松头上的伦理道义、兄弟深情箍得紧，再则，潘金莲的调情手段委实不够高明。

越是含蓄婉转、温香醉人的调情，越是让人招架不住。譬如南朝诗人何逊《咏舞妓诗》中，歌舞固然令人心怡，但那千娇百媚的舞者无声暗送的眼波，更能夺魂摄魄。

管清罗荐合，弦惊雪袖迟。逐唱回纤手，听曲动蛾眉。

凝情眄堕珥，微睇托含辞。日暮留嘉客，相看爱此时。

酒至酣处，情到深处，宾客和舞妓牵手共舞。舞妓眉毛轻挑，眸中含情，频频递来深情蜜意。喧哗过后她独留恩客，"日暮""相看"。这定是一场美丽的邂逅，一如李煜和那位烂嚼红茸的美人。

李煜的词、何逊的诗，都在情至高潮时结束，后事如何，引人浮想联翩。后有宋人周邦彦，以一曲《青玉案》，大胆写出了男女享受洞房欢愉的声色：

良夜灯光簇如豆。占好事、今宵有。酒罢歌阑人散后。琵琶轻放，语声低颤，灭烛来相就。

玉体偎人情何厚。轻惜轻怜转唧口留。雨散云收眉儿皱。只愁彰露，那人知后。把我来傍僝。

女子放下琵琶，眼波流转，连声音都似猫儿一样打着颤儿。她灭烛相就，温柔又热情，迫切又矜持，叫人爱，惹人怜。花烛熄灭，有沉香弥散于室内，共赴巫山云雨，便是一夜缠绵。但雨散云收后，男人却犯了愁，只怕"那人"知晓后，会怨愤责备。由此便知，这两人乃是偷情，未出场的"那人"，当是男子的发妻。男人明知妻子会不满，却仍与媚眼如丝的女子成了好事。让人想起《红楼梦》中，王熙凤因丈夫与他人有染而耿耿于怀，贾母却半开解半训斥，道："哪家的猫儿不偷腥！"

恐怕李煜便不能，实是因为那俏皮又妩媚的风情，比软语温存还撩人心弦。

不过，檀郎究竟有何魅力，能让美人投怀送抱？

李煜自比潘安，并非自夸。史书记载他"貌英奇、广额、丰颊、骈齿"，从面貌来讲，算是个标准的美男子，何况还有书卷墨香熏陶出来的温润风范，以及皇室特权哺育出的雍容气度。或许正因如此，初遇时人群里的惊鸿一瞥，李煜已赢得了佳人芳心。

既得佳人暗许，就当调情逗趣，否则岂非辜负了大好韶光。他们这调情的桥段，与唐人《菩萨蛮》里的场景倒有八分形似，不过若论神气，唐人笔下更多了平民的天真。

牡丹含露真珠颗，美人折向庭前过。含笑问檀郎，花强妾貌强？檀郎故相恼，却道花枝好。一面发娇嗔，碎揍花打人。

美人笑语殷殷问情郎："我美还是花美？"情郎故意想要将她惹恼，便说："当然是花美。"美人假意生气，用花枝打向对方。

男女调情的至境，大抵是添了情趣却不流于低俗。让女子娇嗔而现妖娆，调情至此，已臻化境——李煜做到了。

笙箫吹断水云间

晚妆初了明肌雪，春殿嫔娥鱼贯列。笙箫吹断水云间，重按霓裳歌遍彻。

临风谁更飘香屑，醉拍栏干情味切。归时休照烛花红，待放马蹄清夜月。

——《玉楼春》

有一种美丽叫天生丽质，那不施粉黛、肌肤嫩白如雪的美人儿，在鱼贯而入的嫔妃和宫女的簇拥下，愈发显得高贵脱俗。

她，便是李煜的发妻大周后。

后宫佳丽三千，唯独她，不需靠脂粉讨得君王的垂青。把她和李煜牵在一起的那根红线，名曰爱情。在与权势难脱干系的寂寞宫廷里，爱情是件奢侈品。便是李煜和大周后最初的结合，多少也沾了些权力的影子。

那一年，她十九岁，他十八岁，一个是开国功臣之女，一个是当今君王的血脉，年龄相若，门户相当。君父指婚，不论他们中的哪一个，都不能也不敢摇头。

之后，爱情的种子在两个年轻人心头迅速发芽并茁壮成长：她仰慕他学富五车，他爱她秀美多才。青春易逝，容颜易老，才情却在岁月的踽踽前行中，积淀成了一种醉人的气质。

大周后就是拥有这种醉人气质的女人。十八叠《霓裳羽衣曲》，是她给李煜的莫大惊喜。

在《霓裳羽衣曲》奏响南唐深宫前，这乐曲显现的是一代帝王的大手笔。开元年间，河西节度使杨敬忠把此曲献给唐玄宗，精通音律、恨不能投身梨园的玄宗亲自润律，使之成为唐代舞曲的集大成之作。

后来，白居易曾作《霓裳羽衣歌》，伴舞者颜如玉、貌倾城，裙色如虹，丝帔如霞，以黄金珊瑚做配饰，闻乐而舞，则长袖翩翩似风中弱柳，裙带飘飘如天边流云；乐曲曼妙，百转千回，此一刻如白雪簌簌落地之音，突然间声若游龙惊鸿，到高潮处，"繁音急节十二遍，跳珠撼玉何铿铮"。

安史之乱后，又经五代十国的动荡，这首名曲也被历史尘埃埋没，只留下白居易的残歌，撩拨后来者的心弦。

李煜有幸得到了残谱。他本是书、画、词、曲无一不通的全才，不过，对于音乐，他比起"通书史，善音律，尤工琵琶"的大周后还是略逊一筹。据《南唐书》记载，大周后破解并重造了这首古曲，留佳音，去淫繁，用一把琵琶，弹奏出了清越可听的新声。

在改造《霓裳羽衣曲》的过程中，大周后曾修改原曲中节奏缓慢之处，使新曲更加欢快。因有悖于尾声渐缓的传统，新曲并没有被所有人接受，甚至有人称之为淫曲。大臣徐铉甚至为此作了一首诗，影射其为亡国之音：

清商一曲远人行，桃叶津头月正明。

此是开元太平曲，莫教偏作别离声。

徐铉一定没料到，此后不多年，竟一语成谶。

早在唐朝盛极而衰时，《霓裳羽衣曲》就被视作亡国之音。制成此曲三十多年后，安禄山起兵造反，玄宗丢了长安，曲谱也消失无踪。再到南唐，新曲不过在宫苑内响了二十载，就江山变色，李煜将曲谱付之一炬。

因君王喜爱，杨贵妃和大周后都曾组织宫人排练舞蹈，惹得君王心醉神迷，无心国事，这也是后人称她们为"祸水"的一条罪证。没有人去想，她们不过是女人。当岁月在她们姣好的容颜上烙下印记时，还有正值豆蔻的莺莺燕燕时刻环绕君侧，大周后她们所做的一切，不过是为了抓住情郎的心。

当一叠曲罢，笙箫已停，听曲的人却还沉浸在水云仙乡，是在仙境中迷了路，还是邂逅了暂离天宫的仙女？恐怕只有听曲的人才能知晓吧。不多时，下一叠舞曲又响起，如云的美女抛开拘谨，翩翩起舞，如在花间穿梭的蝴蝶，婀娜而不放浪。

每叠曲罢，绕梁之余音尚在，新一叠又已开始。十八叠奏罢，听者已不知身在仙境还是凡尘。

曲得新生，舞更销魂。"重按霓裳歌遍彻"，李煜也借此向大周后倾诉爱慕，握着她的纤纤素手，欣赏着人间天籁，还有眼波流转，眉间情浓。

南唐宫廷内的《霓裳羽衣曲》，印证着大周后的才情，也见证着她和李煜的爱情。曲罢再奏，舞罢从头，日日夜夜不停，唯有你侬我侬。

人婀娜、曲勾魂、爱情润人心，怎不叫人醉？忽一阵风至，夹杂着春日的温润气息和阵阵香泽，直把人吹得肢体舒爽、春心荡漾。李煜早已沉醉不能自拔，此番又被撩拨心性，顾不得君王威仪，忘情地和着拍子，敲击栏杆，还不忘问一句："香气何来？"

李煜果真是醉了。否则他怎会忘记，宫中的主香女一职乃他亲设，她们不时在宫中遍洒百合花的粉屑，让江南温柔的风把香气带到深宫里的每个角落。这大概是明知故问，不然，他实在无法表达，这恰到好处的香气究竟带来了多大的惊喜。

谁说春风不解风情？这撩人的暖风，已让帝王喜不自胜。

曲终舞罢已不知何时，该回寝宫安歇了。李煜不忘嘱咐："不必掌灯，莫辜负了这朗朗晴空和如玉圆月，我且骑马而归吧。"

踏月而归，良辰已足够醉人，又有大周后这如花美眷相伴，可谓幸事。

历代文人骚客早已将月这一意象用滥。但凡明月出现处，必与朗朗乾坤相关联，容不得藏污纳垢之事。所以，一直觉得，踏月的男子，皆非俗人。古龙笔下就有这样一位妙人儿：

闻君有白玉美人，妙手雕成，极尽妍态，不胜心向往之。今夜子正，当踏月来取。君素雅达，必不致令我徒劳往返也。

盗帅楚留香欲窃金伴花的白玉美人，没有遮遮掩掩地踩点打探，而是大大方方地先向对方递了这样一封书信。这个神仙一般的人物，就这样先声夺人地出场了。偷盗并非雅事，然而，他却"踏月来取"，那皎洁月光下的倜傥身影更显颀长，不惹风霜的面容更显俊朗，以至于让人把是非抛诸脑后，对这踏月而来的翩翩公子心向往之。

同样骑马踏月，帝王李煜又有了不同的风姿。

既为君王，又在深宫，彼时的李煜，应该是锦衣加身，策马徐行；大周后或骑马相伴身侧，或乘轿紧紧跟随；宫人侍女列队相随。

夜深人静，脚步声和着马蹄声，踢踢踏踏的节奏，便与李煜和大周后的心跳共振。

然而，窃以为白色才能衬出李煜的气质。月色下，他着一袭白袍，色如玉之温润，质有纱之飘逸，不染凡尘。微风袭来，衣袂飘飘。锦衣则过于霸道，在柔和月光下略显突兀，就如皇位之于李煜，格格不入。

在这金雕玉砌、奢华得几乎失了人间原貌的深宫里，李煜险些就成了一个只知醉生梦死、追求享乐的君王。纵使他生着潘安貌，胸怀司马相如之才，也距离"风华绝代"四字堪堪有些距离。幸亏，纸醉金迷并未让他完全丧失本真，享尽繁华热闹以后，他还有携美踏月的雅兴。

这一幕"马蹄清夜月"，如诗如画，富丽中见清雅。

回到寝宫，李煜便作了这首《玉楼春》，初稿中"临风谁更飘香屑"一句本为"临春谁更飘香屑"。他将纸笺拿给大周后看，大周后说，上下两阕均有"春"字，不妥，不如改为"临风"。如此，既避免了重字，还与"飘"字相衬，更见动态之美。李煜连声赞好，欣然改之。

李煜和大周后，是君臣、是夫妻，还是知己。若无大周后，则《霓裳羽衣曲》难复，《玉楼春》难成。佳人不必在深谷，这位陪李煜临风醉、踏月行的皇后，不只是李煜一人眼中的佳人。

很难说，在这场宫廷欢乐颂中，他与她，谁风华更胜？

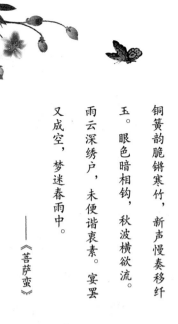

偶缘犹未忘多情

铜簧韵脆锵寒竹，新声慢奏移纤玉。眼色暗相钩，秋波横欲流。

雨云深绣户，未便谐衷素。宴罢又成空，梦迷春雨中。

——《菩萨蛮》

旁观别人的爱情，总喜欢问一句"为什么"：为什么迷恋，为什么分离，为什么缘深情浅，为什么爱能生恨……痴爱与情断，总该有个理由吧？倘若爱的理由不被世人接受，纵使相思憔悴了容颜，在别人看来也不过是一场笑谈，比如张爱玲爱上胡兰成；倘若分开的理由不被认可，斩断情丝的那个，无疑会被贴上负心的标签，比如意图抛弃卓文君的司马相如。

很多人是因为一句"划袜步香阶，手提金缕鞋"初识李煜，于是对他的认知便从审视他的爱情开始。

自古以来，帝王身边从不缺少女人，却大多与爱情无缘。爱情里若是掺杂太多和它本身无关的算计，计谋的冰冷便淡了风月的多情。帝王宝座人人觊觎，处于权力斗争的旋涡中心，必须使出浑身的智慧和勇气，才不至于被旋涡吞没。有时候，他们也不得不牺牲爱情，与权臣望族联姻。

李煜的第一桩婚姻，其实多少也散发着"联姻"的味道。十八岁奉旨与娥皇完婚前，恐怕李煜并不知道对方是不是美貌，是不是温柔，是否能陪他月下抚琴、风中吟诗、梧桐树旁说春秋。即便如此，他只能惴惴，却不能拒绝。

他对未来的妻子并不了解，但对未来的岳父却很熟悉。

娥皇的父亲周宗是南唐开国功臣，年轻时为李煜的祖父李知诰立国奔走效力，之后又劝谏李璟继承皇位。李知诰建国后，曾在崇英殿设宴，只请三人入席，周宗是其中之一；李璟在位时，曾在筵席上当众为周宗整理头巾，以表尊崇。

君主笼络重臣，最廉价而最有效的方式之一，便是给他们皇亲国戚的尊崇地位。于是皇子公主就成了父亲的筹码、皇权的工具，一生的幸与不幸，只凭天定。

和娥皇成亲时，李煜也算得上是这样一枚"筹码"，好在天命待他不薄，李煜发现娥皇不仅有月貌花容，还能与他诗词唱和。更让李煜意外的是，娥皇的音乐造诣甚至胜过了自己。

娥皇善弹琵琶。李璟曾听过娥皇演奏，曲罢终了，余韵尚存，令李璟赞不绝口，还把自己喜欢的烧槽琵琶赐给了她。宝剑赠烈士，红粉赠佳人。一把烧槽琵琶，是善音律的李璟对娥皇的嘉许。

于李煜而言，最初有多忐忑，后来就有多惊喜。尤其是娥皇复原了《霓裳羽衣曲》，把李煜的惊喜推向了最高潮。世人总道婚姻是爱情的坟墓，而李煜的婚姻，在宫商角徵羽的滋养中，成了爱情的生发地。

李煜的婚姻，政治为媒；但李煜的爱情，音乐为媒。花为媒、月为媒，均不及琵琶曲中结下的这段良缘，充满惊喜，如柳暗花明，风流了千年。

在音乐上的共识促成了李煜和娥皇的爱情，那么，李煜又是缘何爱上小周后的呢？遍翻史书，除了美貌，实难找到对小周后才艺的记载，后人更多在想象中将她幻化为娥皇年轻时的模样，认定她一定像大周后一样貌压群芳、诗书画精绝，更重要的是能歌善舞。后人之所以做此联想，很大程度上是因为李煜对音乐的执念，能得到他的爱慕的女人，应该也善音律。

爱情是人群中惊鸿一瞥，然后目光相遇，气味相投——说不清相爱的理由时，便只好如此解释，仿佛情人必以知音为前提。于李煜而言，他生命中不能缺少音乐，就像刘伶爱酒、黛玉爱花，就连国破家亡后，他还令歌女日日高唱国殇之曲。

这首《菩萨蛮》中的男子，似乎也感染了李煜对音乐的痴迷，对酒宴上的吹箫女一见钟情，宴罢后再见无期，忘不了却见不到，以至于生了心魔。

宴席上，美女如云迷人眼。觥筹交错之际，悦耳的箫声穿透世俗的喧哗纷扰，像流入男主人公心田的一汪清泉，顿时，无论是浓妆艳抹的脂粉美人，还是满盘珍馐和玉瓶美酒，都丧失了吸引力。男主人公所有的思绪，都在箫声的牵引和撩拨下，起起伏伏，忽然到了九霄云外，忽又坠入深海水晶宫，浮浮沉沉，令人不由得屏住了呼吸。后来，他的目光不知不觉地移到了吹箫人的手指上，见其指如削葱根，纤细嫩白。美人手指不停移动，曲调越发撩人，男主人公更是如痴如醉。

有人曾说："女人是用耳朵恋爱的，而男人如果会产生爱情的话，却是用眼睛来恋爱。"这首词里，男子那斩不断的爱慕，却是由传入耳中的音乐引发的，不过，女子的美貌对男子胸中的情海必然是能推波助澜的。试想，如果这吹箫女才艺双全，偏偏面相如孔明之妻黄月英，文史词章无一不通，相夫教子也是个中好手，却偏偏一头黄发、身形不佳，即便算不得焚琴煮鹤，也会是桩遗憾。

幸而她有双会说话的眼睛，盈盈如一泓秋水，勾魂摄魄。李煜擅长白描，前期作品还不见"四十年来家国，三千里地山河"的气势，多于细微处见真章，此处便以细腻的局部描写勾起对整体的遐想。按其一贯风格，词中人物的整体形象必和所描绘的局部形象一致。"秋波"常用来比喻美人双目，然而，苏轼的"佳人未肯回秋波"少了温度，朱德润的"两面秋波随彩笔"多了雕琢，皆不及李煜这一句"秋波横欲流"灵动传神。眼波流转处，女子明眸善睐、热情又纯情之态呼之欲出。

这个"眼色暗相钩，秋波横欲流"的女子，纵使没有倾城容颜，也一定有着令人销魂蚀骨的风韵。

在席间发过痴，用眼神调过情，接下来会发生什么？女人恋爱时，最先想到的是生生世世不分离，男人嘴里说着缘定三生的承诺，脑海里想的却多是鱼水之欢。张生初会崔莺莺时想的是这桩事，贾宝玉梦游太虚幻境也是如此。

李煜词中这男子也未能例外。他恨不得把这宴席变作闺房，好和吹箫女成了好事。然而他很快阻止自己继续联想，"未便"二字倒勉强有了自律的意味——大概是因为这样的女子，若成不了恋人，也可引为知己，只惦记着情欲，岂非唐突佳人。

美好时光多易逝。宴席散罢，曲声绕梁不绝，吹箫的人业已离去，只留下因情而痴傻的男子，徒劳想念着那曲、那人。宴席散去，好梦成空，或许从今以后，他若想与她再见，就只能在梦里了。

"空"是男子和吹箫女的归宿。因音乐结缘而最后好事成"空"的旧事，实在不少。

在唐代的一本传奇小说中，书生李益爱上了歌舞妓霍小玉，两人以红烛为媒，美酒为约，互许终身，恨不得日日夜夜耳鬓厮磨。可是，越是情深，考验便来得越快。李益为朝廷委以重任，离开前发誓决不相负。霍小玉苦候情郎，却等来对方移情别恋的消息——他已迎娶了能助其仕进的表妹卢氏。霍小玉抑郁成疾，最终悲愤交加而死，魂魄变为厉鬼，誓要报复。

因霍小玉通诗文、善歌舞，声名在外。两人初见时，李益便请霍小玉唱歌。霍小玉最初不肯，后在母亲强迫下才答应了，其"发声清亮，曲度精奇"，李益听罢一曲，便坠入情网不能自拔。这便是这场孽缘的开端了。

好在李煜的爱情，没有以这个"空"字收场。在李煜的爱情中，音乐是必需品；但对李益来说，歌舞之娱可能不过是锦上添花，远不及功名利禄更加诱人。

汉代班婕妤也曾以音乐征服了汉成帝。圣眷正浓时，汉成帝夸赞她的古筝能净化心灵，但赵飞燕得宠后，班婕妤便被冷落疏忽，简直像被打入了冷宫。在这个故事里，音乐不及美色。

音乐似能撩拨心性，动人情感，但往往来得快的，去得也急，甚至一曲未奏，情感已生了质变。所谓爱情，常常就是这么一种禁不住诱惑的东西。由音乐催生的情怀，更是如镜花水月一样。

于是，"梦迷春雨中"的结局，倒未尝不是好的。有美梦可做，有美人可念，总比丑陋且无望的现实更易让人得到安慰。所以，便格外感谢《菩萨蛮》中那个痴迷但懂得克制的男子，让人还能对爱情保持着最美好的想象。

盈盈相看无限情

蓬莱院闭天台女，画堂昼寝人无
语。抛枕翠云光，绣衣闻异香。

潜来珠锁动，惊觉银屏梦。脸慢
笑盈盈，相看无限情。

——《菩萨蛮》

　　每想起小周后，都让人觉痛惜不已：她经历了人间大喜
大悲，曾集万千宠爱于一身，也曾为所爱的人受尽凌辱，在
二十八岁的大好年华，像玉环、飞燕一般，化作尘土。然而，
史书上却没有她的名字。

　　她是南唐重臣周宗的女儿，大周后娥皇是她的姐姐。姐
妹二人先后嫁给李煜，成为南唐国母，后人以此排序，称她为
"小周后"。终其一生，她都被拿来和才貌无双的姐姐比较。纵
使新婚情浓时，也没能拦住李煜对大周后的怀念，写下一首又
一首悼亡的诗词。

　　另有人说，小周后字女英。传说中，尧帝有一双女儿分
别叫娥皇、女英，都嫁给舜帝为妻。后来舜帝死于苍梧，娥

皇、女英泪染青竹，竹上生斑，便为"湘妃竹"。小周后出生时，娥皇已经十四岁，父亲周宗应当不会料到，这两个孩子会先后嫁给同一个男人，不大可能会给她起这样充满宿命意味的名字。"女英"之说，极可能是后人附会，便给李煜、娥皇与她之间的关系，罩上了一层难以逃脱的宿命之网。

小周后还有一个称号：郑国夫人，这是赵匡胤赐封的。

公元 975 年，李煜成了赵匡胤的俘虏，被押到开封，小周后一路相陪。赵匡胤恼怒李煜几次三番地违背命令，赐封"违命侯"，以作羞辱，同时封小周后为"郑国夫人"。彼时李煜已自身难保，不能为她擎天撼地，甚至不能护她周全。

翻遍史书，不见她的闺名。想来她定不愿被唤作郑国夫人，便也只能叫她小周后。

李煜迎娶娥皇时，小周后还是五岁幼女，烂漫天真，聪敏活泼。他们最早的相逢或许便是在那场盛大奢华的婚礼上。那时的李煜已是个挺拔风流的青年，所有心思和好奇都被娇妻吸引，即使小周后偶然入得他的眼，也不过是顽童一个。

因是皇亲，小周后从小就出入南唐后宫，并得到了李煜的母亲圣尊太后的喜爱。圣尊太后常常召她进宫，陪在自己左右。李煜向母亲请安时，大概也曾见过她，只是那时她尚未长成，姐姐娥皇却风华正盛。

他们还没碰撞出任何情感上的火花，周宗便敏锐地感知到了南唐江河日下的国运，为避免祸及自身，他决然告老还乡，带着次女回了杭州。如果不是因为大周后病重，李煜和小周后这一别，或许就会从此山水不相逢。

正因为世间有太多不能成真的"如果"，才有了更多的恩怨情仇、悲欢喜乐。娥皇病重时，小周后赶赴金陵，住进了南唐后宫。

当时大周后病卧多日，又因刚刚痛失爱子，形容枯槁，"国色"全无。李煜虽然百般安慰，但丧子之痛和亡妻之惧同样折磨着他。

这时候，小周后来了。

她十五岁，刚刚及笄，一枚金簪把她的头发挽起。

刚刚成年的小周后，如含苞的花骨朵，散发出一种蓄势待发的美。她来自民间，给礼教森严的宫廷带来一股独特的热情与活泼，像清新的风、清凉的雨、透亮的月光，猝不及防地，闯入彼时死气沉沉的后宫，闯进李煜的心里。

《南唐书·昭惠后传》形容小周后"警敏有才思，神采端静"，赞她"貌尤绮丽"。与大周后的天姿国色相比，小周后的美更多了小家碧玉的澄净。如果说大周后像雍容华贵的牡丹，那么十五岁的小周后就如素雅清新的李花，洁白得如同一张等待落笔泼墨的宣纸。

小周后入宫时，大周后虽风姿不再，但李煜尚有保仪黄氏、嫔御流珠等人。据马令《南唐书》所载，黄氏"容态幸鹿，冠绝当世。顾盼鬓笑，无不妍姣。其书学技能，皆出于天性"，流珠也貌美多才。至于李煜舍黄氏、流珠而宠幸小周后，清人张寒坪曾有诗云"保仪玉貌流珠慧，输尔承恩最少年"，认为她们都输在不及小周后年少。

李煜已年过不惑，对着眼前纯真烂漫的少女，不知不觉就动了心。尤其画堂一见，更让他欲罢不能。一首《菩萨蛮》，便是二人情转浓时的情形。

午后，太阳慵懒地洒下光辉，李煜要私会"天台女"。

"天台女"一说出自《搜神记》。东汉时，刘晨、阮肇到天台山采药，路遇两位美丽女子，受邀到对方家中做客，后来被招为夫婿。半年之后，刘、阮二人思念家人，不顾女子阻拦告别归去，却发现连自己的七世孙都已须发皆白。他们这才知道是入了仙境，等回到天台山，却已不见两位仙女的踪迹。

李煜不想步了前人的后尘，他要将爱情牢牢把握，这种坚定的心意于"闭"字中可见端倪。在李煜眼中，小周后是仙女一般的人物。仙女本不应在凡尘里，但李煜已把她关在"人间"，从此可以相守白头。失去的恐惧，瞬间化作尽在掌握的满足与自得。

李煜的词多明白如话，此番却用"天台女"暗喻小周后，包含着令他词穷的激赏。像她那样的女子，居所也定然不俗，李煜称之为"蓬莱院"。据《史记·封禅书》记载，蓬莱仙山是神话中最美的仙境，白居易曾以"山在虚无缥缈间"来形容。

南唐的后宫，未必恰好就有以蓬莱为名的宫院，唐代倒有一座，初名大明宫，后被唐高宗改为蓬莱宫，以含元殿为正殿。李煜词中的"蓬莱院"，应是取"蓬莱宫"化而用之。不过，唐朝的蓬莱宫象征着至高无上的皇权，诗中曾有"千官望长安，万国拜含元"的说法，在李煜笔下，这处蓬莱院俨然成了藏娇之地。

彼时，美人正在午睡，殿内静悄悄的，连鞋子摩擦玉石地面的声音都清晰可闻。她平日被簪起的发髻散乱着，如乌云翠玉散在枕间，偶一翻身，若有若无的幽香就荡了过来，醉了词人的嗅觉，更醉了他的心。

他不忍心吵醒她，连推门的动作都小心翼翼，可绕过珠帘时，还是弄出了细碎的响动，睡梦中的人被惊醒。她还未睡足，但乍见意中人前来，还是立刻绽放出花一般的笑容。

两人四目相对，千言万语，都在眸中。

深宫里的女人，从来都是整好妆容，从早到晚地等待君王，日复一日，年复一年，望穿秋水，望断碧梧墙院，直到春来春去苍老了容颜，花开花落消磨了激情，在帝王怀拥新宠时，暗自垂泪。

小周后却能散着髻发，懒着身形，等来李煜亲顾。这别样的风姿，显然已化入李煜的心底。词中未曾仔细摹写她的容貌，却已活色生香。

史书之外，除许嵩庐一句"弱骨丰肌别样姿，双鬟初绾发齐眉"，竟少有人着墨描绘她的容貌，让人不禁更加好奇。

关于小周后的样貌风姿，清代画师周兼的《南唐小周后提鞋图》本可作为推断依据，可惜画已失传。宋代也曾有人以小周后入画，但画里却全是屈辱辛酸。这幅画，便是《熙陵幸小周后图》。

小周后随李煜入宋，成为俘虏，后被宋帝赵光义看中，"例随命妇入宫，每入辄数日而出"。据传，赵光义还曾招来宫廷画师，命其画出他行幸小周后的场景。

这张以帝王为主角的画作，竟是一张春宫图。

在《万历野获篇·果报·胜国之女致祸》中，明代人沈德符称他曾在朋友处见过这幅画。

太宗是否命人绘制过这样的春宫图，并无正史可考。但以史料和民间传闻来看，他确曾行幸小周后，而小周后每次归去必痛骂李煜，可见她确是被迫。

据沈德符描绘，图中题跋颇多，其中元人冯海粟的题跋令他印象最为深刻。

江南剩得李花开，也被君王强折来。
怪底金风冲地起，御园红紫满龙堆。

当江南李花开得正艳的时节，她昼寝画堂，李煜疼惜她，甚至不忍打搅；但被强行掠至苦寒的北方后，她却被迫成了春宫图的主角，受辱至此。乱世如暴风骤雨，弱质女流就似在枝头摇曳的花朵，越是娇嫩，越容易在雨打风吹中风流散尽，留下遍地残红。

小周后本是个如清新李花的女子，名字不见于史册，样貌却见于春宫图里，后人除了叹一声红颜薄命，又能如何？只有记着她"盈盈十五时"的娇嫩，诉说着她和李煜"相看无限情"的短暂幸福，把她的形象定格在江南李花开正艳的时光中。那一分温柔缱绻，是李煜给她的。

唯有如此，遗憾或许才能稍减几分。

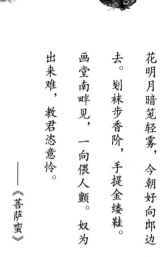

桃柳依依春暗度

花明月暗笼轻雾，今朝好向郎边去。刬袜步香阶，手提金缕鞋。

画堂南畔见，一向偎人颤。奴为出来难，教君恣意怜。

——《菩萨蛮》

夜晚，在南唐后宫，无风，有薄雾。月亮在迷离的薄雾中收敛了光芒，如含羞的少女，眼前只剩了昏黄的光晕。禁苑中的花花草草，本是借了月光，但愈往高处雾色愈浓，花草反而夺了月的光彩。

月光下，迷雾中，一个脸上泛着红晕的少女，屏住呼吸，小心翼翼地走向画堂南畔，仿佛怕惊醒了夜，更怕惊到正在与薄雾约会的月亮。她脱下做工精巧的绣鞋，提在手上，只穿着袜子，踏碎了台阶上的月光。

在月的纵容、雾的掩护、花的注视下，少女慢慢挪动着脚步，终于到了画堂南畔，看到了那个男子模糊的身影。

同一种动物，隔着漫长距离也能嗅到对方的味道。热恋中的人，往往能恢复这种动物般的本能。她像是嗅到了他的味道，一时间心跳如脱兔，脸颊似火烧，再顾不得女孩的羞涩和矜持，一头扎进他的怀里，呢喃耳语："奴为出来难，教君恣意怜。"

几百年斗转星移，清代画师周兼受人之托，绘了一幅南唐小周后提鞋图，引得当时文人争相题诗。其中最有名的当属名士许蒿庐的两首《赋周兼画南唐周后提鞋图》：

其一

弱骨丰肌别样姿，双鬟初绾发齐眉。

画堂南畔惊相见，正是盈盈十五时。

其二

一首新词出禁中，争传纤指挂双弓。

不然谁晓深宫事，尽取春情付画工。

这个看似柔弱的少女，浑身散发着蓬勃的青春朝气；李煜已不是初婚的青涩少年，而是两个孩子的父亲。怀春的少女遇到成熟的男人，然后相知、相恋、相许，一切顺理成章。偷会后，或许李煜情难自禁，才写了这篇绮丽香艳的词。词作传出皇宫，又跨越千年，传诵至今。

许蒿庐诗中便做如上猜测，附和者如云。这段宫闱秘闻里，那双踏上香阶、裹着衩袜的滑腻金莲，平添了许多说不尽的风流旖旎。

在为礼教所束缚的传统认知中，女人一旦以脚示人，常是暧昧的征兆。《金瓶梅》中，潘金莲"自幼生得有些颜色，缠得一双好小脚儿，因此小名金莲"，西门庆的挑逗，就是借着捡筷子时偷偷捏她的脚开始的。

不过，偶尔也有不循此例的。譬如李煜曾把另一个女人的脚捧在手中，却和暧昧无关。

后宫中有舞女名唤窅娘。为了取悦李煜，她用布层层包裹住自己的脚，缠得形若新月。她在李煜面前忍痛献舞，摇摇欲坠。李煜被这独特的舞姿吸引，当即捧着窅娘的小脚，边欣赏边垂泪，并起名"三寸金莲"。李煜感动于窅娘的一片痴心，命人用黄金打造出六尺高的金莲花，让窅娘在上面舞蹈。

感动至此，却仍命对方不停舞蹈，岂不知踩在金石舞台上的每一步，都像踩在刀尖上，说不得是多情还是狠心，但想必，李煜对窅娘是不够爱的。不像他一见到提鞋相会的小周后，心中便漾起温情，还忍不住心痛——青石板的台阶坚硬而冰凉，脱去绣花鞋，凉气便会透过薄薄布袜，侵入细嫩的双脚。这时候，李煜便又是那个懂得怜香惜玉的男子。

月朦胧，雾朦胧，花朦胧，唯有人分明，不见暧昧，只见爱情。

那些痴男怨女的爱情，在幽会处弥散开去。或在花前月下，或在闺房之中，或于小园之内，甚至就在路旁小林深处，他们默默相爱。因幽会的人不同，情与欲也都有了差别：或暧昧丛生，或犹抱琵琶，或意犹未尽，或流于低俗，此中旖旎风光，怎么也望不穿、看不尽。

李煜和小周后的相会，又不仅仅是偷情这么简单。瞒着大周后，李煜约会其妹，于礼法不和。但他们偏偏又深爱彼此，便只能深夜偷欢。

"妻不如妾，妾不如婢，婢不如妓，妓不如偷，偷得着不如偷不着。"明代的冯梦龙一针见血地点破偷情者的心思。偷情之事古来有之，早在崇尚礼乐的周朝就已出现。

野有蔓草，零落溥兮。有美一人，清扬婉兮。邂逅相遇，适我愿兮。

野有蔓草，零落瀼瀼。有美一人，婉如清扬。邂逅相遇，与子偕臧。

这是《诗经·郑风》中一幕私会场景：野外一条小路旁，青草茂密。一个男子匆匆而过，露水沾湿了他的衣袂。迎面走来一位美丽姑娘，娇羞妩媚如花。两人一见钟情，拉着对方的手躲进了路边的草丛。

虽无风，但见草动。

偶然邂逅即结百年之好，未免显得仓促。文人偷情，恐怕难以接受这种红日之下、道路之旁、以天为盖地为庐的结合。他们大多在夜色的掩映下，静悄悄地来去，再热烈的女子也会有一抹娇羞，再风流的男子也会克制着激动，流露出温柔。李煜的偷会是这样，柳永的也是如此。柳永一曲《中吕调·燕归梁》，仿佛便是李煜和小周后那场相会的翻版。

轻蹑罗鞋掩绛绡。传音耗、苦相招。语声犹颤不成娇。乍得见、两魂消。

匆匆草草难留恋，还归去、又无聊。若谐雨夕与云朝。得似个、有囂囂。

这场情事匆匆收场，未能尽兴。那个前来相会的女子，离开时可曾慌乱地来不及穿上鞋子？柳永说，朝夕云雨才能满足。这大概也是李煜的希望。

一夜云雨终短暂，倘若时光流转，还能对昔日情人保持热情的，才更接近长长久久的爱情。幸好，李煜对小周后的情感，确是爱情。

但不管爱有多深，情有多浓，李煜幽会小周后，还是要屏退左右，既为避人耳目，更因自古"偷情多为两人事"。当然，也有人不迭地打破了这一惯例，譬如张生和崔莺莺私会，还需要一个红娘来牵线引路。

元代王实甫的《西厢记》中有莺莺幽会张生的桥段。只不过，和形单影只、自提金缕鞋的小周后相比，莺莺身边多了个红娘，红娘甚至连鸳鸯枕都替她准备好了。崔莺莺"羞搭搭不肯把头抬"，小周后"一向偎人颤""教郎恣意怜"，一个抱枕，一个提鞋，两样的风姿，一样的情怀。

豪门深闺里的小姐，已有了偷情的胆量。至于民间女子，其情意表露得就直接了。明代有一部由民间小调集结成的《挂枝儿》，其中有一首《耐心》，抒发的是女子偷情不成的心绪。

熨斗儿熨不开眉间皱。快剪刀剪不断我的心内愁。绣花针绣不出鸳鸯扣。两下都有意。人前难下手。该是我的姻缘。哥。耐着心儿守。

小周后的心思，大抵和这位叫着"哥"，让情郎"耐着心儿守"的姑娘一般无二。南唐的后宫虽不是郑人的野草地，也不是明代平民女子的香闺，但再严明的礼教与伦理，也束缚不住两颗擦出火花的春心。倘若白日不能正大光明地相会，那就趁个花明月暗，幽会在画堂南畔吧。

至于多年后国破家亡，小周后为赵光义所辱，后主只能"婉转避之"，那又是后话了。当初的日子有多美好，就更衬出后来的时日有多糟糕。昔日的你侬我侬，已是尘归尘、土归土，极尽旖旎繁华，不过是一捧水月、一掬水流沙。

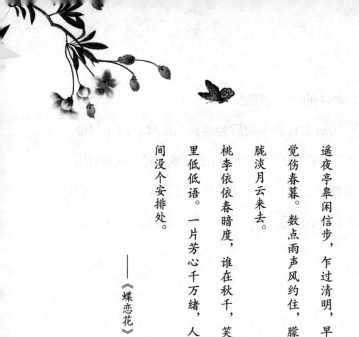

人间没个安排处

遥夜亭皋闲信步，乍过清明，早
觉伤春暮。数点雨声风约住，朦
胧淡月云来去。

桃李依依春暗度，谁在秋千，笑
里低低语。一片芳心千万绪，人
间没个安排处。

——《蝶恋花》

公元 968 年，南唐的礼官们遇到了一桩让他们格外困扰的事——李煜要迎娶大周后的妹妹，但他们却不知道该用何种礼仪。

李煜虽然急于完婚，但他没有怪罪礼官。祖父立国传位至他，李氏家族统治南唐才不过三代。祖父和父亲均在尚未登基时就已成婚，李煜迎娶娥皇时只是个普通皇子，还没成为储君。皇帝大婚，这在南唐没有先例可循。

帝王的婚事关乎国体，礼官们这样想。在李煜心里，想得更多的却是如何给心爱的女人一个风光的婚礼。这关乎仪式，还关乎名分。在皇帝的授意下，礼官们遍翻史书，研究历代帝王大婚时的礼仪。

数月后的一天，金陵城内人头攒动，通往皇宫的道路两旁更是人山人海。后排的人踮着脚，仍被前面层层人墙遮蔽了视线，看不到大路上皇家迎亲的队伍，只听见飘在空中的乐声。于是，有的人爬上树，有的人攀上房。

　　人声鼎沸，他们谈论的都是同一个话题：皇帝要迎娶新后了，而这新后，还是刚逝去的大周后的妹妹。

　　在此之前，这桩皇家风流韵事已不再是秘闻，甚至连李煜所作的"刬袜步香阶，手提金缕鞋"的词篇，也成了酒楼茶社里酒友茶客的谈资。

　　鞭炮声、欢呼声、丝竹声、议论声，还有红盖头下小周后的呼吸声，相互缠绕交织，在李煜耳边汇成新的乐章。从此以后，小周后就是他明媒正娶的妻子，可以耳鬓厮磨，暮暮朝朝。

　　可是，这桩喜事没能得到南唐百官的祝福，甚至有朝臣献上一首又一首阴阳怪气的诗词，伴着若有若无的讽意。大臣徐铉的"四海未知春色至，今宵先入九重城"，分明是影射李煜和小周后无媒而合、瞒着大周后偷情的往事。

　　李煜耳根发热但并未理会，身边有小周后相伴，他已经满足。倘若他真的畏惧人言，只怕这桩情事根本不会开始。

　　曾经，他看着小周后渐渐长成，风韵一日胜过一日，却不能光明正大地和她相守，这是不能释怀的愁事。世人皆愿

"人生若只如初见"，是因为逝去的光阴多能美化当时的瑕疵。李煜更看重今夕，看着风姿气度不输当年的小周后，他庆幸此刻的拥有。

李煜还记得，当时大周后娥皇病卧在床，小周后是以探病之名进宫的。被病痛折磨日久的娥皇已不复倾城姿容，猜测到李煜和小周后的关系，她更是伤心欲绝，自此终日面朝床里而卧，不愿见到李煜。

汉朝时李夫人面朝里拒绝见到汉武帝，是因为怕汉武帝见到她憔悴的模样心生厌恶，不仅会忘了从前的美好，以后也不肯照顾她的家人。于是李夫人至死未见君王面。她故去后，汉武帝果然日夜思念，将她的画像悬于寝宫，朝夕相对，并写了一首《落叶哀蝉曲》倾诉相思："望彼美之女兮，安得感余心之未宁。"夫人啊，你可能感受到我的怀念与思恋?

爱情真是件易碎品。

娥皇大抵没有李夫人那么深沉而长远的算计。她被丈夫和妹妹的感情所困扰，却无可奈何。于是，她颓然消瘦，并以此折磨着李煜。她陪伴李煜度过韶华时光，亲切得就像他的左右手。李煜衣不解带地看护，希望上天眷顾，将她留在人间。但对于酷肖娥皇当年的小周后，他又欲罢不能。

李煜陷入两难境地：既不能给旧爱以完整的爱情，又不能给新欢以名分。他本不该爱上小周后，可是陷落爱情里，有几人能做到防微杜渐？

李煜本该明白，爱上不该爱的人，代价并不只是受一场相思苦。爱情虽然有使人焕发青春光彩的魔力，但是有时候，爱情也催人衰老，即便瞬间绽放的光彩，也不过是濒死时的回光返照。更有些有违伦常的情感，刹那便会灰飞烟灭。曹植爱上兄长之妻甄氏，在现实中却不能有丝毫逾礼。纵有一场刻骨铭心的相会，却是在梦里。

曹植和甄氏情投意合，却毕竟于伦理不合。曹植压抑着疯长的相思，甄氏则因思念成疾，郁郁而终。一次宴会上，曹丕把甄氏的遗物玉镂金带枕送给了曹植。返回驻地的途中，曹植怀抱佳人遗物，思念更深。行至洛水，他深夜梦沉，竟好像望见甄氏凌波而来。惊醒后再无法入眠，于是曹植写下了《感甄赋》。

《感甄赋》一经作成便家喻户晓。或许曹丕曾在某个难眠的夜晚，读到了弟弟凝聚真情的奇文，一时间，甄氏的修眉俊目、丹唇皓齿、滑肤细腰，仿佛又出现在眼前。流连于逝者的寝殿，曹丕决定不再追究。

有时候，爱也会让人宽容。

但是，魏明帝曹睿却不能不在乎。身为甄氏的儿子，他觉得叔叔所题的这"感甄赋"三字实在荒唐，便下令改为"洛神赋"；而父亲去世时，群臣曾建议拥立曹植为帝，更令曹睿如鲠在喉。后来，魏明帝几次三番更改曹植的封地，令曹植受尽漂泊之苦。

不伦之恋，总会让当事者付出些代价，但仍有人如扑火飞蛾，捧着毒药也甘之如饴。情根深种的甄氏，憔悴了容颜，凋零了生命。小周后则放下了少女的矜持，也顾不得姐姐的埋怨，在嘲讽的目光中期待与李煜成双成对的一天。可是，她会不会步了甄氏的后尘？曹植忍受着相思，在铭心刻骨的怀念里度过余生。而李煜，会不会成为第二个曹子建？只恐到那时，何其风流的辞章，都不过是清明墓冢前的一声长叹。对这些，李煜了然于心，却无计可施。他和小周后的感情，娥皇容不得，世人看不惯。

然而不久之后，娥皇病重而逝。她尸骨未寒，沉浸在悲痛中的李煜就让小周后在宫中待年。古时候女子成年未嫁时，在闺阁中等待有缘人来提亲，是为"待年"。小周后在宫廷里"待年"，与李煜"划袜步香阶，手提金缕鞋"的风流事又传于外，何人敢来提亲？待年之说，不过是金屋藏娇的幌子罢了。

没料到不久后，圣尊太后也去世了。按照传统，李煜要为母亲守制三年。眼看着小周后从弱骨丰肌的少女，出落成风姿卓绝的女人，李煜一心盼着早日给她个名分，却终是不能。

《蝶恋花》一首，寄托的便是李煜无处倾诉的愁苦。

清明刚过，长夜难眠，他信步而行。本是春意浓烈的时节，但他眼中的春光并不明媚，绿树红花都被愁绪笼罩。蒙蒙细雨落梧桐，那滴滴答答的声响，竟然被风声遮盖过去了。雨停云收，月亮发出清冷的光。

"桃李依依春暗度"一句，和小周后的处境是多么契合。她从笄时入宫，到嫁给李煜，跨越了五年时光。如果是从未出过闺阁的少女，又为家教、礼法约束，或许一直情窦未开、春心未动，这五年还不算难熬。然而，小周后却是那么早就遇见了让她措手不及甚至失了少女矜持的李煜，心被情丝缠绕，拨不开斩不断，只能等待。

她在最好的时光里沉默等待，李煜却被歉疚折磨。秋千架上，美人笑语嫣然，仍化不开他无处安排这一片芳心的愁绪。被等待是种幸福，也让人忧愁，李煜被幸福和歉疚撕扯着——谁能懂他这份"人间没个安排处"的心痛？

或许，陆游和唐婉懂得。他们本是一对佳侣，琴瑟甚和，但陆游的母亲却对唐婉有诸多不满，逼迫儿子休妻。陆游百般恳求无果，含泪写下休书。

几年后的一次偶遇，触发两人对旧事的追忆。各作《钗头凤》一首唱和，字里行间尽是痴情与痴怨。不久唐婉郁郁成疾，在萧索秋日化作一缕香魂，从此再不必咽泪装欢。

更早的汉乐府里，也有类似悲剧。《孔雀东南飞》诗前有序："汉末建安中，庐江府小吏焦仲卿妻刘氏，为仲卿母所遣，自誓不嫁。其家逼之，乃没水而死。仲卿闻之，亦自缢于庭树。时人伤之，而为此辞也。"焦仲卿和刘兰芝被合葬在华山旁。山中松柏成行，梧桐茂盛，"中有双飞鸟，自名为鸳鸯"。鸳鸯每夜鸣叫到五更，仿佛在提醒后人："戒之慎勿忘！"

爱情无处搁置时，悲剧就翩然而至。牛郎织女银河相望、孟姜女千里寻夫哭长城、梁祝双双化蝶，都把这种无奈演绎到了极致。

有风雨摧春，未到春末，残红已经遍地。世人都怕春过花残，李煜也怕。他怕春花一样的小周后来不及绽放全部美丽，就无声地凋谢在深宫里。

到小周后十九岁时，李煜终于给了她名分。彼时的她，和初嫁李煜的娥皇，一样的年龄，一样的青春。

可是，从宫内到坊间，从古到今，谈起大周后，人们总会想起她过人的才华、贤惠的德行，并为其华年早逝的命运叹惋不休；但说到小周后，却莫不以桃色的眼光、轻薄的语调，数说提鞋偷会的风流。关于小周后和李煜的种种，仍多被视为乱伦。他们的婚姻，并未得到过祝福。

大周后病重时，李煜也曾软语温存，她去世后，被以国母礼仪厚葬；小周后为了李煜，即使被赵光义所辱也只能忍受，并在李煜死后自杀殉情。小周后自杀时只有二十八岁，比娥皇病逝时还小一岁。她做所的一切，鲜见后人一句赞语。只因那违反伦常的爱情，人间或许从未有过她的位置。

柳枝不是无情物

风情渐老见春羞，到处芳魂感旧游。多见长条似相识，强垂烟穗拂人头。

——《柳枝词》

少有男子如李煜一般，桃李花草，乱红秋千，都能触发他的伤情，令柔肠百转千回。他为帝王时，词中既不见王者霸气，也少有皇室贵气，总有股道不尽的绵软情思，就像江南连绵不绝的细雨，润心无声。他在画堂南畔幽会，千顷碧波泛舟，夜晚深院待人归，亲切而真实；他看得懂"笑向檀郎唾"的女子，看得穿绿窗待芳音的思妇，细腻而贴心。

如果不是有这样善感的心，那么他大概也不会为一个年华老去的宫女留下一阕词章。

据史料所载，李煜痴爱诗词音乐，他在宫中设有教坊，随侍左右的很多宫娥也都通音律、善舞蹈，庆奴是其中之一，她年轻时深得李煜垂青。

庆奴的相貌已不可考，但陪王伴驾的女子，纵使不是国色天香，也该有千种风情。然而，时光慢慢爬上美人的眼角眉梢，成了细细的皱纹，过了青春年华的庆奴，不复昔日风采。后宫里多二八佳人，这样一个并不年轻的宫女，会有怎样的结局呢？

不论是"三宫六院七十二妃"之说，还是"后宫佳丽三千人"的言辞，多少带些夸张成分，却也表明了帝王后宫里妃嫔宫女之盛。这些女人，住在人间最奢华的宫殿里，也忍受着世间最深的寂寞。

她们之中，位高者如陈阿娇，失宠后被汉武帝幽禁长门宫，纵使千金买赋也不能讨回帝王的恩宠；取阿娇而代之的卫子夫，后来也因年老色衰被汉武帝嫌弃，只能看着得宠的李夫人和钩弋夫人，满心落寞。位高者尚且如此结局，普通宫女的命运就更可悲了。唐代元稹有一首《行宫》，写的就是普通宫女的无奈：

> 寥落古行宫，宫花寂寞红。
> 白头宫女在，闲坐说玄宗。

古行宫指的是上阳宫，"白头宫女"在唐玄宗天宝年间被潜配到此，如入冷宫，幽闭四十载，霜雪染白青丝，少女已成老妪。当年，她们也是月貌花容，然而在这鲜有人至的古行宫里，无人欣赏的美凋零得更快。往事本不堪回首，然而四十年的冷宫生涯让她们不可能有新的话题谈论，每逢闲坐，仍是追忆玄宗时期的往事。

"宫花寂寞红"一句，几乎可见所有后宫女子的人生。内院深宫，多少国色、几多风情，都在等待君王的过程中心灰意冷，及至垂垂老矣时，可能都未曾换来君王的短暂凝视，难怪宫怨会是诗词创作的不朽题材。

庆奴不幸，她的青春消磨于深宫内，但与一生遥望君王的宫娥相比，庆奴又有幸，年轻时有机会陪伴君王，当年老色衰时，还得到了君王的体恤和怜惜。

女人虽然不完全靠美貌吸引男人，但爱美之心，乃是人之天性，何况历史上因人老珠黄而失宠的女人实在太多。吴三桂冲冠一怒为红颜的故事流传甚广，彼时他对陈圆圆何等痴情。当人们沉浸于这段情事的浪漫和传奇时，却不知后事：陈圆圆渐渐色衰时，吴三桂已另有新宠数人，两人因为前事产生的隔阂也变得更加明显，加之她和吴三桂正妻不和，屡受刁难，最后，昔日的绝代美人辞家礼佛，余生与青灯黄卷相伴。

幸而，李煜除了欣赏女子的美貌之外，更因其才情多了几分怜惜。在那个和风日暖的春日，在一场宴会上，李煜不经意间瞥见了已不再年轻的庆奴。这个南唐最尊贵的男人，只一眼间，就窥见了那个地位卑微的女人的心事。

明代顾起元认为"见春羞"三字用得极好，在《客座赘语》中评其"新而警"。席上丝竹管弦声犹在，舞者身姿销魂，但庆奴脸上却不见喜色。她沐浴在美好春色里，越发感觉到自己的衰老。年年岁岁花相似，岁岁年年春依旧，她却已经不再是那个翾笑生姿、笑靥如花的少女。

畏老带来的自卑让庆奴越见春天之美就越羞惭，此番难得重见君王面，令她不由自主地想起昔日荣宠，一番感念后，便清醒地意识到那些都已成过眼云烟。

李煜见到庆奴的一刻，就窥见了她的羞春心思。他看着庆奴在宴游之地徘徊踟蹰，站在垂柳下发呆，情知她在悼念失去的韶华，想作安慰语，却不知如何开口。柳树仿佛通晓了李煜的想法，垂下的柳条随风摇摆，好像抚上了庆奴的秀发。后来李煜取过一把黄罗扇，写下了一阕《柳枝词》，想以此告诉庆奴：不仅垂柳依依记旧人，我也从未忘记过你。

黄罗扇面上散发出墨香，那是李煜亲笔题下的字迹。

李煜的书法，先学柳公权，后学欧阳询、颜真卿、褚遂良、王羲之、钟繇、卫夫人等，渐渐自成金错刀体，"大字如截竹木，小字如聚针钉"。这一首《柳枝》，想必被挥洒得当如聚针钉。后人道李煜的书法如"倔强丈夫"，倒是比他的词乃至他的人更多几分阳刚气。此番，倔强丈夫笔书柔情，不知接过黄罗扇的庆奴，该是怎样一副诚惶诚恐、感激涕零的模样。

像庆奴一样身处深宫的女人，就像一株葵花，君王便是太阳。葵花向阳而生，太阳却要普照大地，把光芒洒下四面八方，不可能只为一株葵花而存在。宫中女人当有不专宠的心思，莫要生出独享君王爱情的奢望，否则，在这寂寞的宫廷生活，她们将坠入更深的痛苦和绝望里。这种痛苦，白居易有两首后宫诗说得分明：

泪尽罗巾梦不成，夜深前殿按歌声。
红颜未老恩先断，斜倚熏笼坐到明。

雨露由来一点恩，争能遍布及千门？
三千宫女胭脂面，几个春来无泪痕！

庆奴是个聪明且识分寸的女人。在内心深处，她肯定对李煜有更多期待，但没有因为这一把意外的题诗团扇就生出妄想。她知道"雨露由来一点恩"的后宫法则，知道帝王恩泽无法遍及千门——除大周后以外，李煜身边还有妃子江氏、保仪黄氏、嫔御流珠等人。

帝王的专情，常常出现在话本里、戏台上，真实的史册里，只有明孝宗朱祐樘一生只娶一妻。

遑论庆奴只是个小小宫娥，李煜题诗赐扇的片刻温柔，已经足以令她回味终生。

据民间传南唐城破后，庆奴藏身民间，几经波折，后来嫁给一位宋朝将军做侍妾。当时赵匡胤严令朝中诸人不得私自接触李煜。庆奴感激旧日君主的垂怜，还托人带去了问候的书信。见信后，李煜泪雨滂沱，不能自已。

在李煜后宫的诸多宫娥里，并非只庆奴一人意外地得到帝王恩遇。另有以布缠足的舞女窅娘，只为裹出金莲小脚，用步步金莲的奇妙舞姿博得李煜欢心。李煜捧美人脚落泪，正是这两行一时感动而落下的清泪，换了窅娘一生忠贞，让她在金陵城破后，义无反顾地随李煜北上汴京。

史有载："窅娘白衣纱帽随行，后主宛转劝留，不听。"宛转劝留是李煜对身边人的疼惜，不听而随行是窅娘对李煜表达爱意的唯一方式。此路漫漫，前途未卜，幸有佳人，聊解寂寞。

还有宫人乔氏，曾得李煜赐予的一卷《心经》。亡国后，乔氏入了宋朝皇宫，仍然保存着这部《心经》。

听闻李煜被宋太宗赐死的消息后，乔氏取出《心经》，写下几行字："故李氏国主宫人乔氏，伏遇国主百日，谨舍昔时赐妾所书《般若心经》一卷在相国寺西塔院。伏愿弥勒尊前，持一花而见佛"。

关于乔氏最后的结局，由南唐入宋的文人徐锴在《南唐制语》里道："有宫人乔氏出家诰，岂斯人耶？"

国破后，李煜已为阶下囚。感念着昔日恩情，南唐旧宫人冒险送信，生死相随，甚至因伤心而遁入空门，实在令人唏嘘。

国家虽亡，南唐遗民的日子却要继续下去，他们入宋后多安分守己，努力生活，时而也会惦记起旧时君主。据《南唐拾遗记》所载，李煜死后，"凶问至江南，父老多有巷哭者"。

无论宫中女眷还是乡野黎民，李煜未曾给他们安稳的生活和理想的家园，但这些人非但不恨他，反而念念不忘。

其中缘由，大抵便在这首《柳枝词》里——李煜从没有欲取姑予的心思，他的温柔体贴、仁爱宽厚，都是真性情的流露，连决定采取轻徭薄赋的政策时，都是对百姓发自内心的怜悯，而不是像多数政治家那样以稳固江山社稷为最终目的——毕竟，人性的力量总是动人的。

于是，在年年花落无人见、空逐春泉出御沟的深宫里，因君王有情，柳枝也成了有情之物，温暖了一颗芳心，给寂寞的后宫涂上了一抹暖色。

第三章

南柯一梦诉离殇

绿窗冷静芳音断

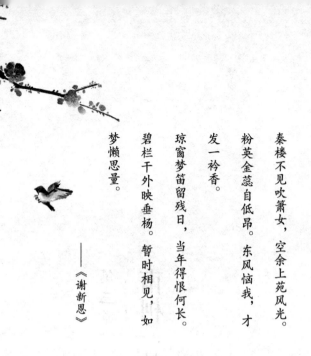

秦楼不见吹箫女，空余上苑风光。

粉英金蕊自低昂。东风恼我，才

发一衿香。

琼窗梦笛留残日，当年得恨何长。

碧栏干外映垂杨。暂时相见，如

梦懒思量。

——《谢新恩》

　　瑶光殿旁的梅花开放时，粉嫩的花朵在枝头摇曳，像撒娇的孩子，等人来哄。

　　如果大周后陪在身边，李煜一定会轻抚花枝，把散发着幽香的梅花递到爱妻鼻侧，和她一起沉醉于芳香。对着这片梅花，他或许会作新词，而她必会谱上新曲，留一段琴瑟和谐的佳话。事实上，此时李煜"天教长少年"的愿望已经成空。伴他十年的大周后，在风华正茂时撒手人寰。

　　大周后生前居住的瑶光殿，本是温柔乡，如今却成了伤心地。他不想再来，怕徒增伤心，但还是忍不住来了。恰逢梅花盛开，一派云蒸霞蔚的美景，着实刺痛了李煜的双眼。这种痛，比"人面不知何处去，桃花依旧笑春风"的惆怅要胜百倍。"不知何处去"的佳人，或许有了更好的归宿，但和李煜耳鬓厮磨整十年的大周后，却孤零零地去了一个春风不到、梅花不开的寂寞世界。

这片梅花是李煜和大周后一起种下的。相约花开赏梅的他们，当初并没料到这个约定会实现无期。徘徊于瑶光殿外，昔日你侬我侬的情意重现眼前，苦闷无计的李煜索性怨起了梅花：

> 失却烟花主，东君自不知。
> 清香更何用，犹发去年枝。

《梅花》诗言辞虽直白，情感却深婉。李煜如泣如诉：梅花啊，你的主人已经离去，你竟然不知！纵使再美再香，又有何用！

李煜自言"壮岁失婵娟"，长叹再无知心人能陪自己种梅赏梅。

不只瑶光殿旁，寻遍南唐后宫，到处可见娥皇的影子。她为他，费尽心血复原《霓裳羽衣曲》，在教坊内反复奏响琵琶，教授宫人，陪他寻春禁苑内，马踏清月夜……纵使李煜邂逅了小周后，两人情浓时，他也不敢设想失去娥皇的生活。这个才貌双全的女子，是上天送给他的礼物，然而，自古美人如名将，不许人间见白头。

她终于还是去了，空余上苑风光。此后一段时日内李煜的生活状态，于《谢新恩》中可见端倪。

"秦楼不见吹箫女"一句用典。据《东周列国志》记载，秦穆公的女儿弄玉和善吹箫的萧史因箫声结缘，在秦楼共居十年，鸾凤和鸣，最终乘凤而去。李煜以"吹箫女"代"琵琶女"，言善弹琵琶的大周后已经逝去，就连李璟赐给她的烧槽琵琶，都随她长埋地下，如今留下李煜一人，形单影只。

昔日的上苑羯鼓声响、歌舞醉人，现在虽仍有秀美风光，但已无人欣赏。花开花落本是自然规律，就如生死，非人力能够决定。这道理如此浅显，但词人仿佛今日才懂得。东风恼怒他的后知后觉，不甘不愿地只吹来一缕香气。

残日照琼窗，往昔的华美映衬着今日的悲凉，当年爱意有多浓，今朝痛苦就有多深。悲至高潮，眼前的景物却又明快起来：杨柳于风中媚态万千，好一片盎然春意。李煜不禁起疑，这美景是不是美事的预兆，难道能再见娥皇吗？哪怕是瞬间，他也会满足。他非常明白，再相逢也只能是在梦里，于是便"懒思量"。

黄粱一梦终成空，他不想自欺欺人，换来更大的失落。

与亡妻梦中相见，只会徒增困扰。这种痛苦，宋代的苏轼亦品尝过，才有一首千古悼亡之作《江城子》，让人泣下沾襟。

十年生死两茫茫。不思量，自难忘。千里孤坟，无处话凄凉。纵使相逢应不识，尘满面，鬓如霜。

夜来幽梦忽还乡。小轩窗，正梳妆。相顾无言，惟有泪千行。料得年年断肠处，明月夜，短松冈。

时光荏苒，苏轼的生活想必是不如意的，又怀思深切，以至于容颜憔悴，"尘满面，鬓如霜"，纵使能与妻子再见，她恐怕也认不出自己了。失去大周后的李煜，未尝不是这种潦倒情状。

福无双至，祸不单行。在大周后病重期间，幼子仲宣又不幸夭折。丧子之痛啃噬着李煜本就善感的心，其哀痛之深，在他写下的祭文里清晰可见："与子长决，挥涕吞声。"其中一句"空王应念我，穷子正迷家"更令人肝肠寸断——孩子尚且年幼，正是恋家的年龄，乖蹇的命运怎就忍心把他带走！

那段时间，李煜常常泪流满面，但在病重的娥皇面前，他还要强颜欢笑，并严令封锁仲宣夭折的消息，只怕加重娥皇的病情。对这段历史，史书有载："仲宣殁，后主恐伤昭惠后心，常默坐饮泣，因为诗以写志，吟咏数四，左右为之泣下。"

在他几近崩溃的边缘，娥皇还是知道了真相，不久便也去世了。出现在娥皇葬礼上的李煜，不再是那个"明俊酝藉"的青年，他目光呆滞，形销骨立，不拄拐杖已经不能站立，比起苏轼的"尘满面，鬓如霜"，有过之而无不及。纵使娥皇再生，在这茫茫人海中，她还能认出她的"檀郎"吗？

苏轼与妻子梦中重聚，"相顾无言"，默默吞声饮气。若李煜在梦里再见娥皇，又能说些什么？告诉她自己独寝多日，恐她担心；告诉她教坊缺了新曲，恐她伤神；告诉她长子仲寓一切安好，又怕她想起早夭的仲宣。原是无话可说，只能徒添伤感。

相见不如不见，不见却又惦念。这一腔愁苦，李煜蘸着掺和了血泪的浓墨写出，便是一首首悼亡诗词。他还曾写下长达数千字的《昭惠周后诔》，追忆帝后共度的美好时光。

丰才富艺，女也克肖。采戏传能，弈棋逞妙。媚动占相，歌萦柔调。兹鼗爱质，奇器传华。翠虬一举，红袖飞花。

在李煜心里，大周后便是如此完美的存在。不知时光是否美化了他的记忆，总之，他印象中的大周后才、貌、德三全，实是古代女子的典范。长文中有十几处"呜呼哀哉"，皆发自肺腑，也引人跌入无尽哀思。

在《昭惠周后诔》的结篇处，李煜署名"鳏夫煜"。"鳏"

本是一种喜欢独来独往的鱼，"鳏夫"是成年无妻或丧妻的男人。李煜虽未必有三宫六院七十二妃，但后宫中绝不止大周后一人，有史书可查的就有保仪黄氏等人，此时他与小周后也日益情深。他称自己为"鳏夫"，足见后宫里并无人能取代娥皇在他心目中的地位。历代帝王中，如此自称的，除李煜外再无他人。

然而，大周后的诸般好处，或许也不是让李煜哀痛欲绝的全部理由。

有人曾说，一个女人要想让一个男人把自己烙印在心，或是为他殉情，或是让他永远无法得到自己。对于重情者而言，还有第三条路可走，便是让他愧疚。李煜对大周后，的确心怀歉意。他和小周后的种种情缘，在娥皇病重期间种下。他对妻子的恩宠虽未消减，但大周后发现端倪时，还是被伤透了心，她"恚怒，至死面不外向，故后主过哀，以掩其迹云"。按照陆游在《南唐书·昭惠传》中这段记载，大周后该是带着怨愤离世的。

不过，民间另有说法，传说大周后死前曾留下遗言："婢子多幸，托质君门，冒宠乘华，凡十载矣。女子之荣，莫过于此。所不足者，子殇身殁，无以报德。"便是说，直到临终前，她仍以能嫁给李煜为荣，所以辞世时没有怨恨，只有不舍。

不论娥皇有怨无怨，怨深怨浅，李煜心里终归还是觉得歉疚。他怨梅花、恨天公、怯春风、懒思量，这一切一切，都杂糅着说不清的爱与愧。这纠缠不清的情愫，还有瑶光殿旁盛开的寒梅，一同成了这位帝王词客笔下的风景，也被葬在他的心里。

梦回芳草思依依

晓月坠，宿云微，无语枕频欹。

梦回芳草思依依，天远雁声稀。

啼莺散，余花乱，寂寞画堂深院。

片红休扫尽从伊，留待舞人归。

——《喜迁莺》

这汹涌而来的思念，大抵是多日以来已在心里埋好了伏线，以至于连入梦时，李煜也舍不得将其丢掷一旁。然而梦中多少事，他只字未提。到了拂晓时分，晓月坠沉，宿云如缕，他沉默地独倚山枕，仍然没能从那个无人知晓的梦里回魂。

怕的是，一旦从梦中惊醒，思念就会山呼海啸而来，将人淹没。就像阳春三月的柳絮和杨花，经过一整个冬天的蛰伏与沉寂，春风一叩响门扉，它们便纷纷扬扬而来，让人痒而难搔，烦而无措，只能任由它们肆意驰骋，也放任自己忘了现实，乱了方寸。

大周后的辞世仿佛还是昨日的事情，但时光却没有因为李煜的伤心而做片刻停留。瑶光殿旁的梅花开了又谢，萋萋芳草像是绵延不断的思念，爬满坟茔。

墓冢上不见新土，君王侧却见新人。

不管李煜因娥皇之死如何伤神，宫中往来如梭的宫娥、内侍，却大都只见得宠的小周后脸上那愈发耀眼的光彩。他们自然没有指指点点的勇气，但也少不了腹诽：自古"只见新人笑，哪闻旧人哭"，果然不假！

这样尴尬的现实，成了对深情帝王的无言讽刺。

可是李煜对大周后的情意，也不能被完全否定。他从来不是一个善于决断的男人，于国事如此，于感情亦然。他爱慕小周后的如花年华，又贪恋大周后的温婉贤淑，何况，他本来就是可以享齐人之福的君王。

于是，李煜心安理得地躺在温柔乡里，朝左看看，是他的白玫瑰，朝右瞧瞧，红玫瑰艳丽得仿佛盛夏傍晚的云霞，璀璨得像是在用生命燃烧。

也许每一个男子全都有过这样的两个女人，至少两个。娶了红玫瑰，久而久之，红的变了墙上的一抹蚊子血，白的还是"床前明月光"；娶了白玫瑰，白的便是衣服上的一粒饭黏子，红的却是心口上的一颗朱砂痣。

才女张爱玲，对那想着同时拥有红、白玫瑰的男人，言辞何其刻薄。李煜是幸运的，他把两朵玫瑰都插进花瓶，并且没有像其他男子那样天长日久就生了厌倦。但令他始料未及的是，所期待的天长日久，拦不住造化的横刀一挥。大周后芳年早逝，白玫瑰在花开最盛时经了疾风骤雨，零落成一地残花，一缕芳香也终被冷风无情卷走。

此间种种，让敏感的李煜不能不遗憾，也无法不悲伤。

在一个无人相伴的漫漫长夜，对佳人的思念就像浓得化不开的夜色，铺天盖地涌来。从梦境到现实，思念无孔不入，左突右闯，直撞得一颗心都疼了起来。

想必是大周后的芳魂入了他的梦，在清醒时无法抵达的相逢中，他们互相倾诉别后的悲伤和思念，缱绻相偎。

直到凉风钻进室内，孤枕的帝王蓦地惊醒，见窗外晓月坠，宿云微，才知此前的片刻温存不过是一场让人沉醉的大梦。梦回时，才愈发察觉美梦的残酷——梦里的温柔缠绵，只化作醒来后的凉衾冷被。他把一腔思念放逐，循着延伸到天涯尽头的芳草而去，但天远地长，佳人身影难觅，就连鸿雁的叫声都依稀难闻。

鸿雁难寻，如何传书？

原来，当天人永隔后，却是连思念都无处寄放了。

向前追溯几百年，也曾有帝王像李煜一样，陷入相思无处安放的痛苦里。

李夫人病逝后，汉武帝刘彻日夜思念，食不知味，寝不遑安，命画师画了李夫人的肖像，挂在甘泉宫日夜相对，还是难解相思苦。后来，有齐国方士少翁先生说可招来李夫人亡魂，与汉武帝相聚。武帝大喜，命他速行法事。

果然，在夜晚的烛光花影中，李夫人的魂魄姗姗而来，在层层帷帐的遮掩下，袅袅婷婷地走来走去。武帝大喜，想上前握住李夫人的手倾诉心声，谁知光影摇曳，那身影突然就消失不见了。

有后人言，那方士只是和念妻心切的汉武帝开了个玩笑——帷幕中晃动的，不过是一个依照李夫人体形做成的布偶。但不明真相的汉武帝还是悲伤地感叹："是耶，非耶？立而望之，翩何姗姗其来迟？"

或许，英明神武如汉武帝，本就知道这是一个骗局。但是，当满怀愁绪无处寄存时，他心甘情愿地选择被欺骗。

若是李煜此时也遇见一位善于察君言、观君色的方士，他应该也是愿意被骗一次的，然后，他就可以对着那明显不同于娥皇的身影，自欺欺人地安慰寂寞的心。

李煜是寂寞的，即使身处后宫佳丽的环绕中，即使有小周后温言软语来安慰。既是因为落在帝王家的天生孤独，也是因为那颗对万事万物天生敏感的文人心，即便大周后在世时，这份冰封的寂寞也未曾被彻底融化。只不过大周后病逝的那个冬日，较之往年又冷了许多。直到冬去春来，直到暑气又踢踏着脚步挤走暮春，李煜还是只能徒劳地用左手温暖右手。

娥皇病故后，李煜很长时间没有唤人侍寝，连风头正盛的小周后也受了冷落。《喜迁莺》所记的，正是这样一个孤独的长夜。

梦回人醒，长夜到了尽头；莺散花乱，原来春天也即将挥手。雁声稀少，啼莺也纷纷振翅而去，似有别处风光更加迷人，总会比这残花乱舞的寂寞画堂多几分生气。李煜在宫殿苑囿里来回踱步，小心翼翼地避开尘土上凌乱的落花。有机灵的宫人见状，赶紧过来打扫，李煜却摆手喝止。

"片红休扫尽从伊，留待舞人归。"随它落红满地，无须打扫，只盼那不知身在何处的"舞人"早日归来，也看一看这最后的春景吧！

这是大周后去世后的第一个春天，李煜独自度过。他多希望能盼得舞人归，盼她再迎风而舞，卷起这落满花园的片红，不知那将是怎样一幕令人心荡神摇的风景。

可惜李煜自己格外清楚，他心心念念的舞人是不会再回来了。就像甜蜜的梦留不住，将逝的春景、已逝的美人，都是唤不回的。

离恨恰如春草生

别来春半，触目愁肠断。砌下落
梅如雪乱，拂了一身还满。

雁来音信无凭，路遥归梦难成。
离恨恰如春草，更行更远还生。

——《清平乐》

为了滞留北宋的弟弟李从善，李煜写了一阕又一阕词，似乎用笔墨可以铺路架桥，为孤身陷于敌营的弟弟铺一条归路。这首《清平乐》，也不过是其中一块瓦石、一捧微尘，读来，偏有泰山压顶之重，又似风沙迷了双眼。

劈空而来的"别"字，如晴空一道霹雳、午夜一声惊雷，只要静悄悄地等待，多半会有一场泼天冷雨从头浇下。李从善入宋而不得归，这对李煜、对南唐，都是一阵惊雷、一场冷雨。

李从善并非空手去的北宋。他从金陵一路北上，身后车马排成长龙，却无半分龙马精神，反而像条垂死的百足之虫，在做最后挣扎。车辆上被遮雨的帷幕掩盖着的，是兄长李煜为北宋帝王准备的贡品：绫罗绸缎、文房四宝、瓷器新茶，一切都被安置得妥妥当当，唯恐有个闪失，并非李煜对宋朝君主有多敬重，实是为了那岌岌可危的南唐。

皇帝皆穿黄袍，但李煜一生皆服紫色，已是不动声色地自降了身份。但他还是担心赵匡胤不能体谅他的臣服之心，索性让李从善带着他的亲笔书信，更为露骨地向北宋示好。李从善小心地捏着那一张薄纸，就像捏着南唐细细的脖颈，唯恐稍一用力就会折断。

公元971年，李煜与李从善郑重道别。马蹄声嗒嗒远去，这千里莺啼绿映红的水村山郭，成了李从善回忆中最后的江南。

次年闰二月，赵匡胤封李从善为泰宁军节度使，赏赐他府邸和美女。

这是个危险的信号——北宋接受了南唐委曲求全、低声下气的纳贡，对李煜自降身份的行为也欣然领受，只是，秣马厉兵的进攻筹备依然在有条不紊地进行着，李从善成了一颗被投入深海的石子，自己浮不起来，又无人帮忙打捞。李煜心急如焚，忧心兄弟又担忧国事，分别的短短数月似乎已预兆了隔世。

南宋陆游在《南唐书》里记载："后主闻命，手疏求从善归国。太祖不许，以疏示从善，加恩慰抚，幕府将吏皆授常参官以宠之。而后主愈悲思，每凭高北望，泣下沾襟，左右不敢仰视。由是岁时游燕，多罢不讲。"由是看来，李从善在北宋的日子不一定有多么凄苦，只叹苦了李煜为人兄长的一颗仁心。每每想到自己亲手把弟弟送入狼窝虎穴，他懊悔不已，伤心难耐。

帝王的眼泪更是一个危险至极的讯息，南唐臣民惴惴不安，似乎已经嗅到了强国铁蹄卷起的尘土腥味。他们的国家正在风口浪尖，他们的君主已"泣下沾襟"。除了哭泣和等待，小民就更是别无良策。

种种危险的信号让李煜如置身寒冬，但这一切都不能阻止春天的回归，就像大周后的辞世，并不能阻止瑶光殿旁的梅花盛开一样。

春天和往年一样不约而至，整个江南在春光里绽放温柔。秦淮河畔繁华依旧，古都的巷弄里依然充满脂粉气，文人墨客、王公大臣流连其间，留下一曲又一曲风流诗词。宫廷里的香气依旧随风钻入人们的鼻中，让人心也痒痒的，恨不能永远停驻在这温柔乡。

在李煜向北凝望的时候，光阴悄然逝去，不知不觉春已过半。往年，每每冰雪消融，春天刚刚显露行踪时，宫里就已经开始安排寻春酒宴了。席间虽不及晋人流觞曲水的风流，然而，美人在侧、美酒在手、美景当前，羯鼓声中，君臣赋诗作词，谈古论今，却是另一番风雅景象。那时，李煜的身边常有李从善相伴，与他对酒和诗，好不快活。

在以文采传家的李氏家族里，李璟的儿子们，包括性格刚毅的长子李弘冀，无不文采风流。李从善的诗文造诣，在众兄弟中也算超拔。他赠给徐铉的《蔷薇诗一百十八韵》，便是一首文采昭然的佳作。

绿影覆幽池，芳菲四月时。

管弦朝夕兴，组绣百千枝。

盛引墙看遍，高烦架屡移。

露轻濡彩笔，蜂误拂吟髭。

一百十八韵，写的仍是设宴款待客人的场景。李从善虽曾有夺权之心、兴国之志，但他的生活和坐了皇位的兄长李煜并没有本质的不同。南唐上下风气如此，实是江河日下的祸源。

虽然李从善文采逊于李煜，觥筹交错间未必能尽了文兴，血脉相通的融洽却是他人不及。可是现在，李从善滞留在人地生疏的汴京，不能再陪李煜饮酒赋诗。没人敢擅自安排寻春的宴会，唯恐触及李煜的痛处。在这个景色依旧、人事已非的春日，越是熟悉的场景，越能激荡起心中的涟漪，甚至掀起风浪。

石阶旁的梅花一瓣瓣凋落，美好春色在无人欣赏的惆怅里渐行渐远。那一日，李煜一袭紫袍，伫立梅林，遥望着他从未去过的汴京的方向。凋谢的花瓣一片片飞舞于空中，素雅洁白，纤尘不染，像冬日漫天飞舞的雪花。

他伫立良久，以至于落梅把紫袍染成了白色。李煜用手拂落梅花，仍然痴望远方，无奈目光连这片梅林也穿不过，就像他无数次凭栏远眺时，都望不见金陵城墙以外的风景。李从善又在何方呢？

他沮丧、绝望，如雪的落梅让他意乱神迷，沾满衣襟的梅花一瓣覆着一瓣，如心中愁绪，当真是挥不去、驱不散、逃不得。兄弟情、家国恨，都寄托在那一片纷飞的落梅里。

在李煜于砌下落梅中怅望远方时，他想到了一位古人：西汉苏武。

苏武是汉武帝时的大臣。天汉元年（公元前 100 年），匈奴的新单于继位。当时汉朝和匈奴关系十分微妙，为了表示友好，汉武帝命苏武率众出使。就在苏武完成使命将要归国时，匈奴发生内乱，苏武受到牵连，被扣留在异乡。匈奴单于将他囚禁在冰天雪地，不给任何食物与水，但这都没有迫使苏武屈服，他渴饮雪水，饥食羊皮。匈奴单于被其骨气感动，不忍杀他，又不想放他归国，于是将他流放到北海牧羊。在那个人迹罕至的地方，苏武的伙伴只有羊群，还有随身携带的代表汉朝的使节。

据《汉书》记载，汉朝曾派使者迎接苏武回国，但匈奴单于谎称苏武已死。知道真相的汉使决定以谎言回应谎言。他假说汉天子在上林苑打猎时射到了一只大雁，雁腿上系着苏武乞归的书信，并明确告知苏武被囚禁之处。单于语塞，只好放苏武归国。雁足传书的故事由此流传下来。

金陵城里，李煜每每听到大雁的鸣叫，都希望大雁能带回李从善的消息。可是，他日日盼望，又日日失望。李从善便是南唐的苏武，带着国君的期望和嘱托出使，又被对方扣留而难回故土，李煜不由得担心：李从善会不会像苏武一样吃尽苦头？会不会像苏武一样壮年出使，归来时已须发皆白？面对敌人可能施予的种种酷刑，李从善是否有扛下来的骨气？

苏武能重回汉土，归根结底是因为汉朝的强盛，而南唐不过是北宋觊觎的一个属国，李从善不能归，实因北宋无所忌惮。但李煜偏道："路遥归梦难成。"不怨国贫兵弱，反怪路途遥遥，不过是徒劳的自我安慰罢了。

李从善难归，李煜对此心知肚明，所以思念中更夹杂了许多酸楚。离别的愁绪像落梅，纷纷扬扬，拂弄不尽，又像春草，从江北蔓延到江南。无论他身在何处，这份家国之殇，都难以消减。

寒雁高飞人未还

辘轳金井梧桐晚，几树惊秋。

昼雨新愁。百尺虾须在玉钩。

琼窗春断双蛾皱，回首边头。

欲寄鳞游，九曲寒波不泝流。

——《采桑子》

很多时候，过于敏感并非好事。但古来文人墨客、才子佳人，大多有一颗敏感的心。春日万物复苏，山花烂漫，泉水叮咚，莺歌燕舞，到处一派欣欣向荣，他们偏偏感慨春光易逝，美人易老；一叶知秋，处处天高气爽瓜果飘香，有人能窥探到瓜熟蒂落的喜悦，可他们却感叹英雄暮年、一事无成。伤春悲秋，成了古人最不能释怀的情结之一。

然而，世事总有意外。唐代刘禹锡便是个异类，他被贬后写下了"自古逢秋悲寂寥，我言秋日胜春朝。晴空一鹤排云上，便引诗情到碧霄"的诗句，何等豁达，又何等豪迈！

李煜也曾如刘禹锡一样，春日禁苑寻春，秋天登高望远，偶尔为赋新词强说愁，却都是少年心性，不掩春风得意马蹄疾的轻松欢愉。偶见梧桐，也被其挺直的枝干和如伞的绿荫诱惑，醉于"一株青玉立，千叶绿云委"的好景中。

梧桐还是那棵梧桐，辘轳金井也是旧时颜色，但这个秋天却格外惊心，实是因为国事家事纠缠在一起，已到了"不堪细思量"的地步。

无人知晓，自李从善入宋后，李煜究竟给宋室送去了多少好处，许下了多少祈愿，写下了多少思念的篇章。以"辘轳金井"与"梧桐"体现悲秋之意的，李煜不是第一个。李白曾有"去国客行远，还山秋梦长。梧桐落金井，一叶飞银床"的诗句，王昌龄也曾云"金井梧桐秋叶黄"，李煜和前人一样，在金井锁梧桐的浓郁秋意里，倍感离别之苦。

难遣的离情是这首《采桑子》的主题，词人巧借卷帘人这一女性形象传情达意。不过，由于倒叙手法的运用，人物的出场被推延到了上阕结尾句。

"百尺虾须在玉钩"一句里，"虾须"指代珠帘，"玉钩"则是玉制的帘钩。昔日里，南唐的城墙恰如百尺长帘，长帘把室内和室外隔成两个空间，宫墙则把现实和虚幻分割成两个世界——墙外狼烟四起，墙内歌舞升平。

即使长帘不卷，连绵秋雨滴落在梧桐、窗棂上的声响，依然隔着珠帘撞击帘内人的心扉。于是，主人公卷起珠帘，这才得见辘轳、金井、梧桐交织成的萧索秋日。将树拟人，也是移情，写树之"惊秋"，其实是人之惊心。

宋人赵希鹄说，眼不见为净。清代郑板桥也说，难得糊涂。

但卷帘人似乎不愿继续自欺欺人，所以卷起长帘，任破落与萧索的秋景映入视线，任风雨飘摇的警钟在心中不停震荡。秋雨不绝如缕，噼啪作响，仿若雷雷战鼓。

她转步窗边，透过秋雨不见远人归来，想到自己的青春将在这独自守候中消磨殆尽，眉头锁得更紧。想给所思之人寄去书信，但是兴致刚起，又想到路远难达，于是作罢。就像九曲流水不能逆流，她只能在苦苦等待与深深绝望中孤苦终老。

本是哀婉之音，却有悲壮之情。词中呼号哀愁入骨，不再是小女儿情怀的呻吟感叹，也不是"为赋新词强说愁"式的做作。明朝李于麟曾评论说上阕"秋愁不绝浑如雨"，下阕"情思欲诉寄与鳞"，又说"观其愁情欲寄处，自是一字一泪"。

卷帘人对远人的思念，也是李煜对李从善的牵挂。自金陵一别，兄弟天各一方，不能再像往日那样宫中下棋、月下对饮，唯有偶尔传书，聊慰相思。

入宋后，李从善至少给李煜写过两封信。

其中一封信里，李从善密告李煜：大将林仁肇存有反心，已暗中与北宋勾结，另有图谋。李煜收信后勃然大怒，派人毒杀林仁肇。事后才知，这不过是赵匡胤的反间计，李从善在不知不觉间充当了敌人的棋子，李煜不辨是非便贸然起了杀心，也非明君所为。兄弟未能合力断金，反而自毁长城。

另一封信，是李从善在赵匡胤的逼迫下写的。李从善本是代李煜入宋，无论南唐如何纳贡、乞求，赵匡胤却不肯放他归去，并且从没放弃过让李煜入朝的打算，他们希望兵不血刃地占领南唐。为此，赵匡胤让李从善修书劝李煜。李从善人在屋檐下，只好恭敬垂首，寄书信给兄长，劝他入朝见宋天子。

一向懦弱的李煜，却难得表现出了倔强的一面。他没有回信，反而上表赵匡胤，再次请求他放李从善回国。赵匡胤不屑地一笑，把李煜的奏表拿给李从善看，似乎把那满纸请求全当作一场笑话。之后，果断且有智谋的赵匡胤派大臣梁迥出使南唐，进一步对李煜施加压力。

梁迥邀请李煜北上，李煜只好一再岔开话题。当梁迥离开金陵时，李煜因害怕被挟持到汴京，甚至不敢像以往一样为北宋使者送行。他躲在深宫，好像这样就安全了。事实上，彼时金陵的城墙，已挡不住一场飓风，遑论北宋的兵马。

他以江南文人骨子里的一丝倔强，挑战着赵匡胤的耐心。赵匡胤一边备战，一边再次派出使者李穆，将令他入朝的诏书一并带来。李煜称病不肯北上，李穆又是劝诫又是威胁，没想到他的态度越发强硬，怒道："臣事大朝，冀全宗祀，不意如是，今有死而已！"赫然是宁为玉碎不为瓦全的姿态。

李煜的强硬远在赵匡胤的意料之外，但就李煜的性格分析，又带有某种必然。在李煜之前，吴越王已献土归宋。吴越王是个政治家，善于计算得失——双方力量悬殊，一旦开战，吴越的胜算微乎其微，与其被俘进京，倒不如主动归顺，做一个汴京城里的富贵闲人。但对文人李煜来说，国主的头衔并不能赋予他合格的政治素养。他崇尚自由，有时做事甚至会率性而为。虽然自登基以来，南唐就是北宋的属国，但是在祖宗留下的这片土地上，他就是绝对的主宰。如果入宋，荣华富贵或许侥幸能存，但从此，一举一动都将在北宋朝廷的监视下，生死也会被他人轻易玩弄于股掌。

由俭入奢易，由奢入俭难。以这个道理揣度李煜对自由的贪恋，便不难理解他被逼无奈下表现出的坚持——他的自由，必须以权力为基石。沐浴在温柔南风中的李煜，习惯了南唐子民的朝拜，他不想成为宋君金丝笼中的鸟雀，任由赵匡胤对着他人夸耀："瞧，这是朕的猎物！"

仰人鼻息、忍气吞声的日子，只是想一想，都让人窒息。

李煜的强硬不代表他突然转了心性，而是因为被更深的恐惧所驱使。他的恐惧，源自赵匡胤的步步紧逼。在这个秋天，南唐和北宋的矛盾已经明朗化。不得已，李煜像那个卷帘的美人一样，目光越过高高宫墙，开始认真打量他生活的时代，也打量置身其中的自己。

多年隐忍终究避免不了背水一战。李煜已避让无路，退无可退，可是，战争一触即发的前途又让他束手无策。那种无力感，和卷帘人"欲寄鳞游，九曲寒波不溯流"的无奈和哀婉一般无二。所谓"打仗亲兄弟"，如果李从善在身边，李煜还能多一个可商量的心腹，但现在他远在汴京，处于北宋的严密监视下，不要奢望说上几句知心话，甚至不得不迫于赵氏淫威，写信劝降。

国将不国，兄弟离散。家事、国事，让人不堪负。在这复杂的境况下，李煜性格中分裂与矛盾的部分再次展现：一方面，他时常对身边的人说，倘若宋军果真南下，他将亲自披盔戴甲，上阵杀敌；另一方面，他派另一个弟弟李从镒，再次向宋朝纳贡，希望换得短暂的和平。

进退间，李煜全无章法。但不管南唐是否做好了迎敌的准备，公元974年的秋天，宋军开始进攻金陵。李煜不由得长叹一声：躲了这么久，这一战终究还是来了。

第四章

故国梦觉双泪垂

樱桃落处子规啼

樱桃落尽春归去，蝶翻金粉双飞。

子规啼月小楼西，画帘珠箔，惆怅卷金泥。

门巷寂寥人去后，望残烟草低迷。

炉香闲袅凤凰儿。空持罗带，回首恨依依。

——《临江仙》

公元 975 年初夏的一日，李煜忽然对吟诗作词、参禅礼佛没了兴致，想到城楼上巡视一番，探看他的万千子民和三千里山河。

自从和北宋开战以来，他一直忧心前线战况。不久前，最得他宠信的大臣张洎上奏，称北宋军队即将消耗殆尽，驱逐敌人指日可待。想到此后再不用忍受臣服北宋的屈辱，性格绵软的李煜忽然也生了些壮志雄心。

但他没想到，登楼后并未听到南唐子民的欢呼声，也没感受到南唐将士在大捷将至时的高昂士气。战旗猎猎作响，李煜探身一望，只见城楼下视线所及处，所有旗帜上，无非"赵""宋"二字。

直到这一刻，他才知道自己被骗了。

骗他的人有两个，一个是执掌兵权的皇甫继勋，另一个是负责内政的张洎。

皇甫继勋是南唐名将皇甫晖的儿子。皇甫晖是李璟时代的将领，屡建军功，后兵败，被当时还是后周大将的赵匡胤俘虏。皇甫晖宁死不降，最后因伤重死在异乡。就像李昪当年曾叱咤江南，其后人不过是李璟、李煜之类的政治懦夫，皇甫继勋也没能继承其父的铮铮傲骨，眼看宋军来犯，他日日盼着李煜早日投降，言必称宋军如何强大。后来，皇甫继勋和张洎串通，封锁前线消息。为避免李煜询问，他假意推说军务繁忙，躲避不朝。

张洎隐瞒军情的出发点不同于皇甫继勋，在南唐大臣中，张洎是强硬的抵抗派。但在李煜身边多年，张洎深知国主懦弱的脾性，若把前线战事不利的消息上奏，他怕会动摇李煜好不容易才坚定下来的抵抗决心。

公元 974 年十月，宋军渡过长江，兵临金陵城下。次年二月，宋军攻克金陵外围工事，开始围城，国主李煜竟浑然不觉。

等他察觉时，为时已晚。金陵城已经无险可守，江山危在旦夕。城楼上的李煜欲哭无泪，放眼望去，只见樱桃已落，不知何时竟已暮春。

"樱桃"二字并非首次出现在李煜词里。昔日他曾流连在美人"绣床斜凭娇无那"的柔媚中，迷失在其"烂嚼红茸，笑向檀郎唾"的挑逗里，"樱桃"被用来形容女子红润的嘴唇，"一曲清歌，暂引樱桃破"，真是销魂摄魄。

　　樱花几度开又落，此番词中再现"樱桃"，不仅"樱桃"落尽，连帝王生活也不再有往日的艳丽色泽。李煜也终于暂别声色之联想，而是想起了"樱桃"代表的更深含义。

　　樱桃又叫含桃。自周代起，帝王就用樱桃供奉宗庙。《礼记·月令》曾有记载："仲夏之月，天子以含桃先荐寝庙。"自汉惠帝以后，帝王在宗庙内供奉新果成了惯例。隋唐时的孔颖达在《礼记注疏》中解释：古时不见在其他月份以鲜果供庙的记载，樱桃之所以例外，是因为它于一年中最早成熟，地位便显得不一般了。

　　因果实可为供奉之用，又因花朵烂漫悦目，樱桃树就成了皇家园林中常见的树种，"御苑含桃树""紫禁朱樱出上阑"等诗句均是例证。渐渐地，樱桃与江山社稷休戚相关、荣辱与共。唐太宗曾作过一首《赋得樱桃》：

华林满芳景，洛阳遍阳春。

朱颜含远日，翠色影长津。

乔柯啭娇鸟，低枝映美人。

昔作园中实，今来席上珍。

唐贞观年间，国力盛极一时。作为盛世帝王，唐太宗眼中的樱桃，先是以华美姿容装扮着洛阳的春天，又把红润饱满的果实呈送给八方宾客。樱桃之盛，反映出的其实正是大唐的天朝气象。

及至南唐，作为弱国庸君，李煜眼中的樱桃，自与唐时不同。

李煜眼中的樱桃已经落尽，遍地残花败果都在提醒他：春已归去。百花开遍又残，蝴蝶扇动着金色的翅膀，成双成对地飞舞，无处嬉戏落脚。昼日景象已让人彷徨，到了晚上，皎洁的月光洒满庭院，小楼西侧传来杜鹃悲切的啼鸣，一声比一声嘹亮，一声比一声凄厉。

和樱桃一样，子规这一意象在古典诗文中也具有丰富的文化内涵。子规即是杜鹃，相传古蜀国国王杜宇死后，不忍离开他的国土和子民，于是化为杜鹃鸟，终日哀啼不止。杜鹃叫声凄婉异常，以至于后人用"杜鹃啼血"来形容。

处于困城，坠落的樱桃让李煜想到了宗庙社稷，子规夜啼更让他陷在杜宇失去国家后的哀痛和悔恨中。放眼望去，城外是赵匡胤的军队，城内也到处一派败亡景象。李煜不想投降，对囚徒生活的畏惧让他忍不住战栗，但战事堪忧，国家已在危亡边缘，他手握如椽大笔，却拦不住宋军的车轮。

不论心中有多少计较，他暂时只能躲避在深宫中、小楼上。宫人卷起画帘珠箔，他却不敢抬头去望，生怕闯入他眼帘的，是春末夏初那令人窒息又绝望的情景。

上阕中"樱桃""子规"已隐有亡国征兆，他已嗅到了祖业将毁于己手的危险气息，内心之复杂，岂是"惆怅"二字能够道尽。满腹哀痛，说出来越少，压抑着的就越多。他眉头紧锁，被预感中亡国的巨大痛苦所笼罩，只一个"卷"字，便道出了波涛汹涌的悲伤，撞击肺腑。

自从了解战况以后，每天从日出到日暮，李煜翘首凝望，似乎盼着奇迹的来临。然而战况并无扭转，只有青青野草纠绊着迷迷荒烟，满目颓唐。直到夜色深沉，他回到沉香缭绕的室内，难以入眠。繁华如同美人，转瞬间便褪去了鲜丽的风采，忆及过往，唯有对昔日不懂珍惜的悔与恨。

回首恨依依——这个懦弱的君王、绵软的江南才子，竟喷薄出如此强烈的爱憎。宋人苏辙读《临江仙》，评其"凄凉怨慕，真亡国之音也"；及至清朝，学者陈廷焯更言："低回留恋，婉转可怜，伤心语，不忍卒读。"

这首词有两个版本传世。其一出自北宋蔡绦的《西清诗话》，蔡绦认为《临江仙》是李煜在困城中所写，"词未就而城破"，所以词尾缺三句。版本之二来自南宋陈鹄的《耆旧续闻》，称后主曾亲书《临江仙》，真迹被江南中书舍人王克正所得，词稿后还有苏辙的题字。陈鹄自称亲眼见过真迹，词"未尝不全"。

金陵城破的时间为公元 975 年十一月，《临江仙》中乃初夏时节的风物，由此推断，李煜有足够时间完成一首词。蔡绦"词未就而城破"的说法当不可取。

如此，就不能不严肃对待陈鹄所提到的另一件事，那就是和《临江仙》一起流落到王克正手里的，还有李煜在被围困时抄录的李白诗篇以及他在佛前许愿的文章。

江山危在旦夕，被困在城里的李煜，做了哪些最后的努力？

除《临江仙》一词，有据可考的是李煜至少还创作了乐曲《念家山破》。据《雁门野记》所载，当时他曾命皇城内外日夜演奏此曲。如今这段承载着李煜心声的词曲皆已失传，《南唐书·后主纪》有记曰："旧曲有《念家山》，王亲演为《念家山破》，其声焦杀，而其名不祥，乃败征也。"便是说，这支曲子与落尽的樱桃、哀啼的杜鹃一起，被视为亡国征兆。

公元 975 年，在樱桃落尽的金陵城里，李煜像一只啼血杜鹃，以诗词和音乐，抒发忧愤之情，但是显然，这些已不足以治愈他内心的伤痛，更无法挽救濒亡的国家。在意识到自己被蒙蔽后，有仁厚之名的李煜下令立即诛杀皇甫继勋。结果，皇甫继勋还未被押送到法场，就被愤怒的南唐士兵和百姓打死了。

大部分人是不愿做亡国奴的。

民众这山呼海啸般的热情曾一度鼓舞着李煜，可是，战事失利的消息接踵传来，像密集的弓箭。绝望的李煜转为潜心礼佛，希望佛祖能庇佑南唐。

他在战事未开前曾向侍从许诺，若有一天大宋军队果真进攻南唐，他将亲自披挂跃马，背城一战，以保社稷。等到金陵城被围困时，李煜确实上阵了。不过，他没有指挥军队退敌，而是一面命人奏响《念家山破》的悲曲，一面亲自带领城内军民高声诵读佛经。诵经的声音响彻金陵城，甚至传到了宋军营地，可是，并不见一面绣着"赵"字的旗帜因此倒下。

子规啼叫声、《念家山破》的演奏声、诵经声，是南唐灭亡前的李氏哀叹；猎猎战旗声、嗒嗒马蹄声、震天战鼓声、厮杀声，是赵匡胤对李煜的回应。

公元 975 年 11 月 27 日，金陵城城破；公元 976 年正月，李煜仓皇辞庙，入宋投降。他北上时正值寒冬，凛冽的寒风如利刃刮过，漫天飞雪，尽如为南唐送葬的纸钱。

明月斜侵独倚楼

无言独上西楼，月如钩。

寂寞梧桐深院锁清秋。

剪不断，理还乱，是离愁。

别是一般滋味在心头。

——《相见欢》

阅读李煜亡国后的诗词，很容易发现，他大多数时候都是一个人。或在珠帘后闲坐，或凭栏远眺，或夜挑灯花，或倾听残漏。在这些寂寞时刻，偶尔有风声雨声，偶尔有笙歌阵阵，总有一些因素，激荡起寂寞河流里的涟漪，不至于寂寞到绝望。

但这首《相见欢》不同，无论意象的选择，还是感情的抒发，都是沉默的、死寂的，让人无法确定这究竟是爆发的前奏，还是灭亡的预兆。

这一次，李煜仍是一个人。尽管他早知"独自莫凭栏"，却又忍不住饮鸩止渴，希望登高远眺的刹那，能暂时躲进对南唐的回忆里，忘掉冰冷残酷的现实。明月如钩，他独上西楼，踽踽登攀的身影，竟也有了些老迈的迹象。他虽无言，但并不是无话可说，而是，无人可与他共语。

天上的一弯明月同样孤单，洒下清冷的光辉，似乎在诉说寂寞。月光照在高墙上，地上留下浅浅墙影。高墙把院内院外分成两个世界，墙外是自由的天地，墙内是囚徒的牢笼。墙高难越，触不到一点自由，连清秋也被锁在院里，就像被困于其中的人一样。

人寂寞，月寂寞，梧桐也寂寞。想必院中树木当不止一种，但李煜唯独以梧桐入词，和它的寓意相关。古典诗文里，梧桐常被用来寄托离别或悼亡之情，尤其秋日落叶的梧桐，更是承载着千古忧思。温庭筠以"梧桐树，三更雨，不道离情正苦"写女子长夜不眠的相思苦，贺铸以"梧桐半死清霜后，头白鸳鸯失伴飞"悼念亡妻，李清照以"梧桐更兼细雨，到黄昏，点点滴滴"倾诉国破家亡的恨事。

站在西楼俯瞰的李煜，也被秋日梧桐吸引，愁情骤起。

《相见欢》的上阕，缺月、梧桐、深院、清秋，渲染出凄凉意境，下阕"离愁"二字，直言所要表达的情愫。有些愁绪是可以抛却的，如唐代雍陶的"心中得胜暂抛愁，醉卧凉风拂簟秋"，如宋代刘子翚"梁园歌舞足风流，美酒如刀解断愁"，又如元代刘秉忠的"一曲清歌一杯酒，为君洗尽古今愁"。但李煜的离愁，却剪不断、理不清，萦绕于脑海，根植于心底。

李煜对离愁的表达，某种程度上可以反映出其女性化的性格。"剪不断，理还乱"六字，极易使人联想到古代女子做女红时把丝线错乱缠绕的情形，男子少有这样的生活体验，但李煜却准确地捕捉到了那种细腻的感觉。

"生于深宫之中，长于妇人之手"的幼时经历，让李煜性格中多了阴柔绵软，少了杀伐决断的阳刚气魄。

论起"长于妇人之手"的男子，《红楼梦》里的贾宝玉必然名列其中。他和李煜一样，都具有偏于女性化的气质。贾宝玉对胭脂女红格外迷恋，他看到凤姐的陪嫁丫鬟平儿正在梳妆，便上前搭话。一番长篇大论虽嫌啰唆，但可见他对脂粉黛钗的研究之深。

> 那市卖的胭脂都不干净，颜色也薄，这是上好的胭脂拧出汗子来，淘澄净了渣滓，配了花露蒸叠成的。只用细簪子挑一点儿抹在手心里，用一点水化开抹在唇上，手心里就够打颊腮了。

李煜词中对女子妆容的细致描摹也表现出这种倾向。此外，李煜对香料也非常挑剔，除了命匠人精制上好香料，还自制"帐中香"，设置主香宫女，定时定点在宫中抛洒香粉香屑。

李煜、贾宝玉两人都天真率性，向往自由，只不过，贾宝玉的女性化气质更像是对男权社会的反叛，因此他身上体现出强烈的反叛精神。李煜不同，这种气质对他性格的影响，除细腻、善感以外，很大程度上表现为懦弱、犹豫和缺少血性，金陵城破前的荒唐一幕即是证明。

公元 974 年，是李煜登基的第十四个年头。在前十三年中一向沉醉于诗词歌舞的李煜，不得不开始把更多的精力投入到政治上。因为北宋的步步紧逼，他终于意识到战争已经不可避免。他继续派人向北宋纳贡，既是怀着一丝求和的希望，同时也是试图拖延北宋进攻的时间。在大臣的建议下，他下令囤积粮草、修建工事，仓皇备战。

为了鼓舞士气，李煜还做了最坏的打算。他慷慨激昂地说，自己将与南唐共存亡，倘若城破，他会和族人自焚赴死，以身殉国。

这誓言看似慷慨凛然，掷地有声，但在赵匡胤听来，却像个笑话。《江南野史》记载，赵匡胤听侍从转述了这番话，哈哈大笑，笑罢高声道："此措大儿语尔！徒有其口，必无其志。渠能如是，孙皓、叔宝不为降虏矣。"

"措大"是古人对落魄读书人的称呼，有蔑视意味。赵匡胤之所以这么说，分明是看不起李煜，认为他的殉国誓言不过是酸秀才的空话。历史证明，赵匡胤是了解李煜的，他果然没有赴死的勇气。

可悲的是，南唐子民却不了解他们的君主。

国主要以身殉国，这让净德院的八十多位女尼甚为感动。净德院是李煜下令修建的，在内修行的女尼都曾是宫中女子。国事岌岌可危，她们纷纷表示，如果城破也将自焚，追随君王，不做亡国奴。李煜感念她们的拳拳爱国心，于是约定，金陵城破之日，宫中将举火为号，自焚殉国。

宋军攻破金陵外围工事以后，听着震天的杀声，李煜赴死的勇气仿佛一下子被抽空了，他只是下令焚书，然后带着亲信、族人，出城投降，以求苟活。可怜净德院的女尼，把焚书的火光当成自焚的信号，于是点燃了早就备下的柴草，在烈火中彰显出南唐子民的骨气。

关键时刻，李煜竟不及几个女子勇敢果断。

看穿李煜性格懦弱、缺乏决断的，不仅赵匡胤一人。李煜出城投降后，宋军主帅曹彬特意准许他回去收拾金银细软。手下谋士担心李煜回城后会自杀，到时恐无人能负此重责，但曹彬回答道："煜素无断，今已降，必不能自引决，可亡虑也。"

若李煜有足够的血性和气概，或许早在登基之初，就不会写下谦卑的表章，以示讨好；或许他会努力联合江南诸国抗宋，未必能胜，但也未必会败，也可能就避免了兄弟分离、国破家亡的下场。然而，他舍不得夜夜笙歌的舒服生活，于是满足于苟安；他不敢赴死，就只能屈辱地活着。

南唐子民，并非都像他们的国主一样懦弱可欺。国破后，宋军在南唐土地上饮酒取乐，招来教坊乐师，命其奏乐。乐师感于亡国之痛，不肯屈从，最后被处死。宋人曾极曾有诗凭吊：

城破辕门宴赏频，伶伦执乐泪横巾。

骈头就戮缘家国，愧死南归结绶人。

伶人尚知亡国恨，有以死报国的骨气。而身为君主的李煜，却选择了苟延残喘度过余生，他心中怎能无愧？舍不得死，又活不自在，诸般过往缠绕心头，他理不清、剪不断，被越缠越紧，最终不是死于窒息，就是发出一声绝望的呼号。李煜词中，"人生愁恨何能免""故国不堪回首月明中""流水落花春去也，天上人间"，其中哪一句不是饱含血泪的呼号！

《相见欢》中的"离愁"二字，着实不足以表达他心里的全部滋味。夹杂其中的情绪太多，多到他自己也理不清数量；附着其上的分量太重，沉重到他日渐消瘦的身体已负担不起。酸甜苦辣咸，皆是人间滋味，分别品尝各有妙趣，但交杂在一起，别是一番滋味，让人苦不堪言。

最是仓皇辞庙日

四十年来家国，三千里地山河。

凤阁龙楼连霄汉，玉树琼枝作烟萝。几曾识干戈。

一旦归为臣虏，沈腰潘鬓销磨。

最是仓皇辞庙日，教坊犹奏别离歌。垂泪对宫娥！

——《破阵子》

金陵被宋军攻破后，李煜率领亲属、随员等四十五人，出城投降。

他此时的着装，自然不是明黄色的龙袍，也不是往日常穿的紫色长衫，甚至不是像丧服一样的白色衣衫。在数万宋军将士好奇的目光中，面容憔悴的李煜赤裸着上身，在城外投降，史称"肉袒出降"。

"肉袒"最早见于《史记·廉颇蔺相如列传》，蔺相如曾劝缪贤"肉袒伏斧质"以求得燕王相助，大将廉颇也是"肉袒负荆"向蔺相如请罪。后来，"肉袒"就成为古代祭祀或谢罪时表示恭敬的方式。

既然没有勇气以身殉国，决定投降的一刻就知道必会留下千古骂名。李煜对成为囚徒的命运有过无限恐惧，但当这一天到来，他却选择了最谦卑的方式，弯下了脊梁。就是不知，此前不肯受诏入宋的坚持，到底还有什么意义？

凄风冷雨，似乎都是在为南唐而哭。李煜和他的随员登上了开往汴京的大船，驶向未知的前程，告别了烙印着无数美好回忆的江南。

这次永别，被李煜以一阕《破阵子》留于史书，从中亦可窥见李煜对自己的一生，甚至对南唐历史最诚实的记录。

李煜的祖父生于五代十国的乱世里。他本是孤儿，在动荡时代饱受颠沛流离之苦，直到被南吴大臣徐温收为养子，改名徐知诰，才过上了衣食无忧的生活。昔日的苦难让徐知诰自小便懂得要靠自己的努力才能活下去，他发奋图强，其能力、见识、胆色远在徐温的亲生儿子之上，由此招致兄长们的嫉妒，甚至引起徐温的猜忌。

徐知诰的前半生几乎都在斗争中度过。最初，为了自保，他谨言慎行，避免招致徐家人的不满，还利用徐家势力在朝廷谋求一席之地；之后，他小心应对起了杀心的大哥徐知训，为此不得不到荒芜之地镇守；徐知训因嚣张跋扈被杀，而徐知诰的力量正逐渐壮大，他开始与权倾朝野的徐温抗争，防止养父篡位；徐温死后，徐知诰已无对手，他起兵篡位，于公元937

年建立南唐。两年后，徐知诰恢复原来的姓氏，改名李昪。

李昪时代是南唐的极盛时期，国土包括现在的江苏、安徽、江西、福建等地，绵延三千里。建国之初，曾有大臣建议李昪以李唐王朝的后人自居，并以此扯起旗号继续统一天下。李昪是一个善于审时度势的政治家，他清楚地意识到当时的南唐并不具备统一天下的实力，于是以不忍见百姓陷于战乱为由，决定采取休养生息的政策。

之后，不论是李璟还是李煜，都牢牢恪守着李昪不要轻易用兵的遗训。然而，李昪不用兵，是因为时机不成熟；李璟父子不用兵，却是贪图太平盛世的逸乐。

李煜曾以割土称臣换取短暂和平，毫无其祖父横刀立马的王者风范。我们不能盲目责备李煜的怯弱，须知这与人的成长环境有很大关系。李昪生长于逆境，不抗争，唯有死；李煜却在金陵城内豪华的皇宫里长大，雕龙绘凤的宫殿楼宇高耸入云，奇花异草点缀其间，一眼望去，烟雾迷蒙、丝萝缠绕，俨然人间仙境。

这座宫殿遮风挡雨，圈起了世间最极致的繁华，也把民间疾苦挡在宫墙之外，李煜既不知道打江山的凶险，也不懂守江山的不易。昔日，西晋时年逢灾荒，大臣奏报民间缺粮，很多百姓被饿死，晋惠帝司马衷不解地问："何不食肉糜？"没有饭吃，他们为什么不喝肉粥呢？这个笑话流传千古，成了后世人

李煜词传·问君能有几多愁

嘲笑庸君的范本。与晋惠帝相比，李煜对民间疾苦的了解多不了几分，在处理政务的能力上，也如幼齿孩童。眼见江南诸国逐一被北宋吞并，李煜茫然无措。

等到北宋的铁蹄踏破石头城，他仍旧是茫然的，求生欲望瞬间占了上风。等记起昔日自己曾扬言若一朝城破将自焚殉国时，他已踏上北上的路途。他是赵匡胤的俘虏，同行的，是凯旋的宋军。

昔日不识干戈的君王，在目睹了战争的残酷后，只有一声长叹。

城破国亡在"一旦"之间发生，战事如此匆忙，以至于李煜在沦为俘虏后有短暂的错愕与迷茫。旦夕之间，李煜从人间高处跌落谷底，昔日繁华远去，留下一片苍凉。他在眨眼间变得消瘦、苍老，再不是那个在人间仙境里远离战争和苦难的懵懂人。

亡国带给他的打击是巨大的，以"沈腰潘鬓"来形容他的憔悴也不过分。"沈腰""潘鬓"各有典故。前者说的是南北朝时的文人沈约，因久病缠身，在给朋友写信时，他称自己越来越瘦，每隔几日就要紧一紧腰带，后人即用"沈腰"形容人的消瘦；"潘鬓"出自西晋潘安的《秋兴赋》，赋中有"斑鬓彭以承弁兮，素发飒以垂领"之句，而潘安鬓发斑白时，年不过三十有二。

自南唐立国到亡于李煜之手，不过四十年，这三千里大好河山就变了主人。北上之前，憔悴潦倒的李煜率领族人最后一次祭拜宗庙。他曾多次在这里祭天祭祖，只不过，这一次却没了帝王的排场，只有一个不肖子孙深深的忏悔。赵匡胤一直催促李煜速速上路，并没有留给他多少时间，因此，连最后拜别祖庙之行，也失了体面与敬重，显得异常仓皇。

由李煜亲自创建的教坊，已经奏响了离歌。哀伤的曲调中，他看到平时服侍自己的宫人，想到自此后再见不到熟悉得如同体肤的南唐旧地、旧人，终于忍不住哭泣起来。

很多时候，弱者的眼泪能换取同情的目光，但李煜对着宫娥洒下的泪水，却招来后人一片骂声。对此，苏轼曾说："后主既为樊若水所卖，举国与人。顾当恸哭于九庙之外，谢其民而后行。顾乃挥泪宫娥、听教坊离曲哉！"很多人像东坡居士一样，认为李煜当在宗庙内痛哭流涕，向祖宗忏悔，向南唐子民谢罪，而不该"垂泪对宫娥"。国破日尚眷恋美色不知悔改，真是把帝王风范丧失殆尽！甚至，有人因此怀疑《破阵子》并非李煜所作。

王国维先生却持相左意见，认为此举恰恰表现出李煜的真性情。

李煜此刻虽已渐识干戈丧乱之苦，但他没有经历过祖父立国的艰难。于他而言，家国天下仍只是空洞的概念，宫中常伴身边的宫娥，反而是有血有肉的真实存在。家国沦丧，他要与往日的自由和繁华告别，需要挥泪作别的对象中，自然包括那些日日相处的宫娥。

随着李煜辞庙，李昪建立的南唐最终覆亡。李煜之前做所的一切，都是在逃避战争，现在，他终于彻底告别了战争的威胁。

国破日，干戈方止。

从今以后，他的生活再不会被战争困扰，但垂泪的时刻却越来越多。他的泪水，洒在北上的船中，一首凄凉的《渡江》诗，可见其当时的处境与心境。

> 江南江北旧家乡，三十年来梦一场。
>
> 吴苑宫闱今冷落，广陵台殿已荒凉。
>
> 云笼远岫愁千片，雨打归舟泪万行。
>
> 兄弟四人三百口，不堪闲坐细思量。

这首诗见于宋代马令的《南唐书》，被认为是李煜亡国后告别南唐北上时所作。不过，也有宋人郑文宝认为这是杨溥的作品。杨溥是南吴最后一个皇帝，当年，李昪就是夺了杨溥的江山，才创下南唐基业。李昇篡位后，封杨溥为"让皇"，并强迫他举家迁往润州。即便如此，李昇还是担心他会威胁到自己的统治，于是派人刺杀了杨溥。郑文宝称，《渡江》写的正是杨溥迁往润州时的所见所感。

李煜和杨溥，便因这首诗而屡屡被联系在一起。他们都因无情的争斗，被更强大的人驱逐出"凤阁龙楼连霄汉，玉树琼枝作烟萝"的温柔乡，在雨打行舟时，流下"泪万行"。

想必，豪气干云的李昇因杨溥之泪愈加享受成功的荣耀时，万万没想到，相似的命运，会在他的后人身上重现。

如今识尽愁滋味

亭前春逐红英尽，舞态徘徊，
细雨霏微，不放双眉时暂开。

绿窗冷静芳音断，香印成灰，
可奈情怀，欲睡朦胧入梦来。

——《采桑子》

近代学者俞陛云曾有论断，称这首《采桑子》是李煜失国后所作，其推断依据是"不放双眉时暂开"一句。在他看来，李煜之所以愁眉不展，是因为"受归朝后禁令之严，微有怨词"，而在夜夜笙歌的南唐，李煜当不会终日眉头紧锁。

但论世间，谁不会有一些烦心事呢？何况天生敏感如李煜这等词客，又生于宫廷环境里。当他还未成为太子时，兄长李弘冀的猜忌便让他深感苦恼，只好高调地寄情山水；幼子爱妻相继离世，他的悲痛无以言表，只能用一首又一首诗、一阕又一阕词寄托哀思；他和小周后虽然经历过月夜偷会的甜蜜事，仍有"人间没个安排处"的无奈感慨；至于南唐受到北宋威胁时，家国之忧，何尝不是他眉头紧锁的缘由。

在亡国前，贪欢享乐虽是他生命乐章的主旋律，但也避免不了那些不和谐的音符，偶尔的失望、沮丧、痛苦，萦绕于心。那时候，他把赋词看得重于江山，自然需要新的素材充实作品，而他的生活体验，不外乎宫廷奢华生活、与后宫嫔妃的花前月下、男女相思之苦。

亡国后，他经历了残酷的战争、身份的巨变，体验过人间的大欢乐后，又品尝到人世的大悲伤，生命体验陡然变得丰富而充沛。

这前后可能发生的变化，南宋辛弃疾的《丑奴儿》，或可作为参照：

少年不识愁滋味，爱上层楼。爱上层楼，为赋新词强说愁。

而今识尽愁滋味，欲说还休。欲说还休，却道天凉好个秋。

年少时不懂世事艰难，却为了赢得文采风流的名声强自说愁；涉世已深后，饱经沧桑，洞悉人间愁苦，反而或因受到压抑，或因悟得宽和洒脱，每每欲说还休。

不过，李煜的反应显然与《丑奴儿》中的辛弃疾完全不同。他的后期作品里，不见辛弃疾自我调侃式的悲凉，而是感情更加沉郁，如长江东流水浩荡而出，悲痛决绝，又如杜鹃啼血。

写于亡国后的《相见欢》中，因"林花谢了春红"的景象，他生发出"自是人生长恨水长东"这一具有哲学意味的感慨，词中风和雨都如摧花辣手，有强烈的逼迫感。但这首《采桑子》里，情感却柔和很多，以一女子口吻，道出因见到遍地残红而触发的对远方良人的思念，属于个人的小情怀，其中也状风雨，却是"细雨霏微"，衬托出落花最后的风流。

那一夜，细雨淅淅沥沥，不见停下的迹象。庭中的花快要凋谢殆尽，又有一阵风吹来，花朵打着旋儿飞舞，为了停留在人间，做着最后的挣扎。这种奋力飞舞的姿态中，隐见力量之美，又有婀娜之态。但最终，花朵还是敌不过凋谢的宿命，落在满地泥水中，不多时便被和泥带沙的污水浸没，没有了盛开时傲立枝头的风骨。

风雨催春，花期短暂，任谁看到这幅凄凉的场景，都很难无动于衷。况且，屋中女子满腹心事，却不足为外人道，纵使想强颜欢笑，在这凄风冷雨中，嘴角却扯不出一丝微笑。她在窗前凝望，更见窗外凄凉，可关上窗户，屋内又静得可怕，还不如和风声雨声相伴。这样独坐窗前的日子，已不知过了几个轮回。她日思夜盼，等候着远游者的消息。

古时人们把香料捣成粉末，调匀后洒在铜制印盘内，点燃后，以香料损耗的程度计时。香印寸寸成灰，时间慢慢流逝，一片芳心也寸寸冰凉。

今夜又是如此，注定等不到他的消息。无可奈何之下，她只好反复催眠自己，以期在梦中与他相聚。虽明知梦醒后一切成空，但哪怕片刻欢愉也拥有让人无法抗拒的诱惑。朦朦胧胧中，他似乎真的入梦来了。至此收尾，她在梦中与心上人圆满相遇，却令人更觉生活的不圆满。

相爱不相守，伊人天涯、良人海角，连梦中聚首都是奢侈的期待。

李煜作于亡国前的同类题材作品不止这一首，另有著名的《长相思》。

云一涡，玉一梭，淡淡衫儿薄薄罗，轻颦双黛螺。
秋风多，雨相和，帘外芭蕉三两棵，夜长人奈何！

他像极具天分的油画家，用一幅色彩饱满、光感鲜丽的画面，勾勒出一个光彩照人的形象——她秀发如云，发簪如玉，面容姣好，衣绸着锦，飘逸如天上仙子。这个体态轻盈、风姿缥缈的女子，究竟是谁，并无典籍可查。不过，据野史记载，大周后对服饰妆容颇有研究，亲自设计了"高髻纤裳"和"首翘鬓朵"的装扮，一时成为南唐后宫的"时世妆"。李煜词里的美人妆容，正与大周后所创的妆容方式一般无二，可见她当是宫中之人。

美丽的女子双眉微蹙，不知有什么心事。正是秋风秋雨愁煞人的时节，美人在风雨交加的秋日黯然神伤。已知窗外凄凉景象必添愁绪，她还是忍不住卷起珠帘，不时向外张望。触目所及，尽是深沉夜色，庭院里漆黑一片，只传来风抚残花的沙沙声，还有雨打芭蕉的叮咚声响。词人不肯明言她为何而愁，只叹"夜长人奈何"，幽怨之情呼之欲出。

从表现手法到词中情愫，《采桑子》与《长相思》都极为相似，其艺术水准已堪称彼时翘楚。但是，若与亡国后那一泻千里或缠绕不开的愁绪相比，情感还是略显薄弱。

这种差异，归根结底还是由阅历决定的。生命是个渐变的过程，林语堂先生曾把人生比作一首诗，每个人拥有独属自己的韵律和拍子。从天真的童年到笨拙的青春，再到拥有"青年的热情和愚憨理想和野心"，然后慢慢像成熟的水果或醇香的美酒，温和宽恕但又玩世，至于暮年，逐渐获得平和、闲逸与满足。最后，生命的火花安然熄灭。

多数人的生命皆是如此，如一叠渐变色纸，深浅痕迹中便见一生脉络。然而生在深宫高墙内的李煜，常见权力倾轧却少知世事艰辛，复杂的权势斗争与乏味的宫廷生活，都没有对他造成实质性的影响。一颗赤子之心，像一道屏蔽了世俗的结界，阻隔了一些伤害，也阻断了他的成长，以至于当他后来遭受丧子丧妻乃至失国的厄运时，都不见一个男人、一个君主当有的骨气和魄力，桩桩都如灭顶之灾。

年过而立，他没有成为似老酒醇香的成熟男人，年近不惑后，金陵陷落的剧变，才掀起了他生命乐章的高潮。也是在那前后，他才算告别了童年的天真。

第五章

流水落花春去也

醉乡路稳宜频到

昨夜风兼雨，帘帏飒飒秋声。

烛残漏断频欹枕，起坐不能平。

世事漫随流水，算来梦里浮生。

醉乡路稳宜频到，此外不堪行。

——《乌夜啼》

来到汴京后的无数个夜晚，李煜辗转难眠，在痛苦的回忆、尴尬的现实和迷惘的未来中乱了分寸。对身处厄境但无力反抗的人来说，路只有两条，要么索性认命，换一份今朝有酒今朝醉的虚伪洒脱，要么沉溺于持续的痛苦，堕入逃不出的深渊。

李煜无法像同样归降北宋的吴越王一样，在这繁华的汴京城里做个富贵闲人，连昔日最能诱惑他的书画诗词都没了治愈的魔法。悔不当初的恨、彻骨的寒意，像条贪婪的毒虫，啃噬着他的神经。

又一个夜晚，囚居中的李煜被亡国之痛侵袭。窗外风雨大作，寒气透过帘帏逼入室内，人在内室深处，犹觉遍体生寒。

李煜闭着眼睛，试图把这肃杀的秋屏蔽在视线以外，但飒飒风声入窗，又透过几重帘帏，还是传入耳中。

春花秋月向来如此，拦不住它的流逝，也阻不了它的到来。

若有亲朋相伴，被秋意牵扯出的伤感或许还能消减几分。但他形单影只，有孤灯映出茕茕孑立的身影，又有残漏声声如泣。

漏是古代计时仪器。古人在铜壶底上穿孔，在壶中插入箭标，然后注水，水会从壶底滴落。根据滴落的水滴和箭标上的刻度，可判断时间。"漏断"二字，表明壶中水将滴尽，已是后半夜了。

夜半不眠，看着烛火舞动跳跃，而烛身却渐被耗光，他想起来，南唐的国力就是被这样耗尽的——那时他沉迷于笙歌醉梦，每天的日子绚烂得如同火焰，就这样，焚毁了国力民心、祖宗基业。水从漏中滴落，滴滴答答，仿佛光阴成了骑马前行的少年，马蹄卷起沙尘，待散去时，却见孟浪少年已鬓染白霜。

白日的喧嚣与浮华被深沉的夜色搁浅，人也随之慢慢沉淀，最易听到自己的心声。悔恨涌上来，在胸腔里翻卷回荡，不眠不休，人也变得格外脆弱。从人间奢华处被抛落到这座北方囚笼，其间多少悔、几多恨，怕是连李煜自己都说不清。

今昔的翻天逆转不过是两三年间事，却足以将他折磨得形同老朽。往事是梦魇，今朝是囚笼，他逃无可逃，坐立不安。昏黄的烛光里，瘦削的剪影被映在窗纸上，又被窗外雨水浸湿，仿佛苍天伴他一同吞声饮泣。

冷雨凄风，烛残漏断，纵然想强颜欢笑，也做不到了。他不由感慨，真是命运沉浮难定，人生不过一梦。

人生如梦，抒发过同样感慨的古人中，苏轼远比李煜更加出名。

在赤壁古战场，苏轼遥想公瑾当年的风采，看着如画江山，高歌对千古风流人物的敬仰，最后，一曲豪迈的《念奴娇》，收束于"人生如梦，一尊还酹江月"的喟叹。彼时，苏轼正处于仕途的低谷，但多年沉浮已成就了他豁达的心胸，故而词中虽有忧愤，却不见心灰意冷之意。他举杯祭奠万古长存的大江明月，是对英雄的祭奠，也是自我的坚守。

苏轼的人生是波浪式的，起起落落，多数人如此。但李煜的一生却如瀑布，从巅峰直落谷底，再无逆转可能，谁见过逆流的瀑布呢？不能像苏轼一样，在大小间杂的风浪里学会适应、变通和必需的坚守，所以，他只能感叹人生像一场梦，虚幻、缥缈、难定，而无力从困境里挣脱。

李煜唯一的挣扎，停留在心灵层面。"起坐不能平"五字，状其在室内坐立不安、来回踱步的景况，更是他内心翻江倒海、不得安宁的写照。逆境求生，本来是一种本能，就像野生的鸟儿一旦被擒入笼中，纵使头破血流，也会不停撞击笼子，想要重归蓝天。李煜自然也不想一直沉浸于痛苦，但他缺乏以命相搏的勇气。

很多时候，生活就如现代诗人徐志摩所言：爱和解脱，都无法彻底。

懦弱的词人没有用任何刚烈的手段来反抗，他的解脱方式，就是饮酒，饮到大醉。

在中华民族几千年的文明史中，酒和女人一样，常被视为误国之物。商纣王曾建酒池肉林，纵情声色，暴政误国，后来武王伐纣，纣王自焚而死；东晋司马曜酒醉后扬言要废掉张贵人，结果被张贵人杀害；北齐文宣帝高洋本大有作为，但每每酒后杀人，使朝廷上下人心惶惶。古人把美人比作误国祸水，酒更是庸政迷药。

酒自诞生后，慢慢渗入了中国文人的血液。晋有陶渊明，其诗文几乎篇篇有酒；唐有饮中八仙，如李白、贺知章、张旭等皆位列其中，他们醉后戏君主，脱帽王公前，挥毫泼墨，在一卷史册上留下段段染着酒香的风流佳话。

李煜还是国主时，也常常饮酒。那时他年少风流、位高权重，南唐宫中不乏美酒佳酿。醉后的李煜，更肆无忌惮地抛去帝王身份，展露出文人本色。春风正得意，美酒点缀着李煜惬意的生活。后宫中，他与小周后花屋对饮；禁苑里，他握住斟酒美人的纤纤玉手；宴席上，他和冯延巳等文人大臣饮酒赋诗；重阳佳节，他与众兄弟对酒赏菊。

酒醉后，李煜所做的不过"拈花蕊嗅"之类，尽显才情与风流。他爱酒，却未因酒误国，但是亡国后，他却成了酒鬼。

北宋刘斧在《翰府名谈》中记载，李煜在幽禁期间"务长夜之饮，内日给酒三石"，宋太祖赵匡胤甚至担心他醉酒而死，禁止再给他供应酒。为此，李煜上表："不然，何计使之度日？"由此才让赵匡胤改了主意，下令继续供酒。

无酒则不能度日，并非李煜果真贪杯，而是他要借此麻醉自己。对他来说，想要逃避痛苦，最好的去处莫若醉乡。

醉乡之说，出自初唐文人王绩的《醉乡记》："其土旷然无涯，无邱陵阪险；其气和平一揆，无晦明寒暑。其俗大同，无邑居聚落；其人甚精，无爱憎喜怒。"

在王绩的描述中，醉乡与世隔绝。那里的风物人情，像极了陶渊明笔下的桃花源。阮籍、陶渊明等人都曾游历此间，沉迷忘返，甚至愿意死在这里，葬于醉乡土壤。置身醉乡，可忘忧解愁，无爱憎喜怒，这臆想出来的福地，不正是李煜所追求的吗？

《醉翁亭记》中，欧阳修曾说："醉翁之意不在酒，在乎山水之间也。"无论是阮籍、陶渊明还是李煜，之所以想常留醉乡不愿返，恐怕也不是爱酒使然。在那个世外桃源，他们能躲避令人烦忧的种种世事，随心所欲地自由生活。

囚居汴京的屈辱，还有不知明日如何的惶惑，都让李煜心惊胆战。醉乡路途平坦，民风淳朴，最能带给他抚慰，难怪他会说"醉乡路稳宜频到"。可是，一句"此外不堪行"又把人从幻想拉回残酷现实，渲染出更深的绝望。

靠饮酒才能度过漫漫长夜，已十分可怜，而那片醉乡，竟也不是轻易就能抵达的，更是可悲。

喝再多的酒，醉得再深，终有醒来的时刻。

对于被幽禁的李煜而言，清醒是可怕的。醉梦中见到的景色越美好，醒来后的失落就越强烈。他不忍一遍遍重温旧日美好被兵戈打碎的往事，于是便想永远沉沦于醉乡，不再出来。在无数与孤灯残漏相伴的夜晚，他饮下一杯又一杯，喝干一壶又一壶。

但不知他是否意识到，壶里杯中，都是自酿的苦酒。

千里江山寒色远

其一

闲梦远，南国正芳春。船上管弦江面绿，满城飞絮滚轻尘，忙杀看花人。

其二

闲梦远，南国正清秋。千里江山寒色远，芦花深处泊孤舟，笛在月明楼。

——《望江梅》（两首）

现代文人朱自清曾说："逛南京像逛古董铺子，到处都有些时代侵蚀的痕迹。你可以揣摩，你可以凭吊，可以悠然遐想。"古董铺子南京，便是李煜的金陵。

公元937年，苦心经营了二十余年的李昪，终于完成建国宏愿，定都金陵。在这之前，已有吴、东晋、宋、齐、梁、陈六朝先后以金陵为都城。千百年间，六朝开国者皆气吞万里如虎，经了几世，又有子孙把祖宗基业拱手让人。秦淮河沉默地见证着这一切，它缓缓流淌，宠辱不惊。

世人却不像秦淮河，能经历几世修炼，培养出看花开花落、云卷云舒的从容气度。但凡经过金陵的骚人墨客，多会睹物怀古，留下诗文歌赋，发千古幽思，不断丰富着和金陵有关的念想。

在李煜的生命中，金陵是特殊的，他人生的大半都在这里度过。南唐山河方圆三千里，在他眼中不过浓缩成一方金陵城内的景致。以往隔着一堵红色宫墙，他看不清这座城，如今隔着从汴京到金陵的千里万里，故国的轮廓竟然那么清晰。

他有心凭吊，便赋诗词，两首《望江梅》抒发的就是对金陵的怀念。亡国前，李煜的作品多擅长白描，亡国后则偏重一泻千里式的情绪表达，像《望江梅》这样通篇以工笔描摹故国细节的词，并不多见。

金陵城是诸多朝代的缩影，是历史兴衰的物证。文人屡屡借此地抒情，仅李白一人创作的有关金陵的诗就超过五十首，其中最著名的是《登金陵凤凰台》，"凤凰台上凤凰游，凤去台空江自流"两句，晕染出无限凄清苦味。当李白们站在金陵城内，会以旁观者的身份追思历史、审视兴亡，作品大多沉郁，或惋惜，或哀叹，或讽刺。

李煜并非一个旁观者，他眼中的风景，自与旁人不同。

审视和评价自己是一件困难的事情。审视金陵，便是审视南唐，便是审视自己昔日的作为与不作为，这对李煜来说是残酷的。每逢想到金陵，想到南国，怀念与忧愁便一泻千里。

想再回南国，只能在梦里。李煜言"闲梦远"，无丝毫悠闲之意，实在是因为他终日无事可做、无聊之极。倘若身处君位时，能有这么多闲暇时间，定是一种享受，他就能尽兴赋词谱曲、参禅赏花，而不必担心忽有一日，会被耿直的大臣斥为昏君。但在汴京院落，"闲"却像一剂致命毒药，束缚了他的身体，却让思维更加活跃。思绪越飘越远，甚至到达了久别的江南，并困于南国温柔乡里。

梦终究会醒，但世间还有比美梦消逝更残酷的事，就是还未入梦，就知道眼前一切都是虚幻。李煜就承受着这样的折磨，因"远"难归，即使在梦里，他也知道，今生今世，双足再也踏不上江南的土地了。

入梦时痛，醒来还痛，却又屡屡探身梦乡，梦回江南，如饮鸩止渴。

两首《望江梅》一写江南春色，一写江南秋意。

江南锦绣之乡，芳春绵长，不像北方苦寒地的春天那样来也匆匆、去也匆匆，没等人凝眉注目地感受到一抹温柔，就消失无踪了。李煜梦到的江南之春，其最温柔最华美的风景，莫过于穿城而过的十里秦淮河。秦淮河终年不冻，画舫穿行，如流动的繁星。船上人曼舞轻歌，被碧水载着，悠悠荡荡漂向游人如织的堤岸。

秦淮河水碧而绿，如翠如玉，好像凝聚着六朝的金粉，串联着李煜的厚重记忆。江上丝竹管弦呕哑不停，城内杨柳春风皆有柔情。柳絮飞起，杨花又落，整座城市都被拥抱在这片绵软中。百花争妍斗美，游人摩肩接踵，踏起的烟尘与飞絮共舞，把个金陵城烘托得更加热闹。花太多，景太美，令人目不暇接，简直"忙杀看花人"！

与春的温暖与艳丽相比，金陵的秋抖擞出三分清爽。在李煜的梦中，千里江山被秋色笼罩，不见熙熙攘攘的纷乱，只有停泊在芦花深处的一叶孤舟。正如宋君赐下的小院，何尝不是繁华汴京城中一叶孤独的小舟？从被众人相拥到无人问津，其间的寂寞，只有李煜自己能懂。明月升起，小楼上传来熟悉的笛声，这一切，显得亲切又遥远。

春的繁华和秋的寂寥，各有情韵，相互交织，便是李煜梦中的南国风光。他对这梦境的记忆如此清晰，分明是未入梦时就已在心中展开了回忆的画卷。或者是因为在无形无迹的秘密监视下，他不敢明言牵挂，只能借梦境怀念故国，谁能控制自己的梦境呢？又或者，他只是在现实回忆中陷落太深，以至于不知道自己是在梦里，还是在清醒的现实里。如庄周梦蝶，现实和梦乡纠葛缠绕，真真假假、虚虚实实，难辨难言。

李煜无法以一个局外人的身份，以淡漠的口吻诉说江南春秋。每一艘画舫，每一簇飞絮，每一朵春花，每一片落叶，都是烙印在他心里的江南印象、故国记忆。词中虽不见他的身影，但有"闲梦远"三字领起，便知读者循着文字痕迹踏出的每一步，都是他魂牵梦萦的风景。

几乎在同一时期，李煜还写过两首《望江南》。相比之下，《望江南》的情感更加浓烈，寥寥数语即可见从大喜到大悲的转变。

多少恨，昨夜梦魂中。还似旧时游上苑，车如流水马如龙，花月正春风。

多少泪，断脸复横颐。心事莫将和泪说，凤笙休向泪时吹，肠断更无疑。

与《望江梅》两首均为梦中景致不同，《望江南》一写梦境，一写现实，梦以"恨"开头，现实以"泪"总领。梦中，他自然是又回江南，如旧时每次出行一样，龙车凤辇、侍者如云。追随者如众星拱月簇拥着年轻风流的国主，那时的李煜，真可谓春风得意，一日看尽南唐花月春风。

可是，现实中他的景况又如何呢？

入宋后，李煜曾给旧时宫女庆奴写信，信中称"此中日夕，只以眼泪洗面"。如此沉重的哀伤和悔恨，只怕秦淮河上往来不息的大小船只都载不动。"多少泪",这是盼,盼早日心暖泪痕干,这是叹,叹伤心至死方休。不知经历过多少次长痛与短痛,他才终于绝望,明白自己对江南的思念根本无处亦无法消解,由此发出"肠断更无疑"的叹息。

思念总发生在想要忘却之时。他越想摆脱旧时回忆,江南风光就把他抓得越紧,他反手想留下一捧故国湿润的泥土,梦中熟悉的南国景色却陡然变作细沙,从指间迅速溜走。

梦是留不住的,断肠之痛却总如新伤。

被幽禁,被冷落,被遗忘,这样的现实让李煜备受煎熬。但现实的残酷远不止如此。入宋后,李煜在多首作品中忆及南国。无论是回忆中还是梦里,南国似乎从未改变,仍如鼎盛时期那样繁华,车如流水马如龙。

但事实上,南唐已经变了。

南唐境内的反抗已渐渐停歇,学子们开始参加宋朝的科举,李煜提倡修建的佛寺和教坊被大量削减——现实的南国,不再是李煜梦中的模样。对于他旧时的子民而言,"南唐"国号已不存在,李氏家族统治的四十年,成了一段短暂的历史,且会在时光流逝中泛黄、褪色,最终被人多数人遗忘。

或许,李煜是知道这些改变的,只不过,他已无法用双臂拥抱南国湿润的空气,只好把昔日见到的每一寸风景,留在梦里，留在回忆里。最后的南唐印象，在最后一位南唐国主的心里。他愿意与大多数人背道而驰，成为最后记着这个国家、这段历史的人。

春光镇在人空老

风回小院庭芜绿，柳眼春相续。

凭栏半日独无言，依旧竹声新月似当年。

笙歌未散尊前在，池面冰初解。

烛明香暗画楼深，满鬓清霜残雪思难任。

——《虞美人》

　　车如流水马如龙的情境，已成如烟过往。李煜的汴京小院里，不见人踪只有风过，可见自然风物浑不似那般势利。早春时，春风又到汴京，吹开了北宋禁苑里的樱花，也不忘吹绿狭窄小院中的嫩草，本来沉睡的柳芽，也睁开惺忪睡眼，装饰枝梢，点染春意。

　　这一切仿佛发生在瞬间，春风神奇地令这个寂静得将要被人遗忘的院落重新焕发出生机和希望。生命复苏，难道不是一件令人感动的事情吗？春色入眼，连绵不绝，令人心潮澎湃。

　　李煜低落的心情却没有因此振奋。从日出到日上中天，他都孤独地倚靠在栏杆旁，无人可以交谈，似乎也无话可说，姿势没有变化，甚至连紧锁的眉头也没有片刻舒展。他就像温柔春景中一尊不合时宜的石雕，木讷无趣。

但风还是吹进了他的心里，平静无波的表象下，实则暗流汹涌。之所以会痛苦，是因为他身在北宋，心却在南唐。

三国时，徐庶被曹操哄骗进曹营后，一言不发，终其一生也没有为曹操献策。一则是因为他视刘备为主，誓死追随，二则是恼怒曹操派人模仿他母亲的字迹来设计哄骗，终使徐母自尽身亡。一代名士，暮暮朝朝身在曹营心在汉，可悲而又可敬。

李煜的痛苦和无奈，比起徐庶更多几重。同样身陷敌营，徐庶是曹操器重的高士，因此才不择手段地请来；但李煜只是宋人的俘虏，败军之将尚不足以言勇，何况亡国之君。他当时在汴京的处境，由《十国春秋》中的一个故事可见边角。

宋太宗赵光义曾带李煜到藏书的崇文苑，他假意关切地道："闻卿在江南好读书，此简策多卿旧物，归朝来颇读书否？"宋军攻入金陵前，李煜曾嘱咐保仪黄氏，一旦城破，就把宫中藏书付之一炬，可见他多不愿看到凝聚着心血的藏书落到敌人之手。宋太宗明知这段旧事，却偏偏提起，无异于以利刃戳刺对方心窝。但李煜除了叩首谢恩，不敢表达丝毫不悦。

祸从口出，这道理他懂，所以才千忍万忍，只求安稳度过余生。但情绪就像春雪融化、冬雨成冰一样，并不完全由人掌控。忍无可忍时，李煜的浓愁就化作含怨带恨的诗词。但在宋君淫威的威慑下，他寄托在《虞美人》中的情感仍是含蓄的、隐晦的。

此时他的生活已大不如前，但仍偶尔有歌舞之娱，"笙歌未散尊前在"可视为佐证。不过，另有学者认为"笙歌"句其实是李煜的回忆，他的痛苦无以言表，只有当思绪被春风牵引回南唐时，才能得到暂时解脱。依稀间，笙歌美酒、如玉佳人又出现在眼前。想起在金陵时，每逢冰雪消融的初春，他都会早早命人备下迎春的宴席。席间佳人笑靥如花，君臣文采风流，歌声、笑声、羯鼓声响成一片。盎然春意仿佛都变成了跳动的音符，为生命华章增色添彩。

现在，初春所代表的希望与勃勃生机不再是李煜生命的主旋律。他的生活里，只有"烛明香暗画楼深"的冰冷晦暗。

已经入夜，烛光闪烁不定，熏香即将燃尽。夜色深沉，一片寂静，现实的一切提醒着想要逃避的李煜：这里已不是南唐后宫。

据记载，"李后主宫中未尝点烛，每至夜，则悬大宝珠，光照一室如日中"，可谓极尽奢华。除此以外，仅在李煜和小周后的寝殿里，焚香用具就多达几十种，香料也都是特制而成。其中的一种香料，取不同重量的丁香、檀香、麝香、甲香等，细细研成粉末，再以梨汁调匀，用文火烘干，经数道复杂工序才能完成。

如此还不够，人工香料不及自然中的花香清新，于是李煜令人在宫殿里广植花苗，甚至命花匠想方设法，在宫殿墙壁、柱子、房梁上也种满花卉，并将宫殿命名为"锦洞天"。

在充斥着各种香味的南唐后宫，李煜如醉如仙，恍然不知人间几何。然俱往矣，如今所居之地，不但没有"锦洞天"的一分奢华，他甚至窘迫到连日常开销也一度捉襟见肘。

《续资治通鉴长编》记载：李煜出城投降时，见到了宋军主帅曹彬。曹彬不仅对李煜待之以礼，还善意提醒他："你到了汴京之后，俸禄并不多。我劝你还是回宫多带些金银，以备日后之需。不然等我下令封存了宫中府库，把金银财宝清点入册后，一丝一毫都不能妄动了。"后来，曹彬还派了士兵帮李煜搬运东西。但李煜正沉浸在亡国之痛里，他从曹彬话中捕捉到的信息，便是北宋皇帝不会杀他。魂不守舍中，他只是仓促潦草收拾，显然辜负了曹彬的一片苦心。

曹彬的预料果然应验。北宋朝廷所给的俸禄，无异于施舍，根本不够他的日常支出。不得已，习惯了奢侈生活的李煜只好几次三番上表，请求北宋皇帝多多关照。贵为帝王时，他必然做梦也不会想到，有朝一日必须为五斗米折腰。但为了在这烛明香暗的画楼深处活得更舒服也更体面，他丢下尊严，如同一个卑微的乞丐。

这一刻，哪还见半分帝王的风发意气？生机勃勃的春日里，只见显得垂垂老矣的词人，两相对照，徒增伤感。

初春是美的、昂扬的、充满激情的，却被李煜赏出了凄凉况味，并非全是年纪渐长使然。唐代有文学家韩愈，在近花甲之年，还以两首《早春呈水部张十八员外》把初春之美写得有滋有味。

天街小雨润如酥，草色遥看近却无。

最是一年春好处，绝胜烟柳满皇都。

莫道官忙身老大，即无年少逐春心。

凭君先到江头看，柳色如今深未深。

年过五旬的韩愈，游兴不亚于少年，这与他当时的境况有很大关系。因平乱有功，韩愈被封为吏部侍郎，攀上了仕途顶峰，这才有"年少逐春心"。年不到四十岁的李煜，每日被国恨家仇折磨，忍受着屈辱与恐惧，其心情怎能与在人生坦途上行进的韩愈相比呢？他寻春无心情，甚至早生华发，都是愁绪所致。

李白有诗云:"白发三千丈,缘愁似个长。不知明镜里,何处得秋霜。"杜甫也有"艰难困苦繁霜鬓,潦倒新停浊酒杯"的名句,白居易在其诗作《叹发落》中也说:"多病多愁心自知,行年未老发先衰。"不只有岁月能将青丝化作白发,潦倒的生活和沉重的心事,依然催老年华。

不知何时,清霜残雪已染白李煜的鬓角。他本值壮年,但沈腰潘鬓,朝朝暮暮消磨无事。昔日风流帝王,今朝穷愁老态,真是世事翻转,人生无定。

朝来寒雨晚来风

林花谢了春红，太匆匆。

无奈朝来寒雨晚来风。

胭脂泪，留人醉，几时重。

自是人生长恨水长东。

——《乌夜啼》

年华易逝、好景不常在的紧迫感，在李煜词中从不少见。早期作品《子夜歌》中就有"寻春须是先春早，看花莫待花枝老"之句，道出流光容易把人抛的残酷现实，告诫人们要抓住有限时间及时行乐。遗憾的是，这种时不我待的紧迫感，并没有激发出李煜对治国的兴趣。他依然悠闲游荡，把美景收入眼帘，把美人留在身边，把良时攥在手里，唯独把偌大的国家，甩在身后。

等到他沦为阶下囚，再次抒发人生无常、世事多变的感慨，正值春花凋谢。春归花落是自然规律，李煜看到的落花不是一朵两朵，而是成片凋谢。那一片艳丽的红色，仿佛在瞬间枯萎——这分明是李煜身世的写照。

李煜在二十五岁时登上帝位，他并没想到手中皇权的有限期只有十四年，并没想到南唐王朝如此短命。当赵匡胤沙场练兵准备征讨时，李煜还在嘲笑宋军搭浮桥过江的想法如同儿戏，谁料短短两年，"赵"字旗就插上了金陵高耸的城墙。然后他献城投降，连眼泪都来不及擦干，连仓皇都没有藏匿好，就匆匆辞庙，到了赵匡胤治下的汴京。

"太匆匆"三字，岂止单纯针对落红，还映照出李煜陡变的命运。这三个字构成的紧迫感，几乎拖拽着全词情感的节奏，让人有踉踉跄跄、左冲右突却不得章法的失衡与慌乱感。"朝来寒雨晚来风"，既是林花凋谢之因，对李煜本人而言，又可喻指强大的北宋如狂风暴雨，摧残了李煜的一枕好梦。

花本无意，人却有情。被摧残而落的花瓣上，隐约有雨滴滚动，晶莹闪烁，折射出雨后天晴的一抹光晕，还有落花虽残犹红的俏丽颜色，就像落红的一颗胭脂泪。花朵不愿离开枝头化作花泥，于是把不甘和留恋寄托在醉人春风里，但落败已成事实，谁见过凋落的花重返枝头呢？李煜此时，已不再是那个年轻的仿佛还有能力改变一切的青年，继位之初最好的时光，已经被他荒废。

公元 961 年七月，李煜登基，他本名从嘉，继承皇位的瞬间，他在文武百官的山呼海蹈中走向权力巅峰，就有了一个被寄予无限期望的新名字——李煜。

南唐自开国起，就有新君登基时改名的传统。南唐烈祖即李煜的祖父原名知诰，坐拥天下时改名"昪"，有明亮之意；元宗即李煜的父亲原名景通，承袭皇位时更名为"璟"，意为玉之光彩。皇位传到李从嘉，承袭祖法，也要改名。

文臣遍查典籍，最终大臣汤悦从扬雄的《太玄·元告》中择"日以煜乎昼，月以煜乎夜"两句，又从中请出"煜"字，有光明照耀之圣兆，以求新君新政新气象。

李煜初登帝位时，也有过短暂的励精图治的想法。但长期和诗词歌舞打交道的他，很快对无休止的政事感到厌烦。有官员进谏，他给对方以重赏，却把建议束之高阁，并不实行。在逐渐强大的宋朝的虎视眈眈下，南唐岌岌可危。但是，李煜除了向宋朝皇帝谦卑表示"自出胶庠，心疏利禄，被父兄之荫育，乐日月以优游，思追巢许之余尘，远慕夷齐之高义"，一味示弱之外，无其他实际作为。

本应趁着登基之初在臣民面前立威立信的他，错过了最好的机遇。之后，北宋逐一进攻江南诸国时，南唐又错过了与他国结盟的良机，甚至落井下石，奉赵匡胤之命，写信劝说南汉皇帝投降。等北宋军队兵临城下，李煜又火急火燎地给吴越国王写信，请他不要和北宋一起进攻南唐，信中言："今日无我，明日岂有君？一旦今天子易地封赏，王亦大梁一布衣尔！"此时他终于明白了唇亡齿寒的道理，但南唐在"朝来寒雨晚来风"的政治氛围中，再无逆转的时机，就像在风雨中飘摇陨落的残花，再难重上枝头。

见落花而感慨自己的身世，最典型的非林黛玉莫属。这位多愁善感的林妹妹，见花谢生感叹，一曲《葬花词》，满是凄凉意，其中"一年三百六十日，风刀霜剑严相逼。明媚鲜妍能几时，一朝飘泊难寻觅"几句，虽不及"太匆匆"三字短促紧迫，但身世飘零的意味，显较《乌夜啼》要为浓烈。

但这正是李煜的高明处。眼见残红遍地，他的感慨已不仅仅局限于自己的身世。在"几时重"这声绝望呼号后，李煜抛开落花，也从身世际遇中跳脱出来，情感升华为对人生和自然的感悟，结句"自是人生长恨水长东"，骤添几分豪情与悲壮。

犹豫和怯懦是李煜在亡国前表现出的典型性格。在亡国后，他虽多了些寄托不快于诗词的勇气，偶尔还会触怒宋朝皇帝，但多数时候还是表达得相当隐晦。他把个人情怀寄托在惜春悲花中，道出风雨无情、人生无奈。这种"无奈"的剖白，却不同于此前的怯懦，有一丝看透世事的通达。春来春去没人能够阻止，除了怀着一份惋惜接受，还能有什么别的办法？北宋太平宰相晏殊有两句颇为著名的词："无可奈何花落去，似曾相识燕归来。"对光阴难留、好景不常在的无奈，实是人类共通的情感。

李煜已丧国离家，除了通达地认命，他没有安身立命的更好方法。他已错过太多本可与北宋抗衡的机遇，这些机遇也再不会重现，后悔也无济于事，只能长叹："自是人生长恨水长东。"凄婉又引人思考，难怪王国维先生评价道："词至李后主而境界始大，感慨遂深，遂变伶工之词而为士大夫之词。"

几百年后，女词人李清照亦读到了李煜的《乌夜啼》。

清初韵学家沈谦在《填词杂说》中说道："男中李后主，女中李易安，极是当行本色。"虽是针对婉约词婉约清丽的本色而言，但也难得地把这两位词中翘楚联系到了一起，使人更容易联想到他们那略略相似的人生。

他们都曾有过"沉醉不知归路"的少年情怀：一个贵为皇子却不参与国事，心安理得地在金陵城中做个富贵闲人，寄情于诗词、山水；一个为名门闺秀却不识女红，在"女子无才便是德"的年代，张扬着不输男子的才气。

在父母之命、媒妁之言的约束下，他们却有幸得到了完满的爱情：李煜遇到了娥皇，李清照邂逅了赵明诚，纷纷谱写了琴瑟和谐的佳话。而后，命运陡然逆转，爱侣早逝，他们还没来得及从亡妻、丧夫的悲痛中缓过神来，便又遇国破的时代悲剧，帝王沦为阶下囚，受尽屈辱，孀妇离乡背井，流离失所。

每忆起意气风光的少年时，越感念后来的遭遇之惨痛，绝世才华化作泣血哀鸣。李煜和易安，都经历了生活的幸与不幸，本就心思细腻、多愁善感，丰富的人生体验又令他们把更多千回百转的心思注入词章。妄加揣测，总感觉他们若能相见，必能引为知音。明戏曲家卓人月也曾感慨："后主、易安直是词中之妖，恨二李不相遇。"假若二李穿越时空而相遇，灼灼才华与郁郁悲痛相互碰撞，不知会在诗词的海洋激荡起何等壮观的浪潮！

原来，李清照果真"遇到"过李煜。易安居士曾认真研读李煜的词作，某一日，她读到了这首《乌夜啼》。同样极爱百花的易安并没有把目光停留在对"林花谢了春红"的感伤里，而是掩卷长叹："亡国之音哀以思。"

她读懂了那个落魄的帝王、潦倒的文人。

梦里不知身是客

帘外雨潺潺，春意阑珊。罗衾
不耐五更寒。梦里不知身是客，
一晌贪欢。

独自莫凭栏，无限江山，别时
容易见时难。流水落花春去也，
天上人间。

——《浪淘沙》

后人多把《虞美人》（春花秋月何时了）视为李煜的绝命词，但也有人对此持有异议。北宋蔡绦在《西清诗话》曰："南唐李后主归朝后，每怀江国，且念嫔妾散落，郁郁不自聊，尝作长短句云'帘外雨潺潺……'含思凄惋，未几下世。"他认为《浪淘沙》才是李煜绝笔。现代词学家唐圭璋先生亦表示了赞同，称《浪淘沙》"殆后主绝笔，语意惨然。五更梦回，寒雨潺潺，其境之黯淡凄凉可知"。

李煜词作的前后分期，多可从内容与风格辨出。时光的流逝不仅能使青丝变白发，还会消磨斗志，让过往的一切化尘归土，甚至抚平心灵的创伤。然而，在幽禁岁月里，看晴空红日当头，见皎月爬上树梢，寒来暑往，雁去雁回，从江南烟雨中

165

走出的李煜，却始终无法植根于北方的土壤，对家乡的思念越来越深，痛苦与他如影随形。

在北国受人监控的岁月里，最初尚能隐忍克制，越往后，他的忍耐越濒临极限，仿佛突然就生了反骨。原来被表达得隐晦的故国之思，渐渐趋向明朗，连赵光义施加的威慑和压力，也再不能阻挡情感的喷发。他在词中表现出来的痛苦鲜明而强烈，直至哀沉入骨。

对于"痛苦"的感受，鲁迅先生曾有过令人折服的阐释。他说："人生最苦痛的是梦醒了无路可走。做梦的人是幸福的；倘没有看出可走的路，最要紧的是不要去惊醒他。"梦中的李煜，可回江南，可坐龙椅，可与兄弟对弈，可拥娥皇入怀，即便他只是在一个缥缈处闲极无聊地游荡，终归逃离了如牢笼一样的汴京。但醒来后，他还是在那座小院里，抬起头，也只能看见汴京的一方天空。

西方心理学家弗洛伊德把梦解释为"愿望的满足"，还有哲学家尼采说"梦是对白天失去的快乐与美感的补偿"，皆是表达了相似的意思：当愿望无法达成时，便在梦中求得片刻的圆满。古典文学中与梦有关的话题千百年来不绝，无论庄周梦蝶还是黄粱一梦，抑或李白梦游天姥山、陆游"铁马冰河入梦来"，都是因主人公所遇之事不遂人意，所以他们才在梦境里勾画理想世界。

李煜传世词作不过三十余首，与"梦"相关的有18首，占据半数以上。他前期作品记梦，多写男欢女爱、离愁别绪，如"可奈情怀，欲睡朦胧入梦来""宴罢又成空，梦迷春雨中""梦回芳草思依依，天远雁声稀"；后期作品里的梦境，则多与故国相关，典型的如"闲梦远，南国正芳春""多少恨，昨夜梦魂中"，再者，就是因为对故国生活的回望，从而诱发的对人生如梦的感慨，《子夜歌》当属这一类：

　　人生愁恨何能免，销魂独我情何限！故国梦重归，觉来双泪垂。

　　高楼谁与上，长记秋晴望。往事已成空，还如一梦中。

　　后人评李煜词"粗服乱头，不掩国色"，这首《子夜歌》便具有这种本色。词篇起句即论人生，言人生愁恨难免，故而人人有愁，人人有恨，但词人的愁恨却与众不同——亡国之君思念故国之恸，并非每个人都能想象出来。他时刻思念的故国，只有梦中才能重见，梦醒后，除了"双泪垂"，别无他法。这种情感，与《浪淘沙》中"梦里不知身是客，一晌贪欢"的精神实质是相通的。

　　金陵岁月，他可以欣赏佳人舞点，拈花蕊嗅，踏月游园。宫廷生活奢华而喧闹，娱乐活动更是十分丰富，倘若君王愿意，他大可以从东方刚白尽兴游玩到星月当头。那时候他的梦里偶有伤感，却不过是悲春伤秋、伤时感事的小情怀，以给过分逸乐的帝王生活添一抹暗淡的色彩，毕竟人生有喜有悲、有爱有痛才算圆满。

但是后来，在"此中日夕，只以眼泪洗面"的囚徒日子里，日日夜夜见到的都是相同的人、相同的庭院，或许院中的花开了又败了，风雨起了又住了，梁燕去了没回来，这些琐碎的变化，不足以缓解他内心的痛。

梦乡，就成了最好的去处。

梦里不知身是客，哪怕一晌贪欢也可以令人沉迷，他沉溺其中，不愿醒来。但，哪有不醒的梦呢？创作《浪淘沙》时的李煜，正在梦醒后无处可去的困境里狼狈挣扎。

这是个春雨飘落的夜晚。淅淅沥沥的雨打在芭蕉树上，打在窗棂上，惊醒了熟睡的李煜，也惊扰了他的美梦。他就这样不情不愿地，被硬生生地从南唐温柔乡中拉回令人绝望的现实世界。美梦不再，惆怅顿生，似有人晕开一团浓墨，勾勾画画，涂涂抹抹，以至于连鲜丽明亮的春景也只剩黑白两色。

既是暮春，便是近夏，虽有冷雨打扰，夜间难免有些许凉意，但还不至于让人畏寒，可是词人拥着罗衾，仍觉抵不住五更天的浓浓寒意，实在是因为他心底那一份苦寒始终得不到慰帖。春意已阑珊，这一场雨后，不知又会有多少落红委地。逝去的春色就像被惊醒的梦，又像被掠夺的故土，追不回，不可追。凄清雨声与阑珊春景，与词人心境恰恰重合，倍增凄苦之意。

他虽然已醒了，却更想假装自己还在梦中，这样才可以暂时逃避"汴京客"的屈辱身份。把"客"字含义说得直白些，便指在他人的地盘上："他人"若为友，客为座上宾；"他人"若为敌，客是阶下囚。在李煜词中，满是客居他乡、寄人篱下的凄凉。

正因身是客，初到汴京，李煜不能不收敛起对自由的渴望，遵守北宋皇帝的命令，没有旨意不能随便离开所居住的小院，即便门口只有一个年迈的老兵把守，也不敢擅自逾越；正因身是客，所以每逢和曾经跪在他面前的南唐旧臣相见时，对方行礼后，他还要还礼；正因身是客，他不能再以主人身份支配南唐财富，只能求宋太宗给他增加俸禄；正因身是客，无论宋太宗如何羞辱他，李煜都只能叩头谢恩，甚至连小周后被辱，他也只能忍气吞声。

只有在梦里，他才能逃离这一切，装作现实中的悲惨境遇才是一场梦魇。这虚伪的欢乐和放松，只有短暂一晌，尽欢之后，将是更加难耐的春寒。

他忘不了，独自凭栏远眺时，无限景色尽收眼底。可南唐的三千里地山河，已经成为北宋广袤国土的一部分，再不是他李氏江山，而他也不能在自己的土地上纵横驰骋了。江山在目，无边无涯，他却只有汴京城中一个被人忽略的角落，且还是"慷慨"的宋君恩赐的。还记得仓皇辞庙那日，他最后一次仔细打量着生活了半生的龙楼凤阁、玉树琼枝，与随侍的宫娥相对垂泪。分别时易，再见却难，对人是如此，对故土故国亦然。失落感、无力感瞬间滋生，每每让他痛苦不堪，所以词人不止一次告诫自己："独自莫凭栏！"

凭栏处，见江山不在，见春去花残。春到尽头百花凋，浩浩流水带走残花，却带不走愁绪。"天上人间"，这是李煜自诉身世之语，道出他与欢乐人生的诀别，是对国破后巨大痛苦与遗憾的集中宣泄。明朝李攀龙用"悲悼万状"四字，道出"天上人间"之语的凄凉绝望。

在李煜思念故国的词作里，可见多数时候，更让他眷恋的是昔日的繁华和享乐，关乎小日子，少见家国天下，更无黎民苍生，也鲜有对个人过失的反思。《浪淘沙》词中"贪欢"二字，也是过分强调欢娱，少有悔改意味。

但由此更可见一个真实的李后主，他是千古词帝，却非合格政客。词中声声杜鹃啼血式的哀鸣，不为迎合世人的道德标准，也不为百世后的名声，全部是内心真实想法。梁启超先生曾说，中国韵文所表现的情感多以"含蓄蕴藉"为原则，要含蓄到如弹琴时的弦外之音，如吃橄榄时的回甘味儿，最引人遐思，为人乐道。但李煜词中偶尔突然迸发的强烈感情，显然不属于此类，梁启超先生称之为"奔迸的表情法"，这种情感浓而烈，一烧就烧到"白热度"，不修饰不隐瞒，最终收获了意外的美。

李煜的故国残梦里，虽然不具有为传统儒家激赏的明君圣主的感人力量，情感却依旧真挚动人，大抵是因为他笔端淌出的每一个字眼，都与其生命剥离不开。尤其到了后期，他不再怕"声闻于外"，不怕招来祸事，只顾把那些饱含血泪的情感呐喊出来，不吐不快。情之所以感人，尤在"真"字。

终日且盼故人来

往事只堪哀，对景难排。秋风庭院藓侵阶。一行珠帘闲不卷，终日谁来？

金剑已沉埋，壮气蒿莱。晚凉天净月华开。想得玉楼瑶殿影，空照秦淮！

——《浪淘沙》

　　词中居然有"剑"，这在婉约缠绵的李煜词中，初见时令人万分惊艳。然而，这金剑却"已沉埋"，有壮气，却被掩埋在蒿莱里。读罢，让人感觉奔跑途中一脚踩空，满腔豪气提不上来，便因窒息而战栗不止。

　　另有人说"金剑"二字应为"金锁"，"金锁已沉埋，壮气蒿莱"是从刘禹锡《西塞山怀古》诗中化出。刘诗曰："王濬楼船下益州，金陵王气黯然收。千寻铁锁沉江底，一片降幡出石头。"石头城金陵本是"王气"聚集之地，但也正是在这里，王濬降了西晋，李煜失了南唐。南唐纵有金剑，大将林仁肇已死，李煜倚重的另一名将领刘澄已降，只有宫中舞姬还能舞剑，却不能御敌。

告别金陵时正值秋日，万里无云、天空如洗。朦胧中，参差宫殿、雕栏玉砌，连同笙歌美酒、才子佳人，都成为十里秦淮河中的美好倒影。

秦淮河热闹依旧，却已不再是李煜的秦淮河了。他随凯旋的宋军顺水行船，抵达了曾日夜眺望的汴京。昔日望远，是挂念着在京城为质的弟弟李从善。如今距离渐渐近了，他却盼着远远逃离。

流水不会因他的悲伤而逆行，一路北上，下舟登车，队伍抵达了汴京。繁华的街道两旁都是欢呼的百姓，他们为得胜的军队鼓掌呐喊。李煜站在喜盈盈的人群里，黯然神伤。

不再有富丽堂皇的宫殿，他在偌大的汴京城里，只拥有一座受人监视的院落，垂头丧气地停驻于此，就像鸟儿折了双翼。他曾穿着一身华贵衣衫，端坐在大殿内，接受文武百官的朝贺，清秀的脸上是如江南暖风一般和煦的笑容，但山呼万岁的喧闹，还是衬托出了他的贵族气度。

几番寒暑，宋朝的使者闯入国门，进了宫门。他态度谦恭地迎来送往，而对方只不过是北宋一名使臣。这时的李煜还没有想到，等待他的将是更深的屈辱。降宋以后，他连迎来送往的自由都失去了。史册记载，李煜在汴京的居所门口，"一老卒守门"，以约束他的行为，让他不得随意与他人接触。

再没有人陪他对弈，没有人与他诗词唱和。李煜一个人，望江南、上西楼，看寂寞梧桐，观弯月如钩。深深的院落锁住清秋，却锁不住一颗思恋故国的心。

寂寞的时光悠悠而逝，又到秋天，却仿佛已经过去了一个漫长的世纪。在寂寥时节，往事桩桩件件涌上心头，催生了这曲缠绵与悲壮交杂的《浪淘沙》。

秋风飒飒，庭院深深。因为很久无人来访，苔藓肆无忌惮地蔓延，显得愈发茂盛。昔日，刘禹锡的居所里也曾遍布苔藓，"苔痕上阶绿"，十分可喜，与李煜所见，可谓景相似情相异。刘禹锡虽称自己的居所为"陋室"，但"谈笑有鸿儒，往来无白丁。可以调素琴，阅金经。无丝竹之乱耳，无案牍之劳形"，志同道合的好友相会于此，何等快乐。

可是，这所软禁着亡国之君的汴京小院里，却一片萧索。词人坐屋中，连珠帘都懒得卷起。"终日谁来？"等人来，盼人来，却情知无人来。

或许，他也曾高卷珠帘，伫立门前，等着故人来访。但门前永远是那个守门老兵的身影，偶尔两三人影掠过，不过是好奇窥探的路人。

他是在盼着胞弟李从善来访吗？

李从善入宋后，李煜每到重阳怯登高。现在他们同处一城，且重阳迫近，兄弟能否一起登上高楼、凭吊故国？李煜盼望能见到李从善，即使那熟悉的面孔会勾起他对年少岁月和旧时宫廷生活的追忆，他还是盼着重逢。

但李从善没有来。宋王朝对李从善一向待遇优渥，即使在宋太宗赵光义对降王大开杀戒时，他也没有受到波及，连他的两个儿子，都有了北宋的官职。越是被施以更多恩泽，李从善越不敢以这些利益为代价，不敢违背宋帝的命令私见李煜，即使那是他的兄长。何况，对这位怯懦的兄长让自己代他入宋为人质的前嫌，李从善未必能够释怀。

他是在盼着旧臣张洎前来吗？

南唐被围时，大臣张洎反对投降，为了鼓励李煜，他发誓"若城破，臣当先死"，并派人向各地送蜡丸求救。城破后，张洎没有自杀，却不是因为畏惧，他想方设法来到李煜身边，希望能照顾前途难卜的君王。

有时候，活着比死了更难。

张洎如果选择死于国难，至少会留个好名声，可他选择了活着，屈辱地陪着他的君王一同北上。明德楼下，赵匡胤大声斥责张洎。张洎梗着脖子说："各为其主，今能一死，尽为臣之分了。"那时李煜甚至忘记了自己的安危，时刻担心着张洎。他在那一刻坚定地相信，张洎是难得的忠臣，定会陪伴在自己身边。

可是后来，赵匡胤邀张洎到北宋为高官，表示欣赏他的风骨和忠心，希望张洎对他可以像对李煜一样忠心。亡国的苦难、死亡的恐惧都不曾软化张洎的铮铮铁骨，软语抚慰和真心敬重却让张洎臣服了。

在翘首盼人来的日子里，不知李煜是否想起过孟尝君。

孟尝君是战国四公子之一，门下曾有三千食客。他落难时，怕受连累的食客纷纷逃散，只有冯谖一人留下，并帮他东山再起。孟尝君自认为无愧于门下诸人，痛恨他们漠然的态度，便对冯谖说：假如再见到旧人，定要奚落羞辱一番。

冯谖略一思忖，劝说道："富贵多士，贫贱寡友，事之固然也。"

贫贱中的李煜，久不见故人，又没有如冯谖一样的智者来开导，久而久之，苦闷难抑。当徐铉来访时，他大喜过望，撤去全部戒心，只想和故人说几句知心话。言多必失，身处险境的李煜本该把这句话奉为至理，但激动之余，他竟然口不择言。

徐铉是陪李煜北上的南唐大臣之一，以能言善辩著称。在明德楼下，赵匡胤声色俱厉地训斥徐铉不劝李煜早日投降，徐铉没有争辩，只说："臣为江南大臣，国亡罪当死，不当问其他。"忠君爱国之心感天动地，本可留名青史，但徐铉最终还是没能抗拒北宋给予的权势诱惑。徐铉本来不敢去探望李煜，作为南唐旧臣，他难免心中有愧，但宋太宗不仅囚困了李煜的人，还想洞察他的心思，于是命徐铉前去打探。

李煜实在孤单了太久。他见到徐铉时，不等对方行礼就匆忙跑下台阶相迎，全然不顾礼节，或许是因为他自知再无昔日特权。他还拉着徐铉的手，想并排而坐，但徐铉坚持垂手侍立在侧，就像以前在南唐宫廷中一样。这相似的场景，让李煜失了分寸，根本不问徐铉所来目的，便挽着他痛哭流涕，直言后悔当初错杀了忠臣。

李煜对徐铉十分放心。他还记得北上途中，徐铉写过一首《过江》诗。

别路知何极，离肠有所思。

登舻望城远，摇橹过江迟。

断岸烟中失，长天水际垂。

此心非橘柚，不为两乡移。

天真如李煜，竟一时忘记了最忠诚不过人心，最善变也不过人心。徐铉曾以"此心非橘柚，不为两乡移"表白心志，李煜就相信了、记住了。他并没有想到，徐铉离开这个小院后所做的第一件事，就是把李煜说过的话全部上报给宋太宗。

错杀忠臣的悔意惹恼了宋君，赵光义本来就对李煜疑心重重，由此开始动了杀心。宋太宗后来以牵机药毒杀了李煜，背叛他的旧臣徐铉可谓刽子手之一。亲手送上毒酒的赵廷美，既是宋太宗的弟弟，也算李煜的朋友。

宋军攻打南唐时，赵廷美曾奉旨前去劳军，他在金陵结识了投降的李煜。赵廷美平时也喜欢写诗作文，两人偶尔谈起诗道，十分投缘。李煜到达汴京后，每逢入宫或参加宴会，少不了与赵廷美相见，聊起诗词种种，仍怨天短难以尽兴。

公元 978 年七夕，是李煜四十二岁的生日。宋太宗命人把牵机药放在酒中，派人唤来赵廷美，哄骗他带美酒去给李煜祝寿。毫不知情的赵廷美高兴而去，李煜连声道谢，在对方离去后饮下了毒酒。很快，他腹中绞痛，全身抽搐，咽气时身体扭曲如一张弯弓。

那天，他难得兴致勃勃，开心地卷起门前珠帘，把好友迎入室内。在人生最后的时刻，他与好友欢喜对谈，然后沉默地死去。珠帘无人放下，夜来风起，玉珠相互碰撞，哗哗作响，犹如哭泣。

一江春水向东流

春花秋月何时了，往事知多少。

小楼昨夜又东风，故国不堪回首月明中。

雕栏玉砌应犹在，只是朱颜改。

问君能有几多愁，恰似一江春水向东流。

——《虞美人》

一直设想，倘若未作此词，李煜最后当是怎样的死法；也曾想过，于他而言，怎样的死法才算是最好的。相传，此为李煜的绝命词。七夕日，他在府邸命歌姬演唱，声闻于外，宋太宗勃然大怒，遂赐牵机药毒死了他。

彼时，离家国沦丧之日已两年有余。当年，宋太祖的铁蹄并未踏破石头城，高筑的城墙仍为最后一道屏障，内中那个小国虽已苟延残喘，但国号仍为南唐。若此时殉国，战死则留一段佳话，即便自尽，也未失了帝王最后的骨气。

然而，生于深宫之中、长于妇人之手的李煜，骨子里少了凛冽寒风下生就的壮士情怀，只有似南方阴雨连绵时的不断哀婉，在错杀忠臣林仁肇等之后，城墙仍在，但他心里的最后一道防线却已然坍塌。石头城中一面白幡竖起，李煜可曾想过，那么多么像出殡的场景！

当今人吟诵着这首《虞美人》，或会庆幸李煜选择了苟活，否则又有何人可开宋词之先？然而于李煜来说，虽成了词中帝王，却仍是囹圄困兽，说不清活下来到底是幸运，还是更大的不幸。

如果能自主选择，李煜或许并不希望绝命之作依"虞美人"词牌写成。

这一词牌最初是吟咏项羽宠妾虞姬的。才情如李煜，自然知道霸王别姬的故事。项羽被围垓下，四面楚歌，英雄末路，声泪俱下地高唱《垓下歌》："力拔山兮气盖世，时不利兮骓不逝，骓不逝兮可奈何，虞兮虞兮奈若何？"项羽唱着霸王歌，虞姬拔剑而舞，遂成绝响。

因愧对故乡子弟兵，项羽不肯过江回乡，力战而亡。"西楚霸王"英名得全，而虞美人也被后世代代咏唱。项羽虽死，却博得千古英雄美名。连后世婉约词宗李清照亦为其写了一首豪迈大气的悼诗："生当作人杰，死亦为鬼雄。至今思项羽，不肯过江东。"

亡国之际，李煜却又是怎样一番表现呢？

没有勾践忍辱复国的心胸，他本不该降；没有刘禅乐不思蜀的放纵，他本不该降。然而，他降了。在这之后，只能忍受亡国的屈辱，反复咀嚼痛苦与悔恨。累得小周后纵然殉情，也未能像虞姬一样成就一段佳话。

皓月皎皎当空照，岁月无情催人老。在那个东风又至小楼的夜晚，李煜可曾因他还活着而沮丧，可曾因最初偷生的选择而后悔？

即便春天繁花似锦，秋日明月当空，李煜也失了欣赏的雅兴。"春花秋月"本是能勾起人们美好联想的事物，然而，世界一切美好的事物，会不会都如他的"四十年来家国，三千里地山河"一般，转头便成空？往事历历在目，这"春花秋月"，也终有完结的一天吧！

昨夜东风又起，想必春的气息已扑面而来，解冻的泥土都散发出了芬芳，然而，总可惜这里不是杂花生树、草长莺飞的江南。小楼上，李煜遥望故国的方向。思念总是发生在想要忘却的时候，故乡的物、故乡的人，全部不经意间爬上心头——昔日的白玉栏杆与雕梁画栋，不知还在否。只怕，曾经熟悉的旧人面容，今生已再难相见，便是侥幸重逢，都已尽是颓色。

今非昔比，早已换了人间，实难淡然处之。只好把心中一腔愁绪，付诸浩浩东流、无穷无尽的一江春水。

"最美丽的诗歌是最绝望的诗歌，有些不朽的篇章是纯粹的眼泪。"在李煜辞世近千年之后，法国人缪塞曾对文学的"不朽"做出这样的注解。这首《虞美人》，当得起这样的评价。

李煜能直言的往事，似乎只有对故国宫殿的怀念，而更深的不甘与屈辱，却不能说。被押进京后，在开封明德楼下，他伏在地上，用九个响头换取了"违命侯"的封号，得以不死，亡国之君，那份屈辱怎能言、对谁言？过往，小周后曾"划袜步香阶，手提金缕鞋"来幽会他，而今，曾被拥在怀的美人已被封为"郑国夫人"，为赵光义所霸占，他只能装作不知。

自古以来，为了保护两样东西，好男儿必拼死一战——一为脚下土地，二为怀中女人。李煜二者皆失，生亦何欢！只能在"梦里不知身是客，一晌贪欢"的饮鸩止渴中混沌度日，然而那些清醒的日子，就更加难熬了。

《虞美人》词中连缀的，原本俱是美好意象，勾勒成形，却成了一幅沉郁到极致的画面。贯穿其中的，是李煜这位亡国之君反复咀嚼痛苦后的情思。唐圭璋先生在《李后主评传》说："他身为国主，富贵繁华到了极点；而身经亡国，繁华消歇，不堪回首，悲哀也到了极点。正因为他一人经过这种极端的悲乐，遂使他在文学上的收成，也格外光荣而伟大。在欢乐的词里，我们看见一朵朵美丽之花；在悲哀的词里，我们看见一缕缕的血痕泪痕。"实是一语中的。

历史不相信眼泪，李煜注定是个失败的君王。

同是亡国之君，同样是作词比做帝王更好，南朝的后主陈叔宝却有迥异的结局。

陈叔宝有一首《玉树后庭花》，与李煜幽会小周后的《菩萨蛮》相比，所彰显的文采风流毫不逊色。

> 丽宇芳林对高阁，新妆艳质本倾城；
>
> 映户凝娇乍不进，出帷含态笑相迎。
>
> 妖姬脸似花含露，玉树流光照后庭；
>
> 花开花落不长久，落红满地归寂中！

据传，这首诗是陈后主为歌妓出身的宠妃所作，流传于坊间。自唐朝诗人杜牧在《泊秦淮》赋诗云"商女不知亡国恨，隔江犹唱《后庭花》"之后，《玉树后庭花》即被视为亡国之音。陈叔宝生活奢侈，日日与嫔妃饮酒作乐，喜谱艳词，他被隋军俘虏后，毫无故国之思，甚至曾作诗建议隋炀帝封禅："日月光天德，山河壮帝居。太平无以报，愿上东封书。"

面对灭亡自己国家的敌人，尚能如此大张旗鼓地歌功颂德，实令人不齿，但也正因如此，陈叔宝才能得善终。李煜毕竟不是陈叔宝，一首《虞美人》竟成了他为自己提前写就的墓志铭。听闻《虞美人》之歌，宋太宗派南唐旧臣前去探虚实，旧人面前，李煜的一腔悔恨未做丝毫遮掩。

一个虽懦弱仍留有棱角的人，宋太宗终归是容不下的。

不过，历史总是公平的。正因为不像李煜有那么深重的愁思，陈叔宝降隋后，再无艺术成就更高的词作传世。

李煜被毒死后的第 149 年，宋太宗的后人宋徽宗赵佶也写了一曲《燕山亭》，他像李煜一样，以词为花为酒为纸钱，凭吊那"别时容易见时难"的无限江山：

裁剪冰绡，轻叠数重，淡着胭脂匀注。新样靓妆，艳溢香融，羞杀蕊珠宫女。易得凋零，更多少、无情风雨。愁苦。问院落凄凉，几番春暮。

凭寄离恨重重，这双燕，何曾会人言语。天遥地远，万水千山，知他故宫何处。怎不思量，除梦里有时曾去。无据。和梦也新来不做。

北宋都城是在公元 1127 年被金人的铁骑踏破的，宋徽宗和他的儿子钦宗赵桓都被金军俘虏。在被押往金地途中，徽宗见杏花开得灿烂，触景伤怀，作了此词。冷艳的杏花居然让天上的仙女都自愧不如，然而娇美若斯，却在风雨中纷纷凋零，这无异于宋徽宗自身处境的写照。离别之痛、亡国之痛无处寄托，不忍思量，只能梦中重回，但最近，却连梦都没有了。今夕悬殊，触景伤情，与李煜"恰似一江春水向东流"的哀愁，实是一般无二。

宋徽宗书画、音律、填词等无一不通，元代脱脱在其所撰的《宋史》中曾叹曰："宋徽宗诸事皆能，独不能为君耳！"李煜何尝不是如此？

公元 960 年，三十四岁的后周殿前都点检赵匡胤发动"陈桥兵变"，建立宋朝，史称宋太祖。

公元 961 年，年仅二十五岁的南唐太子李从嘉即位，改名李煜，史称李后主。

公元 975 年，宋太祖灭南唐，李煜出降，被送往汴梁。

公元 976 年，宋太祖亡，疑被宋太宗杀害。

公元 978 年，李煜亡，疑被宋太宗毒害。

其实，死亡不过是一场或早或晚都会奔赴的宴会。难的是，每个人都想光辉绚烂地走在通往宴会的路上。

而他们并不知道，他们之于历史，根本无所谓输赢。